本书系 2011 年度教育部人文社会科学研究规划基金项目"多民族文学意象的叙事性研究"（编号：11YJA751056）终期成果。

多民族文学意象的叙事性研究

叙事性研究

马明奎 ◎ 著

中国社会科学出版社

图书在版编目(CIP)数据

多民族文学意象的叙事性研究 / 马明奎著 . —北京：中国社会科学
出版社，2016.1

ISBN 978 – 7 – 5161 – 8574 – 2

Ⅰ.①多⋯　Ⅱ.①马⋯　Ⅲ.①少数民族文学 – 文学研究 – 中国
Ⅳ.①I207.9

中国版本图书馆 CIP 数据核字(2016)第 157774 号

出 版 人	赵剑英
责任编辑	任　明
责任校对	王佳玉
责任印制	何　艳

出　　版	中国社会科学出版社
社　　址	北京鼓楼西大街甲 158 号
邮　　编	100720
网　　址	http：//www.csspw.cn
发 行 部	010 – 84083685
门 市 部	010 – 84029450
经　　销	新华书店及其他书店

印刷装订	北京市兴怀印刷厂
版　　次	2016 年 1 月第 1 版
印　　次	2016 年 1 月第 1 次印刷

开　　本	710×1000　1/16
印　　张	27.5
插　　页	2
字　　数	451 千字
定　　价	85.00 元

①

④

②

③

① 蝶
② 鹤
③ 凤
④ 蟾蜍
⑤ 龟
⑥ 猴

⑤

⑥

① 虎
② 雷
③ 黄牛
④ 牦牛
⑤ 马
⑥ 鹿

①

②

③

① 狮子
② 石
③ 水
④ 檀木
⑤ 天鹅
⑥ 土

④

⑤

⑥

①

③

②

① 熊
② 火
③ 鹰
④ 羊
⑤ 月

④

⑤

插图作者简介：

　　孟狄铈，毕业于湖州师范学院，漫随诗意红尘，逍遥闲情人生。文学和艺术分别师从马明奎和龚柄两位先生，自由插画师，文字爱好者。

序一

意象研究的拓展与中国少数民族文学价值及其研究逻辑

——以马明奎《多民族文学意象的叙事性研究》为中心

刘俐俐

意象研究涉及认知心理学、美学以及文学等各个领域，并成为文学批评的理论与方法。目前，无论西方还是中国，作为理论的意象研究和以意象为工具的文学批评，是在两个层面展开的。在我国，以意象理论为方法的文学批评，结合作品内在特性，显得适用而有效，已成为普遍且重要的批评现象。但是，以我国少数民族文学为具体的研究和批评对象，从意象理论切入，基于批评又进而理论抽象的努力和成果却鲜见。现在我读到马明奎的教育部社会科学项目研究成果《多民族文学意象的叙事性研究》（以下通称书稿），看到了这种卓有成效的理论努力。

这项研究涉及文学文本分析与批评、文学意象理论，乃至我国少数民族文学研究的基点与逻辑起点等问题。我愿意总结和评价这个研究所取得的成就，更愿意借此机缘，讨论我国少数民族文学的价值和研究逻辑问题。

一 以少数民族文学意象为研究对象：合理性与创新性

书稿以少数民族文学意象为研究对象。具体地说，书稿所谓的研究，分为两种。一种是集中体现于第一章的对少数民族文学意象的理论研究。另一种是对选取的四位少数民族作家作品意象的研究。两者互相支撑，前者为后者的理论基础，后者为前者的文学文本经验基础和印证。即便前者，也是作者掌握了少数民族文学 300 余个文学意象的基础上完成的。由于后者更具体直观，首先梳理和评价后者的内容与价值。

1. 选取原则与批评对象

书稿选取了蒙古族作家满都麦的小说、朝鲜族诗人南永前的图腾诗、侗族作家张泽忠的小说和彝族作家阿库乌雾的现代诗。可以如是概括选择原则：首先，超越了文体。涉及了文学中的诗歌、小说等多样文体；其次，超越了地域。既有北方民族作家，也有南方民族的作家；再次，超越了特定风格。四位作家的作品各有自己独特风格，美学追求也不同。三个方面的超越，显示了不是以作家个性化批评为目标。那么，将四位作家作品放置在怎样的思考空间、以什么为研究目标呢？

2. 独特的研究目标所决定的研究理路

通观全书可知，马明奎教授以我国少数民族文学意象为研究目标。他要搞清楚中国少数民族文学中的意象，仅仅作为文学世界一个有深意的形象，只是构成文本内容的一个组件，还是有更多我们目前不知道的特性？如果通过研究发现了那些尚不清楚的特性，又如何概括这些特性？特性的深层原因是什么？可以说，有这些言说、有这些问题意识本身，就预设了中国少数民族文学有其特殊性，可以从中发现有待理论提升的重要东西。

那么，研究理路如何？

首先，搜集、梳理乃至细致分析四位作家作品的意象，探寻和概括了四位作家作品基本意象的分布和特点。满都麦小说中的基本意象是长生天、火锃子、毡包、岩洞、峡谷、湖边敖包等。南永前图腾诗一共有42个意象，分为月亮图腾系列（诸如月亮、太阳、星、云、风、雷、雨、山、火、土、石、水、檀树、竹、蝴蝶、蟾蜍等）、熊图腾系列（诸如熊、龙、凤、鹿、虎、雄狮等）、农耕图腾系列（诸如黄牛、白马、羊、蛙、白兔、雄鸡、豚、鹰、鹤、布谷、乌鸦、喜鹊、白天鹅、燕子、白鸽等）、捕捞图腾系列（诸如海、珊瑚、龟、鲸等）。张泽忠小说的基本意象则是鼓楼、风雨桥、老榕树以及都柳江等，这些基本意象衍生出暴雨、洪水、龙犊、山外等意象。此外，还有一些事件和仪式也是意象，如坐夜、歌耶、迎萨、示款等。阿库乌雾的诗，基本意象是：巫界、毕摩、羊皮鼓面的星月、女人的手指、绵湿的鸟唱、山寨的痉挛、火铸的毒蟒、弯曲的锅庄石、公山羊凸露的喉头、灵魂的毡叶、鬼火喃喃、语言的魔方、日月的鼓沿、大碗玉米酒等。总体特点是：各位作家艺术世界中的意象，都渲染映象着他们所属民族的自然环境和生活基色，都可折射出他们各自族群的历史与记忆。每个意象背后都有丰厚曲折的故事作为基础。

其次，分析这些意象的关系。关系有两个方面，其一，分析每位作家作品中的意象，进行分类，乃至探究各类意象之间的关系，为搞清楚作品的艺术机制，即艺术效果得到实现的原因是什么，艺术效果和意象创作是怎样的关系等问题打下了基础。其二，分析四位作家作品中的意象相互之间的关系，这是一种比较的方法，选取四位作家的作品，比较范围业已确定。比较性分析，旨在发现各位作品笔下意象相互之间的区别。继而发现意象与他们各自作品深层结构的关系。他们各自深层结构之间，又有怎样的不同点和共同点等问题。搞清楚这些问题，就发现了深层原因，并可总结其中蕴含的观念性东西了。至于这些方面的具体情形，留待后面理论创新部分来说。

　　一种文学现象所以出现，终究与人的某些精神需求相关联。在如上两个方面分析基础上，他继而探究的是，我国少数民族文学意象的文学作品意义、文学创作意义和人文意义，以及可概括出来的我国民族文学本身的意义。可以说，基于两个基本方面分析所作的总探索，是该项研究最有价值之处。该项目最终实现的理论价值即体现于此。

二　意象研究发现了什么

　　聚焦于少数民族四位作家的作品，以意象为切入点，经过各自独立的分析和相互比较性分析和思考，在这全过程中，逐步地阐述、渗透和表述了如下哪些发现和思考？或者问，发生了哪些理论灵感？

　　1. 意象在文学作品构成中的关键性

　　手中掌握了四位作家作品的意象，通过分析和归纳，研究者发现，在这些作品文本构成机制来看，文学意象超越了仅仅为作品构件的作用，成为作品构成乃至统领作品的灵魂，是生发出作品诸如题材、人物、形象、故事作品诸因素的根源性的实体。质言之，意象从一般仅具有丰富蕴含和象征作用的一个构成地位提升为作品灵魂与实体性的地位。就笔者的文学研究经验和理解来看，无论西方还是我国，这种文学作品的意象统领情形既往也出现过，但一般以某具体作家作品的孤立现象出现。比如，笔者曾经分析过美国小说家爱伦坡的小说《厄歇尔府的倒塌》，发现房屋的倒塌与人由于绝望和恐惧而倒地死亡，这两者为同构关系，是统领并构造小说全篇的整体意象。中国作家白先勇的《游园惊梦》里的"游园"，也是一个可以看作统领全篇内涵与结构的文学意象。马明奎此书稿的发现，则基于我国少数民族文学意象的普遍性。至于意象如何生发为题材并成为题材的统领，书稿有细致阐述，此处不再细说。仅以第二章的四节的标题来显示："题材的场域和空间波"，"题材的建构性和仪式化"，"题材的情境和时间流"，"题材的拓扑化和语词化"等。支撑此四节分别分析阐述的对象是满都麦、南永前、张泽忠、阿库乌雾的文学文本。

毋庸置疑，四位作家笔下的意象和他们写作的题材都不同，那么，何以都体现出意象并生发出题材？这是通过对比性分析获得的。即前面所说的他将四位作家作品加以比对后所发现的作品构成共同点。比如，在第二章"题材的建构性和仪式化"这一节，将满都麦小说意象和南永前图腾诗意象在表层梳理的基础上做了深层比对，发现两个人的意象虽然有所不同，但深层结构却是惊人的相同。马明奎说："没有人理解为南永前的图腾诗只是这样一个图表。我们这里拎出来的是一个深层结构，我们关注的是南永前的图腾诗与满都麦小说之间的'结构同型性'，亦即两个不同地域民族的诗人和作家，经营着不同体裁的创作，深层结构为什么会达到如此的同一呢？当然，他们创作的体裁不同，其文化思考的取向也不同，满都麦的终点正好是南永前的起点——满都麦是从普遍世相的观察开始，进入社会、文化乃至终极；南永前则是从最高图腾的领悟开始，播散到祖先（文化）、悲剧（历史）乃至百业操持（世相）。"质言之，通过比对发现蕴藏在文本构成乃至题材背后的共同的东西。

2. 意象在创作过程中的动力性

从创作过程角度看，文学意象不是题材产生后的部分，而是可以生成题材的起点或者说基点。那么，传统创作论中"材料—题材—人物—情节—形象意象"的顺序，就被颠覆为"意象—题材—人物—情节……"。用马明奎的表述，就是"题材是意象的意向性建构对象"。用我的话说，就是意象是题材的本源。如果说，从意象到题材……是外在体现，那么，从创作过程看，意象则是生成题材，乃至有了题材之后进而转入创作过程的其他阶段和因素的动力，具有文学创作的动力性质。这既具创作的原理性质，更具有意象的叙述性质。比如，意象如何生成题材，书稿细致地探究了其原理的过程。作者说："从意象到题材，这是一个时空不断延异、相位不断转换、建构逐渐延展、语象不断生成，乃至最后进入叙述的进程。""意象与题材不是二元拼接线性直达的，而是巫性同一和义域互渗，空间波向时间流涵化，呈现为内在客体感通、衔接、召唤、衍生题材的过程，亦即意象作为原型在喻指性、辐射性、涵化性及变现性四个叙事特点之上，以巫性化的方式摄持、吞噬、镶嵌、拓扑对象，从而与题材接洽的，其接洽点就是题材所蕴含的神话、母题、仪式、场景等"。至于意象的叙事特质，则是下面要涉及的问题。

3. 意象的叙述特质

"叙述，是人类组织个人生存经验和社会文化经验的普遍方式。"也是人类把世界"看出一个名堂、说出一个意义的"方式。但是我们常常忽略了关于叙述的这个哲学道理，将眼光局限于表达方式和手法的叙述方面。现在，马明奎基于对意象的理解和界定，得出了具有哲学蕴含的关于叙述的看法，将叙述提升到人类存在，更具体地说，提升到中国少数民族生命和精神存在层面，因此，只要少数民族还存在，精神还存在，他们心理世界中的意象就存在。意象是他们的生命力本身。有了生命力，自然要叙述，所以叙述就成了意象促动的人类行为。具体地说，就成了促动各少数民族的行为。这就接近了前述的关于叙述的哲学思想，即超越了作为表达方式的叙述。质言之，意象生成叙述。

至于意象如何具体化为叙述行为和所叙述的形式，有着复杂的归类概括和总结工作。他将工作过程描述为："在多民族文学阅读中，我们搜集了近300个意象，归类、分析、分配、拓扑，然后概括出原型意象的神性喻指性、空间辐射性、时间涵化性以及语词变现性四个叙事功能，指涉空间、时间、品格和世相四个题材维度。"质言之，意象是一个有内在向外在延伸、衍化的过程，这个过程是人的生命力的体现，从今天观点来看是通过叙述实现的。从这段阐述的逻辑来说，可以说，叙述成了人的生命状态。叙述缘于意象的生命本能从而具有生命本能性。"多民族文学是一种神性叙事，……对神性负责而不是现代叙述学意义上的个体行为。"既然意象产生叙述本能，那么，可以倒推出意象也是本能的，这就与"意象在创作过程中的动力性"相联系起来了。那么，如何理解、认识和概括意象作为动力的现象？

4. 原型意象是少数民族生命力的珍贵存留

全书详细论证了少数民族文学意象的生成以及来源于原型意象的命题。可以说，原型意象是我国少数民族生命力的实体性存在，是生命力自身的显现，既然是生命力，就不存在任何外在形式，原型意象自身就既是精神，也是形式。生命力外射，原型意象就活动，文学活动就这样自然发生了。因此马明奎表述为："意象是本体审美的成果和方式"，"意象作为生命冲动及其意识形式"。那这是否可简单归结为文学观念中的所谓"生命说"？通过书稿的逻辑，我以为尚不能简单这样定性。因为书中将少数民族文学和汉族作家的文学始终处于对比思维中。表明在马明奎看来，这种缘于生命力而产生的原型意象，或者说因为保留着原型意象而具有生命力，还显豁、存在于少数民族作家的思维和心理中，在汉族作家这里，已经被滤掉了或亡失了。所以，马明奎的文学思想并不是"文学生命说"。至于他这样的思想是否正确，应如何界定为好，可另外讨论，就这思想来说，倒很有点意思。在他看来，"少数民族作家和诗人，与汉族作家的基本差异"，就在于少数民族作家"指涉终极绝对（空间）—道德价值（时间）—人格方式（品格）—存在状态（世相）四个价值层面"。而汉族作家"则基本迎合作者死亡、本体淡出的西方哲学观点，在前沿时尚的作家那里，上述四个层面的文学表现中有三个是被拒绝的，直接地说，他们只表现人的存在状态这一层面，绝对终极、道德价值、人格方式是被解构或被淡化的"。当然，这是在区分作家思维的维面及其相关深度的基础上对少数民族文学的理解。对少数民族文学的理解，我没有异议，对汉族作家及其文学的理解和表述，我有所保留，以为过于绝对，不应看成铁板一块。但就对少数民族文学与汉族文学比较和区分的思路，可以表明，他不是简单的文学"生命说"。出于比较思路，他通过论证，确认少数民族那里还保留着这种稀有的极为珍贵的原型意象。

如果确定书稿关于文学不是简单的"生命说"，在我看来，反而更有意思，说明他所理解的少数民族文学有更开阔深广的理解和阐述空间，不是简单的"生命说"可以概括的。

三 少数民族文学意象的意义与价值的问题

人类需要文学，乃由于文学是意义得以发生的载体。好的文学，如《水浒》，"可与天地相始终"。因为它可持续不断地发出意义。马克思在《政治经济学批判·导言》中说的希腊艺术和史诗具有"悠久的魅力"也含有这样的意思。虽然说优秀的文学作品都具有意义，但意义的产生机制却是值得研究的问题。获得了 2012 年诺贝尔文学奖的莫言，在《悠着点，十分聪明用五分》中说："我们应该用我们的文学作品向人们传达许多最基本的道理：譬如房子是盖了住的，不是用来炒的；如果房子盖了不住，那房子就不是房子……我们要通过文学作品告诉人们，维持人类生命的最基本的物质是空气、阳光、食物和水，其他的都是奢侈品……我们的文学真能使人类的贪欲，尤其是国家的贪欲有所收敛吗？结论是悲观的。尽管结论是悲观的，但我们不能放弃努力，因为这不仅仅是救他人，同时也是救自己。"莫言的发言，是有责任心和道义担当的当代中国优秀作家的心声，他自觉追求文学要有意义，要告诉人们某些道理。应该说，这样的文学思想、观念和责任心，理性而且明智，非常珍贵并值得肯定。在我看来，这是文学具有意义的理性驱动。即我前面所说的"虽然说优秀的文学作品都具有意义，但意义的产生机制却是值得研究的问题"，我以为，这是意义产生的理性一脉。与之有所区别的是非理性的，即源于生命力，意义发生是自然而然的现象。马明奎所研究的少数民族文学缘于原型意象的文学，因为"原型意象是少数民族生命力的珍贵保留"，"意象的叙述特质"，"意象在创作过程中的动力性"以及"意象在文学作品构成中的关键性"，所以，意象自身就携带着意义，只要意象在活动，意义就自然发生。马明奎在第三章"价值建构"中的"原型人与中阴识"、"人格机制"以及第四章的"生态关系"等部分，有详细的论述过程，本文不再详细阐述。概括地说，被原型意象所制导的人的生命本真，其生命力的自然勃发，即发生我们今天所需要的意义。这就是区别于理性驱动意义发生的别样机制。在认可了以上看法之后，还有一个问题：既然原型意象作为生命力，驱动文学活动，并在文学创作中以原型意象生发出题材乃至构成文学作品，就蕴含人文意义。所谓人文意义，是当代的价值判断，那么，是否所有生命力促动而产生的文学，都必定有人文意义？从既有文学史和文学研究经验来看，回答是否定的。那么，为什么我国少数民族文学以原型意象为生命力的创作，就产生了被当下价值评价认可的人文意义了呢？这其中有怎样的深层原因？这是一个值得研究的问题。本文不拟展开讨论。

一方面，意义的呈现机制这本身就是理论发现，是前面四个方面理论发现的自然延伸。另一方面，也体现了文学研究终究以意义探究为旨归的性质。彰显了马明奎作为人文学者的品格。

四 我国民族文学研究逻辑的思考

率直地说，第二章"题材研究"是全书稿中最为深刻生动、形神俱佳的部分。这一章依次分析了满都麦的小说、南永前的图腾诗、张泽忠的小说、阿库乌雾的现代诗。每位作家作品的分析占据了一节。这些文字基于细致耐心的文本细读和体味，研究者真正沉潜于四位作家的文学世界中，努力以"文化持有者"的内部眼界，描述这个世界有哪些意象，进而比对和理论分析，得出了关于意象基本特点特别是深层结构的看法，并给予理论概括。前面我所说的第一种分析，即在这部分完成的。这一章内容的绝大多数文字都已发表，可印证已达到了较高水平。

与第二章有着深刻内在联系的是第三章"价值建构"和第四章"存在建构"。在我看来，这是从我国少数民族文学意象探究出来的人文价值。价值建构，是对于意象与少数民族关于人的原本状态和应有状态的理解的描述和理论分析。存在建构，则涉及少数民族作家的"文本特点"、"知识关系"、"生态关系"等。总之，是原型意象所制导的人的存在样态。即我们前面引述的"终极绝对（空间）"、"道德价值（时间）"、"人格方式（品格）"、"存在状态（世相）"等四个价值层面。应该说，这些通过分析自然得出的看法和初步理论概括，基本站得住脚。可以确认，马明奎教授是位有着深刻人文关怀的学者。他没有仅仅停留在"事实认知"层面，而是基于"事实认知"向"价值评价"层面递进。当然，"价值建构"和"存在建构"也可理解为站在"价值评价与导向"前提下的"事实认知"。因为毕竟呈现的是令人信服的"事实"。

在我看来，一部著作有价值，突出表现之一是给人们启示，能引发人们提出新的问题。《多民族文学意象的叙事性研究》就具有这样的特点。就此作我提出的尖锐问题是：以什么为研究的逻辑起点？我以为这是一个具有普遍性的问题。提出的目的是，希望商讨并就教于马明奎及我国民族文学研究领域的学者们。

1. 关于书稿研究逻辑的观察与判断

我认为，从表面看，此书稿研究逻辑起点是西方的意象理论，作者开头即说："我把目光从题材回向意象是受了三个人的影响：苏珊·朗格（Susanne K. Langer，1895—1985），艾兹拉·庞德（Ezra Pound，1885—1972）和卡尔·古斯塔夫·荣格（Carl G. Jung，1875—1961）。""苏珊·朗格是将意象视为艺术本体的第一人。在她那里，意象（image）与幻象（illusion）、形式（form）是可以互换的；她的观点预设了意象在题材叙述和文本建构中的认知适应性以及逻辑起点意义。""在苏珊·朗格看来，意象（以下称幻象）是艺术和文学创作的核心形式因素，本质是一种'心象'。尤其是，苏珊·朗格用意象来概括全部文学艺术创作的深层景观，在《情感与形式》一书中深入细致地论述了意象与题材衍化、生成、叠合乃至同一的审美心理关系，把它提升到本体性范畴并以此来规定艺术的本质，是里程碑性质的学说。"至于"庞德的意象理论可以概括为四点：①意象是心理表象的瞬间呈现；②意象是一种理性与情感的复合体；③意象的瞬间呈现能达成人的解放；④意象能够表现事物的本来面目"。此外，"荣格的意象则是原型，一种种族记忆和文化积淀，又映现于社会历史题材之间，以深刻涌动的心理能量、深刻久远的原始体验、深刻相应的典型情境涵化时空、摄取题材，生成文本和叙事的内部景观"。

分析书稿作者如上陈述，可以看出如下事实：首先，马明奎教授读书甚勤，熟悉和准确深刻地理解和掌握了西方相关理论。摆在面前的如此深刻细致的书稿，自然与此相关。其次，他熟悉和掌握的三位西方理论家的理论，给予了理论灵感，让他领悟到我国少数民族文学意象是值得另辟蹊径去研究的对象。从第二章"题材研究"、第三章"价值建构"、第四章"存在建构"内在逻辑联系来看，马明奎是立足于对少数民族文学作品意象现象的熟悉、描述、分析和抽象从而概括为理论的路子。因此，说三位西方理论家给予他灵感，这绝对没有问题。

但是，马明奎教授绝非依靠西方理论推衍出他的结论。正如我们前面对书稿梳理和总结的，全部研究显示出：意象既是作品生成的基点，由意象而生成题材，而有人物和情节等。同时，意象具有叙述特质，还是心理动因，并来自民族记忆和原型意象的深层结构等。这些发现与概括是通过描述、分析、归纳和提升自然获得的。但又确实恰与苏珊·朗格关于意象具有意象、幻想和形式的看法基本吻合，与荣格所阐述的：意象是原型，一种种族记忆和文化积淀，以及深刻涌动的心理能量、深刻久远的原始体验等思想更加吻合。这说明了什么？人类文学艺术活动，是人之本性使之不约而同地发生。马明奎的理论成果表明：我国少数民族文学是丰厚的财富和资源，回到这个资源，只要工作方法得当，完全可以从中获得理论发现。这是必须予以确认的。

但是回到我们关于逻辑起点的思考。毋庸讳言，笔者从"导言"和第一章"意象描述"来看，以为在运思的逻辑和具体操作等方面有可调整的空间。首先，西方三位理论家的启发给予的理论灵感，可以置于研究者思考的后台，不必显示于前台。如果在书稿最后，将自己研究结果与西方三位理论家的理论相联系，我以为，恰好证明，以我国本土的少数民族文学经验为资源完全可以抽象出关于意象的理论，可与西方理论比肩。其次，关于第一章，我的理解是受了西方三位理论家启发后，回到我国少数民族文学面上的研究成果，所得出的关于意象的基本看法。这就是我在文章开头所说的："书稿以少数民族文学意象为研究对象。具体地说，所谓的研究，分为两种。一种是集中体现于第一章的对少数民族文学意象的理论研究。另一种是对选取的四位少数民族作家作品意象的研究。两者互相支撑，前者为后者的理论基础，后者为前者的文学文本的经验基础和印证。即便前者，也是作者掌握了少数民族文学300余个文学意象的基础上完成的。"我们以上所有的讨论，都集中在"后者"，因为"后者更具体直观"。所以，首先梳理和评价。现在来说前者，即第一章的"意象描述"，我以为这是关于意象的理论研究。从此章四节的标题"意象是本体审美的成果和方式"、"意象作为生命冲动及其意识形式"、"意象的绵延特质和直觉能力"、"意象符码的表述运动"来看，这是阐述和概括意象的本质、特性和功能，恰与前面我们所说意象研究发现了的四个方面相吻合。从逻辑来说，恰是后面三章的结果。如果放至最后，则为研究成果的理论总结，更合乎逻辑。

我的基本判断是：马明奎这项研究成果，是基于中国少数民族文学意象叙事的丰富独特的经验，经过分析抽象而成的关于我国少数民族文学意象叙事特性、价值的专著。在文本构成、叙事思想、创作动因等诸方面有许多重要发现和思想。给人以西方理论为逻辑起点的假象，虽然瑕不掩瑜，但非常遗憾。就此而言，我以理论自信为话题切入此问题，以一些初步想法就教于同行学者。

2. 理论自信以克服学术遗憾

近30余年，西方理论以理性和分析见长的特点，对我国学术界产生了深远的影响。开阔了我们的眼界，也给我们以启发和研究的工具。如果说，这是我们学界必须走的第一步的话，那么第二步，则是在兼容汲取西方理论基础上的融合，所谓融合，是说形成我们自己适用的方法。第三步，则是产生我们自己的问题。自己的问题既需要西方理论参照，更需要借助于本土资源。将自己本土问题放置在开阔的学术视野中，以融会贯通的适用方法去分析和解决，这就是学术自信的可能性。换个角度说，经过以上三个步骤，我们理应建立起学术自信。

当然，有了理论自信，说明有了克服遗憾的可能，至于具体应如何做，这就应该依赖各自的不断体会和实践了。

刘俐俐

（刘俐俐：南开大学教授，博导）

序二

创建中国多民族文学理论体系的一个尝试

王昌忠

中国是一个多民族国家，不同民族鲜活生动、形态万千的文学编织，成就了中华文学的灿烂辉煌。与多民族璀璨亮丽而又繁富厚实的文学景致相比，对于中国多民族文学的学理研究显得极不相称。中国多民族文学研究的症候主要为：第一，缺乏整体宏观的打量。既有的中国多民族文学研究，主要是采取碎片、肢解方式展开的。也就是说，论者对分割的某一少数民族文学、独立的某一少数民族作家常常有着具体、细致的把握，但缺少将作为整体的中国多民族文学置于同一平台上和统一视域中探究，既把捉其话语公约性，又辨析其审美差异性。这使中国多民族文学研究表面活跃、热闹，实则零散、纷乱；使建构中国多民族文学研究的理论体系付诸阙如。第二，研究视角简单贫乏。在注重"载道"、"诗教"的国度里，首先是政治，其次是文化，成为考察、评析文学的主导视角。新时期以来，随着文学内涵空间的不断开辟和意义维度的不断拓展，文学研究视角有了新的创设，特别是艺术视角得到了强调。然而，这主要是针对汉语文学而言的，多民族文学并未摆脱主要置于政治、文化视角下进行考量的难堪处境。仅有的审美批评，也不过是随意的印象式点评和感性的主观式鉴赏。其结果自然是严重遮蔽、掩盖了多民族文学丰富、博大、精深的意涵内质和美学含量。第三，与上述两点相关联的是，理论资源枯竭，学术方法陈旧。严格说来，对包括多民族文学在内的文学艺术的政治、文化解读，所操持的只是政治和文化理论资源以及对应的方式方法，而感悟式鉴赏基本用不上理论资源。随着文化之门的全方位打开，多姿多彩的异域理论资源及学术方法纷纷着陆于新时期以来的文学研究现场。无法回避的是，这些理论资源、学术背景并未积极有效地运用于中国多民族文学的研究。抱残守缺于贫瘠的学术资源和方法论资源，中国多民族文学研究显得陈旧、呆板而疲惫不堪。

　　突破中国多民族文学研究的上述阈限，无异于一次学术探险，一场学术攻坚。对于有志这一学术历险的研究者，首先需要的是高妙的学术悟性和敏锐的学术警觉，其次需要的是卓越的学术胆识和非凡的学术意志。因为既有学术范式和研究框架不仅具有巨大的招安、笼络作用，而且具有强烈的麻醉、迷惑功效，常常使人陷于其中并且心安理得、怡然自乐。马明奎教授曾经长期根植内蒙古大草原，不仅对少数民族的风神气韵情有独钟，而且对少数民族的文学心领神会，怀着虔诚、崇敬的学术情感。马明奎教授对满都麦、南永前、张泽忠、阿库乌雾等等少数民族重要作家的文学创作进行了精微、深入而又独到、恰适的评说和赏析，并因此在多民族文学研究界谋得了一席之地。然而对于多民族文学的言说，马明奎教授没有到此为止，也就是没有将学术境界停留在代表作家和典型文本的品鉴和阐释——如果是这样，他显然就被多民族文学研究的定势和惯习"绑架"着走上了安全、保险但却传统、古旧的程式。在马明奎教授的学术襟怀里，个案研究必不可少甚至相当重要，但不应是学术终点，而只应是通向学术远方的一个步骤，一个阶段。这个远方，就是带有整合意义、涵纳价值的体系性、综合性理论话语。当成熟、科学的理论体系建构完成，又会反哺于个案作家和作品的体悟与领会，从而形成文学研究的良性循环和双向互动。

　　调整学术思维，重设学术空间，追求多民族文学研究的新高度，于马明奎教授而言，固然发端于他的学术悟性、警觉和学术胆识、意志，但根本上，还是归结于他的学术背景和学养根底。马明奎教授有着作家和学者的双重身份。一方面，创作并出版长篇小说、散文集的经历，练就、滋养了他感受、体验文学文本的超凡能力；一经介入文本，他便能感知其气息、体会其脉动。另一方面，马明奎教授更是一位学术态度严谨、学术理想高远、学术信念坚定并且学术积累厚重、学术经验丰富、学养功底扎实的文艺理论专家。他多年醉心于现代西方文艺理论的研读、辨析和反思，马明奎教授在文艺美学、文艺心理学等学术领域取得了丰硕成果，对于叙述学、现象学、阐释学、原型理论、结构主义等等西方文艺理论界的重要范畴都有着创生性研究。正是投递出精锐、犀利的文艺理论视线，马明奎教授探测到了既有的中国多民族文学研究的陈旧、僵化和逼仄；正是秉持深厚的文艺理论涵养，马明奎教授拥具了开辟新的中国多民族文学研究视界的坚实学术底气；正是对文艺学理论、方法论的广泛涉猎且运用自如，马明奎教授享有了创建中国多民族文学研究理论体系的学术资源。

在经过相当长时间的酝酿和准备之后，马明奎教授的这一学术探险正式起步于 2011 年教育部人文社科项目"多民族文学意象的叙事性研究"的成功申报，成果则体现于同题论著《多民族文学意象的叙事性研究》。论著四个内容四个章节，十三节三十八个命题，含导言结语，约计 35 万字，洋洋洒洒又饱满沉实，堪称当下中国多民族文学研究的鸿篇巨制。论著将中国多民族文学视为有着审美公约性的"文学共同体"，以意象叙事为学术通道，从意象描述、题材研究、价值建构和存在建构诸维度对中国多民族文学进行了整体性、综合性研究，展现了一个从本体审美向价值建构不断拓进的历史进程。论著视野开阔，逻辑严密，论证清晰，对中国多民族文学的意涵内蕴和美学品质进行了多角度、多层面的深层次发掘，其中亮点纷呈、精彩频现。这里，不妨列举一二：其一，契合"中国多民族文学"这一研究对象的固有特性，论者在解构主体与客体、主体与对象二元对立的认识论基础上，拆解掉多民族文学书写中意象、语词、题材、叙事、抒情、历史、文化、自然等等之间的边界，而将它们统一、混融、涵化为一体，从意象本体审美起始，建构中国多民族文学的意象叙事理论体系。这一理论话语的核心在于：意象叙述主体以本体的、神意的、历史的以及生态的眼光摄持、吞噬、镶嵌、拓扑对象世界，以语象方式描述并建构文化人格机制的同时，实现文本建构。其二，论著大量调遣了西方文艺理论资源，但不是鹦鹉学舌、生搬硬套，而是转化、改造性地动用、操作，特别是与研究中国多民族文学书写必不可少的原型理论、神话理论、母语思维等有机通融。其三，尽管论著旨在建构中国多民族文学的理论话语体系，但并未游离出文学事实作"理论空转"。在论著中，理论建基于对南永前、满都麦等少数民族作家作品的把捉和提炼，而满都麦、南永前等少数民族作家作品则是在理论探照、发掘下的作品。作品和理论相互作用，相互完成。

马明奎教授，从年龄、阅历来看，是我值得感佩的兄长；从学问、智识看，是我应该尊崇的老师。不过，由于情味相通、志趣相投的缘故，更由于马明奎教授随兴、亲近的品行和儒雅、平和的气质，我们又是学术道路和生活旅程中的朋友。正基于此，这篇文字担当不起"序言"的重任，而不过是对马明奎教授采撷又一枚学术硕果表达的一份钦敬、一份祝贺。

在此，也激动而欣悦地传递一份念想：马明奎教授这本专著洞见性的理论观点、开创性的研究方法、探索性的学术视野，能够掀起中国多民族文学研究的崭新篇章！

王昌忠

2015 年 7 月 15 日于湖州宇澄斋

（王昌忠：湖州师范学院教授，博士）

目　录

导　言

春月江南柳如丝，故国风烟未了思。

湖光一幻心如鉴，千里万里不可之。

一　从"幻象"到"意象"到原型

我把目光从题材回向意象是受了三个人的影响：苏珊·朗格（Susanne K. Langer，1895—1985），艾兹拉·庞德（Ezra Pound，1885—1972）和卡尔·古斯塔夫·荣格（Carl G. Jung，1875—1961）。

苏珊·朗格是将意象视为艺术本体的第一人。在她那里，意象（image）与幻象（illusion）、形式（form）是可以互换的；她的观点预设了意象在题材叙述和文本建构中的认知适应性以及逻辑起点意义。"认知适应性"是皮亚杰（Jean Piaget，1896—1980）的概念，是指人的认知过程中，某种前定性的组织心理活动的框架和结构的图式（schema）对于客观题材和对象的同化（assimilation）、顺化（accommodation）和平衡（equilibration）的功能。同化指图式过滤或改变题材，使之成为自身的一部分；顺化是指遇到不能同化的新的题材时，原有图式自我修改或重建，以适应对象。一般说来，个体遇到新刺激，总是先用原有图式去同化之，若获成功，便得到暂时平衡；若无法同化，便行顺化，即调节原有图式或重建新图式，达到新的平衡。同化与顺化乃至平衡过程也就是认知上的适应，是人类智慧的实质所在。貌似：皮亚杰启迪了苏珊·朗格，她用意象或幻象替代图式，推衍到文学艺术的创作中来，就是比反映论更加强调作家和艺术家的心理形式——意象或幻象对于客观题材及现实逻辑的规约或校勘作用。在苏珊·朗格看来，意象（以下称幻象）是艺术和文学创作的核心形式因素，本质是一种"心象"。尤其是，苏珊·朗格用意象来概括全部文学艺术创作的深层景观，在《情感与形式》一书中深入细致地论述了意象与题材衍化、生成、叠合乃至同一的审美心理关系，把它提升到本体性范畴并以此来规定艺术的本质，是里程碑性质的学说。

庞德的意象理论可以概括为四点：①意象是心理表象的瞬间呈现；②意象是一种理性与情感的复合体；③意象的瞬间呈现能达成人的解放；④意象能够表现事物的本来面目。庞德的意象与苏珊·朗格的幻象不同：前者属于创作论中指涉意图①的心理学范畴，后者则属于本体论中指涉接受的审美范畴，搁置思想史或学术史的考量，庞德对于意象的阐述的确冲破了弗雷格（Friedrich Ludwig Gottlob Frege，1848—1925）以来实证主义以及数理哲学用逻辑苛求心理的深刻偏见，将意象研究的合法性推进到心理学界域，不仅以人的解放以及对象的本来面目为标榜，大大拓展了创作的心理空间，而且将意象指涉的意图和接受两个范畴联结起来，在理性与感性瞬间凝结的意义上实现了文学本体性的呈现。

人的解放之论需作说明。一个意象的瞬间生成怎么会构成人的解放呢？这里的问题是：人解放了什么？从哪里解放又解放到哪里呢？这有两个语境：一是19世纪以降理性主义的强横，二是数理逻辑在学术界的统治。按我的理解，所谓人的解放应该指从理性主义和数理逻辑向自由联想和历史记忆的解放。这是两个维度：一是人性的自由度，二是心理的深广度。理性主义将人绑架于数理逻辑之下，数理逻辑又切割于实证的浅面，人只能面对工具和实用，科学主义地活着，诗和神便从人的存在消逝。显然，意象非实证之物，更非数理之事，而是一种心象：升腾或沉潜于意识的表里上下，往来或照应于神意与诗性之间，感应之中呈现，氤氲之际印证。因而又必须从心理阈界走出，走向广大社会历史视野，走回种族记忆及本体审美之初——荣格，就是这么来到眼前的。

荣格原型意象与苏珊·朗格的幻象、艾兹拉·庞德的意象都有所关涉。苏珊·朗格的幻象是本体性的，艾兹拉·庞德的意象则是主体性的；前者指涉本体审美的广大文化历史之视域，后者指涉心理、本能等主体心理体验。荣格的意象则是原型，一种种族记忆和文化积淀，又映现于社会历史题材之间，以深刻涌动的心理能量、深刻久远的原始体验、深刻相应的典型情境涵化时空、摄取题材，生成文本和叙事的内部景观。

---

① 这里的意图就是指创作意图，属于意图谬见的范畴，亦即传统文学批评中，人们常常把作者的意图视为批评的依据和目的，用作者的意图来解释作品的蕴意，并因此把提示作者的意图视为批评目的。意图谬见是新批评理论家维姆萨特的概念，就是指把主观意图和文本客观意义相混淆而导致的错误，整体看来属于心理学范畴。

二　从心理域界流淌到客观世界

叙事性与叙事不同：叙事是一种语言行为，即以特定体裁形式讲述或呈现一个真实的或虚构的事件，并将其组织成话语。雅各布森提到叙事六要素：说话者、受话者、语境、接触、代码、信息，指涉情感、意动、指称、交际、元语言以及诗歌语法六种功能。换言之，叙述不仅是一个指称对象、交流信息、到达接受主体的意动过程，而且还指涉形式构件的摆放、语言符码的确认、情感原型的异延和播撒①总共六个层次的事件性组合，从而构成文本建构的立体动态过程。叙事性则是一种功能性，亦即指涉主体处理信息、编辑符码、建构场域、实现交流以及客观题材与情感原型②异质同构抑或同质异构的可能性或规则性。这里，情感原型是本体和本源，它以情境和受众为条件，集纳主体、表述、信息、对象乃至题材诸层次，融汇为一条意识之河，从心理域界流淌到客观世界。某种意义讲，叙事性就是指情感原型的叙述可能或叙事功能。如果将苏珊·朗格的幻象、艾兹拉·庞德的意象和荣格的原型意象放置到叙事的立体进程中作一种拓扑性分配：幻象、意象无不与情感原型叠合，它们从不同方向和维面回向主体情感心理的深层。一旦如此，六要素的叙事性就回溯为情感原型的叙事性，原型意象也就与苏珊·朗格的幻象、艾兹拉·庞德的意象，以及信息、对象、情境诸层次形成一与多、本体与事象、意向与客体的现象学关系。意象与题材结合的命题就是这么产生的。

我深知雅各布森的情感功能及说话者并不包含原型的含义，而且叙述学、索绪尔语言学均排斥心理主义的旨趣，甚而弗洛伊德和荣格的精神分析都不同程度地谄媚数理逻辑和实证主义以求得学理合法性。但是，那种将心理、情感、意象乃至生存世界嵌入数理逻辑并加以实证的状态，从来就不是人的状态，而否定灵魂的存在、漠视心理意涵就是人的悲剧。包括

---

①　异延（différance）是德里达的概念，指意义的表达在时间之流中被不断延搁的过程，异延强调差异，它存在于一切在场、实在与存在之中，在颠覆现有的结构中呈现自己的存在。异延在空间上表示差异，在时间上表示延搁，以此类推，异延是不确定的。就像"播撒"一样随意、无目的性、无中心，所以解构了结构，是德里达解构主义思想最典型的表述。

②　情感原型是依据荣格原型推论而有的概念，是指主体深层心理积淀中属于情感的元范式、底膜、典范等原始人类情感形态，它们是后代或后续人类情感建构的依托或陶模，而人类的共时性情感正是以此历时性范式或底膜为依据从而进入价值范畴的。

雅各布森的诗歌语法和索绪尔的结构主义，除了形式意向和语义向度外，留下的价值和旨趣已所剩无几。

把索绪尔的深层结构概括到最后并获得艺术审美高度的只有苏珊·朗格的艺术幻象了，遗憾的是她宁肯认同贝尔（Clifve Bell，1881—1964）"有意味的形式"从而诉诸语言、线条、音响、时间、空间等语料构式的研究，也不认承这一概念的心理学性质。可是艺术幻想毕竟是一个形而上的抽象之物，到了文化工业和消费主义的今天，这个抽象之物也要被解构了，技术和物质替代神性，类象和代码取代诗意，世界和存在只留下一堆毕加索的碎片乃至废墟，这真是人类的大不幸。重构（reconstruct）和返魅（Re - enchantment）就这样被提到了价值日程。美国后现代思想家大卫·格里芬（D. R. Griffin）倡导：人类在三个场域与上帝修好①——身体、社会和生态，这当然是个好主意。格里芬的意思是不再孤悬特立，而是从人与自我（身体）、人与他者（社会）、人与自然（生态）三重关系的修复中重新确立人的存在。可是，后现代主义（Postmodernism）的元语言释义本身就是一个不能从理论上规定的反命题，所谓元语言就是指用来解释词典所收词语的定义语言——本书称其为释义元语言。从哲学角度看，人类对于历史的陈述可分别为真实语言和元语言。就陈述而言，被陈述的历史对象的客观表述是真实语言，它是一种状态，一个事件。主持这一陈述的语言被称作元语言。一般说来，真实语言代表了客观对象的现象，是客观性和对象性的；元语言则是结构性和基础性的，代表了客观对象的本质。后现代不仅反本质，而且大多理论家反对以各种约定俗成的形式来界定其反本质主义的主张，亦即既不承认客观对象存在什么本质，也不承认有什么非本质的陈述能表述此种非本质。就创作和接受言，他们根本就不认证艺术的本质，也不考虑艺术的非本质，而是抹杀艺术与非艺术的界限，断言艺术已经死亡。以此推衍到身体、社会和生态，后现代主义的命题规则只能与神性的重构和返魅构成悖论，而不能确立人的存在，更不能返回本体世界。因此，我们只能借鬼打鬼：借用后现代主义的命题规则，把科学主义和数理逻辑加固的藩篱统统拆掉，诸如一与多、本体与事象、意向与客体、心理与世界，乃至形上与形下的分别。这一方式的反题

---

① ［美］大卫·雷·格里芬：《后现代精神》，王成兵译，中央编译出版社1998年版，第84页。

就是把解构出来的拆零部件重新建构起来，落实为一个命题：意象与题材结合。可以说，解构的路数就是阐释，重构的路数就是返魅。所谓阐释，就是将集纳于意象的题材一件一件拆零出来，呈示其作为客观对象与本体神性的意向性关联；所谓返魅，就是将拆零出来的事象重新整合，确立此种关联从而建构人的世界，从而生成本体。于此，我们找到阐释与返魅的深层同一：都想把此种意向性关联推衍到客观题材和现象世界中去！这就是，从本体神性的散播和异延开始，逆着后现代主义路径回到心理域界；再将原始经验与典型情境交感而有的场域升腾到本体，实现人与自我、人与世界、人与神性关系的正态化。我们就这样与苏珊·朗格和艾兹拉·庞德重逢了：在幻象中加载原始经验，在意象中设置典型情境，最后回到荣格的原型意象。

三　多民族文学是一种神性叙事

多民族文学与汉族书写不同：前者的思维方式和创作理念不曾也不愿从神性走出，体现为叙事观点、价值取向、人格方式以及叙述模式的意象化，这一命题的正确表述应该是：以原型意象为本体和本源的对于客观题材和存在世界的神性和诗性呈现。（1）多民族文学是一种神性叙事，体现着本体审美的宇宙观点和人类价值，它从一开始就与本体的空间喻指性联系着，对神性负责而不是现代叙述学意义上的个体行为。（2）叙事模式本质是一种人格模式和诗性建构。在空间喻指性向题材及语词的涵化变现过程中，时间性逻辑向空间性机制转化，亦即一种人格增长和巫性体验而不是人性增长个性体验。（3）空间喻指性即神性，氤氲于原型意象，叙事就是以之为逻辑起点从而朝向客观题材和族群存在的语词化：叙述向观相①蝉变，巫性体验和人格增长向最高神性回归，而不是万物唯我、刁巧僭越、绝对主体。这里的关键词是意象化，这里的命题规则是意象对于题材的建构和结合。

在多民族文学阅读中，我们搜集了近300个意象，归类、分析、分配、拓扑然后概括出原型意象的神性喻指性、空间辐射性、时间涵化性以

---

① 观相是英伽登的概念，他从本体论把文学作品的存在方式界定为"意向性客体"，从而认为，文学作品是由四个异质的层次构成的整体结构。这四个层次是：一，语音和更高级的语音组合层次；二，不同等级的意义单元层次；三，再现的客体层次；四，图式化观相层次。观相显然有语象或图像的意味，是建构之事，而非客观实在之物。

及语词变现性四个叙事功能，指涉空间、时间、品格和世相四个题材维度。以之考校，苏珊·朗格的幻象就只是一种空间性抽象，她抽掉了意象的本体神性，就只留下一具形式的壳，一个无谓之物，主要是理论家在审美阅读过程中感知和意会的某种物事，从未被最广泛的读者所重视，在艺术创作中就是可有可无的。艾兹拉·庞德的意象就生动鲜活得多了，它已从原型意象的神性中流出，携带着原始经验和典型情境，在心理能量的冲腾下投注或播撒，然而走向感觉，抽象为题材碎片和世界影像。同样由于流失了神性，意象就干瘪为符码。一如德里达从破处到断脐的比喻：苏珊·朗格的幻象极像破处，缺失了道德监护的艺术本体就成为一具根本无法贞洁的女体，空洞地期待着；艾兹拉·庞德的意象则是断脐，胎体与神性断裂，人的解放异化为变形。那么大卫·格里芬的返魅就很有一些道理了：它是从身体出发的神性联结。令人遗憾的是，身体与他者、与世界之间的现代性场域本来就是以神性和诗性的祛除为前提的，大卫·格里芬既无法从圣体圣事①的红葡萄酒里提取一枚基督的幽灵，就更无法从神学旨趣中抽绎原型意象。我们只能走向利奥波德（A. Leopold，1887—1948）的大地伦理②。这多少有些滑稽，因为逻辑地讲，否定神性的大地只能建构丛林法则，一种现代技术和科学规范宰制下的责任和道德就是对于大地的蔑视；我们只能回到多民族文学的原型意象中来。回到心理域界就意味着回归本体，回归神性，回归诗性，回到人与自然、与社会、与自我的同一性关系。这并不意味着从客观题材和现象世界的撤离，而是现代及后现代主义碎裂掉的上述关系的修复。

我们是从四个维度将原型意象与客观题材桥接起来：（1）在本体审美的层面上，我们从苏珊·朗格的艺术幻象中加载原始经验，从空间、场

---

① 最后的晚餐时，耶稣拿起饼来，祝谢了，擘开，递给门徒说："这是我的身体，为你们而舍弃的。你们应为纪念我而行此礼。"晚餐以后，耶稣又拿起杯来说："这杯是用我为你们流出的血而立的新约。"

② 利奥波德主张把伦理学领域扩大到人与自然的关系方面，他的"大地伦理学"认为需要改变两个决定性的概念和规范：①伦理学正当行为的概念必须扩大到包括对自然界本身的关心，"一件事情当它趋向于保护该生物群落的完整、稳定和美丽时，它是正确的；否则就是错误的"；②道德上的权利概念应当扩大到自然界的实体和过程，"应该确认它们（植物、动物、水和土壤）在一种自然状态中持续存在的权利"。因此，他反对以人类为中心的伦理观点，因为人类在自然界，不是一个征服者的角色，而是作为自然界共同体中一个好公民的角色。人要把良心和义务扩大到关心和保护自然界。

域和时间三个维度实现神性对于题材的散播和熔铸；（2）在空间辐射层面上，将艾兹拉·庞德的意象植入典型情境，实现原型意象对于题材的吞噬和镶嵌；（3）在时间涵化层面上，德里达的破处和断脐修订为异延，使拆零的题材碎片在历时衍化的维面上回归本体；（4）在语词变现层面上，将大卫·格里芬的身体、他者和自然实行人格重建。这是一种语词方式和文本重建，荣格的原型意象构成此种重建的仰望中心。四者整合为一个总命题，即意象与题材结合。这里的反题是，当社会历史的场域不仅阉制神性和诗性，而且使原型意象休闲的时候，语词表述及所指的意义被阻断，异变为空洞苍白的能指，阿库乌雾的语词革命就发生了。

四个维度的桥接方式拒绝数理逻辑的武断机械性和实证主义的简单物质性，相反，关注特定场域下的神性感通和诗性印证。这是一个重要的叙述学命题：意象与题材结合达成客观题材和对象世界的表述和呈现，最后是语词符号和文本建构。它指涉心理学场域向叙述学的转换，原始经验和典型情境向客观题材及情境对象的结构性转变，时间向空间的拓扑。我们增补了三个理论中介：（1）"原型人"理论。犹太教神秘主义的生命之树（The tree of life）上层是王冠、聪明、智慧；中层是判断、慈悲、胜利；下层是荣誉、基础、王国。三个空间层次配置到原型意象之下的空间性、时间性以及语词性三个维面，实现了本体神性对于客观题材的融渗。（2）中阴识理论。临终中阴、实相中阴和投生中阴的三个生命阶段对应于原型意象衍入客观世界的时间进度：原型意象—情境和模式—题材叙述。（3）空间与时间的拓扑。生命之树的空间性对应于中阴识的时间性，拓扑为人格机制及其认知适应性，从而：（a）本体神性走向主体性及对象化，原型意象作为心理构件向情境涵化；（b）心理性走向客体性及价值化，意象变现为模式或结构进入题材叙述；（c）时间性拓扑为空间性，实现着题材叙述对于原型意义的领承和超越，进入人格建构。

四　多民族文学文本的民间性和个人性

题材叙述中的情境和模式是多民族文学意象叙事性研究的文本形态。与热衷都市的汉语作家不同，多民族作家最早就抱怨现代和后现代，其叙述视野太多地聚焦于城市对于乡野和丛林的蚕食，同样是从四个维面展开的：（1）神话和传说等种族记忆的层面，充满奇异、报应、灾难和神秘，他们的叙述蕴藉着深刻的仪式化倾向：对于神性的无限虔敬和无边怀想。

满都麦的长生天，张泽忠的萨神，南永前的月亮，阿库乌雾的巫界，都是这样的虔敬对象和怀想义域。作为世界的本体和本源，这本来是确立人之为人的最高依据，但是遭到异族文化和西方文明的歧视，体现为现代和后现代都市场域对于民族传统文化及其生活方式的浇灭。神性正在隐退，世界正在落寞，而他们对此一筹莫展。关键还在于他们正在受难：宇宙洪范纪元初开年月的天啊、神们所领承的那些神秘仪式和献祭虔诚，现在正被他们体验着；作为神性发言人和文化叙述者，他们领承着苦难，也颁示着神性，原型意象就是他们的神意图腾。（2）原始生态和自然生命在宇宙境域下的诗性存在。生态不是环境或背景，而是作为存在之物、诗性之事，是与人类生存相融相依的平等共在，并且与种族和祖先虔诚爱敬。生态的持守和破坏已成为文学叙事的基本主题，但是指涉自然和历史两个维面，亦即，生态被破坏的同时意味着民族历史文化的被浇灭，因此自然的神奇常常被置换为祖灵的神异，渐渐转换为种族和传统的优异：族属性意象常常替代本体性意象、巫感性意象常常充任启示性意象，从而构成种族叙事的空间基点。（3）地域民族的风情、习俗、文化和方式，体现了生动的民间性和人类性，虽然经时代社会的淬炼而愈加美丽。这是一些承继神性和祖训的爱情故事，而道德品质是其闪光点和精彩段落。这里的悲剧直接衍入现代和后现代语境，以都市文化的凶险及其规避态度为体式，更多是歌颂或赞美本民族爱的方式及诗性特色，潜意识中却是与现代和后现代衔接涵化的时间意向。（4）人性善良、人格忠诚、仪礼凝重古朴、劳动健康质朴，构成现代和后现代语境下卓然不俗的人类景观和存在价值。鲜活生动的劳动和生活是多民族文学叙事的一般对象，也是与汉语书写或异质文化冲撞的浅表层面，比如满都麦对于"文革"极"左"政治的控诉，张泽忠对于灵动美丽的侗家儿女的悲情叙说，乌热尔图对于森林民族现代生存的反思，都或深或浅地涉入一种被边缘化、被异质化的炎凉世态，婉转地或激烈地释放着他们对于生存困顿和文化削弱的抱怨。

就题材的文本情况来看，主要来自四个方面：（1）历史典籍；（2）神话传说；（3）民间故事；（4）种族想象。其文本形态是不一样的：（1）（2）是文字文本，有国家典藏和民间收藏两种；（3）（4）则更多衍入巫师、也包括民间艺术家和作家们的收藏，受国家学术和主流意识形态影响较少，有更接近历史真实的叙述学价值。民间故事作为口传文学，湮漫浩渺，斜逸歧出，基本与民俗、仪式、工艺、民歌等民间文化素材融洽，有的竟是物质形态的文本。在最古老边缘的山寨或毡包，可能私藏有数十代或不知年月的文物，它们具有文物市场价值不能替代的文本叙述价值：一件器皿就可能是一个家族的故事，就是一段民族历史，不仅凝固在物质形态上，而且飘逸于物质形态之上，在广大时空和深厚民俗中被传说、修饰、夸张、神化甚至失却故事和历史的元话语，成为不同叙事主体特定情境下的话语建构。比如麦都麦小说中的卧牛石，就是敖德奇峡谷的花岗岩石料，但是偃卧了千百年乃至亿万年，在蒙古族的文化历史建构中已经蒙上神圣光泽，关于卧牛石的传说和故事进入满都麦小说的只是较小部分，更大更神秘的部分还在民间流传着。这些卧牛石已成为传说与历史、记忆与想象、文字与文物、家族与种族的见证。由于其文本叙述价值是依附于建筑材料价值之上的，因而存在相当的损坏和发售可能，对于它们的保护就不仅是生态意义上的，而且是人类学和民俗学意义的。换言之，一种民间传说的实物形态衍入种族记忆和文化心理，它就成为民族图腾和原型意象。就文本叙述和种族想象言，它已成为多民族作家与汉语作家可以相互提示的思维指涉和体验成果，但是前者以巫性体验和母语思维为内质从而具有汉语作家所不具有的想象力和本体性。如果说图腾和意象的物质形态其人类学价值是重要的，那些与之相关的传说和故事或不相关的想象和体验其心理学和叙述学价值则尤为重要。我们无法整理出一份某作家的想象记录，但是那些凝结于题材物质形态的想象和释读，绝对是作家个人作为叙述主体的天然身份和识别标志，尤其是其中的意象群落，是完全不可漠视的叙述学依据。

上面关于题材文本形态的分析表明，那种作者死亡的西式叙述学观点在多民族文学叙事这里是行不通的。完全是这样：哪怕是一支传唱了几百年上千年的史诗或民歌，虽然它遍经众口穿越历史，但是当它作为题材进入文学叙事之后，它就必须经过作家个人的再创造或以作家个人再创造为中介，才能保存并且进入文本。叙述主体亦即作家个体不仅是完全不可以忽略的语境对象，而且是主体情感和原型意象的载体，某种意义讲，四种题材来源都在显示一种民间性和私人性，都支持作者未死而且必须尊重的超叙述学规则。不是在弗洛伊德或者荣格的潜意识或集体无意识的意义上，也不能把多民族文学叙事的意象性套牢在白日梦之类臆测中，而是在作家传记和诗歌语法双重研究的意义上，在作家巫性体验和母语思维的个案研究中，多民族文学意象的叙事性才获得学理支持。换言之，多民族文学的叙事题材在融入种族记忆的历史进程中，经由民间和个人，已经意象化，因而成为意象叙事性的物性支持，进而获得阐释的权威性。

　　一个民族的真正的悲哀不是物质和技术的落后，更不是多元时代文化杂交的乱象中主流地位或核心价值的缺失，而是想象的贫乏和记忆的衰减，是文化身份的丧失和主体性的泯灭。就此而论，多民族文学意象的叙事性研究是一个非常重要的事业。

第一章

意象描述

这里的意象是指原型意象。

排除了各种不及题意的阐释条文的罗列之后，本课题关于意象的理解，最迟也应追溯到柏格森（Henri Bergson，1859—1941）的直觉主义，它强调人对于世界的直觉把握和独特表现，构成意象理论的哲学前提。"所谓直觉，就是一种理智的交融，这种交融使人们自己置身于对象之内，以便与其中独特的、从而是无法表达的东西相符合。"① 这里的"理智的交融"是指一种超出感性理性之辨的内心体验，一种朝向对象的、具有涵化或顺化倾向的心灵体验。柏格森似乎在提示我们，像意象这样的心理之事，它根本就不是一物，就不能拿通常意义上的理智或科学的方法，亦即分析的、二元对立的、唯物客观的方式来把握，而应通过直觉来体验。在这种体验中，主体完全沉浸于认知对象中，与对象融而为一，那些属于对象但是被分析能力切割的，或者属于主体但是被二元方式隔离而遮蔽了的，或者双向熔铸但是不能被知识和经验识认的感觉、情绪、氛围，那些凝结于意象、弥散氤氲于场域的特质或意蕴，就映现出来。对此，柏格森未及做现象学那样的描述，但是他划出了相对确定的界域，当我们将意象归入这一界域来把握的时候，就可以确立以下预设：（1）意象不是梅兰菊竹之类的简单物象，虽然千百年来的文学吟咏中它们早已积淀了深厚的象征意义和心理义含；（2）意象不是抽象派或印象主义的感觉符号，虽然这些符号也超越知识和经验，相对深刻地表现对象特征或主体情感，但是它们更多的是扭曲和改变了对象，成为纯粹的主体感觉符码；（3）意象是心理之事，本质是一种生命冲动，蕴含于心灵体验之中，是一种具有深刻创造意向、绵延

---

① ［法］亨利·柏格森：《形而上学导言》，商务印书馆 1963 年版，第 34 页。

而攀援的生命意识，不仅涌现着自体的生命全息，犹如胚胎那样自足着、生长着，而且呼吸感应着客观对象和生命场域，衍射着存在方式及生命世界的纷杂信息；（4）意象作为生命的冲动形式和意识形态，尽管分蘖成各种意识样态，但始终保持着一个基本的意志方向，它与场域和对象的感通和融会呈现为由低级到高级、由简单到复杂、从本体化向对象化、从价值化向符号化不断表述的过程。四个预设的命题规则是：（1）意象超越客观物象和抽象符码，是一种现象学意义的本体意向性；（2）意象是一种指向客观对象和历史情境的生命冲动及其意识形式；（3）在走向对象和情境的冲动中，意象保持着生命体验的绵延特质和直觉能力；（4）意象是从意向到世界、从时空向符码的表述运动。显然，这样的表述已经违背了直觉主义的游戏规则，但是不如此，又如何找到意象研究的命题域呢？

第一节　意象是本体审美的成果和方式

一　意象审美的本体性

《周易》的卦象是意象最早的典范。八卦画万物之象，文字书百事之名，故《系辞》曰："仰则观象于天，俯则观法于地，观鸟兽之文与地之宜，近取诸身，远取诸物，始画八卦。""然画亦书也，与卦相类，故知书契亦伏羲时也。"孔颖达这段话直陈卦象是与文字和书写相类的符号体系，其文化功能正在于画万物之象，故云万象见于卦也。问题是：作为卦象的创作者伏羲，在仰观俯察、远近取画时，是作为个体，哪怕是一位圣人这样的个体呢，还是一位神站在云端操作呢？回答是显然的。孔颖达的陈述以及《系辞》的记载无不显示了这样一个道理：所谓本体审美其实是以主体审美为前提的；之所以称作本体审美乃是因为审美的角度和幅度超越了个体的视野和知识，进入宇宙万物以及存在本身，而且由个体经验衍化为本体的概观和体悟。卦象之所以能够成为本体审美的符码，并不是说它像照片一般将宇宙万物毫发毕现地摄录下来，而是由于象征，它有两个要义：（1）主体与对象绵延不隔无限趋近，达到能指与所指消泯的程度，乃尔"目送归鸿，手挥五弦，俯仰自得，游心太玄"；① （2）以象征事、喻理、体天、悟道，所谓"以通神明之德，以类万物之情"。② 就前者言，"这是一个完整的观察、认识、提炼、营构过程，自始至终，一直伴随着事物的形象，追求象与意的联结"，③ 从而实现人对于天地万物的审美关注，而不会走向苏珊·朗格那样的纯粹抽象。就后者言，人与对象感通、拟意、建构，乃至与天心人意合辙并轨、与宇宙万象形神俱化，不可能成为庞德式的感觉符码和情感形式。

卦象象征宇宙万物启迪了中国传统文化的根本象征精神，作为本体审美成果，它体现为某种"希夷微"之状。老子曰"视之不见，名曰夷；听之不闻，名曰希；搏之不得，名曰微。此三者不可致诘，故混而为一。其上不曒，其下不昧，绳绳不可名，复归于无物。是谓无状之状，无物之象，是谓忽恍"。④ 这里"状"、"象"、"忽恍"就是最初的意象：既非纯物质，亦非纯精神，而是一种看不见、听不得、摸不着，介于认知与想象之间的本体性存在，它是人类感悟本体、揣摩宇宙、概括万象并与之浑成的成果，洪荒太古混沌未辨，对象没有作为确定的某一物被提交给认识主体；就主体言情识未分、人与世界不能达成知识关系，还处于没有经验可言的原型时代。整合而视之，它只是一种心象，佛家所谓心识，既蕴藏着无限的创造生机，又不曒不昧不可名状，语言和书写就成为其呈现的必由之路。伏羲画卦，使之从幽暗晦明的心识境界走出，作为客观一物、心理一事提交到主体面前，这就是卦象，这就是意象。画卦的叙述学意义在于：（1）使宇宙万物从混沌自在的本体因循着主体意识的发生进入时空视域，成为人的对象；（2）使希夷微的本体审美沿着声音和符码的路线进入价值界域，成为某种形式。两者使本体和审美同一为人的主体性操作，声音和符码进而语言成为被提交给人的先验对象和自在本体，在这个意义上，伏羲之画卦一如上帝说要有光就有了光，人的纪元才真正开启了。

---

① 嵇康：《四言赠兄秀才入军诗》：息徒兰圃，秣马华山。流磻平皋，垂纶长川。目送归鸿，手挥五弦。俯仰自得，游心太玄。嘉彼钓叟，得鱼忘筌。郢人逝矣，谁与尽言。

② 南怀瑾、徐芹庭译注：《白话易经·系辞下》，岳麓书社1988年版，第379页。

③ 严云绶：《诗词意象的魅力》，安徽教育出版社2003年版，第13页。

④ 《道德经·第十四章》。

二 意象审美的事件化

意象的本体审美性质是西方从开始就忽略了的美学之根源，恰恰是中国文化审美的根本特点。不像西方柏拉图或亚里士多德，最早就先确立一个理式或物质的抽象概念，作为审美最高典范但主要是作为认知范式，确定了审美的主体性和客观化；中国文化审美是在本体性希夷微的意境中以罔象而无式的方式实现的，没有规则，不着于物，涵泳时流，纵任大化，所谓"天地有大美而不言，四时有明法而不议，万物有成理而不说"。①庄子描述道："黄帝游乎赤水之北，登乎昆仑之丘而南望，还归，遗其玄珠。使知索之而不得，使离朱索之而不得，使喫诟索之而不得也。乃使象罔，象罔得之。黄帝曰：'异哉！象罔乃可以得之乎？'"② 所谓象罔就是若有形、若无形，意象而罔有所得，一种得意忘象、得象忘言、意象应合、"体天地之撰"③ 的本体审美方式，但更是一个审美事件。意象作为本体审美的立脚点决定了中国文化审美的言说方式并不因循西方的线性逻辑，而是一种联系着场域和情境的本体性境界，其核心是意象的事件化。

> 子路、曾皙、冉有、公西华侍坐。子曰："以吾一日长乎尔，毋吾以也。居则曰：'不吾知也！'如或知尔，则何以哉？"子路率尔而对曰："千乘之国，摄乎大国之间，加之以师旅，因之以饥馑，由也为之，比及三年，可使有勇，且知方也。"夫子哂之。"求，尔何如？"对曰："方六七十，如五六十，求也为之，比及三年，可使足民。如其礼乐，以俟君子。""赤，尔何如？"对曰："非曰能之，愿学焉。宗庙之事，如会同，端章甫，愿为小相焉。""点，尔何如？"鼓瑟希，铿尔，舍瑟而作，对曰："异乎三子者之撰。"子曰："何伤乎？亦各言其志也。"曰："莫春者，春服既成，冠者五六人，童子六七人，浴乎沂，风乎舞雩，咏而归。"夫子喟然叹曰："吾与点也！"④

---

① 曹础基：《庄子浅注·知北游第二十二》，中华书局1982年版，第325页。
② 曹础基：《庄子浅注·天地第十二》，中华书局1982年版，第166页。
③ 南怀瑾、徐芹庭译注：《白话易经·系辞下》，岳麓书社1988年版，第392页。
④ 杨伯峻译：《白话四书·论语·先进第十一》，岳麓书社1989年版，第339—340页。

　　《论语·先进》这一篇已经不是"绳绳不可名，复归于无物"的"无状之状，无物之象"，而是"如或知尔，则何以哉"的言说，算得上"日常审美"了。"知尔"是语言对于本体性的衍入，"如或知尔"就是一种各是所是、以语言表述各自存在观点的意象性①预设，分为子路、冉求、公西华和曾皙四个维面，在时间进程中逐层展开，形成特定审美场域。子路于"千乘之国，摄乎大国之间"有所作为是一种政治理想。冉有的"方六七十，如五六十"的治国规模虽小，但是意及礼乐。公西华则入之更微，只在宗庙。从场域看，这是渐进渐小的衰微趋势，但从情境看又是渐行渐上的价值增幅。三个场域推出曾皙之志，作为孔子审美的典范，构成"事件化意象"："莫春者，春服既成，冠者五六人，童子六七人，浴乎沂，风乎舞雩，咏而归。"从事件看，这一场域可以细化为时间——暮春三月、空间——沂水舞雩、人物——冠者童子、事件——浴舞咏归四个维度，而"浴舞咏归"是事件的核心动作，也是审美所涵摄的最高价值。从意象看，前三个场域有着非常明确的主客关系，唯有曾皙的场域强调主客谐和、时空通明、礼乐诗雅、万物浑成，是一种世界隐然、人物绰然、弦歌纯然、归乎自然的意境，它超越于三者之上又涵化之，成为本体性境界，呈现了事件化进程中不断生成的天和之美。就事件言，是一种各是所是、不断进入场域的时空过程；就意象言，又是情境不断融合、万物生动浑成的审美境界，实现了几种关系的消融：（1）主客关系；（2）场域关系；（3）时空关系；（4）价值关系。进入事件化的意象不仅将事理弥散到天地之间，而且升腾到天人之际，作为审美主体的人就在意象与事件的绵延中隐约呈现"目送归鸿，手挥五弦，俯仰自得，游心太玄"，从而领承天地无言之大美。

三　意象审美的历史感

　　事件化是本体性意象审美的关键，而语言是意象导入心理场域的方式。审美在逻辑上的描述与在事件化进程中的体验是很不相同的两回事。逻辑审美是一种主客二分的、援用一定范畴和概念进行的价值评判，它直指对象化；事件化审美则是观照场域、体验情境、以意象的神性临照大千

---

　　①　意象性同时包含意向性，亦即于形象描述一己审美想象的同时表述出独特的思想和观点，形象描述与思想观点两者是同一的。

世界、以心灵的诗性涵泳客体对象的生命踊跃，它回归本体性。逻辑审美的根本缺陷在于抽离语境，强调对象化关系，将生命存在抽象为诸如崇高与优美、悲剧与滑稽、焦虑与丑陋之类范畴或典范，实现人的孤绝主体性。事件化审美是将主体投入大化流行的本体异延之中，不仅进入场域，而且生成情境；不仅在艾兹拉·庞德的人的本能释放和世界本质的呈现中体天悟道，从而把握苏珊·朗格那个"艺术幻象"，某种指令形式和抽象结构①，而且与时俱进地、与物混成地共构着生命和世界的存在。

　　事件化不是一个意象，而是意象的事件化，一种操作和运动。如前所说，语言和书写使宇宙万物从混沌自在的本体进入时空视域，成为人的对象；使希夷微的本体审美进入价值界域，成为某种形式的必由之路，它是因循着主体意识的发生，沿着声音和符码的路线前进的。从一个意象演化为一个事件，其总体倾向就是老子"道生一，一生二，二生三，三生万物"的宇宙创化模式。道生一就是原型意象的呈现，一生二即时空两分，二生三就是生命和世界的意象性创设：诞生与死亡，苦难与道德，悲剧与闹剧，所谓三生万物。这一过程不仅是意象运动，而且是题材操作，包含技术工具的历史含量，有几个要素：（1）空间化；（2）场域；（3）时间进程；（4）情境。下面试作阐述。

　　空间化是心理能量和生命意志的释放和弥散，意象是这种释放和弥散的原点。换言之，本体性审美意象就是原型，故称其原型意象。根据荣格的理解："当我说到'意象'的时候，我指的并不是外部对象的心理反映，而是……一种幻想中的形象（即一种幻想）。这种幻想只是间接地与其外部对象的知觉有关。实际上，意象更多地依赖于无意识的幻想活动，并且作为这一活动的产物，或多或少是突然地显现于意识之中。"② 就是说，意象根本地是一种无意识的幻想活动——荣格这里应该指 hallucination 或 fantasy，带有白日梦幻觉性质，间接地与知觉外部对象有关。"我们在无意识中发现了那些不是个人后天获得而是经由遗传具有的性质……一些先天的固有的直觉形式，亦即知觉与领悟的原型。它们是一切心理过程必不可少的先天要素。正如一个人的本能迫使他进入一种特定的存在模

---

① 参见［美］苏珊·朗格《情感与形式》，中国社会科学出版社 1986 年版，第 59、87 页。

② ［瑞士］荣格：《心理学与文学》，冯川、苏克译，生活·读书·新知三联书店 1987 年版，第 11 页。

式一样，原型也迫使知觉和领悟进入某些特定的人类范型。"① 亦即不是后天习得，而是因遗传而有的一种具有生物进化意味的、涉入本体和神秘的构想能力和原创意向。荣格指出，作为一种领悟模式（apprehension），原型是人类远古时代劳动生活中无数次重复体验了的原始经验的积淀（precipitate）和浓缩（concentrate），其"幻觉代表了一种比人的情欲更深沉更难忘的经验……它不是某种外来的、次要的东西，它不是别的事物的症兆。它是真正的象征，也就是说，是某种有独立存在权利，但尚未完全为人知晓的东西的表达"。② 依据荣格的理解，意象作为一种原型，不仅凝结了人类远古时代的原始经验，而且超越于经验物理世界之上和之外，是某种幻觉气质的另一空间的建构能力。

直觉的、幻觉的、积淀和浓缩人类原始经验并且具有神秘构想能力，就成为本体性审美意象空间化的生命内部依据，它以外部对象为机缘，因循着主体意识的发生，在语言呈现中首先勃发的必定是空间性弥散和主体性表达，我们把它称作"空间波"。如果说空间性弥散还是一种全息性质的本体性喻示，犹如光之于存在世界的开启，那么语言及符码的表达本身具有的延展性和结构性就形成某种场域并指涉特定对象，从而进入时间进程。无论是柏格森的绵延还是爱因斯坦的相对论，都具有将时间衍入（spread in）空间或将空间摄入（indrawing）时间③的意向，亦即本体性意象作为存在世界的审美概观首先是一种空间性的充满和发露，又作为生命原型的意志冲动同时是一种时间性的延射和穿透，两者的拓扑关系就是衍入或摄入。伊利亚·普里戈金讲纯粹的线是不存在的，只有线性——由两个空间点连接成类似声频和音响的波状绵延。他说："通过叠加平面波，我们可以在任一时刻重建轨道"，而"轨道不再是一个原始概念，而是一个作为平面波的结构的导出概念"。这意味着，由于平面波或空间波的叠加而进入时间性，就不再是一种拓扑，而是可以操行的"轨道"。相逆的情形则是扩散过程，就是"轨道坍塌对应于一个点随时间分解为多

---

① 冯川：《荣格：神话人格》，长江文艺出版社 1996 年版，第 83 页。

② ［瑞士］荣格：《心理学与文学》，冯川、苏克译，生活·读书·新知三联书店 1987 年版，第 133、134 页。

③ 衍入（spread in）不同于投射，不是主观内容向客体的移置，而是进入客体并且涵化之；摄入（indrawing）：in - troection，弗伦克兹（Ferenczi）的概念，与投射对立，是指把客体摄入兴趣范围。

个点的情形".① 可见，一个由本体性散落下来的历史过程不再是客观决定论式的外部统制，而是主体性场域不断增长并生成对象和世界这样一个衍入或摄入的时间进程，我们谓其时间流。

将空间向时间绵延或时间向空间扩散讲得最透彻的是胡塞尔，他提出"视域"的概念，他是以听音乐作比，将时间与体验联系起来，认证了以一个当下持有的"原印象"为中心的感知过程，在时间上向前或向后伸展着一个"视域"：向前伸展称其"前摄"（Protention），向后伸展谓其"滞留"（Retention）②。一段音乐的欣赏过程不是一支不可回溯的时间之矢，而是前一个乐音滞留的视域衍入后一个乐音的感知，渐渐与后一个乐音前摄的视域相融乃至于最终消尽，在空间平面波叠加的进程中绵延而为主体体验的时间流。这一原理尤其适合于原型意象空间化的阐释，亦即原型意象作为本体性审美的时间起点在语言和符码的呈现，不仅承自空间性的弥散和谕示，而且以滞留和前摄的视域交融形成一个一个场域，进而氤氲成为情境。场域与情境构成语境，时间进程体现为历史感。

> 子贡问曰："君子见大水必观焉，何也？"孔子曰："夫水者，君子比德焉。遍予而无私，似德；所及者生，似仁；其流卑下句倨皆循其理，似义；浅者流行，深者不测，似智；其赴百仞之谷不疑，似勇；绵弱而微达，似察；受恶不让，似包；蒙不清以入，鲜洁以出，似善化；至量必平，似正；盈不求概，似度；其万折必东，似意，是以君子见大水观焉尔也。"

> "夫智者何以乐水也？"曰："泉源溃溃，不释昼也，其似力者；循理而行，不遗小间，其似持平者；动而下之，其似有理者；赴千仞之壑而不疑，其似勇者；障防而清，其似知命者；不清以入，鲜洁而出，其似善化者；众人取平，品类以正，万物得之则生，失之则死，其似有德者；淑淑渊渊，深不可测，其似圣者；通润天地之间，国家以成；是知之所以乐水也。诗云：'思乐泮水，薄采其茆，鲁侯戾止，在泮饮酒。'乐水之谓也。"

---

① ［比］伊利亚·普里戈金：《确定性的终结——时间、混沌与自然法则》，湛敏译，上海科技教育出版社2009年版，第94页。

② 倪梁康：《胡塞尔现象学概念通释》（修订版），生活·读书·新知三联书店2007年版，第529页。

　　"夫仁者何以乐山也?"曰:"夫山笼苁礧嵬,万民之所观仰,草木生焉,众物立焉,飞禽萃焉,走兽休焉,宝藏殖焉,奇夫息焉,育群物而不倦焉,四方并取而不限焉,出云风通气于天地之间,国家以成;是仁者所以乐山也。诗曰:'太山岩岩,鲁侯是瞻。'乐山之谓矣。"①

　　刘向这一段记载是"观大水"这一原型意象由空间化转依而为时间进程的一个典型案例。从君子观大水的象征喻示,扩散为从"观大水"向"乐水"和"乐山"散播的三维空间结构,而"夫水者,君子比德焉"是这一空间喻示的神性所在。"观大水"这一原型意象是以三个平面波的叠加绵延而进入空间弥散,囊括大水、水、山,乃至观大水而乐水山的人及其问答相与,呈现了一种本体性审美的意境。虚拟的子贡与孔子的三问三答构成事件化的动作过程,只是一条隐然断续的虚线,并不似西方叙事的矛盾进展或冲突结局,也没有设置场景或塑造人物,更没有细节,只有一条虚线联结并牵引着三篇问答话语。我们在品读夫子论大水之德和山水之乐时,横逸斜出的"意象化片段"像波光水影一样联翩而至:其流卑下句倨皆循其理,赴百仞之谷不疑,至量必平,盈不求概,万折必东——此大水之波也。泉源溃溃,不释昼也;淑淑渊渊,深不可测——此水之波也。夫山笼苁礧嵬,万民之所观仰,草木生焉,众物立焉,飞禽萃焉,走兽休焉,宝藏殖焉,奇夫息焉,育群物而不倦焉,四方并取而不限焉,出云风通气于天地之间,此山之波也……这些意象化片段进入语篇结构就变成画面和声音,像潮水一般从天际涌来:大水—水—山—汪洋恣肆,汇聚眼前,滮漫成浩浩汤汤的人呼马嘶、刀兵血色,终于又潮水一般从夕阳西下的天际逝去。叙事沉寂下去,空间留白和时间絮片从问答篇章中凸显,映现出天地之间、师徒两人、登山临水、论议悲慨的画面,那种"前不见古人,后不见来者,念天地之悠悠,独怆然而涕下"的浩瀚之思和孤渺之悲,一种历史感和兴衰感——我们领悟了:其实走远的不是山水,而是历史运动。当一切都流水一般逝去梦幻一般矢尽,停在画面的只有师徒二人和空茫宇宙。如果说这是品读时的自由联想,那么不妨注意

---

① 刘向:《说苑·杂言》,《四部丛刊初编》本(五八),上海书店1989年版,据商务印书馆1926年版重印。

"诗云：思乐泮水，薄采其茆，鲁侯戾止，在泮饮酒"和"诗曰：太山岩岩，鲁侯是瞻"这两个时间提示的附缀，把大块大块的空间性画面归结于鲁侯在泮饮酒、鲁侯太山是瞻两个历史事件，等于在空间性叙述中凿穿两个时间户牖，从君子的观与乐我们窥入鲁侯的饮与瞻，空间摄入时间，场域衍入情境，不仅获得从山水观照历史的空间性视域，而且获得当下看取已逝的时间性视角，场域和情境涉入原始经验，本体性审美衍化为一种历时性怀想，审美也从意象喻示转入历史反思。

四　审美意象的生态美

本体性审美从意象喻示转入历史反思是一个时间进程，其必由之路是心理场域的涉入：原型意象作为生命意志的彰显，其事件和动作也不只是一条射线，它既有体一分殊的散播，也有总一持多的散摄，根本方式是在镶嵌、吞噬、拓扑题材的进程中实现题材原型化。

原型意象的空间化散播并不分别主客，是一种神意氤氲、诗性盈圆的场域，就像光一样充满无边。时间化进程的本质是主体意识的发生：就像房子里打开一扇扇亮窗，原型意象的神性之光照入心理空间的不同层次，就是对象化的诗意情境，原型意象以此与客观题材衔接。与积淀说不同，原型意象是以空间波的叠加方式和绵延状态进入心理场域的。积淀说认为，艺术审美的心理机制包含原始积淀和形式积淀两个层次，而原始积淀层就相当于本体性审美过程中原型意象的积淀，但它不是神性和诗意对于简单物象的摄持和呈现，而是自然知识、技术经验以及劳动生活的形式化和抽象化，心理场域只是这种知识和经验的储存场地或形式加工。① 积淀说的合理处在于强调审美先于艺术，积淀本身含有时间和历史的含量，是一个不断累加、不断抽象的进程。积淀说的缺失在于：此种累加是以神性和诗意亦即原型意象所承载的本体性的缺席为前提的，亦即是以唯物主义和科学主义的物理印痕来阐释积淀，因而导致两个结果：（1）知识和经验内化为人性，所谓自然的人化；（2）人性从知识和经验的机械技术和物质堆砌中钻入。我们正是在这里借鉴积淀说形成情境论的。情境论观点认为，在原型意象衍入时间性进程的历史逻辑上，空间性散播和本体性审美始终在场！它体现为：（1）承载本体神性的根本生命意志对于场

---

① 参见李泽厚《美学四讲》，天津社会科学院出版社 2001 年版，第 252—253 页。

域——那一扇扇打开亮窗的空间的照入，是意义的敞亮和播撒；（2）原型意象从价值性和空间性两维摄持并呈现题材，为人的登场铺设道路并成为人的场域；（3）本体性审美进入人的场域之后不是作为对象而存在，而是变现为意象或模式以散摄、镶嵌、吞噬和拓扑的方式与题材交道从而走向结构和文本；（4）时间性本身就是空间性和本体性的一种拓扑，这一过程既是学理的也是形式的，根本命题则是生态的，亦即以神性和诗意为依据的人的价值存在的建构和完型。

本体神性不是个讨论的话题，它不仅与主流意识形态不侔，而且与科学主义，尤其是与当代工具理性不侔，只能做点描述：（1）本源和本体；（2）氤氲而孕育人性的本体性审美；（3）呈现为原型意象的空间性散播；（4）形成空间波进入时间进程，叠加成为一个个具体的情境，成为人的场域；（5）变现为语词和符码，进入结构和文本。承前所述，原型意象是本体性审美发生的原点，散播变现为下级意象群落并且散摄、镶嵌、吞噬和拓扑题材，使之进入一个时间性的、历史和世界的价值进程。必须强调，它始终与本体性照面并且接洽着的，否则，就走向环境美学或生物工程之类技术附庸或理性对象，最糟糕的时候就是集体无意识的回放和迷思（myth），本质是人的沦陷。在这里，我们再度遇到积淀说。作为荣格意义上的"纯形式"，原型意象蕴含了走向客观对象和回向本体审美的趋势。按照李泽厚的观点，艺术形式积淀层所包含着的原始积淀层向两个方面伸延："一个方面是通过创作者和欣赏者的身心自然向整个大自然（宇宙）的节律的接近、吻合和同构"，实质是向着本体审美境界的回归；"另一方面的伸延则是它的时代性社会性"，就是走向对象世界。[①] 这正是原型意象内在倾向或本体势能的两个维度，我们谓之空间性散播和时间性进程。由于此种倾向和势能，原型意象一旦遇到特定对象或者进入特定情境就会发生感应，就会出现灵感现象，产生类似爱欲的冲动，引发联想和想象，激活原型意象凝结的远古记忆和原始经验，进入宇宙意绪或历史氛围，就是我们所说的场域和情境，荣格的典型情境。追根溯源：两个倾向和势能源于一个根本，就是作为"总"或"一"或"体"的本体性审美。

如前所论，作为人类把握世界的第一批成果，原型意象是一种情境关

---

① 李泽厚：《美学四讲》，天津社会科学院出版社 2001 年版，第 252—253 页。

联性的"境相"，恍惚于人天之际，氤氲于心物之间，在不断积累和反复体验的历史过程中沉淀于集体无意识，成为荣格所说的原始意象。荣格有两点界定：（1）它们是一些"可感的万物之摹本和原始模型，有开端、初始等发生学意义"。① 这与象罔所包蕴的本体性是一致的，只是原始意象已经变成心理学对象，具有了逻辑起点的意味，象罔则滞留于空间概观和本体性审美；（2）是一种"纯形式"，一种"先验的表达的可能性"，② 这与我们的时间进程（平面波叠加衍人的时间流）是同构的，而且与积淀说兼容。但积淀说分述的原始积淀和形式积淀两个层次较荣格的"先验的表达的可能性"更进一步，与我们原型意象的空间性散播和时间性进程两个进向大体搭界：原始积淀层就是那些"境相"，即"象罔"的空间概观，就是原型意象本身；形式积淀层则是其形式化趋向和价值化势能："本来的特定的集体（氏族、部落等等）思想情感的特定表现形式，日渐积淀、转化和扩展为情感客观化的一般普遍感受——想象规律"，③ 从而具有建构意向。这意味着：原型意象不仅承载着有史以来人的存在体悟和生命体验，而且凝结为心理形式和逻辑状态，一种可以被唤醒、被激活的召唤机制和结构能力。荣格与李泽厚的不同是：荣格强调"纯形式"的非价值和超文化性质，李泽厚则认定这些"境相"是一些心理印痕，进入遗传机制和历史进程之后就变成一些时间弯度，不断吸摄和积淀后世的审美经验，融合渗透，形成艺术形式积淀层，而这又是这些"境相"的文化本性。但是将原始意象归入心理范畴，阐明其凝结远古记忆和原始经验，承载宇宙本体信息，成为先验的形式因素和意义单元的结论，两人完全相同。由于荣格从元语言的④性质上滤掉意象的文化含量，就为意象运动开拓了更其广阔的义域。

　　我们与两者的不同是我们将荣格的"纯形式"和李泽厚先生的"想象规律"改写为情境，有两点比较关键：（1）本体性审美始终在场；

---

① 程金城：《原型批判与重释》，东方出版社 1998 年版，第 9 页。

② ［瑞士］荣格：《荣格文集·论分析心理学与诗歌的关系》，冯川译，改革出版社 1997 年版，第 225 页。

③ 李泽厚：《华夏美学》，天津社会科学院出版社 2001 年版，第 229 页。

④ "元语言"是针对对象语言而有的一个概念，是指主持人的语言，就是用来阐释和指称对象语言的现场语言，它天然生成，是对象语言和人工语言生成的前提和条件。元语言具有能指和工具的终极性。

（2）主体性参与了时间性进程的建构和异延，亦即空间性散播是在场的。原型意象不仅是本源，而且是本体，不仅它推衍了意象向题材的进向，而且它本身作为某种心理质或形意场散摄、镶嵌、吞噬和拓扑题材，与之融为一体，变现为语词和符码，进入结构和文本。我们不妨将这些最早积淀下来的境相命名为"心象"，将后世后续摄入的、直接反映客观题材的表象称为"物象"，我们发现，心象仰向本体神性、与宇宙自然呼吸感应，物象则与当下社会时代呼应交通；前者从形上回落然后沉入心理深层，后者则是一种横向飘移。心象与物象都作为空间波牵系于心理，但是分配在不同的意识层次、代表不同的形式意向和价值取向：作为人与本体的关联物，心象始终把人与宇宙自然联结在一起，形成主体人格的最高理性层次；物象则作为中介或津梁，将主体的视听与时代社会的影响连接起来。那么心象和物象就成为原型意象的两个变体，两者结合的不同方式——散摄、镶嵌、吞噬和拓扑等，就将前述倾向和势能引渡到社会历史的具体情境中去，引渡到题材叙述的不同话语结构和语词形态中去。而原型意象自体则成为超越主体：从潜意识提升出来，不断回眸又义无反顾地走向对象，在一个更大、更开阔的时空里呈现，感受客观世界的风气，吸纳宇宙本体的精神，陶冶着一种恢弘而切实、恣肆而不昧的胸臆，实施空间性观照。整个意象运动呈现为宇宙自然和社会历史两个向度的统一和融渗，呈现为从本体到心理、从深层意识到表层意识，再从心理向世界、从题材到语词和符码冲腾凝结、沉浮往来的过程，一个上下内外纵浪涵泳、古往今来氤氲流行的意境空间，我们把它叫作生态境相。

生态境相是原型意象的内在规定：（1）承载本体神性的原型意象体现着宇宙万物包括人的根本生命意志对于场域——那一扇扇打开亮窗的空间的照亮，首先是有意义的和可以敞亮鉴照的。生态主义强调大地伦理，强调人与他者、与自然的伦埋关系的修复，但是，如果不找到上帝或天道这样的终极和绝对，全部人性和人类的意义都是规定或强设。我们对于原型意象的规定借用本体性审美的理论表述，本质上承认神秘和未知的先验性——不管作为科学的未来对象，还是作为宗教的修为神性，它都是我们必须虔敬和信仰的本体。象征不是虚拟，不是电子信息时代的傀儡和戏仿，而是人的存在场域中氤氲而充满的神性和诗意，正是与人呼吸感通、交道往来的道、一、本体。（2）原型意象不仅摄持并呈现客观题材，而且散播为空间波，散播为下级意象群落，散播为题材叙述中的物象或场景中的细节，为人的登场铺设道路，增设风景，氤氲那种神性的、诗意的、历史感的事件化场域，从而构成人的存在。

　　　　余尝论画，以为人禽、宫室、器用皆有常形，至于山石、竹木、水波、烟云，虽无常形而有常理。常形之失，人皆知之；常理之不当，虽晓画者有不知。故凡可以欺世而取名者，必托于无常形者也。虽然，常形失之，止于所失而不能病其全，若常理之不当则举废之矣。以其形之无常，是以其理不可不谨也。世之工人或能曲尽其形，而不至于其理，非高人逸才不能辨。与可之于竹石枯木，真可谓得其理者矣。如是而生，如是而死，如是而挛拳瘠蹙，如是而条达遂茂。根茎节叶，牙角脉缕，千变万化，未始相袭，而各当其处，合于天造，厌于天造，厌于人意。盖达士之所寓也欤！①

　　苏轼这一篇画论讲的正是这个道理。人禽、宫室、器用至于山石、竹木、水波、烟云等就是我们说的物象，所谓常形之物；而苏轼所谓常理是竹子作为自然之物的生机和情态。"竹子有其萌芽、生长、繁茂、枯萎的自然生机，有其盘枝错节、摇曳生姿、千变万化、自然而然的情态。"②所谓"妙合天工"、"合于天造"，是生命自然之生生不息天机流荡的活泼之理。在这个层面上，苏轼的常理与原型意象的本体性审美，与空间性散播而有的氤氲气质、蓬勃生机是一脉相承的。但是，滞留于天机或生气的竹子的情态不是一物，不是曲尽其形的技术，而是挛拳瘠蹙、条达遂茂的风格，是竹子根茎节叶、牙角脉缕、千变万化、未始相袭的生命空间的展播和势能，它散播和映现于人禽、宫室、器用乃至山石、竹木、水波、烟云等非常具体的场域和情境，逞适满足着人的心意，或者说它感应着、适应着、印证着人的情感意志和生命冲动。它不仅是人的观赏对象，一些物象，而且是与某种"境相"相应的心象，是从天机和生气延宕而下的雅操襟抱、磊落不平乃至于人的胸中盘郁、孤愤抑志，是本体性场域叠加下来的平面波，绵延迭荡而流出于胸中、手中乃至画中，泼洒为勃勃生气之

----

① 苏轼：《苏东坡集·净因院画记》，商务印书馆1933年版。
② 陈健毛：《寓意于画：论苏轼"常理"说的美学理念》，《广西师范大学学报》（哲学社会科学版）2007年第6期。

竹。这既是空间散播的过程，更是一个时间冲进的进程，是人的出场和处所："如是而生，如是而死"；"合于天造，厌于天造"，乃至"厌于人意"从而成为"达士之所寓"，其生死悲喜的体悟、合天厌人之兴寄、"不留于一物，故其神与万物交，其智与百工通"① 的生命存在状态，已不再是竹，而是人，是存在事件，是神性和诗意散播摄持、遍照充满的生态境相。

这里有三个关系值得注意：（1）竹子作为原型意象与其根茎节中、牙角脉缕、千变万化、未始相袭，乃至挛拳瘠蹙、条达遂茂的情境和状态之间，是本体性审美与场域和情境的关系，就此而论，空间性与时间性所观照的人禽、宫室、器用乃至山石、竹木、水波、烟云等可能进入画面的物事，都构成一些心象，构成体一分殊或总一持多的景物象征喻示关系，它不是从原型意象的本体性矢尽而彻底消逝，其勃勃生机和条达遂茂之态、之意、之境，就是本体神性和诗意郁然丰沛的体现。（2）在竹的场域和情境中，人禽、宫室、器用乃至山石、竹木、水波、烟云等客观景物已经是一些物象，在作为话语符码表达特定意义的"常理"的呈现中，不再作为对象与人对立，而是成为"境相"与原型意象同一并且散摄着、镶嵌着、吞噬着和拓扑着，亦即物象与心象同一为本体性审美的境相，生成具体情境关系。（3）竹或其他物象，进入人的场域之后都变现为墨色和线条，变现为特定的构图和技法的语词或符码，从而成为本体性审美文本。墨色和线条与画面构图的语词关系，逐渐呈现为时间性向生态自然和价值人格的衍化完形，苏轼的"盖达士之所寓"以此解释为寓心寓志乃至寓身寓命之栖所，正是以神性和诗意为依据的人的存在的建构。

第二节　意象作为生命冲动及其意识形式

不是所有的意象都是原型。荣格的原型概念非常明确："与集体无意识不可分割的原型概念指的是心理中明确的形式的存在，它总是到处寻求表现。神话学研究称其为'母题'；在原始人心理学中，原型与列维－布

---

① 苏轼：《东坡全集·书李伯时山庄图后》，《四库全书》本，上海古籍出版社1987年版，第11—12页。

留尔所说的'集体表象'概念相符……"① 可见，一方面，荣格认定原型就是人的本能的无意识形象和自发行为的模式，它从梦、想象、幻觉乃至妄想表现出来，而积极的创造活动尤其是文学创作就是原型最活跃的表现形式和浮现场域。与之不同，那些刚刚从外部景物或客观题材中获得，寄放在心理表层因而随时走失、不滞不碍的"物象"亦即表象，只是一种素材，与原型的关系就远得多；在表象的意义上，意象与题材没有区别。前面论述的原型意象最接近荣格的原始意象，它是从本体审美向对象呈现的哲学进程中处于原型与题材之间的中介位置，是某种可以作现象学描述和心理学分析的"境相"。文学意象的研究不能止步于审美观照，应该进入现象学描述和心理学分析，这种分析最有价值、最能表述文学创作动力过程的无过于荣格的原型理论。这是因为：就原型意象涉入深层心理言，在个体潜意识乃至情结的层面或维度，弗洛伊德的力比多观点是有些道理的，缺点是将审美意象植入生物性和病理学范畴，这是一种令人尴尬的笨拙。另一方面，荣格的集体无意识同样缺乏有力的实证支撑，不能进入"科学"，尤其是自然科学模式的实证，这就造成学理认同的底气不足。对此，我们采取建构的或描述的方法，不采取自然科学主要是物理学的物质还原法是因为，即使是分子的活动，分析到量子或离子的微观层面，我们还能实证吗？把全部地球生物分析到最后，就是一团质子乃至"无"或"空"，什么都不存在。这种终极绝对的科学主义是人文科学的死亡渊薮。原型的实证应该如荣格和弗洛伊德所做的，主要是诉诸案例分析和学理建构。从案例看，我们应该回到文学意象的事实，这个事实只能是语词和符码；从学理看，我们不能不预设场域和情境，将意象放置到特定的时空结构和叙述关系中来研究。两者都须进入文本事实。这意味着文学意象必然进入阅读和接受，与读者及批评结合起来，这是一个具体化过程；而时空结构和叙述关系又意味着文学意象必然内化为一种心理结构和命题方式，进入价值进程。具体化与价值化的中介就是人的审美存在和意志生成。孤立静止、逻辑绝对的意象研究，在我看来不仅得而未曾，而且没有意义。

①　Jung, The Concepte of the Collective Unconscious, *The Collected Words of C. G. Jung*, Vol. 9, Part 1, pp. 42 - 43.

五　场域：原型意象走向题材和世界的第一步

最早从文学的场域研究意象可追溯到刘勰的《文心雕龙·神思》："是以陶钧文思，贵在虚静，疏瀹五藏，澡雪精神。积学以储宝，酌理以富才，研阅以穷照，驯致以怿辞，然后使元解之宰，寻声律而定墨；独照之匠，窥意象而运斤。"① 这段话的前面部分正是创作心理的描述：专一心志，成一虚境，疏瀹器识，洗涤精神，此其一也；积累知识以为宝藏，参究学理繁富才识，体验人生穷尽事理，规约情感历练语词，此其二也。用现象学的术语来表述就是悬搁经验和知识，实现纯粹意识和先验主体的还原。从心理学的角度看则是：解释生理或心理的诸种烦恼忧虑，将纷繁零乱的意绪宁静下来，使之呈现为清晰纯一的意识和思想，使胸臆和心境臻于虚静状态，加之学理、经验、情感包括语言的反思和体会，使创作者进入与元解之宰照面的本体性境界，然后从语言和符码入手，独照而运斤，把捉此一意象的降临。这个意象显然不是客观景物的平移，亦即不是表象，而是承自本体性境界，在一定心理场域和情境下，整合客观对象而有的形象之物，应该是总领题材摄持对象的原型意象。所谓元解之宰就是本体性审美的空间概观；声律和定墨显然指语言和符码，是进入时间性并把握题材的必由之路。我们感兴趣的是，由元解之宰到达语言符码之间的那个心理场域，按照刘勰的意思应该是一种虚静，所谓虚室生白的心宅或坐忘，一种空间播撒性质的本体性审美境界。但是这种虚静并不是佛学的顽空或断灭，而是经验和知识被悬搁，学理和体悟潜行的，生机流行、意向滋长的场域，其根本意志是指向客观世界和题材对象的。这个凝结着元解之宰和知识与经验的意象，这个循着声律和语词（定墨）上路并且独照而运斤的意象，应该是主体生命意志和叙述意向的呈现，是牵系于本体、对象、空间和时间四维的交织物，一个游逸而网结的蜘蛛。我们可以预设其运行的维面和向度：（1）直承本体审美成为其空间概观的符码，如周易卦象；（2）承继本体神性、体现生命意志，从空间播撒中诞生的神祇性主体，如盘古、女娲、伏羲；（3）进入时间和历史，与对象和题材相涉而具有情境性的故事，如舜与二妃、禹与黄熊；（4）涉入题材较深，充分对象化和客观化的象征性物事，如庄子笔下奇形怪状的人物，屈

---

① 周振甫：《文心雕龙今译·神思》，中华书局1986年版，第249页。

原笔下幻渺美雅的花草。不论符号还是人物，不论故事还是物事，都已充分意象化：携带确定意蕴，持有特定结构，成为"一种真而不实的虚象"①；进而宇宙间一切虚灵飘忽的形态和动势都如此这般地被摄入心灵融入语义，成为人与本体、人与对象的关联物。

事实上，原型意象的本体性远远大于上述描述，它至少与三个义项有关：情境、对象和仪式。作为创作主体的人其领承本体神性的唯一依据就是生命意志，但是此种意志不是悬空或虚设的，而是以一定情境和对象为条件，在一定仪式中生成并且运行的。我国学者叶舒宪对此有深入的阐述，他认为仪式是一种象征性交际行为，②而原型正是一些与主题、情境和人物类型有关的稳定性文学结构单位："只要它们在不同的作品中反复出现，具有约定性的语义联想。"③这里的原型就是以反复出现的意象为载体；他不仅认同意象的象征交际功能，而且把它与主题、情境和人物置于同列，进入语义统摄的叙述范畴。我们再看苏珊·朗格的这段话："一个雕塑是一个三维空间的中心。这是一个支配着周围空间的虚幻的能动体积，这个环境从它那里得到了全部比例和关系，就像一个实际的环境从人本身所得到一样。作品是一个自我的表象，它创造了一个触觉空间的表象，而且进一步创造了视觉表象，它实现了自我对象化，形成了视觉环境。确切地讲，雕塑是感觉空间的能动体积的意象。"④我们将这里的"雕塑"替换成"原型意象"，"三维空间"改为"四维空间"，亦即加上时间一维，"能动体积"改成"生命意志"和"叙述意向"，稍作调整就变成下面的命题：

> 一个原型意象是一个四维空间的中心。这是一个支配着周围空间的虚幻的叙述意向结构，这个结构作为场域从它那里得到全部意义和关系，就像一个实际的环境从人本身所得到一样。原型意象是一个自我的表象，它创造了一个心理空间的表象，而且进一步创造了视觉表象，它实现了自我对象化，形成了视觉环境。确切地讲，原型意象是

① 参见朱良志《"象"——中国艺术论的基元》，《文艺研究》1988年第6期。
② 叶舒宪选编：《神话——原型批评》，陕西师范大学出版社1987年版，第27页。
③ 同上书，第16页。
④ ［美］苏珊·朗格：《情感与形式》，刘大基、傅志强、周发祥译，中国社会科学出版社1986年版，第108页。

心理空间的生命意志及其叙述意向的意象。

如前所述，我们在苏珊·朗格的艺术幻象中加载原始经验，并从空间、时间和场域三个维度设置情境，实现神性的散播，这就是原型意象走向题材和世界的第一步：场域。我们这样来规定场域的义含：（1）作为一个四维空间的结构，它是一个体现叙述意向的场域；（2）它从原型意象那里获得全部意义和关系：空间、时间、对象乃至语词意向；（3）它是一种自我的表象，所谓空间观相或空间波；（4）它创造了一个心理空间，而且进一步创造了视觉表象。还不止此，场域作为原型意象走向题材和世界的第一步，从心理看恰恰意味着某种原始经验的激发和唤醒，从时间看是一个"式"：原型意象—场域—实际环境。落脚点是情境。场域是原型意象向实际环境的异延，作为生命意志及其叙述意向发生的处所，既是远古记忆及灵感体验的空间性绵延，也是本体性审美向对象、人物和事件的时间性索引："其始也，皆收视反听，耽思旁讯，精骛八极，心游万仞。其致也，情瞳胧而弥鲜，物昭晰而互进，倾群言之沥液，漱六艺之芳润，浮天渊以安流，濯下泉而潜浸。于是沉辞怫悦，若游鱼衔钩而出重渊之深，浮藻联翩，若翰鸟缨缴，而坠层云之峻。收百世之缺文，采千载之流韵，谢朝华于已披，启夕秀于未振，观古今于须臾，抚四海于一瞬。"[1]所谓"精骛八极，心游万仞"正是一个空间播撒性场域，八极、万仞极言其空间幅度和开展程度。"收视反听，耽思旁讯"是从原型意象获得某种意义和关系的心理搜索：空间、时间、对象乃至语词意向，它从语言和符码上路，衍入时间历史情境。这是主体灵感体验和原始经验两个层次："情瞳胧而弥鲜，物昭晰而互进"是太阳初升、万物鲜明的主体体验；"群言之沥液"、"六艺之芳润"则蕴含、激发并离析出历史和文化的原始经验。两相融合，其历史感与现场感、历时性与共时性结合起来，深层体验是"浮天渊以安流，濯下泉而潜浸"，一种法悦滋溢、想象腾挪、上天入地、独自跃如的自由境界。心理的自由程度和想象的空间幅度氤氲出叙述意向，其心理场域逐渐走向语言和符码表达，从而达至视觉："沉辞怫悦，若游鱼衔钩而出重渊之深，浮藻联翩，若翰鸟缨缴，而坠层云之峻。"而且蕴含触觉：怫悦、浮藻、重渊之深、坠云之峻。在时间历史的

---

[1]　陆机：《文赋》，《文选》卷十七，中华书局本。

进程中实现了自我对象化和环境历史化："收百世之缺文，采千载之流韵，谢朝华于已披，启夕秀于未振，观古今于须臾，抚四海于一瞬。"汪洋恣肆，华枝春满，纵横捭阖，天心月圆。

六 情境：原型意象接触题材和人物的实际环境

场域衍入心理就变成情境，就进入涵摄题材的实际环境，亦即原型意象作为叙述意向的发生之所——语境。涉入语境的概念，我们就势必理喻三个层面的义含：（1）上下文；（2）客观的社会历史情境；（3）互文意义上的话语相似性和语义相关性。一个原型意象的出场是以语境的隐约和预设为前提的，这正像上帝造人之初先验预设了鸟兽山川虫鱼百物一样。而原型意象是与场域共在、同化然后降临特定情境的，佛学所谓心生万境、境以心生。但是，这三个义含是逐层皴染、由心而象、最后衍入情境的。

> 员外居中，箕坐鼓气，神机始发。其骇人也，若流电激空，惊飙戾天。摧挫斡掣，㩏霍瞥列。毫飞墨喷，捽掌如裂，离合惝恍，忽生怪状。及其终也，则松鳞皴，石巉岩，水湛湛，云窈眇。投笔而起，为之四顾，若雷雨之澄霁，见万物之情性。观夫张公之艺非画也，真道也。当有其事，已知遗去机巧，意冥玄化，而物在灵府；不在耳目。故得于心，应于手，孤姿绝状，触毫而出，气交冲漠，与神为徒。若忖短长于隘度，算妍蚩于陋目，凝觚舐墨，依违良久，乃绘物之赘疣也，宁置于齿牙间哉！[①]

符载这段关于张员外画松石的描写，算得上是原型意象衍入情境的生动例证。"员外居中，箕坐鼓气，神机始发"是灵感未发、虚静待机的状态，以画家居中守正、箕坐鼓气、与外部世界暂时隔离的外在形态为标志，其实是一个凝心静虑、领承神性的心理场域。"其骇人也"以下至"见万物之情性"一段，是原始经验激发、原型意象登场、道体流行、时空交叠、从本体性审美奔冲对象世界的情境性展演。"若流电激空，惊飙戾天。摧挫斡掣，㩏霍瞥列。毫飞墨喷，捽掌如裂，离合惝恍，忽生怪

---

① 俞剑华：《中国画论类编·观张员外画松石序》，人民美术出版社 1986 年版，第 20 页。

状。"这一动作系列不可以简单理解为画技，如果是这样，就与气功大师的作态无二了；这是一种迷狂状态，是一种"气交冲漠，与神为徒"、将本体对象化，乃至人天合一、意化神玄的状态。从居中守正到狂奋如此，构成道体降临的上下文，构成原型意象降临的生命场域，客观社会历史背景暂时隐退，画家的主体性消泯、差不多臻于尸解的境界，此一境界的背面就是万象纷纭、百川如流、天地交感、自然而然，社会历史在焉矣！"及其终也，则松鳞皴，石巉岩，水湛湛，云窈眇。投笔而起，为之四顾，若雷雨之澄霁，见万物之情性。"我们于此时才理解了庞德的意象：①心理表象的瞬间呈现；②理性与情感的复合体；③瞬间呈现能达成人的解放；④表现事物的本来面目。所谓云自飘、水自流，天地回旋人自独立，真正的主体性从本体析出，进入本当属我的现象和对象的世界。在生命场域和在语词定墨的意义上理解"上下文"，真是渺若河山！所以符载感慨道："观夫张公之艺非画也，真道也。当有其事，已知遗去机巧，意冥玄化，而物在灵府；不在耳目。故得于心，应于手，孤姿绝状，触毫而出，气交冲漠，与神为徒。若忖短长于隘度，算妍蚩于陋目，凝觚舐墨，依违良久，乃绘物之赘疣也，宁置于齿牙间哉！"其实是，进入情境的本体性场域与人的实际环境就化而为一了，本体与文本、原型与语词、空间概观与题材对象、上下文所摄社会历史情境与互文性所持本体审美的话语义域……完全冥合玄化了。那么这里的原型意象究竟是什么呢？本体审美走向题材世界第一步的场域和对象又是什么呢？符载说得明白：非画也，真道也。道体就是这里的原型意象，而画中之物、画时之态、画里迷狂乃至画后醒还的原始经验和灵感体验，正是生命意志流行充沛的上下文，所谓情境和对象。情境与场域的不同正在于此：场域是时空交叠、生机流行的本体世界，情境则是为人的出场铺设背景、设置环境。员外居中——其骇人也——及其终也——齿牙间哉是场域生成的四个空间波，交叠而递出者唯人、唯道，松石作为上下文在其衍入迷狂到醒还的生命进程中，既体现时间历史的进度，也体现题材向话语的向度，两者同一于人，那么本体审美最终成就了人的生成！

七　仪式：原型意象向人生成的内化结构

"员外居中——其骇人也——及其终也——齿牙间哉"是一个仪式，我们能隐约联想到巫师作态——进入程式——迷狂出神——醒还成人的原始经验。

　　原型意象在走向题材和对象的进程中，总是与一定的仪式联系在一起的，亦即它总是牵系着或隐喻着一个动作进程或行为体系，而一般意象则不含此义。叶舒宪在引述台湾学者李瑞腾的研究时指出："作者搜集了自上古文献到后代诗词、传奇、笔记中有关镜子意象的大量材料，构拟出该意象的语义系统，进而考察现代诗人对这个原型意象的自觉或不自觉的运用，发现了作品的字面意义与'言外之意'相互作用的张力场。"① 也就是说，原型意象不仅在上古文献及后世诗文中有所散播和变现，而且所属语义系统其字面意义之外存在一个"张力场"，就是我们说的仪式及其情境。

　　首先，仪式是本体性场域向主体性情境落实的时间节点，它以神性的在场为标志。原型意象大多涉及神性场域，而神性的永恒在场决定了仪式的庄严和肃穆，从而氤氲着圣性气息。文学创作被玩弄为一种"侃"或"玩"，乃至现代主义者把艺术创作糟蹋为一种猥亵和发泄，其根本悖谬正在于对于神性的践踏。什么是神性？神性就是一些意向，一些体现或反映着人的生命意志和宇宙义域的原型意象。这些意象以上古人类的心智水平和思维方式，解释宇宙现象，干预自然进程，把握人的存在，凝结了超越科学理性和逻辑能力的心灵智慧，显示着超凡雄迈的气度和坚定不屈的精神，从而将人的存在提升到宇宙和本体的境界。蒙古族的马就是这样一个原型意象。满都麦小说《骏马·苍狼·故乡》写纳木吉拉的童年就曾接受爷爷的教训："孩子啊，祖先的好运已经降临到你们身上了。在那峭壁上显形的可不是一般的马。据说那是圣主成吉思汗生前的坐骑——云青马在天之灵。咱们黄金家族代代都能够见到那里的神马，所以才把这块风水宝地建为永久的冬营地。原先，咱家是把阿斯哈图峭壁与这边的敖包一样祭祀的。后来，为了避免泄露天机，就把那里的祭拜仪式归到这边的敖包上。我的孩子啊，你可要记住爷爷的话，神马的显现是咱们家族的福分，对任何人都不许透露！天机一旦被泄露，难免要丢失祖上的福气，将会世代背运倒霉的。记住了吗？"问题的关键是：蒙古人不是意想到马的神性，而是亲眼看到神性的马：突然，姑娘那双布满羞涩无奈的目光中显现出惊异的神色。"哟，你快看！怎么会有长翅膀的骏马！"从姑娘身上欠身坐起的纳木吉拉，看见矗立在河对岸的阿斯哈图峭壁中央，隐约显现出一匹长有双翅的马，由小变大，越来越清晰。那匹马仿佛就是老人们歌

---

① 叶舒宪选编：《神话——原型批评》，陕西师范大学出版社 1987 年版，第 41 页。

中所赞扬的"云青马"复活了，蓬鬃甩尾，精神抖擞，从天际腾云驾雾飞驰而来，银铃般"咴咴"的嘶鸣声悦耳动听。一对恋人的两匹骏马也被这神奇的云青马吸引，欲与其结伴为伍而不顾腿上的羁绊，频频昂首欢叫着开始向河边峭壁的方向挪动靠近。萨特讲，"'意象'这个词只能指意识同对象的关系；换言之，它只表示对象在意识中显现所采取的某种方式"。① 按照这样的理解，这匹长有双翅的骏马就是现实中的马进入蒙古姑娘的意识时采取了神话化的方式映现出来，可事实上，阿斯哈图峭壁中央这匹隐约呈现出的马，它是一种并不存在却鲜活生动地显现于蒙古人心灵屏幕的神马，它是永远在场的；不仅在场，它还在意识的存在与虚无之间形成着某种关系，亦即它不是确定之物，"而是一种情感体验，包含着一定的意向性，即导致行为意志的倾向性……而且能感奋起来，甚至行动起来，投入到实践活动中去"。② 这使我们想起德里达的表述："神性既非概念亦非现实，它应当在某种既非理论亦非神秘易感性，既非神学亦非激情狂热的那种邻近性中给出的通向它自身的道路。再说一次，在既非历时性亦非逻辑性，亦非一般在者的意义上，它前在于任何一种与上帝或大写的神之关系。"③ 说到底，它就是人性，德里达的意旨无非是说所谓神性不能用神学或宗教教旨来解释，甚至也不能用哲学来解释，不能用历时性或逻辑性来解释，但它不是这一切又是这一切的邻近性，一个模糊地带，一个人性的生成渊薮和情境，是一切可能性和意向性、一切涵化和延异可能之所在。没有了这个神性作为依据，所有言说都将不再可能，所有存在都将成为虚无。因此，某种意义讲，神性就是由原型意象所承载的人类原始思维和神话想象本身："让我们假设一个其形象会被或远或近地（这里不是说空间距离，而是形象对样板之真理的参与程度，因为，没有这个真理就没有复制的必要）复制的面貌；在这些从一个惟一的面貌，以繁多而不同的模子复制并相互差异的形象里，可能显形的是一个惟一的面貌，它以一种不可解的方式超越感官或思想的一切统握和理解。"④ 这里所谓"样板之真理"就是神性，就是远古人类的生命意志和他们所理解的世界

---

① ［法］萨特：《想象心理学》，褚朔维译，光明日报出版社1988年版，第11页。

② 夏之放：《文学意象论》，汕头大学出版社1993年版，第176页。

③ ［法］雅克·德里达：《书写与差异（上）》，张宁译，生活·读书·新知三联书店2001年版，第258页。

④ M. 德·甘迪亚编：《尼古拉·德·居士选集》，第二卷第三章，第115页。

景象，第一它是自有的，第二它是增长的；所谓"形象"就是承载这一意志和景象的原型意象，它是神性从形上走向形下的桥梁和节点；所谓"繁多而不同的模子"就是指空间神性辐射衍生、异延叠映的场域、情境乃至仪式和事件，乃至宇宙万物和现象世界。那个"惟一的面貌"即神性是不变的，是永远在场的。

仪式的神性是以对象物的出现为指归的，但是一如彭兆荣所追问的："那仪式中人为的真实和由此蒸腾的人文情怀是怎样的共生共携？人类祖先是怎样在他们特有的行为中巢筑起自己的精神家园？那浮现于外的巫术仪式与深纳于内的情愫是怎样地'交感'（sympathetic）作为？"① 换言之，从神性向人性的历史性转换，是否如德里达所说的只是一种处女膜的混乱？亦即是否由婚媾消除了最高痉挛两极的空间异质性，同时它也消除了被模仿者、所指、或事物的外在性或先在性，实现了欲念从而达到满足？② 可以肯定的是，仪式的本质是一种处境和状态，是空间神性场域向社会历史情境性的事件化和动作化进程，一种本体性延伸，而不是断灭。对象的出现是一个历史事件，但是神性孕育人性、本体衍生情境的宇宙事件。"那仪式中人为的真实"不是别的，正是上古人类的思维方式和心智水平运行于荒漠宇宙及现象世界时领悟从而挥发出来的生命事实和存在状态，它是以神性作为"被模仿者、所指、或事物的外在性或先在性"而进入操作的；德里达打灭此一先在性乃至外在性，是对于上古人类存在的宇宙性关联和主体性成长的阻断，最终使人的存在成为无源之水和无本之木——什么是神？神就是人的自我发现，就是人性预演，就是人对于想象中的自我的模仿和意向中的自我的体认，原型意象是这一模仿和体认的结晶和概括。唯其如此，"那浮现于外的巫术仪式与深纳于内的情愫"才据有了"交感"（sympathetic）的平台并且生成空间波，从而"在他们特有的行为中巢筑起自己的精神家园"。这正如满都麦所喻示的："咱们黄金家族代代都能够见到那里的神马，所以才把这块风水宝地建为永久的冬营地。"祛除神性，败坏了家园，流浪的人与行走的狼同科，在丛林法则中操戈撕咬，还是人吗？

① 彭兆荣：《文学与仪式：文学人类学的一个文化视野——酒神及其祭祀仪式的发生学原理》，北京大学出版社 2004 年版，第 90 页。

② ［法］雅克·德里达：《文学行动》，赵兴国等译，中国社会科学出版社 1998 年版，第 99 页。

　　原型意象的衍生和延异是以其所涵摄的题材为对象从而实施统摄和制导的，这种统摄和制导是以一套程式作为其结构方式和组织办法，构成仪式的内在结构。荣格认为"人完全是神之子，即使从他针对对立性与同一性所作的考察来看，也不会有神完全隔绝于人的事情"。[①] 但荣格同时认为，基督教的神性价值系谱中没有安排恶、身体、女性的位置，而炼金术正为之提供了模型，"在炼金术中，偶数2和4是女性的东西，意味着大地、冥界、恶，它的人格化是由第一物质产生出自己并破坏掉自己的龙，是墨丘利之蛇。因而荣格认为，宇宙是善与恶、精神与身体这一四者构造的"。[②] 原型意象的题材无疑包含了大地、冥界、恶这些义项并由神性的纯一性向这些义项衍生和延异，而这些正是人性的内容。仪式正如炼金术，是神性与人性"交感"的进程和方式。这种交感有似德里达感兴趣的破处，其必然之果是断脐，因而孕育倒是先在性的或外在性的了。所有仪式都是以某种孕育性质的情境的发生为前提诞生人物并且充分展开场域的，这些场域指涉大地、冥界、恶，而不仅仅是天空、世界和善，人与世界、人与他者、人与自身的矛盾即由此而发生。亦即所有仪式都是神性与人性"交感"的矛盾和事件，在克利福德·格尔茨（Clifford Geertz）看来这就是文化，一个以象征方式有机结合而形成的意义体系。这里的意义包含认识、情感、道德的思考，一种具有知觉、观念、理解、判断的包容性概念，亦即"我思"。我思即人的诞生，即一个充满灵性和智慧而不再是蠢动欲念的动物，因而所有事物、行为、表现、事件以及关系都是传递意义的载体（vehicle）。

　　由此看来，交感如果被理解为性行为乃至由此衍生和异延出来的一整套动作和行为，一系列事件和人物——也是完全可以的。问题是此种交感不仅表述两性交合，虽然这是原始人类的基本生命行为，而且应该理解为天空、世界和善与大地、冥界、恶，理解为神性与人性，以及原始意象作为生命意志及宇宙意向与广大社会历史题材之间的交合，所谓孕育。正是在这里，我们注意到《骏马·苍狼·故乡》写纳木吉拉看见阿斯哈图峭壁的中央隐现出一匹长有双翅的马的时候，"突然，姑娘那双布满羞涩无

---

　　① ［瑞士］荣格：《纪念理查·威廉》，冯川译，见《心理学与文学》，生活·读书·新知三联书店1987年版，第165页。

　　② 同上书，第158页。

奈的目光中显现出惊异的神色：‘哟，你快看！怎么会有长翅膀的骏马！’”云青马所显现的神圣与男女欢爱之欲望这两个事件、两种情境，就在纳木吉拉与姑娘做爱这个动作点上交合叠映，因而它不再是日常意义的苟合，不同于桑中之约，而是具有仪式性质，是一个宇宙事件全部展开的启始和发动。

　　某种意义讲，性事件及其动作过程可以被认定为全部人类生命事件的基本原型，所有的仪式及其动作过程都可以在此原型的基础上象征性地、仪式性地扩展或变现，从而成为远古人类最基本的动作原型。仪式就是一种交感，其生殖场域、历史情境、文化状态乃至哲学义域无不由此滋蘖和生长，原型意象就像婴儿在母腹中的胎体，性事件（做爱）犹如胎体的衍入和发育，不仅是一个动作，而且是过程。神性与人性的交感构成天空、世界和善与大地、冥界、恶，生命意志乃至宇宙意向与广大社会历史题材交合的仪式的前奏，一种外在性和先验性，它作为一种意义，选择并灌输于动作和事件，形成动作和事件的宇宙情境和存在场域。存在主义意义上的人的选择乃至被抛向世界，乃是神性退场和人性彰显所形成的人历史处境，一种堕落的必然，主体性和人类性于此走向罪恶和灾难。就此而言，生命意志的每一次展播都是一个仪式，都是神性与人性的交感，都是从人从自身走向宇宙的神性领承；人是有意义的和可以进入意义之域的。

八　四维结构：原型意象向人生成的历史维面

　　这不意味着所有人类动作和事件都只有性动作这一档；如果是这样，那我们的意象理论也不过是弗洛伊德性心理学的一个重复。事实上，性意向或性动作也只有在神性前提下，才真正离析出其人性内涵。神性的本质就是人性，就是人的孕育、发育、增长以及死亡。一个原型意象至少可以分析为四个维面：空间，时间，品格，世相。

　　空间神性是一种充满而弥散的先验性和前定性，是道，是心，是理式，也是理念。就像张泽忠笔下的萨神娘娘，她无所不在无处不是，是弥散于天地之间、散播于风雨之际、凝结于蜂巢界的鼓楼、氤氲于侗家人心理的自足神性，它创化了侗民也创造了万物，是侗族文化的最高意象，其根本人性旨趣却是生长和生育，是性爱相关的全部在世行为。在这里，中国多民族文化的观点与西方尤其是后现代观点是不同的。在中国多民族文化中，空间性是本体神性，是最高之维；而在西方，时间性是最高，空间性是从属于时间性的。换言之，在西方的观念中，本体和神性的观念是线性的因而是能够被逻辑表述和分配的。德里达讲："它是一种形而上学的表达。即'纯态时间'，普鲁斯特也把它叫做'非时间性的'或'永恒的'时间。时间的真相不是计时性的。时间的意义，纯时间性也不是计时性的，类似地（仅仅是类似而已），时间的不可逆转序列在克洛岱尔不过是上帝构想并创造出的大写的宇宙之真理的现象，表皮和表象。这种真理就是那绝对的同时性（simultaneity）。就像上帝一样，既是创造者又是构建者的克洛岱尔'对共在的事物有鉴赏力'。"① 德里达的意思是（1）时间是超越物理时间性的；（2）时间是终极绝对，是最高理念；（3）时间性就是神性，是空间性或人性超越的对象。在这个意义上，时间性是被断裂（破处或断脐）之后必然地、历史地、人性地走向空间性的一种过时之物或落时之事。

　　当然，犹太神秘主义也有神域的概念，但是它们"常常借助于神话的隐喻被描述，这些神域为对神的王国进行某种神秘解析提供钥匙，它们本身就是被启示的上帝创造力的阶段。每一给定阶段有一属性，如严厉审判的属性，神秘思辨将其与上帝中的恶相联系。捕捉上帝绝对统一性含义的神秘主义者从一开始就面对无限复杂的神域和阶段"。② 事实上犹太神秘主义哲学也存在一个"从无中创造"的命题，"在最简单的意义上，这一观念确认上帝创造世界既不是从自身当中，也不是从任何存在物中，而是从非存在当中"。③ 这已经非常接近中国释道两家的宇宙论观点了，即使这样，西方宗教哲学思想依旧倚重这样的理念：从无中创造"只是意味着从上帝创造"。④ 而上帝既是时间始点，更是逻辑起点。

　　显然，这与中国传统文化的最高理念空间神性的弥散和充满是背道而驰的。"《盘庚》中的'天'还纠缠于'祖'、'帝'、'天'的关系之中，主宰一切的蛮横性似乎高于一切。"⑤ 根本地讲，儒家这个天，主要是一

---

① ［法］雅克·德里达：《文学行动》，赵兴国等译，中国社会科学出版社1998年版，第39页。

② G. G. 索伦：《犹太教神秘主义主流》，涂笑非译，四川人民出版社2000年版，第13页。

③ 同上书，第25页。

④ 同上。

⑤ 《先秦儒家文献中的"天"——兼论蒙文通先生对这一问题的思考》，http://www. docin. com/p－469108868. html。

种自然宇宙之天的空间意象，以此为依托建构起道德之天、性命之天乃至宇宙大道之天。孔子说："天何言哉，四时兴焉，百物兴焉，天何言哉。"① 这里的天就是自然界。董仲舒强调天与人以类相合："人有三百六十节，偶天之数也；形体骨肉，偶地之厚也；上有耳目聪明，日月之象也；体有态窍理脉，川谷之象也。"② 程颢则提出："仁者以天地万物为一体"③，亦即通过人心固有的仁爱之性的扩展把人与天地万物构成一个有机的整体，是一种大我无私的天地境界。故有"天人本无二，不必言合"④ 之论。道家的最高典范道不可道、不可名，当然就更不可以时间计了，只能以空间比方。老子说："有物混成，先天地生。寂兮寥兮，独立不改，周行而不殆，可以为天下母。吾不知其名，强字之曰'道'。"⑤ 这里的"有物混成"、"天下母"就是某种空间性和立体状的混沌，不是时间线性。老子曰"道生一，一生二，二生三，三生万物"，这里的道似乎是线性演进的，但是道不是端点，一、二、三也不是线性阶段，而是"空间波"，是类似同心圆的空间扩展和核心增长。在象征的、比方的、隐约的或形象的意义上，天和道这类中国文化的最高范畴是一种生长、容纳、涵泳、规约着宇宙万物且与人相通的空间意象。

多民族空间神性作为最高范畴旨趣与儒释道合一的中国传统文化是完全一致的。蒙古族的毡包就是宇宙穹窿的象征或拟形，而最高意象长生天则有九十九层，是一个精致而确定的空间建构。⑥ 张泽忠的萨神娘娘虽然人格化了，但其神性氤氲弥散于蜂巢界古榕树、风雨桥与鼓楼之间的广大时空，根本地讲还是空间性的。阿库乌雾的巫界是彝文化的最高意象，它同样是空间性的；一如张泽忠的萨神娘娘，彝文化的巫界与"三魂说"和"祖界"观念有关。彝族人普遍认为已故祖先有三个灵魂，它们各有归宿，其中一魂守焚场或坟墓，一魂归祖界与先祖灵魂相聚，一魂居家中供奉的祖先灵位上。与"三魂说"密切相关的是"祖界"观念。祖界在各地彝人的信仰中是本民族先祖发祥分支之地，是始祖阿普笃慕和后世各

---

① 杨伯峻译：《白话四书·论语·阳货篇十七》，岳麓书社 1989 年版，第 364 页。

② 董仲舒：《春秋繁露·人副天数》，周桂钿译注，中华书局 2011 年版，第 163—164 页。

③ 程颢、程颐：《河南程氏遗书》，中华书局 1981 年版。

④ 同上。

⑤ 《道德经·二十五章》。

⑥ 满都麦：《敖包：草原生态文明的守护神》，内蒙古文化出版社 2013 年版，第 115 页。

代先祖灵魂聚集之所。彝文献《指路经》中描绘的祖界"草上结稻穗，蒿上长荞麦，背水装回鱼儿来，放牧牵着獐鹿归"，是一片美丽丰饶的乐土。祖界在祖先灵魂的诸归宿中也是最理想、最高的归宿。① 如果溯源回向，中国文化最高典范的空间性与萨满教的早期信仰和历史衍传有关，其本质是万物有灵观念。这与《圣经》创世记时代就将宇宙万物与人、与神分别开来的思维方式有着深刻不同。就西方文化言，像德里达这样的思想家只需要一个时期的造势就可以将其传统链条斩断，就像一条蛇被切成一片一片的圆面一样，西方文化的传统只能是一种不断复制的回向上团突着向前推进的、忏悔与叛逆交叠的进程，一种线性修复和斩断的过程。而中国文化则永远割不断、斩不绝、围追而不能堵截，到头来不得不回归并且安身立命于此的栖容之所、桑梓之地。形象地讲，多民族文化的最高典范空间性就是一种神性场域的氤氲，不可道、不可名、混同于宇宙自然、灵动于生命个体、与天地共化、与存在同形的"游无朕"②。不存在涤除了空间性而自在的时间性，亦即从多民族文化中不能离析出一种德里达意义上的纯时间性。空间性是永远在场的，就像女娲创造了人类，但女娲本身没有超越于存在之外，因而中国文化的神就是一种场域：道家的道体在屎溺，佛家的佛性在众生，儒家的天意在民心，永远不会出现西方式的独裁者。上帝与人民同在，天道与人心相契，此是万世不变的真理。

就时间性而言，中国多民族文化驱之进入宇宙场域和历史情境，生成对象和事件，乃有品格和世相两维。宇宙场域就是一种时空场域，一种空间孕育着时间、时间启迪着空间的场，是窈兮冥兮、有物浑成、道法自然的境界。这样的境界里，主客未判，万物齐权，神异充满，就像上帝说要有光世界就充满光一样，宇宙万物纷然登场，灵异神奇随处发生，巫术和萨满成为宇宙最一般的法则，时空混沌诗意氤氲，灵性感通神意盎然，原型意象作为这一境界的概括和抽象，体现了本体审美的概观和样相，惚兮恍兮，油然而生。但是，根本地讲，只有人作为本体审美的对象出现，那一刻，场域才转化为情境，时空才进入历史，"道生一"的境界才向"一生二"的社会历史生成。

时间只对人是有意义的。时间是一种人的内在塑造，康德谓其"内

---

① 2009 – 12 – 27 11：41：00 作者：佚名，来源：贵州民族民间文化资源信息网。

② 曹础基：《庄子浅注·应帝王第七》，中华书局 1982 年版，第 119 页。

形式"。如果把人的生命理解为一种向着时空播射并且建构实体的过程，那么某个生成生命意志的时间点就构成生命进程的逻辑起点，这一点同时落实为空间观相。时间的昏昧必然导致空间的模糊，没有确切的时间意识就不能照亮空间，因而不能产生清晰的空间观相，也就更无法产生空间观念，换言之，生命意志本质地就是一种时间意向，只有时间意向能超越现实空间进入形上感知，直接摹版就是本体神性进入生命视域的第一位——太阳神：从东向西、由死重生、往复不绝、衍传生长的神格想象，其本质是时间性的。甚至是这样：当时间性抽绎而出时，空间性就像一个正在抽出蚕丝的茧子，丰富着也空洞着。时间点的拼接和构拟形成空间性场域，时间性的增长和扩展生成空间观相。从空间性衍化为空间观相，时间性是其内在逻辑，两者的根本分别在于人的生成。人从空间性与空间观相中生成，正是盘古开天辟地的过程：

> 天地浑沌如鸡子，盘古生其中。万八千岁，天地开辟，阳清为天，阴浊为地。盘古在其中，一日九变，神于天，圣于地。天日高一丈，地日厚一丈，盘古日长一丈，如此万八千岁。天数极高，地数极深，盘古极长。后乃有三皇。数起于一，立于三，成于五，盛于七，处于九，故天去地九万里。①

"天地浑沌如鸡子，盘古生其中"就是从本体神性（空间性）向社会历史（空间观相）衍化的过程中人（盘古）的生成。"万八千岁，天地开辟，阳清为天，阴浊为地。盘古在其中，一日九变，神于天，圣于地。"作为本体性的意向对象人，在生成主体性的进程中，逻辑地衍化为空间观相，时间性是其根本依据："天日高一丈，地日厚一丈，盘古日长一丈，如此万八千岁。天数极高，地数极深，盘古极长。后乃有三皇。数起于一，立于三，成于五，盛于七，处于九，故天去地九万里。"一丈、万八千岁、天数、地数乃至三皇、一、三、五、七、九、九万里都不是实数，而是时间性意象，但不是纯时间性，而是融洽了空间观相的、象征化了的历史时间。《圣经·创世记》其实也表现了这一过程：

---

① （唐）欧阳询撰：《艺文类聚》，上海古籍出版社1965年版，第2页。

1：1 起初神创造天地。

1：2 地是空虚混沌。渊面黑暗。神的灵运行在水面上。

1：3 神说，要有光，就有了光。

1：4 神看光是好的，就把光暗分开了。

1：5 神称光为昼，称暗为夜。有晚上，有早晨，这是头一日。

1：6 神说，诸水之间要有空气，将水分为上下。

1：7 神就造出空气，将空气以下的水，空气以上的水分开了。事就这样成了。

1：8 神称空气为天。有晚上，有早晨，是第二日。

1：9 神说，天下的水要聚在一处，使旱地露出来。事就这样成了。

1：10 神称旱地为地，称水的聚处为海。神看是好的。

1：11 神说，地要发生青草，和结种子的菜蔬，并结果子的树木，各从其类，果子都包着核。事就这样成了。

1：12 于是地发生了青草，和结种子的菜蔬，各从其类，并结果子的树木，各从其类，果子都包着核。神看着是好的。

1：13 有晚上，有早晨，是第三日。

1：14 神说，天上要有光体，可以分昼夜，作记号，定节令，日子，年岁。

1：15 并要发光在天空，普照在地上。事就这样成了。

1：16 于是神造了两个大光，大的管昼，小的管夜。又造众星。

1：17 就把这些光摆列在天空，普照在地上。

1：18 管理昼夜，分别明暗。神看着是好的。

1：19 有晚上，有早晨，是第四日。

1：20 神说，水要多多滋生有生命的物，要有雀鸟飞在地面以上，天空之中。

1：21 神就造出大鱼和水中所滋生各样有生命的动物，各从其类。又造出各样飞鸟，各从其类。神看着是好的。

1：22 神就赐福给这一切，说，滋生繁多，充满海中的水。雀鸟也要多生在地上。

1：23 有晚上，有早晨，是第五日。

1：24 神说，地要生出活物来，各从其类。牲畜，昆虫，野兽，各从其类。事就这样成了。

　1：25 于是神造出野兽，各从其类。牲畜，各从其类。地上一切昆虫，各从其类。神看着是好的。

　1：26 神说，我们要照着我们的形像，按着我们的样式造人，使他们管理海里的鱼，空中的鸟，地上的牲畜，和全地，并地上所爬的一切昆虫。

　1：27 神就照着自己的形像造人，乃是照着他的形像造男造女。

　1：28 神就赐福给他们，又对他们说，要生养众多，遍满地面，治理这地。也要管理海里的鱼，空中的鸟，和地上各样行动的活物。

　1：29 神说，看哪，我将遍地上一切结种子的菜蔬和一切树上所结有核的果子，全赐给你们作食物。

　1：30 至于地上的走兽和空中的飞鸟，并各样爬在地上有生命的物，我将青草赐给它们作食物。事就这样成了。

　1：31 神看着一切所造的都甚好。有晚上，有早晨，是第六日。①

　"起初神创造天地"即本体神性及其审美观相。"神说，要有光，就有了光"，即本体神性的充满和散播，佛家称无量光佛。"神称光为昼，称暗为夜。有晚上，有早晨，这是头一日"，即本体性场域衍生出时间性生命意向，以人的意向性出现乃有晚上和早晨，并为"头一日"。这个"头一日"的确是以太阳（昼）和月亮（夜）的交替过程来表述的，一种神性的运行。"神称空气为天。有晚上，有早晨，是第二日"，在时间性的逻辑延线上散播为空间观相，亦即天，亦即地，亦即第三日、第四日、直至第六日的劳作，这是一个时间性延伸、空间性扩展、万类生命俱至、人类主体发祥的生命意志滋长衍化的进程。不过，盘古神话中的盘古是一位缺乏人性内涵的人格意象，而神所创造的万物则作为人的阶梯和铺垫，逐渐地生长了人性内涵从而具有了人格生长的历史含量。但是神的遍在和充满不仅使人格意象具有了人性的意涵，而且建构起人与万物之间的生命关联，这就是我们所说的品格和世相。

---

① 《旧约圣经·创世记·神创造天地》。

第三节　意象的绵延特质和直觉能力

无疑，多民族文学中的原型意象深刻地体现了上述特点和品格，但更多体现了本体审美的原型特色，我们概括为生命体验的绵延特质和直觉能力。原型意象所凝结的生命体验是其作为活动灵体、而不是抽象物或象征物的根本原因，其内在形式就是时间性，唯其时间性，乃有绵延感。但是，此种绵延不是物理时间的机械延伸，也不是线性伸张，而是空间性播撒和穿射，一种主体性对于客观对象和历史情境的凿越和融渗。现象学讲对象是被给予的，但是被谁给予的呢？是被主体性认同、适应、选择、意向乃至拓扑而给予的，它包含从主体性向对象性和情境化的绵延和表现，用克罗齐的话说就是直觉，一种心灵形式对杂乱无章材料的赋予。亦即主体性给予对象以心灵形式从而把握之。

九　原型意象的遗传机制和绵延路线

这种绵延是从两条路线实现的：

（一）遗传路线。实证主义一般不认同文化及心理遗传的事实，这倒不是因为文化及心理遗传不可实证，而是因为无法用逻辑方式实证，就像虽然亲子与父亲存在 DNA 的相似性，但是并不能实证父亲就是儿子的逻辑命题。一个家族的文化及心理有相似性，这种相似性并不在于血亲本身，而在于血亲所承载的文化方式和心理景象。病理学无疑支持这一观点，但是病理限制在相对稳定的范围，可以检索和查证的遗传因素是清晰明白的，文化方式及心理景象则要受到客观环境及个体因素的影响和控制，从而发生异变，其如如不动、可以检读的原型相似性，只存在于生命体验的内省方式中和原初状态上，佛家所谓"如人饮水，冷暖自知"，它在下述几个方面是可以清晰地认读出来的：（1）佛家所谓"亲因缘"所表述的根本心理基因是可以遗传的。一个家族建立德望，一个人修养心性良知，一个母亲从胎教开始对婴儿实施教育，乃至"近朱者赤，近墨者黑"的情境熏染，都表明，一个人的生命内部，存在一个可以承载信息、接纳基元、培养浇灌、生长衍传的实体，一个文化及心理受孕体，只要外部环境和温度适宜，它就会嗑噬相应诞生发育。这个实体在道德、文化、艺术乃至特定心理质素的多个方面都有证可查，佛家授记就是在传授这样一个"戒体"，它不是物质性的，而是语言媒介承载着的心理暗示物，道家谓之圣婴，儒家谓之性体，佛家谓之慧命，本质就是原型的传承，它需要长期坚定的护持，其根本方式在于修养：儒家的道德修养，道家的炼气化神，佛家的菩萨大戒，都是在护持这个遗传实体。按照道家和佛家修炼的观点，这个圣体或性体在一定境界和程度上可以脱离躯体，自由地运行于天地之间，其存活或暗昧在于人的选择，但从来都是不死的，所谓灵魂不灭，此之谓也。没有了这个实体，人就是行尸走肉或植物人，就不能接受客观环境或社会历史的信息和教育。成功的教育就是在做开发和培养这个实体的工作，而不是强施硬灌、填鸭充血。但是，这个实体有时是不按血亲路线遗传的，它遵循一个"缘"字，就是超越于血亲之上的原型认读和生命感应，一种体验和直觉能力。"人的无意识同样容纳着所有从祖先遗传下来的生活和行为的模式，所以，每一个婴儿一生下来就潜在地具有一整套能够适应环境的心理机制。这种本能的、无意识的心理机制，始终存在和活跃于成人的意识生活中。无意识也像意识一样能知觉、感受和思维，也像意识一样具有目的和直觉。"① 荣格是说，人的无意识中间存在着一整套用来适应环境的心理机制，这套机制是遗传而有的；这套机制是活动灵性的，亦即能知觉、有感受的生命实体；最后，它具有直觉能力。（2）原型意象是体悟和感应的主体。原型意象作为心理密码是人与人之间认读和理解的先验前提；不是后天从客观世界那里摄取的，而是生命底里和心理深层的感应和体认，那样一种人与人的相契和相印，所谓缘分。原型意象是一种根本心理基因，它与业力有关；但是在体悟和感应对象时就成为投射主体。"在原始人看来，精神并不像我们所认为的那样，是所有主观的东西的集中体现，是意志的主体，恰恰相反，它是某种客观的、自在的、独立生存着的东西。"② 亦即原型意象作为根本心理基因深植于无意识时，它只是祖先原型相似性的遗传成果，所谓灵魂；当它作为投射主体在指涉客观对象，实现顺化或涵化时，就是原型意象。原型意象在走向对象的进程中不仅自身发生变异，而且改变着对象的客观性和物质

---

① ［瑞士］荣格：《心理学与文学》，冯川译，生活·读书·新知三联书店1987年版，第42页。

② 同上书，第39页。

性，使之成为自觉意识可以体认和理解的意义符码，成为与客观实在同一的意向物。在这个意义上，任何对象都是由主体意向所指涉，并且参与建构而生成的，这是现象学原理认证的命题之一，亦即"心灵是世界和世上万物的一个要素；心灵本质上与它的对象相关联"。① 这里，与对象相关联的心灵就是原型意象，但我们发现：第一，从心理基因到指涉对象，原型意象进入时间；第二，原型意象之根在于遗传，是祖先意识成果作为某种信息凿印于生物基因，进入遗传通道，成就了亲因缘从而深植于个体心理深层，佛家谓其"增上缘"。（3）原型意象是学习和体认的对象。原型意象具有熏染和传感功能。荣格说过："我们认为我们的思想就在头脑中，但它一旦进入情感，我们又觉得仿佛不一定如此，它们又好像更多地居住在心的领域。至于我们的感觉，则更是遍布全身。"② 如果按照现代脑科学，所谓思想，应该是大脑器官的一种功能，怎么会居住在心的领域并且遍布全身呢？显然，思想正是关于对象的意识和思考，它一旦进入对象性体验，进入情感，主体深层心理就发动原型意象，生成空间性散播并且形成对于对象的涵化：既以主体性熏染对象，也被对象性所熏染，而且主体与对象之间形成直觉传感。

（二）建构对象。一方面，携带生命体验是原型意象与一般表象的重要区别，也是形成一定场域进而生成特定情境的根本心理原因。原型意象一旦呈现就意味着本体性的还原，荣格的原始经验和典型情境就会浮现，场域开始形成。另一方面，染着主体性的对象也应运而生，情境生成了，这是一种从原型意象向客观对象的建构。与遗传路线的时间性的"延"比较，这是一种空间性的"绵"。原型意象与客观对象之间的绵延和叠映，加之生命体验点燃心理能量，直觉变得顽强和激烈，联想和想象异常丰富，创造性和宇宙感就成为挥之不去的心理凝结。时空的绵延造成存在领域的拓展，人从宇宙万物挺崛而起，人的品格及存在状态就成为人所面对的现实，所谓品格和世相。张泽忠的《蜂巢界》写勒汉包岛从古州客栈逆都柳江而上，回蜂巢界报警，中途被惊涛骇浪吞噬。从现实主义看，他已葬身鱼腹，但他想起出发前父亲所传萨神娘娘赐予的"炭坨"，奇迹

① ［美］罗伯特·索科拉夫斯基：《现象学导论》，高秉江、张建华译，武汉大学出版社2009年版，第25页。

② ［瑞士］荣格：《心理学与文学》，冯川译，生活·读书·新知三联书店1987年版，第40页。

由此展开：一如闯进一座宽阔的金碧辉煌的庙宇，"包岛看见一位美丽端庄的姑娘，迎面冉冉走来。看看，像是一身侗女装着的美朵姑娘。再看看，终于看清了那是他在心底里千百遍地呼喊着的那位'萨神娘娘'"。[①]我们通常会理解为包岛的幻觉，一种濒死体验，亦即原始经验，却正是包岛心理深层的原型意象涵化濒死事件生成意向物的心理过程，场域和情境就发生根本变化："萨神娘娘手擎着一把光芒四射的红伞……红伞一指，浪滔中涌出一群红鲤，浩浩荡荡地晃着红灿灿的尾鳍，从深潭底铺开一条彩虹般的路，直通江面去。"[②]如果说大浪滔天中挣腾而出是一种时间和空间的绵延，那么从死亡威胁中挺崛而起走向生存则是一种神性本质的体认，一种直觉。遗传和建构经纬着原型意象从本体走向主体、再从主体走向对象的社会历史路径。

十　绵延是意象走向题材的现象学方式

绵延的本质是时间的延续性和空间的播散性，它从时间、空间、品格和世相四个维面与客观题材发生绵延和联结。原型意象与客观题材之间的联结可以从以下几个方面来把握：（1）从本体角度看，原型意象与客观题材都是从本体审美散播下来的现象指涉，只是离开本体的距离不同而已；（2）原型意象的遗传性质决定了其先验性，预设了客观题材的应和视野和意义阈限；（3）在原型意象走向客观题材的历史进程中，原型意象在绵延和播散的场域中涵化或顺化（散摄、吞噬、镶嵌、拓扑）客观题材，实现与题材的熔铸；（4）原型意象所含蕴的生命体验和原始经验是形成主体移情、心理投射，乃至改造题材、熔铸情境的主体心理条件；（5）原型意象划定了人物和事件的根本文化审美义域。

（一）从本体角度看，原型意象亦即道生一，即本体神性播散并且充满的那个逻辑起点，我们谓之本体审美意象，它是万物之源，是本体神性晦明动静而凝结有心、然后动摇散播而有物的动力源头。《楞严经》对此有相当微细深挚的描述：

　　　　佛言，若无所明，则无明觉。有所非觉，无所非明。无明又非觉

---

① 张泽忠：《蜂巢界》，民族出版社 2003 年版，第 93 页。

② 同上。

湛明性。性觉必明，妄为明觉。觉非所明，因明立所。所既妄立，生
汝妄能。无同异中，炽然成异，异彼所异，因异立同。同异发明，因
此复立，无同无异。如是扰乱相待生劳，劳久发尘，自相浑浊。由是
引起尘劳烦恼。起为世界，静成虚空。虚空为同，世界为异，彼无同
异，真有为法。觉明空昧，相待成摇，故有风轮，执持世界。①

在佛陀看来，妙明常寂常照乃是第一因，其神性有所非觉、无所非
明，亦即没有什么可觉知的，也没有什么不可明了的，要在神明自持不假
外有。从本体性向主体性转化的第一个节点就是本体审美的生成：觉非所
明，因明立所。与宇宙万物混迹同一的人类最初赞叹世界之一念，就是一
种"觉非所明"因而"因明立所"的"妄立"和"妄能"。所谓妄立，
就是于本体性之外加一审美之维，形成本体审美场域；所谓妄能，就是于
湛然自明之外加一审美之势能，由本体神性生成审美之情境。我们不能追
问是谁妄立？又是谁持妄能？从本体神性到主体人性——其间的转化是如
何发生的？其原动力何在？又是为了什么目的和意图发生此种转化？但
是，这一念所转，有立有能乃有所，亦即有了本体审美对象的指涉。从主
体性指涉对象是第二个节点：妄立妄能尚处于"无同异中"的本体位势，
但是"炽然成异，异彼所异，因异立同"，在时空绵延中有所指涉，主体
的审美判断发生。"同异发明，因此复立，无同无异。如是扰乱相待生
劳，劳久发尘，自相浑浊。由是引起尘劳烦恼"是第三个节点，即题材
世界的生成。所谓"同异发明，因此复立"就是本体审美走向审美判断
后主体与对象的互相体认，最高典范就是原型意象的产生。进入这一阶
段，原型意象虽然已经成为主体性的沉淀物和外化物，但依旧处于本体位
势，所谓"无同无异"，就是绵延方式中的直觉体认：主客未判，情境同
一，本体神性依旧笼罩着整个存在。在这样的场域中，题材与意象的界线
是模糊的，老子所谓"惚兮恍兮，其中有象；恍兮惚兮，其中有物。窈
兮冥兮，其中有精，其精甚真，其中有信"。② 题材只是从本体神性沉淀
下来凝结而成的意向物，一种由心而物、由审美到判断、由原型意象指涉
并涵泳题材的客观化成果，并非物质存在或社会事件。因而"起为世界，

---

① 宣化上人：《大佛顶首楞严经浅释》，上海佛学书局印行，第109—114页。
② 《道德经·第二十一章》。

静成虚空。虚空为同，世界为异，彼无同异，真有为法。觉明空昧，相待成摇，故有风轮，执持世界”就是本体神性绵延生成意象和题材的现象学描述。所谓本体神性就是常寂常照的妙明圆觉，所谓起，就是本体性向主体性和对象性的绵延和散播；所谓静，就是对象性和主体性回向本体性的体认和领承。起而散播，绵延而成为对象世界；静而直觉，则澄明而回向本体神性。本体神性是主客未判的同；对象世界是本体审美转化为主体指涉的异。妙明圆觉是殊无同异的真有为法，也就是觉明空昧、相待成摇、绵延相续、直觉有情的生命世界的生成，意象与题材垂落凝结的现象指涉和时空执持，根本地讲，两者是同一的。

（二）原型意象的遗传性质决定了其先验性，预设了客观题材的应和视野和意义阈限。由本体神性垂落沉淀下来的主体性从时间和空间两个维度指涉对象，从空间维度形成场域，从时间维度生成情境，时空境域指涉对象从而生成题材世界——时空与神性构成题材世界的应和视野和意义阈限。这里，我们遇着了鲁多尔夫·佩尔斯的疑难：“在经典物理学范围内，有可能说，整个宇宙在干什么是有意义的。原理上，我们可以想象（正如拉普斯所做的那样）我们具有全部粒子及其轨迹的信息，而且就某种意义而言，预言着未来的行为。如果你试图在量子力学中做这番事业，你就会碰到观察者包含在其中的障碍。”[1] 亦即我们可能写出整个宇宙的量子力学议案，一个波动方程，但是不可能预言包括我们在内的所有未来行为。“人们不可能实际得到那种信息，人们运用宇宙波函数哪怕是想一想，有意义吗？[2] 亦即我们不能替代上帝——如同经典物理学的可测时空和神性本体那样，为自己确立存在的价值命题和意义方程。但他还是告诉我们：“当结构变成有生命时，就出现了新质特征。”[3] 所谓结构是指“我们”从本体神性及其所指涉的对象视域中挺崛出来，就形成本体、主体和对象应和感通这样一个三维结构。老子推衍道：“道生一，一生二，二生三，三生万物。”当道体作为原型意象进入审美，亦即“道生一”的刹那间，其本体性向主体性的位势变迁就导致其内在结构的变化，出现新质特征，亦即有了生命现象。它与宇宙间其他物理现象的不同在于：它在

---

[1]　［英］戴维斯、布朗合编：《原子中的幽灵》，易心洁译，湖南科学技术出版社 1992 年版，第 71 页。

[2]　同上。

[3]　同上书，第 72 页。

进入时空的同时进入意义。时间和空间是有意义的，它是本体神性的延伸及其价值领域的拓展，它构成人的存在的先验前提和价值方式。人不是赤裸地来到世界无趣地活下去的，而是在时空中游走并且领承和体认着某种既定的意义和意图，这种意义和意图是不能从神性撒播的世界剥离出来任人宰割因境取舍。人存活于一定的意义阈限和应和视野，不是听天由命地、而是直觉体验地绵延着生命和未来。对于赤裸的人而言，只有死亡或存活而没有祝福和忏悔，进入时空的意义等于一物。

（三）在原型意象走向客观题材的历史进程中，原型意象是在绵延和播散的场域中散摄、吞噬、镶嵌、拓扑客观题材，从而实现与题材的熔铸。题材世界的生成是以主客二分的思维方式的确立为前提。当本体神性挪移到主体位势对于隐然生成的客观世界进行审美判断时，主客已然分离并且主体已经进入时空，原型意象作为主体性开始与题材拉开距离，主客之间的绵延不再是神性充满遍在，而是"同异发明，因此复立，无同无异。如是扰乱相待生劳，劳久发尘，自相浑浊。由是引起尘劳烦恼"。这一过程的描述是下面的重要议题，此不前赘，但是从绵延的时空同一性到散摄、吞噬、镶嵌、拓扑，虽然从文本操作看是一个技术性工作，有着深刻的主客二分倾向，但本体神性的根本旨趣时空同一性依旧存在着，而不是德里达式的断脐，而且散摄、吞噬、镶嵌、拓扑无不是二元分离回向主客同一的本体还原意向，原型意象作为一个先验前提或既定场域，规制着、注视着、观照着并实施着意象与题材的结合，这在多民族文学意象与地域题材的结合来看，显示了更多的神性品格和巫性特色。

（四）原型意象所含蕴的生命体验和原始经验是形成主体移情、心理投射乃至改造题材、熔铸情境的主体心理条件。就题材叙述过程中的激情冲动言，古人有孤愤说、① 不平则鸣说、② 文章憎命说③等，但原型意象所

---

① 《史记·老子韩非列传》："（韩非）悲廉直不容于邪枉之臣，观往者得失之变，故做《孤愤》。司马贞索隐：孤愤，愤孤直不容于时也。"

② 韩愈在《送孟东野序》中提出"不平则鸣"说，是指人在外界刺激的作用下产生的内心的激动、感情的激发。韩愈首先为"不平则鸣"寻找本体论的依据，从"大凡物遇不平则鸣"这个前提演绎出人的"不平则鸣"。这与刘勰《文心雕龙·原道》中对一切"人文"（包括文学）皆源于自然的论证是相通的。

③ 杜甫：《天末怀李白》："凉风起天末，君子意如何。鸿雁几时到，江湖秋水多。文章憎命达，魑魅喜人过。应共冤魂语，投诗赠汨罗。"自古哀怨起骚人，穷则为文，达则作官；之所以文章憎命达，是因为命达必写出应景文章来。

凝结的生命体验和原始经验乃是形成创作冲动的深刻内在原因，这些体验和经验并不来自主体的客观现实生活及其评价和理解，不是现实生活的简单反映或条件反射，而是远古人类本体审美从而积淀起来的生命体验和人类意识，荣格意义上的阴影、情结、阿尼玛和阿妮姆斯以及自性等无意识心理内容——在客观现实生活及其处境、状态、情绪和心境濡染触碰下所发生的"井喷"，一种心理对于题材和世界的移情、投射、改造乃至熔铸，与意象与题材的散摄、吞噬、镶嵌及拓扑是互为表里的。柏拉图称其为灵魂的回忆和诗神的凭附。① 柏拉图的灵魂和诗神无不是原型意象的变现，作为本体神性及本体审美的深层运作，其特点正是心理能量的爆发以及先验形式的赋予，也就是，远古人类进入生命体验的激情状态并获得原型意象。真正的创作冲动是携带着深刻形式意向的，它是一种先验结构，积淀于主体的深层心理，积淀的过程就意味着一种形式的抽象和典范的驳离，它逐渐超离经验事实，挣脱典型情境，走向"纯形式"，获得自主建构能力。原型意象爆发、领承的频率和机制正是天才与普通人的根本区别之所在。所有的天才都具有典范首创冲动和形式自主能力；那种面对一堆材料无所感觉也无所作为的人，肯定不是天才，不管他的技术工作做得如何精致细腻。

力普斯从三个方面界定审美的移情作用：（1）审美对象是一种被主体灌注着生命的有力量、能活动的形象，一种价值体验的对象；（2）审美主体是观照着的自我，审美体验使现实的感情非实在化，对于对象的审美就变成一种充满情感的直观；（3）审美观照是对于对象各部分的整体性把握，主体和对象相互渗透，融为一体，客观上形成形式与内容的统一。显然，力普斯的移情说本质是一种"审美的模仿"，亦即人在聚精会神的观照中忘失了自我，意识完全投注于对象，人与物的对立消失，人从对象的运动、姿态、部位等形式中感受类似自我的紧张、轻松、愉快等，

---

① 柏拉图指出："还有第三种迷狂，是由诗神凭附而来的。它凭附到一个温柔贞洁的心灵，感发它,.引它到兴高采烈神飞色舞的境界，流露于各种诗歌，颂赞古代英雄的丰功伟绩，垂为后世的教训。若是没有这种诗神的迷狂，无论谁去敲诗歌的门，他和他的作品都永远站在诗歌的门外，尽管他自己妄想单凭诗的艺术就可以成为一个诗人。"见冯建庆译《柏拉图的灵感说——指向理智的迷狂》。在《斐多篇》中柏拉图将灵魂不灭说与回忆说结合起来，他认为人在出生以前，灵魂就有了理念的知识，只是在灵魂和肉体结合而出生时忘记了。出生以后通过一些具体事物的认识，并加以启发，人们便回忆起和这些具体事物相类似的知识。

从而无意地模仿了对象。① 如果从原型意象的角度看，力普斯还有没说清楚的问题：（1）主体所灌注的力量和形象究竟是什么？（2）审美主体是以什么观照自我的？（3）忘失自我、消泯主客对立、实现"审美的模仿"的具体情境和客观条件是什么？我们认为三而一也：原型意象也。亦即人是以原型意象灌注对象、以原型意象来观照自我、并且以原型意象为情境条件实现"审美的模仿"的；离开原型意象的本体性存在，移情只是隔山探海般的赞叹和叹惋，人与对象的审美模仿也只是一种空无所及的觊觎，即使现代科技能够复制，也不能相互进入融为一体。从本体审美向主体审美、到审美对象的移情，原型意象是完全不能忽略的时空绵延体，一种主客同一性的现实。

投射也是这样，在荣格看来，本质是将主体心理深层的无意识内容投放到对象身上，② 这一过程同样包含三个义含：（1）将对象摄取为主体化了的对象物，而不再是客观对象；（2）以主体深层心理的无意识内容涵化对象，凸显那些与无意识内容相应、相映、相通或相同的特点或意义，使对象回向原型意象所指涉的本体审美的位势上。所有的心理投射都自以为是站在公正客观的立场做出判断的，但是所有的"公正客观"都无非是主体深层心理的应有之义，即为此也；（3）心理投射是以一个原型意象——属于主客公有或共享的中介物为前提和义域。心理投射不是两个主体之间的对立之事，而是同一前提或语境的时空绵延和对象呈现。荣格认为，投射发生会出现某种混沌状况，它来源于原初物质的影响，它是生命最原始的本质。正如炼金术士所示，原初物质并不存在于外界而存在于体内，但是无法被直接提取，只能通过曲折迂回的投射方式来发现，诸如梦、绘画、精神病等。③ 这里的原初物质就是原型意象，它既是投注到对象的无意识内容，又是涵化对象所据有的主体心理条件，更是本体审美之典范和情境。所谓曲折迂回的方式就是时空绵延，就是主体对于对象的涵化和顺化。与移情不同：移情是以主体的消泯为结果，投射是以对象的承担为目的。

---

① 德国心理学家 T. 里普斯（Theodor Lipps, 1851—1914）对移情说的阐释，可参阅其代表作《空间美学和几何学·视觉的错觉》（1879 年）和《论移情作用》（1903 年）。

② ［瑞士］荣格：《移情心理学》（*The Psychology of the Transference*），梅圣洁译，世界图书出版公司 2014 年版。

③ 同上。

（五）原型意象划定了人物和事件的根本文化审美义域。居于本体审美位势，进入时空绵延状态，以本然的和本有的意义和形象观照、投射并且移情进入对象，建构主客的同一性关系，实现本体神性对于主体审美的绵延、原始经验对于典范情境的激发、先验结构和超验价值对于题材叙述和话语方式的笼罩和规制，是原型意象的根本文化心理功能。

十一　直觉是赋心灵形式于杂乱无章的题材

我们的原型意象与荣格的概念是相通的。荣格的原型意象（Archetypal images）是原型将自身呈现给意识的形式，是从原型向意象以及客观题材过渡的中介。但是荣格也一直努力区分原型与原型意象的不同。在他看来，原型本身是无意识的，意识无从认识它，但是可以通过其象征性表现认识它，这就是原型意象；荣格在这里又回到弗洛伊德的路子上去。其实，原型通过原型意象的呈现，不仅是本体神性在时空绵延中的象征性呈示，而且是一种意向性建构，亦即原型意象既作为本体神性实现对于题材的意义笼罩，也作为纯形式，生成顺化或涵化对象的文本进向，本质地讲就是作为一种心灵形式，在概括题材的同时将主体性直觉融入之。一个题材的意义和价值大多是凭借直觉瞬间把握的，就是所谓的"感觉"，既包括主题学的，也包括风格和叙事等形式方面的。既是题材价值和意义的领悟和理解，也是形式、风格和趣味的建构和阐发。克罗齐（BenedettoCroce，1866—1952）认为直觉就是心灵赋予杂乱无章的质料、物质、印象以形式。直觉以下无形式的东西根本上说是不存在的。物质和世界并不具有真实的存在，只是精神的一种假设；只有心灵赋予形式，它才存在，而且只是直觉的产物。因此唯有精神才存在。万事万物都是直觉——快感、痛苦、欲念转化而有的，都是人的心灵和情感赋予形式的结果。[1] 可见，克罗齐的直觉与佛家心生万法的观念完全一致。《沧浪诗话》讲："大抵禅道惟在妙悟，诗道亦在妙悟。孟襄阳学力下韩退之远甚，而其诗独出退之上者，一味妙悟而已。惟妙悟乃当行，乃为本色。"[2] 虞世南也讲："故知书道玄妙，必资神遇，不可以力求也；机巧必须心悟，不可以

---

① 参见［意］克罗齐《美学原理　美学纲要》，外国文学出版社 1983 年版。

② （宋）严羽：《沧浪诗话校释》，人民文学出版社 1983 年版，第 12 页。

目取也。"亦即"造意精微，自悟其旨也"。① 简单地讲就是先有造意，然后有悟，主体之于对象是一种赋予的（意向性的）、映照关联的（心灵形式的）、精微深彻的同一性关系，这与逻辑思维的理性、判断、分析很不相同。按照原型意象的观点，主体赋予对象（杂乱无章的质料、物质、印象）的形式就是原型意象，一种源自本体神性及本体审美意向的、包孕客观对象及其现象和材料的"再生"之式，一种建构和阐发。这一意向和绵延的过程，这一建构和阐发的过程，就是克罗齐的直觉和表现，也就是艺术创造。

走向当代叙述学的文学叙事只是做材料的工作，直觉不被计算在内甚至遭到否弃，亦即与本体关联的那一点点神性都是被拒绝、被践踏的。在人的和人性（本质是动物性和物质性）的视域内实现客观对象和社会事件的在场式②表达，人被从宇宙场域和生命情境剥离出来，成为孤傲站立的骷髅，昂首四顾，生气略无。多民族文学叙事中的原型意象在以下四个维面恢复了直觉的功能：（1）原型意象携带的本体神性是充满遍在的，它把人确立于"无可逃避于天地间"的神性场域，使文学创作发挥于表现与创造的直觉之域，其生命之力永不枯竭；（2）原型意象对于客观题材和对象世界的直觉发生于时空绵延进程中，指涉主体性发生的历史情境，为题材叙写提供时空视域和宇宙背景；（3）原型意象积淀着人类情感的历史价值和诗性品格，诉诸直觉和感通，而不是硬性添加或逻辑分析，亦即原型意象对于人物的涵化和顺化是模式化或寓言式的；（4）原型意象以直觉方式激活原始经验、感应典型情境、概括历史题材，从而衍化出客观生活和现实情境，所谓世相。那么直觉就不再是一种简单的思维方式或心理状态，而成为一种叙述结构，它有四个关键词：神性充盈，时空视域，诗性品格，典型情境。这意味着：原型意象对于题材的统摄是一路贯通、直觉感应的，而不是将本体性切割得互不相关也略无生意的主客对立方式。

---

① （唐）虞世南：《佩书斋书画谱》。

② 在场成为现代主义否定本体性和本质论，乃至后现代否定主体性和逻辑理性的一个屏蔽手段，本质上是一种乱离的、没有任何场域和情境可见的时空框架，一种骷髅站立的坟场或墓地，根本无法保障人性和人的价值存在。

十二　期待视野和召唤结构存在于意象与题材的两端

姚斯期待视野的概念诉诸审美经验和阅读积累，只说对了一半，另一半来自遗传并且被不断激活从而深刻地影响着阅读期待和审美取向的，则是无意识中的原型意象和原始经验。原型意象不一定全部体现于物象或心象，它更多体现为本体审美时的神意盈然和诗意盎然，体现为时空绵延过程中的情境预设和场域呈现，当然，原型意象一旦形成移情、投射的心理条件，主体就会在直觉状态中与题材感应，乃至改造题材，熔铸情境，生成人性品格，衍化现实情景，形成存在世界。亦即原型意象不只观照主体，同时作为主体性所指涉的对象价值先验地存在于题材之内，就是所谓召唤结构。

召唤结构是伊瑟尔（Wolfgang Iser，1926—　）的概念。伊瑟尔认为文学作品是一种交流形式，由艺术和审美的两极构成。艺术一极是作者的文本，审美一极则是读者的阅读。文学作品既不同于阅读前的文本立意，又不同于文本阅读的具体实现，而是在文本和阅读之间，是两者在交流过程中相互作用的结果。[①] 其实，伊瑟尔是把原型意象与题材对象孕结的心理过程外化出来，变成文本与接受的叙述学和阐释学过程了。所谓召唤结构是指文本中存在的、对于阅读和接受发出的邀请；伊瑟尔接受了英伽登视界融合的理论，强调空白是文本所蕴含的召唤读者阅读的机制，比如情节线索的突然中断形成的空白，或者各图景片段间的不连贯形成的空缺等等。伊瑟尔认为文本的"否定性"也是一种结构性召唤机制，它唤起读者熟悉的主题和形式，并加以否定。"空白"、"空缺"和"否定"共同组成文本的召唤结构。问题是所谓"空白"、"空缺"和"否定"并不是文本现象，或只在表面上是文本现象，根本地讲，是原型意象的无意识状态诉诸文本的最一般情景。亦即，"空白"、"空缺"和"否定"都是以原型意象的存在为前提，才能实现阅读和接受在把握文本义脉时的连续性和同一性。因而伊瑟尔承认一个隐含读者的存在，就是打通作者与读者之隔体悟到的原型意象，只不过他是从阅读和接受角度捕捉到的罢了。

这里，我们不能不引入另一个概念：模式。一般意义上的模式，其指涉范围是很广的，它标志了事物之间隐藏的规律关系，它可以是图像、图

---

① 参见德·沃尔夫冈·伊瑟尔《怎样做理论》译者前言，南京大学出版社1980年版。

案，也可能是数字抽象乃至思维方式。模式强调形式上的规律，但它影射原型对于事物之间的意向关联和意志认同，事实上是指涉并且绵延到客观世界的。原型不仅如荣格所说显现为意象并以象征的方式实现自体的散播和辐射，而且显现为情境、模式乃至题材的深层结构，与叙述方式、文本形式乃至符码体系是相应相成、同型通约的。换言之，原型在本体审美维面上体现为原型意象的笼罩、神性场域的氤氲、空间义域的预设和原始经验的激活；在社会历史维面上则体现为时空意向的绵延、核心意象的浮现、社会情境的创设；在文化人格维面上则制导着价值意志的生成、故事模式的操作、人物性格的彰显以及典型情境的呈现；而在存在世相的维面上又激发着客观情景的再现、存在事件的表述、心理和细节的填补以及叙述方式、文本形式与符号体系的相应相契。以此来看，伊瑟尔的"空白"、"空缺"和"否定"又只是故事模式与存在事件、价值意志与客观情景、叙述方式与符码体系之间错落敷衍、绵延分配而形成的一些标志或者节点，并未穷尽期待视野和召唤结构两个概念应有的心理景象和审美意涵。根本地讲，原型是笼罩全部存在和世界，绵延分配为意象、模式、情境乃至结构的总根源，而模式仅仅是其中一个维面的运作单位而已。

　　但模式是进入题材并承续原型的唯一津梁。作为原型意象向题材叙事转换的心理方式，模式在心理境相的意义上转换为心理期待，并与题材所蕴含的深层结构叠印感通，从而生成叙事结构。转言之，叙事结构作为题材深层结构的外化形态，在神性充盈和诗意氤氲的情境和场域中，与原型意象是感通的，两者存在着维特根斯坦所说的结构同型性和意义通约性。而且模式在绵延和分配原型意象的方式上具有全息性，亦即是从上述四个维面绵延分配原型意象的本体审美意向，散摄、吞噬、镶嵌、拓扑题材，实现"自组织"。自组织是指非平衡的、有物质和能量交换的情境中，那些"具有充分组织性和有序性的时空结构，从无序或混沌状态中产生出来。与人造机器不同，它们是自发地组织起来、发展起来的"。[1] 模式从原型意象向情节设计的转换就是一种自组织。从本体审美角度看，模式所凝结的形式意向和生命意志既呈现时空绵延的意向，它是确定有序、组织自持的，又是意向多维、样相纷杂、生机活现、浩瀚涵泳的，而且从中牵引出一个相对清晰的结构，呈现出一个可以言说的义域，并孕育出人的品

---

　　① 王贵友：《从混沌到有序——协同学简介》，湖北人民出版社1987年版，第23页。

格和世界。它包含四个维度：（1）本体审美的终极绝对性；（2）时空绵延的社会历史性；（3）人物和事件的情节性和故事性；（4）存在及世相的对象性和客观性。期待视野与召唤结构则分属于主体与文本的两端，将之联结起来并且融为一体的就是模式。梳理一下则有：原型—意象—模式—题材。它隐喻本体审美—时空绵延—人物事件—客观世界的价值进向，正是老子"道生一、一生二、二生三、三生万物"的逻辑秩序。模式对于题材的概括，决定于模式所呈现的原型及原型意象本身的神性自有和审美自在，而客观情境、历史条件、现实情景乃至题材自身，无非是模式自组织的外缘和对象罢了。

虞舜是一个原型意象，它与尧和禹就不同，此不赘述。作为原型意象，虞舜身上凝结的中国上古君王那种勤勉深沉、多愁善感、哀感顽艳的气质在进入社会历史情境之后，分配为勤劳民事的时间意向与悲怨愁思的空间意向，前者应和于家国社稷的历史之流，后者弥漫于情无所托的宇宙空间，在整体上充满本体神意的场域中，又孕育出娥皇女英两个人格意象，形成舜与二妃江湘间阻、斑竹洒泪的叙事模式。这一模式可分析为下述四维：（1）中华上古本体审美性质的，人之于世界、人之于自我的无穷无极的愁思和悲怀，具有迎天合道的终极意义和绝对价值；（2）进入九嶷苍梧与江湘洞庭这样的历史情境之后，虞舜作为最高神性，不仅凝结了中华最高人格典范的愁思和悲怀，并分配出勤劳民事和悲怨愁思两个事件序列：治理山河与怀念二妃；（3）娥皇女英二妃漫游于洞庭潇湘一带，与虞舜形成一段永远追觅、永不可及的哲学距离；（4）宇宙的无限和人生的短暂导致人的存在的悲剧必然。虞舜的呼唤就是期待视野，他的目光是撒向广大时空、浩瀚宇宙的；二妃的追觅就是召唤结构，她们的泪水涌向君王，无穷无止、无收无舍，一如《红楼梦》所叹悼的："想眼中能有多少泪珠儿，怎禁得秋流到冬，春流到夏！"所有故事都发生在两者之间那段永远追觅、永不可及的哲学距离，不仅呈示着人与世界之间的阻隔，而且隐约着人对于自我的悲默，衍生出中国文学中多少泪意迷离、神意恍惚的爱情悲剧，多少血泪模糊、彤云密布的家国旧事——从《长恨歌》到《红楼梦》，从《槐荫树》到《白蛇传》……

第四节　意象符码的表述运动

原型意象对于客观世界和题材对象的辐射不仅体现于时空绵延和人物情节，而且外化为从意象到模式、从情境到符号的建构和表述过程。康德讲，整个宇宙、包含无尽的空间以及整个的天体，都在先验的意识之内，这是指其普遍的规律性而言的。"至于天体的量，地位，颜色等等，是天体的经验的决定；先验的意识，不得过问的。"① 康德是说"空间'先'乎一切物，物填满或限制空间，物给符合空间的形式一个经验的直观。空间，虽有绝对之名，然却不外乎是现象的可能性"。假若没有广延物被知觉到，我们不能表象空间。但是，"如果所谓外物不是感性的对象，现象，而为物如（物自体也。笔者识），而空间时间对此物如，不能有任何的应用"。② 也就是说，原型意象作为物如层面的非感性对象和现象，只有进入广延，亦即我们所谓时空绵延之后，才能被表象和知觉。事实上此种广延或绵延，从心理学的角度讲就是一种心理定向，它是多层次、多维面的，亦即它是通向经验和知识的。"我们之能经验的去判断，其判断可能性的条件是：先验意识运用一定的'形式'去联系非逻辑的与意识生疏的感官所与的'材料'为经验的对象；对象的客观性（独立的加号）于是才成立。才能由感官的印象形成一个宇宙：自然。"③ 这里的先验意识就是原型意象，这里的"形式"就是模式，这里的"非逻辑的与意识生疏的感官所与的'材料'为经验的对象"就是情境、对象、人物和故事等题材，这里的宇宙亦即自然，就是人的存在世相。亦即原型意象为津梁的本体神性和本体审美，与心理定向意义上多维面、多层次的经验和知识相承相续，以模式指涉、联系、统摄题材世界，从而镶嵌、吞噬、拓扑乃至融合情境、对象、人物和故事等。不仅如此，先验意识（原型意象）按照一定的形式（模式或范畴）把握题材，使杂多的材料进入经验判断，获得逻辑意义，④ 进入"纯判断的形式"，成为符号体系可以表述的对象。

① 郑昕：《康德学述》，商务印书馆1984年版，第85页。

② 同上书，第86页。

③ 同上书，第109页。

④ 同上。

这里，康德的形式分为模式和范畴，分配或填充于知识可以判断的经验（题材世界）和表象可以直观的"纯判断的形式"（逻辑意义）两个维度，可以这样理解：前者是从心理定向向世界和价值的意义指涉，后者则是时空向符码的材料表述，苏珊·朗格有一个比喻非常恰切："我们可以在音乐中听到一种在音乐之外根本就不存在的东西——持续的休止，这就更证明了真实的物质材料和音乐成份之间的区别。"她的意思是：音乐成份指涉世界和价值，持续的休止指涉物质材料及其符码表述。她精辟地指出："在艺术创作中，艺术家所使用的材料必须完全隐没在他所创造的形式里，欣赏者从这个形式中仅仅能够知觉到构成形式的要素，而不能知觉到材料的安排——除非是经过技术的考证或专家的审查。"① 不幸的是，接下来就走向了实证主义的老路。苏珊·朗格说："在我看来，艺术直觉并不涉及信仰问题，也根本不涉及人们接受不接受某个命题的问题；它既不是非理性的，也不是特殊的天才对现实存在的一种神秘的直接触知。在我看来艺术直觉是一种判断，而且是一种借助于个别符号进行的判断；艺术符号是艺术家创造出来的一种以视觉的、诗歌的、音乐的或其他形式出现的印象。或者说，它就是通过艺术的创造活动而产生出来的一种幻象。"② 这与我们的原型意象理论背道而驰。按照我们的观点，不仅在指涉世界和价值的命题中涉及信仰，而且在形式和表述的命题中同样涉及非理性、灵感、移情、投射、心理能量以及巫性思维方式等超越逻辑体系的神秘意向，我们称之为从时空向符码的表述运动。而且符码表述根本就不是一种幻象，而是一种涉及物质材料和现实情景的符号性叙述活动。神秘是神秘的，但它既是可以直觉的也是可以被表述的。在幻象或者印象的意义上，艺术创造等于零。

逻辑理性及其命题形式不是这里讨论的内容，我们关注苏珊·朗格所谓非理性亦即超越"观测、记忆、证明、可能性的推理等步骤"的"超感性的感觉"③，最关键的就是直觉。我们与苏珊·朗格的根本不同在于：她理解中的直觉"就是一种超感性的感觉，或者说，是一种不须经过推理过程而达到对现实把握的特殊认识——一种不须借助于任何负载信息的

---

① ［美］苏珊·朗格：《艺术问题》，滕守尧译，南京出版社 2006 年版，第 49 页。
② 同上书，第 76 页。
③ 同上书，第 77 页。

媒介、表象或其他类型的经验而把握现实的特殊认识"。① 这个理解的前提是否定原型意象乃至本体神性，把艺术创造把持为一种技术课件，在她这里，我们上述神性充盈、时空视域、诗性品格、典型情境等四个维面对于直觉的理解半点不见，她只理解为一种"思维方式"，可惜的是，她的此种思维方式最后的指向是一种幻象或者印象，她把艺术和审美直等于科学和实证，甚至还不是实证，而只是一种实证的余碎或畸零，这样的"纯形式"还能产生判断和知识、能形成推理或认识吗？可苏珊·朗格接着这么说的："在我看来，所谓直觉，就是一种基本的理性活动，由这种活动导致的是一种逻辑的或语义上的理解，它包括对各式各样的形式的洞察，或者说它包括着对诸种形式特征、关系、意味、抽象形式和具体实例的洞察或认识，它的产生比起信仰更加古远；信仰关乎着事物的真假，而直觉则与真假无关；直觉只与事物的外观呈现有关。"② 这当然更不符合直觉的真实了，问题的关键还在于：从她的对于艺术创造的终极性理解——幻象或印象完全不能逆推出上述关于直觉的定义：她所谓的理性活动、逻辑或语义的理解、诸种形式特征、关系、意味、抽象形式和具体实例的认识等，与洞察的能力、与事物的外观呈现本身就是矛盾的；她的论述一片混乱。在我们的理解中，克罗齐是对的，直觉就是表现，就是意象的呈现，就是原型意象进入时空，进入题材世界，其根本方式就是非理性的悟性（妙悟）及其建构性方式——模式；所有的模式都包含了命题，都是负载着意义和价值的语义结构，巴赫金所谓"言语体裁"③，它们不仅裹挟题材，规趋世界，深刻影响着人的存在，不仅作为符码体系承载的情节类型和人物原型拓展着广大历史时空，铺陈着浩瀚的宇宙义域，与客观世界和现实情景存在维特根斯坦意义上的结构同型性和语义通约性，而且它本身就是人的故乡和家园，就是人的心灵和情感的外化和现实，这在海德格尔那里早已论述得明白了。直觉就是表现的心理学依据正在于原型意象的存在，在于原型意象对于题材和对象世界的建构性和命题化，就是

---

① ［美］苏珊·朗格：《艺术问题》，滕守尧译，南京出版社 2006 年版，第 76 页。

② 同上书，第 80 页。

③ 巴赫金言语体裁的概念是指语用的某一领域中相对稳定的表述类型，它强调话语边际、话语主体的差异、语境乃至表述方式等交际场域和具体情境中的意涵，完全不是简单的思维方式的产物。陈太胜主编：《20 世纪西方文论新编》，北京师范大学出版社 2011 年版，第 103—104 页。

从题材世界回溯到本体神性及其本体审美的终极怀想和宇宙意识；失却这种怀想和意识，直觉就变成电脑程序的识读，艺术创造就技术化为材料处理和物质制造。直觉产生的意象，意象衍生出来的模式，模式承载的语义价值及其符码体系，乃至叙述和建构，一路走来，正是我们论述的从时空向符码的表述运动，这一进程不仅是一个心理学过程，而且是一个物质和材料变现为符号和结构的叙述学过程。这一过程包含以下几个义项：意象、模式、命题及结构，最后是语言符号体系的表达和表现。

十三　意象符号及其符码体系

就符码体系言，意象与语词是不同的：从方式看，有再现性与抽象性之别；从材料看，有境相（心象）与事象（物象）之别；从表述手法看，有描写与叙述之别；从逻辑意向看，有直觉与命题之别。重要的是两者是熔铸在一起，铺陈为一个整一统筹的文本，一个有机体，最后它是全部运用文字来表述的。

语词是对于抽象概念的表达，它形成话语篇章，诉诸认知判断从而实现经验还原。一段叙述主要是用语词来完成的，比如，"我们在进行着一场广泛的人民战争"这一陈述，人民战争就是抽象概念，这个概念中最重要的不是战争的状态，而是性质、意义和规模的评价。这类语词对于客观对象的表述，我们的认知判断一般是容易理解和把握因而能够还原为经验的。意象则是一种心象，不是诉诸认知判断，而是诉诸主体感觉和体验的境相，一种形容和摹状。比如，"星期一的早市人比较少，就像撤去鱼鳞的鱼脊那样，空洞而散乱"这一陈述，撤去鱼鳞的鱼脊就是一种境相，它与概念表述有大致相同的判断功能，但要义并不在于此，而在其间渗透或携带的体验：鱼鳞被揭去之后，那种空洞散乱的鱼体的痛苦和死亡的感觉。就此而言，它与原型是关联的。从表述看，语词与意象有叙述与描写之别：语词是一般事象的叙述，亦即对于对象的概括主要是一种认知判断的语义表达，一种广义的叙述。意象则是描写，在形容和摹状对象的同时融入主体的情感体验，但更重要的是隐约了深层心理——在描写和摹状对象的层面上，意象仅仅是表象，是一种由客观移入主观的印象，修辞手法谓之比喻，是以与客观对象的相似值（即真假程度）确定其认知水平的；而"撤去鱼鳞的鱼脊"之所以被我们认证为一个原型意象，乃在于从神性充盈、时空视域、诗性品格、典型情境这四个维面突破一般语义陈述，形成客观世界与存在状态的整体表现。从神性看，"撤去鱼鳞的鱼脊"乃是死亡和苦难的象征；从视域看，从大海驱入鱼市、进入庖厨、摆上刀俎，鱼的死亡危机与星期一早晨这个特定时间里人的生存窘迫关联着、映照着、隐喻着，那种人之于宇宙空茫间死之必然与现代生存中生之无奈就实现了哲学命义的贯通；从诗性看，星期一就不再是一个枯索无谓的日子，而是一种人对于百业操持的辛劳和悲苦的缅怀，是人对于自己生存现实和悲剧必然的领悟；从情境看，这是现代人存在状态的一个典型表述。回溯至原型，就是人之存在的意义和宇宙世界的本质的领承和直觉，一种死亡阴影之于现代人心灵的笼罩和浮现。显然，这一原型意象的审美价值完全可以用命题来表述，但在这里，它是通过语词叙述镶嵌意象、主要是镶嵌原型意象的方式表达的，它大大拓展了命题的义域，实现了语义增值。

意象固然可以分为原型意象和一般物象，但是作为一种符码，它存在于一定的体系并且生成特定的语义结构。按照原型来分，意象可以分为（1）作为时空样相的本体性符码，如周易卦象，"天地混沌如鸡子"，盘古开天地，夸父逐日等；（2）作为历史事件的情境性意象：抟土造人，禹化为熊，精卫填海等；（3）渗入主体情感意志的神意性人物，如女娲、伏羲、舜与二妃等；（4）用来辨识客观表象和现实事象的象征性物事，如庄子笔下奇形怪状的人物，楚骚里面幻渺美雅的花草等，分别论述之。

本体性符码。"天地混沌如鸡子"给我们的印象是空间性的，其实是时间性的，就是指混沌未开的原始时代：并非经典力学的线性时间观念，而是沉潜了空间开展态势的时间意象。《山海经·海外北经》："夸父与日逐走，入日；渴，欲得饮，饮于河、渭，河、渭不足，北饮大泽。未至，道渴而死。弃其杖，化为邓林。"夸父与太阳逐走就是一个本体性意象，根木命义是有限生命超越无限时间的原型投射。入口是空间对丁时间的涵化；饮于河、渭又北饮大泽，是从时间向空间的拓展；道渴而死是生命有限性的定格；弃其杖化为邓林是超越有限时间而衍化为广大现象空间的象征。夸父逐日就这样定格为一个原型，成为中国人对于宇宙和存在的体验方式：空间是终极性的，与宿命、运数等本体性联系着，经过时间的历史必然走向社会存在，本质上是对于空间的回归。这一生命意向集中体现在命相说，与西方的星相说大不相同：命相是时间定义，指向空间价值；星相是空间定义，指向时间价值。同类意象还有盘古开天辟地、女娲炼石、

《红楼梦》的大荒山无稽崖青埂峰以及"从前山上有座庙",等等。这里的本体性就是原型,相当于胡塞尔的"原印象"。"原印象是绝对不变异者,是对所有其他意识和存在而言的原源泉。"胡塞尔讲,"原印象的内容就在于现在这个词所意味的东西,只要它是在最严格的意义上被理解。每个新的现在都是一个新的原印象的内容。持续地有一个新的印象并且始终是新的印象闪现出来,带着始终是新的、或相同或变化的质料。"① 胡塞尔是说,如果将一个语词符码或原型意象做点分析,至少可以分析为原印象和原印象的内容两层:原印象是在"最严格的意义上"被理解的,就是前面提到的心象或境相所表征的直接意义,诸如精卫是一只鸟,女娲是一个女性,盘古是一个倾向男性的人,等等。原印象的内容则包含了象征、隐喻、投射等等心理内容,问题的关键在于:"原印象的内容就在于现在这个词所意味的东西",在原印象的心理底膜上,持续地、不断地会有新的印象并始终是以新的印象的形式叠加起来、闪现出来,并且带着"新的、或相同或变化的质料"——这就是一个时间过程和价值进程。从时间看,它是不断指涉新的对象和语境、形成全新情境和场域的过程,一个新的空间生成的过程;从价值看,又是主体的意向及意志持续增长、其所赋予对象的形式和质料向特定义含不断附着,从而凝结为固定语词的进程,当然这也是一个寻找和认证的语法或修辞过程。也许正如荣格所说,原型是一种没有意义的形式可能,就像一颗太阳没有意义一样,它就在那里播撒着、投射着,但是随着其形式意向向着空间散播,其心理意涵在衍入,其指涉对象已经呈现为一种时间位置的连续性,"带有或是同一的或是变化的、充实着时间的客体性;绝对时间的同质性无法扬弃地在过去变异的河流中,以及在一个现在的持续流出中构造起自身","这个现在就是创造性的时间点的现在,就是时间位置一般的源泉点的现在"。按照胡塞尔的理解,在这个"事态的先天本质中还包含着:感觉、立义、执态,所有这些都一同参与了这同一个时间河流"。② 我们容易沉迷于胡塞尔的这些描述,但是,我们必须从这种沉迷中拔出,从一个整体的、有利于语词和题材的对象客观性运思,这就是胡塞尔的"内在的时间",它是"作

---

① [德] 胡塞尔:《内时间意识现象学》,倪梁康译,商务印书馆 2009 年版,第 101 页。
② 同上书,第 106 页。

为一个对所有内在客体和过程而言的时间而构造起自身的"。① 不仅如此，这个构造起的"时间自身"事实上聚合了包括感觉在内的所有意向，"它自身转变为意识样式的一个持续的连续统、已流逝性（Abgelaufenheit）样式的连续统"，最终聚合为"纯粹由形式同一的样式所组成的聚合"。② 胡塞尔说："它们的本质始终在于：具有一种超越的意向性，并只能通过一个内在的被构造者、通过'立义'而具有一种超越的意向性。而这始终论证着这样一种可能性，即：将这个内在者、这个立义连同其内在的内涵放置到与那个超越者的关联之中。而这种放置到关联中的做法重又产生出一个'行为'、一个更高阶段的行为。"③ 胡塞尔提示了四点：（1）本体性符码是一种原印象，"一种绝对不变异者，是对其他意识和存在而言的原源泉"；（2）包含感觉、立义、执态等心理节奏，以其超越性和关联性聚合意向，走向客体和世界；（3）是一个指涉对象的内在客体的时间连续统，是一个事态进程的原创点；（4）它在构成时间自身的同时回向原印象，不断递归为一些行为及行为阶段，从而形成不同情境和场域。此四者恰与前述之神性充盈、时空视域、诗性品格、典型情境四个维面相应和，成为本体性意象与客观题材以及客体世界联结的学理进程。

情境性意象。是本体性空间意象播撒而下、转依而为时间性内在客体，从而成为事件和事态的下级意象，是衍入题材和世界的学理中介和典型情境。抟土造人、禹化为熊以及精卫填海在一般阐释中是三个没有关联的神话文本，但是，如果放置到我们的意象叙事理论中看，则是三个"历史事件"，主题分别是人类发祥、世界再造、氏族复仇。已述：意象归位一般是自上而下逐级推衍：下级意象承含上级意象，又在逻辑上推衍出下级命义。就上级意象言，是"散播"（differing）；就下级意象言，是"延宕"（deferring）。这三个意象均被放置于"与那个超越者的关联之中"，首先是空间意向：抟土是在宇宙深处而无处，禹化为熊是在轘辕山，精卫是在填东海。其次衍入时间或事态：一如西方的上帝造人说，先有光即空间，再进入时间：星期一、星期二……星期六。抟土造人是中国式的人类发祥。《风俗通》载："俗说天地开辟，未有人民，女娲抟土造人。务剧，力不暇供，乃

---

① ［德］胡塞尔：《内时间意识现象学》，倪梁康译，商务印书馆2009年版，第111页。

② 同上书，第112页。

③ 同上书，第125页。

引绳于泥中，举以为人。"如果说天地开辟、未有人民是一个原印象式的空间意象，一个"原源泉"，呈现了绝不变异的本体性意向，那么女娲抟土造人就是一个"包含感觉、立义、执态等心理节奏"的事态和行为，一个"指涉对象的内在客体的时间连续统，是一个事态进程的原创点"。由此而下，乃有"务剧，力不暇供，乃引绳于泥中，举以为人"等情节和情境，女娲抟土造人意象的旨趣正在于此。值得注意的是女娲抟土造人与天地开辟这一"超越者"的关联：从时间看，它是从天地开辟这一时空拓展的原型指涉新的对象和语境——抟土造人，从而形成全新的场域和情境，亦即一个新的空间生成的过程；从价值看，它又是女娲由本体性神祇变为创造主体的意向及意志持续增长，赋予对象以形式和质料——造人和抟土，从而向特定义含不断附着，凝结为固定语词的进程，当然这也是一个寻找和认证的语法或修辞过程。如果说上帝造人"神就照着自己的形象造人，乃是照着他的形象造男造女"只是一种语词性质的抽象叙述，女娲的抟土造人就形象得多："务剧，力不暇供，乃引绳于泥中，举以为人。"具体描述了造人的劳作规模、工程质料以及创造方式。这里的意象已经成为形象和情境。就其场域言，这一意象不是社会生产的义域，而是宇宙开辟、人类发祥的创世语境。某种意义讲，从情境性意象走向题材的进程是一种自组织现象，是耗散结构理论能够阐释的系统运动：（1）系统必须是开放系统，与外界不断进行物质、能量和信息交换；（2）系统必须远离平衡态，内部存在着物质能量分布的显著差异，不断进行着物质能量的宏观转移和变换；（3）系统内部必须存在非线性反馈的动力学机制。[1] 女娲抟土造人的意象系统是由天地开辟—女娲造人—抟土造人—引绳为人等四个事态组成的，不仅与外界发生物质、能量以及信息的交流，而且从抟土到引绳存在着物质能量的分布和差异及变换转移，其"非线性反馈的动力学机制"完全可以进行神性充盈、时空视域、诗性品格、典型情境等四个维面的分析。在神性维面，女娲乃是始祖神，一位创造人类的大祖母；从时空视域来看，女娲涉及造人、补天、开创婚姻、制作乐器以及伏羲、共工、祝融乃至往古之时、四极、九州、天、地、火、水、猛兽、鸷鸟、五色石、鳌足、黑龙、芦灰、淫水等意象关联的宇宙义域和生命界域，其相位不仅具有神性和圣性，她与伏羲婚姻的伦理旨趣，以及制簧弄笙、人首蛇身等造型同时具有

---

① 王贵友：《从混沌到有序——协同学简介》，湖北人民出版社 1987 年版，第 31 页。

诗性和人性；其抟土造人、引绳入泥则是典型情境，可以还原为初民劳作的原始场景。

　　禹化为熊是《圣经》淫水故事的中国版，一个史前时代的种族记忆。据《淮南子》记载："禹治洪水，凿轘辕开，谓与涂山氏曰：'欲饷，闻鼓声乃去。'禹跳石，误中鼓，涂山氏往，见禹化为熊，惭而去。至嵩山脚下化为石，禹曰：'归我子！'石破北方而启生。"这是非常典型的情境性描述，其耗散结构在于禹化熊、涂山氏化石、石生启之间氤氲的羞怯之状及其伦理义含，熊与狐、石与人的生命形态的交流和变换指涉图腾衍化、婚姻方式、氏族生产等文化人类学旨趣，是另外一个话题，但其回归空间的意向——逐渐清晰的空间概念显示了人类已经从本体同一性中分离出来，开始自己的世界造型和存在体验，时间性在构成其自身的同时回向原印象，并"不断递归为一些行为及行为阶段，从而形成不同情境和场域"。这些情境包括治水、跳石、化石、生启，其仪式交感性质和伦理羞怯意向指涉生殖场域、性爱情境、氏族精神及初民的伦理文化状态，不仅是一些动作阶段，而且是一个回向空间的过程。精卫填海铭刻着氏族仇恨，是人类从原始混沌分离出来、个体从氏族群体独立开去，从而那种直面宇宙存活的孤独感、有限性被深化和强化的时间体验。[①]《山海经·北山经》："炎帝之少女名曰女娃。女娃游于东海，溺而不返，故为精卫，常衔西山之木石以堙于东海。"这里的"行为"即"常衔西山之木石以堙于东海"，其具体情境是"游于东海，溺而不返"；其场域包含了"炎帝之少女"的时间有限性与"游于东海"的空间无限性之间的对立，这种对立使生之有限与死之无限形成某种悖反：精卫欲生，就必须融入并且成就东海之大；融入东海之大即死，乃能与东海抗争亦即生。故而生即死，死即生，生死之间，原始人类是通过"内在客体"（胡塞尔语）的同一性实现其神性品格的"执态"和悲剧必然的领悟：人只有通过有限性的死获得无限性的生，亦即将时间自身投注于空间性本体从而获得永恒，本质

----

　　① 精卫被界定为"个体意识已经觉醒但是尚未脱离氏族身份"是因为，如果个体意识彻底觉醒，就不会有以鸟之身填海之大的荒唐天真的想法；如果氏族身份相当顽强也不会阴鸷如此。只有一种情形，就是个体意识已经觉醒但是尚未脱离氏族，氏族又处于危机四伏不能支撑的处境，上古人类才借精卫以自诉，本质是人意识到自己之于天地间的真实处境时潜意识中强化了的心理防御机制，其原型化就是精卫之小与东海之大的空间性比较，是巨大无遮对于细小稚弱的吞噬以及后者的抵御和抗争，一种时间性穿透空间性的体验。

上又是诗性的。统观三个情境性意象，我们发现，从女娲抟土造人到虞舜勤劳民事、化熊生启（象征着种族发祥国家建立），再到精卫报仇（象征个体从群体的分离），既是一个社会历史演化的空间性推衍过程，更是一个本体神性散播、社会历史情境生成乃至主体生命意志确立的时间性内化过程。从空间神性的散播到时间历史的内化，原型意象的叙事性场域从外在向内在回摄，它意味着呼之欲出的人的登场，意味着存在场域和生命情境的历史性增长。

神意性人物。是时间性内在客体进入事件和事态的人物意象，是原型意象所指涉的期待视野中对象性品格及其世相存在的先验呈现，是情境和场域中次递而出的人的主体性所在，它们是以神性想象和诗性气质登场的。女娲、伏羲、舜与二妃正是这样一些神性意象，一些具有神意品格的人物，它们渗透了原始人的诗意想象和神性体悟，表明人类已成为自己历史的叙述者。但是不将它们作为历史人物而作为神性意象，乃是因为它们虽已走向历史和世界，但其神性本质还只是初民的想象，是深层心理原型投射之影像。人类各民族最早的文献记载都有这样的神性人物，它们呈梯级降落于世间、人性乃至尘泥，与历史人物接洽，互相映照，从而生成人物形象。凯伦·阿姆斯特朗讲："从某个时代起——我们无法探知其确切年代——大地上的人们开始用各种方式试图把'天'进行人格化。他们开始讲述关于'天空之神'或'至高神'的神话，他们无中生有、赤手空拳地创造出天与地。"① 这应该是最早的神意性人物，但是他们所属意象的旨趣在于事件和情境，在于宇宙创化、人类发祥的本体性场域，其神性品格并未得到强调。由于他们的事功是以人与宇宙万物的浑整同一关系的破损为代价而实现其功利目的的，所以他们不得不将内在客体的时间性与本体审美的空间性区别开来，不得不强化事功的象征意义和圣化意向，不得不将对象的神性向主体的圣性转移从而其猎杀同类、违背神意的负罪感和悖谬感得以缓解，因而创造出种种神话和仪式。阿姆斯特朗说："仪式打破了接受者和故事之间的藩篱，让神话进入他的生命之内。神话叙事把我们从熟视无睹的惯性世界推向一种未知之境。"② 亦即他们寻找到一种理由将神性和神意暂时性地或者代偿性地打破，允许自己进入世俗功利

① ［英］凯伦·阿姆斯特朗：《神话简史》，胡亚豳译，重庆出版社 2005 年版，第 22 页。
② 同上书，第 37 页。

的劳作和杀伐中去，而且认定这种劳作和杀伐是神圣的或神所赦免的。女娲作为造物主其神性不证自明，一如胡塞尔所说的是一种"原印象"。但是与其神格相位相逆，她的人性内涵逐渐丰富起来，她的劳作和事功从制簧弄乐直到与兄（伏羲）接洽，乃至创设婚姻制度，其造人之作及于引绳入泥。劳作事功的世俗性与其内在客体的神圣性正好相逆，女娲的神性就于其进入时间和历史的线性集结中体现为自性悖谬与同化对象的同一，所以阿姆斯特朗认定"神话经常起源于深刻的焦虑——它无法使用纯粹的逻辑辩论来解决"。① 一旦如此，时间之矢的不可逆性就发生改变，内在客体的时间性随之改变为"涨落、不稳定性、多种选择和有限可预测性"，② 那么空间性就整饬此种时间之矢的分岔乃尔从心理深层衍射为不断叠加的平面波，形成梯级降幂的次级意象域和形意场，即情境和场域。亦即本体性审美的时间进程从意象喻示转入历史反思，其动作和事件也不只是一条射线，既有体一分殊的散播，也有总一持多的散摄，在涵化、镶嵌、吞噬和拓扑题材的进程中实现题材的原型化，根本走向是从声音和符码衍入结构和文本。神意性人物就滋蘗于本体性场域和历史性情境，由心理域界走出到客观世界中来，其原型意象作为某种生命意志的投射得以实现并张显。这就是人通过叙述建构存在世界，实现情感意志，本体性审美意识蜕化为主体性对象意识。那么，神意性人物的神意和神性不再是与人性和事功相悖的罪感或荒谬，而成为强化人性、助益事功、夸张神能、成就英雄的必要程式和最高品格，其情境与场域亦变为仪式和庆典，渐变成日常生活和世俗场景，原型意象衍入对象题材。阿姆斯特朗是这样描述神意性人物的："他背井离乡，出门远征，经历死亡的冒险。他降妖伏魔，征服不可攀登的高山，穿越黑暗的森林，这个过程恰是一个旧我死去、新我复活的仪式，从此他获得了崭新的洞察力和技能，然后带回给他的人民。"③ 张泽忠《蜂巢界》的包岛正是这样一个神意性人物：他逆都柳江而上，冒雨踏浪，穿透鱼腹，九死一生地将域外军情带回九百古榕寨，而且这一事功的进程也是他体悟神性、体认自己作为龙犊前身的灵魂复活的过程；作为中介物，他将萨神娘娘的本体性场域携入巴隆格老的世间生存

① ［英］凯伦·阿姆斯特朗：《神话简史》，胡亚豳译，重庆出版社2005年版，第33页。

② ［比］伊利亚·普里戈金：《确定性的终结——时间、混沌与新自然法则》，湛敏译，上海科技教育出版社2009年版，第3页。

③ ［英］凯伦·阿姆斯特朗：《神话简史》，胡亚豳译，重庆出版社2005年版，第38页。

情境。那么九百古榕寨在巴隆格老带领下对于外界兵勇的击杀，就具有了圣性和诗性的意味。

　　神性是诗意的泉源。在原型意象走向诗性品格的历史进程中，神意性人物是一些中介和过渡，其过渡方式有二：坐忘和象征。《庄子·大宗师》记载了一段孔子与弟子颜回的对话：

> 他日，复见，曰："回益矣。"曰："何谓也？""回坐忘矣。"仲尼蹴然曰："何谓坐忘？"颜回曰："堕肢体，黜聪明，离形去知，同于大通，此谓坐忘。"仲尼曰："同则无好也，化则无常也。而果其贤乎！丘也请从而后也。"

　　如果把圣性的获致理解为孔子与颜回两人共同追求的价值目标，那么颜回描述的是获得圣性的身心过程，孔子概括的则是圣性涵化人性的最一般状态。从身心过程看，"堕肢体，黜聪明，离形去知，同于大通"所呈示的是从身体感受到认知能力，乃至存在体验的祛除，与之相伴，则是神性恢复亦即圣化的实现。古人最早就体悟到神性品格得以保持的根本方式：本体性境域（场域和情境）的护持。亦即阻断本体神性的空间性向内在客体的时间性蜕化，从而回向物我两忘、心物同一的大通境界，即本体性。孔子则涉入生命存在的世相："同则无好也，化则无常也。而果其贤乎！丘也请从而后也。"从个体讲，与大通同就格除了私欲之好；从世相看，圣化之后就失去常态的世俗方式。亦即人必须从普遍世俗的时间状态回向无欲无为的超然境界。如果说贤是圣者沉浸于原型意象和本体审美的中介状态，那么"丘也请从其后"就是感应着原型意象和神性场域进入的诗性行为，一如题材应和着期待视野焕发出来的召唤结构：它是鲜活生动的，但是诗意品格的。与之相类的另一神性意象是舜与二妃。舜相当于坐忘的颜回，二妃可拟追随圣迹从而圣化的孔子，在圣化与神性之间，坐忘即贤，正是二妃追觅着舜的踪迹客死江湘的无穷之思、无尽之泪——这里，从颜回到虞舜，坐忘的境界追求模糊化为勤劳民事的世俗劳作；孔子的追比圣贤分岔为二妃，诗意化为二妃之泪洒斑竹，乃至客死江湘。坐忘是无为，而追觅圣迹则是有为，甚至不再是个体的时间性延伸，而是偕同他者共同奔赴的空间性散播，是漫天泪雨无穷思爱的世间穿越。这一过程前承神性场域，后接世俗境相，本体之一散播为主体之二，加之作为中介和过渡的颜回和虞舜，正是"对影成三人"亦即"二生三，三生万物"之境界。从神性到诗意，正好完成了一个"涨落、不稳定性、多种选择和有限可预测性"的、从坐忘到象征的神意衰微过程。坐忘与象征分别开来：坐忘是世俗经验的彻底祛除，象征则是世俗体验的结构提取和诗意概括：舜与二妃的意象正好保持了颜回坐忘的基本人性结构，即神性场域（原型意象）与世俗境相（题材对象）之间梯级降幂的人性过程，但同时融入了"分岔"和"延宕"的世俗进程并且诗意化为一些人性特征，诸如泪洒斑竹、客死江湘，等等。两者不是二元对立的分别识，而是从本体性审美的神性场域向时间性内在客体乃至对象世界异延和散播的诗化运动，神性品格成为诗意象征的逻辑中介，也是价值意向。

十四　模式的巫术意义和象征方式

象征性物事。原型意象在衍入题材对象的历史进程中，除了坐忘这一格除主体性欲望，实现对象的纯客观呈现之外，象征是另外一个最重要的方式。如果说坐忘是对于本体神性的看守，是阻止空间性本体审美向时间性内在客体蜕变的方式，它通过悬搁经验和知识、停闭认知判断和知觉体验等途径来实现，那么象征则不仅借助中介，而且在原型意象与题材对象之间、在空间性本体审美与时间性内在客体之间调动了诸如巫术意识、心理能量、比德观念、天人感应等等中介环节来建构人与客观世界的诗性联结，它们是一张象征性软桥，只能驰骋精魂，不能行车走马。

巫术意识是一种集体无意识，其观相是对象之物对于相关之事的表征和呈示，本质则是原型意象作为本体审美意向向宇宙万物及题材世界的衍射和融渗，是内在客体与客观对象的感应和相契，是本体神性在空间性向时间性延展进程中的散播和凝注。龟灵观念早在新石器时代中期的大汶口义化以及其后青铜器时代的龙山文化中就有所体现[1]，《管子·水地篇》："龟生于水，发之于火，于是为万物先，为祸福正。"《史记·龟策列传》："余至江南，观其行事，问其长老，云龟千岁乃游莲叶之上，蓍百茎共一根。又其所生，兽无虎狼，草无毒螫。"《博物志》："龟三千岁，游于卷

---

① 《中国考古学研究》编委会编：《中国考古学研究·中国史前时代的灵龟与犬性》，科学出版社1986年版。

耳之上，故知吉凶。"① 古人注意到龟游于卷耳之上之奇异，注意到龟与水、火之生生关系及其遍览历经、久视长生之时间经验，其心灵深处氤氲着一种以古久而游于速朽、以空间性吞噬时间性的哲学体悟。在这里，龟被原型化，其先有、先见转而为先知，与吉凶及其本体世界的神秘联结起来，从而成为某种内在客体。亦即，龟之灵乃在于其凝注空间本体神性（绝对不变者），进入一个"涨落、不稳定性、多种选择和有限可预测性"的、从坐忘到象征的神意衰微过程，龟本身成为某种中介，成为神性象征。所有巫术意识都包含两个要义：（1）神秘象征义；（2）转化媒介体。亦即象征物具有某种象征义；象征物同时借其象征义作用于对象物（人）。通俗地讲，就是空间神性借象征物之媒介作用转注于对象，从而将未知之神秘转化为可知之经验。列维－斯特劳斯对南美印第安库纳人以巫歌治疗难产的研究是一个经典例证，他说："嫫巫是司胎儿成形的神。当嫫巫超出她的职责范围而夺走产妇的灵魂（purba）时，就会发生难产。因此歌词表达的一个要求是：找回失去的灵魂。灵魂的归来要经过许多周折，例如，要克服许多障碍，战胜各种野兽，最后萨满和监护神还要借助嫫巫及其女儿们无法承受其重量的魔帽同她们进行一番激烈的较量。嫫巫一旦战败，即让病妇灵魂归位而获得解脱。接着分娩开始。"② 列维－斯特劳斯讲，"Mu－Lgala，即'嫫巫之路'和嫫巫的住所在当地土著的心目中不仅仅是神话中的旅程图和住所，确切地说，它们代表孕妇的阴道和子宫"。③ 他认为，库纳人事实上是将生育所经验的生理过程和器官操作全部重新命名，使之人格化，以一种可以被有意识或无意识思想理解的方式向病妇介绍这些名称，描述那些繁复琐细的细节或场面，诱导病妇准确而强烈地体验其中的细枝末节，从而"把平常的现实转化为神话，由生理领域转入心理领域，由外部世界转入人体内部"，④ 那么，身体无法忍受的痛苦就被意识所接受。我们看到，巫术意识是将现实未知的（生理领域）转化为神话经验的（心理领域），由心理体验的（已接受的痛苦）领悟到身体神秘的（生育知识），通过此种转化和领悟，将本体神性与现象世界、内在客体与客观对象同一起来。巫术意识是"灵"的，是被心

---

① 《太平御览》卷七二八引。

② ［法］列维－斯特劳斯：《结构人类学》，文化艺术出版社 1989 年版，第 21—22 页。

③ 同上书，第 23 页。

④ 同上书，第 29 页。

理认同的。《庄子·德充符》载：

> 鲁有兀者王骀，从之游者与仲尼相若。常季问于仲尼曰："王骀，兀者也。从之游者与夫子中分鲁。立不教，坐不议，虚而往，实而归。固有不言之教，无形而心成者邪？是何人也？"仲尼曰："夫子，圣人也，丘也直后而未往耳。丘将以为师，而况不若丘者乎！奚假鲁国！丘将引天下而与从之。"
>
> 常季曰："彼兀者也，而王先生，其与庸亦远矣。若然者，其用心也独若之何？"仲尼曰："死生亦大矣，而不得与之变，虽天地覆坠，亦将不与之遗。审乎无假而不与物迁，命物之化而守其宗也。"
>
> 常季曰："何谓也？"仲尼曰："自其异者视之，肝胆楚越也；自其同者视之，万物皆一也。夫若然者，且不知耳目之所宜，而游心乎德之和；物视其所一而不见其所丧，视丧其足犹遗土也。"
>
> 常季曰："彼为己以其知，得其心以其心，得其常心，物何为最之哉？"仲尼曰："人莫鉴于流水而鉴于止水，唯止能止众止。受命于地，唯松柏独也在冬夏青青；受命于天，唯舜独也正，幸能正生，以正众生。夫保始之征，不惧之实，勇士一人，雄入于九军。将求名而能自要者，而犹若是，而况官天地，府万物，直寓六骸，象耳目，一知之所知，而心未尝死者乎！彼且择日而登假，人则从是也。彼且何肎以物为事乎！"

为了阅读的方便我们直接翻译成白话文：鲁国有个被砍掉一只脚的人，名叫王骀，跟从他学习的人却与孔子的门徒一样多。学生常季向孔子问道："王骀是个被砍去了一只脚的人，跟从学习的人却和先生的弟子一样多。他站着不能给人教诲，坐着不能论议大事，弟子们却空怀而来，学满而归。难道确有不言之教，于无声处而以心传心吗？这又是什么样的人呢？"孔子说："王骀先生是一位圣人，我的学识和品行都落后于他，只是还没有前去请教罢了。我将把他当作老师，何况那些不如我孔丘的人呢！何止鲁国，我将引天下人跟从他学习。"

常季说："他是一个被砍去了一只脚的人，而学识和品行竟超过了先生，平常人就差之更远了。像这样的人，其用心是怎样的与众不同呢？"孔子说："死生乃大事，可是死或生都不能使他随之变化；即使天翻过来地坠下去，他也不会与之俱逝。他通晓无所依凭的道理而不随物变迁，听任事物变化而信守恒一的本性。"常季说："这是什么意思呢？"孔子说："从现象变化差异的角度看，肝胆同处一体也像楚国和越国那样相距遥远；从本体恒一不变的角度去看，万事万物又都是同一的。像他这样的人，曾不知耳目之适宜何种声音和色彩，而让一己之心遨游于和德之境。观相只见其同一而不见其所失，丧失一只脚就像失落了土块一样。"

常季说："他运用世智聪辩修养道德，以真心体悟道心，已臻真常之境界，为什么还有众多弟子聚集在身边呢？"孔子说："人不能在流动的水面照见自己的身影而是要面向静止的水面，只有静止的心才能使外物也静下来。各种树木都受命于地，但只有松柏无论冬夏都郁郁青青；每个人都受命于天，但只有虞舜品行端正。唯其端正品行，故能端正他人的品行。保全本心真意，而无畏惧之心迹，虽勇士一人，也能称雄九军。追名逐利而索求自我之人，尚能如此，何况那主宰天地，包藏万物，视躯壳为寓所，将耳目作皮相，领悟终极之理从而通解宇宙万象，真常之心、本然之性未曾蜕失的人呢！他将择日升登，人们将紧紧跟从，还怎么会把聚合弟子当成一回事呢！"

这里的王骀就是一个象征化人物，但不是神，不是通常意义的象征喻体，甚至不是前述神意性人物，亦即王骀这个"人"并不象征特定的事理或具有确定的位格，而是如同子祀、子舆、子犁、子来、子桑户、孟子反、子琴张①等曲偻发背、附赘县疣的象征化人物。与列维－斯特劳斯笔下的南美库纳人不同的地方是：庄子的人物在本体神性与现象世界、内在客体与客观对象的转化过渡之中，其巫术意识已经为本体观念所替代、所升华，因而不再是现实世界的人，而是"参日而后能外天下"、"七日而后能外物"、"九日而后能外生"、"而后能朝彻；朝彻，而后能见独；见独，而后能无古今；无古今，而后能入于不死不生"②的真人，即一些原型了。对此类人格现象，荣格有确切论述："许多科学家和哲学家都否认它的存在，他们很天真地以为，这种心理学推论蕴含了两个'主体'的存在，或者（以普通的说法来讲）有两个人格同时存在于一个个体之中。不过，此一批评倒也十分正确，上述推论确实有此涵意。现代人的众多魔

---

① 曹础基：《庄子浅注·大宗师第六》，中华书局1982年版，第100—103页。
② 同上书，第98页。

咒之一，便是许多人都因人格分裂而苦恼不已，它根本不是病理症状，而是我们随时随地皆可观察到的普遍现象。"① 似乎比庄子还走得远，荣格不仅将此类神性和人性混合而成的人格状况认定为人类心灵尚有未知的部分，而且认为此种心灵"是自然的一部分，其奥秘也跟自然一样，无止无尽"。② 荣格是说："原始初民的意识跟我们的意识发展处于不同水平，对他们而言，'灵魂'（或心灵）不是个统一体。许多原始初民认为一个人有一个'丛林魂'（bush soul）和一个属于自己的灵魂，丛林魂会附身在一只野兽或一棵树上，藉著附身于这只野兽或这棵树，个人便有了心灵的认同。"③ 我们大致可以理解，荣格是在科学理性的意义上阐释人的两个灵魂的：原型作为心灵深层的"灵魂"与意识作为相对浅层的"人格"是二分的，在原始初民那里，灵魂附着于一棵树或一只野兽；在现代人这里，灵魂与人格合为一体，只有人格分裂时它们才返回原始状态，而此时，便有为科学家或哲学家不能认同的神异景象发生，荣格说这实在不是病理症状，"而是我们随时随地皆可观察到的普遍现象"。我们认为它就是本体神性与现象世界、内在客体与客观对象的转化与同一，就是人从空间性本体审美向时间性对象认知的过渡和蝉变，亦即从坐忘到象征的神意衰微过程，本质是巫术意识和心理能量从心理进程的抽取和隐匿，它有两个条件：（1）神秘象征义向象征式微，结果是圣性的迹向化；（2）转化媒介体向对象转化，结果是语言的他者化。两者都是内在客体的对象化以及情境化，其审美观相就是庄子笔下那批人：奇形怪状且语接大通。

那么，这个过程是怎样发生的呢？拉康的学说似较为合理："无意识也是一个封闭系统，它的作用过程不是像混乱一团，它具有的是一种与能指相同的对于被压抑的内容的追忆。它的差异、再现和踪迹最初是在一岁半以前出现的，是当时的视觉和字母所留下的印象。因此，它的出现过程也与语言中的所指、能指之间的关系相同。"④ 亦即此类人格状态就是一种原型意象呈现抑或弗洛伊德潜意识涌现的状态，无非是原始初民或一岁

---

① ［瑞士］荣格主编：《人及其象征：荣格思想精华》，龚卓军译，余德慧校订，立绪文化事业有限公司 2013 年版，第 5 页。

② 同上书，第 6 页。

③ 同上。

④ 方汉文：《后现代主义文化心理：拉康研究》，生活·读书·新知三联书店 2000 年版，第 89 页。

半前儿童对于意识中"被压抑的内容的追忆","与语言中的所指、能指之间的关系相同",不仅"作为意义性的无意识在压抑中可能消失,同时,作为感性形象的存在却未必能完全压抑,它们可能产生移动,找到自己的替代品——形象与语言"。① 这里所谓"在压抑中可能消失"的就是庄子坐忘所遏止的神性(荣格之神秘)及其心理能量,其"圣性的迹向化"也就是奇形怪状疑似有所象征;这里所谓"未必能完全压抑"因而"移动"并找到替代品的就是媒介体向对象的转化,即"语言的他者化",皮亚杰所谓"自闭型思考"(autistic thought)或"非指向性思考"(undirected thought):"它不能适应外部现实,但却为自身创造了一种想象或梦幻的现实……而且借助语言手段无法进行交流,这是因为它主要采取幻想[意象](images)形式进行运作[运算](operation)。"② 拉康认为,这种为自身创造想象或梦幻现实的无意识系统"其实就是语言符号系统本身所表现的话语"。③ 可见,原型意象呈现或潜意识涌现的状态分为两个部分:一部分被压抑或消失,成为一些奇形怪状的象征化人格,所谓圣迹化;另一部分则走向语言,成为创造想象或梦幻的语言符号系统以及话语。拉康强调说,"语言符号系统对于个体来说是先在的,它是社会的网络,代表道德与法律,这样的一个社会网络对于自我当然是相对的异己存在,话语必然是他人性质的,也就是社会性的"。④ 这就是说,这两个部分不仅融会为统一的人格形象,而且要面向社会和他者,关键在于:原型意象的神性要向人格主体的圣性转移。这就是人格象征化:不仅能登天游雾、挠挑无极,能"外天下"、"外物"、"外生",而且"朝彻"、"见独",而且"无古今"、"入于不死不生",所有话语均接于大通:"天地有大美而不言,四时有明法而不议,万物有成理而不说。圣人者,原天地之美而达万物之理,是故至人无为,大圣不作,观于天地之谓也。"⑤ 所

① 方汉文:《后现代主义文化心理:拉康研究》,生活·读书·新知三联书店 2000 年版,第 92 页。

② [俄] 列维 – 谢苗诺维奇·维果斯基:《思维与语言》,李维译,浙江教育出版社 1997 年版,第 11—12 页。

③ 方汉文:《后现代主义文化心理:拉康研究》,生活·读书·新知三联书店 2000 年版,第 110 页。

④ 同上。

⑤ 曹础基:《庄子浅注·知北游第二十二》,中华书局 1982 年版,第 325 页。

谓奇形怪状语接大通。

从空间性本体审美向时间性对象认知的过渡，其间一个重要迹向就是心理能量被转移。心理能量是弗洛伊德的概念，但是被荣格，尤其是被拉康修正之后，其能量性质发生了根本变化。按照荣格的理解，集体无意识是人类心理最深层也是携有能量的部分，原型作为一种源自远古流传下来的心理倾向，就好像早期的母系社会对女性和生殖的崇拜在集体无意识中形成情结，引导人们对女性生殖等能力产生崇拜或畏惧的心理，便是心理能量的作用。原型成为最初的心理本能，个人经历及其情结围绕此种本能建立起二级内核，犹如星系一样。人的喜怒哀乐都是这些本能的衍射和象征，情结的表述及其心理的分配都是在原型及其衍射和象征的层面进行的。首先，心理能量作为深刻的内在驱动将原型投射到对象的确定价值点上，生成本体审美对于题材对象的穿透和植润。把心理能量理解为物理能量是不正确的，理解为纯粹意念力也是存在问题的。作为物理能量，它没有能量之源，除非我们承认上帝是存在的；作为纯粹意念力，我们所遇到的直接事实是：没有某种意念能产生某种力或能量。但是，在意念和能量之间，如果我们的深层心理发生了原型的呈现或躁动，那种被称作心理能量的力就会冲奔而出，如果又发生于某种特定情境，亦即此种情境能够象征或表述其深刻冲动时，它就会形成巨大超越力量乃至生成物质现象。荣格指出，作为原始意象（即原型意象）无以数计的变化形态，象征乃是人们用来表现"永恒真理"的方式，它保持着其本源的神秘性或曰"魔力"，在象征呈现的意义上消逝隐遁于潜意识之中；但是如果象征受到压抑或者遭到忽视，这种消逝隐遁的"心灵能量"（即心理能量）就会复活并强化潜意识中最主要的东西——心理倾向。而且"这类心理倾向构成无时无刻不存在着的、具有潜在毁灭力量的、我们意识心理的'阴影'"。[1] 荣格强调，"我们应该懂得，象征作为心灵的大部分显像，是不受意识心理的制控的。意义和目的并不是心理所具有的特性；意义和目的在生命本质的整体中发挥作用"。[2] 重要的是"在较早的时代，当种种本能的观念从人的内心深处涌现出来时"，亦即空间性本体审美意象呈现于

---

① ［瑞士］荣格：《潜意识与心灵成长》，张月译，生活·读书·新知三联书店2009年版，第71页。

② 同上书，第44页。

人的时间性意识浅表的时候，"人的意识心理能够自然而然地把它们统一整合入一个内聚的心灵模式"，那些"'文明化的'人已不再具有这种本领。他的'发达的'意识业已剥夺了自身的本领——那种能够同化吸收本能和潜意识的辅助性贡献的本领。"这类同化吸收和统一整合的器官就是"神秘的象征"，"世人公认的神圣象征"。① 换言之，当心理能量将原型投射到对象的确定价值点上，生成本体审美对于题材对象的穿透和植润时，心理能量暂时消逝或隐遁，象征作为某种心灵模式吸收并且整合心理能量，从而引向某种意义或目的，直捷地讲，心理能量的释放轨迹就是以象征为标记的心灵模式，其语言分配的路线就是语义结构，所谓象征，所谓比德观念、天人感应等。

我们熟悉的心理能量的释放方式有两种：压抑，"沉溺"。在这两种情况下，心理能量没有自然地释放，于是带来不畅快的感受甚至生病。如果我们把心理能量比作水流，那么压抑的作用则有如大坝，它把心理能量堵截起来。沉溺是指情绪、思想、想象或行为的反馈和循环：情绪释放激发了一些意象、思想，进而引起外在行为，这些行为又创造了一个外部的环境，这些意象、思想、行为和环境又激发新的情绪，所谓反馈。如果所激发的情绪和原来的情绪是一样的，就会形成循环，那么人就会长期沉溺于这个情绪中；如果我们先有一种行为，这个行为带来某些情绪和思想乃至某些后果，而这些情绪、思想和后果又促进了这个行为——这就是行为的循环。象征是心理能量释放的第三个方式：心理能量激发后，由潜在的能量变为现实的能量，进入象征和语言就有了基本形式，在中国古人看来，就是人的情感和品德，它摄持于五脏：肝主怒，主仁；心主喜，主礼；脾主思，主信；肺主悲，主义；肾主恐，主智。五脏衍射五行乃至宇宙万物：肝藏魂，衍射木；心藏神，衍射火；脾藏意，衍射土；肺藏魄，衍射金；肾藏志，衍射水。《黄帝内经》载脏象说如下：

> 心者，生之本，神之变也；其华在面，其充在血脉，为阳中之太阳，通于夏气。
>
> 肺者，气之本，魄之处也；其华在毛，其充在皮，为阳中之太

① ［瑞士］荣格：《潜意识与心灵成长》，张月译，生活·读书·新知三联书店2009年版，第72页。

阴，通于秋气。

肾者，主蛰，封藏之本，精之处也；其华在发，其充在骨，为阴中之少阴，通于冬气。

肝者，罢极之本，魂之居也；其华在爪，其充在筋，以生血气，其味酸，其色苍，此为阳中之少阳，通于春气。

脾、胃、大肠、小肠、三焦、膀胱者，仓廪之本，营之居也，名曰器，能化糟粕，转味而入出者也，其华在唇四白，其充在肌，其味甘，其色黄，此至阴之类，通于土气。

凡十一脏，取决于胆也。[①]

就此而言，心理能量不仅充塞于天地之间，而且与阴阳二气涵化，氤氲而成人的本体存在。心理能量以此衍射客观世界和宇宙万物，并且生成人。我们整理一下，其心灵模式约略如下：

心主喜，主礼；心藏神，衍射火；

肺主悲，主义；肺藏魄，衍射金；

肾主恐，主智；肾藏志，衍射水；

肝主怒，主仁；肝藏魂，衍射木；

脾主思，主信；脾藏意，衍射土。

这里，五脏所主的情感和品德是人的在世行为及其人格体系，相当于时间性对象认知的话语能力；五脏所藏潜意识相当于空间性本体审美及其衍射宇宙万物，两者之间是一种完全符合现象学原理的意向象征系统，它不仅转注着人与宇宙之间的能量转换规律，而且蕴藏着本体神秘性和现象可知性之间的同一和统一，呈现了心理能量白巫术观念以降、溉及宇宙万物并生成人的生命存在的时间性过程：既是神性的，更是诗性的。在人（五脏）与本体（五行）之间，神魄志魂意相当于我们所说的内在客体，它是将人与本体连接并且打通人与宇宙关系的枢纽，也就是原型意象所呈现的精神本质。

如果说空间波散播叠加生成场域、对象出现形成情境，乃至题材和结

---

① 谢华编著：《黄帝内经·六节脏象论篇第九》，中医古籍出版社 2000 年版，第 39 页。

构向语言符码转换是原型意象从空间性本体审美向时间性对象认知异延的外部情形，那么巫术意识所激发出来的心理能量从原型意象向奇形怪状的圣迹化人物、向象征性物事的转移和衍化，乃是其内部情形，而这一情形是遵循某种象征性心灵模式发生的。《黄帝内经》的脏象说是一个学理性描述：原型意象统摄人与本体两边，体现为心理能量和巫术意识通过奇形怪状的圣迹化人物以及象征性物事——将人与本体联结起来，实现人与世界、人与他者、人与自我的生态同一。圣迹化人物和象征性物事都是象征，都承担传导原型意象、转移心理能量、释放巫术意识的文化心理功能，它是将本体神秘性向对象认知性转换的逻辑中介，相当于我们所谓内在客体；譬喻、拟人、比德观念乃至天人感应等以此为依据并为预设前提。

> 帝高阳之苗裔兮，朕皇考曰伯庸。
> 摄提贞于孟陬兮，惟庚寅吾以降。
> 皇览揆余初度兮，肇锡余以嘉名：
> 名余曰正则兮，字余曰灵均。
> 纷吾既有此内美兮，又重之以修能。
> 扈江离与辟芷兮，纫秋兰以为佩。
> 汩余若将不及兮，恐年岁之不吾与。
> 朝搴阰之木兰兮，夕揽洲之宿莽。
> 日月忽其不淹兮，春与秋其代序。
> 惟草木之零落兮，恐美人之迟暮。
> 不抚壮而弃秽兮，何不改此度？
> 乘骐骥以驰骋兮，来吾道夫先路！①

起首八句写远祖圣脉及名号之由来，这里的叙事存在两个维面：（1）帝高阳作为一个原型意象携带着伯庸、"吾"等历代圣衍的脉息，是一个空间波不断叠加，亦即由历代先圣相位散播累加、逐级而下形成的历史性场域；（2）从帝高阳之苗裔到摄提孟陬、皇考览余之初度，一种诞生与命名延异蝉变的时间性进程。"皇览揆余初度兮，肇锡余以嘉名：名

---

① 黄寿祺、梅桐生：《楚辞全译·离骚》，贵州人民出版社1984年版，第1—2页。

余曰正则兮，字余曰灵均。"作为原型意象的对象，人出现了，生命与存在的具体情境出现了，空间性本体审美随之向圣迹化人物和象征性物事衍化。"纷吾既有此内美兮"六句是圣迹化明显的段落："纷吾既有此内美兮，又重之以修能。扈江离与辟芷兮，纫秋兰以为佩。汩余若将不及兮，恐年岁之不吾与。"内呈美质，外具修能，此谓之圣。江离白芷，秋兰为佩，圣者之表。时光流逝，唯恐不及，岁月迁衍，深恐不与，是生命有限、世事沧茫的本体缅怀。"朝搴阰之木兰兮"六句就是巫术象征意味的"奇形怪状"了："朝搴阰之木兰兮，夕揽洲之宿莽。日月忽其不淹兮，春与秋其代序。惟草木之零落兮，恐美人之迟暮"。朝暮春秋，日月阰洲。宇宙间、大地上，采木兰、摘宿莽，怀想草木零落，悲默美人迟暮。生命有限与宇宙无垠之间人的缺憾：那种寄托之空茫与栖居之无觅，令人伤怀。值得玩味的是：搴木兰、揽宿莽，人究竟是要做什么?! 进一步追问：木兰和宿莽又是一些什么物事?! 从高阳伯庸览揆摄提、纵跃时空、俯察万物、肇锡嘉名的宇宙人生观相到"吾"之披萝戴荔、秋兰为佩、攀搴阰洲、采摘花草，那种迁衍而下的圣人气象已经零落为人之于世无边无垠、空无所觅的悲怀和自悼! 人之所以披戴搴揽亦不过人之神魂意魄领承本体、缅怀圣迹时的一种生命征示，是内在客体穿越、映照对象，比附、表述价值时的一些象征性物事。它既不是军国谋略，也不是修身齐家，仅仅是一种语言和符码，一个从本体审美散播下来的圣迹化和象征性过程，根本还是生命与存在的心理投射："吾"之于兰、世之于莽之间，人的存在只是宇宙场域中一种情境性衍射和象征性经营，灵均正则超凡脱俗，说到底不过是心理能量面向对象世界的穿透和植润。"不抚壮而弃秽兮"四句遂将此种无边浩叹化作个体意志："不抚壮而弃秽兮，何不改此度? 乘骐骥以驰骋兮，来吾道夫先路!"人唯有以执着扬厉的精神抚壮弃秽，不改此度，方能骐骥驰骋，开路前进!

十五　题材的叙述层次及命题结构

原型意象从本体性到主体性、再到对象性这样一个情境延展过程构成叙事的内部情景，而意象所凝结的巫性经验和灵感方式穿越内外，不仅显示了空间波散播辐射等意向性特点，尤其体现了时间性涵化题材、象征性变现情境、以心灵模式引领对象和世界等结构性功能。这里的心灵模式是前述模式的一个深层概念，亦即它不仅影射原型与对象和世界之间的意向关联和意志认同，强调形式上的规律，而且指涉并且绵延到客观世界。作为原型意象向题材叙事转换的方式，模式从境相（内在客体）意义上实现着心理期待与题材价值的叠印感通，生成命题结构。就原型意象的本体审美言，模式所凝结的心理意向和生命意志，既呈现时空的绵延意向，确定有序，组织自持，又呈示意向的多维涵泳，样相杂多，生机浩瀚。这就是圣迹化人物和象征性物事，它们从神性和世相的摩荡中，牵引出一些可以言说的价值义域，一些相对清晰的命题结构，诸如比德观念、天人感应等。

比德最初指结党营私。《书·洪范》：“凡厥庶民，无有淫朋，人无有比德，惟皇作极。”蔡沈《书经集传》：“比德，私相比附也。”① 然后衍为同心同德。《国语·晋语八》：“君子比而不别。比德以赞事，比也；引党以封己，利己而忘君，别也。”② 王夫之《楚辞通释》：“比德，同心。”③ 作为文化心理的比德观念的产生，则首先在于“天人合一”的宇宙观。《易传》：“夫大人者与天地合其德。”在古人看来，天、地、人和谐是宇宙本体的根本大法，唯其如此，人才能与自然和世界感通，所谓道交感应。

> 桓公放春，三月观于野，桓公曰：“何物可比于君子之德乎？”隰朋对曰：“夫粟，内甲以处，中有卷城，外有兵刃。未敢自恃，自命曰粟，此其可比于君子之德乎！”管仲曰：“苗，始其少也，眗眗乎何其孺子也！至其壮也，庄庄乎何其士也！至其成也，由由乎兹免，何其君子也！天下得之则安，不得则危，故命之曰禾。此其可比于君子之德矣。”桓公曰：“善。”④

这里，隰朋的回答与管仲形成鲜明对比：“身在甲胄之内，中有圈城维护，外有尖锐的兵刃。它还不敢自恃其强大，谦虚地自称为粟。这也许可以与君子之德相比了吧！”隰朋可以说是从一个人的修养和品德来言说

---

① 蔡沈：《书经集传》，上海古籍出版社1987年版。
② （春秋）左丘明：《国语·晋语八·叔向论比而不别》，华龄出版社2002年版，第202页。
③ （清）王夫之：《楚辞通释》，上海人民出版社1975年版。
④ 李山译注：《管子·小问》，中华书局2009年版，第285页。

的，那也的确算得上是君子之德了。但是，根本地讲他还只是一个比喻：以粟之皮、壳、芒比喻君子包裹于层层规诫德行的世俗形象，那只是与小人陋劣相比较而有的一种智性，根本不能达到"大通"的境界。而管仲说："禾苗，开始在年少的时候，柔顺得像个孺子；到壮年，庄重得像一个士人；成熟的时候，和悦地越来越俯首向根，多么像个君子。天下有了它就安定，没有它就危险，所以叫作禾。这可以同君子之德相比了。"管仲着眼于天下之安危就是一种本体审美的视域，而从年少到壮年、再到老成之年，其柔顺、庄重、和悦之态，则呈示了由本体审美而下的时间性进程，一种生命境界所证成的空间波的不断叠加，一种时间性迁衍中从宇宙场域向个体道德的不断圆成，两者合而之谓异延，之谓大通。从隰朋之粟到管仲之禾，是从对象认知向本体审美的价值提升，是从宇宙人生之思向个体道德修养的人格生成，体现了中国古人襟抱宇宙、怀思一己的心路历程，一种心灵模式。

　　子贡问于孔子曰："君子之所以贵玉而贱珉者，何也？为夫玉之少而珉之多邪？"孔子曰："恶！赐！是何言也！夫君子岂多而贱之，少而贵之哉！夫玉者，君子比德焉。温润而泽，仁也；栗而理，知也；坚刚而不屈，义也；廉而不刿，行也；折而不挠，勇也；瑕适并见，情也；扣之，其声清扬而远闻，其止辍然，辞也。故虽有珉之雕雕，不若玉之章章。《诗》曰：'言念君子，温其如玉。'此之谓也。"①

　　这里，孔子将"玉者君子比德焉"的命题从内在客体推进到人格建构："夫君子岂多而贱之，少而贵之哉！"是一个否定性预设，亦即基于本体性审美的人格建构从来都不能拘拘于得失贵贱，而是一种人的独立和完成，有两个进向：（1）从本体审美看，抽绎巫术意识及其心理能量中的伦理价值，将庄子时代的奇形怪状转化为仁、智、义、行、勇、情、辞等伦理道德之美；（2）从对象认知看，则将隰朋之粟、管仲之禾提升为君子之玉，将象征性物事提升为人格化价值和结构性命题："言念君子，

―――――――――

① （唐）杨倞注，耿芸标校：《荀子·法行第三十》，上海古籍出版社1996年版，第308页。

温其如玉。"其后的《文心雕龙》有"比者，附也；兴者，起也"之论。① 朱熹进一步引入文学的表达方式："比者，以彼物比此物也。兴者，先言他物以引起所咏之辞也。"② 遂此将审美意向语词化为一种语义结构，实现了命题逻辑与存在事象、本体审美与对象认知、文学象征与人格建构的同一。玉代表德，德就物化为玉，比德佩玉遂演化为一种行为模式：有德之人随身佩玉，铭志而固德，敬意以修身，乃至齐家治国平天下。《后汉书·杨震传》："拟踪往古，比德哲王。"③ 何景明诗曰："比德亮无瑕，抱节诚可久。"④ 都是从人格行为上修养一己的身心，而这里的往古圣哲和美玉亮节就成为原型意象，两两相庆，相映崇光，开启了从本体审美到对象认知、从宇宙义域到个体价值、从命题结构到人格方式的意向性建构。由此想到《红楼梦》中一块顽石演化为美玉的贾宝玉，可谓是历尽繁华，看尽世情，最后完成了从玉回归石的人生旅程，曹雪芹概括为十六个字："因空见色，以色生情，传情入色，自色悟空。"这是一个大的模式，一个结构性符码体系：（1）核心意象散播的本体审美的终极绝对性，指涉场域空间性；（2）内在客体境相衍射的社会历史性，指涉情境时间性；（3）隐含作者涵泳题材叙述的客观性和价值性，指涉事象的神意性；（4）叙述对象呈现存在样相的故事性和情节性，指涉物象的象征性。下面分述之。

核心意象。亦即原型意象，作为空间观相的符码，是题材叙述所领承的最高层面。此类意象之所以被称为核心意象，是从题材叙述的角度讲的，亦即在题材的叙述结构中，它占有核心的、最高的、概观的位置，是叙述仰望的中心。它是意象之母，是意义和形式之总源头。换言之，我们预设题材叙述是一个完整生命体的建构，那么核心意象就应该是总领其躯骸、撮要其命义、凝结其精神、融通其血脉的"核"，一个卵细胞。它是本体之芽、形式之苗、意义之窗、题材之基。我们从四个层面来规定：（1）核心意象是叙述的最高意象，它承载着本体审美的根本精神和最高价值，其心理学本质就是一个原型，所谓意义和形式之总源头。《红楼梦》大荒山无稽崖青埂峰下那块顽石就是这样一个原型；《红楼梦》之所

① 周振甫：《文心雕龙今译·比兴十六》，中华书局1986年版，第324页。

② （宋）朱熹：《诗集传》。

③ （宋）范晔撰：《后汉书·杨震传》，中华书局2007年版，第517页。

④ （明）何景明：《玉冈黔国地种竹》。

以又命名为《石头记》，盖源于此。（2）核心意象是形式之始：《红楼梦》由石头这个总意象演化和衍生出大大小小各类意象，诸如风月宝鉴、镜花水月、各色花草、诸般场景乃至杂多事象，它们摄持着各自的题材，呈示了万泉映月、百川归海的形式取向，与石头这个总意象是存在心理原型关系的。（3）核心意象是意义之源：一部《红楼梦》就是播演这块石头幻形入世、红尘历练、体真悟本、引登彼岸的生命实相，这是《红楼梦》的最高主题，大观园的诗酒、荣宁二府的兴衰、全部红楼人物的悲欢离合，各自的价值和意义都是从顽石通灵的宇宙生命意义引出，然后生成下级主题。（4）核心意象是题材之基：全部《红楼梦》故事都兜揽于顽石的世间穿行，作为一条结构总纲，石头先后幻现为通灵顽石、神瑛侍者、怡红公子、甄贾宝玉四个法身提领着四大节奏，将大荒山世界、太虚幻境、大观园、贾府四个境相以及笼罩其间的人物系谱都连缀起来，形成鲜活生动、非同流俗的《红楼梦》文本。

核心意象标记着叙述的场域，它规定着题材的视界和幅度，就像大荒山无稽崖青埂峰的石头标记着《红楼梦》的宇宙本体义域一样，各级各类下级意象总是引领着所属题材单元，朝向终极意义和本体审美，从而拓展着阐释和阅读的期待视野。我们可以从《红楼梦》释读出反封建、争自由、反腐败、争民主的语料和义素，但是不能说《红楼梦》仅仅表现反封建、争自由、反腐败、争民主这样一种社会学意义的主题；相反，因为石头所指涉的宇宙本体的义域，我们认为《红楼梦》恰恰超越了这一主题，表述着曹雪芹也是中华文化面临天道颓堕的变局时，对于生命和存在的终极领悟。就此而言，核心意象的呈现是一种本体空间性审美的场域，它涵摄（1）文本的结构性视域；（2）人物的原型性释读；（3）题材的命题化叙述。就文本结构言，石头作为文本结构的总摄提，它隐括和衍射《红楼梦》文本的四个结构层次：大荒山世界、太虚幻境、大观园、贾府。就人物原型言，顽石是甄贾宝玉的原型，也是红楼众儿女的图腾。在这一原型之下，各个结构层次所摄持的艺术世界又衍生出各自的中心人物：大荒山世界的通灵顽石；太虚幻境的神瑛侍者；大观园的怡红公子；贾府的嫡传嗣子贾宝玉。就题材叙述言，石头由幻形入世又引登彼岸的总命题衍化出思凡、历幻、悟道、游仙等四个情节模式，成为《红楼梦》人物演化和主题呈现的四个分命题，指涉人类发祥、在世生存、生命实相、存在本质等元话语。

　　内在客体。亦即境相和事象。是我们借用胡塞尔的概念，是题材叙述的逻辑起点，包含四个义项：（1）来自本体审美的场域，是其空间性的散播和延异，一种宇宙存在和本体审美的"原印象"；（2）它是"特殊意义上的时间客体"，一种以感知的延续为前提的延续的感知，"不只是在时间之中的统一体，而且自身也包含着时间的延展"；①　（3）是由内在材料和杂多性立义构造的客体；它是"在一个不可分的相位中包含着它的对象"，②　在一个行为的连续统中构造起自身，这个行为连续统"有一部分是回忆，有最小的、点状的一部分是感知，其余的部分则是期待"，③所谓杂多性立义。胡塞尔讲，"一个内在时间客体的流逝样式具有一个开端，可以说是具有一个起源点。这就是内在客体开始存在所具有的样式"。④　换言之，从核心意象向题材对象的生成和异延过程中，内在客体作为一个时间流逝的开端，既于内在材料的空间性场域"包含着它的对象"，所谓"事象"，又以"有一部分是回忆，有最小的、点状的一部分是感知，其余的部分则是期待"等价值意向形成特定"境相"，两者感通搭建为一个角色——将本体审美与题材对象根本联结起来的情境性主体：人。（4）内在客体从人起始，进入社会历史情境的时间性，既指涉对象的客观性，也指涉意向的价值性，从而生成叙述的社会历史义域。

　　问题的关键是：所有客观世界及其进入叙述的题材无不首先转化为相对清晰的内在客体之后，才能进入叙述。在许多叙述文本中，内在客体是作为英伽登意义上的图式化观相隐匿到或融渗到文本叙述中的，只有作家或艺术家在进入叙述时，它是清晰地浮现在头脑和心灵的；从内在客体到文本事实的进程，就是一个从空间波转化为时间流，然后进入行为连续统的符码编排和输入的过程。它不断地将境相与事相叠合，将空间性题材转化为时间性语料，将整一性本体审美转化为杂多性主体意向，逐渐使自己淡出，白矮星似地划过本体的星空，消失或停顿于主体审美的黎明时分，形成对于叙述文本的时间性观照，也是久远监护。

　　太虚幻境不是一个所指和实在，但它是本体审美的原印象，蕴含了天

---

①　［德］埃德蒙德·胡塞尔：《内时间意识现象学》，倪梁康译，商务印书馆2009年版，第54页。

②　同上。

③　同上书，第55页。

④　同上书，第60页。

道大荒向家国伦理变现的兼美圣境，一个从宇宙空间性场域演替为社会历史性开端的能指，以荣宁二公之旨意指涉贾府的伦理乱象，更以警幻可卿之神意涵摄大观园的诗性价值；既包括荣宁二公之灵、警幻可卿之神、神瑛绛珠之缘以及众儿女之宿命等叙述语料，也包含天道颓堕之悲憾、家族命运之叹悼、人生世界之体悟以及情礼兼美之失望等杂多立义。前者作为一种事象，萦回着天道无常的神性追问；后者作为一种境相，氤氲着人世苍凉的诗意缅怀。

这里有两个概念需要厘定：境相和事象。境相是一种心象和意境，是传承自本体审美的价值意向和存在体验；事象是一种情势和表象，是生成于对象认知的能指衍射和杂多延异。意境获自坐忘，涌出茫茫大士、渺渺真人、空空道人、胖大和尚、甄士隐、贾雨村、刘姥姥、薛宝琴等圣迹化人物；表象衍入象征，衍射花、月、水、火、金锁、金麒麟、风月宝鉴乃至口衔宝玉等象征性物事。境相和事象与本体审美的关系是典型的"举杯邀明月，对影成三人"：对话印证，感通搭界，就形成叙述话语的语境——人的主体性和世界对象性的错杂和交融。

隐含作者。亦即原型和模式，题材叙述中本体性向主体性的转移和衍射，也是操作模具。换言之，一个叙述并不完全是客观照相式的反映或简单直觉式的"直寻"，[1] 而是一种先验预设式的命题辐射或立定脚跟后的结构整饬。隐含作者作为一种历史主体的神意状态，由于它承载本体审美的存在体验并且衍射对象世界的认知意向，因而显示了超常的心理穿透能力和卓越的符码构形能力[2]：（1）全知：超越作者（读者）的现实局限成为神驰意注的自由主体，亦即在指涉题材对象的同时散播巨大无遮的境相和意境，使叙述成为存在世界的先验筹划，其相位犹如创世记的上帝，说有光，就有光；（2）全能：超越作者或读者的时空限制成为自由创造的劳作主体，亦即在由本休审美向情境主体演替的开端，就蕴含了创造激情和心理能量，它不仅能够将本体审美的原印象衍化为特定境相，从而将

---

① 钟嵘"直寻"的概念虽然强调直觉在文学创作中的重要作用，不排斥理性参与，但更主要是指直接可感的形象作用于诸者的感官从而感染、震撼其心灵，在我看来，这还是相当肤浅的认识。换言之，进入场域本体性和行为连续统的情境主体不仅有理性的参与，更是原型心理的发露，其叙述语料之主要含件应该是母题和模式。参见张少康《中国文学理论批评史教程》，北京大学出版社 1999 年版，第 147 页。

② 可参阅马明奎《对于"隐含作者"的反思与重释》，《文学评论》2011 年第 5 期。

空间波异延为时间流，形成某种行为连续统，而且涵化对象的客观性并摄取其价值可能，生成事象，创造之功一如女娲，主持男女，建立婚姻；（3）叙述：作为文本创作者的赋义或作为意义阐释者的领承，在境相与事象印证搭界的同时进入创作，或以原型承含本体审美，或以模式桥接题材对象，将两者涵化为社会历史进向的时间流，变现为一个个叙述者，直接与对象接洽；（4）象征：作为叙述主体将杂多立义与题材对象熔铸并转化为形式和符码，亦即在摆放原型和操纵模式的进程中以母题散摄题材，以原型整饬人物，以模式涵化情节，以结构拓扑文本，①建构一个图像与语词共生、意象与题材共构的艺术世界，从而象征鲜活生动的人的存在。

隐含作者的概念击退了西方学者"毫不含糊地试图'暗杀'作者"②的滔天大浪，把文学创作从起哄式的读者闹嚷中拯救出来，使之由公众意淫的对象回归为严肃的人文事业。但是隐含作者的根本命义还不在此，而在于作为文本建构者的劳作和技术。所谓以母题散摄题材，是指人物系谱所依循的那个原型结构，它可能呈现于一个文本，如《红楼梦》十二钗正册所示以宝黛钗三人为核心，体现舜与二妃原型关系的人物结构；也可能呈现于多个作品，如满都麦小说创作中雅玛特、葛慕喇、葛玛等为代表的，体现父亲原型、母亲原型以及蒙古美女原型的人物系列结构。但是，文本人物都不同程度地在题材叙述的进程中融入原型考量和母题投射。我们总结出四种呈现方式：摄持、吞噬、镶嵌、拓扑。摄持和吞噬是原型对于题材的涵化，不仅是以本体审美的空间义域笼罩和涵泳题材，使之成为一种期待视野，而且以主体情感和生命气质贯注题材，使之孕育全新的生命。镶嵌和拓扑是模式对于题材的拯救，亦即以内在客体涵摄的境相和事象充实和添补题材，使之呈现某种召唤结构，从而实现题材的意义增殖和价值提升。

隐含作者与现实作者的深刻不同在于：隐含作者是以原型和模式来整饬题材涵化叙述的，这种整饬和涵化包括用原型摄持、吞噬、镶嵌甚至是拓扑题材，以模式来规趋、观照、拯救、整饬甚至是改造叙述。隐含作者

---

①　马明奎：《多民族文学生态文本叙事性研究——以满都麦为例》（《中央民族大学学报》2013 年第 4 期）对"散摄，吞噬，镶嵌、拓扑"四个概念有比较详尽的论述。

②　韦恩·C. 布思：《隐含作者的复活》，申丹译，《江西社会科学》2007 年第 5 期。

既是文本建构的理想主体，也是题材叙述的价值人格。现实作者则是作家本人，他（她）行进在创作和生活两个范畴：（1）限知：每个作家创作之后，都必须及时回到生活状态，将作家身份祛除，恢复为现实中人。虽然我们极大程度地理解和宽容作家或艺术家饱满着艺术气质或情感当量，但是并不能容忍利用此种理解和宽容来实现功利目的或匪夷所思；我们鄙弃附庸风雅或流氓成性，正是针对作家身份的体认并不是基于艺术创作的神圣承担，而是无知和无赖。（2）无奇：作家作为一个具体的人是聪明一些或勤奋一点，进入创作状态即隐含作者的人格之后才思喷涌灵感富丽，但就其现实状态言，布思甚至举例说，一个诗人与老婆吃早点时的恶劣状态远远超过普通小市民。[①] 一个作家不可能成为神，也就不是一首诗，恰恰是将人的欲望追求发挥到超越境界，因而更能为世俗所理解，但是，他们如果把无知吹捧为高贵，把卑鄙炫耀为高雅，就落入无耻。（3）体验：作家与常人的不同是据有相当丰厚的生活体验，能将生活素材转化为情感对象或思想内容，从而将体验了的生活变成文本。体验是情感的深入层次和价值状态。体验不仅是情感态度，而且是情感价值的反思，亦即把存在世界和客观对象带入原型、生成境相、形成关于终极绝对的追问，或将主体情感和价值意向推向世界、衍入事相、生成关于人的思考，尤其是在心灵与世界相向交往进程中，本体审美向内在客体的转移以及空间波向时间流的衍化，都超越于情感的"事件和事实"之上，形成人与世界的相遇处，成为"原型与本体、与终极绝对之间的契合点"，[②] 从而实现人对于本体的领悟。正如王岳川所说："体验即本体反思。体验着的人是面对人生终极价值关怀问题而痛苦追问的人。人生境遇各个不同，然而大艺术家与大哲学家一样，都受同一根本痛苦的驱迫，而寻求着同一个大谜的谜底。"[③] 所谓作家就是能够进入体验状态、成为隐含作者的人。（4）语言：作家是用符码或文字建构文本的人。作家的本领是能够运用语言（符码或文字）。运用语言不仅是说话，也不仅仅是写字或做图，其深刻内在方式是：将承载了本体审美和主体价值的境相与概括了客观对象及其认知的事相，通过唤醒原型、拈取图符使两者桥接起来，实现

① 参见韦恩·C. 布思：《隐含作者的复活》，申丹译，《江西社会科学》2007 年第 5 期。

② 马明奎：《艺术生存论》，学林出版社 2007 年版，第 135 页。

③ 王岳川：《艺术本体论》，中国社会科学出版社 2005 年版，第 142 页。

同一，此即语象。语象（Verbal image）是新批评派术语，直译为"用文字的物质材料制成的像"，是指不脱离语词或词组的具词性形象，有别于脱离语言的内在意识和想象中留存的形象。蒋寅说："语象是诗歌本文中提示和唤起具体心理表象的文字符号，是构成本文的基本素材。"① 其实（1）它不局限于诗歌文本（这里不分别本文与文本的概念，此种分别毫无意义），而应该指涉所有文学文本；（2）是一种语料，属于文本范畴，它包括景物、人物或事件等所有形象构件；（3）它能够"提示和唤起具体心理表象"，亦即通过"提示和唤起"情感心理过程衍射事相、含蕴境相并将两者同一起来，实现将本体审美和内在客体转化为客观对象和叙述文本的目标，是由空间波向时间流转化从而进入行为连续统的过程；（4）是构成文学话语的基本素材，是相互观照、共同建构、融为一体又各自活跃的图符生命活体，因而不可能是单独搬运的砖木。运用语言的本质就是把捉语象活体，不是组装而是创造生命存在的本体，一场生殖或死亡运动。一个作家必须有对于语象的敏感和熟悉，要有相当的形式能力和建构能力：包括将客观物理关系转型为场域语象关系，将心理境相范畴转化为对象事相范畴，将内在客体转化为文本事实，从而将深刻的生命体验和价值意向转化为普遍的世相存在和意义领承。

十六　符号体系及其语词方式

叙述对象。就是在文本进程中的那些语象与对象的接点。语象包括文字和符码，对象指所有进入观相的叙述材料，包括人、事、景、物，甚至数字和图表。作家进入叙述时的内在客体是心理学观照的范畴，它衍伸出四根触须，分别以摄持、吞噬、镶嵌、拓扑四个方式与叙述材料接触，因而生成四种符号体系。

摄持是原型对于题材的涵化，它不仅以本体审美的空间义域笼罩和涵泳题材，使之成为一种期待视野，而且以主体情感和生命气质贯注题材从而孕育全新的生命。张泽忠的风雨桥正是这样一个原型摄持题材的触须，它内接鼓楼，外连都柳江，不仅是"细脖子阳人"出入九百古榕寨、来往于侗家与世界之间的必由之路，而且是榕树鬼界向鼓楼人界乃至萨界的不断提升，是一个本体化和价值化进程：（1）水界向人界的善化；

---

① 蒋寅：《语象·物象·意象·意境》，《文学评论》2002 年第 3 期。

（2）宇宙万物向蜂巢界的诗化；（3）细脖子阳人朝向姜良姜妹的无限圣化。其反向是主体和对象对于本体的吁请，一个对象化和世俗化过程：（1）古榕树幻化为英俊青年坐夜，虽非道德官司，却是青林歌乡另一境界；（2）人界向水界爱欲的奔泻与释放，隐约侗寨对于外边世界的觊觎、窥探和悦纳；（3）姜良姜妹对细脖子阳人的承担。摄持的本质是原型与对象的往来互动：一种互相涵化，一种提升和反思。摄持又是一种结构提携，亦即意象作为文本叙述的结构中心，它成为题材铺写的核心，是吸摄和征引题材的引力之所在，它构成文本建构的龙骨和准提。

吞噬是意象对于对象的接纳、融化乃至吞噬：客观题材被彻底意象化，成为意象群落或意象家族的正式成员，有两个方面：（1）题材与意象实现内在同构；（2）题材丧失客观性，成为意象的意向性网面上一些散碎的网点或结点。满都麦《祭火》写年节团聚在毡包里祭祀祖先或神灵的场景，但是，这一场景蕴含了以火意象为核心的毡包内的伦理秩序和毡包外的宇宙结构——此二者的内在同构。毡包内的伦理结构是以爷爷扎米彦、奶奶嘎皮勒为中心，向儿子呼尔乐、儿媳葛尔勒比丽格，向孙子浩日娃，向蟒缎黄袍、成吉思汗及油画《斗牛》拓深的意向结构；毡包外的宇宙结构则是以火锃子为中心，向毡包四壁、菩萨像及宇宙穹窿辐射的意向结构。这两个意向性结构是同构的，但是宇宙结构大于伦理结构，前者吞噬后者，形成宇宙意识和世界观念吞噬和含蕴存在意识和生命观点的大生态意向。《元火》是满都麦另一篇意象吞噬题材的成功之作。全部故事穿插在追寻葛玛魂灵的进程中，这既是一条生命走向圣性、人性走向神性之路，更是一条生殖之路，所有题材都纳入一个原型，即从卧牛石进入岩洞所象征的生殖过程，这是一个生殖意象吞噬社会历史和"文革"叙事的意象化进程。

镶嵌是模式对于题材的拯救，亦即以内在客体涵摄的境相和事象充实和添补题材，使之呈现某种召唤结构，实现题材的意义增殖和价值提升。张泽忠在全部《蜂巢界》叙事中镶嵌了大量侗家民俗、文化、历史、想象的特定意象诸如坐夜、歌耶、迎萨、龙犊转世等语象化材料，使勒汉包岛回九百古榕寨报警这一历险的过程变得涨满丰盈、神采飞扬，而且这些语象化材料包含了侗族文化历史的多重母题，一如陈鹏翔所说："这些意象和套语都是大大小小的母题，是组成一篇作品的重要因素。"他指出，

"意象除了提供视听等效果外，最重要的是它们所潜藏包括的意义功能"。① 如果我们将张泽忠这里的意象语料镶嵌人物历险过程这一叙述方式，与贾平凹的《腊月·正月》以及苏联作家谢苗·巴巴耶夫斯基的《故乡》中男主人公携带情人峡谷历险的叙述做一比较，张泽忠这一方式的运用更其饱满雄奇，盖在于意象对于题材的镶嵌也。

　　拓扑则是将意象整饬、扩展为题材，实现内在客体所涵摄境相和事象的客观化和场景化。把一个意象扩充为一件题材可以有多种方式，比如作为细节衍射出故事，比如发动联想铺排成故事，比如作为一个动作点引发故事，等等。但是拓扑遵循异质同构原则，即将心理范畴的意象或原型通过铄骨变形，使之既保持内在结构的同一性，又换形为一个完整的题材叙述，本质是由意象生长蜕变出一个完整的故事，是由灵魂滋长溉漫出一介完形躯体的生命过程。《红楼梦》的文本就可以描述为这样一个拓扑过程：第一是有一块顽石作为核心意象；第二是由茫茫大士和渺渺真人施加法术，变成神瑛侍者，乃有太虚幻境；第三是由神瑛侍者的浇灌之恩感应绛珠仙草的以泪报德，而有众女儿悲欢离合，乃有大观园；第四是以大观园建基并持存，乃有荣宁两府。此一拓扑过程逆推而上，即是荣宁二府—大观园——太虚幻境——通灵顽石，终至于空，所谓"万境归空"。曹雪芹即以五个书名来分别标识：《石头记》——《风月宝鉴》——《金陵十二钗》——《情僧录》——《红楼梦》。我们可以说，五个书名是《红楼梦》核心意象通灵顽石的本体审美，向主体审美的内在客体，以及客观世界及题材对象逐级拓扑并衍生的不同进程：《石头记》是一块石头的宇宙传奇；《风月宝鉴》是空间波濡染成的场域：情之始端，所谓"开辟鸿蒙，谁为情种？"的第一步阐释；《金陵十二钗》是时间流溇漫而有的一个境相，一个女儿国，情的世界；《情僧录》是贾府世界的幻灭史，是生灭兴衰的事象，也是世相；《红楼梦》则是总其全部、概括本质的最高主题，旨涉真假有无、真空妙有之说的佛家旨趣。可以说，这一过程是与唯物主义哲学相反的万法唯心观点及拓扑效应，其价值和意义与考据家的史实钩求迥然不同。

　　叙述模式。按照这样的分析，我们可以拣择出这样一个意象体系：

　　通灵顽石（蠢物）——风月宝鉴（神瑛）——卧榻视镜（佩玉）——

① 陈鹏翔：《主题学研究与中国文学》，《主题学研究论文集》，台北东大图书有限公司1983年版。

元妃神镜（照妖镜）。

四者衍射四个意象群落：

茫茫大士和渺渺真人——绛珠仙草及一干情鬼——诸色名花——火酒水月。

四个意象群落又接洽着四个世界及四组题材：

大荒山——太虚幻境——大观园——贾府；石头历幻至引登彼岸——神瑛侍者两人幻境——大观园诗酒生涯——贾府兴衰。

从而形成《红楼梦》文本的四个符号体系：

神话传说体系——原型意象体系——象征隐喻体系——人物故事体系。

我们注意到：通灵顽石是总意象，整个地吞吐着《红楼梦》叙事的全部意象体系和叙事体系。风月宝鉴（神瑛侍者）是二级意象，笼罩、摄持、吞噬、拓扑着大观园及贾府的全部题材。卧榻视镜三级意象，它是贾宝玉卧房中的穿衣镜，镶嵌于怡红院，并以其与潇湘馆、蘅芜院、栖霞阁、包括栊翠庵在内十二钗居处的不同映照关系网络编织起大观园的全部诗酒生涯，成为大观园岁月的叙述中心。元妃神镜是贾宝玉成为情僧之后的神性显现，虽为元妃所持，但是性命两真、寂照圆融、慧光灼灼、神意不昧，乃是提升顽石之灵性、概括文本之精神、呈示生命之实相、观照存在之本质的最高摄提。我们可以说：元妃持镜与女娲炼石是前后呼应、回环往复的最高意象之叠映，也是《红楼梦》叙事的最高概括。换言之，女娲之炼石与元妃之持镜，双双提携前后相应，不仅规定了《红楼梦》的最高主题，规制并衍生了《红楼梦》的核心人物和主体故事，而且摄持思凡、历幻、悟道、游仙等四个叙事模式，[①] 呈示了意象与题材衔接过渡的基本路径。在具体进入文本建构时：（1）顽石通灵作为总意象是以思凡模式与《红楼梦》的题材叙事接洽的。顽石思凡，乃有茫茫大士渺渺真人之接引和施法，然后才变形为神瑛侍者，口衔宝玉进入太虚幻境、大观园，乃至贾府世界。（2）风月宝鉴作为二级意象是以历幻模式与大观园诗酒生涯的叙事接洽的。神瑛历幻，乃有钗黛两端的木石前盟和金玉良缘，乃有情礼两兼、钗黛分离的悲剧故事。（3）卧室视镜作为三级意象是以悟道模式与贾府现实世界的兴衰故事接洽的。怡红院是大观园的中心，怡红视镜的俗身乃是刘姥姥这样一个村妪浊物，但是，唯其浊俗，

---

①　可参见马明奎《暗夜孤航——〈红楼梦〉艺术精神研究》，内蒙古人民出版社2001年版。

方不着相；刘姥姥不仅与贾母一起视察了诸钗椒室，而且直入怡红卧房，触动神瑛之机关，坐实宝玉之本来，像镜子一样投射出诸钗乃至贾宝玉之生命实相。换言之，唯其刘姥姥这位村妪老人的降临，才使我们从世俗和世相的角度观照了一番诸钗的生命存在，透视了大观园的人性底里，领略了泱泱公府内部和上层各色人等的心性和本质，实现了对于情的价值的整体否定。这正是贾宝玉沉溺其间出而未得的困惑之所在：幻。（4）元妃神镜作为最高意象是以游仙模式与大荒山无稽崖青埂峰接洽的。在世相与实相之间，在生命与底里之际，在贾府世界的时间流逝与大荒山本体世界的空间波之间，一念转依，乃有"因空见色，以色生情，传情入色，自色悟空"的体悟过程，游仙的本质因而回溯为对于自家生命底里（实相）的勘破，这就是胖大和尚那一万两银子的饥荒的本意。此四者使我们看到的恰是摄持、吞噬、镶嵌、拓扑，相对于原型、意象、模式、结构四项。亦即总意象作为原型摄持全部题材，神瑛作为核心意象吞噬着诗酒生涯的悲欢离合，卧镜作为模式镶嵌于题材叙述的深隐之处，神镜作为最高结构（女娲炼石与元妃持镜）观照和提摄着文本的整体表述。

至此，我们就可以总结顽石这一原型运行的维面和向度：（1）直承本体审美成为其空间概观的符码，缔结于元妃持镜的最高神意；（2）风月宝鉴直承神性，作为某种生命意志，从空间播撒中诞化出神祇系谱性主体：神瑛侍者、绛珠仙草及一干情鬼之冤情孽债；（3）卧室视镜就进入时间和历史，进入大观园的诗酒生涯乃至荣宁二府的历史题材，它以怡红公子与众女儿的情感关系以及怡红院与诸钗椒室之间的象征隐喻关系为纲纪，形成故事和情境；（4）元妃神镜是神瑛二人幻境时神识之所见，它由充分对象化和客观化的象征性物事诸如一万两银子的饥荒等，转依为贾宝玉于情魔与冤孽交织中的世相勘悟，亦即体悟了自我顽石蠢愚之底里，于炼石与持镜之际一念顿悟，引登彼岸，实现了一己生命与世间存在的同构，完成了生命的回归之旅。就符码体系看，意象与语词的确不同：从方式看，有再现性与抽象性之别；从材料看，有境相（心象）与事象之别；从修辞看，有描写与叙述之别；从逻辑看，有直觉与命题之别。但是，这里存在一个从境相向事象、从描写向叙述、从直觉向命题亦即从意象向语词过渡熔铸的语象进程，最终铺陈为一个整一统筹的文本。这一进程是以意象为联结点，以模式为联结方式，摄持、吞噬、镶嵌、拓扑，绵延和联结为文字符码实现表述的。

第二章

题材研究

　　题材是意象的意向性建构对象，这是一个基本命题，上文已有论述。亦即一个意象分析为空间、时间、意向和语词四个维度，它从本体审美开始，从空间波进入时间流，生成情境，摄持对象，进入主体审美，从而实现文本叙述的。从意象到题材，这是一个时空不断延异、相位不断转换、建构逐渐展开、语象不断生成，乃至最后进入对象叙述的进程。但是，进入题材分析之后，我们就须从现象学向人类学转变，这是因为，研究对象从本体审美及其相关心理过程进入对象审美，从内在客体转变为题材对象亦即客观世界及其存在状态，我们的基本学理也就相应地转换为列维－布留尔关于集体表象和互渗律的理论。列维－布留尔揭示了原始人建构的人与世界之间部分或整体的巫性同一，强调这种思维方式像"绝对命令"那样支配着原始人的思想，这是我们认识图腾崇拜、巫性思维以及意象对于题材的意向性操作的基础。我们已经推出四个关键词：场域，情境，对象，模式。我们表述为空间波、时间流、内在客体、叙述模式四个延异相位，相对于本体审美、主体情境、隐含作者和叙述对象。亦即意象与题材巫性同一和义域互渗不是直达的，不是机械简单的二元拼接，而是空间波向时间流的涵化，呈现为内在客体感通、衔接、召唤、衍生题材对象的巫性思维过程，它是意象作为原型在其喻指性、辐射性、涵化性及变现性四个叙事性特点之上摄持、吞噬、镶嵌、拓扑对象从而与题材接洽的，其接洽点就是题材中所蕴含的神话、母题、仪式、场景。我们不得不再将这一过程分析为若干相位加以描述，这是逻辑表述所须付出的代价，舍此我们没有别的办法。

　　与心理学不同，在意象接洽和熔铸题材的过程中，无论摄持、吞噬、镶嵌、拓扑的操作模式，还是神话、母题、仪式、场景等题材对象，它都是客观之物，都必须进入精确描述和严格实证，而且要进入语词和符码的表述。那么，克利福德·格尔茨（Clifford Geertz，1926—2006）的"深层游戏"就成为意象摄持题材、符号建构文本的航标。他对于仪式里被建构、强调和维持的亲属意向及其价值关系的揭示，尤其是文化"存于符号中的意义系统"的命题，启示我们：集体表象的义域互渗不仅诉诸摄持、吞噬、镶嵌、拓扑等现象学操作方式，而且诉诸仪式事象及其意义结构，① 亦即符号体系。题材的研究也不再是建构一个纯理论构架，而是对于题材所蕴含场域、情境、对象、模式，以及格尔茨所谓"被建构、强调和维持"的亲属关系及价值关联的揭示和接洽，其学理过程是技术性和实证主义的。但是，格尔茨又讲，"以这种方式表述事物，使人必须用类似隐喻的方式重新关注其自身，因为这种方式将文化模式的分析从一般说来类似于解剖生物体、诊断症状、译解符码或排列系统——当代人类学占优势的类比方法——转换成一种一般说来类似于洞识一个文学文本的方法"。② 就是说，我们必须经常不断地、情愿或不情愿地徘徊于逻辑分析与现象描述之间，以格尔茨所谓类似隐喻的方式洞识文学文本。亦即在运用列维－布留尔的巫性思维理论扫描那些体现互渗律的集体表象抑或原型意象，分析其指涉神话、母题、仪式和场景，进入多维立体文化描述的时候，必须不断地、心甘情愿地回到那条现象学之河：以空间波、时间流、内在客体、叙述模式的概念转换来"建构、强调和维持"那种亲属关系和价值关联，并使之"异延和播撒"到人格建构和文化阐释，实现存在的生态化。

那么，这是否意味着又走回前面的理论思维呢？从胡塞尔到布留尔，再从荣格到格尔茨，除开研究对象从意象转移到题材，我们还有哪些转移和变化呢？当我们用空间波、时间流、内在客体、叙述模式四个相位的移动变幻进行描述时，我们发现意象向着题材滑动并且渐渐消融于题材之中；当我们再度回眸这个滑动过程时，世界已经大变，眼前出现的是场域、情境、对象、模式，而它们正在以摄持、吞噬、镶嵌、拓扑四种方式来抓捕题材中的神话、母题、仪式、场景——颇为奇异的是，场域、情境、对象、模式四料与神话、母题、仪式、场景四样，存在类似弗莱揭示的春夏秋冬四季与文学体裁之间的对应关系：它们是相契的，也是同构

---

① 参见［美］克利福德·格尔茨《文化的解释》，韩莉译，译林出版社 1999 年版，第177 页。

② ［美］克利福德·格尔茨：《文化的解释》，韩莉译，译林出版社 1999 年版，第 528 页。

的。换言之，每个场域都氤氲着一个神话，每种情境都凝结着一个母题，每个对象的登场都是仪式性的，每个模式都会衍射出特定场景……一种空间性与时间性的对应和应实现着类似母腹孕结似的异质融合，德里达把它比喻为从破处到子宫的进程①。于是我们发现了自己的变化：从心理走出到世界的进程中，又找回到历史和语义中去！我们终于领悟了我们真正的目标，那就是从历史和语词、所指和能指的缝隙间衍生出终极绝对观念、道德伦理观念、人格方式及存在状态等立体结构和文化进向，本意上是在寻找早已佚失的自我！

　　题材并不是一个被动之物。那些没有进入审美观照的素材一如宇宙间蜕裂的年轮、残损的矮星、未知的陨体、化外的菌类，至多是山野的花草或涧边的鸟雀，自生自灭，与人无涉，实在之物，无趣无谓。但是，把题材比作砖木之类建筑材料是一场旷日持久的、耗损了生命和岁月的思想灾荒。如果说前面论述过题材所蕴含的、那些能够与意象感通或融渗的视域或结构已显示了某种活动性或生命感的话，那么格尔茨的深层游戏理论则直接揭示了这些结构或事象所凝结着的文化意义，据此我们论定：人是先验的文化动物。什么是题材？题材不是被动之物，而是活动之事。哪怕是一组数字，一个图表，一棵草或一湾水，它都是有生命的，是能感应甚至融渗到人的存在义域和生命情境中的。就此而言，我们倍加感慨古人万物有灵的观念，它不是迷信，而是一种生态的、诗性的和饱满着人的创造性和自由感、涵泳着人的广大胸襟和深刻爱欲的存在理念，一种审美情怀。而少数民族作家笔下的题材则更是如此。那是一种未被工业社会淘净的，能够相对持存神性和诗意，由边远山区或深广草原所孕育的，其族属和地域文化着意保存了的人的本真状态和生态素材，它们拒绝单向度模式的现代人的生命状态，保持着与世界和他者最基本的亲属关系和价值关联，是宇宙观念下一些生动鲜活、真朴自然的生命故事，蕴含了逻辑理性扣剥出来的诸种名色，诸如神话、母题、仪式、场景，正是我们视若珍宝的文学元素和文本语料。我们知道，少数民族作家（尤其母语作家）都是自然而然进入他们的题材领域并且遵循母语思维加以剖制和概括的，不管是叙事还是抒情，他们总是在叙说一些什么，不完全是西方叙述学家分配的呈

---

① ［法］雅克·德里达：《文学行动》，赵兴国等译，中国社会科学出版社1998年版，第99页。

现或陈述的任务；但我们不能不重复某种理性操作，不能不对进入审美视域和亲属关系的题材做冷硬的逻辑分析，因为我们要言说。于是我们必须预设：神话、母题、仪式、场景分属于四个维面：本体的，主体的，人格的和世界的。现象学告诉我们：对象是被给予的。但是对象在被给予之前，它不是对象，也不是自体，而是本体之式的一环。所以，任何题材都根源于本体和实在，根源于空间审美和生命喻指。在终极绝对的意义上，意象就是题材，题材就是生长的意象，人不在其外。

我们认证满都麦小说中长生天意象是一个空间性喻指：火锃子、毡包的穹窿、两山之间的跨度、天空乃至宇宙所蕴含的母性的、智慧老人的、爱欲冲动的生命意志等等，无不凝结了蒙古民族苦难与祈祷、圣爱与牺牲的神性意向：由在世的善回向彼岸的真，一种天地人神一体的宇宙生态理念。此一进向中，满都麦强调的最高价值是生生，是善，是苦难和罪恶的承担，它是由峡谷、湖边、敖包和草原向着毡包、岩洞、母腹——一个大子宫次递回归从而使题材层级化这样一个意向结构来完成的。这是一个赋灵的过程，也是一个创生过程，更是一个将神话衍入故事、背负苦难向着最高神性长生天——面圣成真的过程。

与满都麦相比，南永前的图腾诗蕴含一个从最高图腾到祖先图腾、再到宇宙万物，逐级散落而有的辐射性、层级化的人格系谱和存在图景，但它同时是一个生命图腾化、祖灵化、不断地衍入时间的历史化进程。南永前的诗是图腾的呈示，但它在叙事，它隐约了朝鲜民族的种族历史和文化记忆，他在空间层级化生命序列的蜕变中呈示了一种时间信念：个体生存意志与种族牺牲精神的价值轮回，一种献祭和重生的宗教人类情怀。南永前的诗有一个重要特色就是意象题材化。他的图腾序列所蕴含的意向结构基本是一些母题的彰显，是意象对于题材的吞噬。每一个图腾都是涨饱的意象，都不同程度地进入仪式和场景；与满都麦不同，他的时间化进程涵摄了太多空间含片，成为承载着空间波段的时间滞留，成为胡塞尔意义上的"前滞"或"后滞"，一些价值片断。

张泽忠的故事则被深刻仪式化了：萨神娘娘就像乐章里的主旋律，不断地涌现，不断被提起，这就是"省"与"堆"的观念，那些包含了侗苗人民对于生命和存在的对象性体验，体现为：由鼓楼、风雨桥、老榕树及都柳河等意象形成的意向结构衍射出暴雨、洪水、龙犊、山外等事象或物象，涵化一种由里向外的、既看守又期盼的蜂巢界心态，折射"细脖子阳人"存活于天地间的诗情和价值。坐夜、歌耶、迎萨、示款都是事件和仪式，也是意象和母题，是意象摄持母题成就题材叙述的节点，是生命进入存在的一些节奏。这些节奏或节点表述了人与人、人与萨、人与世界之间，包括叙述与历史、意象与题材之间，都只是距离的消除和友爱的搭建——这样一种存在状态和人格情景。

阿库乌雾的诗是一种意象化叙事：它描述街谱，嘲讽落雷，晾晒蛛经，以巫界神意咒诅现代科技，以灵性价值睥睨消费主义，以英雄品格对照和反观现代人性异化，以语词革命来对抗和批判汉语犬儒主义。总揽近200个彝族意象，我们认为，"行咒"是阿库乌雾的独特叙事方式，这就是以词语的变革触发、制导、生成话语革命乃至价值还原。阿库乌雾的意象同时是一些语词和符码，一些事件和场景的残片，一些被拓扑为意象的题材和一些被扭曲为题材的意象。作为巫界灵性的悲惨现实，这些意象与题材的扭结物本质上是一些语象，它们晾晒着干枯的灵魂，硬塑着那已逝的或将逝的巫界精神，具有收藏灵魂、呼吁救赎的意趣。

四位作家和诗人的民族身份是蒙古族、朝鲜族、侗族和彝族，这意味着大面积的少数民族地域和长时期的多民族共生状态，文学意象散播异延，呈现了由空间性向时间性、从价值化到语词化的文本进向，构成多民族文学意象叙事性理论的内在逻辑。

第五节　题材的场域和空间波

下面是一份采访录，是作者田野作业的直录，置于满都麦小说空间喻指性阐释的开头，构成论述的契机。

时间：2012 年 8 月 4 日

地点：内蒙古乌兰察布市集宁区白泉山小区满都麦家

采访人：周梦笑

周梦笑（以下简称周）：满主席您好！今天马老师和我特意一起来采访您！

满都麦（以下简称满）：好！开始吧！

周：阅读完了您的小说之后，不难发现蒙古族的最高信仰是长生天，那么能否请你详细解释一下长生天的具体含义？

满：长生天是蒙古博教（原始萨满教演变而来）的最高信仰，将天宇世界（天界）分成使命不一、神能各异的99重天，它由55重父天和44重母地组合而成。最著名的是其神能出众、具有左右众天习性的十三阿塔腾格里——妒忌之天。蒙古博教非常崇尚13这个数字，所以，祭祀长生天的平台敖包多用13块石头建基。祭祀的首要任务是稳定十三天阿塔腾格里，因为它含有妒忌的神性，可能会危害人间。空旷无际的99重天威力无穷，越往上威力越强，是祭祀的重点。长生天信仰的教义可以概括为万物有灵，亦即世间万物同行并存，彼此敬畏，相互依赖，从而维系这个大千世界。"万物"不单单包括动物，还包括静态的生物，比如说一棵小草，一块石头，一抔土，他们都是有生命、有灵性的，都在以自己的方式发挥生命的功能。

周：这个跟佛教的众生平等的教义有些相似。

满：对！佛教中很多教义都是从蒙古博教中衍生出去的。所以我们只能适应自然，崇尚自然，而不能逆行。然而我们在毛泽东与天斗、与地斗、与人斗、人定胜天的思想教诲下却开始了大规模的破坏自然生态，最终大自然又以他的方式反馈和惩罚了人类。

周：那么长生天作为最高信仰是如何转化为世间普遍的人生态度和观点的呢？

满：长生天在游牧民族心中是根深蒂固、源远流长的。但是清朝的时候，清朝政府认为蒙古族这个信仰对他们造成极大威胁，所以他们不仅强行取缔，而且对博教大使①的屠杀比比皆是，惨无人道。他们引入的藏传佛教初进草原时无法站稳脚跟，于是仍旧得利用本土的敖包文化，将藏传佛教推行的玛尼堆文化与敖包文化巧妙地融合在一起，利用蒙古族对于敖包崇高地位的特殊心理来管辖统治蒙古族。尽管为时300多年，但实际上萨满教长生天和敖包的文化意义一直占据着主要的思想领域，人们对本土文化的情结始终没有改变。

---

① 博教大使：早期蒙古大地奉行的一种巫性宗教，以萨满教为基础，随着蒙古族入主中原，又与佛教、喇嘛教衔接并有所合流，逐渐形成适应游牧民族生活习俗的、具有蒙古特色又兼容并蓄的宗教。但是博教没有确定的僧团体系，博教使者不仅承担教义传播的使命，而且以神授（灵感体验）方式确立身份。来自作家满都麦的谈话记录。

周：那么现在萨满教还存在吗？是否仍然处于绝对领导的地位？

满：存在。萨满教仍旧是本地官方认定的唯一宗教。现在，萨满教的宗师是"国家一级保护动物"，各种需要他出席的仪式都被禁止出行，思想的统领被政治牵制住了。世界宗教汇聚于蒙古族，但是其他宗教在祭祀的时候都不能到达山顶，只能在山下诵经，只有萨满教的经师可以到达，可见萨满教一直保持着它的独尊地位。

周：满主席，在您的小说中比较集中地反映了蒙古族的生态和文化，那么选取的意象和仪式主要有哪些，为何要选取这些作为您的主要叙述对象？

满：嗯，很多都不是有意选择，而是从骨子里对这些意象抱有特殊的情怀，自然地流露比较多。现在所谓的工业文明正在冲击自然，特别是对生态的野蛮掠夺令人发指，只顾眼前的利益，毫不考虑子孙的生存环境。从生态角度来讲，我认为，社会生活越原始越好，不能单一追求社会进步。现在的工业文明、现代文明都是以牺牲自然生态的巨大代价来实现的，这就不符合可持续的发展之道。以社会反哺自然，相互促进，良性循环才是正道。

周：现在内蒙古草原的生态破坏已经达到一个怎样的程度了？

满：我举一个例子。有人把沙鸡当作传说中的"飞龙"大量捕获贩卖到全国各地，以此赢取暴利。这种行为严重破坏了草原的生态平衡，造成蝗虫成灾。当地政府没有办法，只能靠喷撒大量农业药剂消灭蝗虫。可是喷撒之后，草上会留下残迹。鸟儿吃了以后死亡，造成稀有鸟类濒临绝境。牛羊吃了体内会保留毒液。想想现在各种稀奇古怪的疾病，不就是通过这样的间接渠道传到人体内的吗？这就是大自然报复的结果之一呀！

周：满主席，蒙古文化包罗万象，那么它的主要特色在哪儿呢？

满：蒙古族这个民族在世界上是独一无二的。整个民族崇尚自然、敬畏自然的思想贯穿在生活的每一个细节。民族歌曲里每100首就有70首是体现自然的。再从文学角度来说，民间的赞词、颂词和祝词中无不体现着人与自然和谐相处的理念。这一切都是源自萨满教。在成吉思汗时期，听从萨满教宗师的建议，建立了人类的第一部生态法——《大扎萨法》，他以法律形式规范了人的生态理念。蒙元帝国时期是双管齐下，一个是宗教，一个就是法律，这对于后来社会发展影响是深刻而有效的。

周：文化对于一个民族乃至一个国家的确是非常重要的，那么现在我们应该从哪些方面着手去缓解这个被长久漠视的问题呢？

满：第一是从法律制度上尊重多民族，维护多民族的文化，第二是加强文化的宣传力度，两者缺一不可，并行不悖。

周：满主席，您的毕生精力大多消耗在对蒙古族文化的考察和宣传上，能否谈一谈你对自己作品的评价或者做这些事情的感受等等？

满：呵呵，我认为这是天赋使命。因为我是属于成吉思汗的黄金家族，相应地就有这个义务和责任把游牧文化、草原文化告诉大家。这些文化消失的速度令我惋惜，所以希望能靠自己的力量让大家关注和重视起来。在创作的过程中，我也反复地思考如何将生态与现代的蛮横的冲突表现出来。多年考察和思考的结果是：生态的破坏绝不是简单的牲畜超载，而是工业文明的践踏！

周：现在中华文化明显呈衰败的趋势，您对于重建中华文化有什么建议吗？

满：我认为不仅要吸收西方文化，更重要的是汲取多民族自己的文化，也就是除了汉族以外的文化。中国除了汉族以外，被忽略的民族以及他们自身特有的文化已濒临危境，我们始终没有重视中国是一个拥有56个民族的国家这一概念的深意。假如文化死亡，那么这个民族就没有延续的可能。排除对各民族的偏见，保留文化的多元性就可以了！

十七　满都麦小说的空间性喻指

从空间性进入满都麦小说的文本考察基于一种阅读感觉，那就是，读满都麦的小说常常不是被情节或人物，也不是被结构或叙事，而是被小说所呈现的那种空间性、场域感、文化心理及其意向层次所吸引，导引着我们渐渐把注意力投注到他的那些独特意象或场景上来，诸如火镗子、毡包的穹窿、湖边、峡谷、敖包、夜的草原等，它们不仅呈示着蒙古地域及民族特色的生活方式，而且它们的空间穿越性和意向弥散性引起我们的注意，比如发表于1981年的《瑞兆之源》写牧马人艾德布寻找一股跑散的马儿来到"湖边"：

　　我翻身下马，蹲下来，双手捧起湖水就喝，我的乘马也贪婪地吮吸着，弄得马嚼子"叮当"作响。被惊动了的禽鸟鸣叫着，振翅而飞。我洗了把脸，正想坐下舒展一下身子，突然，我的乘马打着响鼻嘶叫着，前蹄腾空而起。还没等我弄清楚是怎么一回事，一位疾驰而来的骑马人，已经出现在我的面前。

　　这里，关于湖水、湖面、湖的整个外观的描写阙如，但是湖水的清澈纯美、湖面的宁静祥和、湖边作为场景将要发生故事的预感……全部表现出来了。换言之，湖与人、湖与鸟儿、湖与将要发生的故事之间的关系，在一种静极生动的处所感、状态感和降临感中隐约而出，生成一种立体应和的诗性场域。接着，艾德布就随着女主人公进入浩特：

　　"到家了，请进吧。"我姗姗而入，看见灯光明亮的屋子里，有条不紊、干净整洁。一望可知这是个很讲究的人家。草原牧民家特有的那种奶食、奶酒的醇香扑鼻而来。

　　这是《瑞兆之源》的第二个场景：是屋子而不是毡包。空间的转移是随着"小颠马步"，在"马嚼环发出有节奏的'叮当'声"中，"从远处旋风般地狂吠着猛扑过来"的牧羊狗的"迎接"下实现的。从第一场景向第二场景的转移是一个时间推移过程，也是草原之夜展开其寂静而明快的空间幅度的过程。与第一场景比较，第二场景是人境，是蒙古族生活方式的感觉和特色，是从自然向世间、从天籁向民间的过渡。回到"屋子"，我们找到满都麦空间场域的基点——另外一位被苏布达救助而相依为命的老额吉。这位老额吉基本是苏布达生命和存在的一个注脚；由此开始，《瑞兆之源》的空间场域才不断地呈波状向四面打开：（1）义无反顾地救助"文革"中遭遇不幸的老额吉，故事发生在牧村。（2）收养和保护失散的牲畜，空间扩展到这一片草原。（3）救助地质工人、北京知青李明，空间视域又扩展到北京。（4）拜托艾德布寻找一头栗色乳牛和黄色牛犊的失主，中间穿插了通过旗三干会发布招领启事的故事。（5）北墙上挂着的一排玻璃镜框的奖状。（6）给萨木腾老人传口信让他前来认领驼群。（4）、（5）、（6）是前三个空间视域，主要是（4）的平行穿插，以（5）为标记，苏布达作为普通人的道德人格就被提升为指涉旗政府和

牧业社的社会行为。（7）打点艾德布上路；（8）关照艾德布再来时带上
边境通行证。故事又回到当前，是继牧村、草原、北京之后的第四个空间
波，显示了苏布达高贵的民族国家意识："我们蒙古人什么时候见钱眼
开？""艾德布，再来时如果还没有带边境通行证，额吉可要不客气地送
你到派出所了，懂吗？"这四个空间维面以"救助他人"为主旋律，沿着
两个时间流散播而来：一是从"文革"到当下、苏布达额吉作为主角的
救苦急难故事；二是从昨晚湖边到今天告别上路、以艾德布为主角的迎宾
待客的故事。这两个时间流叠映交织，推动着四个空间波层层迭出，播撒
而下。通篇看来：牧村—草原—北京—民族和国家四个空间视域，呈示道
德人格—社会行为—民族国家意识等博杂语义的延宕，统一于空间场域向
内在客体、社会情境向本体审美的拓进。我们看到，苏布达是拘囿于湖边
一隅，但是她的视野和胸襟远远超越了这一视域：从救助一个老人，到救
助草原上所有失散了马匹的人们，到救助北京知青李明，乃至一个民族的
精神能够涵盖的最远方和最高处，老额吉的存在场域是鲜活生动、美丽开
阔的：

> 我和苏布达额吉向明澈平静的腾格里淖尔驰去。吃饱青草的乘马
> 绷紧了嚼子，像离弦之箭一样，马蹄下花瓣纷飞。朝霞满天，戈壁草
> 原显得分外妖娆。

如果将"我"（艾德布）理解为生生不已的时间流中一个承载了民族
身份和历史使命的儿子，那么朝霞满天就是广大历史空间下一个民族的未
来前景的象征。当苏布达额吉向艾德布发出对于儿子的祝福——"孩子，
一路平安。祝你像月亮一样永远明亮！"的时候，我们感悟到：那位已经
滞留在身后、但是永远不能走出她的视野的老额吉，不是一个普通老人，
而是整个蒙古族的母亲，是一位在天地间言说着仁爱和慈祥的神！

问题在于：一个文本如此，就满都麦全部小说（翻译为汉文的作品）
的面貌来看，不同小说中由核心意象所衍射的空间视域整体上又构织成一
些大的"空间波"，它们呈现满都麦不同历史时期的"内在客体"——情
感和理性流经的心理地貌，下面试述之。

（一）峡谷——敖包：从道德人格到历史视域

《雅玛特老人》写一位老额吉雅玛特在饱受摧残的情景下保护羊群、

救助干部的故事。故事发生在琼古勒峡谷，是一个几乎与世隔绝的所在。老额吉聊以维生的几只山羊被赶走了，与她相依为命的黄狗出走了，除了一眼古井和她的蒙古包，就是长着芨芨草和棘藜的空荡荡的山谷。在她身陷绝境的时候，与她为伴也依她而活的两只野生盘羊（"额日和宝日"）也遭遇不测，她几乎不能活下去了！但是，她的大黄狗还在，那位犯了错误的拉木还在——它藏匿于峡谷中的一个山洞，他藏身于额吉的毡包，他们都依靠额吉的看护而活着。还有一些野盘羊像亲人一样不时来探看她，它们也还在。以蒙古包和古井为基点的空间场域于此播散出三个空间波：（1）黄狗看护着的额吉在峡谷中存活的领地；（2）拉木带入的、以大队部为标志的外部世界；（3）野盘羊们引领而衍入的自然。与之相应，这里三重罪恶的施发者分别是"闹腾着要割什么'尾巴'，平日里游手好闲的几个家伙"，他们直接摧残着雅玛特的现实生存；杀掉拉木的黑马、"要从根本上解决问题"的政治运动；杀死"额日和宝日"的猎人。我们看到，雅玛特额吉居住的琼古勒峡谷除了承受苦难，承担着艰难生存、救助他者、看护牲灵的职责，还包容着这个世界上的罪恶。用中国文化的观点来看，神或天的根本品格就是生生，就是对于良善者、受难者、罪孽者的不作分别的承担和包容。作为母亲之神的雅玛特老人的存在场域——琼古勒峡谷不仅包含身体、他者和自然三个空间维面，而且指涉死亡、苦难和神圣三个价值层面。满都麦以富有象征意味的笔墨描述了雅玛特额吉的神意状态：

　　　　在火辣辣的阳光下，雅玛特的脸就像一块紫红色的宝石，眨动着的眼睛仿佛宝石泛出的光。她撩起腰带，稍抹了抹满是汗水的脸，仍静静地端坐着。

　　　　雅玛特老人，每天带着她的狗来这里，饮完羊就静坐半晌，已习以为常了。

　　　　她眯着眼睛，将混浊的目光投向一只只岩羊、盘羊、山羊。看着看着，她终于露出没了牙的齿龈，笑了。

天空的太阳，宝石般的额吉——火辣辣的阳光与紫红色的宝石辉映着，正是人与上苍的应和，老人满是汗水的脸与静静端坐的安详显现着世间劳作的艰辛和生命存在的庄严。带着她的狗来这里饮羊，然后静坐，显示着老人与自然和牲灵的和谐、亲切，每天如此习以为常凝结了峡谷岁月的清寂漫长。眯着的眼睛、混浊的目光以及没了牙的齿龈表明额吉已经老了，但是投向岩羊、盘羊和山羊的目光不是陌生或倦意，而是笑意：是对于生命存在的领悟和体验，对于宇宙万物和人间善恶的心领神会。《旧约·以西结书》记载了这样一段对话：上帝问耶稣："人子啊，这些骨头是有生命的吗？"耶稣回答："啊，主啊，你知道！"上帝又明知故问：累累白骨，岂有生命！上帝是想让耶稣思考：谁曾经赋予这些白骨以生命，然后又将那有血有肉的生命一把夺去？耶稣回答：是你（上帝）！你做成的这一切！"可以想象，耶稣的语调随着心而颤抖！浩然的神秘，深刻的悲悯、诚挚的感动与皈依漫天而来！"① 与面承神意的耶稣相比，雅玛特额吉的感动和悲悯中不含有恐怖和战栗，只有亲切和会意。如果说耶稣是圣子，那么雅玛特就是圣母；如果说耶稣与上帝是父子关系因而持存一种伦理禁忌，雅玛特额吉就是玛利亚的化身，全部生命和存在凝缩为爱和神圣。这里我们发现一个有趣的对比：上帝绝对而决定，是超验者，是善恶不明的最高存在；雅玛特则具体而承担，是现实中人，但她纯善无恶。荣格曾表述：上帝的最高存在中潜隐了恶欲和排泄！所以他看到上帝拉屎。② 雅玛特额吉则不仅领承最高存在，而且承担世间苦难。当上帝向耶稣宣谕他肉骨血筋、生死予夺的至上权威的时候，雅玛特则是"露出没了牙的齿龈，笑了"，像个天真的孩童。她的存在不是权利自有、权威自奉，而是爱意隐然、慈悲为怀。作为万有之权、万能之主，上帝存在于世界之外，雅玛特额吉则只拥有琼古勒峡谷中一顶毡包、一眼古井加上一条黄狗。琼古勒峡谷就是一条母亲之谷，拉木、盘羊、黄狗、游手好闲之徒乃至凶残的猎人，都像她良莠不齐的儿子，出入自在，略无挂碍。童真、纯朴、善良、慈爱，雅玛特额吉是一个民族的精神图腾，一个古老文明的价值典范，更是一个古老神话的人格显现。就像充满而玄远、来自天空的声音，从琼古勒峡谷跌宕出的空间波是喑哑的，更是穿透的——雅玛特额吉就像一尊凝塑在宇宙深处的大母神，迟暮而浑浊的目光里蕴含着深刻悲悯的笑意，抚慰并安顿着这块土地上那些孤苦无觅的灵魂。满都麦领承着此种本体审美的神意，将其场域播散为三个时间性向度：个体的，社会

---

① 毛峰：《神秘主义诗学》，生活·读书·新知三联书店 1998 年版，第 19 页。

② ［美］戴维·罗森：《荣格之道》，申永荷译，中国社会科学出版社 2003 年版，第 28 页。

的，自然的。强调了仁爱、承担和生态三个义项，从而汇入社会历史的时间流。就像她生存其间的琼古勒峡谷一样，雅玛特额吉的古老信念是长生天赋予的，亦即本然的和自有的。没有人考证雅玛特额吉来自何方、夫往何去、育有几子，就像没有人考证琼古勒峡谷的地质学结构和矿物学纪年一样。琼古勒峡谷是蒙古民族的"女娲之肠"，[①] 民族文化历史的大子宫。雅玛特就是蒙古民族的大祖母，她作为神性之源既是带有创生意味的女娲，也是喻示大地伦理的盖亚。[②] 其后满都麦所有的故事和人物基本都是从这个大子宫流出的，与之对应而出的世俗相位是敖包，还有一位与雅玛特额吉形成原型配置关系的老人叫嘎慕喇。

狄钚：《图腾画：三重祈祷》

《狗吠·马嘶·人泣》写一位白发老翁嘎慕喇以死守护草原森林和野

① 郭郛注：《山海经注证》，中国社会科学出版社 2004 年版，第 824 页。"有神十人，名曰女娲之肠，化为神。处栗广之野，横道而处。"郭璞《山海经注》："女娲，古神女帝，人面蛇身，一日中七十变，其肠化为此神。"

② 盖亚定则：英国科学家詹姆斯·拉夫洛克为代表提出著名的"盖亚定则"，将地球比喻为大地女神盖亚，是一个有生命的机体，这种理论又称作"地球生理学"，说明地球通过大地植被接受阳光进行光合活动，产生养分哺育万物，当然也要排出废物，保持健康。

生动物的故事。故事发生在翁衮敖包这个特定的地方：周边有着白桦林、大青羊和布谷鸟，但最重要的是有一座就像少女乳房一样的敖包，就是翁衮敖包。满都麦是这样来描写这个特定场域的：

> 从东方透出的微光中，停留着一抹白白的云雾。有少女那丰满发达的乳房，顶着浑圆的奶头，依稀凸现在云雾深处。
>
> 随着微光的变黄变亮，云雾显得透明起来。乳房的姿影更加清晰可爱，仿佛有意向世界展示她的绰约风姿似的，尽力把乳峰挺向整个寰宇。
>
> 升起的太阳给朝霞镶上金边，云雾变成了薄薄的红绫衫，藏在红绫衫后面的乳房显得格外鲜活起来。

这是一个形似乳房的敖包从夜色、黎明、晨雾中逐渐清晰起来的过程。它分开三个时间节奏，就像太阳的光晕一样，逐渐散开、弥漫，但它是一个空间波——翁衮敖包从本体场域呈现于尘寰人境的第一波：云雾、微光和朝霞与少女乳房的想象叠映，既是神性的，也是诗意的。

> 额吉那洁白柔软的乳房囊存的奶水，尝到孩子的嘴里是美好的。姑娘那浑圆丰润的乳峰散发的热情，燎炙着男人的心是美好的。
>
> 日脚下翻卷的云雾渐渐消散，挢挙的乳房褪去了单薄的红绫衫，赤裸裸地耸立在碧绿草原的腹地，变成了一座青翠的敖包。

这是第二个空间波：额吉那洁白柔软的乳房与姑娘那浑圆丰润的乳峰对于孩子和对于男人，都是美好的。亦即本体审美的空间场域至此变成某种境相，人性化且人格化，衍入尘寰人境。然后是第三个空间波——人与本体之间的神驰意注：

> 一位白发苍颜的老翁，蹲在桦林边上、敖包脚下，目不转睛地凝望着这座翁衮敖包，望成了一尊石像，他好像是在盼望那夜晚降临，拂晓消逝的神奇的云雾，能不能整天逗留此间，若有若无地罩住那漂亮的乳房，使它永远鲜活迷人。

"目不转睛地凝望，望成了一尊石像"，是人与本体关系的一个经典表述。令人称奇的是，表征本体的云雾神奇地罩住那漂亮的乳房，在时间的流动中永远像青春少女一般鲜活迷人，作为主体的人则苍颜白发，石像一般凝滞不动。荣格讲"神话不仅代表而且确实是原始民族的心理生活，原始民族失去了它的神话遗产，就会像一个失去了灵魂的人那样立刻粉碎灭亡。一个民族的神话就是这个民族的活的宗教，失掉神话，无论在哪里，即使在文明社会中，也总是一场道德灾难"。① 在目不转睛地凝望中，生命的有限与宇宙的无垠之间发生了奇妙的置换，我们的心理境相次第地从本体向存在、再向自然蜕变：云雾中的翁衮敖包—孩子和男人—碧绿草原的腹地一座青翠的敖包。换言之，在白发老翁的凝望中，神奇乳房的神话逐渐蜕失神异的色彩，一位老者、一个民族的灾难就要在预感中发生了。

接下来是三个时间流的叠映并进：一是青年嘎慕喇与孥玛的爱情悲剧，那是在麻子章京的淫威之下，孥玛被逼死，嘎慕喇践行誓言，守护着草原，守护着翁衮敖包，从乌发到苍颜；二是老年嘎慕喇带领着两条狗和一匹马，与偷盗桦木者和猎杀青羊者搏斗，从历险到结仇；三是白发老翁与自己的狗和马一起走入火海，为草原森林、为禽兽牲灵、为翁衮敖包殉礼。这三个时间流衍射着个体、社会和自然三个空间维面，生成小说主题的内在攀升：当我们把青年嘎慕喇和孥玛的爱情悲剧理解为权势对于个体凌逼的结果时，我们从桦树林被成车砍伐和母青羊被残忍射杀的残酷事实看到人性的邪恶；当我们以爱的决心和仁慈心性包容和宽恕这种邪恶时，我们看到这个古老民族诚信和慈悲的存在理念的无效，结果是生态的被毁灭。这是一个古老神话的毁灭，是从雅玛特额吉的承担到嘎慕喇老人的宽恕都拯救不了的本体性灾难，中国哲学叫作天道颓堕。从《雅玛特老人》的本体场域散播下来的身体、他者和自然三个空间波就这样漩入峡谷向敖包置换的时间流，映现出历史和文化的双重破产。

（二）湖边——岩洞：从爱欲礼赞到人类视域

其实，从峡谷向敖包的意象转换还蕴蓄着更深一层的心理潜流，就是母阴向父根的原型配置。我们注意到雅玛特额吉与嘎慕喇老人多个方面的

---

① ［瑞士］荣格：《心理学与文学》，冯川、苏克译，生活·读书·新知三联书店1987年版，第13页。

应和和关照，比如：雅玛特额吉拥有一座毡包、一条黄狗和几只山羊，嘎慕喇老人拥有一座敖包、两条狗和一匹马；雅玛特额吉遭遇了几个游手好闲的家伙、一个猎人和一场政治运动的迫害，嘎慕喇老人对抗着几个森林砍伐者、一个偷猎者以及一伙坏蛋纵火焚烧草原的野蛮行径；雅玛特额吉养育着出进峡谷的人、狗、羊，它们就像她的孩子，嘎慕喇老人则看护着翁衮敖包周边的桦林、青羊、布谷，它们都是他的爱人；雅玛特额吉的琼古勒峡谷像一个大子宫，嘎慕喇老人的敖包则是珍爱的美乳房；孤守着峡谷的雅玛特额吉由死而生，看守着翁衮敖包的嘎慕喇老人则向生而死……从古井边居住的雅玛特额吉到走入火海从容赴死的嘎慕喇老人，完成了母亲原型与父亲原型的配置，实现了从本体审美向历史情境的人性衍射，满都麦空间场域的喻指性就以此获得由创世向创生追根溯源的人类学旨趣和本体论沉思——

　　　　祖先爷爷击燃的火种，被祖先奶奶吹旺了……生长几千年的原始森林起火了……黑暗的穴居照耀得一片通明……高原上耸立的铁岭被烧化，塌陷下来，流水般地漫溢……①

　　从森林、从峡谷走出的祖爷爷和祖奶奶并没有停步，他们走向更为开阔的所在：湖边和岩洞是第二组意象，实现了历史情境的置换变形，以及爱情和人性的原型阐释。

　　《圣火》写一个蒙古美女用其一生的时间等待情人的归来，通篇看来就是一首明净清纯又泣血饮泪的诗！但是故事发生的地点令人深思。从文面看，绝代佳人的蒙古美女、拔都尔似的神奇汉子，他们相遇、离别、再聚、等待……都发生在杭盖草原，无可置疑。仔细阅读发现，小说从始至终有五处写到一条河——在《圣火》里，或者说在满都麦的小说中，河流—草原—淖尔（湖泊）其实是氤氲一体的，它不是现实主义的环境标记，而是心理折射，映现或隐喻着蒙古民族生存方式中母性的、诗意的、居住的、宁静的价值元素和审美品格，所以，这些意象不仅镶嵌在草原深处，而且笼盖四野，流向远方，形成对于草原故事的网络和吞噬。不管走

---

　　① 满都麦：《满都麦小说选》，内蒙古人民出版社 2001 年版，第 148 页。本节所引小说文本均来自该书，只标页码，下不再注。

多远，都逐水草而居住；不管等多久，都如岁月般流动。宁静的草原和婉转的河流氤氲为湖边的意象，融会动静，凝铸时空，其诗美辽远的气质和深挚蕴藉的人性涌溢出多少情爱故事，《圣火》是其中的一个！不仅如此，"圣火"作为题目，本身就是一个核心意象，正好与"圣水"湖边的意象配置，但是圣火又明显地高于圣水，这与蒙古民族崇拜火的文化心理有关。但是它毕竟让我们记起《周易》最后一卦："水火既济"！火的欲望和水的温柔就这样在蒙古民族的心理深处融合为真朴深刻的人性冲动，生命由此发祥。

《圣火》正是这一民族心理的诗性呈现，但它也成为满都麦文化反思的内在客体：当他从峡谷和敖包的本体性审美走出之后，清晰地面对苦难历史和深广悲剧时，那种泪意盈然的对于自己民族善良心灵的怜惜和美好品格的赞颂就再也抑制不住。换言之，当他注视着草原英雄拔都尔乘着圆鼓脊梁的枣骝马从岁月深处驶来又倏尔逝去时，他同时看到踟蹰于湖边、水畔、河谷的蒙古美女是那么艰难地生存、无望地等待、渐渐地衰老……但是，她坚定不移，日日夜夜、凄寂漫长地等待着、守望着。满都麦这样写道："杭盖草原绿染千里，碧波起伏，蜿蜒的呼呼鸽河犹如随意丢弃的一条银带搭在丘谷坡之上。"（《圣火》第133页）那位神奇的汉子哪里去了？又何时回还？草原空阔着，河水流趟着，拔都尔渐渐沉寂了他的音信，蒙古美女却衰老而死，世界和存在从一次次瑰丽的梦中走出，直至苍白……如果说《雅玛特老人》是固守一片空间为了展播这个民族的无边大爱，那么《圣火》就是以孤弱的个体煎熬时间，穿越空间，寄托无穷思爱。圣火意象叠合着火、水和草原三个层次，其间凝结着一个绵延而回环的时间链，追寻着一个民族古老的梦幻，向着初升的太阳，向着茫茫的宇宙，散播着无可言诉的祈愿。蒙古美女的爱早已超越了男女情爱，成为穿越历史、洞透宇宙、只能在坐忘中领悟而不能从现实里成就的一种大爱和悲默，本质是一种象征。

《圣火》所揭示的悲剧是与美德凝结在一起的，就像《红楼梦》中来自太虚幻境的风月宝鉴，它鉴照出此种美丽爱情的骨髓：那是以生动活泼的人的生命和情感为代价的一种残忍！不幸的是，此种悲惨普遍而真实地存在于广大草原，它构成蒙古民族古老生活最一般的情境。满都麦写道："杭盖草原上如海似浪的传说故事里，有不少是讲从前的恋人经长期分离后，到了晚年才得以相聚，并在呼呼鸽河水里照一下影子便返老还童，重新过起幸福生活。"(《圣火》第140页)换言之,这仅仅是一个母题,是蒙古民族吟唱了多少代、多少年、已经成为常态的一种悲剧,它是生存之式、也是价值之源!我们这才理解了《圣火》的六个小节有五个开头是时间表述:"夕阳下","朝阳初升","晌午","太阳升高","秋天的太阳,眼看要落山了"……宽广而庄严的本体审美就是这样地从亘古的时间流淌中熬过,延宕为存在的现实,美丽地悲惨着。

接下来,湖边的"圣水"由"圣火"引领着燃烧成世外的或命中的"元火"——《元火》的空间场域由湖边、卧牛石、深山岩洞三个意象散摄着三个不同的维面:镶嵌于草原大地的胡尔查干湖是死寂现实的终结地,它吞噬了葛玛的生命和爱情;藏匿于深山的岩洞是世外的、神意的所在,它重生了葛玛和古老生活的一切;卧牛石是一个界点,既是湖边向岩洞置换的中介,也是悲惨现实进入古老梦幻的起点——故事的叙述也是由卧牛石边"我"的梦幻开始的:年轻的"我"与葛玛偷尝禁果,被支左工作队长拿获,关进牛棚,开会批斗,结果葛玛投湖而死。这里穿插了父亲为藏匿儿子婚礼备用的首饰冻死在卧牛石边的故事。多年之后我凭吊父亲的遗迹,被葛玛的魂灵引领着进入一个岩洞,不仅找到当年父亲藏匿的遗物,而且实现了情爱,完成了与葛玛的婚姻。葛玛的魂灵还引领"我"进入城市,找到当年逼死她的支左工作队长,要他报仇。

显然,这是一个荒幻的、带有魔幻现实主义色彩的故事,文面呈示的现实空间在卧牛石与岩洞之间,所有发生在这一空间的都不过是梦幻而已。但是,与峡谷——敖包意象群落的互文经验告诉我们:(1)曾经活跃着苏布达额吉和蒙古美女一生看守的湖边,现实地落实为胡尔查干湖,一个死湖,不仅吞噬了美丽的葛玛,而且埋没了"我"与葛玛同生共死的爱情。这里,"我"的欲死而重生是一个母题,折射了三个义含:极"左"政治虐杀了葛玛;葛玛的爱拯救了"我"的生命;"我"与葛玛的爱天地可鉴、生死不泯——葛玛死后,"我"悲痛欲绝,决心殉情投湖。可是,"我几次跳入湖水中,嘴里鼻里灌进湖水沉下去,可是每次都是浑身湿漉漉地躺在湖边上"。是葛玛不让"我"死,"我不能死,必须活着!"如果说《牡丹亭》杜丽娘能够为情而死、为情而生的话,那么"我"与葛玛的爱也具有同样的神力!(2)那个为了爱人看守着翁衮敖包、最后从容赴死的嘎慕喇,进入《元火》的历史情境后转换为父亲的形象,同样是从容赴死,但他是为了儿子,为了蒙古民族古老的信念。

（3）如果说嘎慕喇老人与孥玛的爱凝滞为向生而死的意志，那么"我"与葛玛的爱就置换为向死而生的理性：在葛玛魂灵引领下，"我"从死了的湖边走出，经过卧牛石，在有着古老岩画和圣洁篝火的岩洞里、梦幻中走向重生——"我"找到"元火"！

> 远古时代，苍天之父的化身青铁与大地之母的化身火石，相克相合而产生了火。由于火的恩赐人类才得以进化和繁衍。所以男人们的身上从不忘带上由铁与石组成的火镰。男子无火种等于无元气，缺少阳气。而妇女则要时时刻刻戴首饰。（《元火》第163页）

小说围绕火意象进行了大量渲染："我学着父亲的样子取出乌拉草和火石，用火镰撞击火石，随即溅起的一丁火星，将乌拉草引燃……终于熊熊燃烧起来。"在熊熊火焰中"我"看到：（1）蓝天下无边的旷野和森林密布的山岭，以及秋天的草场里成群地穿梭嬉戏的鹿、狍、黄羊、盘羊……（2）葛玛从烟雾弥漫的山洞深处走来："她戴着全套首饰，珠光宝气，金光闪闪，并发出轻微的'玎玲'声。简直是天女下凡!"（3）古老的岩画变成真的生命，还原为纯朴美好的生活；（4）"我"找到多年前父亲当年藏匿的首饰；（5）玉佩复原，葛玛也必将复活，"我"要点燃篝火，等待葛玛，传承祖先的香火之元……这一切都是在火的照耀下、在火的燃烧中发生的。至此，我们可以这样来概括：火在这里具有横越时空弥合天地的本体意义，不仅是青铁与火石的合璧，成就着男女之爱，而且赋予男人的阳元和女人的庄严。从创生的意义讲，苍天之父与大地之母相克相生之元火，就是人性爱欲，相当于中国哲学中由道而生的"一"，构成三生万物的生命之源！

综上所述，《元火》的主题呈现了清晰的路径：在湖边的维面上，控诉了极"左"政治虐杀生命和爱情的罪恶；在卧牛石的维面上，歌颂了蒙古民族坚贞不屈的人格理念和爱欲精神；在深山岩洞维面上，呈示了生生爱欲、复仇忠贞的最高价值，喻示了以火为图腾的创世观点和生命观点。满都麦湖边——洞穴意象群落的理论价值在于：不仅将峡谷——敖包意象群落道德精神的赞美引向政治批判和人性张扬，而且引向本体场域和文化反思。

　　蒙古包里的火锃子右侧有位光身汉子正在拾掇一副马鞍，火锃子左侧有个裸体女人正在加工奶食。光身子男人站了起来，身上并无遮挡男性壮器的衣物。他抱起躺在地上四肢乱蹬的男婴走向女人。女人迎了过去，一双坚挺的乳房，身上也无藏匿丰满阴部的饰物。女人从男人手里接过仍在乱蹬的男婴，将高耸的乳头塞入男婴嘴里。她的眼睛和男子的眼睛，火辣辣地对视着。绝了，这才叫沉浸在爱河之中哩。（《元火》第158页）

　　这是"我"在洞穴中看到的生命图景和生活图画：赤裸无碍，纯真无忌。她呈现在火光映照之下，与深山岩洞的意象配置起来，从古老岩画还原而来，与牲畜、车辆、蒙古包、银色的小河、起伏的草原浑然一体，绵延出波澜壮阔、纯美无比的存在画卷，不仅洋溢着男女爱欲和生命温馨，构成圣洁美好的生殖运动，而且与洞穴外的残破现实和冷寂岁月形成鲜明对比，映现了从历史到文化、从人性到自然、从爱情到生殖的哲学沉思。就原型而言，《元火》从母亲之谷回溯到玄牝之门。

　　（三）毡包——穹窿：从价值悖论到本体视域

　　《祭火》记写一个完整的年节祭灶仪式，借用纵横轴[1]的叙述学概念表述：从纵轴看，这个仪式是由最高伦理长者扎米彦老人制导着老伴嘎皮勒、儿子呼尔乐、儿媳葛尔勒比丽格、孙子浩日娃——一家三代人祭拜佛爷、祈福迎春的过程，如果从时间观察，可以分为备礼、祭拜、分歧三个段落。这三个段落的自然过渡中穿插了祖先磕等身头到拉萨、受皇帝诰封的荣耀；由父子祭拜佛爷引发的历史记忆和文化怀想；儿媳与孙子对于祭拜佛爷，乃至对祭灶仪式的玩忽和懈怠，我们看到，这个被佛教仪规和精神控制了数百年的文化传统正在式微。但是从空间观察，这个仪式又可分为扎米彦老头祭拜佛爷的历史场域和儿子呼尔乐祭祀圣主成吉思汗的现代场域，再加上穿越毡包仰望夜空的、代表了玄远不测的宇宙神意的本体场域。这三个场域是三个空间波，又是三个时间流段落。最初，三个场域的三个空间波是氤氲和合、浑然一体的，但随着时间流的冲竞，三个空间波之间发生深刻分离：从始至终，呼儿乐对于老爹扎米彦虔敬的两个东西——最高神祇的佛爷和最高荣耀的皇袍都是不以为然的，呼尔乐的妻子

----

① 赵毅衡：《两种经典更新与符号双轴位移》，《文艺研究》2007年第12期。

葛尔勒比丽格和儿子浩日娃苟同此例，显示了现代场域下人对于神、对于皇权的不敬和不信。与之相反，扎米彦老头则是执信不疑、坚贞不渝，他的坚执里饱浓着看守家族荣耀、种族统绪以及民族精神的孤情异志，这又是呼尔乐钦敬的。在扎米彦与呼尔乐之间，存在着一种广泛的、表面的、骚动的心理场域，但是被神秘的、深刻的、亘古的本体体验遮蔽从而融合，所以仪式能进行下去，但这只是暂时的。矛盾发生在扎米彦老头并未确信儿子"背叛"或"背离"的仿佛之中，围绕毡包内北墙正中位置究竟挂观音菩萨还是成吉思汗的画像这一问题，呼尔乐与妻子葛尔勒比丽格微有歧议，但核心观念是统一的，葛尔勒比丽格只是顾忌老公公的情面才质疑呼尔乐的主张，她其实也认为应该把观世音菩萨拿下来，换上成吉思汗的画像。问题从一开始就显示了现代场域的优越：观音菩萨的庄严已成虚位，成吉思汗正在被追捧！接下来诵经祭拜，分歧趋于明显，扎米彦诵玛尼经，嗥求菩萨；呼尔乐则念赞词，祝赞成吉思汗。小说没有给出结局，但是蒙古民族的两大精神支撑——藏密佛教和成吉思汗的尊卑之争逐渐内化为父子俩的心理角逐，其诡谲微妙之势，令人心警。满都麦从时间角度回溯，为争执的双方回摄内在力量：一方面以扎米彦赞叹磕等身头丈量大地显现的一个民族无与伦比的意志和决心；另一方面以呼尔乐蔑视白头皮、老头皮、黑头皮及黄头皮从而反思自己民族的庸愚暗昧，并以葛尔勒比丽格和浩日娃对于佛化仪式的虚与委蛇来强化此种庸愚暗昧，悖论就形成了：当我们在为祖先乃至整个民族的意志和决心而感动的时候，我们不能不同时意识到，这种意志和决心的本质是愚昧落后的，根本缺失在于人的理性和精神的麻木！两方面是同一的。满都麦有没有提交一个相对确切的答案呢？这就是两个空间波掀搏激荡，呼之欲出的长生天！

　　　　他神秘而小声地诵着玛尼经，"叭叭叭"地推动着檀木念珠，还不时仰起脖颈，从天窗孔上望望夜空，看着看着，直到星星出全了，便对呼尔乐下达了命令："扎，我的孩子，先祖先父香烟宗室的继承人，现在把火撑上的火点起来吧？"（《祭火》第147页）

　　这是扎米彦老人在祭礼已备、祭灶仪式开始的一个细节："不时仰起脖颈，从天窗孔上望望夜空，看着看着，直到星星出全了。"它表明，在扎米彦老人的观念中，人间的仪式是以上苍的表征——星星出全了为依据正点正时举行的。与之相应，儿子呼尔乐虽然对佛祖祭拜不以为然，但是他在听父亲诵经时，潜意识里浮现的却是火的意象和天的理念：

　　　　火——它的奇异功能和巨大威力，就是这样被发现的。
　　　　火——结束了黑暗愚昧，把光辉灿烂的世界带给人类，因而也成了初民的崇拜之物。从此，"永恒之天"就和永恒的种族连在一起受到了祝福。(《祭火》第 148 页)

　　就像呼尔乐开篇即呼"在上的长生天"一样，扎米彦在仪式即将结束的时候，怀想着先人的业绩和殊荣"实在陶醉的不得了，以致那副老迈之躯都脱离了尘寰，穿过碧落、琼霄，向着理想的天国胜境，飘飘荡荡而去……"说到底，呼尔乐、妻子葛尔勒比丽格以及父亲扎米彦老人之间，只是在祭拜对象以及文化认同有歧义，而对于长生天最高神性的认同，并无分歧。事实上长生天是个复杂精微的体系，满都麦采访录的阐释只是一个约略，就满氏小说文本看，这一最高存在的背后也隐藏了无比丰富的奇思异想，《祭火》中毡包内的祭灶仪式隐约出来的不过是满都麦终极追问中的一个停靠点而已。进入后期的满都麦创作日趋成熟，叙述自具风格，我们谓之"命题化叙述"，它有三个特点：(1) 一篇故事、一段情节抑或一个人物的叙述，就是一个命题的展开。比如《祭火》，就不再是《元火》或《圣火》那样一段情感或记忆的抒写，不管其构思怎样精致、方法如何奇巧，形象作为本体这一性质没有变，其主题是发散性的。到了《祭火》，主题呈现就命题化了：整个祭灶仪式就是父子文化之争的展开，一个蒙古民族文化精神悖论的展示过程。(2) 本体审美的空间波散播为涵盖时空、熔铸历史的氛围，在其投注时间流的进程中生成对话场域，性格和故事都附丽于此。换言之，场景或仪式是命题组串的一些摆设，抽掉命题就只留下一个空壳。(3) 命题化的主题叙述相对单一，一个叙述针对一个问题，整体看来是理性思考的结果，而不是情感冲动或生命体验的呈现。

　　《三重祈祷》是命题化叙述的典范之作，文本分开回忆和现实两个层次，展示女主人公往事萦怀的心理和当下日常的行为。从行为看，从早晨写起，写女主人公一天的日常生活：祭天、拜佛、背水、烧茶，接待喇嘛、台吉、盘羊、府丁及旅蒙商人温都尔呼荣。这是一个漫长悠久的时间过程，就像一条河，融融脉脉容与沉滞，裹挟蚕噬着人的生命，形成最一般的生存状态。从心理看，断续勾连地写女主人公的回忆——与嘛麦和阿拜两个男人的情感和生命历程。这是一个空间片断的叠映，不断地展放着身体、心灵、爱恨、善恶、屈辱、忏悔，呈现了一个民族的心灵深处陈放的苦难深重的人生和罪孽丛生的世界。两个层面相互衍射：日常行为折射苦难历史，历史记忆延异悲惨现实。但是，最重要的是，《三重祈祷》回应了《瑞兆之源》所开启的身体、他者和自然三个空间维面，形成三个命题：（1）身体的维面：一方面她用青春美丽的躯体满足两个男人的爱欲，既当妻子也做情人；另一方面，恰恰由于她的青春美丽，酿下两人的情仇，结果嘛麦毒死阿拜。女主人公的悖论是：白渡母和绿渡母一般的大善导致丈夫毒死和情夫自弃的罪孽。（2）他者的维面：顺应爱欲和感恩他者的纯善导致两个男人残杀，而且导致民族文化精神——藏密佛教与成吉思汗两个价值系统的厮杀。（3）自然的维面：女主人公忍辱负重、承担罪恶、护养生灵，对于佛祖和苍天，她的虔诚怜念涵化为日常生活的每一个细节！可是，佛爷对她惩戒，苍天对她无情，最后是两个男人的鬼魂把她从阳世揪回，质询其罪愆。小说写到儿子乌力吉斯荣回到三鼎石畔时，三个命题扭结为一个：这一切罪孽，究竟是谁造成的？

狄钘：《图腾画：圣火》

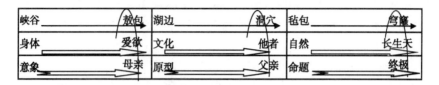

满都麦小说空间喻指性图示

议总结满都麦小说空间喻指性的三个维面，我们发现这样一个意义结构：三组意象可以看成三个空间波，那么我们不仅看到三组意象之间延宕而成的意象群落，亦即"大的空间波"，而且要看到"大的空间波"自组织内部形成"小的空间波"比如峡谷——敖包意象组向身体、意象衍射的空间波，湖边——洞穴意象组向他者、原型衍射的空间波，毡包——穹窿意象组向自然、命题衍射的空间波等等。这些小空间波又呈示了意象——价值——符码的形式化过程，亦即一个意象组要通过身体、他者、自然三个价值层面的赋义，最终落实为文本层面的符码——意象、原型、命题。而且三个"大的空间波"随着时间流（箭头所示）的涌进，呈现了从道德人格到文化反思、再到终极追问——这样一个主题深化的过程。可以说，满都麦的空间拓展和时间诉求已经涨饱到最大张力，他势必要追寻到终极神性（长生天）的上面或幕后了！

十八　满都麦小说的空间性操作

意象研究不是本节的旨趣；但是满都麦的小说充斥大量意象而且包含原型，在广泛熔铸题材的叙述视域内生成人类学与心理学融合又超越现实主义和现代主义的文本景观，显示了少数民族作家母语思维和本体审美的根本艺术特性。但是，满都麦文本里面的那个峥嵘嶙峋、气象森渺的海底景象，那种原型丛集、意象叠嶂、穿透一般叙述规制的生态建构方式并没有进入主流评论的视野。这反而引发我们对于其生态创作整体的关注。我们发现，生态主义是他的最高理念，是其工业化和全球化背景下阐发民族文化精神和人类人性价值的根本依据。顺此，我们进入他的苦心孤诣和惨淡经营。不是我们打开了满都麦的艺术世界，而是满都麦打开我们的研究视野：可以说，他的叙述策略为生态主义从审美进入创作的操作路径提供了相对成熟的文本样相。

在胡塞尔看来，一切思维都是以预先给予的对象为前提的，作为判断活动的思维要获得可以明证的知识，仅有判断活动是不够的，还应该从判断所指涉对象的"给予性方式"及其条件方面提出要求。① 就故事作为被给予的对象言，其给予性方式固然是自明性的，但其被给予性条件尤为重要。一个汉族作家和一个少数民族作家都可能捕捉到这个故事，但是，对于故事的价值领悟和叙述判断其思维方式、生命观点和世界图景就可能完全不同，故事的原型结构与作家质素中的原型结构其关系状况也殊为有异，这都构成他们处理题材时的前定条件。② 现象学同样支持我们的理解：一个叙述判断最基本的条件，就是意象与故事之间彼此相互成就着的"被给予性条件"。进入题材叙述的故事就成为意向性对象或意象性对象，但首先是意象作为纯粹主体条件先验于故事而存在，不仅选择而且改造着故事的客观状态，使之获得"无目的的合目的性"。

（一）意象吞噬和投注题材：情节模式

作为少数民族文学生态文本叙事性研究的案例，满都麦的小说正是在这个意义上被遴选的，文本分析作为此一研究的基本方式将支撑我们的论证。直截地说，满都麦以一种意象审美携带巫性体验的母语思维进入叙述的，对于题材的处理大致有两种情形。

1. 意象吞噬故事使之意象化、原型化，在规趋题材叙述的同时生成模式并观照着人的现实处境或存在状态。满都麦的前期小说通常都涉及四个所在：湖边、峡谷、敖包、草原。这些所在不是一般的环境或场所，不可以从现实主义去理解而且也不可以任意摆放。它们是一些原型，是吞噬或繁衍着的子宫，包蕴苦难体验的哲学母体，它们之间存在时空关系以及域界衍展。所有故事、人物、生死、悲喜无不在进入或走出这个子宫的过程中生成情节模式。

《瑞兆之源》和《春天的回声》都是写一个年轻人寻找失散的马匹远涉他乡来到湖边的地方。但是前者找到一位慈祥老人，后者遇见一位美丽姑娘。慈祥的苏布达老人以病苦无依之躯收养那片草原上失散的马匹，包括一位北京知青李明，是蒙古民族的道德之源；美丽的其其格聪明勇敢、技艺娴熟、心地善良，是蒙古民族的生命之源——湖边作为处所或环境其

---

① 参见倪梁康等编《中国现象学与哲学评论：（第三辑）现象学与语言》；张延国《胡塞尔逻辑谱系学初探》，上海译文出版社 2001 年版，第 64—70 页。

② 故事的原型结构及作家质素中的意象结构是一个现象学命题：就故事言，其被给予性体现于讲述者意识深层的先验原型结构；就作家质素言，其选择故事、领悟价值并做出叙述判断其实也有一个先验原型结构在，二者的意向性关系成为其处理题材的前定条件，亦即被给予性条件。

现实主义意趣还存在着，还折射着作家青年时代的浪漫及新时期之初那个大地春回时节特有的遐想和憧憬，但它已经意象化，成为"我"的理想升腾之地和灵魂皈依之境，唯此乃成为真正的人的处所。到《雅玛特老人》，这个残存着处所或环境因素的意象就变成峡谷：住在这里的雅玛特老人不仅保护过运动中受挫的拉木，还养护受伤的草原生灵。从雅玛特老人的峡谷走到"文革"战场的大队部（同样已意象化），世界性质就发生了变化：从原始自然、诗意亲情的母性世界蜕变为一个杀气腾腾、野蛮恐怖的死亡渊薮。拉木正是从大队部的死亡世界逃进雅玛特老人的母性世界才获得生命保障。到《马嘶·狗吠·人泣》，意象就衍变为敖包——翁衮敖包是嘎慕喇老人年轻时候与孥玛做爱的地方，是爱、忠贞和生长的象征。意象的衍化推进到《碧野深处》和《在那遥远的草地上》，草原意象就徐徐展开为一个典型情境。无论是纳吉德受伤后遭遇狼的威胁在草原深处爬行，还是"我"走失座骑、冒雨向远方草原追寻，都变成生命的圣化过程：他们不仅在心灵深处坚守着一份对于自己心爱的姑娘的向往，而且从世界的边缘领承到某种神圣的启示。草原不再是场景或背景意义上的客观题材元素，而是涵化故事和人物于统一时空、吞噬或生长着题材的主体性意象——吞噬，不是弗洛伊德的原始程序①，而是光风霁月般的人与世界相逢、爱与知己相遇，是理想对于现实的临照、价值对于存在的提升，是主体摄取和悦纳题材的意象化和原型化。

在湖边向峡谷、敖包、草原的衍化过程中，一个可名为"追寻"的情节模式延异而出：就每一篇的叙事看，是题材世界向意象境界的进驻，是主人公朝圣般的对于审美境界的朝奉；从全部小说情节看，就体现了穿越时空和历史、穿越纷繁世相、领悟存在本质的心路历程。湖边、峡谷、敖包、草原逐渐衍化为一个大子宫，不仅喷涌出故事和人物，演示着蒙古民族的历史存在和文化方式，而且确立着蒙古民族的现实生存，演替出一些不断增长的价值典范。苏布达、雅玛特、嘎慕喇、纳吉德……作为游牧文明和草原生态的看守者，他们一个一个地走出到他们的世界之外，而且

①　弗洛伊德指生命摄入能量、身体内部化合、吸收营养之后将废物排出体外这一生命自然过程；不仅身体的生长发育，两性结合、分娩育仔同样是一种原始程序。意象对于题材的悦纳（吞噬或投注）与身体自然生长发育的原始程序呈现着大致相同的旨趣和方式，但是超越之，亦即有着心理和精神感通、灵性和诗性融洽以及语言表达与建构的高度复杂体验和意识编码功能，不能展开。

走到工业文明的嘈杂中，成为价值单元也成为独立人。如果说德里达标举从断脐到破处的断裂从而宣布了个体的生长和独立①，满都麦的"追寻"就是破处向断脐、再向母腹的回溯——不是从诗意中看到苦难、从道德中看到悲惨，而是从苦难中看到神圣、从悲惨中看到完美。亲情，人与他者、人与世界、人与自然的亲情成为他灵魂和存在的安顿。可以说，这是满都麦生态叙事的深层依据！

狄钮：《图腾画：狗吠·马嘶·人泣》

2. 意象投注于题材从而故事化、历史化，在衍化人物和情节的文本进程中滋生出关于存在和世界的怀想。比较典型的如《圣火》的火锃子、《元火》的女人头饰、《祭火》的黄袍马褂，这些意象不是吞噬题材而是被题材反吞噬，是意象投注题材从而衍化为人物和情节，将叙述判断和价值领悟转换为客观生活情形。这些意象的文化义含更浓厚，原型性质更强大，在熔铸题材的过程中不仅自身得到滋育，生成散播和辐射的本体性功能从而笼罩叙述义域，而且增长为核心意象统摄题材，构成文本的结构中

---

① 德里达将逻各斯中心向语言及文本边缘的撒播和异延表述为从断脐到破处这样一个断裂过程，亦即解构逻各斯中心意味着一种断脐似的独立意向，而独立后的主体在与对象和客体的交往体现为一种时间的延和空间的异，一种寻求对象、确立自我、与客体结合又独立自为的过程，故又喻其为破处。从断脐到破处的主体独立进程与满都麦小说意象与题材结合过程存在相关又相异的情景。可参读德里达《言语和现象》、《书写与差异》等著作。生活·读书·新知三联书店2001年版。

心。经过意象投注的题材不再是现实生活的反映或再现，而是某种"受精体"，一种意向性对象。同样蕴含一个模式："播撒"。

《圣火》写一个老额吉对爱的看守和坚贞：不似汉族的走西口或闯关东，一种田园将芜、征人将归的诉求，有家室、有桑麻、有田园……这位老额吉只有一个火锃子，以此乃有牛粪、盘羊、茫茫草原以及天上的星辰日月。火锃子就是这样一个意象，它是照亮老额吉全部存在的生命和希望之光，更是被宇宙万物拱卫着、见证着的一个生命图腾。《元火》中葛玛也是一个神意形象，她引领进入的岩洞弥散着生殖和爱的气息，氤氲着真纯、自然、不死、不灭的神性品格——根本地说，它就是女人头饰这一意象的扩散、变现和神意化。所有故事都与头饰有关，前生往世悲欢离合都幻现于引领和跟进的过程，成为头饰的"撒播"和"异延"。① 《祭火》中黄袍马褂是皇帝的颁赐物，作为家族荣耀、祖先功勋、礼仪敦隆、神意盈然的标志，它是一个圣性意象。家族的祭火大典就是以此物为原点发出圣性播撒：扎米彦老头、祖母嘎皮勒、儿子呼尔乐、儿媳葛尔勒比丽格、孙子浩日娃乃至毡包、夜空，形成一个涡心向外的同心圆，将圣物所承载的神性价值扩散为一些波光涟漪、神魂梦影，终归于叹息。

我们看到，火锃子、女人头饰、黄袍马褂这些神性意象或者驻足于天地间，成为叙述的中心；或者弥漫于魂灵飘浮的岩洞，弥散于叙述视野所及的整个宇宙空间，成为本体神性；或者流失于世代承传的故事、分散于祭火祈年的仪式——它们在叙述进程中生活化、情境化、此在化，最终衍入广漠宇空，这一切都演示了一个诗情和爱欲式微、道德和虔诚湮灭的历史进程。如果说祖先以额头叩击土地（朝圣）替代马蹄丈量世界（战争），老额吉和女鬼葛玛让艰难苦恨的年轮轧过整整一生，践行了万古不渝的善性和盛德，那么扎米彦老头对于圣礼和仪式的持守就是一种对于邪恶和势利的无奈。就像沉暗的夜空覆盖了套脑②，现代科技和人性欲望淹

---

① 撒播是对于逻各斯线性决定论的亵渎，异延是对专制一体化意志的延宕，两者从思维到操作解构了本质和中心的本体位势，成就着个体的、分散的、边缘的和言语的价值努力，这是德里达解构主义的两个关键词。笔者借此阐释并且描述满都麦小说中意象与题材结合的心理过程和价值过程。可参读德里达的两本书：《言语和现象》、《书写与差异》。

② 套脑是蒙古包顶的通风口，夜里可由此向上向外观看到天上的星星，是蒙古人祭祀祖先或佛祖时的香烟以及生活用火的烟雾排放的通道。在民间习俗中，蒙古人由套脑看夜色、观星云可以卜吉凶、看运数。

没了传统文化精神，茫茫草原只剩下孤星零燕：火锃子、女人头饰、黄袍马褂都渐次地化入母腹原型，遂此分散结构也就蜕变为耗散结构。

上述前一种方式容易被释读为浪漫主义，后一种却绝不能解释为现实主义或现代主义。从思维方式看，湖边、峡谷、敖包、草原的吞噬或喷涌系列；火锃子、女人头饰、黄袍马褂的投注并衍化系列，都是一些原型在历史书写中的变现及不同时空维度的异延，不仅体现了作家对于民族生存及种族历史的深度体验，而且作为诗性方式和神性意向形成题材和叙述的命题性概括，从而进入话语建构。

（二）原型熔铸和播撒题材：人物原型

荣格把原型理解为一种淡化价值意向、强调形式可能、内在而深刻地决定着心理动机和表层意识的生物生命元素，并不认证原型的主体性和种属性。而上述满都麦小说意象与题材关系的描述启示我们：（1）原型以意象为依托，不仅潜隐着主体意识深层的生命取向，而且作为先验性主体意向散摄题材并且衍化出故事和人物。（2）原型驱动意象携带的巫性方式，不仅规定作家的思维方式和价值观点，从而支配故事的生成路径和题材叙述结构，使意象与故事确立了结构意向和文化认同，而且实现价值同构。不进入巫性体验和意象思维，我们就无法理解葛玛的不死及岩画的神秘；没有领悟岩洞作为母亲和子宫的原型性质，就不能理解岩洞中赤裸男人与赤裸女子、赤裸婴孩乃至万有牲灵之间爱欲的神圣。亦即葛玛灵魂引领进入的岩洞与葛玛持有的首饰在生殖原型的意义上具有等值共时性，这是《元火》题材叙述的内在逻辑。（3）原型为题材的叙述提供了某种"被给予性历史情境"。"被给予性历史情境"相当于胡塞尔的"经验视域"——"任何经验都是动态地指向可能性的，并且是从正在沉思的自我出发指向某种使其具有可能性的东西的，因此，它不仅指向那种在原初的'观看'中被给予的并根据自身被给予性来加以解释的事物，而且也指向那些从这同一个事物中经验地获得的更新了的规定性。"① 通俗地讲就是先验主体那些给予性方式和条件提供着对象存在的前提和依据，从而

---

① 就满都麦的原型和模式操作言，其意向性所指的题材叙述领域完全可视为一种"经验视域"，我们不仅可以拿原型和模式来阐释被给予的题材对象，而且可以阐释叙述主体的心理情境和思维定势，阐释叙述者隐藏在叙述对象后面的意图和方式。参见张延国《胡塞尔逻辑谱系学初探》，见倪梁康等编《中国现象学与哲学评论：（第三辑）现象学与语言》，上海译文出版社2001年版，第72页。

主体与对象的意向性关系就规定了叙述判断及价值领悟的路径和取向。就满都麦的意象系列言，其意向性指涉的题材叙述领域必然包含着某种"经验视域"，一种更新了规定性的"历史情境"，不仅体现满都麦本人的，而且凝结了蒙古民族的种族记忆和审美情怀，呈示着蒙古民族独特的生命观点和世界图景。

1. 原型气质的熔铸导致原型化，使满都麦笔下的人物形象大大地超越典型化的水平，成为蒙古族传统文化的象征符码和言说单位。我们把满都麦小说的人物作一个简单分类并以小说主人公的名字来命名：雅玛特老人代表蒙古族老额吉，嘎慕喇老头代表蒙古族老阿玛，葛玛代表蒙古美女，巴图代表败家子。此四类形象显然是两代人：老额吉和老阿玛是老一代蒙古人，他们坚守着传统生活方式，坚持蒙古民族的传统道德和人格信念，为了神圣、为了爱情、为了蒙古人的名誉，坚贞不屈视死如归。下一代则迥然有别：蒙古美女其其格继承了蒙古族妇女的传统美德，生产劳动中有着超过男子的技艺和膂力，善于接受新事物和新知识，爱情追求中能够洞悉男人的弱点和情绪，显示了过人的勇气和智慧。胆大貌美，坚定不移，聪明真诚，是支撑蒙古民族生存和延续的希望所在。与之相比，巴图则缺乏男人的意志，既经不起诱惑，无法在现代科技和市场经济下保持清明理性，又不愿意接受父辈教诲，贪婪而荏弱，倔强而无能，在满都麦看来是完全无望传承蒙古民族文化血脉的败家子典型。

但问题也正在这里。所谓典型，是反映论的成果，个性化要求之外，更主要的是要体现时代精神和社会本质。用典型化原则观照，满都麦笔下的这些人物受到市场经济和现代科技的诱惑是真实的，也的确体现了时代风气，但要说他们代表时代精神或社会本质则是荒唐的——即使像其其格这样学习科学、掌握技术、在生产和生活中占据领先地位的蒙古美女，也绝难持有真正的现代精神。① 葛玛敢爱敢恨、能生能死，貌似一个现代主义者：因为爱被极"左"分子逼死。但是，她引领我们进入一个充满生殖气息和生命冲动的神意洞府，她主要是拿传统蒙古男人的品格和胆识拷问"我"的灵魂；犹如一尊承载着传统精神的女神，首饰是她的价值转注。巴图就差远了：醉生梦死弱智低能，其缺失并不在于科技时代和市场

---

① 其其格虽然是蒙古美女，是青年满都麦的理想形象，但其性格构成较葛玛浅显单薄，缺乏葛玛作为原型变现应有的心理深度和价值含量，故不以其其格来命名蒙古美女的原型。

经济下的反应迟钝或封闭自守，而在于忘失祖训，忘失了长生天，从一个蒙古男人沦落为市场时代丧失道德理性的玩偶。如果给巴图的形象找一个原型，只能找到钞票，这是耗散和吞噬着传统文化和人格精神的现代图腾，一种市场经济的追逐物。因此这四类人物都不能纳入典型的范畴，而是体现着满都麦理性思考的原型化人物：老额吉是母亲原型的呈现，老阿玛是父亲原型的彰显，蒙古美女则是阿尼玛原型①在现代语境下的重铸，根本命脉是传统精义。巴图体现的是反原型倾向：无论是人格准则还是生活方式，都已从原型的灵性活跃中呆滞下去，成为蚂蚁般蠢动于市场经济的小矮人。原型缺失成为他们灵魂枯槁和智力下降的根本原因。

这很值得玩味。满都麦笔下的父亲原型、母亲原型及阿尼玛原型的奥义在于：它们不仅携带了蒙古民族苦难历史的记忆，积淀了太多的关于这个世界的道义承担和神性价值，而且它们就是现代精神和历史理性的人性事实，亦即它们与大地伦理、②荒野哲学、③狼图腾精神④等生态主义人类思想和世界观点是等值的。满都麦是想说：再没有什么现代精神和人类理性，老额吉、老阿爸及葛玛和其其格身上的就是！满都麦而且要说：现代精神和历史理性抛掷给人类的只有工业垃圾和金钱奴隶，既无神性也无诗意，只有蒙古民族历千百年而生长起来的生态文明和人格精神才是人类和人性的最高典范！此种原型化和生态化操作在其中篇《远古的图腾》中体现得淋漓尽致：卧牛石作为神秘图腾的世俗形态就是一块价格上亿的奇石，它拯救了企业倒闭、家破人亡的查干朝鲁，显示了巨大的商品价值。但它更是一个原型，一个承载了长生天神性、祖先圣意以及游牧文明神秘

---

① 阿尼玛是荣格认证的集体无意识原型，指男子深层心理潜隐而执持的理想女性意象。

② 大地伦理：美国现代生态文学家奥尔多·利奥波德（Aldo Leopold，1887—1948）在《沙乡年鉴》一书中的概念，他主张把伦理学领域扩大到人与自然的关系方面，亦即人的伦理行为延伸到对自然界本身的关心，道德权利扩大到自然界的实体和过程，反对人类中心主义，强调人类在自然界不应该是征服者的角色，而是生态共同体中的好公民，从而认证了土地的生命意向及土地健康的伦理价值。见侯文蕙译《沙乡年鉴》，吉林人民出版社1997年版。

③ 荒野哲学：美国生态伦理学家霍尔姆斯·罗尔斯顿《哲学走向荒野》提出的概念，倡导保护和建立"受人类干扰最小或未经开发的地域和生态系统"。这一观点把人确立为自然自我进化、自我组织而成的动物。见刘耳叶平译《哲学走向荒野》，吉林人民出版社2000年版。

④ 狼图腾精神：蒙古族作家满都麦借姜戎小说《狼图腾》书名来阐释草原生态理念和游牧文化精神的概念，要义是尊重竞争、强调多样、深刻把握草原生态的规律，像狼一样守护生态自然的和谐。

旨趣的象征符号。所以这块石头神奇地从海南巨商的掌控中飞回，回卧于它久远安在的故乡，而且完成了一个使体洁圣①：将偷运卧牛石出境的李总车队坠下深涧。《远古的图腾》的原型已经独立不倚，昭示着对于人类及其存在的示警，让我们想起《红楼梦》里那块穿越世间又引登彼岸的顽石！

满都麦人物叙事相对稳当的深层景象是：不论性别、年龄、时代和身份都以原型的份额决定其义化价值和审美品格；原型成为凝结传统精义和人格精神的生命内部机制，一种决定成败优劣、标志根本价值取向的文化基因，从而成为形象塑造的依据和前提。

2. 原型丛集滋蘖生成义含互补和时空集置，从而导致故事语义空间的多维结构和驳杂向度。我们发现：雅玛特、嘎慕喇、葛玛、其其格、巴图等原型人物正是早年骑着骏马纵入草原深处的"我"所追寻到的价值典范。然而这个原型系列所制导的叙述结构并非单一线性进程，而是一个空间上递归、时间上弱化的生命过程。就单一原型序列看，它呈示一种颓势：传统正在流失，文化正在式微，人物却一代不如一代。转言之，就是凝结着传统文化和人格精神的原型正从线性序列的开端向末端流失，人从传统逃离，但没有走向现代，而是消隐到历史的暗昧深处。但从原型变现的空间叠映和横向网结看，其语义的丛集滋蘖景象映射传统方式从现代文明的乱象中不断递归②的价值前景：或原型对立形成语义互补，或原型扩散导致义域深化，当然，还有多种情形别调自吹。

《四耳狼与猎人》写猎人虐杀牲灵遭到报应的故事：猎人巴拉丹掏回狼崽喂养，是为了长大后谋其皮而杀之，巴拉丹的情人杭日娃却不忍杀生悄悄把狼崽子放走。这里，巴拉丹与杭日娃就是两个对立的原型：杭日娃是母亲原型，生生爱养、济助危难、慰藉孤弱，滋育了从人间世到大自然

---

① 使体洁圣：即使体化（transubstantiation），是基督教圣餐中将面包和酒意向为耶稣身体和血的宗教仪式，旨在通过信徒吞吃面包和酒实现与耶稣圣爱同一（圣洁）、同时又以圣爱坚贞使受辱的耶稣回复圣体圣洁（洁圣）从而获致灵魂救赎的义含。这里借指卧牛石对荼毒草原生态、涂炭游牧文明、毒害诚实善良的恶人实施清除和惩罚的神性和灵能。

② 递归：程序调用自身的编程技巧称为递归（recursion），它通常把一个大型复杂的问题层层转化为一个与原问题相似的规模较小的问题来求解。在满都麦看来，现代工业文明不仅包含毁灭游牧文明及草原生态的反人类旨趣，而且是滋蘖泛漫着贪欲的人性逻辑之必然。修复工业文明给生态和人性带来的劫难不仅要限制工业文明的恶性发展，尤其需要人性从贪欲中收敛，回复到游牧和生态的宁静清明、诚实善良上来。

都能观照到的传统美德；巴拉丹则丧失了这种凝结传统精义的原型，成为没有根底的反原型的人，[1] 其情结所执无非是贪婪和自私。两种原型的对立导致两种不同的模式操作——雪天的峡谷中、岩崖上发生了双重报应：一重是巴拉丹杀生被狼群包围险遭灭顶恶报；二重是四耳狼感恩杭日娃放生劝阻同类使巴拉丹逃生的善报。这就形成语义互补，共构话语是：狼比人更善于感恩、更富有人性、更存有宽恕和仁慈的情怀。人应该忏悔自己的恶行了！但是我们不能忽略这个互补结构之外还有两个原型化的人物：嘎拉桑和海达布。就故事表面看，他们与巴拉丹是一样的猎人：嘎拉桑是个近于猎神式的英雄："我已经打死九千九百九十九只狐狸，再杀一只就是整一万。"海达布则要猥琐得多，早年伤了一条腿，先后娶了五个老婆全死了，女儿又是天生呆傻。巴拉丹则荣耀得多："他说他太爷爷是个用九十九只虎皮做蒙古包的猎人，爷爷是个用八十八只特赫（公野山羊）皮做蒙古包的猎人，父亲是个用七十七只旱达罕皮做蒙古包的猎人，而到了自己这辈，却成了用六十六只黄羊皮做蒙古包的猎人。"（《四耳狼与猎人》第275页）显然，从巴拉丹到嘎拉桑、海达布，呈现了一个英雄原型的衰微轨迹。小说还写到七只公狼为一只母狼竞争的生殖运动，还写到猎鹰为食物准备冒险的生存运动。英雄—生殖—生存的原型矢线指涉世界—自我—他者的义域拓展，形成对母亲原型和巴图反原型的涵泳，从而发生语义驳杂，满都麦不仅从轮回果报的语境，而且从大地伦理和荒野哲学的义域对杭日娃和巴拉丹善恶行为做出深度阐释："只有当人们在一个土壤、水、植物和动物都同为一员的共同体中，承担起一个公民角色的时候"，只有"每个成员都相互依赖，每个成员都有资格占据阳光下的一个位置"时，[2] 生存和生殖的猎杀才是合法的和道义的——满都麦给出合理的结局：嘎拉桑死于枪膛爆裂，海达布葬于狼腹，巴拉丹得救了，狼们和鹰们回到生物链中，所谓各认其门各归其处。这当然不是利奥波德或罗尔

---

① 反原型的概念源自荣格的原型概念。原型是指潜意识深处的一种远古人类经验和种族文化记忆，它积淀为纯形式，规导着后续和后世积累的表象和经验。与之相逆，潜意识的无限集置必然导致表层自觉意识的坚执和聚变，生成巨大心理能耗从而将潜意识删除，即反原型。处于反原型状态的人思想空白，本能寂灭，智力失控，全部意识体系成为现象世界促逼生物性征的无序载体，其精神分裂和心理崩溃的症状，严重时可致死亡。

② ［美］奥尔多·利奥波德：《沙乡年鉴》，侯文蕙译，吉林人民出版社1997年版，第216页。

斯顿的翻版，而是蒙古民族发祥以来与自然交道中游牧经验和死亡体验的呈现，一种种族记忆的还原。

原型的对立和滋蘖导致多维面、多层次的语义丛集，使题材叙述呈现时空集置、①意象撒播、情境延宕的迷离景象和丰饶色彩。《马嘶·狗吠·人泣》的翁衮敖包及被焚烧的草原是嘎慕喇与孥玛做爱的现场，是乳房、敖包、草原、宇宙穹窿诸意象陶冶出来的一个原型，凝结了生殖和死亡的原始经验，但重要的是这里的时间止在回溯和追续：嘎慕喇老人与森林盗伐者的搏斗不过是在重复当年与麻子章京的较量，今天的悲剧正是从翁衮敖包的历史情境变现而来，人性逻辑是一致的。《祭火》的黄袍马褂更是在时间的流失中涵泳了空间的散淡，它不仅提交了一个黄金家族优越、加封晋爵荣耀之类的历时性意向，而且从空间意向上撒播：火锃子、佛前灯、菩萨像、加卡·热门·鲍拉斯卡斯的《斗牛》是外层空间的散碎，而作为父亲原型的扎米彦老头与黄袍马褂这一核心意象的叠加，其虔诚坚执杂沓了宗教神秘、种族优良、宇宙神圣与神明不彰、礼仪不传、世道衰微种种矛盾悖乱的空间感觉，使祭火祈年的家族叙事呈现了异常复杂繁缛的阐释可能。这两篇小说的原型可以说是满都麦原型时空集置和意象散播的最典型案例。

时空集置和意象撒播导致叙述超越：就空间看，他提交了原型向意象、向场景乃至广大宇宙空间的播散；从时间看，他提示了存在悲剧向种族记忆、惨痛现实向历史荣耀乃至生存意向向本体意绪的回溯和延宕——满都麦在写寓言：古老精神的持有与现代文明的承担发生深刻悖谬的寓言，一篇一篇，走向哀伤和悲凉……如果返回到叙述者，我们可以认定满都麦笔下的人物和故事多半是从母亲、父亲的家族记忆及蒙古美女的审美想象中敷衍出来，这是种族记忆向生命观点、世界图景的让渡，更是人物原型与作家经验、价值理想的现象学同一：正是一种历史题材的生态叙写。

（三）模式倒错与时空回溯：世界图景

一般地讲，一个完整的理论须具备四个条件：（1）相对完备的概念

---

① "集置"（Ge - stell）是海德格尔的概念，指现代工业技术对于存在者的统治和垄断所形成的"所有确定方式之集聚的整体"，它把人聚集起来，使之订购和制造人对于手工业技术的需求，促逼并索取自然和资源。

体系；（2）确定指涉的问题视域；（3）比较成熟的学术典范；（4）可资论证的学术资源。① 以此来要求满都麦的生态叙事显然是苛刻的，这不仅因为他是在做小说，而不是做理论，而且因为生态叙事学本身的独立性并未建构起来。但是，满都麦的生态叙事文本至少关合（2）（3）两项，上述文本分析能够概括出一种可资借鉴的操作路径：原型和意象、模式与题材乃至时间与空间的集置，不仅从学理上实现了某种典范性，其操控叙事、指涉题材的文本进程实际上已涵摄了生态叙事的全部问题视域——集置是海德格尔的一个概念，是其解读现代技术的本质时就其摆置特征及其促逼状态的一个描写，旨在探求现代技术条件下存在敞亮和人性解蔽的方式，显然是个比较糟糕的方式。我们借用这一概念来观照满都麦的生态叙事，从三个层面来阐发：（1）意象丛集、原型滋蘖导致模式倒错，形成对比或互补的技术性沉思；（2）原型集置与模式操作的对应，导致意象与题材衔接，呈现为空间向时间的回溯；（3）原型与意象集置作为题材叙述的内在方式让渡为生态本体的建构。可以说，这是满都麦小说创作的最高成就。

1. 原型滋蘖导致模式倒错，形成对比或互补的技术性沉思。统计满都麦的全部意象和原型数量是困难的，但是已经做过的文本分析可以概括这一田野成果。所谓技术性沉思，在海德格尔那里是对于现代工业文明和技术统治的反思，这也是满都麦生态叙事的应有之义：承载满都麦对于现代工业文明反思的生态方式是什么？亦即将凝结技术沉思的原型和意象与草原生态、游牧文明的社会历史题材联结起来的是什么？我们认为是模式。

模式概念的阐释不是这里的目的；可以论证的是：模式之所以能够让渡意象和原型使之到达题材并进入叙述，就在于它隐喻原型。如果说湖边与母阴、峡谷与子宫、敖包与乳房、草原与母腹的原型隐喻关系尚觉生硬的话，那么从湖边、峡谷、敖包到草原的追寻模式隐喻进入或走出大子宫的动作过程，就应该可以理解了，而它与生殖和爱欲是同构的。同此喻理，葛玛引领进入岩洞，那样一个神意氤氲、生机盎然的所在，男女赤裸、圣婴光洁、万类自由的生命景象其母腹和子宫的原型意向裸然，而这里与技术和市场是绝缘的。这与陶渊明笔下桃花源的殊趣在于：后者是隐

① 参见吴炫《什么是真正的理论》，《文艺理论研究》2010 年第 4 期。

然和逸然的，这里却神圣无碍，其神性和圣性与生命尊贵生殖庄严的蒙古民族的根本观念是一致的，其意象凝结就是葛玛的头饰：那是葛玛用生命换来、父亲用生命守护、她的爱人又冒着生命危险不懈追寻才达到的一种类似面圣的"呈现"——从而成为满都麦生命观点的资源和依据。这里的原型和意象的丛集虽然也实现了时空集置，但是没有走到海德格尔的技术手段，而是走回母腹和子宫，走回历史深处。

　　原型丛集导致模式对立和语义互补，从而实现模式对于题材叙述的操控，是满都麦技术沉思的基本方式。中篇《人与狼》的原型多寓于母题：（1）母狼救人。这个传说流传于世界各地，加之狼孩故事的现实贴切，即使普通读者也会由此建立起狼与人灵性往来、神意感动的心理情境。（2）梅花母狼原型来自《蒙古秘史》关于蒙古民族发祥的记载，作为天降之物，狼的脊背上是长有翅膀的。（3）因果报应中的狼来自狼吃人、狼救崽、狼外婆、狼毙峡隙等蒙古民族千百年来的游牧经验，隐约了因缘果报的模式，是一种种族记忆。（4）"文革"时代的军民联防围猎阶级敌人替代物的记忆和体验把狼原型的义域扩展到现实语境。如此集置的狼的原型幻化出两个法相：自然神性的狼——救助女儿和甥崽、最后投隙自毙的狼外婆；凶残险恶的狼——摧残牧民、奸淫妇女、谄媚权势、逼死喇嘛的阿司令。这意味着一个狼的原型幻化出两个意象化"人物"。两匹狼操纵两个模式，又分别为寓言和题材两个层面进入叙述：寓言层面的狼（狼外婆）救女儿、救甥崽、并寻机报仇，是一个恩感仇报的模式；题材层面的狼（阿司令）搜捕狼、迫害人、儿孙遭狼、炊烟难继是一个因果报应模式。值得注意的是，前一模式穿插了梅花母狼喂养蒙古祖先的传说，综合了救仔、报仇、喂养孤儿及老毙崖隙的民间传说，不仅赋予狼以神性的仁慈和智慧，集纳和承载了蒙古民族的情仇爱恨和生存经验，而且超越象征或拟人，从原型意向上延伸出生物可能和人性逻辑，与后一模式"人"的叙事形成强烈对比，而且融入"文革"叙事①形成模式交叉，从而两面穿插相互融洽，一如骨与肉、水与鱼，整个叙事一体化并寓言化了。这里的沉思是：没有技术和工具的狼，有着远远超过人的对于种族、

---

　　① 这里特指满都麦关于"文革"极"左"政治迫害异己、荼毒生灵、破坏生态的小说叙事，与多数类似汉语书写有着深刻的一致，但又显示了草原地域民族情感及生态状况的意涵，具有强烈的个性色彩和族群意味。

同类、异己乃至异类的仁慈和善心，掌握现代技术和工具的人却体现了超越生物原则的异想天开的残忍和野蛮——技术在这里超越工具范畴，进入存在义域。

2. 原型集置与模式操作的对应性空间呈现了向时间的回溯，隐喻意象与题材的衔接，指涉生态本体建构。满都麦不仅拿原型与模式对应，而且将这一对应关系让渡到题材叙述，形成《人与狼》文本进程中的视角转换：或者以狼的眼光看取人的暴虐，或者从人的感知来体验狼的无助，或者超越人与狼进入元叙述①，进而将狼原型的两个幻相进行倒错式植入，形成荒诞的世界情景：自然神性的狼进入狼外婆的角色，不仅具有人的心眼、胆识、同情和悲伤，而且以狼的独特感知而更深刻地体验了人的残忍和暴虐；凶残险恶的狼进入人的角色阿司令，不仅丧失了人的良知和理性，而且由于智能优势，无以复加地强化了其冷血和残忍。两个原型幻相的倒错和并植让渡出两个倒错并植的叙事模式，对应嫁接了两种生存状态——人的荒诞现实与狼的自然生存，从而造成一种泪意莹然的回溯：我们还敢说人是生命进化的最高成果吗？还敢自诩为天地立心、为生民立命、为万世开太平吗？原型操控决定了模式与题材的叙述学关系，衍化为特定世界图景：在人的原型心理之下，即使狼也能做出人的事情，其相属的世界就是人的世界；而在狼的原型之下，人就成为狼并把人的世界变成狼的世界。

3. 原型与意象集置作为题材叙述的内在方式，让渡并转化为生态本体的建构。就原型丛集对于叙述的操控言，满都麦不仅确立了以狼原型为价值典范的叙述策略，使两个模式在深刻对立的边际生成相互映照，并通过视点的挪移隐约灵性往来，打通意象与题材的阻隔，实现空间向时间的回溯，从而指涉生态本体的建构。在《人与狼》的题材叙述中，满都麦从人的形象呈递"狼"的残忍和歹毒，但更愿意从狼的生物法则引申"人"价值本性，或者说他就是以狼的原型为典范，不时将价值原点做出某种挪移：从人挪移到狼，我们就进入一个同类不自相残杀、亲情不相互抛弃、异类有序生存、种族兴旺繁荣的世界，自然生态和传统方式构成其根本大法，亲情和诗意是最高理性，生存和人性就安放其下。正如湖边、

---

① 元叙述指叙述者对于叙述意图或叙述方式等的自我陈述，一种反身自涉式的叙述话语。元叙述是先锋派创作的叙述学课件，在满都麦，则是他模式操作和原型凝铸的明证。

峡谷、敖包、草原等意象丛集酿制出母腹原型从而氤氲满都麦的诗意畅想一样，狼的原型也从拟人和象征擢拔，进入意象和题材范畴——它从现象学原理上实现了空间向时间的回溯：与汉族或西方作家不同，满都麦既不奉持上帝信仰，也不体悟天人合一，而是将自然生态作为最高神性，坚定不移地将人类理性引渡到与现代科技和工业文明背道而驰的方向。《骏马，苍狼，故乡……》是现身说法：纳木吉拉老头在市场横行经济霸道的时代语境中，在子孙产业两旺的优越处境下，在时不我待、老之既至的昏暮之年竟然收养了两只狼崽，孙子苏伊拉图畅想养大了卖到动物园，甚至建设一个狼饲养基地以求更大份额的经济收入。所有人都认定他是为了颐养天年。但是纳木吉拉却做出一个令人惊绝的举措：用两只狼将自己天葬！这既是蒙古民族的传统殡葬方式，更是一种时间回溯：纳木吉拉老人是通过让狼吃尽这一生态方式实现他回归长生天、回归大自然、回归传统和历史的终极追求！满都麦是以"让狼吃尽"为中介，实现父亲原型与狼的典范的同一，从而实现空间与时间的逻辑转换。

　　原型重叠导致时空转换，进入叙述学视域就是意象与题材之间的灵性往来和价值同构，其终极指涉是生态本体性的重建。首先，狼的原型神意进入题材义域就变成一个图腾，一个集纳了生机、和谐、繁荣、吉祥等义含的意象。纳木吉拉老人审视着铁笼子里的两只狼崽时有非常真切的表述："千百年来，草原游牧生存的蒙古人，在与狼争夺猎物的过程中，互补智商走向聪明，存在着相生相克的依存关系，表面上彼此有所防范，实际上相互竞争依赖……他们坚信狼的存在是自然生态和谐，人畜兴旺、安宁吉祥的标志。为此，蒙古人一般都忌讳直白地叫它的名字，而是把它们称之为'天狗'。"人与狼的神意往来和价值认同不仅关涉生存空间，而且延宕入种族记忆。其次，满都麦坚信自然节律是宇宙大法，人与大自然平等共存互敬共和是最美好的世界图景。"有天狗出没的那些年代，草原水草丰美，草场宽广，牲畜兴旺，牧民们也坦诚相见，心地善良，融洽和谐，整个草原欣欣向荣，生机盎然，就像神话中的天堂。"而把人与天堂联结起来的，就是长生天统摄下的大白马、火锃子、毡包、湖边、峡谷、敖包、草原、云朵、黄羊、花、草……这些意象是一些将人从悲惨的现实处境引渡到终极世界图景中的阶梯——满都麦把自然终极化之后，其神性和诗意就朝着道德化和人格化意向攀升，随着时空观念的蜕变，母腹原型提升为道德殿堂，生物意象纷纷成为价值起点。满都麦启示我们：历史情境是意象所含原型变现和异延而有的，世界图景是通过一花一草、各种生灵的平等和睦共建而成的，当然，本体重建要通过特定的价值模式和叙事模式将人引渡到自然生态的亲情和诗意来实现的。

然而，当满都麦凝视着那些活泛于宇宙深处的原型，意欲将这些原型神意化，使之成为价值典范从而形成对于技术时代工业模式的批判和反思时，他只看到一些物事，一些补缀于千疮百孔的草原生态、偶或残存传统意绪的怀旧物事：荒裸于干涸峡谷的卧牛石，没有牛粪可以添补烧燃的火锃子，枯瞎的佛前灯，隔世的旧毡包……如果不是灵魂无处安顿的怀旧或绝望弥漫虚空的寂灭，满都麦也会从这些陈旧物事着眼，索引那曾经的丰泽和雨润。满都麦根本不曾将这些陈旧物事从草原、历史以及他的生命中分离出来，相反他把这一切都还原到历史中去。当这些物事作为一些意义符号得到阐释并熔铸了完全不可能遏止的民族情感时，它们开始活跃，变成意象并成为满都麦文化反思的一个个兴奋点。破败的草原、衰败的鲜花，惨淡的狼、枯死的树都脱去物和事的壳，成为意义，成为符码，甚至成为直立的人。狼不再是一种环境因素只用来装饰和调剂叙事的情趣，而是与人共舞、与世同参的主体，一个原型，一个透视生命本然特色和宇宙幕后情形的原型！

第六节　题材的建构性和仪式化

南永前《图腾文化给现代人类的重要启示》一文有这样一个神话：

传说：天帝桓因之子桓雄，降临三危太白山顶的檀树下，率领风伯、雨师、云师等三千部下，主管农作、治病、刑法、善恶等360余种人间事宜。其时住在同一洞穴里的一只熊和虎由于羡慕人，便到天神桓雄降临的檀树下虔诚地祈求将它们变为人，桓雄便赐以一把艾蒿和20头大蒜，告诉它们在洞里咀嚼这些东西避日百天，则可实现它们的愿望。性急的虎，由于没有耐性，没过几天就跑出了洞穴，而有耐性的熊，经过苦修21天，变成了美丽的熊女。变成女人的熊女，由于没有配偶，又去檀树下祈求，天神桓雄变为英俊的青年接纳熊女为妻，他们生下的儿子就是檀君，名为王俭。檀君王俭就成为朝鲜民族的始祖。这个神话发生在 4338 年前。

　　这则神话可以分析为四个层次：（1）天帝率众神降临三危太白山，掌管人间事宜；（2）熊虎求神变人，天神桓雄赐以艾蒿和大蒜，喻示洞中修炼；（3）熊独修成美女；（4）天神变青年，纳熊为妻，遂成始祖。这是四个模式：下凡，神启，修道，神变。与满都麦相应和：天帝是从天宫降临三危山，应和穹窿；桓雄喻示、熊虎修炼都是在洞中，应和岩洞；桓雄与熊变现为男女走出岩洞，应和峡谷、湖边、山里……从价值看，由神启到熊变、到成人，涉及自然本体、他者关系和身体变现三个义域；再从符号看，由神话到熊变、到人祖，指涉创世命题、熊虎原型和祖先意象三个维面。可以说，这完全是与满都麦的时间流逆向而出的三个空间波。下面是由满都麦小说的意义结构图置换过来的：

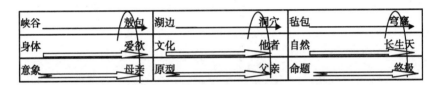

图1　满都麦小说深层结构图示

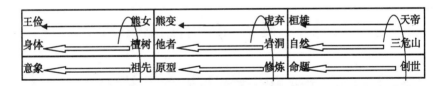

图2　南永前图腾叙事深层结构图示

　　没有人理解为南永前的图腾诗只是这样一个图表。我们这里拎出来的是一个深层结构，我们关注的是南永前的图腾诗与满都麦小说之间的"结构同型性"，亦即两个不同地域民族的诗人和作家，经营着不同体裁的创作，深层结构为什么会达到如此的同一呢？当然，他们创作的体裁不同，其文化思考的取向也不同，满都麦的终点正好是南永前的起点——满都麦是从普遍世相的观察开始，进入社会、文化乃至终极；南永前则是从最高图腾的领悟开始，播散到祖先（文化）、悲剧（历史）乃至百业操持（世相）。文本事实正是如此：南永前总共 42 个图腾意象（而不是图腾本身）大致分为四个系列：

　　月亮、太阳、星、云、风、雷、雨、山、火、土、石、水、檀树、竹、蝴蝶、蟾蜍等为第一系列，可名之为月亮图腾系列，作为本体的大自然既含有最高神祇月亮，也包含从风雨雷电到土石竹树这样的植物，整体构成朝鲜民族生活和存在的宇宙全息背景。《月亮》是其最好的说明。"潜出于蝙蝠之翅/从山那边从海那边姗姗而来/迷人的脸庞罩薄薄雾的玉纱/似依在肩头又飘离头顶/与微笑与亲昵/荡起树梢上隐约的心之摇篮。"所谓大道无形又显隐于宇宙万有之间。月亮是大道的化身，月亮的升腾就是大道的亲临，存在的亲证。没有月亮，存在就是一片黑暗，一片虚无。

　　熊、龙、凤、鹿、虎、雄狮为第二系列，名之为熊图腾系列，是朝鲜民族的祖先图腾，包括先民战争、狩猎、祭祀时敬拜的各类图腾，介于神人之间，是祖先灵性与天地神性相通相应的图腾崇拜对象，是月亮之下世间万物的亲缘性体认。"以星为眼/以月为腮/以甘露为血液/化为芙蓉娇娇之熊女/世间精灵之始祖母。"显然，这里的熊就是一位朝鲜民族的始祖母。"弹涛涛百川为鸣弦/倚茫茫白山为床榻/邀天神下天庭合欢于檀树下/育儿女于莽林于荒原于海滩/或狩猎或捕鱼或耕织/或歌或舞或嬉戏"，这已经是一个家族实体，其血缘亲情与儒家伦理不同：儒家伦理是从天分离出来的理性人文建构，具有相对严格的种族秩序规定。熊图腾体认则以生命自然的整体性存在为依托，体现了天人融合的自然亲情，其秩序规定要相对宽泛。

　　黄牛、白马、羊、蛙、白兔、雄鸡、豚、鹰、鹤、布谷、乌鸦、喜鹊、白天鹅、燕子、白鸽为第三系列，可名之为农耕图腾系列，是朝鲜先民进行农耕劳作时的崇拜意象，一些准图腾，其神秘意味正在向艺术审美的意趣蜕变。由于抽掉森严伦理限定，一方面是生命个体灵性活跃，另一方面种族角色替代了独立人格，为了种族和家园，为了神圣信仰，每个人都可以"化生命结晶为齑粉/割身躯精血作滋润"。这种牺牲精神并不是世俗权威或普遍人性可以鉴证的，它是一种宗教精神，一种灵魂献祭："鹿角巍峨于护身之腰带/鹿鸣呦呦于祝庆之长鼓/与大鹏之翎翼与檀树之青枝/森森凛然于王冠/翩翩扶摇于殿堂。"在种族生存的意义上，生命和个体获得最高价值。当然，这并不意味着种族角色拒绝个体独立，相反，没有伦理秩序的森严规定，每个成员都是一个种族符号，一种精神的化身：

"载渴望与夙愿/载虔诚与信念/向着自由自在之领域/向着美好之境界与理想之峰巅/隆隆而去"的白马

"令沉沉黑夜远遁/令恶魔远逃于海之尽头/令妖怪难寻蔽身之所"的雄狮

"以不义为仇以不善为仇/以混混之邪恶为仇"的虎

"以穿梭天庭的鹿之角为角/以九旱不死的驼之首为首/以箭簇不入的鱼之鳞为鳞/以疾如闪电的鹰之爪为爪/以威震群山的虎之掌为掌/聚一切飞禽的灵性聚一切走兽的魂魄/幻化为翻云覆雨的自由神!"① 的中华龙

这就是朝鲜民族精神孕育下的个体生命风范和人格精神,毋宁说是民族精神和种族意志的体现。我们注意到白色的被强调:白马、白兔、白天鹅、白鸽、鹤包括月亮,都是白色的。与蒙古族、藏族及汉族都取得某种融合和一致,对于白色的崇敬,反映了朝鲜先民进入农耕以后生产生活和家族社会的祥和宁静,包括喜鹊、布谷、黄牛、雄鸡等图腾意象,都透示着朝鲜民族与他者、与自然的和谐统一和亲情体认,隐喻着种族起源的神秘意味和民族融合的形上旨趣。

第四系列可名之捕捞图腾系列,海、珊瑚、龟、鲸都是近海先民捕捞生产的对象性情景。人类学家曾经指出先民的图腾祭拜带有巫术性质,通过祭拜图腾,捕猎者或出征者可以获得神勇和吉祥。但是在南永前这里,捕捞或狩猎也包括农业祭祀的图腾,大多直接来源于生产劳动,但它折射了朝鲜民族的整体文化构图和自然审美历程。该系列是从月亮及熊图腾散播而下的朝鲜民族文化历史的视野延伸和生命泛音,构成南永前图腾意象的世相存在。

十九 南永前图腾叙事的层级化结构

与满都麦相比,上述南永前图腾诗所蕴含的从最高图腾到祖先图腾、再到宇宙万物逐级散落的辐射性及层级化存在图景,作为诗性叙事的四个空间波,虽然呈现了与满都麦的时间衍化式相逆的历史情境,但是并未淘

---

① 南永前:《圆融》,辽宁民族出版社 2003 年版。以上所引诗行均自该诗集,以下不再标注。

净时间进程，相反它提炼出一个个生命图腾化、祖灵化从而飘移着衍入时间的历史化图式。南永前的诗是图腾的呈示，但它在叙事，它隐约了朝鲜民族的种族历史和文化记忆，在空间层级化的生命序列蜕变中呈示一种时间信念：个体生存意志与种族牺牲精神的价值轮回。南诗有一个重要特色就是意象题材化。其图腾序列蕴含的意向结构基本上是一些母题，是意象对于题材的吞噬。每一个图腾都是涨饱而扩张的意象，都不同程度进入仪式和场景，它的时间化进程涵摄了足量的空间含片，成为承载着空间波段的时间滞留，亦即胡塞尔意义上的"前滞"或"后滞"，一些价值片断。

狄钘：《图腾画·熊之一》

（一）最高图腾意象化：道体之散播

我们还在执着一个小问题：桓雄与熊女诞育朝鲜民族的神话中，天神启示熊和虎的修炼秘义里为什么用大蒜而不是其他的什么植物？回顾一下："其时住在同一洞穴里的一只熊和虎由于羡慕人，便到天神桓雄降临的檀树下虔诚地祈求将它们变为人，桓雄便赐以一把艾蒿和20头大蒜，告诉它们在洞里咀嚼这些东西避日百天，则可实现它们的愿望。"仔细看一下：（1）大蒜乃桓雄亦即天神之子所赐，自带三分圣性；（2）大蒜乃是桓雄亲授，目的是为熊和虎的洞中修炼提供食物；（3）大蒜与艾蒿备百日之用，不仅含有食物营养，而且具有药效；事实上两者都是有药性的，但是还有一个附加条件——避日，我们可以理解为某种神秘意味；（4）食用大蒜的直接效果是实现成人的目的。这使我们联想到天主教的圣体圣事（Eucharist in the Catholic Church），亦谓使体洁圣，就是神父祝圣时祈使圣徒吃无酵饼饮葡萄酒，教理认为，两者化成基督的体血，成为某种"变体"（trans‑substantiation），内化为圣徒的信念和操守。《哥林多前书》载：

11：23 我当日传给你们的，原是从主领受的，就是主耶稣被卖的那一夜，拿起饼来。

11：24 祝谢了，就擘开，说："这是我的身体，为你们舍的。你们应当如此行，为的是记念我。"

11：25 饭后，也照样拿起杯来，说："这杯是用我的血所立的新约。你们每逢喝的时候，要如此行，为的是记念我。"

11：26 你们每逢吃这饼，喝这杯，是表明主的死，直等到他来。

11：27 所以，无论何人不按理吃主的饼、喝主的杯，就是干犯主的身、主的血了。

11：28 人应当自己省察，然后吃这饼、喝这杯。

11：29 因为人吃喝，若不分辨是主的身体，就是吃喝自己的罪了。

11：23 一句显系保罗所说，一如佛经开篇那四个字："如是我闻"，是传经菩萨的一个前提性表白，它声明下面所述经义是"我闻"佛陀亲授然后"如是"真传，既非佛之亲口，亦非"我"之杜撰——保罗说得非常明白："我当日传给你们的，原是从主领受的，就是主耶稣被卖的那一夜"，"拿起饼来"是保罗描摹耶稣的动作，接下去就是耶稣当着众圣徒亲口所说，有三层意思：（1）立体。无酵饼乃是"我的身体"，葡萄酒是"我的血"；我的身体为你们而舍，我的血为你们立约，两者所在，即如耶稣亲在。显然，如此立体带有誓戒的意味。（2）命义。11：26 "你们每逢吃这饼，喝这杯，是表明主的死，直等到他来"，耶稣之所以直接宣说立体的意义，就是"表明主的死，直等到他来"。主之死非同儿戏，乃是涅槃，是成道，是成圣，是垂范示典性质的对于弟子们的规约；"直等到他来"的警示就有预言性质：耶稣宣布他将再来，流露了孤愤和悲慨。（3）设戒。"无论何人不按理吃主的饼、喝主的杯，就是干犯主的身、主的血了"，"就是吃喝自己的罪了"。这里，对于圣徒们的严厉祈请就是设戒：干犯主的身与吃喝自己的罪，都是大逆不道！由此可以看到耶稣与门徒那种亲密关系：他在训诫的同时把心底的真情向门徒流露无遗。不仅如此，他的宗教秘义在于：把自己溶化在饼和酒里，使门徒在象征的或体验的意义上领承他们的主！通过领承，门徒与主融为一体。主在他们里面，他们在主里面。耶稣认为，这是对于他的最好的纪念。当然，耶稣的目的不仅仅是让纪念他，而是使门徒脱胎换骨，成圣成道。

我们还可以看一下佛家的戒体。圆教以种子为戒体："欲了妄情须知妄业，故作法受还熏妄心，于本藏识成善种子，此戒体也。"[1] 智顗则主张"大乘教门中，说戒从心起，即以善心为戒体。"[2] 通行的观点认为："大乘中虽以心性而为戒体，若发无作，亦依身口作戒而发，虽依身口，体必在心。"[3] 亦即以心性为戒体。这里有三个概念：种子，善心，心性。其实三者讲的都是一个心字。亦即，以心为体，师授以徒，持而为戒，直到永远，谓之戒体。比较起来，耶稣是西方人，所授无论是饼是酒，都是实体，都可以吃喝到肚子里的。佛菩萨就微妙得多，种子也罢，善心也好，都属心性范畴，是心心相印之事、性命相守之体、师徒共成之业，戒定慧尽在其中。我们关切的是，即使佛家之戒体也存在一个授受关系，"虽以心性而为戒体，若发无作，亦依身口作戒而发"。就是说，师徒授受的虽然是一个无法触摸的东西，若无一个替代的物事，也必须依身口两厢的戒律来观察。问题是，师授戒体的目的无非是持守清净圆成大觉，困难在于，"欲了妄情须知妄业，故作法受还熏妄心"，想要了断迷执妄作必须识认迷情妄业，着意追求严法峻律以获求法益，恰恰又熏染了妄心，所以降而求其次："于本藏识成善种子，此戒体也。"由求心降为求善，即为持戒。

我们发现，神学的使体洁圣或佛教的持善如戒，都与朝鲜民族的创世神话中桓雄授艾蒿与大蒜有着同一模式：神性人物以一物授予凡人，或诚

---

① 《四分律删补随机羯磨疏济缘记》卷十六。

② 智顗：《释禅波罗蜜次第法门》。

③ 《止观辅行传弘决》卷四之一。

以日常，或谕以持守，真正神秘之义要在体悟和心得。大蒜可以算得上一件圣物或戒体了。宣化上人有言："破戒不如死。"这是何等的峻急严厉！由圣而凡，从桓雄到熊女，这20头大蒜可是个中介，一道津梁，过不了这一关，成人之想便作黄粱。那么，这大蒜究竟是何物？有什么玄机妙义？为什么就能成就神人之间的圣业呢？我们一般地理解，第一妙义应该是：它把熊和虎所代表的自然界与神启、与人道联系起来，至少是将神人自然三界打通了！第二妙义可以参照使体洁圣的密义：就像饼和酒一样，大蒜也必须融合到受戒者的生命中去。此种融合是一种分散——大蒜本身就是分瓣分粒的！其生也，一粒而成众夥；其散也，多瓣乃分成单瓣；其嚼吃也，就如无酵饼和葡萄酒被饮啜。两者的不同是：饼酒至而耶稣死矣，桓雄则化为青年与熊女婚配，不仅没有死，而且诞育了一个朝鲜民族！耶稣之死是一个时间断点，我们从尼采到德里达，乃至西方文化史都能看到此种分析的、断裂的、对立的或逻辑的顿点或断处，这是西方文化的特质。中国文化就不同了，朝鲜民族作为中华之一族，其文化精神及思维方式都崇尚一种断续相衍的、同一不分的、延异无碍的、整体圆融的精神或境界，所以，那大蒜之被嚼食，肯定不是一口吞下，而是分层成粒地、一瓣一瓣地分散下去，不是落入熊肚，而是天女散花一般飘袅零落到红尘大地，播撒为一粒粒种子，在虽然艰难苦恨但是不乏脉脉温情的人间世生根发芽，圆成众生！

　　以此，我们找到大蒜的第三义，也是正经本义：它是神性的托体，道体的化身，是朝鲜民族自其发祥而领承的图腾大义——生生。我们完全不排除作为口传神话进入南永前的叙述时，"被用于确证当前实行的特定社会和政治制度的合理性——土地分配、一个强权世系对首领地位的要求或与相邻民族的关系模式等"[1] 的可能性，更不排除作为一种社会记忆或种族心态被重新建构或体认的必然性，但是"它反映一种在现在和过去、个体记忆和公共传统，以及在'历史'和'神话'间的积极关系"。[2] 换言之，即使南永前本人不曾同意或未曾注意这20头大蒜存在如此神奇玄妙的寓意，那我们也总算摸着一个按钮，一个镶嵌于朝鲜民族史诗与南永前个人创作的图腾诗之间的启动机关。如果不是大蒜作为道体或神性的载

---

① 定宜庄、汪润主编：《口述史读本》，北京大学出版社2011年版，第19—20页。

② 同上书，第16页。

体，不是分散或散播作为南永前图腾诗创作的意向性结构，那我们如何理解南永前念念不忘地记录下这 20 头大蒜，而不是 20 棵大葱或别的什么植物呢？"在人类社会的发展过程中，先民们都对自己所崇拜的图腾进行了神化，而被神化的图腾要么成为人类的祖先，要么就具有了神奇的力量，这种被神奇化的图腾在文明社会中，使拥有个人思维的个体——人，重新形成了对图腾的信仰。"① 这是体心之言。正因为南永前不曾注意或并无言说朝鲜创世神话中这 20 头大蒜的神秘义，所以他并未"故作法受还熏妄心"，他还真正保留了朝鲜民族潜意识中深藏已久的集体记忆和公共传统，在这个意义上，南永前与我们是差不多相同的。我们是把大蒜纳入一个类似圣体或戒体授受的仪式中来考察的，我们对于大蒜的命义是基于神启这一创世神话的普遍模式来阐释的，甚至我们可以以大蒜这一最高意象来形容南永前图腾诗全部四个空间波的结构关系：月亮是蒜胎，熊是蒜芽，农耕系列是蒜颗，捕捞系列是蒜皮……这是一根发芽、万象生成的本体性概括。庄子有言："天地一指也，万物一马也。"所谓"彼亦一是非，此亦一是非"，若"彼是莫得其偶"，我们就可以"谓之道枢。"然而，庄子教导我们，虽然"枢始得其环中，以应无穷"，但是"莫若以明"。② 这个"明"字，王先谦的解释是"本然之明"；唐君毅说是"去成心而使人我意通"；劳思光讲是"以虚静之心观照"。③我们不妨学习非马喻马式的庄子诡辩，且以文本印证之，当有所获。

（二）种族叙事：从道体情境化开始

南永前全部 42 首图腾诗存在一个层级性意象结构，我们分析为四个图腾意象系列亦即四个空间波，这是没有疑议的。问题在于：所谓层级性，是指四个空间波的相位结构从最高图腾月亮起始，沿着时间流逐级而下、零落散播，延异为一些空间性碎片从而融入宇宙万物，就生成朝鲜民族文化和历史的本体，这是一个本体相位不断向题材对象挪移、蝉变从而衍生世俗存在的时间性进程。具体地讲，分析为道体图腾（月亮）、祖先图腾（熊和檀树）、农耕意象以及捕捞意象四个层级和阶段，以此隐约朝鲜民族

---

① 王勇等：《中国世界图腾文化》，时事出版社 2007 年版，第 20 页。

② 曹础基：《庄子浅注·齐物论》，中华书局 1982 年版，第 22—23 页。

③ 陈鼓应译注：《庄子今注今译》，中华书局 1983 年版，第 53 页。王先谦"莫若以明者，言莫若即以本然之明照之"；唐君毅"去成心而使人我意通之道，庄子即名之曰：'以明'"；劳思光"庄子认为儒墨各囿于成见。而欲破除彼等之成见，则唯有以虚静之心观照"。

的文化历史进向。相对于南永前的 42 个图腾意象而言，大蒜是一个特殊意象，但它作为朝鲜民族创世神话中的一个使体圣物，它应该是一个原型，一个本体性意象，其根本命义就是散播和生长。就像一粒蒜胎的发芽，从《月亮》开始，南永前开始了图腾意象化的工作：使之散播并且生长。

潜出于蝙蝠之翅
从山那边从海那边姗姗而来
　　迷人的脸庞罩薄雾的玉纱
　　似依在肩头又飘离头顶
与微笑与亲昵
荡起树梢上隐约的心之摇篮

一切一切都失去了重量
山之影似棉团悄悄膨胀
海之波像线条捻得细长
　　石头以自身凸凹的肤色
　　大口大口吸着甜甜的乳香
与圆润与温柔
孵化想象的绿色翅膀

悄悄降落的是月之露
轻轻飘摇的是月之香烟
　　看不见的露，摸不着的烟
　　为幽谷里神圣的占卜与暗示
　　为人世间久远的预兆与启迪
与迷离与遮掩
筑起心灵匍匐的圣洁的殿堂

依附心之摇篮与翅膀与神殿之门
月儿缺了大圆，圆了又缺
　　圆是为了缺，缺是为了圆
　　盈盈缺缺是通向永生的山径

于是皎皎的月夜——
　　祈嗣的妇女羞涩地走到井台
　　饮一瓢映月的清亮亮的井水
于是茸茸的草坪——
　　盛开白衣淑女的百合花圆舞
　　"羌羌兮月来，羌羌兮月来"
　　走动的圆是从天上移下的月
　　飘动的人是天上瑶池的仙女
　　——丰饶之原理随之而涨潮
　　　母性之原理随之而旋转
　　　生命之原理随之而延续
虔诚的信仰与执著的祈求
辉映成天地间迷蒙的幻影

月场的百合开过亿万次花
映月的井水舀过亿万回
漫漫岁月经吮吸，漫漫岁月经品味
那绵亘的藤蔓还在悄悄滋长
　　滋长出一架架月之软梯
那生命之门无数浑浊的雨珠
正飘飘地滴落，滴落成飘飘

月啊月，永恒的月
弹奏心弦的神秘与朦胧

　　阐释之前我们先来看德里达的一段话："处女膜的混乱或婚媾消除了'最高痉挛'两极的空间异质性，即临死的大笑的那一刻。同样，它也消除了被模仿者、所指或事物的外在性或先在性，它的独立性。完成归于欲念；欲念（先于）满足，而欲念虽仍被模仿，依然又是欲念，'而不打破

狄钘：《图腾画·月亮》

那面镜子'。"① 这里涉及蝙蝠这个意象，一个将月亮引出或谓生出了月亮的特殊意象。德里达是为了消除"被模仿者、所指或事物的外在性或先在性"等的独立性，而把存在或世界的本源归于欲念，把存在或世界的建构归于满足欲念的行动。那么南永前的蝙蝠呢？"潜出于蝙蝠之翅／从山那边从海那边姗姗而来"，这显然是指月亮从山那边海那边姗姗而来：一个夜气萧森、夜色空明的时辰，从山下仰望，眼前有蝙蝠的影子飞来飞去从而隐约着月亮即将出来。直到走上山顶，从夜空之下、尘寰最高处望出去，才看到：月亮——"从山那边从海那边姗姗而来"！浩浩漫漫，宇宙空明，这是一幅多么辽远阔大、令人屏息凝神的画面啊！正是从这里，我们看出南永前的出手不凡：海阔天空、气象闲悠的空间观相之间隐约了从山下到山上，乃至站在山顶远望大海的时间进程，开篇两句就把一种令人神清气爽、尘劳顿消的宇宙情景写了出来，所谓本体审美！我们自然想起梅兰芳的《贵妃醉酒》："海岛冰轮初转腾！见玉兔，玉兔又早东升。那冰轮离海岛，乾坤分外明。皓月当空，恰便似嫦娥离月宫，奴似嫦娥离

---

① 〔法〕雅克·德里达：《文学行动》，赵兴国等译，中国社会科学出版社1998年版，第99页。

月宫，好一似嫦娥下九重。"与南永前的同工之妙是，在仰望、赏玩月亮海岛初升、夜空转腾的同一过程中，杨贵妃也走出宫殿，走到月亮朗照的乾坤之下——虽然是月亮升空、贵妃离宫，天人呈分离之象，但是玉兔仿佛与人亲："那冰轮离海岛，乾坤分外明，皓月当空"，紧接着就从人的感觉和感念上与天相应起来："恰便是嫦娥离月宫"！不仅是人与天应，而且是人与我同："奴似嫦娥离月宫，好一似嫦娥下九重！"海岛、冰轮、玉兔、嫦娥、月宫、乾坤、九重……这些意象没有堆砌，而是雍容有致地排列下来，融会为天与人相亲、人与天相近、天人感念从而万物生成的宇宙生生图！以此涌出：宇宙的亘古、历史的悠久、人生的短暂、世间的美好、存在的忧伤……令人销魂失魄！

当然南永前不是杨贵妃了！南永前的观点在本体而不在一个小女子，但是他同样以虔诚的赞美之情写到这位月亮姑娘的美丽和庄严："迷人的脸庞罩薄雾的玉纱"。可是，是谁——"似依在肩头又飘离头顶/与微笑与亲昵/荡起树梢上隐约的心之摇篮"呢？是月亮依在人的肩头又飘离人的头顶呢？还是月下有人，两两相拥，那月光之下、情人之边的蝙蝠时而依在肩头时而又飘离头顶呢？进而，又是谁与谁"与微笑与亲昵"并且"荡起树梢上隐约的心之摇篮"呢？依我看，"树梢上隐约的心之摇篮"当指喜鹊：情人拥抱爱悦，不仅吸引了月光下活跃的蝙蝠，而且惊动了树巢里安息的喜鹊，这是一个月亮播洒着宁静的光辉，山影朦胧，树影婆娑，但是生命却骚动不宁的夜晚，情人相拥相爱就有着别样的旨趣了！

德里达提醒了我们："完成归于欲念；欲念（先于）满足，而欲念虽仍被模仿，依然又是欲念，'而不打破那面镜子'。"那位月亮一般罩了薄雾似的玉纱的迷人的姑娘从山那边、海那边来到山顶、树间，悄然与情人相拥，"处女膜的混乱或婚媾消除了'最高痉挛'两极的空间异质性"，乃至惊动树上鸟鹊的美妙瞬间，真正的月亮消除了本体作为"被模仿者、所指、或事物的外在性或先在性"亦即"它的独立性"，把乾坤世界交托给尘间男女，走完"临死的大笑的那一刻"，它退隐了。德里达说完成归于欲念，而欲念又在被模仿，但是不打破那面镜子！我们不能说月亮披上云雾就是挑逗男女情欲，但是男女体认月亮的独立自在（外在性或先在性），将月亮的雍容和宁静模仿为生命的骚动和难耐，为自己的"最高痉挛"披上朦胧的玉纱，则是生命律动的写照。所有的情私都是以神圣的名义实现的。所有的男女都认为自己是世界上最圣洁的一双，从而以优雅的目光睥睨世俗的尘杂，但他们自己却一入红尘万丈烟芒，满足欲念成为他们生命和存在的最高法则！

现在，我们到了理喻蝙蝠这个意象的时候了。记得 2009 年执教少数民族作家作品研究这个全校公选课的时候，有一位毛方婷同学对我阐释蝙蝠这个意象提出质疑：

> 在诗的开头，就出现了蝙蝠这一事物。而您在讲课的过程中讲到蝙蝠把读者的视线引向了高远广阔的夜空。但是，蝙蝠在通常情况下飞得并不高，也给不了读者一种开阔的感觉。那么，蝙蝠在这首图腾诗中，是不是有着特殊的含义？如果有的话，那作者又想通过蝙蝠来表达什么？

毛同学的质疑说到了我的关心处，其实，我也是这么发问的。上网一查：元稹《长庆集》十五《景中秋》诗："帘断萤火入，窗明蝙蝠飞。"因"蝠"与"福"谐音，中国人擅意淫，就以蝠指代福，蝙蝠就成了世间祈求和希望的祥瑞之兆，所以年画或木雕隔扇中画五只蝙蝠，叫作《五福临门》。丝绸锦缎常以蝙蝠图形为花纹。婚嫁、寿诞等喜庆节俗中妇女的头戴和服饰以及日用器物也常用蝙蝠造型。看来是好东西。冯梦龙《笑府·蝙蝠骑墙》："凤凰寿，百鸟朝贺，惟蝙蝠不至。"据说是因为蝙蝠体认自己不是鸟类而是一种四足动物故也。后来麒麟过生日，百兽朝贺，蝙蝠又不到。这次说它有翅膀能飞，是鸟不是兽。这有点不像了。云南景颇族则认为蝙蝠是阴险狡猾的象征。相传上古时代太阳毒热，地上的动物焦烤不耐就纷纷诅咒。太阳很生气，一扭头就回宫去了。从此天下一片黑暗。于是动物们聚集在一起，商议捐些金银去请太阳出来。当鸟代表向蝙蝠筹款时，蝙蝠收起翅膀，说自己不属鸟类而是鼠类；当老鼠找它时，它又拍拍翅膀，说自己是鸟类，也不捐款。于是景颇人就称那些口是心非、随机应变，当面一套背后一套的人为"蝙蝠人"。① 这就更不像了！我们就此电话采访了南永前夫人王晓莉，她的回答印证了我们的理解——"蝙蝠在《月亮》中隐喻宇宙间生物之母的器官"。

我们用了这么大篇幅来求证一个意象是想表明：就如月光播洒、充满

---

① http://www.baike.com/wiki/蝙蝠。

乾坤一样，月亮这个意象在南永前图腾诗中绝非一般咏物诗的喻体或本体，而是道体，是本体审美的呈现，蝙蝠作为一个原型意象不仅秉承德里达所说的外在性和先在性，而且蕴含着从本体审美散播下来的现象指涉，其空间场域预设了走向时间和情境的观照视野和意义阈限，积淀了远古人类的生命体验和原始经验，形成主体移情、心理投射乃至涵化题材、熔铸品格的主体心理条件，划定了民族叙事的文化审美义域。我们认为，月亮意象衍伸出两个空间波：一是作为道体的月亮的播撒和充满——不是《月亮》一首诗，而是南永前全部图腾诗的宇宙场域，一种本体审美的喻指和辐射；二是可以描述的、汇聚了夜、海、月亮、山、树、鸟等自然景物的爱欲情境，一个生态的、生命的、人性的和民族的全息场景。唯其如此我们才能理解下面的诗段，进入叙事性阐释。有必要再次提醒：月亮与蝙蝠的"潜出"关系恰恰表明南永前的本体观念：是原欲创生了宇宙世界！这真有点老子"玄牝之门"的意味了。

与德里达不同，南永前的月亮没有退隐，虽然无为地照亮着，但她并不是凄惨地孤悬着；她没有在大道浑成之后悬停世外，成为最高存在也就等于不存在。她的照临使宇宙万物凸显着自己的存在："一切一切都失去了重量/山之影似棉团悄悄膨胀/海之波像线条捻得细长"，万物获得应有的质量，其空间场域在开拓，生命进程在抻长，重量、空间、时间都照顾到了，大似盘古开天地时的自性膨胀，情侣们就在这生命潜滋暗长的夜里酬偿了他们的生生爱欲："石头以自身凸凹的肤色/大口大口吸着甜甜的乳香"，在一种石头都活色生香的生命律动里感受着圆润和温柔，"孵化想象的绿色翅膀"！

"悄悄降落的是月之露/轻轻飘摇的是月之香烟"。美丽的月亮，仁慈的月亮，她并不像蝙蝠和喜鹊那样的参与和赏悦、见证和偷听，她更像一位母亲，悄悄降落月之露，轻轻摇落月之香，是为她的儿女遮上一层神圣的华裳和隐秘的诗意吗？大道与人不相远。月亮是宇宙本体，也是母亲原型，她播撒的雾露和香烟成为挥之不去、撩人心魄的优美和亲爱，成就着"幽谷里神圣的占卜与暗示"——千手千眼的观音可以送子送福，慈祥智慧的月老可以牵绳男女，南永前的月亮母亲更不是耶和华，忍心把自己的创造之物逐出世间；她在穿视着她的儿女那迷离和遮掩的骚动之刻，启迪他们"为人世间久远的预兆与启迪"，"筑起心灵匍匐的圣洁的殿堂"！于爱欲中播种灵魂的种子，从预兆里建构圣洁的殿堂，乃是久远之计。当

"悄悄降落的是月之露/轻轻飘摇的是月之香烟"成为时间的暗示,提醒夜色和爱欲的长度的时候,个体生命的有限性和暂时性就深切地触摸到本体的永恒和无限,人领承了宇宙大道:"依附心之摇篮与翅膀与神殿之门/月儿缺了大圆,圆了又缺。"这是生之本然!心意之摇篮是爱欲,灵魂的翅膀则永远朝向"神殿之门"。当下的欢爱与永恒之神圣循环着:"圆是为了缺,缺是为了圆"。生命有限之缺滋育了浩漫无边的存在之圆:"盈盈缺缺是通向永生的山径/于是皎皎的月夜——祈嗣的妇女羞涩地走到井台/饮一瓢映月的清亮亮的井水",这是对于大道的领承,对于种族和未来的祈愿,也是最高神性撒向人寰的生生之道:

> 于是茸茸的草坪——
> 　盛开白衣淑女的百合花圆舞
> 　"羌羌兮月来,羌羌兮月来"
> 　走动的圆是从天上移下的月
> 　飘动的人是天上瑶池的仙女
> 　——丰饶之原理随之而涨潮
> 　　母性之原理随之而旋转
> 　　生命之原理随之而延续
> 虔诚的信仰与执著的祈求
> 辉映成天地间迷蒙的幻影

　　一个部落的祈月仪式就这样开展为一个民族的月下狂欢!我们能还原这一场景:不再是高山和树下,他们来到茸茸草坪的地方;不是一对情侣幽谷密约和凸凹相契,而是全体白衣淑女"羌羌兮月来,羌羌兮月来"的百合花圆舞——鼓声,月色,瑶池的仙女,飘动的人影……大道在涨潮,生命在旋转,爱欲在延续。如果说大海边、高山上的情侣是朝鲜民族的第一对祖先,那位"羞涩地走到井台/饮一瓢映月的清亮亮的井水"的祈嗣的妇女就是朝鲜民族的第一代生民,她是作为一个母亲的形象婷婷袅袅地走出到此世间,完成了从本体审美向历史情境的时间性腾挪,接下来《月亮》阐释的第二版本将为我们揭示这个民族的祖先,是怎样从檀树下、洞穴中走来,走向今天和未来!
　　(三) 建构:从先祖传说到种族神话
　　我们完全可以设想,从海那边、从山那边蹀躞过来的不是一个姑娘,甚至不是一个生人，而是一只熊——这是可以的吗？我不由地想起海登·怀特（Hayden White）："过去本身是不能为我们所理解的：过去自身是无意义的无数事实、状态和事件，一种成功地拒绝历史学家'有意识理解'的无定形的混乱资料。因此，历史学家不得不将历史过去的'散文'翻译为历史作品的叙述性'诗歌'。"怀特认为，"四种带有修辞色彩的比喻——隐喻、转喻、提喻和反讽——能够实现这种翻译"。① 当然这是比较落后、有本体论或机械论之嫌的观点了，因为即使翻译，也总是有个翻译的规则或方式诸如隐喻、转喻、提喻和反讽先在于主体那里，而前提是一个本体的先在。然而最新潮的观点却是："过去绝不像一架投影机器：它不拥有历史学家必须描绘其运作的隐藏机制。过去也不像必须在投影或者翻译规则的帮助下投影到语言层次的一处风景。因为'历史风景'不是被给予历史学家的，历史学家必须建构它。"② 这真是没有办法的事。可是，我们还是抑制不住要问：南永前写诗之时在脑际出现的，在月光下、山顶上、树影里又微笑、又亲昵的，也就是从海那边、从山那边珊珊而来的那个——究竟是什么？怀特或新潮都是在说历史而不是谈诗，可是义理一也。如果真如他们说的"叙事也不是一处历史风景或者某个历史机器的投影，过去只是形成于叙事中"，③ 那就不是南永前在创作，而是我在瞎编！问题还在于，南永前所描写的海也好山也罢，这里发生的故事也罢爱欲也好，它总是遵循一个具有历史价值的、实在原本的东西，那么这个东西是什么？可以肯定的是：这里的故事发生在月光下、大海边、山顶上，喻指男欢女爱幽会蜜约。南永前夫人王晓莉认证了这一点："男女欢爱，是诗人喻物的创作手段样式，因诗歌创作的文字局限，人，对男女欢交是渴望的、敏感的，《月亮》中的隐喻是强化生物生命从自然至必然。坦露出诗人对生命的崇拜。"在南永前的喻指与我的"瞎编"之间，它总应该有一个公约数，两者应该是契合的。否则，我们还阐释什么？看来，我们不能不逆着怀特和新潮的思路，认定两点：（1）总是有一个东西先在着，这是南永前所依据的，也是我们竭力要找到的，它可能不是一物，但肯定是一事而且是大事。如果只是男欢女爱，即使设置了《湘夫

---

① ［荷兰］F. R. 克安施密特：《叙述逻辑——历史学家语言的语义分析》，田平原译，大象出版社、北京出版社 2012 年版，第 85 页。

② 同上书，第 88 页。

③ 同上。

人》那般荪壁椒堂、桂栋药墙，① 那也只是一次性爱而已。（2）南永前在表述此一大事时显然采用了"四种带有修辞色彩的比喻——隐喻、转喻、提喻和反讽"中之几种：隐喻？转喻？抑或提喻？没有反讽。就提喻而言，南永前所写的男女幽会、天地悠久的生命创造之期与《熊》所经历的洞穴修炼有着不止部分的相似，我们可以说两者存在原型的同一性。（3）我说从海那边、从山那边踒蹙过来的不是一个姑娘，甚至不是一个生人，而是一只熊——不是猜想，而是有互文依据的，但重要的还是如"新潮"所论：某种"历史风景不是被给予历史学家的，历史学家必须建构它"。亦即在我们体认《月亮》是以男女幽会蜜约来隐喻民族发祥、始祖诞育的历史事件之后，必须将这一事件建构出来。而我们可援用的建构方式包括怀特提出的转喻和提喻，亦即性爱与修炼在原型上是统一的，但是还需要对象关系、事象关系以及指代关系的确实存在，下面我们主要做这项工作。

　　1. 对象关系。《月亮》写情人野合，但是把主体置换为熊而不是人，那么就缺了一位：当年同在洞穴修炼的是两位，但是虎放弃了，出离了，就只留下熊一位。熊在洞中修炼百日缺乏最简单的对象配置，莫非熊是一个人完成修炼的？狄钤图腾画《熊》之一启示了我们：与熊使体洁圣的还有 20 头大蒜——这是天神桓雄直接启谕于熊的最高典范！大蒜代表神启，是进入熊的生命的自在之物，用德里达的话讲就是具有"独立性"的"被模仿者、所指、或事物的外在性或先在性"，亦即桓雄是以大蒜的形式与熊共在，为了不打破"那面镜子"！唯其如此，熊的修炼才不是盲修瞎炼，而是一种与神俱在、与神俱化、领承神意的脱胎换骨。在这里，熊与虎发生了深刻分别：熊的修炼一如当年亚当的领承父灵，虎则被蛇诱引出局了！但是与神俱在的对象同一性导致桓雄与熊女神人婚配，这是一种带有乱伦意味的两性结合，从这里才找到熊踒蹙而来、幽谷私会所领承的"占卜和暗示"的秘义：熊完成了使体洁圣式的生命蜕变，开始了亚当与夏娃的世俗合作，德里达比作处女膜的混乱及其两极空间异质性，合称为最高痉挛。

　　2. 事象关系。桓雄以大蒜的形式与熊结合的场所在洞穴，正是"蝙

---

　　① 参见黄寿祺、梅桐生《楚辞全译·湘夫人》，贵州人民出版社 1984 年版，屈原《湘夫人》写湘君与湘夫人幽会，女主人公张致了高雅华美的卧房。

蝠之翅"这个意象透露了消息。岩洞里有蝙蝠是一个常识，但是由里向
外望出去，从洞口透入的微茫的光亮中能看到那些飞来飞去、窜上窜下的
蝙蝠，它们"似依在肩头又飘离头顶"的观相反映了熊于洞内的焦虑和
等待、孤独和希望。它看到蝙蝠飞蹿的姿影，它同时看到月亮从蝙蝠之翅
袅袅升起的美景——这是桓雄降临的吉时，也是洞中苦修成人的良辰。桓
雄终于到来的那一刻，是树巢里的喜鹊最早发现的：喜鹊振翅飞入夜空，
因为他们的微笑，因为他们的亲昵。

狄钘：《图腾画·熊之二》

一切一切都失去了重量
山之影似棉团悄悄膨胀
海之波像线条捻得细长
　　石头以自身凸凹的肤色
　　大口大口吸着甜甜的乳香
与圆润与温柔
孵化想象的绿色翅膀

　　首先是事象关系。使体洁圣的过程在天主教的操作中是以晚餐饮酒食饼的形式完成的，其空间观相是一场盛筵。但是耶稣被作为饼酒食尽饮下的仪式又与熊吞吃大蒜的模式相似；熊虽然不像《最后的晚餐》里那些圣徒们各怀鬼胎心神不宁，但是"闭锁于寂寥之树穴"的悠久岁月，足以使它无数次回忆那"葛藤缠绕浑沌之莽林"和"水草森森蛮荒之黑沼"，足以使它缅怀那"尝尽野艾之苦涩辛酸/咀嚼山椒之断肠裂肝"。此时此刻，不仅生命就要发生变化，德里达说这是"临死的大笑的那一刻"！世间万物都将在这一刻发生深刻改变："一切一切都失去了重量/山之影似棉团悄悄膨胀/海之波像线条捻得细长"——世间万物变得轻飘了，存在之物的空间观相膨胀了，存在情境的时间体验绵长了。在这万物荣显之时，熊与桓雄——在场的对象出离神性规定、共同进入万象涵泳的生命初创之中："石头以自身凸凹的肤色/大口大口吸着甜甜的乳香/与圆润与温柔/孵化想象的绿色翅膀。"这里不仅描述一场性爱，而且贯注着神话思维。叶舒宪讲："神话思维的最大特征是不承认抽象理性思维的所谓'逻辑排中律'。按照逻辑排中律的法则：一个事物不能同时又是另一事物。用公式来表达：A 不可能是非 A，不可能是 B。甲不可能是非甲，不可能是乙。可是尊奉万物有灵的神话思维却与此相反：它特别注重事物之间的相互变化和转换。按照神话的逻辑：A 不仅可以是 B，还可以是 C或 D。人可能是野兽、禽鸟、昆虫，甚至是树木、石头、星星。"[1] 亦即心物人天是同一的，都按照同一性模式生长或消亡着。此种同一不仅发生在生命事象的外在，而且发生于情境体验之内在。充分感受着生命的骚动和喜悦，初尝了人间世的欣悦和温柔，这是使体洁圣的第一个关目。

　　"使体洁圣"。才是真正的第二个关目——伴随着神熊体征的相融，赋灵关目成为由熊变人的关键：

悄悄降落的是月之露
轻轻飘摇的是月之香烟
　看不见的露，摸不着的烟
　为幽谷里神圣的占卜与暗示

---

　　① 叶舒宪：《熊图腾——中华祖先神话探源》，上海文艺出版总社、上海锦绣文章出版社2007 年版，第 101 页。

为人世间久远的预兆与启迪

与迷离与遮掩

筑起心灵匍匐的圣洁的殿堂

雾露和香烟是神性灌注的形态，犹如耶稣配发给门徒的酒饼，但已不再是大蒜，而是醍醐，本质是一种赋灵；事象和动作还处于迷离遮掩的"初级阶段"。在"心灵匍匐的殿堂"——女性身体的场域内，只有爱欲，只有生殖，只有人的诞育和生长。神启和圣化的"高级阶段"是精神，是大道之式，其指向是"神殿之门"：

依附心之摇篮与翅膀与神殿之门

月儿缺了大圆，圆了又缺

圆是为了缺，缺是为了圆

盈盈缺缺是通向永生的山径

这使我们想起《红楼梦》里警幻仙子诚谕宝玉的一段话："淫虽一理，意则有别。如世之好淫者，不过悦容貌，喜歌舞，调笑无厌，云雨无时，恨不能尽天下之美女尽我片时之趣兴，此皆皮肉滥淫之蠢物耳。如尔则天份中生成一段痴情，吾辈推之为'意淫'。'意淫'二字，惟心会而不可口传，可神通而不可语达。汝今独得此二字，在闺阁中，固可为良友，然于世道中未免迂阔怪诡，百口嘲谤，万目睚眦。今既遇令祖宁荣二公剖腹深嘱，吾不忍君独为我闺阁增光，见弃于世道，是以特引前来，醉以灵酒，沁以仙茗，警以妙曲，再将吾妹一人，乳名兼美字可卿者，许配于汝。今夕良时，即可成姻。不过令汝领略此仙闺幻境之风光尚如此，何况尘境之情景哉？而今后万万解释，改悟前情，留意于孔孟之间，委身于经济之道。"《月亮》没有费这么多口舌，但同样警人。不同的是：《红楼梦》是要将已入圣境的宝玉劝回到功名利禄的世俗场中，南永前则要把已入俗境的熊女引回"神殿之门"，使其明白大道之式：男女欢爱，一时趣兴，美悦之至，无与伦比。但，个体的生命是有限的，就如天上的月亮总会缺失一样。生命和存在的终极取向在于"月儿缺了又圆，圆了又缺/圆是为了缺，缺是为了圆"。道理是：个体的缺失滋育着、增补着、映现着整体的圆满，本体的存在终将回落为人类生存的现实，"盈盈缺缺是通向永生的山径"，这正是幽谷里神圣的占卜与暗示。

祈嗣、圆舞、狂欢。第三个关目是走向大野，走回种族，走向一个民族的生息和繁衍。这就是井台妇女祈嗣、白衣淑女圆舞、乃至世世代代妇女的月场狂欢。这里有三个空间波：第一个是"祈嗣的妇女羞涩地走到井台/饮一瓢映月的清亮亮的井水"，这是在皎皎月夜；第二个是"盛开白衣淑女的百合花圆舞/'羌羌兮月来，羌羌兮月来'/走动的圆是从天上移下的月/飘动的人是天上瑶池的仙女"，这是在茸茸草坪；第三是"月场的百合开过亿万次花/映月的井水舀过亿万回/漫漫岁月经吮吸，漫漫岁月经品味/那绵亘的藤蔓还在悄悄滋长/滋长出一架架月之软梯"，这是整个种族的栖息、全部民族文化历史的时空。熊女从洞穴走出，走向洞外，走向世间，走入历史——圣体圣事的本体性场域呈示为种族历史文化的时间经验：这是一个空间波向情境性不断叠加散播的进程，一个神性对象向宇宙万物滋生成长的过程："丰饶之原理随之而涨潮/母性之原理随之而旋转/生命之原理随之而延续"。而当"虔诚的信仰与执著的祈求/辉映成天地间迷蒙的幻影"之时，始祖母的苦难和坚贞涌溢飘落为生命之门那"无数浑浊的雨珠/正飘飘地滴落，滴落成飘飘"呢！

二十　南永前图腾叙事的仪式化

（一）祖灵化：创生仪式和献祭仪式

1. 创生仪式

仪式是一种提喻，本质是一种指代。《月亮》是南永前图腾诗的一个开篇，它自成一体，但是它包含了太多的叙事母题：（1）呈示了月亮作为最高本体的空间散播过程；（2）呈示了熊于洞穴修炼成人的过程；（3）呈示了熊女与桓雄幽会成为始祖母的过程；（4）呈示了朝鲜民族祈嗣、拜月、狂欢的文化历程。这里，本体月亮永远在场而寂照；熊于洞穴修炼的关目分别是野合、赋灵、繁衍。野合带有乱伦性质，但是修炼者使体洁圣的必修科目，它完成了由熊变人的第一步；赋灵是个体走向种族的关键，熊女领承种族使命而成为始祖母；繁衍分为祈嗣、拜月、狂欢三个空间波，呈示了朝鲜民族的发祥和发展。可以说，《月亮》提摄了南永前全部图腾诗的意向结构和语义进程，成为经典提喻。情形是这样：母题（1）隐括了月亮系列大多篇目的本体性场域和神意化取向，诸如《鹤》、《土》、《水》、《白马》、《白天鹅》、《云》、《风》、《雷》、《雨》、《白

狄钐：《**图腾画·檀树**》

鸽》。母题（2）演绎了祖先创世的神话——由熊变人：《熊》、《檀树》、《太阳》、《雄狮》、《蝴蝶》、《龙》、《凤》。母题（3）则是民族精神和种族品格的表述，指涉农耕系列的大多篇目：《鹿》、《虎》、《黄牛》、《羊》、《鹰》、《布谷》、《雄鸡》、《乌鸦》、《喜鹊》、《犬》、《豚》、《白兔》、《燕子》、《竹》。母题（4）是民族历史和文化的象征性叙述：《龟》、《鲸》、《蛙》、《星》、《山》、《火》、《海》、《珊瑚》、《蟾蜍》、《石》。显然，《月亮》与诸图腾意象的义域指涉关系不能是一种简单配置，每个图腾意象都有互文提喻或歧义阐释的可能，但是揭示出此一配置关系还是重要的，我们正是通过此种配置关系看到南永前本体喻指性的散播方式：提喻。亦即南永前是按照本体性、祖灵化、品格化和生活化四个路径，把最高图腾月亮的空间喻指性散播出去的，这四个路径的修辞学本质就是提喻，就是以部分或特征指代全部或整体。下面分述之。

本体性指代。"本体性"（1）是指宇宙的来源或根源，相当于老子的道，具有创化天地万物的能力，其本质是神性的。（2）存在的实相和精神，相当于佛家的法身和西方的实体，是超越一切现象存在的创造性和意向性能力。（3）事物存在的方式和样相。就南永前图腾诗言，还应加上

（4）自然生态的诗意和神性，这也是少数民族文化哲学的一个本体论义项。《鹤》比较典型："扶摇于神檀树梢/连接海之上天之下神秘之王国"，正是本体审美场域在海天之际的连接物，一个哲学中介。它承自宇宙本体又衍射现象世界，是"道生一，一生二，二生三，三生万物"之式中"一"的相位，是荣格的原型意象。唯其如此，鹤才以白衣魂之精神气质构拟万有世界："取白衣魂之洁白翎羽为衣/取白衣魂之娴熟飞翔为舞/取白衣魂之一对硬翅为筋骨/取白衣魂之亮眸为日为月"。鹤与天地日月形神相拟，与大化流行精神合一："天地间游荡着白衣魂/游荡着白衣魂之聚集与飞散/游荡着白衣魂之归去与归来"，是一个"游无朕"的神秘王国，具有起始和本源的神性义含。《土》是生命世界存在的根基和实相。"土可松可硬/有形也无形/土以自身无边无际之躯/以石为骨/以水为血脉/于冥冥的天宇下/垒起丘岭与山脉/营造湖泊与大海/孕育生灵/孕育万物/孕育一切人间之梦/孕育一切绿色家园。"既传达了孕育山川大地之灵性、浑然与天地神灵同一的本体精神，也表述了土与石、水、山丘、大海相辅相成的生命创化关系。《水》言说本体的无所不在无所不是，所谓充满遍在。《白马》是本体性向主体的迁移，"逐昼之混沌/赶夜之黑翼/蹄印所至处为白色之苏醒/为日之光/为月之明"，所谓大化流行生生不已。《白天鹅》不仅是朝鲜民族，也是整体人类存在的一个实相或本然："携带家眷/携带部落/携带平生不安之命运/迁徙/迁徙/迁徙"。《云》、《风》、《雷》、《雨》四篇既作为一种宇宙背景传达着本体的神意和威灵，同时强调了自然生态的庄严和神圣。《白鸽》是与《鹤》、《白马》观照和呼应的篇子但是追加了苦难和重生的意蕴，是本体莅临尘寰的最后的落脚，一如杜甫的观感："峥嵘赤云西，日脚下平地。"始源性、创造性、遍在自有、生生不息、苦难重生，构成南永前图腾诗本体意向的基本义含。

　　祖灵化指代。本体性指代固然与其他提喻方式一样，都本质上是一种比喻，一种象征，都是以图腾意象来承载、表现、强调甚至构拟一种本体范畴的精神或气象，创设一种本体性场域，显示了诗人不凡的观相概括和本体审美的能力。如果我们抽掉此种承载、表现、强调、构拟等项隐喻方式，抽掉各个图腾意象之间的互文、指涉、增补、拓扑诸关系的转喻方式，提喻也就不复存在。换言之，隐喻的叙述学本质是承载、表现、强调、构拟对象的象征性，转喻的叙述学本质是互文、指涉、增补、拓扑等叙述关系的构建，那么提喻就是隐喻与转喻的综合运用；提喻是以隐喻和转喻为根基的。海登·怀特的观点值得我们参究："隐喻可以形成一种可以说是'象征性的'部分（在叙事中提及的东西）与整体（历史过去本身）的关系。"在我看来，此种象征性关系是被承载、表现、强调、构拟而显现的。"在转喻中"，怀特又说："我们根据在某种意义上外在于历史自身的标准来安排过去的现象：一种科学的或者理论的对待过去的方法（理论是精神事物，不在过去本身之中），明显地包含了对过去的转喻式的分析。"① 也就是说，转喻的方式运用于历史自身的标准之外，虽然是"一种科学的或理论的对待过去的方法"，但是怀特同时指明："理论是精神事物，不在过去本身之中"，亦即这种方法无非是互文、指涉、增补、拓扑等叙述关系的构建，它将历史自身转移到外在的或理论的意向性关系之中来表现。而提喻既强调了部分与整体的象征性关系，也包含了在历史自身之外的关系构拟中实现象征或影射，研究南永前图腾诗的本体性喻指将支持这种观点，我们将从更概括、更抽象的意义上找到提喻这一方式，而这涉及诗歌作品如何叙事的根本性命题，不是一个技术性问题，留待后面论述。

与本体性指代不同，祖灵化指代所涉及的母题（2）演绎祖先创世的神话——由熊变人系列图腾意象，诸如《熊》、《檀树》、《太阳》、《雄狮》、《蝴蝶》、《龙》、《凤》等篇，其承自本体性喻指的下一层级的意象散播，更多体现了仪式化和情境化取向，这是南永前图腾叙事的重要方式之一。祖灵化提喻则是将历史自身不仅置于部分与整体的象征关系中，不仅置于外部建构的叙述关系中，而且安排为动作、过程、氛围及想象，调动原始经验和心理能量，实现对于历史自身的构拟性还原以及拓扑性完成。《熊》是与《檀树》互文的叙事性篇章，是神熊野合、幽谷占卜和繁衍种族三个节奏的仪式化。卢克思认为，"仪式是受规则支配的象征性活动，它使参加者注意他们认为有特殊意义的思想和情感对象"。② 我认为，仪式的事象层面的确如卢克思所说的是一个遵循特定程序、操演特殊语言、旨在表达和强调的可以重复的一套动作的过程。但从心理层面看，就别有旨趣了。（1）仪式都有一个内在结构，每一个关目都是一个母题或

---

① ［荷兰］F. R. 克安施密特：《叙述逻辑——历史学家语言的语义分析》，田平原译，大象出版社、北京出版社2012年版，第85页。

② ［美］保罗康纳顿：《社会如何记忆》，纳日碧力戈译，上海人民出版社2000年版，第49页。

狄钘：《图腾画·檀树》

命题；（2）仪式都有一套操演话语（a performative utterance）；（3）仪式
程序显然是一些被凸显进去或强调出来的心理释放单位，前者指涉原始经
验，后者指涉心理能量；（4）仪式都是以一些具体目标和一个超越对象
（甚至是超验对象）的存在为前提，都是依据什么或为了什么而进行的；
（5）仪式带有狂欢性质。《熊》和《檀树》所呈示的内在结构可以表述
为神熊野合、幽谷占卜和繁衍种族三个关目，作为一种集体象征性文本
（collective symbolic texts），这两篇诗章可以理解为纪念熊祖母或敬祀神檀
树的操演话语。两篇有所不同：《熊》侧重熊在洞中修炼时的艰苦卓绝以
及成人之后的祖灵位格，诗人以空间波的叠加和播散来衍射时间流从而呈
示此种艰苦卓绝。"拖曳庞大山峦之身影/蹀躞/蹀躞/蹀躞"，这是第一空
间波，一个本体性场域，它将熊放置于天地迥旷、重峦迭嶂的背景之下，
是一个遥远俯瞰的视域。蹀躞二字以形容熊的笨拙迟缓、稚蠢可爱，可以
说是非常生动准确的。《檀树》的渲染还浓一些：苍天、大地、飓风、北
极星、地母之肚脐、日月与鸟雀……诸如此类本体性意象生成一架软梯，
"将日月穿起于长长之枝条/为灵魂雀筑起硕大之巢穴"。这是宇宙背景和
性爱情境的创设。

第二个空间波从本体观相进入洞穴情境："蹀躞于葛藤缠绕浑沌之莽林/蹀躞于水草森森蛮荒之黑沼"，然后镜头拉近，进入洞穴："悠悠岁月经蹀躞/闭锁于寂寥之树穴"——保罗康纳顿说操演话语并"不为某种行为提供描述"，他说，"发表操演话语本身构成了某种行为，超越了显然是必要的发有意义之声的行为；而这种行为，例如允诺或事实，只有在说出某些规定词语的时候，才能完成。"① 也不尽然。《熊》和《檀树》两篇作为纪念或敬祀仪式的赞词，或者作为规导仪式的文案，它都是可以的，都对仪式动作进行了描述诸如：尝尽野艾、咀嚼山椒、星夜望月、呕心沥血……既是赞颂也是描述，可以想象，巫师在高声唱诵的同时，部落成员也踩着这些祝赞的节奏操演，话语与动作是相互应和的。从天地之间到洞穴之中，两个空间波隐喻了神熊野合的关目，《檀树》是这样描述的："集一切一切之灵性集一切一切之精血/集一切一切不伸不屈不毁不灭之坚韧/幻化为潇洒英俊之雄神/与熊女结下开天辟地之姻缘"。这表明，神熊野合并不是部落成员之间的性爱或偷情，而是宇宙事件，一个种族的发祥，一个民族的创诞。

第三个空间波幽谷占卜或谓赋灵仪式，是种族发祥和民族创诞意向的延伸和散播。狄钮的画启迪了我们：熊女的胸乳、阴部、臀脊与檀树、山海、日月融为一体，而且衍化为鸳鸯，显示种族化育和民族创诞的完成。这是一种吞噬性质的生命样相对于存在元素的集纳。占卜带有预测和期望的性质，是从人的角度对于赋灵或神启的领承和理解。天神桓雄与熊女野合从伦理仪规讲是乱伦，从心理能量和原始经验的传感和释放看则是一种赋灵，中国神话中有多个版本诸如雷泽华胥、玄鸟生商、履帝武敏等，都是以性的方式领承神性，不仅接受神启直接化育种族，而且感应心理能量、传承原始经验，衍生出一种民族繁衍壮大的母题和神话。神启或赋灵都不是美妙甜蜜的，相反是惊心动魄，脱胎换骨，浴火重生，生命再造。《熊》饮血泣泪地宣明乱伦与赋灵重叠的庄严性质："如日月之昭昭/映天地之朗朗"，但它毕竟是一种神人、灵肉、物我、身心的同化："滚热之血液与胆汗为乳/敦厚之性情与宽容为风采/坚韧之意志与毅力为筋骨/爪作铮铮之山斧与箭簇。"《檀树》则无限拓展时空，渲染赋灵的悲壮和豪

① ［美］保罗康纳顿：《社会如何记忆》，纳日碧力戈译，上海人民出版社2000年版，第66页。

迈：“吸尽天之云吸尽地之水/吸尽北半球之九层尘埃 扶摇/扶摇扶摇/一片叶子为一片宽宽之地域/一根枝条为一寮旷旷之空间/无际无涯之沉沉绿荫/唤起回天之力唤起葳蕤之魂/将渴望推向生之永恒”！亦即熊女必须将自己的全部生命气质与此世间的苦难、悲剧、杀戮融合，承担牺牲坚定不移，“不哀叹/不祈求/化无路为路/化死路为通途”（《熊》），乃可成就民族始祖母的位格和神性！

第四个空间波是种族繁衍乃至民族的文化历史生存。视野打开，走向世界，走向未来。《熊》的表述：“弹涛涛百川为鸣弦/倚茫茫白山为床榻/邀天神下天庭合欢于檀树下/育儿女于莽林于荒原于海滩/或狩猎或捕鱼或耕织/或歌或舞或嬉戏。”《檀树》这样描述：“沉默的不再沉默/无人之地炊烟袅袅/无人之川歌声婉转/繁衍狩猎之战神/养育织布之娇女/以博大之气魄掀开冰魔之头盖骨/筑起人间融融之乐园”。我们注意到，《熊》和《檀树》的第四个空间波都是回环到第二个或第三个空间波之前，犹如大浪轰崖、巨澜喧天那样的回环之势，使宇宙背景、洞穴情境、野合赋灵、繁衍种族这样一个时间流回折为混沌的块状或酱状，当然大致的意脉和流向还是清楚的。我以为，这正是朝鲜初民巫术仪式的原始经验在南永前深层心理的映现，也正是这种种族记忆的映现及其内在结构的颠覆，使一个创生仪式的三个事象——野合、赋灵、繁衍，衍化为祈嗣、祈月、狂欢三个大文化样相，从而实现朝鲜民族文化历史的整体性指代。

2. 献祭仪式：祖灵化指涉图腾制度

《鹿》是献祭仪式的一个脚本。我们把《鹿》认定为是一个献祭仪式的脚本而不是一般咏物诗，丝毫不意味着要取消其文学审美价值，更不是一种概念的套用或标签的贴加，而是因为文本提示了一套相对完整的、格尔茨意义上的“深层游戏结构”，一套图腾亲属关系及文化社会行为的意义模式；格尔茨是通过深描的、文本洞透的方式来提示这一结构的。作为献祭仪式的蓝本，《鹿》有几个关键词：亲属体认，宇宙背景，灵魂安慰，种族使命，献祭事象。（1）格尔茨认为，亲属体认既与原始思维有关，即将自然物种之间的相似性在借喻的方式上联结起来，并以此结构部落或种族的内部秩序，同时与社会生活的文本化有关，亦即种族或部落是以一个传承或习得的文化模式及其文本结构来规约个体的行为和心理

狄钘:《图腾画·鹿》

的。① 思维和行为都在潜意识层面运行，族属或部落成员就可以相互认同，建构起亲属关系。这一关系的散播赋予空间波以确定的文化历史义含，存在和世界开始呈现清晰的意义界域和伦理规定。亲属是可以互相转让利益和代偿亲情的，包括生命、爱甚至伦理。桓雄与熊女之所以发生乱伦性质的野合行为，正是因为桓雄是以父或神的名义进入熊的身体转而以灵的方式与熊女性爱，因而贯通宇宙万物，乃至消除物种界属。《鹿》开篇就是此种亲属关系的体认："来往于烟雾缭绕神秘天庭/奔窜于郁郁苍苍的人间莽林/绿海里为摇曳的红珊瑚/白涛里为红硕的人参果"。天庭、莽林、红珊瑚、人参果……这是天地山海四维的深彻和照应，而且是可以相互转化和替代的生命相位。只有这样的意义上，献祭才能够被部落成员个体所接受。（2）献祭的直接目标毕竟不是芸芸众生或某个成员，虽然名义上或心理上是这样定义的，具体对象是神、天或最高存在，所以任何献祭都是设置在一个宇宙背景之下或本体视野之中：献祭前是"天庭与莽林间/绿海与白涛里"，隐约鹿奔来献祭时的紧迫节奏和直达距离；献

---

① 参见克利福德·格尔茨《文化的解释》，韩莉译，译林出版社1999年版，第528页。

祭后则是"鹿蹄声得得/敲响沉睡之心弦/叩亮白头之满天星/满 天 星"，
宏大的空间波逐渐地流注于时间流，从白天到夜尽，从有限到无限；献祭
之中就要庄严冷峻得多：巫术思维下的鹿的精魂"与大鹏这翎翼与檀树
这青枝/翩翩扶摇于殿堂"，这是世界的中心、威仪之丛中、生命之最高。
宇宙背景隐喻神的在场，因而个体之牺牲就与最高神性融会而同一，不仅
为了天佛众生，而且是为了一己生命的提升。耶稣就是这么走上十字架
的，塔利班也就是这么把自己驱迫为人肉炸弹的。（3）灵魂安慰是重要
的，通常要变成一篇祝赞或悼词："或为温柔之天使惨惨而劬劳/为传呈
虔诚之祈求/为寻觅丰饶之嫩绿/或为角逐之战神猎猎而奔腾/为驱逐邪瘴
之恶煞/为建垒幽静之乐居"——天、人、大地、种族、生命、家园……
总而言之鹿的献祭是一件承荷天地众生和种族存亡的大事，是荣耀和成功
之必由，是天上地下唯一之乐事，但是，从语调或词气感觉，还是有一种
安慰和怜悯的意味在，而且深刻、悲戚！（4）但种族使命是根本和要义，
（5）它就是献祭仪式本身："驱逐邪瘴"、"建垒乐居"。鹿的献祭不仅是
个体与天神和邪恶的角逐，尤其是整个种族生存的正义之战、必死之争，
是一幕庄严与残酷、高尚与痛苦交融的宗教惨剧：

　　　红珊瑚与人参果［鹿被割断颈脖时喷涌的血雾和洒落地下的血
珠］

　　　陨落为托出灵性之绿魂［鹿颈冒出的血气飘向近处的森林，惊
飞晨雾里尚在安睡的小鸟］

　　　再生为树起震撼群山之威严［血气逝向远方，群山悲默，天地
庄严］

　　　　化生命结晶为斋粉［鹿的身体已被切割成、捣磨为斋粉］

　　　　割身躯精血作滋润［鹿的血肉已被溶化为他人的滋养］

　　于是鹿蹄漫舞于庄严之神龛［鹿的灵魂升腾于天神之前］

　　　　鹿角巍峨于护身之腰带［鹿的子遗成为将军之佩饰］

　　　鹿鸣呦呦于祝庆之长鼓［鹿的哀鸣和嘶叫混合于种族之狂
欢］

　　　与大鹏之翎与檀树之青枝［鹿的献祭与神檀树之创化种族的相
位等值］

　　　森森凛然于王冠［鹿的圣体圣事归荣于王者］

翩翩扶摇于殿堂［鹿的使体洁圣达誉于天神］

鹿牺牲了，牺牲之后是万籁俱静，多少有点悲戚莫名："鹿蹄声得得/敲响沉睡之心弦/叩亮白头之满天星/满 天 星"——我们听到了吗？听到了，但不在耳边，而是在心底和脑际，鹿已化作万水千山森林大海，化作黎明天际那悲怆而圣洁的"满 天 星"！于此，本体审美的庄严化为个体品格的壮美。

图腾制度是列维－斯特劳斯澳洲考察土著社会组织模式的一个概括，它是将自然和文化两个序列以图腾亲属关系熔接起来的一个制度概念。他总结了三种熔接方式：一是将性模态与社会模态以相应或相似组接起来；二是通过身体磨炼与自然范畴融为一体；三是体认动物与初生婴儿的灵魂关系从而将两者组接起来。列维－斯特劳斯认为，"图腾制度首先就是属于同类现象的语义场发生扭曲所造成的结果"。[①]《鹿》显然是个人创作，但是它隐约了朝鲜初民图腾制度的消息，这就是个体的牺牲被置于献祭的本体义域时那种悲惨与庄严的同一。咀嚼和回味这些消息，南永前的心情是悲怆的，但我们不能止步于悲怆，而要谋求更为深凿的义域拓展。我们在提取出神熊野合、幽谷占卜和繁衍种族三个神话母题的时候进一步发现，就像一个套娃结构，亲属体认，宇宙背景，灵魂安慰，种族使命，献祭事象五个义项其实是从上述三个神话母题的节奏里深凿出来的。作为内在客体的某种"感觉、立义、执态"，[②] 它既是献祭仪式的内化节奏，又是救赎心理的外化过程，就此而言，仪式与心理是同构的。因此我们认定心理模式同时也是行为模式，它呈现着时间的弯度，隐约着深刻的空间喻指性：至少，朝鲜民族的祖先就是通过献祭仪式，就个体而言是牺牲生命的方式来成就本体的荣显，救赎种族和民族的文化历史生存的。今天，这一模式在日本人的剖腹壮举、世界各地的自杀情结中都有体现，但，《鹿》是祖先图腾而不是一般种族品格，它"把一套复杂的意义层次揭示出来，因为正是以这套意义结构为依据，文化象征符号或象征行动才得以

---

① ［法］列维－斯特劳斯：《图腾制度》，渠东译，梅非校，上海人民出版社2007年版，第25页。

② ［德］胡塞尔：《内时间意识现象学》，倪梁康译，商务印书馆2009年版，第106页。

产生，得以被知觉并得到解释"。① 作为本体审美向主体情境衍生进程中的一个相位，这一套复杂的意义"执态"与祖灵同格，下级图腾是不可替代的。事实上，《鹿》只涌现了悲剧的立义和感觉，同一位格的《虎》、《雄狮》、《龙》、《凤》亦别有立义，亦更清晰地表述了朝鲜初祖坚强理性、豪迈雄博的祖灵气象，更强烈地表现了腾跃苍穹、栖身盛世的鸿兽大业，但是就叙事而言，这些篇目从格尔茨"深层游戏"的取向上低落下来，仪式逐渐变成场景，图腾意象衍入品格语象，此不详述。

（二）悲剧性：替罪羊指涉原罪观念和种族品格

一种仪式必然有具体目标和超验对象，结局是种族狂欢，这是模式的表层语义——个体牺牲救赎了一个种族或成就了某件大事，这都是值得庆祝的。但是仅以锦表个体品格的高尚不能解释集体犯罪的心理阴影和牺牲弱小的道德缺失，这种心理一如原始人杀死一头动物，而这头动物又恰是部落的图腾时那种语义扭曲和阐释困难。这就需要将此种犯罪感和道德感转移、涵化、最后是迁罪于某一个体，一个不幸的家伙但更可能是一个傻小子。通常是这样，以部落或祖望的名义，通过神启颁布罪责：大伙都是有罪的，但不幸者或傻小子持有原罪！"这绝不是一个只有虚构的危险的问题，而是有着真正的危险性的，整个生活的命运就依靠在它的上面。其中最大的危险就是屈服于原型那具有诱惑力的影响之下，这种情况在原型形象没有被意识到的时候是最容易发生的。如果预先就有精神病的倾向存在，那么甚至会发生原型形象——由于其自然的神秘性质而被赋予了某种自主性——整个儿脱离意识的管辖而变得完全独立，从而产生出控制力的现象。"② 荣格不是谈替罪羊问题，但替罪羊涉及原型转换问题。荣格是说，指认一件事的意义时，深层动机会指涉或映射那些典型的情景、地点、方式方法等，通过诱发原型的再现来怂恿心理能量和集体记忆，使之失去自觉意识的控制，根本扭转主体态度，最终达到意义的谬解。问题还在于：如果那些典型情景、地点、方式、方法等已成功诱发原型，然后抽离语境或推远背景，使对象成为孤立无助的绝对个体或简单客体，那么原型就直接加在个体头上，形成抽象自然力一般的话语暴力和语义遮蔽，问

---

① 参见克利福德·格尔茨《文化的解释·深层游戏：关于巴厘岛斗鸡的记述一文》，韩莉译，译林出版社1999年版。

② ［瑞士］荣格：《心理学与文学》，冯川、苏克译，生活·读书·新知三联书店1987年版，第91页。

题就走向极端和反面，一个正常人就变成异己或公敌。近30年的污名化叙述就是这么将毛泽东变成替罪羊的，他们走了两步：（1）诱发原型，重新命名；（2）抽离语境，故意误读。结果是集体失明导致全部失聪。

狄钺：《图腾画·羊》

原罪观念是一个主题，一种意义，但根本地还是一个原型。下面这段话讲得非常明确："并不是所有的意象都具有主题性的意义。只有当意象作为一种中心象征与作品的主题发生紧密关系时，才可能成为主题学研究的对象。"① 我们的追问是：原罪主题是生成的？还是被给予的？羊图腾是如何与原罪发生关系的？也有人认为"这些意象和套语都是大大小小的母题，是组成一篇作品的重要因素……意象除了提供视听等效果外，最重要的是它们所潜藏包括的意义功能"② 亦即转喻功能，诸如是否包蕴了母题、是否构成中心象征、与主题的距离有多远，等等。依此而言，强调意象与主题的转喻关系是必要的，但预设前提不是主题的先在，而是意象包蕴了母题。我们认为，真正将图腾意象与主题联系起来的不是象征，也

① 陈惇、刘象愚：《比较文学概论》，北京师范大学出版社2010年版，第184页。

② 陈鹏翔：《主题学研究与中国文学》，自《主题学研究论文集》，台北东大图书有限公司1983年版。

不是母题，而是原型及其周边内外隐约的空间波，一种本体审美场域。在此，我们不得不费点笔墨讨论一个原型作为空间波对于主题的作用。问题始于这样一段话："将《易传·系辞上》'圣人有以见天下之赜，而拟诸形容，象其物宜'的为尽意而立之象，与荣格所提出的集体无意识的原型意象混为一谈，未免有生硬比附之嫌。因为前者究竟在何种层面上、在多大程度上建构历代诗人作家进行中国文学创作的深层心理尚很难说。似不能将古典哲学所总结的玄奥高深的理论，同大量诗人作家百绪千端现实情感之间人为构筑一种联系，想当然地将《易》象假定为深藏在所有中国古代文人心中的既定原型。"① 这段话的意思是说，周易的立意（主题）与原型无关，文人创作的现实情感和深层心理也不能以原型来解释。这类话语浓郁地涂抹了实证主义和科学主义的色彩，本来无奇可出，但我们还是觉得立意浅了。古人本来已明示："易者，象也。象也者，像也。""夫象，圣人有以见天下之赜，而拟诸其形容，象其物宜，是故谓之象。"亦即所谓象就是像的意思。像什么？就是"像"客观事物本身：（1）肉眼看见或肉眼无法看见但可以感知的物象；（2）拟其形容、可见其赜的象征性符号如爻象之类；（3）无论物象还是象征性符号，都是在客观事物与人工符号之间取象、喻指，从而建立恰切的观相。总而言之就是在象与物两者"像"的心理前提下建立两者的语言表述关系，目的是尽意，意就是主题。所以古人强调："立象以尽意，设卦以尽情伪。"亦即物物不真时意不可言传，故设卦立象，抽象概括，提炼出逼真感性的形象符号，达到传神尽意的目的。问题是有的对象并非事物，而是事理，而是直觉，亦即并非客观范畴，《庄子·天道》所谓"意之所随者，不可以言传"，但是人可以感觉得到、体悟得出而且深刻含蓄，比如"天下之赜"，比如集体无意识。事实上，我们处身的这个宇宙世界根本就不仅仅是一堆物质，它还有能量、信息，即使物质也还有菌类、量子、质子、鬼魂、神佛等不可拟形但是可感可知的物事或事理，它不仅存在而且环绕着、充塞着、先验着甚至干预着我们的存在和生命，它就是涵泳我们生命和存在的"恍兮惚兮"之物事，我们能说它没有进入"诗人作家百绪千端现实情感"的深层心理吗？而且此种物事不仅"客观存在"，它就是我们与世界和存在之间的现实关系，一种波状联系，我们与它的关系就是光与影的关

---

① 王立：《心灵的图景：文学意象的主题史研究》，学林出版社 1999 年版，第 3 页。

系，我们既在光中也在光外，我们能说它是生硬比附的人为建构吗？据我看来，原型就是此种关系和物事的合一，它不是外我的存在，而是我自身，唯其不可言传甚至不可名状，所以康德把它叫作物自体，老子说它"非常道"、"非常名"。古人岂是当世的转基因作者，欺人而自欺呢？

我们认为，荣格原型至少包括几层含义：（1）宇宙万物并非客观地、绝对的，孤立于人的心灵之外，与人毫无关系的自足实在，相反它是呈象于人之心灵，与人的生命发生着灵性感应关系的共时之物。此种心灵感应关系不是物理关系，也不必解释为唯心主义的神，而是一种意向性结构关系：宇宙万物以其自在原型运演，人以其等值同型的心理方式与之对应，所以在人与宇宙存在之间，的确存在一种原型关系，涵泳恣肆，汪洋成势，乃有天人合一、天人感应之说，实不虚也。（2）宇宙万物包括人类社会的体系内外，亦存在此种原型感应、意向共构的等值关系，虽然它不是绝对平均的，而是存在个别或偶然，但的确是相互感发、灵性相应的。它是生命形式共有的一种信息传感能力和精神结构能力，在一般情形下是阒寂无闻如如不动，但其生机勃发时往往有"征兆"、"预感"、"端倪"、"迹象"显现，而且持有某种特殊方式，所谓"天下之赜"，有时是大发雷霆，诸如天崩地裂、妖孽怪异、不伦不常、疯癫猖狂……唯此圣人乃可"拟诸形容"、"象其物宜"，予以表述。（3）之所以被称作原型，就是因为它具有发端、开启、典范、模式等意味，一如老子的道，乃是万物之始源、天下之运式，不仅含蕴着天地万物的运演规律和存在方式，而且制约着人的心理方式和精神结构。人对于原型的感应程度和反映水平是不同的，万物之间也不能等同一律划然齐整，而是等值同型相拟相成的。荣格原型理论有一个重要的概念共时性，与维特根斯坦同型性的概念同等重要：后者提供了人与宇宙生命形式可供鉴照的共同逻辑，前者则提供了人与万物各自不同却可以相参相遇的丰富特色和多样本质。所以易象爻辞多是比喻和象征，它尤其可以变易，能因人而异随物赋形，而不是计算机式的硬件设施和机械程序。文学意象正是以此成为生命万象的概括和象征，显现于文本中，或为文眼，或为核心，或融入题材叙述，或超离于题材之上，自成境界……总之它参与、指涉、衍射、规约着文学叙述和人类叙事，成为先验于人、先在于事的前逻辑。我们据此认证，原型必然是深藏于古代文人心理深层的既定原型。（4）原型意象与远古记忆和原始经验联系在一起，积淀着巨大的心理能量，从逻辑发生角度看，原型是第一批次进入心理的本体性观相，与后来后续进入的客观物象不同，它们是一种原始经验和种族记忆，积淀既久就成为元意象，成为度量和摄取、理解和体悟后来和后续物象的前定形式和既定标准。亦即那些后来后续进入的物象只有被"第一批次"进入的元意象所度量、所鉴照、所映射，才能成为有意义可把握、有形式可研摩、可以逻辑推衍、拟意构形的"客观存在"，否则就是风过云散境去无痕。（5）原型意象的自我呈现和对于对象的摄取和映射是同一性的，是原型意象畅游于时空始末、涵泳于宇宙万物的同值感应和同型共构。神话思维不拒绝具体经验或现实情境，相反，它是依靠或借助具体经验或现实情境来运思，按照主客同一的原则来推衍客观事物的。并没有一个超越于现实经验之上的、孤零零的原型存在。原型也是一物但不具有物质现实性，它只是一种结构可能和阐释意向，一种预设造型而已。（6）原型可以变现或隐灭，并非像结石或艾滋病一样永远盘结在人的心底。原型变现以对象存在和情境出现为依据，是通过对象的方式变现的，一如电能，可以变现为光、热、磁等功能状态，但须以现实情境为依据，孤立的原型是不存在的。古人有"道不孤栖"之论，原型隐灭有似消磁，亦如曝光，一经格式化即影形全无，所以原型神话思维的诗意和神性只维持在那些诗意和灵性的心灵，一旦说破，进入罗格斯，即散灭无形了。精神病人通过梦的解析祛除心理阴影，就是这个道理。相通、相印、相映才是最佳思维和心灵状态。一旦发生二元对立，原型就成为对象物，灵性顿失，形神不再。就此而言，散碎于文学作品中的那些意象其实是一些物象，原型意象的孑遗而已。（7）文学创作的逻辑起点是原型意象而非物象；就原型意象延异为物象的意义来讲，它们是分层级的，而居于最高层级并事实上统摄和映射其他意象的那一个，应当是原型意象之显现，它具有几种势能：一是召唤题材的能力。题材本身是包含原型的，作者内心深处也藏有一个原型的，两者感应而心心相印，即为灵感。二是结构题材的能力。任何题材都可以进入结构分析，但是只有那种与人的意向迎合相契的结构才进入建构，体现为某种"心灵形式"，就是原型。所以克罗齐讲"直觉就是赋心灵形式于杂乱无章的题材"。进入文本叙述就成为结构中心和意义核心。三是情境变现能力。原型是被激活的，其所携带的远古记忆、原始经验、心灵体验、生命体悟等也随之活跃。这是纯客观题材报道的新闻叙事完全不能达到的。四是命义能力。原型承载意义，它能感通题材的价值并作出鉴定，本质上是一种赋义和命名。有时一篇文章的题目不能恰切，就是此种原型意义没有显豁、不能照亮题材造成的。（8）原型是超越时空的，却也是未完成性的。原型可以被命名却并没有终极定型，而是一种格式塔，一种生长或消泯于时间和空间的神奇之物，一种抽象构拟之事。越是无意识的构拟（如儿童画或精神病人的画）就越具有原型性质，越具有直觉体悟的穿透力和超越性。综上所述，我们认为对于原型的理解其实最根本的是祛除二元对立的思维方式，在人与宇宙万物之间建构同一性、生态性、意向性和审美性联系，将逻辑思维分别和确立的那些个中介、节点、死角乃至病灶全部打通，代以一种软性的、绵延的、模糊的、犹如烟萝或雾幔似的诗意和神性关系，才是世界走回人、人走向世界的正向和正态，我们将此一正向和正态的第一维称其为空间波。

原型是绵延和衍射的，与宇宙万物是同一的，所以原型可以穿越题材走向主题，但是，它是通过原型的召唤、结构、变现、命名等来来去去、真真假假的意象和意向方式过渡的。替罪羊是一个原型，如前所说，根源于集体犯罪和道德缺失，其深层动机所指涉或映射那些典型的情境、地点、方式、方法等，不仅直观概括对象和存在的普遍状态，而且诱发和怂恿心理能量和集体记忆，使之冲绝自觉意识的控制从而根本扭转主体态度，达成对象的误读。往往是这样：那些典型情境、地点、方式、方法逐渐被抽离语境或推远背景，对象成为孤立无助的绝对个体或简单客体，就成为戴罪的或原罪的那一个！那么原型就直接加在个休头上，形成抽象自然力一般的话语暴力和语义遮蔽，本质上是原型的衍射。我们从南永前和满都麦，以及大多少数民族作家和诗人那里看到的，正是此种同一性的绵延状态和衍射情景，它成为意象叙事性的根本所在。换言之，如果我们抽掉此种绵延和衍射，南永前的图腾或满都麦的意象就成为孤立个体和简单客体，随之，他们的意象书写和图腾叙事就成为蹩脚的现实主义或庸俗的托物言志，其文学审美意义大为减色。下面的阐释将会看到作为替罪羊原型的图腾叙事将一个民族的悲剧散播到深刻广大的本体义域，从而影射人类的生存和存在。南永前的图腾叙事其根本美学价值正在于此，那就是从本体性场域散播而下，通过祖灵意向的绵延和衍射，于民族文化历史的时间流中建立种族的也是人类的人格典范和价值存在，其悲剧意味和牺牲精神有着无与伦比的悲怆感和荒诞性。以下是《羊》的阐释。

狄钘:《图腾画·羊》

以缭绕之香烟
以白云之净洁
与虔诚之祈祷
凝为洁白洁白之衣表与心灵

此所谓空间波的氤氲而起:"缭绕之香烟"和"白云之净洁"指涉最高神性和宇宙背景,描写的是天际的白云和黎明时分的寂静。"虔诚之祈祷"和"洁白洁白之衣表与心灵"形容人的纯净和虔诚。天和神是动的,人的身和心是静的,两者以一个"与"字轻袅地联结起来,形成晴空朗日、吉祥宁静的本体性场域,一个本体审美的空间波。

草魔济济于旷野
石鬼筑巢于荒山
它自遥远遥远的天外之天
含来硕大之禾穗
于是旱地萌发为绿茵之河
于是饥饿者端起盈盈之钵

　　　唯己与谷粒无缘

　　　于夕阳与草坪之栖息处

　　　独自徜徉

　　这一段进入历史情境和具体环境，是空间喻指性流布下来的时间流亦即空间之第二波。叙述角度是羊，从一个走向献祭仪式、即将做牺牲的弱小个体看来，那"济济于旷野"的是"草魔"，"筑巢于荒山"的是"石鬼"，从宇宙背景流转下来的处境和状态已经呈现异己的、荒诞的迹象。什么是荒诞？荒诞就是背景与角色的分离，就是人与处境、状态和方式的分离。然而，继之而来的是更为深刻的荒诞："它自遥远遥远的天外之天／含来硕大之禾穗／于是旱地萌发为绿茵之河／于是饥饿者端起盈盈之钵／唯己与谷粒无缘"。一粒谷穗，将最高神性与弱小的个体联结起来，但是此种联结不带有正义流布的性质，而是一种乖谬和错接！唯独羊是衔来谷穗的劳动者，可是谷粒的奖赏、丰饶的赐予与它无关。羊只落到"于夕阳与草坪之栖息处／独自徜徉"的境地。至此，本体喻指性衍入具体的社会历史情境，接下来就是献祭仪式事象的叙述——我们看到《羊》与《鹿》的不同：后者是献祭场景的呈现，前者则只是一种陈述或转述。现场感没有了，情境性转换为观赏性，这是农耕图腾系列逐渐与写景状物诗歌混淆的一个重要标志，正是纳入祖先系列之下，成为品格标本和世相塑型的原因。

　　　风雪欲搬走裸露之脊背

　　　冰谷欲掩埋如柴之躯体

　　　它将自身温暖之绒衣

　　　奉献于寒冷之世界

　　　于是裸肤者有了护身之服

　　　于是滞足者有了长行之歌

　　　惟己不再寻觅蔽身之所

　　　于寒夜与寒星之寂寥处

　　　独自沉思

　　这一段最容易被理解为是羊的品格的人格化叙述，但的确不仅仅是。

我们容易忽略他的时空和动作的透示和转喻："风雪欲搬走裸露之脊背/冰谷欲掩埋如柴之躯体/它将自身温暖之绒衣/奉献于寒冷之世界"，这是一个风雪交加的天气，在一个寒彻浩宇、冰冻无温的谷地，仪式的主事者或者可以置换为"人们"这样一个代表庸众或族群的称谓，他们正在剥羊皮，把脊背"搬走"，把瘦骨窖藏，把皮衣卷去，羊牺牲了。羊的牺牲给族群带来温暖和欢乐："裸肤者有了护身之服"，"滞足者有了长行之歌"。这是两个层面：物质生命和精神心理。无衣无食的饥寒和困顿潦倒的生涯构成最普遍的贫穷和无奈，羊是这个世界唯一的救赎者：吃了羊肉，穿了羊皮，可以果腹，可以温暖，那些背时晦运、困顿无计的人们可以长行了，可以继续他们的迁徙或劳作了，羊的生命最后泛化为"长行之歌"，留下的只有一枚灵魂："惟己不再寻觅蔽身之所/于寒夜与寒星之寂寥处/独自沉思。"那是一种灵魂的安宁和平静吗？那是对于一己牺牲的心安理得甚至道德自慰吗？沉思是一种态度，但是"独自沉思"就带有弱小个体悲默自悼的意味。在一个无奇世界的抽象存在中，除了沉思，人没有态度，也不能有态度，然而悲剧还在深入，荒诞还在加强：大多数不曾披挂头彩或没有资格进入献祭的羊们，还在扩散和延续这个世界的残酷和荒诞，本体喻指性由此进入第三个空间波：文化和历史——

> 该赐予之情全部都赐予之
> 该奉献之物全部都奉献之
> 最终还要
> 替人之冥冥之罪
> 替人之不善之恶
> 被逐
> 被逐于荒漠之原野
> 被逐于森森之雪谷
> 甚而
> 被杀于威严之祭坛
> 被杀于祈祷之早晨

    这是两个状态：替罪和牺牲。奉献而替罪，牺牲而被逐，此即荒诞。留下的就只有灵魂的嘶喊和呼告：

羊羊羊

以洁白洁白之衣表与心灵

咩咩咩

空间波进入最后的泛音："羊羊羊——咩咩咩"，中间的道德奖赏"以洁白洁白之衣表与心灵"就成了十足的嘲讽，久之就成为巴赫金的戏仿，这就是狂欢。我们不能以狂欢来阐释少数民族文化历史中的歌舞，但是我们的确从中提取出了悲剧的因子。这是一个时间过程，一个个体被牺牲、替罪、荣耀、庄严，最终被吞噬的过程，南诗农耕捕捞两个系列多数回落为鸡零狗碎的道德赞词和怨抑发作，就是这个原因。这两个系列更重要的价值在于，它们将漫长而深广的民族生存的悲剧性散播为一些母题，比如迁徙、忍辱、复仇，此不赘述。

第七节 题材的情境和时间流

这是张泽忠《侗族萨玛神民间信仰与萨玛节祭祀的调研报告》中的三个段落：

2004 年 7—9 月，调研组在黔湘桂交界的"三省坡"西南麓广西三江侗族自治县独峒乡独峒"团寨"作"萨玛神民间信仰与萨坛祭祀田野调查"，据报导人报导，1933 年，独峒"团寨"祭萨立坛时，坛内所备瘗物（显圣物）有：铁锅、火钳、筷子、碗；一窝蚁房（九层叠起）；一根野葡萄藤（生长在树蓬里、横盖过大路面或横跨过江河）；撮细浮萍（古树洞里自生自发）；勺漩涡水（浔江、榕江汇合处）；一株对双莲（即"独活"，要求其挺立于万草丛中又高又直、有风不动、无风自摇）；一抔县衙门的正堂中心土（由当时在县警察局当差的林略人欧必烈取回）；一抔从苗江河（独峒乡境内河道）最富有的"吝啬婆"家中取来的灶心土（由一烟鬼借吸大烟的机会挖回）。报导人强调瘗物（显圣物）的标识性意义，象征萨玛神灵的神秘性和神圣性。

据考察，独峒"团寨"每年正月初一芦笙踩堂、哆耶祭祀萨玛神，盛大典祭则每十年或二三十年举行一次。典祭仪式庄重、繁复，分"接萨"和"安萨"环节。"接萨"源于祭祀不虔诚，萨玛神离开了"萨堂"，众人只好到贵州境内当年萨玛御敌不幸殉难的"弄塘概"背回象征萨玛神的"石头"，以示敬请萨玛神回山寨保安宁。75年前举行过一次祭典，准备时间较长，从1930年至1933年，数百号人丁耗三年时间才备齐瘞物（祭坛显圣物）。"安萨"（即安萨神祭坛）历时三天，众人欢聚，芦笙踩堂、跳舞、哆耶、琵琶弹唱，颂赞萨玛神。仪式高潮，以生肖属鸡人丁用火镰击打白石取火点燃祭坛圣火为标志。圣火点燃后，各家各户采撷圣火点燃自家的火塘火，以示无所不在、无所不能的萨玛神重新庇佑子民安康幸福，山寨永葆安宁。

2007年12月，主持人再次到独峒"团寨"调研，据报导，岁首春分前后举行过一次祭萨仪式，高潮环节也是祭坛圣火点燃后各家各户采撷圣火点燃自家的火塘火。报导说明，如今独峒"团寨"萨玛神祭祀，史后"祖灵崇拜→英雄崇拜"仪式环节的信息意义（庇佑子民安康幸福、山寨永葆安宁的英雄守护神意义）得到了强调，由于史前"自然崇拜→图腾崇拜"仪式环节阙如，萨玛神"万物之母"的至尊神格已然失色。

这篇报告本来是张泽忠考察侗族萨玛节祭祀仪式，旨在"深描"①而拟写的一个规划或备忘，但在这里，我把它也作为文本来"深描"了。有两个张泽忠本人签写的注释：①侗族称所居住的村寨为"团寨"（Duans xaih［thuan¹¹ ҫai³³］），指自然村寨，相当于社区。②"哆耶"（duol yeev［thɔ³²³ jiɛ³³］），亦称"踩堂'哆耶'"，一种源于人类原始社会早期的、集歌舞乐为一体的艺术样式。摘引这两条注释是因为，这两个注释本身构成一个象征图式：空间波悦纳时间流、居住场域绵延出侗族文化历史存在的结构。这是一个纵横交织、时空穿越的坐标，一个呈示侗族社会秩序、文化发祥、价值取向及时空观念的历史情境。下面我们同样会运用空间波、时间流、历史情境以及叙述模式等概念，以时间流为贯穿线索，整

---

①　克利福德·格尔茨认为，民族志的目标所在是深入到行为的表面之下，去寻找积累的推论和暗示的层次，以及意义的等级结构。见克利福德·格尔茨《文化的解释》，韩莉译，第6页。

理出首先是上述报告的片断中，其次是张泽忠的小说《蜂巢界》中指涉时空观念的侗族意象，由此涉入题材叙述。

二十一　张泽忠小说情境的时间性

解构主义不承认有一个闭合的结构客观地存在于作品或理论中①，那是基于其解构逻辑中心主义或等级制度体系的目的。其实，解构本身就说明着结构的存在——否则它解构什么呢？上述时间回环现象（套娃结构）的描述显示，多民族文学文本不仅存在着深层结构，而且这些结构是多维的，是建构性和弥散性的。这意味着，一种纯粹诉诸题材叙述的线性结构观点不仅矮化了多民族文学文本的阐释，而且影响我们的理论概括。下面《蜂巢界》的文本分析同样注重语义关联：那些与意象情境性和时间性关联的故事、传说和神话，无不持存着某种召唤结构和期待视野，在我们的建构性描述中，它们将被概括为一个本体性意象结构，一种艺术幻相，②不仅涵摄小说所彰显的种族话语，而且重构后现代意义上的生态人类性。

（一）意象物：涵化于时间与仪式之间

先看报告。首先是时间表述，有四种方式：（1）报告式。比如"2004年7月—9月，调研组在黔湘桂交界的'三省坡'西南麓，广西三江侗族自治县独峒乡的独峒'团寨'作'萨玛神民间信仰与萨坛祭祀田野调查'"，"2007年12月，主持人再次到独峒'团寨'作调研"。这是元语言意义上主持人的时间报告，现在进行时。（2）回忆式。比如"据报导人报导，1933年，独峒'团寨'祭萨立坛时"；"75年前举行过一次祭典，准备时间较长"。这是一种回忆，一般有"据报导人报导"、"据考察"等提示语。（3）记录式。比如"独峒'团寨'每年正月初一芦笙踩堂、哆耶祭祀萨玛神，盛大典祭则每十年或二三十年举行一次"；"从

①　德里达："解构主义排斥理论，因为它已证明闭合性是不可能实现的，也证明了在由一系列定理、法则、规定、方法所组成的网络体系中，整体或总体的闭合是无法实现的。"Jacques Derrida, "Some Statements and Truisms about Neologisms, Newisms, Postisms, Parasitisms, and other Small Seismisms", in David Carroll, ed., The States of Theory: History, Art, and Discourse (Irvine Studies in the Humanities), New York: Columbia University Press, 1990, p. 86。

②　亦即苏珊·朗格的"虚幻空间"，"作为完全独立的东西而不是实际空间的某个局部，是一个独立完整的体系。不管是二维还是三维，均可以在它可能的各个方向上延续，有着无限的可塑性"。[美] 苏珊·朗格：《情感与形式》，刘大基、傅志强、周发祥译，中国社会科学出版社1986年版，第89页。

1930 年至 1933 年，数百号人丁耗三年时间才备齐瘗物（祭坛显圣物）。'安萨'（即安萨神祭坛）历时三天"。这里提示语阙如，表明该时间叙述

狄钘：《图腾画：萨神娘娘》

是一种记录。（4）嵌入式。比如"仪式高潮，以生肖属鸡人丁用火镰击打白石取火点燃祭坛圣火为标志"。"属鸡人丁"就是一种时间性身份标记，是随主体进入情境而嵌入。四种时间方式有一种过程性，就是空间喻指性场域逐渐衍化为时间涵化性情境，乃至现实场景。亦即在侗家生活和文化的现实场景中，主持人祈请报导人报告，然后就时间衍入历史，进而散播到广大深远的宇宙时空。仿佛是一个套娃，一层推入一层，达致本体审美，又是一个空间波叠加的过程。

其次是报告中的意象物。意象物与意象不同：后者是心理学范畴，是境相或物象或事象或语象，最大的概念应该是观相。意象物则是承载了上述意象和意向关系的实物，虽然这在读者眼前还是看不见的，但是它实有其物，能够感觉得到。把意象物当作意象来分析是学习格尔茨的"文本洞识法"，亦即以比喻象征的思维方式，把人类学事象当作一个文学文本来洞识，其根本方法是深描。我们的方法还包括隐喻和象征意义的揭示、转喻关系和提喻方法的分析、荣格的语词联想方法以及拉康语言衍入规则

思想的参究。这些方法都超越实证主义和逻辑打造，强调直觉和灵感，且如下述。1933 年独峒团寨祭萨立坛时坛内所备瘥物：

> 铁锅、火钳、筷子、碗；一窝蚁房（九层叠起）；一根野葡萄藤（生长在树蓬里、横盖过大路面或横跨过江河）；一撮细浮萍（古树洞里自生自发）；一勺漩涡水（浔江、榕江汇合处）；一株对双莲（即"独活"，要求其挺立于万草丛中又高又直、有风不动、无风自摇）；一抔县衙门的正堂中心土（由当时在县警察局当差的林略人欧必烈取回）；一抔从苗江河（独峒乡境内河道）最富有的"吝啬婆"家中取来的灶心土（由一烟鬼借吸大烟的机会挖回）。

我们的问题是：（1）这些意象物究竟蕴含了什么意义？或者说象征了什么，比喻了什么？有什么宗教的、心理的、巫术的抑或游戏的信息或势能在里面吗？换句话说，为什么侗族人要用这些物事而不是别的？（2）最初决定启用乃至千山万水地寻觅这些瘥物的那一位是谁？他或她依据什么理由非用这些而不用其他？决定者与被启用者的心理关系是什么？张泽忠讲："从宗教人类学意义上分析，报导人所说的意思可理解为，萨玛神祭坛不可阙如的要素构成的符号表征，表明族群集体对于人类远古狩猎时期和农耕文明时期与生命息息相关的'火意象'的深切记忆与顾念；而漩涡水、蚂蚁窠、浮萍、老虎粪便、葡萄藤等显圣物，则记录了母系氏族社会采集、渔猎等生产活动信息，以及表明族群集体对性活力、生命繁殖力的信仰崇拜。"[1] 这里是有三个关键词：火意象，生产活动，性崇拜。但这是一个大而化之的说法，无所谓对或不对。换言之，我们把其他意象物诸如雪山水、蜂巢、珊瑚、熊粪便、紫藤拿人，也不未尝不可，亦即它们同样能象征或隐喻三个关键词所凝结的意义，问题是：为什么必须是这些意象物，而非别的？

这种追问可能把我们引入一个无解的蠕洞，我们的理性思维将由此消逝于神秘和混沌。亦即从比喻或象征的层面来把握的可能性是没有意义的，我们必须别寻他途。不妨把紧随意象物后面的注释性文字摘出来与它

---

① 张泽忠、吴鹏毅、米舜：《侗族古俗文化的生态存在论研究》，广西师范大学出版社 2011 年版，第 30 页。

们合参：（九层叠起），（生长在树蓬里、横盖过大路面或横跨过江河），（古树洞里自生自发），（浔江、榕江汇合处），（即"独活"，要求其挺立于万草丛中又高又直、有风不动、无风自摇），（由当时在县警察局当差的林略人欧必烈取回）。我们似乎领悟了这些词语间隐约的意向：叠起，生长，长度，汇合，生命自在，特殊身份。每个词语都有其空间取位，但根本地是一种"时间之矢"：向上如叠起、生长；向前如横盖或横跨；交叉如汇合、挺立、取回；自在如自生自发、独活、取回等。如果我们由此回溯那些意象物自身并衍化出一些感觉的话，则有：

铁锅、火钳、筷子、碗就是一套炊具，但不一定是用来做饭了。以蒙古族火锃子参究：铁锅是用来盛火的，碗是用来浇油的，火钳、筷子显然是夹炭伺火的。当然火是用来做饭的，就进入日常生活。一窝蚁房，对应于九层叠起。蚁房是出出进进、群体劳作但是家族团聚、亲属关系。九层叠起就是蚁居空间的一种拓展和建构，它不是天赐或先有的，而是蚁们一口一口将草叶或泥土吭攫回来精心构筑，然后形成硕大的居住空间。蚁穴有多种形式，大多数地下泥土里的蚁穴都挖有隧道、小室和住所，并攫回一些叶片或草根堆积在入口附近，形成屏障性小丘。这里的蚁房指用植物叶片、茎秆等筑成挂在树上或岩石间的纸样巢壳。还有的蚁生活在林区朽木中，更为有趣的蚁群将巢穴筑在别的蚁巢之中或旁边，两"家"并无纠纷，能够和睦相处。最小的蚁群有几十只或近百只，稍大些的几千只，更大的群体几万只，甚至更多。所以，一个蚁房其实就是一个种族或部落居处或生存的象征物，一个拓扑图式。

一根野葡萄藤。其阐释是"生长在树蓬里、横盖过大路面或横跨过江河"。有这么宽的野葡萄藤吗？有这么长的野葡萄藤吗？显然这里在强调宽和长，我们更愿意将它理解为生长的时间和幅度。这里有三个节点：树蓬，大路，江河。野葡萄的藤是从树蓬长出，盖过大路，跨越江河，不仅空间波在叠加和衍展，时间流也在延伸和超越。能够跨越江河湖海的生命是什么呢？又有什么力量能够使一架野葡萄藤具有如此神奇的生长力和穿越力呢？我们听过佛经，佛说念阿弥陀佛可以往生西方极乐世界，而那里离开此岸是遥不可及、言不可传的，但野葡萄藤可以。西方人最早认为手臂就是人的意识器官，因为身体延伸了，人的意识能力就加强了。难道野葡萄藤也像人的手臂一样可以把世间的智慧和能力延伸到遥不可及和言不可传的神秘之境吗？距离的延伸蕴含时间的拉抻，张泽忠的文本里经常

狄钥：《图腾画：蜂巢》

出现"听老辈人讲"、"据报导人说"这样的提示语，都是时间性、历史感、族属化的强调，而野葡萄藤自身则是自然之物，既是时间之矢的侗化，也意味着自然作为包孕树蓬、大路以及江河的本体性喻指。

一撮细浮萍。说是在古树洞里自生自发。古树洞就是一个时间性意象——有多古？树洞于树干凿成需要多少岁月？树洞里又长出细浮萍，悠久岁月里迁衍出一个别样的生命世界：浮萍又称青萍、田萍、浮萍草、水浮萍、水萍草，是水面浮生植物，怎么从树洞长出来呢？必然是潮湿多雨之地、温润清芬之季，否则是不会从树洞生长出来的。但是祭萨仪式要求的恰恰是"自生自发"于古树洞里的那一撮，那种道机自发、生意自足、时之齿齑、物之端倪的自在状态！一勺漩涡水。要求出自浔江、榕江汇合处。这两条江应该与侗族生活生产地域相关，不可能是乐山的三江汇流处或别的什么地方，但是漩涡水是个特定意象，应该是种族流脉交融汇合、部落生存繁荣昌盛的象征，其强调融合、团结、交汇的意向是明显的。一株对双莲。即"独活"，其特殊要求是挺立于万草丛中又高又直、有风不动、无风自摇。这与树洞中的细浮萍有同工之妙但超越之：（1）强调个体的状态："又高又直、有风不动、无风自摇。"（2）凸显万草丛中此一关系状态——从火崇拜的祭火炊具一路而下，经由空间拓展（蚁房）、时间拓进（野葡萄藤）、生命发生（细浮萍）、历史情境（漩涡水），到"对双莲"和"独活"，就进入群体社会从而进一步强调个体生命的风格和状态，亦即个体价值被提升到种族和社群的体系中来。也不能忽略命名：双莲加一对字，应该是成双成对、氏族或家庭和谐幸福的意思。莲乃清静之物，成双成对就应该是琴瑟和美、爱情圣洁的象征，表明侗族社会强调群体团居但并不吞食家庭或个体。独活是一味中药名，用来转译对双莲，阐释空间就进一步打开。《本草正》："专理下焦风湿，两足痛痹，湿痒拘挛。"我所关切的是"独活"与"对双"与"莲"的语义关联，按照拉康的观点，对象阐释衍入阐释者当下的规则性语义，而且激活对象本有的心理投射物和语义沉淀物，生成类似视界融合的潜意识义含。"独活"与"对双"与"莲"的语义关联正是这样，"对双"强调群体性，"独活"则强调个体性，"莲"强调清净纯洁，具有世外或超验的意味，从而使侗家千百年来贞静自处善良无争的种族精神隐约曲折地表现出来。

　　一抔县衙门的正堂中心土。说是由当时在县警察局当差的林略人欧必烈取回。这显然是"进入"与"取回"的同一。"县警察局当差"是一种社会身份，有外界、寨外的感觉；但欧必烈是林略人，是团寨内部、省堆之内的身份。按照张泽忠的阐释，"团寨"指聚族而居的自然村寨，"省那"指所有沿河聚居的村寨，更大的概念"团省"是"团寨"、"省那"的扩大和延伸，当延伸和扩大到无限时就称"省堆"，亦即"普天底下所有人家"。侗族语义中"入省"和"去省"当着除却"距离"和"遥远"，当着同一空间中民族自我与他者间平行位移和友善交往来看待，蕴含了澄明、敞开、美人之美、美美与共的诗性意味。[①] 有一点不能忽略：前面的瘗物都是物事，至此才出现个体的人，从火崇拜走下来，这一路的感觉是千山万水千年万古，一个活生生的人第一次是出现在公堂，然后就是独峒乡境内苗江河河道最富有的"吝啬婆"——在她家中，由一烟鬼借吸大烟的机会挖到一抔灶心土。又回到炊具、灶心、火的意象上来。"最富有的吝啬婆"表明在漫长悠久的岁月中，在艰苦卓绝的生存中，侗家人希求富裕而非常珍惜的心态和心情。

---

　　① 张泽忠、胡宝华、吴鹏毅：《澄明与敞开：侗族时空观与世界图式梳理》，《百越论丛》2008年第1辑，第68—69页。

最后是仪式事象与时间分配。事象有芦笙踩堂、哆耶祭祀萨玛神，时间是在大年初一。盛大典祭是每十年或二三十年举行一次。典祭仪式分"接萨"和"安萨"环节，时长三天。但是，这三天嵌入历史时间："接萨"源于祭祀不虔诚，萨玛神离开了"萨堂"，众人只好到贵州境内当年萨玛御敌不幸殉难的"弄塘概"背回象征萨玛神的"石头"，以示敬请萨玛神回山寨保安宁。而准备祭典仪式的时间是三年，张泽忠的报告回溯到75 年前，即 1930—1933 年。规模是数百号人丁，事象几乎包括了全部侗家文化品种：芦笙踩堂、跳舞、哆耶、琵琶弹唱等。仪式高潮处再插入一个时间元素和巫性事象：生肖属鸡人丁，用火镰击打白石取火点燃祭坛圣火。时间分配有必要整理一下：（1）小型祭典：正月初一祭祀萨玛神；（2）盛大典祭：75 年前；10—30 年；准备 3 年；祭典 3 天；点燃圣火的人是鸡年出生。又是一个套娃结构。但是至"属鸡人丁"形成一个时间的回环：属鸡之人仿佛一个凿穿历史的洞，透视进去就是宇宙时间，从本体意义上融入空间波："圣火点燃后，各家各户采撷圣火点燃自家的火塘火，以示无所不在、无所不能的萨玛神重新庇佑子民安康幸福，山寨永葆安宁。"

（二）时间结构：从叙事到文化、再到圣性

1. 意象散摄题材生成叙事结构

《蜂巢界》写勒汉包岛逆都柳江而上、从古州回侗寨报告敌情的历险，过了三关：一是峡谷险滩，二是虎跳峡，三是兵匪。第二关尤为神奇：已葬身鱼腹的包岛居然见到萨神娘娘，然后得救了。历险历幻、英雄孤胆、美人垂情……诸如此类的故事模式一般会概括出这样的话语：主人公连闯三关，不仅膂力雄迈、智勇超群，而且领承天命，有着迥非常人的神能。包岛的故事固然也包含了这样的表层语义，但张泽忠超越了——

（1）身膺侗命是包岛当下存在状态的基本表述。都柳江的惊涛骇浪既是天意对于勒汉品质的考验，更是包岛领悟本我实相的心路历程：穿越峡谷、进入险滩成为包岛印证其生命本真——他是龙辚后身的一个时间过程。"缓水中，木排像一头在炎热夏日里浸泡在河水里歇凉的牛牯，不时举着脑勺，打着响鼻，咕噜咕噜地向前游动着。包岛乘机挂起舵把，想歇一下气，无意看见木排的模样很像一头牛牯，心底里咯噔一下，不由捞扰

侗族风雨桥

一桩与牛牿有牵扯的事来。"（第29—30页）① 这里，驾驭木排的包岛与潜意识中牛牿意象处于两个不同的空间波，但是在历险这一情境中重叠了：不仅以充分心理化的时间流涵化种族历史，烘托包岛生命中的神性气质，更重要的是：人的神性气质犹如漩涡水一般，置换了人与自然对立的古典主义命题，实现了本体神性与自然险情的内在同一。

（2）鱼腹面圣是包岛神性本质的显现。虎跳峡是生死大关，包岛被惊涛大浪吞噬了。但他想起萨神娘娘赐予的"炭坨"，奇迹由此展开：一如闯进一座宽阔的金碧辉煌的庙宇，"包岛看见一位美丽端庄的姑娘，迎面冉冉走来。看看，像是一身侗女装着的美朵姑娘。再看看，终于看清了那是他在心底里千百遍地呼喊着的那位'萨神娘娘'"。（第93页）我们通常会解释为这是包岛的幻觉，一种濒死体验，但是张泽忠彰显了神性和诗意："萨神娘娘手擎着一把光芒四射的红伞……红伞一指，浪涌中涌出一群红鲤，浩浩荡荡地晃着红灿灿的尾鳍，从深潭底铺开一条彩虹般的路，直通江面去……"（第93页）濒死体验是死亡的心理呈现，但是包岛却从死亡中挣脱，这是萨神的指引，但更是人对自我神性本质的体认。

---

① 张泽忠：《蜂巢界》，民族出版社2003年版。本节所引小说文本都来自该书，标有页码，下不再注。

历险就成为面圣。

（3）战胜兵匪，领承宿命。小说写包岛遭遇兵匪时恍然看到前世"龙犊"以死抗敌的情形："扎个猛子潜到水底里，等渡船公把船划过头顶来时，便使足山垛般的猛劲顶翻了船。一船兵匪全落进水里，懵懵懂懂不知发生了哪样事。"（第87页）从龙犊意象的浮现，到鱼腹中面承萨神娘娘的接引，直到这里的前世风光，三个空间波成为统一时间流程中的三个节点，一节比一节深入，他已经超越峡谷深涧，超越生死大关，正走回自我的本质：他再一次冲入漩涡，向那举着枪的兵匪冲去："那张木排如弦上之箭，往枪声骤响的江岸边划去……"（第120页）不仅以死抗击敌人，而且实施罪孽的救赎。"救人啊！"这是包岛回到侗寨的第一声呐喊：他并不想把这些兵匪全部撞沉从而杀死他们，相反，他要把落水的他们救起。从抗争到救赎，他与对象和世界的关系发生了深刻变化；前世今生的映照，实现了包岛天命和神性的证成。

我们关注的是题材意象化和意象心理化。首先在包岛历险的书写中，包岛这个人物形象已经充分意象化了，亦即他不再是一个现实中人，而是种族图腾或神性意符。在一个具体人物的抒写中不仅掺入潜意识（如龙犊意象的浮现）、集体无意识（如萨神娘娘的呈现）以及惊心动魄的峡涧云水和自然体验，而且融入神话、传说和巫化想象：面对兵匪杀戮的弥天大难时，九百古榕寨所能提交的神性课件——萨神娘娘、龙犊、王素无一不是意象化的。"老辈人讲，先前侗乡团寨受灾受难，是因为我们细脖子阳人没有照拂好萨神娘娘，让萨神娘娘远离我们去。昨夜里，救灾救难的萨神娘娘来到我们九百古榕寨，我们要想方设法留住萨神娘娘，给萨神娘娘筑灵殿，安祭坛，好好地祀奉萨神娘娘，让萨神娘娘的在天之灵看护好山寨，保佑山寨得安宁……"（第19页）于是众人肩攀着肩、手牵着手唱起萨神娘娘歌。

其次是包岛与美岛的爱意斟酌。龙犊的神性笼罩着九百古榕寨的安危，然而他更像一个多情王子，一个情圣侠侣，对于外敌的仇雠更多内化为他对于自己生命本质的体认；张泽忠在以爱意斟酌来置换风雨飘摇中的生死忧患时，事实上将此种忧患植入生死轮回和萨神安良的终极之善中，将无所不在、无处不有的本体神性作为空间场域分配给那些以泪雾迷蒙悲悼人性残忍并且承担人间罪恶的古老寨民们。他在扩展着九百古榕寨的古老氛围和历史情境的同时，悲愤地申诉：除了神性和诗意，侗族人民就根本不怀有恶念和杀心！我们看到，不仅题材意象化，而且心理化了。这是一个由萨神本体性散播下来的历史情境，经由心理化进入种族品格和文化状态的时间涵化过程！这里的时间进向是：包岛报警——龙犊浮现——萨神降临——九百古榕寨的弥天泪雾和集体想象……一个时间套娃！

题材意象化的本质是空间波向个人潜意识和集体无意识的涵化；而意象心理化则是历史情境向本体场域的不断递归，从叙述学角度看，就是意象向题材的意向性衍射，其散播性和层级性是通过包岛历险的情境化叙述整饬起来，衍生为种族品格和民族精神，王素传奇人物系列就是从这里涌现的：吴勉，洪武十八年八月率众抵抗被明王朝杀戮；王天培，民国年间率众抗拒孙传芳而牺牲；最后是古榕寨的长老级人物巴隆格老——这是萨神神意和龙犊神性在大难临期的最后集结：九百古榕寨全面组织动员，设陷阱，吞枪尖，以必死之志迎接嘎勇的到来……正是萨神显圣、王素牺牲这样一些神话传说融入包岛历险的基本叙事，才使本体神性衍人巴隆格老起款的现实场景。我们发现，张泽忠做了非常浓郁深刻的心理化和意象化工作，尤其嵌入包岛与美岛的斟情酌爱的片断，不仅使龙犊意象绵延了多层面的题材，呈示从神性向人性、从传说向现实、从时间性向空间性演替和让渡的文本建构过程，而且实现了神性和诗意对于人与自然、人与自我、人与他者的关系（这在古典主义那里，是一些对立和矛盾的范畴），乃至生态主义对于种族历史生存（这在古典主义那里更是冲突和爆发的义域）的涵化。就文本形态看，题材叙述的时空心理分配图式如下：

峡谷和险滩（龙犊情爱）——虎跳峡（萨神显圣）——兵匪（王素牺牲系列）

括号里的是意象，是心理时间；括号外是题材，是空间事件。两者散摄镶嵌的叙述关系构成《蜂巢界》文本的基本结构。

2. 时间流的派系：神话、仪式、寓言隐约侗族文化结构

承前所问：意象与题材黏合，让渡神话传说的时间性从而根本冲和上述三个对立关系的中介是什么？散摄镶嵌不应该是一种硬性配位和人工嫁接。

如前所叙：伊瑟尔的召唤结构（Appealing Structure）指作品意义的空白和不确定性作为一种意义生成机制，召唤读者的经验及想象，形成文

本阐释的动力因素。姚斯期待视野（Expectation Horizon）是指读者以往鉴赏中积淀下来的、关于艺术作品形式和内容的定向心理结构。我们是在描述意象与题材衔接、实现神性和诗意联结的意义上注意到这两个概念的。伊瑟尔和姚斯都不讲本体性或空间场域，他们是实证主义和科学理性的西方学者，铲除心理主义和价值预设是他们的本能。我的追问是：那些意义空白究竟是些什么？为什么读者会如姚斯所说形成一定的期待视野从而规约自己的阅读？会不会这样：读者其实是在痴心妄想？痴到什么程度？妄到何种境地？如果说原型是一种意象，属于心理范畴，那么进入题材叙述就会触及母题、结构、模式、情境这些概念，就进入主题学和叙述学的视野了。如前所说，意象与题材的结合是空间波向时间流的衍化，本质是原型向母题、结构、模式、情境的涵化，按照禅宗的话头，这是嗑噬相应、心领神会的事，散摄、吞噬、镶嵌、拓扑倒嫌硬性机械了。

（1）意象层面——萨神娘娘、龙犊及王素系列传说主要是一些幻渺于心理域界的历史境相，由"老辈人讲"遗传下来并凝结于九百古榕寨的深层心理，作为一种顽强的对于外部世界的适应性理解和侗家内部自我体认的诗性方式，它映射、感荡着包岛历险中的生命冲动，与九百古榕寨发生着共时心理效应，具有超越时空、散摄题材的结构功能，所谓"召唤结构"。这里的结构很重要：龙犊是一个承载了本体审美和空间喻指的核心意象，在《蜂巢界》全部叙述中都是一个中心；空间波就是由他衍射出来的。军情历险和团寨起款是题材，从古州到巴隆格老的团寨，直线距离也就是一条都柳江而已，但历险就不仅是一个披风激浪迎敌冲击的故事，而且是一个心理过程，一个历史与自然交融的进程。将龙犊放置到都柳江并且进入三个过程，必须兼顾身体动作、心理积淀、自然历史三个层面，但是使龙犊意象与三个层面绵延涵盖、氤氲和合的，只有心理积淀一维。换言之，张泽忠正是把潜意识（龙犊意象浮现）、集体无意识（萨神娘娘呈现）以及峡涧云水的自然体验作为联结物，将龙犊意象与军情历险、团寨起款等题材联结起来，形成意象—深层心理—题材叙述这样一个结构。问题即此得到解释：龙犊意象所承载的，与历险和起款题材所蕴含的，乃至两者呼唤和相应的，正是既氤氲于包岛心理深层，也萦回于九百古榕寨集体无意识的这些积淀：萨神娘娘、龙犊故事、王素系列……我们把伊瑟尔的概念从文本阅读借用到创作心理的阈界中来，正是因为"召唤"这两个字对于鉴定意象与题材联结的合适度，包括接下来回到读者和文本的心理期待。

（2）题材层面——包岛历险不仅携带着九百古榕寨面临灭顶之灾时的心理诉求，而且唤起读者的忧患和焦虑；包岛的军情通报客观地提示着某种"期待视野"。这一视野从题材内部聚焦着变幻莫测的军情消息和人性张力，既凝聚了包岛的急切，也映现着九百古榕寨的仁望，它笼罩着、隐喻着、期待着都柳江的风雨如晦与九百古榕寨的生死安危。这里，意象和题材双向对出的召唤结构，演替为读者对于文本的期待视野。意象与题材是横向的联结，文本与读者是纵向联结；纵横交织，《蜂巢界》就不仅运行在回忆的、记录的、嵌入的时间层面，而且运行于现场报告式的惊心动魄和风诡云谲，阅读就变成一个事件，就成为德里达意义上的"文学行动"！

（3）叙述层面的召唤结构与阅读层面的期待视野之间并非简单的心理拼接，而是意象与故事散摄镶嵌，氤氲成为一道厚厚的文化历史烟霾。换言之，读者不仅看到勒汉军情疾驰和团寨风声鹤唳，也不仅仅理解包岛及巴隆格老的意识心理状况，读者的期待视野中还包含了价值预设：对于这个蜂巢一般的人间世，除了临危无助、急难无闻的现实处境之外，对于他们的生存状态和种族历史——我们究竟有多么深入的理解？应该给予怎样的关切？我们的关切从何开始？又如何有效？等等。张泽忠从这里将召唤结构与期待视野融合起来，双向建构：以时空延展为序，絮入近 10 个神话、仪式和史诗的片断，俾形成故事和意象之外的第三层面，所谓"双峰对峙，乱云其间"，[①] 它弥合着、吞噬着题材层面的对立紧张，增补着、加浓着意象层面的神意和诗情，在集体无意识的心理场域中形成拓扑性质的对应和衔接，分为三个递进的节奏：

神话——四只龟婆造化细脖子阳人；踩堂歌舞和萨坛仪规；鸡报答老鸭和细脖子阳人；松恩松桑与鲤鱼山魑交友。（第18—45页）强调人与宇宙万物之间的血缘统贯和亲情友爱。

传说——姜良姜妹成亲、金必上天偷歌；古榕树——鼓楼、白浮萍等萨坛仪礼；哆耶、嘎老等踩堂歌；龙犊祭仪及转世神话。（第50—89页）昭示了侗族人亲情互助的生存法则：对于暴力和血腥则通过祭祀、礼仪甚至转世复活，在超越时空的方式上加以包容和迟滞。

---

① 参见《脂胭斋重评石头记》，上海人民出版社 1975 年版。

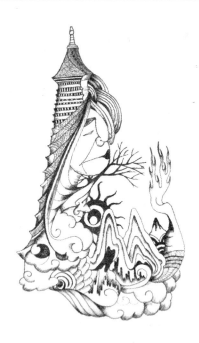

狄钘:《图腾画·萨神娘娘》

史诗——族源款和盟誓款。（第95—104页）可以说这是终极方式:当罪恶把族群逼到绝处,关于生命来处和世界归所的思考就转化为歌与诗的节奏,在当下奋发的现实性与回溯源起的历史感的交点上,凝结成一种天地可鉴、天理可依、神意可托、人心可凭的必死之志,人从他者关系回归自我、回向本体、回化为圣爱永恒。

这是三个母题:创世母题喻示了宇宙万物的亲情友爱建立在血缘认同的关系之上;创生母题喻示了侗族人文化心理深处的善良柔弱,一种承担,一种包容对象、迟滞罪恶的神性;成圣母题开示世人对于毫无人性的杀戮和灭绝无可呼告也不再言诉,亦即成圣!亲情、善良和圣爱,构成意象、题材和叙述三个层面横向联结的三个命题点,配位如下:

三个关键词概括了包岛人生历程的神意进向,映射包岛历险的三个节

奏，形成文本结构的主线，从而将故事、意象及神话史诗三个层面统贯起来。全部神话、仪式和史诗可以阐释为包岛的神性喻指对于九百古榕寨文化历史的辐射，一如包岛与侗人的族裔身份关系：大多侗人是从东方省份逃难入侗成为侗民的，汉侗本是一家兄弟！任何对于侗胞的残害都是同宗侵害、自相残杀。以此，侗族的苦难承担就圣化为由省向堆的神性增长，一种人类之爱。

3. 从时间派系到圣化结构：榕树—鼓楼—风雨桥

整体看，《蜂巢界》是一个时间过程和历史情境的舒尔展开，这一过程的终极是圣爱，亦即包岛的生命流转将侗族文化历史存在引渡到人类之爱。那么，包岛历险的三关就转依为道成肉身的三难：（1）险滩第一难：在款悟身；（2）鱼腹第二难：生死面圣；（3）侗寨第三难：入萨圣成。萨就是爱，就是萨神圣性散摄世间乱象、诗意悦纳人间苦难的生态理念和生命诗情，它提携意象和题材两个层面的散摄镶嵌，观照神话史诗层面，达成天化①之境：（1）萨神充满，荣耀光明；（2）众生爱悦，起死回生；（3）承担苦难，救赎罪恶。三者指涉三个最高意象，形成"结构化的预设"：榕树—风雨桥—鼓楼。

空间喻指衍入历史情境是以一个对象也是主体的出现为前提的，就《蜂巢界》言，就是勒汉包岛：他的军情历险不仅联结起萨神娘娘以及创世神话，而且联结起历史传说以及九百古榕寨的生存现实。滋育和充满包岛生命的是一种"在款状态"，就是那萦回、积淀、镌刻、规趋其存在冲动的潜意识、集体无意识、母题和使命感。就小说文本建构言，这些心理内容的确如水一般流淌、云一般弥漫、火一般烧燃、梦一般迷离，可以说充塞于天地人神鬼之间，所谓无处不在无所不是。但根本地讲还是一种心理之事，是一种内在客体，它是由包岛这一具体人物的心理发射出来，然后变现为记忆式、嵌入式、记录式时间流体，犹如都柳江的水，浩浩漫漫，向蜂巢界——那个九百古榕寨冲奔而去。

空间波第二个大跌宕：由心理域界散迭到报告现场——惊险、踩堂、起款、惊慌等待命状态。就读者言，我们既需要进入包岛、巴隆格老、公圣、美岛以及九百古榕寨所有村民的心理状态，体验那种焦虑和忧患，但是我们

---

① 天化是指生态审美的终极境界，可参阅袁鼎生《生态艺术哲学》，商务印书馆 2007 年版。

更需要走出局外，从更清醒开阔的视野来领略和理解文本话语。那些潜意识、集体无意识、母题和使命感就从记忆式、嵌入式、记录式回归报告式，进入团寨，进入省那和省堆观念的诗性呈现上来，乃有下面的结构。

榕树、鼓楼、风雨桥是三位一体相互指涉的原型。榕树是外部世界的入口处，是萨神的第一法身。鼓楼是蜂巢界的核心，是萨神的第二法身。二者之间的距离，一个时间和心理的弯度，就是风雨桥，悦纳都柳江外部世界，成为进入蜂巢界的意象化进程，成为萨神的第三法身。三个法身提摄"宇宙五界"的图式：榕树是阴间入口，鼓楼是萨神的宫殿，风雨桥是水界上下、与鬼神往来的人的通道。① 张泽忠"对侗族观念世界里的'细脖子阳人'、'神鬼'、'精灵'、'小矮人'所生活的空间维度——天上与地上、水下与地表下、人间与阴间"，是一种图解式的描述：

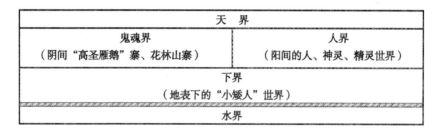

张泽忠说，图中实线区分两个相邻世界间的界限，譬如表明天界、鬼魂界和下界之间的隔离状态；虚线区域性地划开相邻世界间的相对界限，譬如区划人界、天界、鬼魂界、下界和水界之间的界限，但"五维世界"之间的界限形同虚设，"邻居"们可以畅通无阻地上天界、走下界、通鬼魂界和下水界；虚实相间线表示相邻世界间的隔离界限，但其中一个世界可以跟不相邻的另一个世界"相互往来"，譬如下界小矮人可以通人界、天界，但不通水界，而水界中的水生动物可以通人界、天界，只是不与下界小矮人往来。他说，看得出来，图中"五维世界"区划所呈现的空间维度和观念向度是很有想象力和价值意义的。在空间维度中，天上世界、

---

① "宇宙五界"图见张泽忠《澄明与敞开：侗族时空观与世界图式梳理》一文。"水界上下鬼神往来"而又成为"人的通途"的表述基于侗族文化的世界观念：人与鬼神、小矮人以及精灵是既分别又同一、呼吸往来又各自表述的生命存在，但人的存在是一种圣成，是五界共和又超越其上的圣化，故有"人的通途"之说。参阅张泽忠等《侗族文化传统的审美生存研究》，广西师范大学出版社 2011 年版。

水下世界、阴间、阳间和"地下"世界的界限只是相对隔离,因而边界形同虚设,甚至根本不设防。在观念向度中,人、神鬼、精灵包括天地间的一切生物,互为他者和互为"邻居",可以"我从你的隔壁来"或"到你的隔壁去",你、我交互往来,相互"对话"。这种迥异于他民族的空间维度理念和观念向度理念,我们称其为"宇宙五界"说。[1] 显然,包岛历险不仅是在都柳江穿行,而是在五界穿越,而且是携带着五界众生灵魂往来、生命相依的宇宙情识在拼搏奔竞,尤其是,包岛历险不仅将外部世界衍入蜂巢界,实现都柳江向鼓楼的涵化,而且将鼓楼里坐夜、穿过风雨桥、榕树下行歌与都柳江历险对举,形成不同空间波之间时间转换的合题。张泽忠的叙述意向显然是:鼓楼对于都柳江的吞噬。就鼓楼吞噬外部世界言,榕树作为哨岗,鼓楼作为碉楼,整个蜂巢界就是一个充满神秘和梦魇的陷阱:嘘嘘然幻现为鼓楼里兄妹唱着侗歌,榕树下情人望月,月亮蒙了云水,都柳江的浪涛泛滥成爱欲和歌声。反之,就都柳江涵化蜂巢界言,榕树是迎客松,鼓楼是会客厅,风雨桥是通道和窗口。包岛从美朵身边脱身隐约了榕树下妻子送夫的母题,巴隆格老、公圣和美岛在鼓楼上的期盼就是父老倚门、妻子伫望的模式变现,其价值预设和巫性体验体现为蜂巢界的本体性悦纳,亦即榕树鬼界向鼓楼神界的价值提升:(1)宇宙万物向蜂巢界诗化;(2)水界向人界善化;(3)"细脖子阳人"向姜良姜妹的无限圣化。作为纵向轴,包岛提摄鬼、人、萨——真、善、爱的价值路线,而且隐约张泽忠不无悲憾的世俗关怀:(1)古榕树幻化为青年坐夜,虽非道德官司,却是青林歌乡别一况味;(2)人界诗性向水界爱欲的奔泻与释放,隐约侗寨对于外边世界的觊觎与窥探。包岛古州侦察虽然款命在身心不由己,还没有一到外洋就改换门庭端着洋枪回来耍威风,毕竟多了一份与美朵的私情;(3)姜良姜妹对"细脖子阳人"的承担——汉苗侗藏、包括外乡侵入的嘎勇,庶几共在于神性圣爱的认同和救赎之中? 至此,本体性的空间场域与结构主义的共时情境在自然返魅意义上形成神性联结,亦即故事、意象、神话和史诗等"行动话语"[2] 所隐约

① 张泽忠:《侗族文化传统的审美生存研究》,广西师范大学出版社 2011 年版,第 139 页。
② 行动话语是奥斯汀的概念:区别于述事话语,指"做某事……而不是报告某事",亦即"能够产生行为",关键在于在其述事或述行包含了动作暗示和结构意向。这里借指意象、题材及神话史诗三个层面作为解构出来的构件,虽然是一些话语碎片的堆积,但是持存着不可漠视的内在逻辑和结构意向。

的召唤结构与文本阅读生成的期待视野，都依托在包岛身上，激发了九百古榕寨集体无意识中的萨神圣性，体现了科学主义语境下生态本体建构的无奈。

伊瑟尔在讨论文本处理时讲："对阅读行为的分析表明文学文本是一个'结构化的预设'（Structured Prefigurement）暗示了纸张上所呈现的一切需要努力方能探明意义。"① 英伽登的文本层次理论是该"预设"的最好例证："图式化观相层处理客体与认识客体的立场之间的关系，并形成意向性客体的图式片断。意向性客体层建立在图式化观相之上。"②《蜂巢界》的"结构化的预设"体现了张泽忠"认识客体的立场"，这就是生态主义，唯此，我们才能从文本分析中建构出一种"图式化观相"，依旧从三个层面加以描述。

狄钘：《图腾画·龙犊》

（1）故事层面的诗化叙述根本消解着人与自然、人与他者、人与自我对立的现实主义思维方式以及现代主义价值立场。在张泽忠的义域内，

---

① ［德］沃尔夫冈·伊瑟尔：《怎样做理论》，朱刚、谷婷婷、潘玉莎译，南京大学出版社2008年版，第74页。

② 同上书，第23页。

包岛历险的时间性过程不是为了强调对立从而转换场景来凸显孤绝主体，而是形成本体神意的感应以及自体神性的领悟。在全部都柳江历险中，包岛始终是感应着迎神安萨、认证龙犿、九百古榕寨行款悲歌及史诗忆旧的集体无意识氛围，以体悟前身、鱼腹面圣、感念众生的神意虔敬替代了都柳江的狂潮恶浪、杀气腾腾。从叙述看，包岛历险作为纵向轴散摄意象和神话史诗（英伽登所谓形而上质①）两个层面，不断地领承其亲情和诗意，与现实主义的受制于绝对客观、现代主义的放纵绝对主体形成完全不同的审美旨趣。散摄，就是一种边际融会，一种伽达默尔式的"视界融合"，也就是包岛的在款视界、九百古榕寨的存在视界及读者的关切视界之间的交织，交织点就是神性。这也是他诗化叙述的内在依据。当张泽忠观照三个维面丝丝入扣地融渗此种神意时，他就在诉说一种情怀：只有人，感念萨神灵明、领承在世使命、心灵充满亲情和诗意的人，才是回向生态本体的根本方式。

（2）意象与故事相互散摄、镶嵌、涵化作为叙述策略导致域界更新，其成果就是一个终极生态主义世界图景的生成。它是这样一种策略："过去有一个视野，现在也有一个视野，这两个视野相互映射，依据所采取的不同视角，使彼此不断变化，不断得到重新建构。"② 张泽忠的叙述正是这样：意象逐渐吞噬故事，故事相应地涵化意象，一方面本体性场域衍入心理，形成记忆式、嵌入式、记录式向报告式时间表述的情境延展，另一方面作为内在客体的共时情境不断地向本体场域拓展，形成从现实向心理、时间向空间、此在向本体的流注和递归，人在历史情境和对象审美的价值努力中实现神意化和生态化。就叙述方法来看，意象及神话两个层次对于故事层的镶嵌，不仅消弭着包岛与九百古榕寨、与对象世界（兵匪祸乱）乃至与读者阅读期待之间的紧张对立，拓展了文本视域，而且弥

---

① 英伽登文本层次结构理论中的形而上质并非通常意义上的客体的属性，亦非普遍意义上的某种心理状态，而是复杂又完全不同的、弥漫于情景与事件中的氛围，诸如崇高、悲剧、恐怖、震惊、神秘、邪恶、神圣等等，正与张泽忠在《蜂巢界》叙事中神话和史诗层面相应。我们为了描述和分析的方便使之客体化并且心理化。Roman Ingarden, *The Literary Work of Art*, trans., George G., Grabowicz, Evanston: Northwestern University Press, 1973, p. 290。

② ［德］沃尔夫冈·伊瑟尔：《怎样做理论》，朱刚、谷婷婷、潘玉莎译，南京大学出版社2008年版，第43页。

合着文本叙述与历史记载、现场报告与种族记忆之间的边际，① 解构了从题材到叙述、从文本到阅读乃至诗化叙述与客观世界之间的全部对立。就意象与题材的绵延黏合看，一言以蔽之：散摄、镶嵌、转换、弥合，终至于吞噬。吞噬是个重要的概念，它是意象与题材、空间场域与历史情境乃至文本建构与读者阅读之间全部关系的概括。具体而言：一是龙犊神性对于九百古榕寨集体无意识的吞噬；二是萨神娘娘的神意对于包岛、蜂巢界种族记忆乃至都柳江军情的吞噬；三是文本的内在结构（榕树—风雨桥—鼓楼）对于故事、意象及神话三个层次的吞噬。又是一个套娃结构！亦即记录式套入回忆式，再由嵌入式联结起来，共同套入报告式，形成文本对于叙述的终极吞噬，德里达所谓最高痉挛，其成果是人与他者、与对象、与世界、与历史之间的对立柔化为神授色与，进而生成生态共同体，从而实现本体建构本体。

（3）神话、史诗、母题、使命包括历史记载诸如此类的种族记忆，其"形而上质"是一种情境化和本源性，拓扑为意象结构，涵化于原型复活和时空集置，从而呈示从诗性回向圣性、最终领承圣爱永恒的生命价值取向。米勒在评价布莱时指出："在同化任何客体之前的自我流露的时刻就是真正的开始，这不仅因为它之前没有任何东西存在，而且因为我思之时刻是其他一切的基础。"② 这与张泽忠大相径庭。米勒的旨趣在解构"本源、目标或基础"，③ 所谓祛魅，所以他强调"我思之时刻"的无可逃遁，指涉一种孤绝统摄性质的单一线性主体，并使之成为贡布里希的"观看者"④。而张泽忠似乎早已完成此种解构并根本拒绝单一线性主体；他于"双峰对峙"中投设"乱云"，不是一种"观看介入"式的边框关系，而是本体神性返魅，是生态理念下全部主客关系及其互不相交的线性统摄结构的彻底消隐，而且散淡"我思"，建构一个冲和蕴藉、氤氲和洽

---

① 《蜂巢界》文本有多处嵌入地方志的历史记载，而且以"老辈人讲"开篇的叙事也具有佛经"如是我闻"的权威性和神秘义。

② ［美］J. 米勒：《重申解构主义》，郭英剑等译，中国社会科学出版社1998年版，第9页。

③ 同上书，第144页。

④ 贡布里希的观看者是一个参与者，他指格式塔作为信息关联中氤氲而出的"场"，本质上是观察者的潜在假设引导组合行为所产生的结果，也就是观察者自外向内的投射。张泽忠正好相反，《蜂巢界》的诗化叙述吞噬着所有的观察者及其组合引导行为，从而将"我思"返还为格式塔，最终化入"场"。

的大我。与之相应，托出一个意象结构：古榕树是古老文化的标志；鼓楼是亲情和诗意的共在；风雨桥就是涵化水界、鬼界、都柳江外部世界，使之衍入蜂巢界而铺设的人的必由之路。在"返回境域性、时机化的本源时间"① 的意义上，榕树、鼓楼、风雨桥生成一个三维结构，它统摄内外、上下、主客乃至对象世界的全部哲学关系，形成"蜂巢界"生态本体。张泽忠的大我就远远超越米勒的"我思"：涵泳世象，吞纳古今，集置时空，② 成为后现代思潮下人与上帝相遇的三个场所③的合一。张泽忠不仅将这些解构主义制造的"支离破碎的片断或部件"④ 散摄延异⑤，如同一片片祥云播撒于故事层和意象层的间隔和节奏之间，而且从词源和语象的意义上寻绎其神秘性，使之还原为一个大祖母原型——萨神娘娘。如果我们能进入张泽忠的母语思维和巫性体验，那么榕树—风雨桥—鼓楼应该理解为这样一种结构：榕树与鼓楼之间是一种空间关系；风雨桥是一条时间延线。萨神娘娘就是一个时空集置、隐约原型、拓扑圣成的示现：在空间递归与时间递进的涵化过程中将人的主体性弥散为本体神性，实现圣爱永恒。这是《蜂巢界》从一个结构主义文本向生态主义终极景观建构的圣性方式。

　　下面是《蜂巢界》文本的拓扑图。

　　我们发现，榕树、鼓楼、风雨桥三个结构性意象统摄《蜂巢界》文本的三个层面：（1）榕树统摄故事；鼓楼统摄意象；风雨桥统摄神话和史诗。（2）风雨桥超越于两个层面之上，作为本体意向的承载不仅持存

---

① 曾繁仁：《生态美学导论》，商务印书馆 2010 年版，第 76 页。

② 海德格尔"集置"（Ge-stell）指现代工业技术把存在者变为纯粹可操纵性垄断对象，其统治之严密形成"所有确定方式之集聚的整体"，人不仅被逼而集置，而且参与规划集置。张泽忠集置时空则是为了扩大视域，散淡"我思"，旨在复活原型返还原始经验，一如佛家去我执，将贡布里希的"介入"融解为"化入"，以此回归生态本体，故此借用。

③ "这三个经验领域——我们的躯体、自然界和社会——就是我们在万物中与上帝相遇的自然基础；所有这三个领域都是一个完整整体的组成部分。也正是在这里，圣恩才开始起作用，因为，圣恩的再次降临乃是对造物的再创造。"大卫·格里芬编《后现代精神》，王成兵译，中央编译出版社 1998 年版，第 84 页。

④ ［美］J. 米勒：《重申解构主义》，中国社会科学出版社 1998 年版，第 131 页。

⑤ 延异是德里达的概念，指时间的延和空间的异，一种解构本质和中心本体位势，成就个体的、分散的、边缘的和言语的价值意向。此处用来表述张泽忠意象与题材以及神话史诗三个层面的空间开拓，与德里达有异曲同工之妙。

侗寨村口的古榕树（沈一默摄）

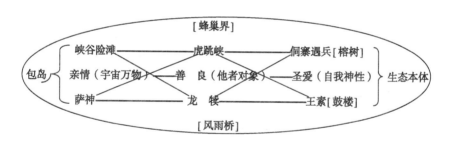

神话史诗层，而且涵摄三个层面，成为吞噬全部叙事的总意象：将鼓楼和榕树联结过渡，生成蜂巢界。（3）三个层面散摄镶嵌，消解神人之际、主客之间、时间与空间、读者与人物乃至历史记载与文学叙事之间的逻辑拼接，拓扑为一个内外相通、多维一体、圆融自洽的生态终极景观。我们再度想起伊瑟尔："理论是从有待分析的素材中抽象而来的，而方法则把理论用之于阐释，并藉此对所有基本假定产生反作用。这样一来，一个反应环就运转起来。理论为阐释方法设置限制因素，后者又把在实践中产生的结果反馈给理论。"①

① ［德］沃尔夫冈·伊瑟尔：《怎样做理论》，朱刚、谷婷婷、潘玉莎译，南京大学出版社2008年版，第25页。

二十二 张泽忠小说的时间性回溯

(一) 本体性: 图腾崇拜向自然崇拜的时间性回溯

现在,我们再看前面的追问: (1) 这些意象物究竟蕴含了什么意义?或者说象征了什么,比喻了什么?有什么宗教的、心理的、巫术的抑或游戏的信息或势能在里面吗?换句话说,为什么侗族人用这些物事而不是别的? (2) 最初决定启用乃至千山万水地寻觅这些"瘗物"的那一位是谁?他或她有什么依据或理由非用这些而不用其他?决定者与被启用者及两者之间的心理指涉关系是什么?且如是说,在后世后续意象的象征或比喻意义上恐怕永远无法回答这个问题。这些"瘗物"是一些关联物,一些意向或意象,是巫性思维方式下洞穿本体、潜臻终极的一些通道或户牖,类似提喻但超越之。通俗地讲,祭萨仪式的根本目的就是上达"萨听",这些瘗物是众生之灵敬致萨神娘娘神意的途程中一些拐点或参照, (1) 杜绝人工,必须是天然之物或之事。 (2) 绝无假冒,绝对真实。 (3) 难求难得。它不像汉族古人说的:"得来全不费工夫";寻找这些物事所需要的时间和距离本身构成一种价值和意义,它们是要费点功夫、下点辛苦的。 (4) 这些节点之间、参照之际不是一种逻辑推演和知识拼填,而是意义的衍生、悟性的衍射以及语词规则的衍入。亦即它不是确定知识,不能逻辑限定。这就为历代或巫师或祖先或族长主持大典时神圣性和权威性的获得提供了自足阐释的可能。如果一定为它们设定一个阈界,那就是时间记忆,就是依托或依据"老辈人讲"的那样一种不言而喻、不证自明、先验自在的时间体验。它们不是孤零之事或枯索之物,在特定情境中可以返潮回暖,还原一个种族的集体记忆或原始经验,激发巨大心理能量,形成巫性狂热。换言之,在诱导个体潜意识或诱发集体无意识的意义上,这些瘗物就是一些显影剂或刺激物,一些时间图腾。正是在这里,我们找到这些瘗物与人物身份之间的神性关联:时间本体性。比如包岛初到侗寨安落时,他的时间记忆和图腾身份就被特别强调:

> 那事是那样的奇谲,让人难以置信,却又不得不相信。
>
> 一个人的前世是一头牛牯,而今生今世居然还记得一清二楚,这事能说不稀奇吗!
>
> 记得落脚古榕寨时,包岛剃着光光头,包岛一家在山寨北端一栋

孤凸出去的吊脚楼刚安顿下来，巴隆格老就登上包岛的木楼，询问起包岛的生辰年庚。

公圣回巴隆格老的话说：

"包岛这孩子过阴阳河时，搭末趟船，日头快落山了，才来到阳世间。今年是他的本命年，刚满十二岁。属鸡。"（第30页）

这里的包岛正是那位"生肖属鸡人丁，用火镰击打白石取火点燃祭坛圣火"的"火炬手"，属鸡这一时间点将他嵌入宇宙时间序列，不仅九百古榕寨，不仅他的主人和父亲，他自己也认定是龙犊的后身，那么包岛这个人就图腾化了。事实上，不仅包岛，也不仅是出生时间，就这些瘿物与人的仪式身份而言，的确包含了相对确定的时间分配关系和本体喻指关系。在这个意义上，这些瘿物是它们作为显圣物在确立着人的仪式身份，而不是人的仪式身份决定这些瘿物的图腾意义。《蜂巢界》在军情危急的间隙写祭萨，在枚举了十几种砌萨坛必备的"瘿物"之后，叙述者做了如下表述：

> 这十几样圣物，各有其深刻、神奇的寓意。如三脚架、锅头，象征着团寨的烟火生生不息；锄头、火钳，象征着团寨老少勤勉和家庭幸福。因此，因象征意义不同，寻找圣物的人，其辈分及身份也很讲究。如点圣火用的九面银光闪烁且粘有崖燕屎的白石颗，就由酉年酉月酉日酉时生的包岛去寻找；横跨江河两岸的野葡萄藤，缠着三角架数圈象征着团寨的团结，就由款首巴隆格老去寻找；而千年古树洞里的白浮萍，自然就让姑娘和小伙子们去寻找了，因为富有朝气和生命力的年轻人，是团寨人丁旺盛和子孙繁衍的希望和未来。

这个表述非常清楚地交代了显圣物与人物身份之间的时间关系，本质上是一种本体性喻指，它是通过那些瘿物衍射出来的，其时间分配和图腾身份是宿命的或前定的，在侗族文化看来，不仅喻示九百古榕寨每个人的宿命，而且映现整个蜂巢界命运的轮回不止和原型跌宕。一个劫数或一个身份在其映现团寨运数或喻示个体命运的时候，它可以从时间本体性作出解释，而且是无往而不从时间逆推的本体性上回溯到上古或前世，整个团寨或每个个体都同时存在于现实生存和时间记忆中。正是因此，我们看到

《蜂巢界》在包岛历险的叙事层面上大规模记写九百古榕寨的青年男女备礼祭萨，表面看来与十万火急的现实情景大不适合，造成种族忧患和阅读期待方面的巨大心理张力，事实上九百古榕寨的蜂工们正在进入原始经验，如果从维特根斯坦事件化的概念来看，他们已经全体进入上古，回到初祖造物，心理上已经变成图腾一族了。

狄钰：《图腾画·萨神娘娘》

那么这些图腾始自何时、端出谁人呢？这个逻辑命题到这里就成为伪命题。张泽忠不无遗憾地陈述："报导说明，如今独峒'团寨'萨玛神祭祀，史后'祖灵崇拜→英雄崇拜'仪式环节的信息意义（庇佑子民安康幸福、山寨永葆安宁的英雄守护神意义）得到了强调，由于史前'自然崇拜→图腾崇拜'仪式环节阙如，萨玛神'万物之母'的至尊神格已然失色。"我们看，张泽忠只能排开一个时间序列：自然崇拜—图腾崇拜—祖灵崇拜—英雄崇拜。按照这个排序逆推，就回到自然崇拜的泛灵时代，时间衍入空间，物我归于同一，其本体性不仅散播到宇宙场域，而且其形下观相就落实为自然崇拜的生生之德。从这里我们看到侗族文化中，时间作为宇宙万物之间的牵系不仅把人与世界、人与自然联结起来，而且作为隐性通道把人与神圣沟通起来。在终极意义上，时间与空间等同，今天也就是往古，遂尔当下人的生存急难乃至生死忧患与古往今来荣辱生灭都是同一的，人活在记忆之中。

（二）时间集置：意象的本体性喻指

我们说过，原型意象是一种源自本体神性以及本体审美的主体意向及其时空绵延，一种衍射和包孕客观对象的主体情境性，一种建构和阐发。多民族文学叙事中的原型意象在以下四个维面建构着题材叙述的场域和情境：（1）所携带本体神性充满遍在，将人的存在确立为"无可逃避于天地间"的神性场域，使文学创作发挥于表现与创造的直觉之域，其生命之力永不枯竭；（2）指涉本体神性向对象世界绵延散播的主体意向生成，为题材叙写提供先验的时空视域和宇宙情境；（3）指引人的情感价值和诗性品格，它诉诸直觉和感通，以模式化或寓言化的方式实现人的涵化；（4）激活原始经验，感应典型情境，概括历史题材从而衍化出客观生活和现实情境。神性充盈，时空视域，诗性品格，典型情境成为四个关键词。以此来盘点张泽忠的题材叙述，那些可以称为原型意象的侗族意象的确凝结着某种本体性喻指，而时间集置是张泽忠有别于满都麦和南永前的不同之处。换言之，张泽忠的原型意象是通过深刻强烈的时间性和历史感来完成对于题材的摄持、吞噬、镶嵌乃至拓扑的，我们基本可以从三个义项来认证张泽忠原型意象的本体性：（1）仪式性；（2）时间性；（3）生态性。下面将张泽忠《蜂巢界》（包括散文）中的意象作一个大致的类化，标准是前面的理论：

> 按照原型来分，意象可以分为：（1）作为时空样相的本体性符码，如周易卦象，如"天地混沌如鸡子"，盘古开天辟地，夸父逐日等；（2）作为历史事件的情境性意象：抟土造人，禹化为熊，精卫填海；（3）渗入主体情感意志的神意性人物，如女娲、伏羲、舜与二妃等；（4）用来辨识客观表象和现实事象的象征性物事，如庄子笔下奇形怪状的人物，楚骚里面幻渺美雅的花草等。

以此，我们从《蜂巢界》摘选出来的190多个意象就分为四类：（1）作为时空样相的本体性符码：蜂巢界、萨神娘娘、木雕菩萨、松恩、松桑、螺蛳髻、萨坛石头、炭坨、火球、火镰、火精灵、火塘三脚架、圣火、火塘火、款首家火塘灰、洪水、新月、月亮、北斗星、雨神爷、庙宇、高山峻岭上的一撮土、古树洞里的白浮萍、旷野上的大门、老虎粪便、十二层蚂蚁巢、锅头、锄头、漩涡水、蜗牛、白石颗、野葡萄藤、茅草、牛牯、牛犊犄角、地狱。这一类又分两类：一是与萨神和火相关联的本体神性意象；二是祭萨的显圣物。就前者言，萨神或火都是侗族文化的最高和终极，是信仰的层面。但是，这些意象都指涉一种空间性：本体的，宇宙的，自然的，神性的。它们在承载本体神性的同时隐约某种世界可以寄寓或存放的空间意向，但其本质是虚灵象征的。此外，它们还具有衍生性或包孕性，亦即可以由此一意象衍生或孕育出下级意象或现象存在，诸如火球不仅指涉宇宙间雷电、太阳，而且隐约光明、生长、浓雨彤云及山河大地的自然律动或生命勃发，是侗族人民信仰的万物之源、创世之祖。（2）作为历史事件的情境性意象：古榕寨、细脖子阳人、雕错了的恶菩萨、款了一段古、款牌、龙、虎、嘎争本、牛角号、嘎勇、嘎老、钢仓、银箭、铁枪、招魂、法鼓、神剪萨、雷公柱、牛角做的乌黑发亮的卦爿、牛皮鼓、香杆、枪尖肉、深不见底的窟窿陷阱、陌生的外方客、虎跳峡、江面上的晨雾、精气放盅、竹尖筑成的悠悠王国、群蚁垒窝、蜂儿护巢、灯盏子、簸箕。每个意象大体上都有一个故事或一套仪式与之相属，构成维特根斯坦意义上的"原子事件"。① 而且事件也大体分为两种：一是起款护寨，二是部落仪式，两者是联系着的。它们像一个个动作点或拐弯处，规导一段情节或故事从而具有强烈的事件性和情境性，时间限定严，必须以某年月日特定时辰举行某仪式，这些意象就是一个时间质点或情境中心。它们都具有浓郁的巫术气息，主要显示了侗族人抗敌御侮的象征方式和巫化思维。（3）渗入主体情感意志的神意性人物：金必、龙犊、水獭精、香樟古树、杉姑娘、小山精、龙宫女、小羚羊、巨蟒、幽谷里的香草、长青树叶片、翘起的头帕梢、王素、管公、勒汉、树爷爷、小雁鹅、百褶裙、灯草郎、踩歌堂、歌舞、行歌、嘎锦、坐月堂、果果歌、下路人、埋嘎、牛贩客、旱烟管、小把爷、系在心口里的竹铃、车缝匠、山魈、书郎、酸鱼、竖笛、松柴灯。这类意象的神意性质大多体现为童话梦幻色彩，凝结了上古侗族祖先与自然合一的生态生存方式和与他者同一的诗性文化状态。这里的人物都是神意化的，亦即属于神话或仙化人物，与

---

① 参见［奥地利］维特根斯坦、路德维希《逻辑哲学论》，商务印书馆 1996 年版，第 12 页。

世俗人物的精神和心灵相通但是优雅幻渺，即使那些种族英雄们如王素、管公，那些民族图腾式的人物如金必、龙犊，也大都有一种仙气或诗性，不完全是威力勇猛或专制独裁的。（4）用来辨识物象和事象的象征性物事：风雨桥、团寨、这团天、螃蟹精、花龙、峡谷、竹鸡、竹笋、葫芦、葫芦街、晒禾楼、鼎罐盖、蚂蚱篓、鸟笼、竹筒、木楼、铁屋、花街、画眉、崖燕、鸬鹚、蝉儿、蓝靛、鸭帮、野猪、禾笛、苔藻、蓬蓬油杉、老酸、黄鳝、海碗、琵琶、玑珠、纺车、竹笔、九月苞、农家乐、糯禾把、摩托锯、磨石、石碓、勾刀、米椎树、禾蔸、笛子歌、捶布声、夹夹衣、银情歌、水中的一洼天地、小耳是一块木簧片、银手镯、粑粑甑、摘月亮、茶树坡、大蛇屙屎、四块瓦、五倍子皮、七叶一枝花、八角莲、三十九宝犁地土、榨油槽里的木楔、新媳妇粑粑、吃新节、冒芽菜苗、玉蕴石腹、土皇节、坐桥、山垭口、枫木田塅、山寨石板路、瓷钵、侗笛、蜂窝帕、牛钉绳、江州、柳州、鞭岑、外方。这类意象的现实性和地域性比较明显，有的就是地名，有的是农具或生活用品，有的是生活故事。我们大致能够从这些物象或事象看出与一、二两类意象之间的层级关系或意向关系，显然是由第一、第二类意象的空间性和时间性衍生或散播下来的下级意象，大多都镶嵌于侗族日常生活情感之中。但是它们并不都是实名制或实在物，而是象征之事、之物，而且有变形、诗化或意象化倾向。

1. 仪式性。任何仪式都是以本体性的在场为标志的。"依据一般的看法，仪式一直被视为特定的宗教行为和社会实践。学者们沿着这样的路径，一方面审视神话——仪式与宗教之间的历史纽带关系，另一方面探索作为宗教化的仪式在社会总体结构和社会组织中的指示功能。与纯粹的宗教学研究不同，社会文化人类学的仪式研究趋向于把带有明确宗教意义的喻指的仪式作为具体的社会行为来分析，进而考查其在整个社会结构中的位置、作用和地位。"[①] 换言之，上古社会所有仪式都是一种宗教行为，不仅具有喻指性，而且喻指本体性。张泽忠这些意象之所以被我们认证为原型意象，首先在于这些意象构成侗民宗教活动最基本的喻指符号，它们是进入仪式并且涵化一般社会生活的，这就是本体性的在场。但是本体性不是作为神或形而上理念存在，而是作为生命体验或客观现实呈现于仪式并被体认着，落实为生活和劳动的方方面面，落实为物事或物理乃至宇宙

---

① 彭兆荣：《人类学仪式研究评述》，《民族研究》2002 年第 2 期。

万象，所谓万物有灵。换言之，上古人类的社会生活是宗教化和仪式化的；所有的存在都有意义可讲，都有灵体存在其间。这些物事或物理作为意象，最初只是一种心理事实，存在于心理深层从而积淀为深层意识。譬如"江面上的晨雾"这个意象在汉语书写中是再平常不过的一种景象，但是，在《蜂巢界》里它至少有：①时间：早晨；②空间：都柳江；③本体意向：宇宙意识和自然气质；④事态意向：九百古榕寨的生存忧患及悬危情境；⑤原始经验和种族记忆：姑娘小伙玩山之类侗家古老生活；⑥萨神与侗人同在等复杂义含和能指意向。

> （1）此时，江岸边的雨密密地下，勒汉被雨水团团罩住，周身数步远一片迷迷朦朦的什么也看不见。勒汉手搭着遮棚，两眼忽闪忽闪地朝来路和去路望去。
> （2）此时，天渐渐地亮了，朦朦雨雾中，依稀看得见勒汉披着披风，缠着头帕，一身山寨壮士打扮。勒汉肩上的披风像一面猎猎响的旗子，时而把勒汉的身子紧紧地裹住，时而又呼啦啦地掀开来，像要挣脱勒汉的身子展翅飞翔去。

这两段选自《蜂巢界之一·山雨·款牌》，是包岛从古州探得军情返回九百古榕寨就要出发时的情景，"江面上的晨雾"是作为意象化了的情境呈现从而进入时空的，但它不仅仅是时空表述，而且浓郁着这样一种气氛："听老辈人讲，这年夏天，都柳江的这团天出了点乱子"；也不仅仅是嘎勇凌逼的军情，而且包含了"迷迷朦朦"、征兆着古榕寨的"来路"和"去路"的某种天象；也还不仅仅是此时此刻，而且是后面的叙事中不断叠映和呈示的一种关于世界和存在的本体性意象，其宇宙感和危机感，其忧患意识和存在体验非常强烈。重要的还在于，就像那些习见的英雄叙事，每到英雄人物赴义时就会出现彤云密布电闪雷鸣的场景，这里的"江面上的晨雾"同样氤氲了人将面对的军情、自然、萨神乃至道义和真诚等等复杂语义的神性氛围，它构成叙事的仪式化和在场性，而且蕴含了某种预示或启迪。在原型的意义上，这个意象既是一种内在客体，也是一种历史处境，就像"中华民族到了最危险的时候"！在国歌里一样，是一种闻鸡起舞、群情激奋、千钧一发、向死向生的心理场域，它凝结了一个民族的原始经验和种族记忆。它将本体性和仪式性乃至心理能量融为一体，诉诸感觉和体验，在后面的叙事中不断地隐约和呈现。

（3）三天前，天刚发亮时，古榕寨上空突然下起了雨；天黑了，仍"哗啦哗啦"地不肯歇息。雨水和江面上袅袅升腾起的雾水，像一张怪异的网，把都柳江旁三道山梁上的九百多户人家，严严实实地包裹起来。侗胞们没见过下这么大的雨，一下紧张起来，数千口人丁大大小小都担心会有哪样灾祸突然降临。

（4）此时，雨飘飘曳曳地将要停了，雨雾迷朦的都柳江上，已有船只过往。两小后生打听后，知晓"嘎勇"分水陆两路下融州、柳州去了，便朝"嘎勇"的去路啐口水，小手指绞叉在一处，做个操"嘎勇"列祖列宗的鄙薄样，诅咒"嘎勇"走陆路跌崖坎，走水路触礁翻船，不得好死。

（3）则选自《蜂巢界之一·山雨·嘎勇》，（4）则选自《蜂巢界之一·山雨·萨神娘娘》，我们从重点标记的文字看到"江面上的晨雾"这一意象逐渐具体化为某种事态意向：九百古榕寨的生存忧患及悬危情境。原型意象一方面从本体性向仪式性回落，逐渐回落为具体情境；另一方面从心理域界溢出，逐渐衍射客观景物并散摄历史情境。它不仅是侗人心头的一团愁云，而且"像一张怪异的网，把都柳江旁三道山梁上的九百多户人家，严严实实地包裹起来"。它是一种笼罩着对象和主体、也包括读者进入叙事情境的"召唤结构"和"期待视野"，它不断隐约题材，几乎就是仪式化过程的某个构件。

2. 时间性。原型意象进入历史情境的本质就是空间波进入时间流并转化为历史场景和具体事件的过程，其间，意象的时间性被强调了。张泽忠在促逼一种时间性和历史感，尤其是历史在其发展进程中某种意义相关性或结构同型性，在一个意象上，会形成叠映或再现。张泽忠是从时间的维面上切入，将现实情境拓展为原始经验和种族记忆，形成深层文化开掘。

（5）此时，头顶上的猛雷，如蓝靛水般稠浓的云雾，被抛在了身后。眼前另是一片天地，远处山谷间米汤似的白云，一团撺着一团，像瀑布在流泻，像羊群在嬉戏。包岛没心思观赏眼前的云山雾水，但却因这一片云团缭绕的天地，心情为之开朗了许多。

　　（6）此时，一整天"哗啦啦"下着的雨，淅淅沥沥小了下来；雷声亦远远退避去，在天陲边呜呜地哽咽着、抽泣着；江面上，隔儿一两只崖燕飞过，别的了无踪迹……

　　（5）则选自《蜂巢界之一·山雨·龙犊》，（6）则选自《蜂巢界之一·山雨·虎跳峡》，这两则都是写包岛负款回寨途中于都柳江上、虎跳峡中与恶浪搏斗的情形。这倒不完全是张泽忠延宕闲笔、于惊涛骇浪中抒写诗情画意，而是"江面上的晨雾"进入风诡云谲中的一种情境变现，一种时间性和历史感的呈示：即使惊涛骇浪，即使生死关头，大自然的风险总是被萨神娘娘感召的神意和诗性涵化着、提摄着，换言之，凶险的现实在本体性的照临之下开始剥落，呈现出其本有的、诗性的、宇宙感和仪式化的存在画面，人的本质——包岛作为龙犊的后身与存在的本质——虎跳峡作为侗家诗性展播的现场，在共时性和等值性的意义上，生成生命与世界、凶险军情与歌诗生涯的叠映和对比。在张泽忠这里，时间被辟开两瓣但是又合而为一，不是人对于自然的理性征服，而是人与自然的神性同一。譬如"头顶上的猛雷，如蓝靛水般稠浓的云雾"与"眼前另是一片天地，远处山谷间米汤似的白云"；"雷声亦远远退避去，在天陲边呜呜地哽咽着、抽泣着"与"江面上，隔儿一两只崖燕飞过，别的了无踪迹……"就构成两组共时等值但是并不对立分割的时间函数，亦即从表象看的确存在着景物和情势完全不同的两个阈界，但是它们是共在于同一时间流的两个空间波，而且蕴含着心理逻辑和巫性方式的同一，因而铺写于同一题材叙述段落中。张泽忠谈到侗族"省"的概念时讲："在侗族的区域观念模式里，空间维度上的世界压缩和地域联结，既包含空间上的'天涯若比邻'，又包含时间上的'天涯共此时'，它强调空间维度上的无中心与边缘之分野，以及时间维度上的无先进与落后、文明与野蛮之差别。"[①] 这一论述同样适应于原型意象其时间性的分析。可以说，历史感、共时性以及本体性构成张泽忠原型意象时间性的饱满张力和深刻内涵。

　　3. 生态性。不仅仅作为人的生存环境或条件，也不仅是一种绿色的、科学的、符合于生物多样性或主体间性的生态理念，张泽忠原型意象的生

---

① 张泽忠：《侗族文化传统的审美生存研究》，广西师范大学出版社2012年版，第139页。

态性体现为主客对立及人与自然、人与他者关系的零和或同一，亦即自然共生、美美与共的诗意亲情替代了宇宙万物之间包括人与世界之间的矛盾和对立，是一种高度同一性、无限本体化的生命价值观和存在认识论。"江面上的晨雾"不仅是象征或征示吉凶存亡的，也不仅是为了散摄题材、衍射事件，而且是一种掩饰，一种对于存在事实和悲惨现实的掩饰，一张诗意的华丽的袍子——

> （7）都柳江的这团天，大凡晴天，江面上的晨雾，总是稠浓得像蓄着一江毛绒绒的棉絮。浓雾里什么都模模糊糊，侗胞们出工那会，那艘船像一只大水獭，咕噜咕噜地往江对岸划去。船上坐着清一色的姑娘和小伙子，船尾蹲着一只很有架势的黧色狗，渡船公看了好一阵才看真切。（《蜂巢界之二·命根·古树洞里的白浮萍》）

这一段清晰地呈现了"江面上的晨雾"这一意象，但它不是一个主体，也不是对象，它不是一般景物描写，当然也不是简单的象征喻体，而是类似澳洲袋鼠的那一个囊，一个哲学的或本体论的囊；它并不像中国的周礼或西方的大地伦理那样清晰地界定着宇宙生命或地球生物的品种和类别，而是模糊地化生着、变现着、遮饰着、甚至养育着世间所有的生命和生物。张泽忠有这样一段描述：

> 民族志课题组成位成员的故乡叫盘贵寨，寨子坐落在湘黔桂三省（区）交界的"三省坡"西南麓，山寨前山垭口有一棵为人们遮阴挡雨的香樟古树，人们称之为"树爷爷"。传说这位"树爷爷"的"精灵"，夜里化为宽敞的木楼，让前不着村后不挨店的过路客安顿歇息；还常常打扮成英俊小伙子到邻近山寨去和姑娘们"行歌坐夜"，给年少者传歌教歌传授四时八节礼俗。[①]

这里的"树爷爷"基本上是"江面上的晨雾"这一意象的原型和变体，也是张泽忠原型意象生态性的形象表述。张泽忠原型意象所蕴含的生态性不是西方科学理性语境下的科学化的、本质上是人类中心主义的功利

---

① 张泽忠：《侗族文化传统的审美生存研究》，广西师范大学出版社 2012 年版，第 104 页。

性生态理论，而是一种纯粹的生命生态主义或自然本体性生态主义，与满都麦的自然本体观念是完全一致的。它比西方生态主义超越的地方是：西方生态主义在剪除动物种群的多余数量、祛除危害人类生命的生物条件、完全不接受由于生物多样性和生命异我性形成的对于人类的伤害和阻滞等命题上，或者无法进入逻辑，或者只有模糊处置——与之相反，张泽忠的生态主义则包含了人类必须为自然、为世界、为他者承担苦难、牺牲乃至罪恶的义含，从而根本地祛除了人类中心主义。所以，张泽忠所表述的侗族文化不仅有"省"与"堆"的概念，它包含着侗苗人民的对象性体验：人的存在本质是距离和遥远的消除，是历史和现实的打通，是平等和友爱的联结，它是天地神人鬼各界的融合；不仅呈现了洪水、暴雨、牛、山外等意象所指涉的人类面具的解除和亲情共在的实现，涵化出一种由里向外的、既看守又期盼的蜂巢界心态，而且延展出"细脖子阳人"于世间存在的诗意持存和价值把持：无缘大慈，同体大悲。"浓雾里什么都模模糊糊，侗胞们出工那会，那艘船像一只大水獭，咕噜咕噜地往江对岸划去。船上坐着清一色的姑娘和小伙，船尾蹲着一只很有架势的黧色狗，渡船公看了好一阵才看真切。"如果不是在一个晴天朗日而是风雨如晦的险境，我们会联想到挪亚方舟，联想到人类的拯救，也联想到后现代主义强调的复魅。在这里，"江面上的晨雾"包括了船、大小獭、对面、姑娘和小伙、黧色狗乃至渡船公。它们都是"江面上的晨雾"这件华丽的大袍里的生物和景象，与村寨前的古榕树"树爷爷"，与蜂巢界一般的九百古榕寨，都是同一原型的变体或法身，在共时性的意义上形成时间集置，形成人与自然、人与他者、人与世界的深刻同一和诗性融合。需要说明的是，我们这里选择的"江面上的晨雾"这个意象，完全是随机而遇、偶然捡拾的，限于篇幅和时间，我们不能对上述四类原型意象一一加以诠释，但是，它们肯定是可以诠释并且能够得到文本支持的。

第八节　题材的拓扑化和语词化

题材的拓扑化和语词化是一个双向运动，它要解决的问题是或将题材抽象为意象，或将意象拓扑为题材，但其根本旨意是叙事而不是抒情。当然这不意味着与本体视域的空间波或社会历史的时间流脱钩，相反，它是

在无限回向和无穷回溯的场域重新整合题材，面对无可措置也无力整饬的
社会历史情境，作为文化人，所能做的唯一的工作，正像一句俗语所说
的：既然不能改变世界，就只能改变自己。阿库乌雾正是这样一位文化诗
人。他似乎很早就不是在写诗——不是在写传统意义上"诗言志"那种
诗，而是在叙事，在书写自己民族的历史和现实，在书写他自己。质言
之，题材的拓扑化乃至语词化就是对于自己作为民族文化代言人的存在状
态和生命形式的改造；就阿库乌雾而言，就是从巫界走向鸟人、再从鸟人
回到巫界这样地穿梭。两下里都失落了，只有将两者连接起来的语词以及
语词所承载的意象——这些吉光片羽的意象都成了题材的鸡零狗碎和边角
毛料，然而，这是阿库乌雾能够抓住的唯一的稻草。就像那些做秫秸工艺
的人，他把所有能够做成器具的秫秆都做成器具，以此来象征性地表述自
己经营的这个世界，但说到底，他还是在经营自己——即使是这样，我们
还是认定，这是一场真正深刻的革命。

二十三 阿库乌雾的"行咒"方式

> "远古的时候，彝族先民中有一对父子为了寻找'天边'启程，
> 一路上，经过了无数的坎坷与艰辛，父亲最终在途中老去，儿子继续
> 艰难跋涉，终于回到了起点……"
>
> 小时候，听着祖母这个故事，阿库乌雾在想：我也要去寻找自己
> 生存世界的"天边"，去创造一个属于自己的生命故事。
>
> 多年以后，这个勇敢走出"普龙拉达"山寨的彝家儿子变成了
> "罗庆春"，远离故乡，成了当地的第一名大学生，成为了大学教授、
> 学者、诗人。
>
> 然而，"远离而后回归"的命运之旅早已注定。
>
> "罗庆春"继续艰难跋涉，终于回归了"阿库乌雾"……①

明江采访录《阿库乌雾：同构同辉的双语人生》中这一节虽然简雅，
但是一个非常精准的表述。虽然"小时候，听着祖母这个故事，阿库乌
雾在想：我也要去寻找自己生存世界的'天边'，去创造一个属于自己的
生命故事"这·段有点差强人意，换言之，从叙述学讲，我们其实无法

---

① 明江：《阿库乌雾：同构同辉的双语人生》，《文艺报》2011 年 11 月 11 日。

判断阿库乌雾当时是否那样想，但阿库乌雾将文学之思穷追到世界的
"天边"，用荣格的话说就是"走到世界的边缘"①，却是真实的。阿库乌
雾自己讲："我把'罗庆春'这个符号及其所代表的文化意义称为'遭遇
汉语'；我把'阿库乌雾'这个符号及其所代表的文化意义视为'捍卫母
语'。其实这两个名字、两种符号体系的同时获得，是出生并生活在'多
元一体'的当代中国的少数民族文化人必然的文化命运和精神遭际。"②
当然阿库乌雾所遭遇的不仅仅是汉语了，恐怕更多还是遭遇了英语或法语
甚至是俄语，因为这不仅是阿库乌雾及其彝族母语，尤其是汉语乃至整个
中华的"文化命运和精神遭际"。与之相关的所谓全球化背景，中国古人
视为天道颓堕，是人力不挽的世界趋势；用我们的术语讲就是历史情境的
时间流冲荡着、吞噬着本体性空间波，人的存在处境成为洪波浊流中的一
粟一粒。语言是势利的：它不仅是人的存在之家，也是市井或战场。喋喋
不休地说自己的话是没用的，语言本身就在攀援、蠢动，在向着网络技术
大献殷勤并不惜改变自身，那些令人作呕的网络语言和流氓制作难道不是
显然地说明这一切吗？但是，汉语的确构成阿库乌雾的现实处境，正如阿
库乌雾是教授，汉语是教授之资格利器和事功条件，这让我们想起顾城的
诗："黑夜给了我黑色的眼睛，我却用它来寻找光明。"这是没有办法
的事。

　　"多年以后，这个勇敢走出'普龙拉达'山寨的彝家儿子变成了'罗
庆春'，远离故乡，成了当地的第一名大学生，成为了大学教授、学者、
诗人。"这不仅是阿库乌雾的个人之行，更是彝族及其文化的历史之行。
"然而，'远离而后回归'的命运之旅早已注定。"阿库乌雾不是乘缘而上
或随流而下，就像那些急于改变肤色的香蕉人一样，把自己改造成现代品
种；阿库乌雾不是这样的。相反，他是一边行走一边咒念，所谓"行
咒"，一种语言方式的对于民族文化、民族命运，尤其是民族语言（母
语）重生的呼唤，所谓"远离而后回归"。亦即当他不得不进入现代场
域，深刻地调整着自己的内在客体的时候，又无限深情地回眸着自己的民
族文化精神。就此而言，满都麦、南永前、张泽忠无不行走着这条再生之
路，他们同样走得失魂落魄义无反顾。但是，阿库乌雾能不能回到巫界？

---

①　［瑞士］荣格：《寻求灵魂的现代人》，贵州人民出版社 1987 年版，第 223 页。

②　明江：《阿库乌雾：同构同辉的双语人生》，《文艺报》2011 年 11 月 11 日。

是不是"终于回到了起点"呢？明江说："'罗庆春'继续艰难跋涉，终于回归了'阿库乌雾'……"可我们认为，阿库乌雾顶多回归了语言之家，就是令他失魂落魄地寻找的、赖以重构从而安身立命的母语叙事。

诗歌本身不等于叙事。我们只是从他的诗歌意象、尤其是那些原型意象映射出来的种族记忆及现代体验来描述一种人格化冲动：描述街谱，嘲讽落雷，晾晒蛛经，以巫界神意诅咒现代科技，以灵性价值咒诅消费主义，以民族文化的英雄品格对照和反观现代人性异化，以语词革命对抗和批判汉语犬儒主义……总揽阿库乌雾诗歌中近 200 个彝族意象，我们认为，"行咒"是阿库乌雾的独特方式，从行咒走向意象叙事的创新成果——语词革命是阿库乌雾诗歌的根本成就。

（一）巫界：种族记忆与现代阉割

阿库乌雾的诗是典范的现代主义诗歌。现代主义是针对古典主义、浪漫主义和现实主义而言的，其本质是继人文主义之后人的第二次发现，这就是人性恶、动物性、功利欲求以及感官刺激等道德负面作为人性价值的被确认。但是，真正的现代主义寻求的是人性拯救，而不是沉溺其间。以此，现代主义的根本旨趣是对于怂恿和刺激人性欲望的资本主义体制和文化的批判，是对现代人存在状态和人性本质的批判，而不是把资本主义美化得像花一样。阿库乌雾的诗歌无疑属于这个路数。这意味着：阿库乌雾首先是人类的，其次才是彝族的。

在这样的语境下研究阿库乌雾，我们发现他所提交了一大批彝族文化的意象，比如——

　　巫界、毕摩、羊皮鼓面的星月、女人的手指、绵湿的鸟唱、山寨的痉挛、火铸的毒蟒、鬼火喃喃、弯曲的锅庄石、公山羊凸露的喉头、灵魂的毡叶、语言的魔方、日月的鼓沿、大碗玉米酒、童裙、无盐的肉香、老髻、如雪的炽石、夜的丽翅、语言的石级、生与死的毡叶、禽兽身上的绿竹、母亲多皱的老掌、孩子绿色的天足、纯黑的蹄鸣、神鼓抑扬的哽咽、傩舞、鹰之母、雷电为铜网所缚、乌鸦叼食自己的足印、熟透的野酸梅、梦蛀后的木弓、阴冷的岩洞、鬼蝶、木弓、木舟、神驹、巨杉之巅、古泉、披风针泪成林、朽木无翅、塘火井寂、莓汁般的血色、犬吠枯瘦为生动的绳索、难的语词、带翅的灵语、经的文字炙人、光的熔炉、无言的天桥、巫光、顽固不化的最后的石块、神驹的脚窝、人性的呓语、木叶的刃、山的经脉、绿色的刃、杳渺的疼痛、白蚁从木盎内跃出、珠玉玛瑙浸泡太久的头颅、长久沉默的老阉羊、生殖神、生动的窗户、发情的母老虎、大泽中的阿扎花、岩羊坚硬的老蹄、深奥的百褶裙、彝海子、三月的黄昏、狂放的乐土、绿色的眼睛、会鸣叫的玉露、把阳光编织成竹篓的日子、像篝火一样旺盛的日子、蛹虫一样蠕动的日子、背着竹篓进入山林采集野果的日子、虎迹、神杖、覆天盖地的草结、独眼的天神、大山的对岸、猴类谱系、蛇形烟圈、雷电被缚的历史、网织的世界、永久粘滞的细羽、巫女的舌头、迷途的羔羊、洪水时代的葫芦、春播的荞麦、荞馍铺满青色的石路、日月的呼吸如古风、毕摩的手、鹰的泪滴、冷与暖不再分离、青杉似的巨手、木石轻轻飘舞神游、猫头鹰带毒的哀鸣、蛇蔓的火种、空心树内的小木屋、灵魂的幻虫、火的形式、神草、木马、以梦止血、竹马、神鸟、蟒吞、箭释、蚁腹、遗火、火穗……

　　这是一个生动真实的彝族文化文本——具体研究每一个彝族意象是另外一个工作，这里不能展开，但是，我们必须对这些意象所氤氲、所蕴含、所指涉的基本意涵和根本精神做出概括。阿库乌雾描述了一个古老文化进入现代之后的衰微，同时也揭示了这一文化所保存的人性价值和神性智慧，有一个基本主题就是人与巫界的同根同源和灵性感应——这里隐喻着生态，但是阿库乌雾尤其强调和彰显了彝族人民顽强的生存意志和个体英雄意识，这是一种与人道主义和个性张扬不合拍的、超越科学理性之上的巫界灵性，而不是张泽忠或满都麦式的人格典范。阿库乌雾依例是从巫性世界的呈现启始的，但又是从时间和历史启动的。

　　这是一个近于梦幻的、天真和荒诞兼具的原始同一性世界：宁静、玄远而神秘。就像山风漫过寨子一样，世世代代的彝人将生命抛洒在这里，或者被"羊皮鼓面的星月破译"，或者有"自然而本能的预知"，人与世界互相启示也相互印证，体验着一种神意隐然、灵性不昧的巫界生涯。某个时刻，"一根女人丰美的指头／掎破世纪之秋的大帷幕"，昏昏默默的彝族群中走出一位伟大的女性，大似远古汉族的女娲：引领这个山地民族"寻找寨子以外"的一方洁土：人开始被光显，存在亦走向澄明！《阿库乌雾诗集》的第一篇《土路》就这样撰写了一部浓缩的彝族历史。

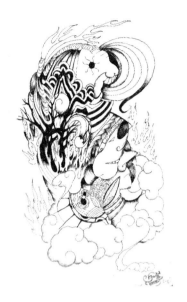

狄钘：《图腾画：土路》

　　巫术与宗教不同。作为人类把握世界的第一个方式，巫术属于本体论范畴，巫术思维借助"形象的世界"（Inagines Mundi）深化自己的知识，建立各种与世界相像的心智系统，从而以世界的和自然的方式建构着人类自身。[①] 巫术所展示的世界性（巫性化的客观性）都应该作为材料性诉诸巫术逻辑本身；这里，世界与人是同一的。宗教则不同，它是人走出巫界、走出原始同一之后的理性建构，是神性替代神意统摄客观世界的结果，是人对于存在的把捉，属于认识论的范畴。换言之，巫界神意是自然巫性的，宗教神性则是人类理性的。那条"女人丰美的指头"所指引的"土路"正是由巫界神意走向价值理性，亦即由族群英雄时代走向人性寓言时代的拓进之路。阿库乌雾是这样界定的：

　　　　所谓"英雄时代"泛指各少数民族文学处于民间"集体写作"（不论有无文字）时期的文学。这一时代的文学艺术总的旨趣就是崇仰英雄精神，颂扬英雄品格，记述英雄事迹。
　　　　所谓"寓言时代"是指各少数民族文学艺术开始进入"个人写

[①]　［法］列维－斯特劳斯：《野性的思维》，商务印书馆1987年版，第109页。

作"时期以来至今，甚至于将来一个很长的历史时期内的少数民族文学形态和精神旨归。这一时代的少数民族文学无法规避一种精神现实：民族历史的梦魇与民族未来的吁求相交织的民族寓言的营构与承诺。①

阿库乌雾是谈文学，但它适合少数民族文化社会的历史发展。他说："我们这里说的'时代'并不是一般意义上的时空概念，而是具有丰富的艺术文化内在规定性的美学范畴"。② 显然，美学范畴也不仅是一种逻辑建构，而且应该是一定文化历史现象的概括。阿库乌雾概括了彝民族在漫长历史进程中两个时代的转变：以"一根女人丰美的指头"所指涉的神性（人性）、而不再是弥漫于遍时空的巫界神意——为标志，开启了一个全新的历史阶段。第一辑《巫唱》是英雄时代的诗意表述，凝铸为四个字："自然历险"。我们不能不勉为其难地勾勒阿库乌雾所提交的这一时代的精神维度。

首先是巫界神意的崇拜，这是彝文化的最高层面。尤雪茜讲："巫界是原始社会的最高信仰，一种兼具宗教特性的朴素的原始科学思维。它并不像现代科学技术，注重实证研究，具有整体系统性。它只是一种最初始状态的科学精神、认知方式，它认为万物都有的生命是平等的。世界万物都有灵性这种朴素的认识表现了初民对于存在的尊重。原始初民认为人不能违背事物规律，只能相濡以沫、平等相处，逐渐地初民们以'万物有灵'为精神核心慢慢形成独到的自然观。这包括自然崇拜、灵魂崇拜、图腾崇拜。"③ 这是比较准确的巫界神意的表述：（1）万物有灵；（2）众生平等；（3）不违"规律"。当然，对于初民原始信仰的认识是一回事，阿库乌雾诗歌里的巫界神意是另外一回事，就后者言，我以为有三个维度：一是巫界神意的灵性感应；二是万物亲情的童话体验；三是祖先圣迹的叹赏和缅怀。这三个维度自上而下诗性同一，凝结于英雄的意象，氤氲而成为彝族初民生存繁衍的神秘世界。

阿库乌雾的巫界具有宇宙本体的性质，它与人的关系是灵性的而非智

---

① 罗庆春：《灵与灵的对话——中国少数民族汉语诗论》，天马图书有限公司2001年版，第3—4页。

② 同上。

③ 《阿库乌雾诗歌选·附：评论》，四川民族出版社2004年版，第249页。

性的，这表现在万物有灵观念下的那种祛善恶、齐生死、同休咎的生命自然关系。换言之，在神秘而神意的巫界，善恶、生死、休咎无不归化于自然节律，归化于宇宙本身。

　　一条火铸的毒蟒/肆意揭去十月历上的青毡/在猴月的阳光/滥觞于古林的日子/攀上参天的老杉/吞下鸟卵①

　　这是一次初民的历险：冲天大火撕破青毡屋顶，冲向月蚀的夜空，窜上森林深处潮湿的老杉树从而吞噬着鸟卵，一颗，两颗，三颗……没有汉民族面临灾难时呼天抢地的吁请和阴鸷仇雠的拷问，只有平静地面对和怀想。毒蟒、青毡、古林、老杉、鸟卵等是现场叙事，就是发生在彝寨的一次火灾；十月历、猴月、日子则是时间意向，是包裹着并且融渗于现场叙事的那样一些平常的日子。两个层次结构起来，就形成后一层次对于前一层次的语义衍展，使我们看到彝人那种惊心动魄又悠久自然的生存状态。存在的幕后是暗昧神秘的，自然世界的凶险叵测就荒幻而天真地幻化为巫界神意的雄奇灵异。"揭去"、"滥觞"、"攀上"、"吞下"等动词基本不强调善恶强弱之间的抗争关系，这个世界没有发生一点点改变，只有夜鸟惊飞的生命灵动，结果是火龙吞噬了青毡上空的月亮，也催生了潮湿老杉的鸟巢里稚嫩的生命："鬼火喃喃"与"杜鹃盛开"合鸣，巫界神意与生命灵性同在，一场灾难被体验为午夜梦迹，古老的巫界就是如此诗意地上演着一个自然的童话。

　　巫界神意还表现在语言（咒语）而不是技术作为现象世界的控制方式显现着神奇力量。一方面人可以诗意自在地支配万物，另一方面客观世界不断地将巫界神力印证为无效，行咒的孤独和夭亡的哀伤就笼罩了所有的生死休咎。当神意完全不能拯救现实生存的时候，童话体验走向圣性回忆。儿子夭亡了，母亲洁白的乳汁撑破双乳涌溢而出："顺草木而上/淹没草木/顺悬崖绝壁而上/淹没悬崖绝壁/顺狼迹虎吼而去/淹没狼迹虎吼"——就那样汩汩滔滔无可阻挡地追随着远去，汇入宇宙深处。"摩沐洼汗婆/摩沐洼汗婆"的祝祷没有叩开天门，却幻逝为无边喟叹："冬天

---

　　① 《阿库乌雾诗歌选·月蚀》，四川民族出版社 2004 年版，第 7 页。本节所引诗歌文本均来自该书，下面只标记题目和页码，不再注释。

一场雪/天下一片白茫茫。"只有那拥抱死亡的母亲的爱，化为"一束不灭的/地下火把"。灵性与诗意落寞为圣性庄严和宇宙空茫。(《夭亡》第12页)

从神意感应到圣性回忆，是彝族初民自然历险的心路历程，然而，我们更多地看到苦难。阿库乌雾笔下的彝族祖先可分别为巫师和母亲两个角色：灵异坚执、孤独凄凉的巫师是彝人通达巫界的神杖，唯有母亲是承荷现世苦难、引领子孙拼搏的真正祖先——以泪水堵住世界，却被同是女人的女人捆缚于锅庄石。阿库乌雾在感受苦难的同时也领悟了人性本质。他不无伤感地缅怀："你的祖先　曾经是/迷途的羔羊/四面八方的确认/成为他们最初的功业"。(《命名》第53页)然而巫界幻释了，眼前是一个"女人跟动物私奔的世界"："生子不见父。"(《记忆》第49页)没有了神意也没有了英雄，只留下"毕摩的手骨瘦如柴/毕摩的手经络如流"。(《寒夜》第57页)人回到不堪回首的悲惨之中。阿库乌雾还会骄矜于祖先的神勇沉迷不觉吗？

其次是顽强的生存意志和牺牲精神，以及对于民族生活方式的执着和反思，这是巫界神意的形下表述和世俗层面。与汉民族冲淡天和的天人精神不同，巫界崇拜对于宇宙神秘的执着意向导致彝文化顽强的种族生存意志和超强的个体英雄意识。阿库乌雾写道："还是在太古的时代/大西南密如繁星的岩洞早已形成/一阵风　从某个洞口席卷而出/扯起日月的巨幡/那巨幡上爬满最初的毒蟒。"毒蟒而不是龙，成为彝族图腾。由此而下，一面铜鼓在森林和莽原高傲地突现，于是招来第一声虎吼。虎吼声中，有"一对男女/奇异地舞蹈"。这是创世记的第一对男女，他们用鹰的泪滴创制着悲剧的符号。直面悲惨，正视牺牲，狂奔不息的生命之河流淌着宇宙的神意，也酿制着种族的神圣：彝民们在"一匹神驹的蹄窝里/建起温暖的寨子"，将先祖的灵位"用竹木象征/尔后秘密地送进岩洞"。(《不朽》第60页)从西南到东海，从大海多情的眼里"发现自己弯曲的倒影"，(《灵犀》第21页)这个民族的漂泊就成为开拓，个体就成为精灵；熔铸于彝人骨血里的种族意识和生存意志由祖先上溯到巫界，所谓百折不挠、九死不悔！

当然，彝民族不是粗鲁无文、冥顽不化的种族，他们有执着，有吸取，更有对于自己文化的反思。母亲告诉孩子乌鸦是"吞吃孩子的足印成长的"。孩子们就思索："儿时的脚印是否全供给了乌鸦叼食？"一代一代，思索不辍。乌鸦是彝民族的整体象征，也是心理阴影。一个没有阴影只有阳光的民族是不能面对黑暗的。阴影就意味着执着：执着生存，渴念死亡，久远地思索。唯其如此，在英雄时代已然落幕的今天，"久居岩石深处的山民"突围而抵达岩石底部最后的洞穴。他们意识到巫界神意只是一种"人性的呓语"，曾经的英雄风范只是一种"绝妙的方式"："用木叶的 刃/割断大山的经脉/让从前忧伤的歌谣/从头唱起"。（《突围》第33页）英雄悲歌，令人喟憾宇宙神意的空茫无绪。

正是在这样的事实面前，阿库乌雾远离故土，开始追寻。不是从外部，而是从内部，他从母亲多皱的老掌追捕着孩子的天足这一精神吞食现象发现文化自闭，发现一个民族不再矗立于大地的原因。把祖传的猎枪用来"制造悠扬而恬和的/竹笛"意味着这个民族开始从世界和人类的视野获取自己的价值存在，这是超越巫界神谕的人性领悟，是真正走向现代。（《神谕》第17页）作为民族的寓言人，阿库乌雾意识到文化已经成为一种滞重："神人 你将那把罕见的木弓/随意压在你渊深的脚印上/这个民族的洪荒历史/未能再挪动半步"。（《神弓》第24页）与汉族一样，历史重负不仅来自苦难和牺牲，尤其来自丰功伟绩，来自创造的成功和辉煌。当这种成功和辉煌不再能支撑一个民族的生存，在异己的世界逐渐显现出它的卑微和落寞时，阿库乌雾"历经着不可言喻的精神磨难：直面罕见的人格尴尬；承受空前的灵魂疼挛"。[1] 他深深地洞察母文化在文化大冲突中的尴尬，不得不以超人的勇气和智慧，"从灵魂深处喊出了第一声背叛的声音"。[2] 这就是一个古老民族面对生存现实之后的激烈和不屈。

最后，就生存的浅表层次看，彝人已经不再满足宁静的山地生活，古老文化不再创造奇迹，自然、家园、土地落寞下去，远不足以确立民族及其文化的存在。一切都处于躁动与不安之中，失却本义。"一群远古的白蚁从木盔内跃出/环绕女人含蓄的头颅/进入欢乐的分娩"。是饱满着情欲的生殖？还是低迷于裙裾的赤裸故事？那"曾被珠玉玛瑙浸泡太久的/头颅 仿佛一粒熟透的/野果"（《首饰》第37页），成为史前艺术。历史已不堪回首，只留下痛苦执着，本质上是一种无奈。"是黑夜卷走你强悍的

———————

① 罗庆春：《灵与灵的对话——中国少数民族汉语诗论》，天马图书有限公司2001年版，第12页。

② 同上书，第13页。

躯体/还是你的灵魂最终适应了/在黑暗的沟谷中/亘古地追索"?（《老去》第 55 页）从神秘中老去的民族又如何从死亡中新生？历史是存在的最高之维吗？时间是宇宙和生命的终极绝对吗？作为民族的寓言人，阿库乌雾显得无能为力。

《春殇》是阿库乌雾提交的第二个世界，是英雄时代落幕、寓言时代到来之前的现代世界，阿库乌雾倾泻了无以复加的被割裂感和被异化感。这个全球化的时代既是民族文化的唯一参照，也是现实生存无可规避的渊薮，唯独：它不是人性的和诗意的。阿库乌雾的心情悲怆而冲动，这意味着他并不接受事实。他在以现代的眼光看取古老文化和现实生存的同时，不自觉地又在以古老文化的眼光来批判现代、理解生存。他本人——巡游于二者之间。

《蛛经》是人类现代生存的经典表述。蜘蛛的意象颇耐回味：它就是电脑绘制出来的，灵气活现，却存活于各种人工编制的网中：电网，磁网，信息网，情网，肉网，魂灵网……"诗人形同苍蝇/受困于一种成就"，当人类为这个人工世界沾沾自喜的时候，真实的生命感觉虚脱，人性被切割了。在一个感情都可以机械复制的时代，诗性和神意就成了可笑之物，诗人只能重建自身与语词的关系，"在诗歌繁荣的时节/消灭诗歌"。他甚至怀疑：屈原时代的"粽子　是否是蛛卵/仍待考证"。这就是现代人所理喻的存在。

如果说揭示现代人的生存状态是一种无可奈何的话，那么从神性角度批判人性异化就是一种理性自觉。《性变》是阿库乌雾提交的第三个世界，他要带着"神人的遗嘱"寻找最后一缕"纯正的母性"，可是，当他用厚重的经卷换取一张入城的门票时，巫界神意的权威性已经丧失，它不再是度量者，而成为被度量者，这就是历史事实。进入城市之后的阿库乌雾是那样地悲默而无奈："先祖制造的第一只木舟/在天边的草海荡漾"，宇航员的遗骸则遍及异质的星球。时间、空间、价值都开拓了不可思议的"性变"："泰国多大？有一种特产叫作/——人妖！妖么，取人之形/吐纳鬼神之气。"在人神鬼之间无性可鉴的妖成为现代人的范本！在文化层面，阿库乌雾更有着无可言喻的隐曲：一种不能确定族别和肤色的人用汉语写成诗歌，使人想起公母蛇、公母草抑或公母乐之类杂交产品。不是由雄性变为雌性，而是性别本身的生命自然规定和种族文化精神淡漠了、消泯了：人在向人工产品异变！个体身份在向类型异变，尚未质变的性具成为敬畏的图腾。赤裸裸的性事成为现代人的基本存在方式。

狄钘：《图腾画·天亡》

（二）天边：毕摩的老牙和刺界的蛇毒

阿库乌雾提交的价值系谱中最重要的是彝文化特有的巫化思维方式。他突破汉语思维，重建表意体系的工作虽然不免偏激，但是卓有成效，他代表了某种文化趋向或方向，这就是在汉语思维中嫁接彝文化特有的想象和思维，改善主客关系，最大可能地拓展人性空间，在全新的价值起点上建构人性。

建构从"捣毁"所指与能指体系中"死寂、呆板的汉语语汇"开始①。李自芬这样说："诗人试图在两种文化身份中超越，抵达一种关于诗和人的本质。这使我们看到这样的事实：一方面，诗人首先是诗人，然后才是民族诗人；另一方面诗人又必须通过首先是民族的诗人，才能抵达最后的真正的诗人之境界。"② 我们认为，阿库乌雾首先作为一个彝族诗人在反思和怀恋交织的复杂情绪中走出巫界之后，其次才成为一个真正的

---

① 罗庆春：《灵与灵的对话——中国少数民族汉语诗论》，天马图书有限公司 2001 年版，第 7 页。

② 同上书，第 227 页。

诗人。《巫唱》和《春殇》时代的阿库乌雾是一个行吟诗人，是一个在民族文化的大淖边徜徉流连、悲回忧伤的民族歌者。直到《性变》，他才真正走出巫界，穿过神秘的西南大森林，走向普遍异化、人成为产品的现代世界，此时他才作为一个人类意义的诗人发言的。不再对汉语愤怒抵触，阿库乌雾看到全球化背景下中华文化的整体遭遇，尤其看到汉语作为一个文化之桥在走向现代的历史进程中的完全不可绕离。他认定现代对于人性是一种普遍切割，认定汉语文化更是一种深度切割，但他还是认证了汉语的现代适应性以及此种适应性的无可替代，因而从汉语语词的重新建构开始，用巫界灵异来嫁接汉语思维，重构意象体系。

一是语词本身的重构，造成语词哲学文化内涵的更新或变异。比如"透影"这个词，与"投影"相似，但是"投影"是接受主体对于强大客体的无可规避，是本体影像对于弱势主体的笼罩和压迫。"透影"则是主体对于世界的顽强抵抗，是于强势压迫下的主体透出，有穿刺从而撕毁本体的感觉。"极姿"与"极致"非常相近，但"极致"是一种境界性表述，一种客观性和本体性的典范，"极姿"则是主体描述性的，一种主体的动作和姿势，体现了彝民族文化性格特有的坚执和不屈。"立式"与"挺立"也相似，但"挺立"是一种客观性认证或关系性表述，"立式"则是一种独立姿势，是主体处境或状态的表述。"变性"是具体生命特色的改变：男性变为女性或者相反；"性变"则是人性本质的改变：人异化为产品、异化为人妖。"性源"从"本源"等汉语语词衍变而来，"本源"是客观意义的参究和认证，"性源"则是一种体悟：既是性化存在的认证，也是人性异化的嘲讽，一种价值批判，体现了巫界神意眼光的尖锐和深刻。顽强的、近乎歇斯底里的对于语词的穿透拆解成为阿库乌雾执着的文化超越意向的最浮表努力，他的深意是不仅要抵制汉语思维的权威性，尤其要强化彝族巫界神意从而对抗现代性；不仅要确立彝文化相对于汉语文化的异质存在，而且要对抗西方权势话语的价值本体性。这是站在人类高度对于彝族文化主体性的勠力张扬。

二是重构意象体系，重建现代话语，扩张彝族文化，实现普遍人性增长。阿库乌雾的诗集充斥了异质的、全新的、诡异灵透的意象。"蛛经"就是一个全新的概念，而且是一个意象。从语词看是汉语"蛛"与"经"的拼接，从意象看，则概括了"类似蜘蛛结网一般的现代存在状态"，它不仅有着彝族神话的依据，而且极具逻辑概括力。"切割"是从汉语语词直接取来的，同样不仅是一个技术性名词，而是以巫界神意为价值本位，批判机械复制导致人性割裂的一个整体性意象，表达了现代人类被普遍异化的痛苦和无奈。"人鸟"、"街谱"、"春殇"、"拍卖"、"病史"、"手术"、"特技"、"异性"、"替身"、"零关"、"落雷"、"骨鸣"等等都是特定文化内涵、特定存在状态的意象化概括，在恪守语词规则的汉语思维中是不能被确认的，但在这里，它们成为一个体系，一个全新的意象和语词的图谱。阿库乌雾是教授，打磨语词琢磨汉语的功夫不浅。他说过："假如汉语还有丝毫的魔力／我的诅咒亦即我的礼赞"（《春殇》第111页），显然表示了对于汉语表意体系的憎厌，因而他要以一个全新体系来取代之。阿库乌雾捣毁汉语语义结构和语词规则的决心是够狠的，我认为这种努力的确卓有新意颇见成效。这种取代并捣毁的工作，其最辉煌的成就在于进入诗歌创作过程中的那种属于彝民族思维的奇思异想和诡异神秘，它有效地改写着汉语诗歌的意境和品质——

> 巫师在语言的石级上／轻捷而沉重地爬行／身边带着所有祖传的法器／以及厝火积薪的学徒／双目微闭造就一面土墙的罅漏／生与死的毡叶从此处切开／流出鬼怪与神灵的混血／全被眼前瘫软的禽兽吸食／只有一根柔韧的青柳／成为长在禽兽身上的绿竹／据说 有人曾勇敢地伐了它／做成世上最早的乐器（《巫唱》第15页）

这首诗分为三个层级。第一层级的主语是巫师，爬行、带着法器、双目微闭造就罅漏等动作就是巫界神意的造化之功，其方式是语言；第二层级是语词和想象创造出来的奇迹：鬼怪与神灵的混血、柔韧的青柳、长在禽兽身上的绿竹，这是诡异离奇充满神秘气息的巫界，其边际是生与死所寓形的毡叶，有如佛家一毫端有三千大千世界的思维：抽象理趣寓于想象；第三层级是"最早的乐器"，是人类生存的和平之声，是人与自然、与他者和谐共处的亲情诗意关系。三个层级蝉蜕着"主语—谓语—宾语—世界"的语义推衍，又同一于巫界神意，不仅实现了汉语思维及其表意体系的突破，而且完成了彝化存在的话语重构。

那么阿库乌雾终究要建构一个怎样的语词世界呢？这就是《犬吠》交给我们的第四个世界：玩偶的世界。如果说巫界已然谢幕，现代社会又根本不能成为人类存在的终极景观，那么，阿库乌雾认可一种怎样的存在境界或文化模式呢？他不可能创造出一个游离于现代性之外的存在事实，只能做语词的工作，这是非常痛苦的事。因为，这种语词的工作对于已经全球化了的当代世界几乎没有意义，那种深刻逆反和坚定自执都不构成一种抵抗，只是一份人的怀想……那么，阿库乌雾会确认怎样的存在之境或选择怎样的抵抗方式呢？这就是那些含蕴着深刻逆反意向和坚定自执心理的意象，如前所说，这些意象不是抵抗，而是在腐蚀着这个金属的和异化的世界，从而保持一份个体的意志和怀想，成为人的最后的堡垒。《犬吠》一辑是以腐蚀来抵抗异化的意象运动的集大成者。

> 向着天空，喷吐一些毒汁，浸蚀距离，浸蚀时间，梦被银针串成精美的食物，归宿的足印纷纷飘起，星月成为智慧的斑痕，天上人间通用一种历律。（《刺青》第164页）

不再求什么神意，不再追问什么本体或宇宙，在腐蚀中人被塑造成一种毒性的玩偶，呆滞于同一历律之下，这就是进入现代唯一能做的事。本来"我试图用最古老的遗骸，磨砺成锐利的银针，以道路和方位为线，来缝合人世间灵肉的裂痕"。可是除开"身体残存的器官"即性具，整个世界变成"城市夜幕下的凹凸"，一个完整的人形是不存在的。玩偶，只有玩偶："你是我身体的另一种形式！"（《玩偶》第159页）玩偶们的存在是这样：黄昏，从头顶降落，你的头顶据说是乌鸦的故乡；黎明，这世上最为丰富、最为稀珍的物质从脚趾间不断延伸。这种物质是什么呢？它是黑暗。诗人的状态是这样："尽可能正襟危坐，手捧荧屏受用于远处发生的灾难，神悉写作是一切灾难的收购站，站牌的制作与写作者的笔名一样考究、精致。"（《蘗枝》第163页）阿库乌雾愤疾地企盼着被落雷击中！然而连落雷也成为期货："买卖，这一巨形昆虫，足智多谋的昆虫，正策划将落雷，在即将击中自身的瞬间发售到今年的世界各地，尔后等待明年春天雷市的旺季！"他领悟了：只有荒诞，是对于这个荒诞世界的超越！

人已是这样，人所栖居的城市呢？"水陆两栖的藻类攀援而来进入城市，惊魂不定的城市成为藻类产卵的胜地。"（《大泽》第165页）于是犬吠就成为最有情趣的言说。"古往今来，犬吠时而被织成华丽的彩裙，紧裹多情女人的下身，声音的符咒永远严于肉体的篱墙，索玛花在篱围的世界里自由开放；时而被裁成头帕，捆缚着男人高傲的头颅，顶尖的头帕增长影与形的高度，刺破穹窿的意志莫名夭折于犬吠谷地"（《犬吠》第160页）。女人的贞操和男人的尊严都惊悸于犬吠般的话语，成为贫瘠土地上唯一确立自性、留守人性的"厚实粗壮的根系"。不仅如此，历史、民族、文化、语言都行进在禁地般的"零关"，那是一个人性无以自置的域界，是曾经的看守之地。在零关，所有意义都无可言喻："零关是一种突破，一次逾轨，一个开创的象征吗?！/零关是一种歧视，一次征服，一个耻辱的代称么?！"（《零关》第167页）阿库乌雾唯有仰天长啸："雷，是天空在啃噬云彩时吐出的碎骨?！是太阳脱胎换骨时丢弃的旧骨?！还是我想象深处最为真切的宇宙之气的硬度?！"（《落雷》第168页）鲁迅说过：人老了身上会有毒。已经不是头上长角身上长刺的年月，但是文化处境的尴尬，使阿库乌雾和大多数同时代人一样，由看客——鲁迅时代的冷漠者，今天时代的边缘人物，宿命地成长为一种植物："主宰者魂不附体，刺，成为最后的毛发锐不可当。"仿佛，阿库乌雾已经超越了荒诞派："太多深埋的管道与电缆重现化石的原貌，狂乱如初的性力，依然展拓辐射的快意！刺，对荒诞命运的荒诞抗拒永不可止！"荒诞既然已成为荒诞的超越，那么"刺，其实仅是一个动作，一种力的运行方向"，"刺界，以干枯作为生存的起点！"（《刺界》第172页）这就是阿库乌雾领悟的现代人的生存。他企盼雨蛇生根："雨蛇穿透夜幕，在我梦的诱施下，所有的城市进入舞台，雨蛇是看客、条形的观众。"他情极而嗜毒："雨中有毒，这些裸体的雨毒，一定不是蛇毒。神力无边，破柱取恶灵，形似弹头，又具旺盛生殖能力，多妙！"（《雨蛇》第169页）以恶，而不再是善来应对世界确立存在，成为阿库乌雾进入寓言时代的终极领悟。

二十四 阿库乌雾的语词革命

（一）血灾：从罗庆春回到阿库乌雾

2007年成都多民族论坛到喜德拉达考察，与阿库乌雾谈到一个话题，就是象征主义。我一直在想一个问题：彝家的阿库乌雾与象征主义的阿库乌雾之间，是在一种怎样的方式上连接起来从而结晶出罗庆春的母语诗歌的呢？我是把他的汉语诗歌也认定为母语创作的，我甚至认为即使他用英文创作，他的诗仍然是彝族诗歌，这是因为：他的诗歌里存在着非彝族文化不有的诗歌意象和文化精神，二者与象征主义相呼吸，天然浑成地熔铸为一个表意体系，成为中国现代主义创作中难得的精品之作——确切地讲，我是由《血灾》想到《恶之花》。

象征主义认为在人类思想和外部世界之间存在着一种内在的、系统的类比关系，自然界和精神界也是如此。亦即不仅诗人的现实存在与其内心的思想和情感之间，而且自然物质世界与超越其上的理念世界之间，同样包含某种契合关系。象征主义的最终意图是超越现实，进入一个完美的超验的世界。这样，象征主义面临的世界就包含三个层次：诗人存在其间的现实世界，诗人的情感和思想的世界，以及超越二者之上的理念终极的本体世界。不幸的是，早在波德莱尔的时代这三个层次就不再契合，三者间类似天人合一的哲学文化关系断裂了，那个理念终极的、超验神性的世界死掉了，人与存在相互扭曲、根本对立，不仅显现出世界的异己性和抽象性，而且显示了人性被扭曲、被异化的荒诞性和非理性。由于象征主义最初倡导的那个相互契合的世界体系就是一个由语词建构起来的象征世界，其本质是理性而不是古典主义的神性，它就必然要走向这样的结局：在与世界对立的同时扭曲了人自己。

《巫唱》相当于理念终极的本体世界，《春殇》是本体世界失落之后的人的情感和思想的世界，《性变》之后就回到现实世界：《犬吠》以及《血灾》的大部分作品，可以认证为三个世界的关系断裂之后人的存在状态和价值状态的基本表述。如前所说，象征主义的那个理念终极的本体世界是由语词确立起来的象征世界，其本质是人及其存在的理性建构，一种心理事件。《巫唱》就不同了，它是一个神性体验的世界，一个巫性存在，正是阿库乌雾洪波巨澜般的生命之源和神性之泉，对于现实世界的意义就不仅是一种语词表述，而是生命本质，一个存在事件。从社会历史看，象征主义是西方工业革命后，19、20世纪之交涌起的、针对资本主义制度压抑人性的事实而产生的一种反拨和叛逆性质的现代主义文学。这个时代的人（个体）已经变坏：文艺复兴滋长起来、又经启蒙主义催生的那个张扬自由、博爱、平等的人，变成了弗洛伊德教唆下沉湎于性错乱和非理性的、向着动物界飞奔的类生存。阿库乌雾的巫界则处于中国的西南边远山区，是一种半蒙昧的灵异和神性状态，工业化对他来说首先意味着一种主流话语意义上的先进、文明和科技理性水平；巫界的人民还是族群英雄或神话人物，还保持着原始生命的神意本质和自然诗情，它与象征主义时代已经变坏的人脱订了。但是这两个社会历史条件下的"人"都在蠢蠢于"性变"，按照阿库乌雾的理解就是由诗性和神意的人变成金属计算、没有血肉和灵魂的物，其本质是生命和存在的物质化和技术化，而不是什么理性化。换言之，阿库乌雾是对象征主义的理性本质有了深刻批判之后重新找到巫界神意和诗性，从而面对资本主义化处境的。这意味着：阿库乌雾在尚未走入马拉美的时代就已经成为艾略特，他的面前根本没有建构，只有也只能是一片"荒原"。

《血灾》包含了《犬吠》的大部分篇什，是人的情感和思想与现实存在之间完全扭曲和根本对立的图式。正像波德莱尔在《恶之花》中一样，阿库乌雾用残酷的笔调描写了城市的病态，以人性丑恶作为审美对象，表达了现代人的焦虑和烦躁。但是，象征主义者是着力于暗示某种超验的、通向终极理念的、类似柏拉图式的完美的理想世界，其本质是一种乞求和无奈。象征主义不是模仿，也不是写意，而是以人的感觉及其语词符号重新写就人的存在，一个足以宣泄其苦闷的、可以建构也可以随时拆毁的语词的世界。象征主义笔下的语词（意象）完全不是现实世界的真实投影和客观反映，而是主体和对象双重扭曲了的一种抽象化和感觉化变形。象征主义者以语词实现对于资本主义的二度建构，实现着一个灰色的、病态的、堕落的、发泄的、罪感和恶欲并植的现代人。

阿库乌雾则着力于建构一个超越天人合一典范和儒家文化桎梏、充盈巫界神意精神和宇宙自然诗情的彝族文化世界，一个超越汉语思维、进入彝族表意体系的语词世界。首先，对于巫界神意灵性的怀思、祖先英雄业绩的缅怀和自然诗情的持存，这种情怀深刻地鼓励着阿库乌雾保存民族文化和重建种族性格的努力，这是其情感方面。我们注意到阿库乌雾诗歌中200多个彝族文化意象，凝铸着奇思异想、神意诗情、历史记忆、文化心理、地域风情以及人性母题，与象征主义者的宣泄和焦虑有着完全不同的旨趣和基调。阿库乌雾对于充斥着人性堕落的现实存在以及对于迎合此种堕落的汉语思维的贬斥和"捣毁"，这同样是一种知识和文明的重建，一个充盈彝族文化氛围和原始人类气息的表意体系的重建，这是思想方面。情感和思想两个方面构成阿库乌雾文化建构的通天之桥，其终极指向是一个氤氲着巫界神意的、有着自然诗情的人性世界。

我们注意到阿库观念中汉语思维与消费时代之间的关系这一命题，与之相应的另一命题就是彝族思维与巫界英雄时代之间的关系。在阿库乌雾看来，此二者正好是正反命题的关系。阿库乌雾说："日本人种植太多的菊花/日本人用菊香养出一个/大江健三郎/大江健三郎饮酒过量/丢失的那把刀/在日本女人的体温里/……酝酿出层层日语的波涛",可是我们的"金瓶梅是中国最出色的花瓶/不同朝代/不同颜色/不同名称/不同季节/不同香味的花枝/都能插进去/并津津有味/自得其乐"(《性源》第144页)这就是阿库乌雾对于汉语思维以及传统中国文化的言说,虽然这种言说不是一种学术言说。阿库乌雾的观念中的汉语思维有着巨大无碍乃至不可思议的包容度和腐蚀性,可以使"科技成为美艳绝伦的异性",可以将"交响乐 杂交谷物/杂交蔬菜 良种猪"这些乱七八糟、毫无关联的东西拼凑在一起。《金瓶梅》这只大花瓶里,何时何地何种花色的东西"都能插进去/并津津有味/自得其乐"。除开揭示汉语思维承载的根本功利观念之外,阿库乌雾的更深层用意在于揭示传统中国文化中人性的缺失:一种缺席了人的尊严和价值的规定性的文化,其包容度越大,其人性内涵就越少;其人性内涵越少,其功利目的性就越强。这就是改革开放给中国带来巨大经济成就的同时唯独不能确立个体尊严和价值的根本文化原因。因此阿库乌雾不厌其烦地、尖锐刻薄地用汉字书写着进入现代的汉语思维者丑陋鄙俗的生存图式:"各具神奇功效的/保健饮品们/相互邀约联手协作/让一只早与人类/一步之遥的黑猩猩/盼盼 长期饮用/……脱胎换骨为/一代新人种的开山始祖";"移动电话辐射/隐形的城市鼠类/尖锐湿疣 城市肌体的花蕾/性病 堂堂正正的家庭成员……不断拓展你们的视野"(《特技》第135页)化石,猩猩,性病,电脑……成为汉语词汇不断表述并正在建构着的主体:唯独不见人!语词是在以语词的方式建构着世界,汉语通过汉语表意的体系建构着汉语思维的主体。这个缺乏人性的世界是阿库乌雾不能接受的,这个思维的主体当然也是阿库乌雾所不屑并且要着力加以改造的,因而他不仅"捣毁"汉语表意体系,而且必须彰显彝族思维从而重建巫界英雄时代。

命定再一次步入神话的城市,成为你迁徙的理由。金属,那些你啃不动的,是你抛弃的死骨么?可占有金属,理解金属,并占有解释金属的话语权的一切城市生物,纷纷离开土木时代,驾着自己的疾患之车远行。此时,你正沉潜于繁殖的快意,城市本质的肌体,土筑的块垒,留给你又一个懒惰部落的发祥。(《白蚁》第180页)

白蚁是阿库乌雾的重要意象之一。没有巫界神意，不再是英雄的先祖，"你"也变成能够丢弃、能够占有、能够理解、能够繁殖的"懒惰部落"！全部行藏就是远行，就是繁殖。神话时代已经结束了！"梦中，狼嗥之声早已远去！"这是一个没有意义的时代，一个英雄无用武之地的时代，一个"少女的初潮被宗教据为己有"的时代！"活着，成为唯一的信仰！"（《大限》第183页）而我则成为"小虫"！"虫，可食，可入药。足智的汉字，一定是那个故事深处被野猫抓过的汉人所造。城市，汉人的城市，猫与鼠的野合图！"（《小虫》第186页）从雨蛇到刺界、再到白蚁，直到小虫，人的本质蜕变为无谓之物，宿命似乎又回到图腾时代："名师明示：图腾，药膳也！"这就是结论。

马拉美以来的象征主义张扬一个超验本体，他们试图在大地上重新建造起天堂的象征，诗歌则是向彼岸世界超升的一种途径。因为超验世界本身是不可言说的，所以象征就成为与超验世界之间的媒介物，就具备了朦胧性、复义性和暗示性等特点。"诗歌的目的不再是像现实主义美学中的'镜子'一样去模仿已有的存在之物，也不是像浪漫主义美学中的'灯'一样使自然具有人的属性，……而是创造完全不存在的花，属于尘世的任何花中都找不到的本体之花（essential flower）。"[1] 马拉美有意识回避建立在现实基础上的意象，使客观事物同其直接可感的方面相分离，从而提纯出本质，并呈现在具象之中。他强调"诗歌中只能有隐语的存在"，强调将对象一点一点暗示出来，认为直陈其事，就等于取消了诗歌四分之三的趣味。[2] 可以说，这些都已被阿库乌雾所承继，也都能较为准确地表述阿库乌雾诗歌的基本意象特征，这不是我们讨论的重点。我们的兴趣点是阿库乌雾意象的神秘性和暗示性，以及这种神秘性和暗示性对于汉语思维和汉语词汇及其功利性和世俗性的对抗和突破。没有一个民族的语词像汉语这样强调其通俗性和实用性，从"五四"以来的白话文替代文言，到朴实无华、开门见山、实话实说的风格的张扬，汉语已经到了略无文采的地步。没有了文采风流，就更谈不上形上旨趣，整个汉语文化体系已经失却了神意，成为一堆陈旧无奇的思想垃圾。彝族意象则不同：一超功利，二

---

① 马永波：《法国象征主义的诗学思想》，《南京理工大学学报》（社会科学版）2008年第4期。

② 同上。

超世俗，怪诞灵异，恣肆不随，隐约暗示，朦胧可测……就构成阿库乌雾诗歌意象的基本民族文化特征。关键是神秘意趣。比如《镜梦》：

> 叛逆的制剂滴到镜面上，紧闭所有可能启合的出口，构图来自对大海的幻象，鸥鸟是高高溅起的浪花，一朵一朵地飞离大海，生命的兴衰猝不及防。

　　如果不进入阿库乌雾的思维，就完全读不懂这里的"镜梦"。什么是"叛逆的制剂"呢？为什么能"紧闭所有可能启合的出口"，而"可能启合的出口"又是什么呢？我们去想象：地球是一个镜面，一个支离破碎、有多道破绽因而离披为多个出口的、不再光滑明洁的镜面。唯其如此，我们才理解海水作为"叛逆的制剂"在地球表面的任意流淌、恣意充塞并弥合黏着各个部分的神能，所谓"紧闭所有可能启合的出口"。如此宏大的境界和气象，完全不是一个隐喻可以解释的。这里隐含着一个超验的主体：立在地球边上，如同把玩一只地球仪似地把玩着地球和人类存在的巫界神意，一个超我。找到这一主体也就找到本体，找到"来自大海的幻象"的构图："鸥鸟是高高溅起的浪花，一朵一朵地飞离大海，生命的兴衰猝不及防！"我们此时还能说，这只是阿库乌雾的一个镜梦吗？
　　其次，彝族意象中与巫界神意和英雄气质呼吸贯通的那种灵性和诗情，是现代汉语词汇不再具备的潜质或内涵。阿库乌雾的彝族意象有着非常鲜明强烈的彝族文化内涵和精神：

> 山风，那些禀有异类气息的山风。带着丰富的颜料丰富的方位，带着犬吠与鹰泪，掠经一面红色的岩壁，铭刻亘古不灭的忧伤与盘旋翱翔的天性。那些来自智慧之谷的颜料与方位，化作奇异的线条和图案，以群起群落的自在之态，至今仍在天空与土地之间熠熠生辉。（《边缘》第160页）

　　与之相比，现代汉语词汇反对用典，反对修饰，反对华丽，反对所有不应该反对的精神气质，只留下实用和通俗两味，我们从白开水似的现代汉语词汇中完全读不出这个民族五千年文明的潜质和精神，有的只是西方思维的逻辑方程矩阵和简单客体的对应语音单位。为了改变汉语的这种贫

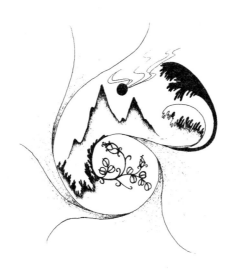

狄钤：《图腾画：边缘》

乏和无神状态，阿库乌雾不仅追求抽象化和感觉化，不仅追求变形，而且进行语词嫁接，追求思维突破，在语词自身的语义关系、在语词之间的结构关系的建构中，创制一种暗示性的艺术逻辑和表意体系。比如"落雷"这个意象就是一个充分感觉化之后的概念抽象。落是滚落、失落的意思，前者强调重量和质地的优良，后者强调状态和处境的不虞，两者又存在某种因果意脉：由于凝重而滚落，而失落。落雷这一意象极其准确地概括了现代社会下不是由于文化品格或生命技能的低劣，而是由于所属阈限及其相应位势关系造成的价值失落和人性失落。它有点高标易折的意味。但是落雷这个意象是充分感觉化之后变形了的，首先是听觉上的滚落滑脱之声和穿击刺搏之势，其次是失落于彤云密布黑云压城的宇宙背景之下的联想和想象，阿库乌雾抽象为一个命题："你诞生的辉煌与死亡的庆典同步"！这里不仅有某种个人的处境感，尤其包含了后期象征主义者关于变化与永恒、肉体与灵魂，生与死冲突的哲理体验，波德莱尔所谓诗歌的神秘本质，阿库乌雾甚至由此暗示宿命，某种世俗存在与终极超验世界之间关系状态的尴尬。所以他再度借助"词的相互共鸣关系所形成的效果"，写道："雷，是天空在啃噬云彩时吐出的碎骨？！是太阳脱胎换骨时丢弃的旧骨？！还是我想象深处最为真切的宇宙之气的硬度？！"他不仅重新建构了落与雷的内在语义关系，而且进入了天空和太阳、啃噬或丢弃、碎骨或旧骨、我的想象与宇宙之气这样的语词关系之后，表达了对于语言的形而上本质的怀疑的拷问：在诸神隐退的时代，语言的"彼岸"神意还会固持其不泯的宇宙气度和真理硬度吗？如果落雷回到语言的"此岸"，诗歌就回到语言本身，这是语言本体论的觉醒，当然更是对于现代生存的深层忧虑："大地上一切企图成精成灵的草木人虫都会遭到落雷的摧毁。"雷的本体被重新提到本质的追问上来：雷，究竟是什么？神意还是人性？雷在彼岸与在此岸的神意形态有什么变化？在离开宇宙背景，落入世俗尘凡的全部价值矩阵里，雷，也不过是些可以"换取金钱，换取性的满足的固体、液体或气体"，成为等待出售并将发售世界各地的期货！神圣不是因为神圣，而是因为可以卖出高价而神圣，这就是现代人的根本大法。所以阿库乌雾以现代价值关系与落雷所象征的语义关系的拼接为介质：创制了既与宇宙同质共生，于语义和语词关系中隐约某种"神秘"，又与现实世界及存在秩序相吻合的语词体系，它不仅是词语的结构和建筑，尤其是一种心灵态度，一种思维方式，一种上下求索、八面来风的诗思和气度。阿库乌雾一个意象就可以构成一个表意体系，包含了巨大的艺术概括力和思想爆发力，是心灵与宇宙呼吸感应的奇文！

我曾经不同意阿库乌雾的这个诗集取名《血灾》，用了一个非常通俗的理由：这个名字不吉祥。其实，这里也包含了我对于阿库乌雾文化建构和语词改造的前景的理解。我以为，《恶之花》与《血灾》不尽相同，不能简单作比。在陈述资本主义世界的罪恶以及人的存在的荒诞、焦虑、堕落一点上，两者是相同的。在语词以及语词关系构建通向终极本体的诗思方面，两者也可以比较。在改造语词、重建表意体系、重建人的存在上更可以相互喻见。但是，两者还是存在诸多不同：（1）波德莱尔在构建一个语词的世界，其前提是对于工业革命之后资本主义世界的绝望，基本任务是宣泄。阿库乌雾是在构建一个语词的世界，但他更是在构建一个价值世界，一个充满期望并始终在瞭望着的世界。当有人问及：在诗和语言的背后，究竟是什么力量给人以抚慰和遐想？阿库乌雾这样回答：

是爱！是基于对本民族历史文化生命的深切体察，对本民族原生宗教意识与生命哲学的诗性感悟，对本民族文化尊严的坚决捍卫，对母语文明当代命运的自觉担当等历史使命和时代责任中产生的爱。

阿库乌雾有着非常清醒明确的身份意识和使命意识，这就是"通过对这种凝聚个体生命意识和族群生存记忆于一体，熔铸人类意识与诗歌艺术精神于一炉的深沉而博大的爱的诗化表达，试图在后现代语境或者全球化语境中唤起更多的人们注意：语言与人性之间关系的最初记忆；提醒自己也警示人类：生命的繁复性、文化的差异性、声音之美的崇高感与神圣性。"①这与象征主义者完全不同，尤其是与所谓"纯诗"的文学本体观念非常不同。（2）象征主义者的本体观念在阿库乌雾这里被兑换为清晰的母语观念及其存在观点，在选择意象时他不仅注意语义内在关系，而且在铺写全部200多个彝族文化意象时，事实上已经在通过语词实现存在的建构。英国莎学家斯珀津（C. Spurgeon，1869—1942）认为每一出莎剧都隐藏着一个"意象群"，其中又有一些起主导作用的意象，在作品中反复呈现，有如音乐的赋格曲、奏鸣曲中反复呈现的主题。②波德莱尔也这样说："整个可看得见的宇宙，不过是个形象和符号的金库而已，而这些形象和符号应由（诗人的）幻想力来给予相应的位置和价值。它们是（诗人的）幻想力应该消化并加以改造的。"③无论意象群的铺写，还是形象和符号金库的建构，在阿库乌雾这里都是作为存在本身来建构的。正如维特根斯坦所说："语言是世界的投影或图像，语言之所以能作为世界的投影或图像是基于其与世界在结构上的'同构性'……从根本上讲，语言与世界之间的图像关系是基于命题与事实之间结构的同型性，而不是基于名称与客体之间的对应关系建立起来的。"④换言之，阿库乌雾每个意象本质上就是一个存在命题，都遵循这样的法则：以现代价值关系与意象语义关系两者的象征性拼接为介质，创制既与本体"神秘"呼吸，又与现实世界的存在秩序和关系状态相吻合这样一种语词体系，这与象征主义的"纯诗"、纯意象体系建构是大不相同的。阿库乌雾的意象矩阵隐约着一个"历史的轨迹"：这就是巫界神意的式微和人工世界的喧嚣，最后统一

---

① 阿诺阿布：《文化诗学：对话与潜对话——阿库乌雾访谈录》，http：//blog. sina. com. cn /humanlifelikeapoem。

② 参见汪裕雄《审美意象学》，人民出版社 2013 年版，第六章"一部艺术品，就是一个完整的意象体系"。

③ 黄晋凯等主编：《象征主义·意象派》，中国人民大学出版社 1989 年版，第 21 页。

④ 王晓升、郭世平：《后期维特根斯坦心理哲学研究》，中国社会科学出版社 2004 年版，第 246 页。

于母语世界的宁静。母语代表着终极和神意，代表着人性的正向和文明的正态。阿库乌雾的所有命题中，语言与人性是一个终极命题。（3）《恶之花》只在宣泄，《血灾》则有预警的意思。阿库乌雾在拷问：构成现代人类和人性存在的血灾的究竟是什么？象征主义是把绝望和愤怒倾泼到资本主义制度，一种存在性否定；阿库乌雾则诉求异化了的人性本身。这里的逻辑是：现代社会一方面切割人性的神意和诗性价值，另一方面又放纵着人性中丑恶低俗的非理性和无价值，这就使人的概念发生了根本颠覆：那个曾经与巫界神意感应而契合的人性价值体系坍塌了，人欲替代了巫界英雄时代的神意，成为全部存在的基石和支点，生命就成为伪生命，这就是那些形形色色的生化产品——类人而非人；存在也就成为负存在，这就是电脑和网络制作的，那些由商贩和妖人兜售着，庸才和畜类支配着，现实世界到处充塞着的存在幻象。在这里，原生态——首先是母语状态，就成为全部存在和生命的真实。正如他的诗："面对时流面对浩宇/用低沉而悲怆的节奏/独自行咒"（《行咒》第10页）。彝家的阿库乌雾与象征主义的阿库乌雾之间，以行咒的方式连接起来从而结晶出罗庆春的母语诗歌——这就是阿库乌雾的语词革命。可是，什么又是行咒的方式呢？

（二）意象叙事：从象征到拓扑

意象叙事是阿库乌雾诗歌的最高价值，也是我们讨论的题旨所在。《蛛经——关于蜘蛛与诗人的呓语》是整个现代存在的经典性表述。蜘蛛的意象就是象征：电脑绘制，灵气活现，但是存在于人工编织的网中：电网，磁网，信息网，情网，肉网，魂灵网……"蛛多　蛛网多/道路与方向四通八达"，连陷阱都毫无破绽。人类正在为这个人工世界沾沾自喜。但是"卷帙浩繁的国度/异类开始形成于/难以抒写的一纸空文"，空间波纷披于卷帙浩繁，时间流倾注于一纸空文，国度滋蘖异类，生命和感觉虚脱，就成为人性断灭了的存在叙事："在全面叙述的时代/中断叙述。"

如果说虚假构成现代人深刻的内在本质，那么割裂却不可规避地成为现代人内在客体的人格形态。"切割　以巫师的方式开始"。所谓巫师的方式就是行咒的方式，由话语和语词塑造、表征乃至构成的现代人的价值存在。全部现代性都在虚拟和象征，一种逻辑性和科学性，本质是切割。这不仅体现在技术层面，尤其体现在本体的层面。现代人既不承认神意的存在，本体也就成为切割的对象，因而"在午夜　荒荒多年的土地/重又流血不止　泉水丁冬　泉水丁冬/水为生命之源/音乐附着在语词的躯壳上/

进入似是而非的分娩"。宇宙、自然、生命、语词都于"似是而非"中被切割。由此而下，"那些人类可能的欲求／都在极力实现各自／如痴如狂的切割／液体开始渗出这座城市的表面"。是的，切割并不曾遏止人类的欲望，相反使之失却根本提携，从整体上散塌下去，人类的现代生存就由城市的里面，渗溢出比洪水猛兽更加顽强的欲望之水。欲望而不是人性冲绝一切，数字和金属成为生存之根，生命就进入绝境："千山鸟飞绝／万径人踪灭"。就连"世纪之外　我的书屋"，也"堆满了无汁的水果／堆满了无刃的水果刀"（《切割》第89页）。精神、未来、生命、血缘，链接为残忍的现实，阿库乌雾就以相当的规模和数量叙述着现代都市生存的矛盾和悖谬：

> 宽阔敞亮的街／狭窄阴暗的街／喧闹繁华的街／冷落凄清的街／流水的街／流蜜的街／流血的街／流脓的街

《街谱》铺陈的不是现象或意象，而是维特根思坦的命题，是现代都市生存状态的高度抽象。存在被语词化、符号化也虚假化，人从本来的意义消失。"能飞的都飞起来了"，唯独天马，只完成了一个堕落的姿势；然而，"有时　飞也是一种垂落"！飞凌天空与垂落地面是矛盾而同一的。这个世界的那些最灵性、最诗意、最体现人性的生命，流溢着最龌龊、最肮脏、最践踏人性的兽性，一如电视：动画片过去、广告过去之后，"关于一些不干不净的女人／和一些不干不净的男人／合谋做成一些不干不净的事／电视里再没出现第三种人"（《天马》第100页）。这些人和事又是被鼓吹张扬，成为最荣耀、最煊赫、最有脸面的体统和尊严。这是一个死魂灵的世界！

问题追问到人的本质，这是现代世界的最高也是最低。换言之，现代世界是一个失却了神意因而也失却了最高的世界，人既是一切又什么也不是。都市里的老人为了有鸟可养，而不是为了热爱生命，"设法觅一鸟"养着"并渐渐寄情于鸟／又牢牢将鸟囚于笼里／于是　鸟逐日变成人的异体／名之曰：人鸟"，这是鸟的人化，即胡塞尔主体间性所导致的存在世界的普遍价值化；另一方面是"人逐日变成鸟的异体／名之曰：鸟人"，乃至"老人过世时／鸟若依然／都市间　更急增／无数养鸟送终的／孝子"（《人鸟》第91页）。这又是人的鸟化，是终极人道主义理念下人的普遍异化。人的本质究竟是鸟还是人？一如荒诞派哲学所追问的：人究竟是一条虫子？还是人？结论是：人是鸟人。

当符码而不是生命本身成为人的表述时，人就变成技术对象，人的每一个方面都可能发挥到极致："母亲深浸的泪光为一极"；"尺幅之间我体理一极"；"我感悟那神圣的一极"；"自觉杞人忧天的一极"；"一极一极接踵至／时而　极如妻如儿如一日三餐／时而　极如梦如幻如过眼云烟／有一步一极／有一生一极／有终生与极无缘／有瞬时无极无限"……（《极姿》第94页）在一个技术导控的世界，真实的生命感受变得冷淡，但是，一切又可以操作、可以拍卖，世界变成摊点，存在成为游戏，生存的人成了"游戏的民众！""居无定所／食无定谱／语无定类"。生命的要务只是"不断地抬价／让拍卖场的气氛／更加走向高涨"。人的规则既不是德行也不是才具，而是自觉进入圈套，"不能轻易离开／拍卖场"！（《拍卖》第116页）这就是现代人，这就是现代人与现代世界的关系图景！

考察阿库乌雾的意象叙事，我们发现，从象征性义域的拓展到命题化景观的集结，叙事含量大增，我们似乎可以将其诗歌意象制作为动漫视频一幕一幕地展播，然而还不够。随着其意象抽象化程度的加深，叙事成分也不断加重，阿库乌雾纵意构拟，随心洒泼，已经成为某种拓扑。

拓扑学是几何学的一个分支，它是从图论演变过来的。拓扑学将实体抽象成与其大小形状无关的点，将连接实体的线路抽象成线，进而研究点、线、面之间的关系。拓扑学不讨论两个图形全等的概念，但讨论拓扑等价的概念。在一个球面上任选一些点，用不相交的线把它们连接起来，这样球面就被这些线分成许多块。在拓扑变换下，点、线、块的数目仍和原来的数目一样，这就是拓扑等价。一般地说，对于任意形状的闭曲面，只要不把曲面撕裂或割破，它的变换就是拓扑变换，就存在拓扑等价。我们把阿库乌雾诗歌的意象理解为这样一些点，将诸意象之间连接起若干条线，那么阿库乌雾的诗歌意象群落就形成一些任意形状的闭曲面，我们将这些闭曲面或连接线转注为空间波或时间流，再与那些单个意象的点联系起来，就生成阿库乌雾意象叙事的拓扑学图景；需要注意的是，这些图景既可以影现点和线，也可以生成闭曲面或结构块，点、线、面、块共同的叙事功能不仅节省了叙事作品通常必备的题材书写，而且衍射或包蕴了题材含量，使诗歌几乎成为叙事。从点线面到块，有一个隐约撒播的幅度：象征——命题——图景——结构。结构可以回溯为图景，依次递归为命题和象征。结构是最大的，象征是最初的，两者之间隐约"道生一，一生二，二生三，三生万物"的宇宙生成模式。

以此把握阿库乌雾的意象叙事：《血灾》和《性变》是结构性的，《犬吠》是图景式的，《春殇》是命题化的，《巫唱》是象征性的。这里需要全面铺开、细致认真的实证性分析，惜哉不能。但是，我们的确把握到了阿库乌雾意象叙事的奥妙，这远不是一个象征主义风格能够概括的。神意逝去之后，人就是最高者，这个人的定义只有两个字："立式"。只需你登场："立如疾风劲草/立如蜻蜓点水/立如拔地而起/立如流云行空"。人的存在一如亭亭玉立的少女之于路牌、跳伞运动员之于长空、雨后春笋般的高楼林立之于城市、独立其中的我之于玩具店——纷然呈现，行云流水，繁华如梦，究无实义。人只留下一个姿势：立式，它成为现代人"最普通的/生长方式"（《立式》第96页）。既是象征也是命题，更是现代人存在的图景，还应是人之于自我、世界及其存在的关系结构。

一切都是意会言传的。"一位孕妇打着火红的雨伞/通过这座城市的中心"，这是象征化陈述。但它可能"为人们布下最后的陷阱"，这就是命题，一种现代生存下人人可能面临的命题。"瘟疫进入智者的牢笼之后/密码像瘟疫一样蔓延"，"苍空 睿智的老人/你以细细密密的雨线/垂钓 大地上/诱饵是暗香的蕊"，这就是现代人饮鸩耽毒的存在图景。一次季令的开始就是一次生命逃亡，"最后的守望者/蜗居如病变的星月"，照耀着然而昏昧着；"立交桥 距离最古典的交媾/并不遥远"。时间和空间已经涵化并异化为人的存在状态：神龛是猥亵的对象，语言是肮脏的方式，"城市 人类最宏伟的陵墓/与智慧的死亡同步"（《春雨》第108页），与古典诗意相反，现代人成为淫荡而播散着生殖气息的群类。这里蕴含了人与自然、人与世界、人与自我的价值关系，蕴含着空间波、时间流、内在客体、存在图景等意象叙事的理论关系，成为某种结构，而不仅仅是抒情或言志。

拓扑方式的运用使阿库乌雾的意象叙事拓展为人格建构。如果说象征性是一种空间波或本体性，那么命题化就是时间流进入社会历史情境之后人的内在客体的隐约和呈现，它已经具有了对象关系和价值关联，图景和结构就是此种对象关系和价值关联之下人的生成，一种现代生存图式或生活景象，我们谓之品格或世相。人的生命从象征性上流逝了，时间流冲腾之下，人的存在就在历史与语言之间游移：带着韵律的枷锁的春天/言说与记录同时面对——

> 将春天的智能移入／一些或软或硬的金属／由金属，银白的或锈红的／金属向人类发号施令／语言的神　再一次漂泊。神　以及神的使者们／六神无主心猿意马／如此精确的汉字／让我内心虚伪而苍白！（《春殇》第 111 页）

春天是由空间波向时间流播撒和跌宕的本体性，在此场域之下：言说是历史，记录是语言；春天的智能是历史，或软或硬的金属是语言；向人类发号施令的金属是历史，再一次漂泊的语言的神是语言；神及神的使者们是历史，让我内心虚伪而苍白的精确的汉字则是语言……历史和语言构成人的内在客体以及存在图景，但它们是矛盾和乖张的，那么人的内在客体与其存在图景就分裂为品格和世相的矛盾和悖反。从春天的场域流淌到品格和世相，其间言说、智能、金属、神以及神的使者们，就成为历史层面逐渐走向极姿的人的品格；记录、金属、语言的神、精确的汉字，就成为语言层面逐渐回向零关的人的世相。两者的矛盾和分裂构成现代人的内在客体和存在情境。

（三）拓扑方式：撷取意象到建构体系

在一个将人贬损为鸟的世界，神意之于世界的"投影"异变为人之于世界的"透影"："阳光于肉体间／穿针引线　肉体努力／将路还原为泥为石／并与泥石为伍"——为什么：阳光不是照亮着人的行进之路，而是在肉体间穿针引线成为诱惑，进而将路还原为泥石呢？阳光不再是神意而成为风景，而"木制的家具　毁于一炬"倒成为灯塔："照耀天空／照耀大海"。欲望之火焚毁人工世界这一事件，成为这个世界的现身说法。唯其如此，"海枯石烂裸呈原始为一透／天遥地远朦胧混沌为一透"，此种人欲的焦灼焚毁了一切从而使人的存在回落为原始混沌，才成为人之于坚钝世界中的一透：人从此种坚钝中丑影一现！整个存在是悖谬的：生动的语言掩盖了生存的真实，带毒的菌类滋蘖为历史的苔藓，神意、诗意、圣性都消歇了，只有"匠人的智慧／终止于碎玻璃长满爪子"这样的拼接和异化。仿佛星光灿烂，其实灵魂黯淡。人性从人性的乞求中疯长："灵肉之间的透／标价出卖的透／拈花惹草的透／生儿育女的透"……"透　一颗冷冰冰的方块汉字／有影无踪"（《透影》第 92 页）。说到底，透影本身也只是一种冰冷符码，而不是生命真实。

　　现代已成为人类的一次病难："一个不贞的猎人的妻子？和一匹骏马的故事"；"养鸡场　正用适宜的电流/孵出小鸡"；人的"身体渐渐长遍/大大小小的嘴唇"；出版物的"封面上总有产卵的飞行物/脱逃雷达的扫描"；而"每一个音阶都有病的呻吟/相伴　多么和谐的旋律"……不正常，一切都不正常了！令人不可思议的是，"你热爱你的病/你需要你的病"，"病　是你旺盛生命力/不可缺少的组成"（《病史》第122页）。人悬置于英雄时代的对面，就成为古典意义上存在的"倒影"。以行乞为美的东方人，"拥来行囊鼓鼓的西方人/携蓝眼睛女人的西方人"，"跨进这座城市的木门"，那么世界就变成这样："哲人　艺术家和/战争犯层出不穷"；"工业以各种固体、液体和气体/的方式　充当着畸形或非畸形的城市的催生素"（《倒影》第102页）。进入现代的人类已不再是古典时代巫灵神意的人，他们在价值膨胀的话语上建构存在，成为纸性的、会飞的鸡！

　　不像通行的思想家那样用现代理性的眼光检索巫界神意的惨淡和落寞，相反，是从巫界神意的诗性的眼光来看取现代人性病态，进入城市的阿库乌雾就悲默地面对此种事实："先祖制造的第一只木舟/在天边的草海荡漾"，而宇航员的遗骸却遍及异质的星球。时间、空间、价值领域的幅度都发生了不可思议的开拓，而更不可理喻的是人本身发生了"性变"："泰国多大？有一种特产叫作/——人妖！妖么，取人之形/吐纳鬼神之气"。人神鬼之间无性可鉴的妖，成为现代人的经典表述！阿库乌雾还有另外一种隐曲是："我的诗歌　一个已不能/完全确定族别和肤色的人/用世纪之交的汉语/写成的诗歌"，会让人想起公母蛇、公母草或公母乐之类杂交产品：不是由雄性异变为雌性，而是雄性或雌性的生命自然本质和种族文化特色混杂了、消泯了，人的个体身份正在向着类型化异变！这是否说明人性欲求也随之消隐了呢？完全不是。还未收缩和质变的性具成为现代人敬畏的图腾。"有限的恋情/长成毛状的物质/雌雄莫辨的天空下/火灾在某处洞口发生/火势迅速蔓延/并殃及一些女人必备的/器皿"（《性变》第129页）。赤裸裸的性事件替代了巫界神意，成为现代人的基本存在方式。就像毛状的物质与女人的器皿之间绝没有人的感觉一样，性只是性本身，是动物事件或物质事件。整体看来，现代人不是滋长了什么，而是被阉割了什么，诗意自然的东西萎缩了，消失了。

　　这一异变过程不是传统儒家理想的参赞造化之功，而是现代技术的成果：科学、技术、话语、信息、价值观念及情感模式，一切的一切都是人工制造的结果。"一个普通的指令／手术室就会向全城的少女／发出一种奇异的信息／这些过早成熟的少女／接收到如此美妙的信息／就会主动来到模拟手术间／当她们走出手术室时／她们已经被塑造成／一群幸福的孕兽"。兽，即使是兽也有着一份自然亲切的真实在，可是现代人的性事件只发生在网络或电脑中，这是一种割去人的肉体事实之后的"手术室"，它"让所有成熟而纯洁的少女／不曾经历性的欢欣与痛苦／便成为幸福的母亲／母亲：向体外排泄出一些／异己分子"！在由单性繁殖向无性繁殖迈进的技术化进程中，人的本质追问变得没有意义，连阿库乌雾本人也"给自己一个指令：／不要用我的磁场／干扰模拟手术室内的程序／离室远一些"！可是，女人们已经有约："去市郊种畜场打猎"！不是野合，而是"带上手术刀"（《手术》第133页），准备切割！

　　回归自然的呼声就是这么发出的："长出尖利的犄角"的男人也就是动物，"携上自己的妻儿／回到久别的峡谷／去寻找未来的遗址"。如果说英雄时代的世界是一个巫界神意为本源的世界，那么现代世界则是一个以性为源的世界，性成为最高和最后，生命和存在简化为性，简化为技术，最后简化为语词，阿库乌雾正是从这里执领存在和文化的牛鼻。他的比喻是出色的："金瓶梅是中国最出色的花瓶／不同朝代／不同颜色／不同名称／不同季节／不同香味的花枝／都能插进去／并津津有味／自得其乐"（《性源》第144页）。阿库乌雾发现，不是现代，而是从"那什俄特时代"就开始了人性阉割（《性变》第129页），中国文化则是一种滋养着和圆熟着此种阉割的最为适宜的土壤，就此而言，中国文化与现代世界之间存在一种天然的契合，而不是西化论者张扬的完全冲突和掣肘！所以，他们看到西方技术和现代切割在中国文化土壤中的"神异灵迹"：性，这一现代之根，在日本培养出大江健三郎的酒和刀，在法国变化成拿破仑的羽毛笔，在中国就变成诸葛亮手里的羽毛扇，呼风唤雨，变化生物，与交响乐、杂交谷物、良种猪之类现代技术是那样的和谐，使"科技成为美艳绝伦的异性"，乃至"千树万树梨花开"、"千年万年花不谢"！（《异性》第147页）可见，从巫界神意的反思到中国文化的反叛，阿库乌雾的文化苦旅走到终极处，他认定中国文化是一把"巨形的剪刀"，横陈于巫界神意与现代科技之间，成为某种宿命："独自来到外城谋生／终身深受性排斥的苦闷"。不仅生命自然的进化是如此，这也是处于汉语权势与西方话语之下阿库乌雾的真实文化处境。

上述拓扑化描述是以透影这一意象为基点展开的。"透影"是一个核心意象，是本体性意象巫界垂落或散播到现代场域之后生成的，一个关于人的方式和状态的意象，当然也正是一个拓扑点。其后又有若干个点："病史"，"倒影"，"性变"，"手术"，"性源"，等等。这些拓扑点可以分别或交织，与核心意象"透影"建立关系并划出连接线，生成不同的或共同的闭曲面，最终勾勒出现代人的存在方式和文化状态，亦即建构出现代人的"品格"和"世相"，所谓结构块。事实上，一部《阿库乌雾诗歌选》不仅可以拎出二百多个彝族意象，而且可以识认出许多命题和结构用以建构和描述他理想的文化景观和存在状态，上面所作的只是点的撷取和线的勾勒，下面我们尝试着去做闭曲面和结构块的描述。

如前所说，语词本身的重构造成语词哲学文化内涵的更新或变异。我们还说"透影"，与"投影"相似。"投影"发生于强大客体或本体绝对与承受主体的"面"上，投是关系和力量，影是余蜕或边末。"投影"所包蕴的是一种力的关系及其逻辑命题，它意味着本体的影像对于主体的笼罩和压迫，积淀为主体心理深层的阴影。存活于投影中的人悲怜着自己的弱小身影，所谓形影相吊、对影自怜。"透影"则是顽强主体对于世界挤压和凌逼的反抗，是于强势笼罩和极度压迫下的主体透出，有穿刺并捣毁世界性的感觉在。然而，在现代技术和市场时代的场域中，即使此种"焦灼焚毁了一切从而使人的存在回落为原始混沌"的透，也被散淡分解为一些无聊和琐碎："行乞于灵肉间的透"是"透影"作为核心意象对于现代场域的整体抽象，灵与肉之间是个哲学命题，是宇宙自然的本体性义域。"标价出卖的透"有法的严重和不苟，是现代人堂而皇之地自我推销和山卖；"拈花惹草的透"就从法的阈界降落为私人空间，被植入隐私这样一个对于现代人而言神圣不可侵犯的隐秘区间，但是性爱已经不再与神性和诗意联结，只留下肉体操作。"生儿育女的透"是日常事务，繁衍和性事与家庭义务扭结起来，成为现代人厌无可足的承担或不承担。可以说，法—情—理三个层面逐级而下，将"透影"离析为三个没有关系的维面，牵系于透影的总意象，垂垂欲坠。最后的搭建令人警心："透 一颗冷冰冰的方块汉字/有影无踪"。通过汉字抛出的"透"字，本来衔接着那场"木制的家具"燃起的冲天大火，是一场"照耀天空/照耀大海/

回落为原始混沌的欲火，是将整个巫界神性和人性诗意烧灼尽尽，标志了人性解放冲绝一切的现代圣火，可是，怎么就寥落为三个没有瓜葛的维面，归结为一个方块汉字且冷冰冰的呢？这里发生了历史与语言、人性与价值的割裂，一种生命操作与价值表述之间无可黏合的逻辑困难：汉字"透"的表述是"有影无踪"。"影"是汉语体系对于人欲的伦理表述，它不仅限定人欲的性质、功能、幅度、范围以及诗意和体验，而且以回归历史为终极，人就被抛出终极之外，成为历史之中的孤零之物！不妙的是，最初"透影"的"阳光于肉体间/穿针引线"的"肉体努力"也无非是"将路还原为泥为石"，一种类神能，一旦寥落为法、情、理三样价值标本甚或标签式的人性阐释，现代人性张扬的价值就成为"有影无踪"。阿库乌雾认为这是汉语体系的罪过，亦即汉语作为人性欲望与价值表述之间的逻辑中介，它以语词的方式将人性阉割了、分散了、浇灭了，实是冤枉了汉语！《极姿》① 就算是后续思考的表述。

　　"极姿"与"极致"相似，但是"极致"是一种境界性表述，是客观性和世界性的，而"极姿"则是主体描述性的，是一种主体的状态和水平。然而他还是概括了不尽如人意的多极："生于斯行于斯/母亲深浸的泪光为一极"，这是苦难、承担、养育之恩以及家乡故土的终极，一个核心意象。在这个总意象之下："秉烛夜读/蛾飞的汉字时而簇拥/时而游离/尽幅之间我体理一极"。这是"我"的成长，是时间流第一段；"偶尔聆听佛寺的清音/快乐与哀伤同时浣洗/我感悟那神圣的一极"。"佛寺的清音"是汉语体系的诗意成果吗？是，这里阿库乌雾是把它作为汉语体系来理解的，虽然佛学或佛教有着旷世无匹的形上超越意向。这是时间流第二段。"有幸目睹故乡上空火箭的雄姿/壮观的喜悦过后/总担心天空留下的孔洞/掉落蛆虫砸伤女人们的腿/不禁暗自疾唤：女娲呵女娲你在哪里/随即　自觉杞人忧天的一极"。这里记写的星弹升空作为现代科技之高端从故乡的上空爆响不仅是汉语体系所表述，而且是西方技术所表述的现代成果，作为现代世界完全无可规避的生存必需条件，恐怕也是彝族文化的必由条件，毋庸多说，但是构成时间流的第三段，是"我"成长已久的情境。接下去"极"就多起来："一极一极接踵纷至/里面　极如妻

---

　　① 《极姿》可以理解为阿库乌雾用彝族意象替代汉语体系的努力，他强调个性和生命的极姿，但最终流于哀叹。

如儿如一日三餐/时而　极如梦如幻如过眼云烟/有一步一极/有一生一极/有终生与极无缘/有瞬时无极无限/言未尽而墨已稀/此算一极么"。时间流于此涵化为人之于世的存在状态和生命处境，衍化为品格和世相，是阿库乌雾的终极。这四极既是时间流的四个阶段，更是阿库乌雾试图挣脱汉语体系之极而描述的四个"极姿"，可以概括为四个命题：养育和苦难—终极和感悟—科技和生态—生活和人生。我们能看到与四个时间流相随而散播的、渐散渐扩的空间波：彝家的—彝汉共存的—现代世界全球化的—人生宿命的。当阿库乌雾把这四个空间波所含蕴的命题叠加在一起，构成立体多维的存在结构的时候，我们事实上已经进入某种"结构块"：从彝乡出发一路走来，不论阿库乌雾是如何强力地"透影"，他还是从世外回到世内，一直回到世俗嘈杂、无奇无序、人力所不及的现实中来。人无法超越空间，无法逆转时间，同样无法挣离生活和存在的现实，这个现实是历史，不是语言，既不是汉语体系，也不是彝族体系。"极姿"，也只不过是一个"极姿"罢了。

　　但是，阿库乌雾的确从撷取意象开始，着力建构彝族文化意象体系是卓有成效的。如前所论的"立式"、"性变"、"性源"之外尚有"镜梦"、"船理"、"家论"、"书光"、"纸天"、"木品"等意象，拔俗不阿，显示了彝族文化进入现代的孤绝意志和奇思妙想。与"梦境"不同：镜梦是一种语义建构：镜之梦！梦境是一种纯客观现象，是逻辑和科学可以分析研究的生命现象之一；镜是万象纷呈的客观世界的影像之具，它本身就意味着世界的幻相和虚假，镜之梦就是头上安头，幻相衍生幻梦，一如柏拉图说艺术：是与真理隔了三重！它是现代人存在的一个贴切表述。但是在阿库乌雾看来，在镜梦所表述的彝族文化的眼光和视角看来，现代人是在大海母体渐渐裂变的历史情境下，以镜相为舟楫"急于驶向我的源头"的族群，他们的梦可以表述为"用支离破碎的足迹凝合成一个完满、旺盛、生机盎然的终点"这样一种欲的冲动，其生存场域散碎为"溜冰场有少女苦苦寻找丢失的金匙，垃圾桶里装满五光十色的城市秘事，用弃婴哭声绘制梦的花边寒光四射"这样一种生存图景。在这里，镜梦一个意象散裂为少女寻找金匙、垃圾桶装满城市秘事、弃婴哭声绘制梦的花边乃至城市肉铺老板手持利刃面对肉类等陈述命题，从而立体地建构了现代人的存在场域，成为鲜活生动的生存世相，现代人的品格和道德就毋庸赘言了。亦即阿库乌雾不仅撷取汉语语词赋予新意，建构与汉语表意体系不同的意象体系，用以实现彝族文化的增长的扩张，而且拓扑现代社会的文化结构和价值体系，捣毁性地否定现代生存价值，最终实现对于人的存在的拷问。

"船理"是"原理"一词意象化的结果，不是造船的原理，而是船这一意象的文化内涵："由丛林之深慢慢划向沙洲漠原"之历史逻辑。这里，船这一意象成为整体人类存在的形象概括。"家论"（《家论》第191页）是关于家的阐释：现代人已根本失去了家，包括祖灵都变得"并无灵性可寻"。"书光"（《书光》第193页）是书这一人类智慧载体的死亡之光："祭师的手；草人的骨！/蚂蚁的血；城市的疾！"无灵性，无风骨，无血性，无生命！书光不是智慧之光，而是"来自肌肤"的回光返照，是玩火自焚的自我毁灭之征。这是对于人类智慧的整体反思：人类创造了文化和智慧，又困顿于此种智慧和文化。"纸天"则是由文本和话语构建的现代世界的表述，即纸之天、纸之存在。人的生命纸化了："纸生！纸死！/才是真生！真死！"（《纸天》第193页）看来阿库乌雾是无奈而无力的，只好认同了！"木品"同样是汉语词的一个衍伸，但是阿库乌雾用它来表征彝族文化的时候，同样倾诉了他的无奈和无力，但语义内涵由木制品的概念熔铸入这样的文化命义："木之品兼有石头的硬度，水的韧性和土的博大，灵气却远远在它们之上。但你惧怕金属，犹如乌雾惧怕城市"（《木品》第197页）。显然这是与金属的现代性指代相对立的一个概念：特指彝族文化的抗现代性。阿库乌雾不仅把彝族文化视为与汉族文化相对立的异质文明，而且把它提升到与整个人类的现代化对抗的本体高度。散布在阿库乌雾诗集中的诗句充斥了异质的、全新的、诡异的、灵透的意象，无法一一写到，但它们都是这样的语词意象化，都是特定文化内涵、特定存在状态的意象化概括，这在恪守语词规则的汉语思维中是不能被确认的。阿库乌雾曾说过："假如汉语还有丝毫的魔力/我的祖咒亦即我的礼赞。"事实上，表意体系的后面还是价值观念，即康德先验模式及其所携带的那些终极理念，在这一层次，彝族文化与汉族文化是有一些不同，但是更多相通相关处。彝族人普遍认为已故祖先有三个灵魂，它们各有归宿，其中一魂守焚场或坟墓，一魂归祖界与先祖灵魂相聚，一魂居家中供奉的祖先继位上。与"三魂说"密切相关的是"祖界"观念。祖界在各地彝人的信仰中是本民族先祖发祥分支之地，是始祖阿普笃慕和后世各代先祖灵魂聚集之所。彝文献《指路经》中描绘的祖界"草上结稻穗，蒿上长荞麦，背水装回鱼儿来，放牧牵着獐麂归"，是一片美丽丰饶的乐土，不仅与《诗经·硕鼠》中的乐土，与佛经的极乐世界，而且与陶渊明的桃花源——无不相关相通。而祖先祖灵的祭拜和巫界神性的崇拜则与汉民族数千年来皇天后土、慎终追远的人文关怀完全一致，它已经成为中华全族的最高理想和最后归宿。

第三章

价值建构

　　意象与题材结合的中心命题不仅从文本分析概括出来，而且应该诉诸理论并且推衍到更广阔的义域。我们这样来表述：主语（意象）是一个心理学过程，表语（题材及更广阔义域）是一个叙述学过程。问题的关键是：意象与题材、与文化乃至人格之间的学理过渡。荣格的原始意象及其心理关系作为中介是前面的文本分析予以证明了的，概括地讲就是原型意象以散摄、吞噬、镶嵌、拓扑的方式与题材结合，实现着内在客体与人的存在以及文化人格之间的建构性（就阿库乌雾言是一种解构性）过渡，转言之，原型意象变现为繁富灵异的多民族文学意象、叙述模式乃至文化人格，从而衍化出人的历史存在和文学存在（文本建构）——我以为还是不够的：（1）作为理论中介，还必须辅以"原型人"和"中阴识"理论，谋求学理与历史和文化的结合，唯其如此，此种理论过渡才具有历史感和普适性。"原型人"和"中阴识"理论的本质就是"人"的生成，表述为文化人格机制。两个理论的加入，标志着意象与题材结合的命题陈述中融入了人格或人品的义含，那么意象与题材融合而生成的那个"实体"（在进入语言表述、建构为文本之前，我们谓其"内在客体"）就不再是心理学意义的纯形式或纯表象，而且具有了生命品格和价值意向。（2）从内在客体向语言表述的过渡，不仅实现了文本建构，而且作为命题方式或逻辑结构进入文化事象和存在世界，乃至衍化为文化人格，实现人的重生或再造。那么"原型意象—题材对象（内在客体）—文本建构—文化人格"这一学理进程，就不可能是一种线性联结，也不是层面分析，而是人的本体审美概括社会历史题材得出的社会历史价值，表述为一种人的状态和人格方式，然后分配为语言和图像亦即符码体系，成为永恒的文化存在。正是在这里，我们与"文以载道"的传统观点一致起来：先做人，再做文；做好文，乃做事。只有穿越了社会历史的文化积累和价值建构，只有深刻的人格实践和充分的人性操作，才是建构文学、建设人性的根本保证。我们能够理解语言对于观念和情感的规约和建构，理解文本对于文化人格乃至社会历史的表现和塑造，但是人——个体及其表述和象征的人性和人类状态始终作为真正的中介，是文学生命之所在。在原型意象与题材对象之间，人的内在客体（价值建构）是中介也是条件；在价值建构与人的存在之间，文化人格机制（观念体系与深层心理）同样是中介和条件。就此而言，四位作家和诗人所呈现的观念体系和深层心理有相通处和照应处，也有深刻不同处，因为，他们所表述和象征的人性和人类状态是不同的。这一章我们将从这两个方面进入工作。

第九节　原型人与中阴识

在"原型意象—题材对象（内在客体）—文本建构"的学理进程中，题材对象并不是一个纯客观范畴，而是一种内在客体——

……（1）来自本体审美的场域，是其空间性的散播和延异，一种宇宙存在和本体审美的"原印象"；（2）它是"特殊意义上的时间客体"，是一种以感知的延续为前提的延续的感知，"不只是在时间之中的统一体，而且自身也包含着时间的延展"；（3）是由内在材料和杂多性立义构造的客体；它是"在一个不可分的相位中包含着它的对象"，在一个行为的连续统中构造起自身，这个行为连续统中"有一部分是回忆，有最小的、点状的一部分是感知，其余的部分则是期待"，所谓杂多性立义。……换言之，从核心意象向题材对象的生成和异延过程中，内在客体作为时间流逝的开端，既于内在材料的空间性场域中"包含着它的对象"，所谓"事象"，又以"有一部分是回忆，有最小的、点状的一部分是感知，其余的部分则是期待"等价值意向形成特定"境相"，两者感通搭建为一个角色——将本体审美与题材对象根本联结起来的情境性主体：人；（4）内在客体从人起始，进入社会历史的时间性，既指涉对象的客观性，也指涉意向的价值性，从而生成叙述的社会历史义域。①

这是一个比较完整的表述，它阐述了内在客体据于题材对象的相位，在原型意象向文本建构异延的进程中其心理学和叙述学景象。这里最关键的是（3），它由两部分感通搭建而成：来自客观世界的、含蕴于内在材料中的"事象"；生发于主体内在的那些"回忆"、"感知"、"期待"等等价值意向。两者正相对于传统文学理论中的题材和主题两个范畴。与传统文学理论不同的是：这里的事象是客观对象进入主体意识并浸淫于本体审美的境象，一种被意向到的对象，胡塞尔所谓"时间客体"；题材则只是一种客观实在。这里的价值意向包括过去的（回忆）、当下的（感知）和未来的（期待）三个时间维度，是一种建构意向和时间过程的心理连续统，主题则只是一个命题范畴。而且事象与价值建构及时间意向，从本体审美的原型意象异延下来，走向存在和世界，是生命增长和心理外化的过程，它迥异于客观题材与作家主观意识二元对立的思维方式，我们借用胡塞尔的概念，名之"内在客体"。作为原型意象与文本建构之间既承传本体审美，又衍射题材和文本的一个中介，核心是文化人格机制。它在两个维面上运行：心理的和时间的。我们借用犹太教神秘主义的原型人理论（生命之树）和藏密佛教的中阴识理论（三世流转），既从价值意向，也从时间维度——两者对应和配位的巫性思维方式上，对原型意象到题材对象、到文本建构的学理过程做一番描述。这是一个非常艰苦的过程，也是一个令人兴奋的进程：它是可以被逻辑描述的。

二十五　原型人理论

原型人指犹太教神秘主义的生命之树（The tree of life）：

在 Qabbalah 思想中，象征大宇宙与小宇宙之联系的生命树（Sephiroth）分作流出（Atziluth）、创造（Briah）、形成（Yetzirah）、活动（Assiah）四界，构成生命树十二个光球（Sephirah）分属之。由高位向下排序，其中根元世界（流出界）内蕴王冠（Kether）、智慧（Chochmah）、理解（Binah），对应神性，亦以火表之。创造世界

---

① 见本书第一章：第四节"意象符码的表述运动·十五·题材的叙述层次及命题结构"。

（创造界）蕴含慈悲（Chesed）、峻严（Geburah）、美（Tiphereth），对应于灵，亦以风象之。形成世界（形成界）含有胜利（Netzach）、荣耀（Hod）、基础（Yesod），对应于魂，亦以水徵之。而表现世界（活动界）具有王国（Malkuth），对应身体，亦以地示之……①

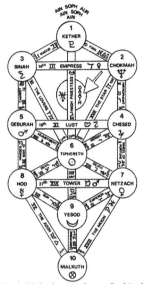

The Qablistic Tree of Life showing the ten Sephiroth and twenty–two paths with their major astrological,elemental,and tarocic attnbutiona. arranged according to the initiated Occult Tradition

生命之树

这里有 12 个 Sephiroth 关联、演化、生成生命之树，其动态进程形成 4 个大三角，相当于本体神性的 4 个空间波，可谓道性充满，光明遍在，散播延宕，圆融自有。其中第 8 个与第 1 个重合，第 4 个则隐藏，从图上看到的只有 10 个。

（1）Kether 王冠　从未显化到显化的第一个点，宇宙的起源，显化为最高存在诸特性。它蕴含其他 9 个 Sephiroth，惚兮恍兮，真空妙有，相当于本体审美意向（！）。

（2）Chochmah 智慧　从 Kether 而有的无限可能性开始起动，宇宙的动力之源，以圣父称名，是神圣、积极、阳性之始，相当于场域。此空间

----

① 以上图文均引自卡巴拉吧网页，下面的阐释亦以之为参照。

第一波也。

（3）Binah 理解　Chochmah 的智慧之力以 Binah 而悦纳。Binah 是宇宙万有的母亲，名以圣母，意似子宫，势若大海，是世间诸形态的创造者，相当于情境。时间流所由出也。

（4）Daath 知识　上图未以数字标识这个 Sephira，它是隐藏的，以识称名，与 Abyss（深渊，地狱，阴间，混沌）有密切关系，是意识本体，相当于荣格之阴影。亦即空间波以平面叠加方式散播或摄持，其本体审美意向积淀而为主体深层心理的价值意向和形式可能。

（5）Chesed 慈悲　创世之光从圣母 Binah 衍入 Abyss，到达 Chesed，犹如龙庭之国王，爱其子民及所有生命，建设施予，有形作焉，相当于原型意象，此第二波也。以上是心理学涵盖的范畴。

（6）Geburah 严厉　象征正义、力量、恐惧，创世之光由 Chesed 转依为 Geburah，如战车上的国王：正义之力，破坏之性，与 Chesed 形成对比。这是原型意象的变现和衍化，蕴含心理能量，指涉特定对象，衍射客观世界，相当于荣格之自性，乃是主体的最高意志。

（7）Tiphareth 生命之中心　象征美丽、平衡、和谐，乃是大宇宙与小宇宙、最高者与对象性的孕结点。犹如基督的教导，代表牺牲与十字架，称名救赎者，相当于模式。于此，本体审美之河穿越深层心理，流经时间的河床，衍入大千世界和文化历史。

（8）Kether 空性之教导　空间波所承载的本体神意进入仪式和场景，生成主体的文化人格机制，相当于人格面具，是继原型意象之后的第二中介。它已进入形式和符码的观照，指涉文本结构，亦即形式能力，从而衍入人类学，此第三波也。

（9）Netzach 胜利　慈悲之柱的基座，其形象代表是维纳斯，乃是艺术、情感、本能、美丽、诱惑乃至大自然之爱乐，虽在阳性，却似女郎，相当于阿尼玛和阿妮姆斯。映射品格。

（10）Hod 宏伟　严肃之柱的基座，代表知识、书写、沟通，具有科学、研究、严谨之特点，相当于希腊 Hermes，埃及 Thoth，罗马 Mercury，佛教文殊菩萨，均为知识之神。是 Qabbalah 哲学之枢机所在，乃是神秘和科学的中心。一个民族的文化和书写由此而始，指涉语词和图像，指涉隐含作者和叙述者，是文本建构的开始。

（11）Yesod 基础　其形象代表是月亮女神，乃是表象背后的存在，万神殿和鬼神术之中心，是潜意识和集体无意识的发露，包括阴影、情结、心理能量、巫术观念、宗教狂热、爱国主义等主体深层心理，是原始经验和典型情境的衍射和涵化，指涉客观世界的灵感发生和创作冲动。坐忘或象征由此操作。

（12）Malkuth 王国　Kether 最后的显化，创世之光于此定格，圣母 Binah 劳作完工。Malkuth 又称大地之母，盖亚定则示现的地方，是我们存在的世界。有一些"物质"就是 ghost，是科学仪器探测或探测不到的，它们往往保留着前世的形象，时间流以此回溯至存在之源头。① 这是文本建构对本体神性的回向，亦是人的存在的光耀和荣显。以上属于叙述学涵盖的范畴，此第四波也。

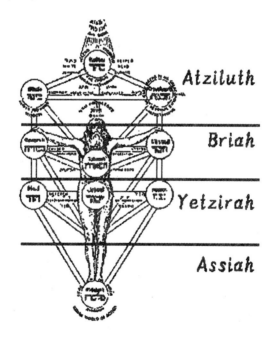

卡巴拉与生命的拓扑关系图示

综上所述，生命之树可分为三支柱，十原质，四个世界以及二十二条路径等基本结构。一般认为生命树中的球面代表神的诸特性，左边代表男性，右边代表女性，中间是二者和谐地带。对信徒而言，10 个球面代表

---

① 关于生命树的阐释主要依据"卡巴拉吧"网页的发言，经过笔者的整理，使其与本课题的概念体系相契，从而为意象与题材的结合这一核心命题提供学理支持。

人类所能获得的能量中心，是古代宗教的"神"的观念，称为"卡巴拉"，连接这十种属性流出路径的结构就称为"卡巴拉生命树"，我们看，本质是犹太教神秘主义的一种宇宙想象。我们以生命之树的理论作一个拓扑，就是卡巴拉与生命的对应分配关系——多像千手千眼观世音菩萨的法相呵！它呈示为四个空间波的叠加并散播的时间进程，犹太教神秘主义用流出（Atziluth）、创造（Briah）、形成（Yetzirah）、活动（Assiah）四界来表述，也正是人的生命从道体衍化、意识生成、主体创造乃至生命成长四个阶段。从哲学看，这是（1）本体性向主体性乃至对象化的异延；（2）心理性向客观性乃至价值化的转化；（3）时间性向空间性乃至人格化的回归。从意象叙事理论看，它体现为本体审美意象作为心理构件不断向客体对象涵化；客观题材成为原型辐射及其价值喻指的对象；承载本体审美意向的原型意象变现为模式或结构进入题材叙述。题材与意象的关系既体现为叙述对于意义的领承和超越，进一步体现文化人格机制对于存在世界的规约和塑造，其成果就是文本建构。这里有四个关键词：本体神性—内在客体—人格机制—存在世界。它不仅衍化为宇宙本体衍射的四个世界，而且统摄着文化人格机制的四个层面：（1）终极绝对的观念；（2）道德观念和价值观念；（3）人格方式和行为模式；（4）文本建构和符码体系。四个层面相应于意象的四个维度：空间，时间，品格，世相。

二十六　中阴识理论

1. 生命之树 12 个 Sephiroth 与佛教十二因缘分配对应关系。下面试作描述：

（1）Kether 王冠——本体审美意向，相当于无明的相位。"生命之树"是一种宇宙观和价值论，十二因缘则是人的生命流转的时间性描述。但两者有相应处：当"Kether 王冠"作为宇宙的起点开始本体运作的时候，无明作为个体生命的逻辑起点也正从宇宙深处发动，它们的预设前提是不一样的：犹太教神秘主义的预设是，从未显化到显化的第一个点，宇宙的起源，显化为最高存在的诸特性。卡巴拉思想是以生长于天国的"生命之木"来象征宇宙全体：广大的宇宙、小宇宙的人体以及到达神之境界的"游无朕"（借用庄子语）。人类分别处于 10 个圆（sephira）形成的个别王国，经过 22 条径进入冥想，直到王冠。Sephiroth 整体象征人类救赎的过程。22 条线代表"存在的形式"（Forms of existence），是"智慧的次路径";10 个圆则是代表"知觉的形式"(Forms of consciousness),是"智慧的主路径"。整幅图像由"力"(Forms)沉淀到"型"(Forms),即救赎的过程。

无明也是从个体生命流转说起。"善男子,空实无华,病者妄执,由妄执故,非唯惑此虚空自性,亦复迷彼实华生处,由此妄有,轮转生死,故名无明。"佛陀又说,"善男子,此无明者,非实有体。如梦中人,梦时非无,及至于醒,了无所得。如众空华灭于虚空,不可说言有定灭处。何以故?无生处故。一切众生于无生中,妄见生灭,是故说名轮转生死。"[①] 正觉性海,澄湛圆满,本来清净,并无身心世界的染着,元本妙明,朗然常照,体用一如。性即觉,觉即性,绝对待,无能所,本觉之体性并非所明之对象。因为妙明坚执欲有所明,将本觉之体性妄立为所明之对象;所明既立,能觉即起,妄想心生,炽然而异,能明与所明、能觉与所觉有了不同,就是最初一念之无明,正是身心世界之源起:觉明既久,互照"疲劳",外现色相尘境,内成混沌愚浊,由此生起尘劳烦恼生死轮回,进而生成宇宙万象山河大地,个体生命之"行"就以此衍入三千大千世界!

(2)Chochmah 智慧——Kether 开始起动无限可能性的场域,相当于行。第一空间波。我们看到,犹太教神秘主义也讲人之"行",乃是通过22 条径到达不同的王国(10 个圆),虽然最后也从"力"沉淀到"型"这样一个下降的路线,但是 22 条径是一个理性的过程,而理性是作为父位存在的场域灌注着个体灵魂的神圣、积极、阳性,是正能量,是神性之源,它确立着"存在"和"知觉"两个向度,笛卡尔之"我思故我在"。"无明缘行"则趣有所别。行是妄行,就是造作诸业。这个行受到四种缘的牵扯:亲因缘、增上缘、所缘缘、等无间缘。[②] 它并不遵循"力"和"行"的双行轨道,而是"于无生中,妄见生灭",于彼四缘中分别好恶而取向,选择有缘的父母而投胎。这里的场域在犹太教那里是神性,是正能量,在佛教则是各种缘,本体审美意向的神性于此纷披离乱,个体中阴识的灵意则奔驰无地,所谓场域也只是一些"光"和"影",身心之形成只是因缘染着的结果。以上两缘并未进入个体意识,是本体论涵盖的范

---

① 《大方广圆觉修多罗了义经》。

② 净慧主编:《佛教的认识论》,中国佛教协会出版社 1990 年版,第 66 页。

畴，只是神意，只是无明，是本体审美意向回落为个体生命的第一空间波。

（3）Binah 理解——宇宙万有的母亲，名以圣母，意似子宫，承载悦纳，势若大海，是世间诸形态的创造者。从佛教看相当于识，亦即进入个体身心的分别和妄见，本体审美由神性场域转依为生命情境，转依为母腹的世界，时间流涌起。这是一个界点：本体神性审美与父母精血孕结都在这里发生，可谓八面来风，风云际会。荣格讲的原型和本能于此承接。换言之，来自祖先遗传的精神密码和源自父精母血的生物基因在这里汇聚，灵肉融合，浑成假身，即是个体。所谓圣母，老子所谓"玄牝之门"。但最重要的是"识"的生成：既获自正觉性海的元本妙明，又得自父母基因的身心染着，若以"型"论，多缘增上①；如果说本体审美神性至此呈现为空间场域，那么父母基因的生物意向则由此生成代际情境，时间流自此涌起，人开始进入历史。

（4）Daath 知识——相当于名色，亦相当于阴影。卡巴拉网讲 Daath 与 Abyss 有密切关系，是意识的本体，但是生命之树和人形拓扑两图均未标识出这个 Sephira，它是隐藏的，某种意义讲应该是指人的独立性或生命值的开始，意识体系形成，亦即"内在客体"于本体神性与父母基因上下内外的张力之间氤氲而生，正与阴影和意识体系两者应和。阴影是一个笼统的概念，正与意识相对。亦即承载本体神性和父母基因凝铸而有的那样一个混沌暧昧状的心理体系本来就包括心灵和意识两部分，心灵部分则笼罩于阴影之下，是语言和意识未能照亮的意涵，在荣格看来主要由原型和本能构成，其间最深刻的是个体生命意志中那些属人的特质，诸如心理能量、死亡冲动、原始经验、典型场景、巫术意识、宗教狂热，等等，当然这一切还在未显化之列，属于未发露的业识阿赖耶之类。这一切都是可以转依的，佛教所谓"烦恼即菩提"之烦恼与菩提间的状态，它构成一个人生命最原质、最本然、最深刻的内在性质，我们借用胡塞尔"内在客体"的概念来表述之，是因为其中包含了这样的意向：本体神性摄持父母基因的生物本能从而积淀为主体心理深层的价值意向和形式可能。

那么什么是名色呢？中阴识初入胎中只具色蕴，受想行识四蕴尚徒有

---

① 佛教认为婴胎性向是增上缘决定的：子随母趣，女趣父意，颇契弗洛伊德"利比多"之观点。

虚名，这个名色按佛家之说"是一胞脓浆，像疮里面的脓一样，这是男女精卵汇合在一起而成的，无以名之，则叫做'名色'"。① 依我看此"名"即名相，即与"色"（物象等）相应的概念意识体系，即意象和意绪、感觉、情感、体验、欲望、想象、梦幻等未来六根所摄六尘的心理条件，与本体神性交融而形成"内在客体"，而"四缘"的滋扰、已然浑成的生物胎体的滋长、母体及相关情境的滋育都形成助缘，形成意识体系及心灵发育的两个向度：价值意向和形式可能——衍射和攀援未来客观世界的对象和题材，建构独立不忒的人格体系。换言之，父精母血氤氲和合的那一刻，人的意识体系就已成型，与那承自本体审美而有的神性及接洽攀援而至的对象——形成先验的结构关系和表述关系。

（5）Chesed 慈悲——相当于六入。"创世之光从圣母 Binah 衍入 Abyss，到达 Chesed，恰如龙庭之国王，爱其子民和所有生命，建设施予，有形作焉"，这里的创世之光就是本体审美的神性，圣母就是玄牝之门，Abyss 就是心灵和阴影，相当于阿赖耶，Chesed 则相当于人格意识体系的最高层——终极绝对观念。这是一个从空间波衍化为时间流，穿越深层心理，走出到客观世界的第一姿势，犹太教以慈悲名之，这是人的本质的第一规定！这一本质不是凭空而有，犹如现代科学所陈述的仅仅是一种生物器官的功能——非也，而是从慈悲心出发走向对象和世界的"建设"和"施予"，一种自我作为国王（立法）对于"子民及所有生命"（主体间及客体间）的爱及劳作！"名色缘六入"不是被动受事，也不仅是基因滋长（欲望），而且包含了价值意识和形式冲动，包含了父母及其相关情境对于胎体护念守持中所发露的、所显化的神性和爱意，包含了人之自主立法凭依的道德良知和神圣领承。"慈悲"与"六入"的对应关照标志了人之于宇宙万物的价值关怀和神圣回眸。"慈悲"是人之根本；"六入"是世界的通道。人与世界就是在这种心心念念的关怀和回顾中走向自我建构和对象创造。原型意象正是从这里萌发，它是一粒种子，一颗圣心，沐浴着创世之光的神圣，披沥着母性之爱的圣洁，就像《阿含经》描述的从光英天袅袅而降，正是"帝子降兮北渚/目眇眇兮愁予"的意境，一个渺渺愁予然而灵光四射的圣婴就这样来到世间，见、闻、嗅、尝、觉、知全面开张，两只小腿和两条小胳膊乱蹬乱抓着拥抱这个世界！以上是心理学

---

① 《我是谁？十二因缘》，见 http://www.fosss.org/Article/12YinYuan/Index.html。

涵盖的范畴。空间波的第二次撒播。

　　上述描述支持我们关于原型意象心理发生的观点：①承自本体审美意向对于个体意识心理的启迪，其本质是先验的；②不仅遗传自父母和祖先的原始经验，也滋育于父母基因的生物信息，而且是两者的孕结体；③先验地持有对于客观对象和外部世界的衍射功能和摄持意向；④先验地持有慈悲和爱意的价值努力；⑤先验地持有结构和建构对象的形式能力。至此，一个主体独立的人格实体已经成型，未来前景辉煌，道路悠长，恰风光正好，生命之旅正在脚下！

　　（6）Geburah 严厉——相当于触。Geburah 包含正义、力量、恐惧的意涵，本体审美的神性由 Chesed 转依为 Geburah，犹如战车上的国王：兼具正义之力和破坏之性，与 Chesed 形成对比。当人的意识体系雏形已具、生命意志已经发动的时候，人与世界就进入实体关系。触是什么意思呢？就是六根接触六尘的意思。名色、六入是在胎胞里，属于心理意识范畴，而"触"就是出胎了，母腹与外界虽只内外之隔，但是渺若河山——母腹之外的世界已不再是酣梦一般了：声光冷硬，由虚而实。物质世界危岩耸立般将生命的感觉挡回到混沌时代。这是一个拐点：物质世界和客观对象的强势进入，尤其是语言的指示和召唤，对于心理意识体系以及心灵深层内涵的干预是巨大的，心理意识体系及心灵深层内涵暂时处于休闲状态，生物本能却被强调出来并与此种干预合谋，强化甚至固化了六根六识摄取的表层意识体系。其内在的心理意识体系以及心灵深层内涵表述自己的冲动，外部的六根六识摄取的表层意识体系防御对象的焦虑——嗑噬相应，又水火既济，电光石火般的掀腾搏击打造出从本体神性向对象建构、从心灵内涵向意识表层、从生物本能向社会规则不断转换和调整的人格方式。那么本有的慈悲、爱意、建设、施予就情境化、对象化为严厉的风格，从而以正义、力量、恐惧的人格意向进入客观视域，人与世界的关系从先验的心灵关系蜕变为客观的规则关系和需求关系。触是一种觉受，一种人与世界交道的方式，是人之于世特有的姿势和态度。佛家渲染地说："母腹内外的温度相差很多，所以婴儿刚出娘胎，和外界空气一接触，全身就像针戳一样难受，其痛苦犹如活马剥皮，所以胎儿出生没有一个是笑着的，都是哭着来到这个世上。……胎儿硬是从母亲的盆骨间（像两座大山）被挤出来，不仅是婴儿苦，母亲也痛得死去活来，遇到胎位不正、难产或大出血，还有生命的危险。"① 但是涧深船直风高云急，人永远是勇往直前的！这个痛苦忍过去就忘掉了，要他离开这个世界还恋恋不舍，渐渐地又开始以多曾忘却或被挡回的那些心灵内涵以及意识体系来衍射、涵盖、把握、认识这个世界，以语言叙述和模式介入的方式重新建构这个世界，在现象学意义上，客观世界逐渐成为原型意象变现和衍化的意向对象，蕴含心理能量，彰显生命意志，荣格意义之自性由此呈示。

（7）Tiphareth 生命的中心——相当于受，人开始正式面对对象世界。在犹太教看来，承自最高存在的神性通过一系列范畴进入现象世界，其最高本质是美丽、平衡、和谐，Tiphareth 作为大宇宙与小宇宙、最高者与对象性的孕结点，犹如基督的十字架，是牺牲与救赎的象征。在佛教看来这是人以独立自体悦纳和接受客观世界的阶段，受就是悦纳、领受的意思。婴儿六根一开，智性即具，六根对六尘，就会生起色、声、香、味、触、法等感受。受的本质是以先验模式及其心灵内涵领承对象，于此时间流穿越深层心理，流经本体审美的河床，衍入大千世界。康德知识何以可能的追问自此发生：物自体神性散播的空间波及主体意识体系延异的时间流——外化为空间观念和内化为时间意识，两者牵系于先验模式和认知范畴，生成人的基本认知能力和初步人格体系。这里，犹太教的神性预设与佛教的人性开示大为不同：犹太教提交的是最高理性，一种存在之美的价值典范；佛教提示的则是人性展开的深层路径，一种人性生长的心理模式。犹太教主张救赎，佛教提倡悲智。

（8）Kether 空性之教导——相当于爱，是最高神性对于人的回眸，是人对于最高存在的领承，是宇宙万物被神性照亮从而呈现出来的爱意，是人作为万物之灵于天地间的成长。人离开娘胎后躯体趋向独立和自足：眼受色、耳受声、鼻受香、舌受味、身受触、意受法。身体功能和生命运作正式开启，问题是：六根摄取的六尘所炽染的这个现象世界真实吗？人缘何判断这些现象（物象和境相）是真实的？此时也，本体神性犹在，个体意识体系已具，六根六识之判别能力也已成立，人——应如何依恃或选择前述三个判断主体？抑或三者浑然一体，生成一个综合的、超能的认知体系从而把握客观实在？Kether 的空性教导是爱，佛教的当体开示是空，康德认定物自体是不可认知的。但是，当着人不再能回到母腹，本体

① 《我是谁？十二因缘》，见 http：//www.fosss.org/Article/12YinYuan/Index.html。

审美的神性遮蔽于个体意识体系，六根六尘相对而有的世相和尘境就将以语言为媒介的社会规则引为主宰，弗洛伊德的"本我"（id）与"自我"（ego）于本体神性与父母基因的掀腾搏击中登场，这就是所谓"文化人格机制"，荣格所谓人格面具，而在佛教看来则是投胎以来，识、名色、六入、触、受等由于过去世无明缘行所造的业识现前，不仅有力地影响和整饬着人所初具的心理意识体系，而且感召和摄持着客观世界的场景和情境，从而转爱成恨、见空成境，终极绝对观念蜕变为现实的道德和价值观念，人开始独立的生命操作。有趣的是，弗洛伊德的"本我"相当于本能，"自我"则相当于规则，两者的冲动与控制的动态关系构成现实人格的基本命题。于是仪式和禁忌出现了。禁忌是本体神性对于父母基因所传承的生物本能的禁制，但是被规则化从而成为社会约定。禁忌是通过仪式来实现的，而仪式又是过程性和场景性的，它是作为一个"事件"———一些核心动作的规则而穿越时空，成为人的行为规范。禁忌虽然是对于主体行为的约束，但其意向指涉特定对象。卡西尔讲"占有一个物或人，占有一片土地或同一个女人订婚的最初方法，就是用一个禁忌记号来标志他们"。① 禁忌的本质是规约人的行为使之能够顺利地到达对象，命义在于整饬主体的本能和欲望，确立个体操作的合法性。此种整饬和规范衍射到对象乃至全体，从而成为族群的心理纪律。禁忌保障一个人以规范合法的方式进入世界同时承应本体的神性之光，从而得到神的护佑，这从荣格看来，应该是承载着本体神性的某种原型穿越阴影等深层心理的时空隧道，现实地、夸张地、强势地进入世相和场景，在本能的强烈欲望中渗入神性之爱。所以禁忌有时会吞噬时空和世相，与阴影或仪式同一，形成存在的黑洞。但是，通过仪式和禁忌的文化人格机制正式进入世相，形成原型意象之后的第二中介，将原型意象与客观题材及社会历史联结起来。

（9）Netzach 胜利———相当于取，代表全裸的女性，相当于荣格之阿尼玛和阿妮姆斯，它映射文化人格机制的品格。按照佛教的说法，取有四种：一是欲取即执着，希望获得更多贪爱的东西；二是见取，贪爱已有的知见和思想，追求更丰富的知识，认定自己所见所知是最优胜的；三是戒禁取，执着守持某些戒律，求解脱图福报；四是我语取，是对自我的贪爱，即我执。因为这个"我"是名相见取的结果，本质是语言规则的集

---

① ［德］恩斯特·卡西尔：《人论》，甘阳译，上海译文出版社 2003 年版，第 170 页。

合，故以"我语"代表我。这四种"取"中最根本的是欲取，即男女之欲。弗洛伊德就认为"利比多"是人的一切心理和行为的动力源泉，是穿越社会需求、充实人格面具、作为根本生物意志的性本能的冲动。蛇就是在这里出现，夏娃和亚当也是在这里被诱惑。弗洛伊德后来将"利比多"一词的含义扩展到机体生存、寻求快乐乃至逃避痛苦的本能。Netzach 是指向对象的，经过伪装，成为慈悲之柱的基座，其形象代表就是维纳斯，乃是艺术、情感、本能、美丽、诱惑乃至大自然之爱乐，虽在阳性，却似女郎，与父母生物基因相融合，青春不老，传承不已。取不仅指涉身体、意识、原型、自性四个层次，立体多维地建构了人的社会存在和人格机制，而且进入形式观照和符码表述，指涉文本结构和文化义域，概括了文学及叙述的根本旨趣，从而衍入人类学的范畴，此第三波也。

（10）Hod 宏伟——相当于有，代表知识、书写、沟通，其特点是科学、研究、严谨。Hod 相当于希腊 Hermes，埃及 Thoth，罗马 Mercury，佛教文殊菩萨，是严肃之柱的基座，是 Qabbalah 哲学之枢机，神秘和科学的中心。在佛教看来，是向外驰求、在身口意法四个维面摄持的成就，它构成一个人世间存在的集大成。从意象叙事看，所谓有，是原型意象及本体神性的最高命义进入文本操作，审视、观照、反思、概括题材对象形成命题域从而形成英伽登意向性文本结构的层级概观，指涉隐含作者和叙述者，指涉语词和图像的符码体系，因而进入文本建构。从生态审美看，则是大地伦理视野下的自然、他者以及文化历史的融会和共生：从本体神性到世相万有，从主体意识体系到六根六尘互摄共持，从父母的生物基因向广大宇宙、心灵世界、五蕴生受乃至原始经验的涵化，有，恰便是自足尘境和丰足个体的长空朗月，文本建构的风华之季，个体生命的壮盛之年！也是意象与题材结合的深水作业。一个民族的文化和书写由此而始。

（11）Yesod 基础——相当于生，指涉世相，进入语词和符码的叙述进程。这是综合了心理意识、人格机制、社会规则、文化义域并且激活着阴影、情结、心理能量、巫术观念等深层心理内涵，从时间向度看，又是从客观题材世界的经验描述返还到本体神性的空间审美——这样一个整体存在的建构工程，其心理特征是原始经验和典型情境衍射和涵化客观世界的灵感发生。灵感体验是这样：原型意象乃是月亮女神，美雅于宇宙穹窿，临照着世间万象：或坐忘或象征，均由此发生——坐忘乃是世尘繁杂暂时休闲，时间流凝滞于空间波的某一点，所谓"陶钧文思，贵在虚静，疏瀹五藏，澡雪精神"，① 整体生命和存在呈一空相，主体的意识体系和人格机制在进入世相尘境之后瓜熟蒂落，与象俱空与言并逝，实现了了悟和体认的自在共生，所谓"桶底脱落"。与之相应的是表象背后的存在的呈现，个体潜意识和集体无意识的发露，万神之殿和鬼神之术的活计也已透悟，那种与心识、与神意、与本体与最高打通的生命境界生成了，发生了！世相、品格、时间、空间于此集而大成，又是语词和符码力不从心、其表述势而不能的本体境相。乃有象征！象征是雪泥鸿爪，世尘落尽，繁华未艾又目送归鸿的境界，意象与题材的孕结真乃是春风一度，万川印月，虹霓构彩，似幻又真。从佛学看，乃是尘间情识呈示离蜕之象，来生之缘又结有生之志，生命将逝，文章其来矣！就此而言，叙述就是存在，就是生命，叙述就是人之于世间的价值和意义的象征性表述。

（12）Malkuth 王国——相当于老死，这是文本建构对本体神性的回向，亦是人的存在的光耀和荣显。Kether 是本体神性最后的显化，创世之光于此定格，圣母 Binah 劳作完工。Malkuth 又称大地之母，盖亚定则示现的地方，是我们存在的世界。按照犹太教神秘主义的说法，在这里有一些"物质"就是 ghost，是科学仪器探测或探测不到的，它们往往保留着前世的形象，时间流以此回溯至存在之源头，正是佛教所说的无明，亦即个体人格意识体系和父母生物基因所滋育的六根及其六识全部散灭，生命进入中阴识。以上属于叙述学涵盖的范畴，此第四波也。

总此十二因缘之说，依分位缘起说，过去世无始的烦恼叫作无明，依烦恼而作善恶之业叫作行，无明和行称为过去二因，心识以此进入中阴识，在受胎的一刹那成为有情的相位，受胎开始的第二刹那以后，六根尚未完备叫作名色，在胎内六根具足，即将出胎，叫作六处。出胎以后二三个月，接触感觉但未识别苦乐，谓之触。四五个月以后渐能识别苦乐，是为受。以上从识到受，称为现世五果即生。十六七岁以后爱欲渐盛即爱，20 岁以后贪欲成炽即取。依爱取烦恼造种种业，周遍驰求，辛劳疲竭，乃有乃生从而决定未来世果即死。过去世之因导致生和现在世之因导致死，称为二重因果。过去世、现在世、未来世三世加上两重因果，合称三世两重因果。人就是这样因果轮回因循不止，在娑婆世界五浊恶世颠倒淋漓，临死时四大分散：地大分散时就像大山压在身上一样沉重；水大分散

---

① 周振甫：《文心雕龙今译·神思》，中华书局 1986 年版，第 249 页。

时就像整个身体浸在水里一样潮湿寒冷；火大分散时就像火烧一样身体灼热难熬；风大分散时"风刀解体"，就像山上的泥土被大风层层吹尽。但是老死之刻回到起点，正如多民族文学在最高层面宇宙与人是同一的，十二因缘的逻辑起点"无明"同样是不分别人和宇宙，亦即二者是同一的。

本体神性的空间波	原型意象的时间流	内在客体及其品格	客观世界及其世相
犹太教生命之树理论	王冠智慧理解知识	慈悲严厉生命空性	胜利基础宏伟王国
十二因缘的生命流转	老　死→	投　胎→	出　生→
藏密中阴识三个阶段	临终中阴→	实相中阴→	投胎中阴→
意象叙事的核心命题	原型意象→	意识体系→	题材对象→
意象叙事与人格体系	终极绝对理念→	道德价值观念→	存在状态→

2. 藏密佛教临终中阴、实相中阴和投生中阴三个生命阶段的过渡。人死后中阴身七天一个生死，七天一个变化。投胎后也是七天一个变化：最初像团浆，渐尔像脓疮，慢慢长成一个胞，胎形渐具，六根乃出，人格体系成型，存在建构开始。从藏密佛教就是老死、投胎、出生三段，即中阴识穿越时空、进入世尘、然后投胎出生三个生命阶段。如果就此三个阶段作一个对应性分配，则有①从老死到投胎是前生往世，其生命状态与集体无意识及其空间波的散播相对应，它受到心理能量、原始经验、典型情境及生物基因的深刻制约，决定着人的先验本质；②出生以降的整个现世生命存在与六识及其时间流所贯注的个体意识人格体系相对应，它受到尘境世相、价值观念、生命处境、客观环境的影响，决定着人的存在状态；③老死之后则进入中阴识，其生命状态与个体潜意识、集体无意识、生物本能、尘境世相、价值观念、生命处境、客观环境等等都有关系，决定着生命未来的取向和等第。如果将前述生命之树的十二品级、生命流转的十二因缘称其为空间波叠加衍化的过程，那么上述老死、投胎、出生三个生命阶段则是时间流的推移演进。从十二品第、十二因缘到老死、投胎、出生三阶段，可以说是一个空间性拓扑为时间性的生命建构过程。这里，十二品第与十二因缘的配伍关系已经体现了空间性对于时间性的拓扑，但还是一种实相描述，属于经验（顶多是体验）总结；进入老死、投胎、出生的时间进程，就进入拓扑，就与我们意象叙事理论的核心命题——意象与题材的结合——对应起来。

第一是临终中阴，一般说来，只要是接受并相信了有六道轮回、投胎转世的说法，就会感觉到色、声、香、味、触、法等六尘反复出现与消失，拼凑组合出无数种从未曾见过的神异现象和神奇的功能，见到无数种六尘之外的"尘"，佛教认为，这都是唯心所现呀！一旦现出与六道轮回投胎转世有关的境界，只要投入进去，就会真的流转而去。

第二是实相中阴，会遇到生前崇拜的神、佛、仙、亲戚朋友或歌星、影星之属，或者就是黑白无常。受人格意识体系的影响，如果遇到耶稣的形象，他就随之去天堂；如果遇到道教的神仙，就会随之去仙境；遇到亲戚朋友或歌星影星，也就与之一起生活。要之，这都是心理境相的现化，并非真归实至，但是中阴识根本理解不到，就感觉真的进入某界了。

第三是投生中阴，受生死知见、根本习气乃至深层心理的影响，所现的身相都是临终时的样子，所以很快就会死掉，死后又会现出中阴身，重新经历临终中阴与实相中阴。但是那些真正属我的知见、习气、心性最终呈现出来，就如个体潜意识和集体无意识所酿制的阴影、面具、性向及自性，作为原型意象都随缘、随业、随教、随性投胎而去。当然，一般很少有人能一路走到这个时期，因为众生都有心随境转的习气，所以前两个时期心识就被境相迷转了，只有那些正念坚定、定力实笃、殊无攀援、悟彻实相的人才能来到这个时期。

我们看到，中阴识的三个地步其实是六根六识摄持的尘境世相、个体意识执持的情感和观念、最后存在实相和心理本质——逐渐回归和蜕变的生命进程，相应于题材对象——意识体系——原型意象的回溯；当我们完全拒绝个体意识体系和深层心理本质的观照，仅仅进入题材操作时，是否觉得叙述学是对于人性和生命的残酷阉割和根本否定呢？问题还在于：此种阉割和否定牵系于作者衍生出隐含作者并变现为叙述者这一事件，否定作者就等于否定了文学创作本身，心理学、人类学乃至语言学作为叙述学的前半截，随之也被彻底否定。问题还不在此，而在于原型意象走向客观世界的进程中逐渐建构起文化人格体系，一如表格所示，同样分为四个层面：

终极绝对（空间）——道德价值（时间）——人格方式（品格）——存在状态（世相）。

我们有必要陈明：生命之树理论、佛教十二因缘、中阴识三阶段乃至原型意象、人格体系、题材对象的三段论，有一个共同的本质就是生命之形成。它包含了我们关于文学创作的根本理念和少数民族文学叙事的基本观点。

第十节　人格机制

作为一种意向性结构，原型意象在走向题材对象的历史进程中呈现了不同的对象化水平和异质性层次：神话、母题、仪式、结构以及一些典型情境和情感典范。换言之，少数民族文学叙事中的神话、母题、仪式、结构以及一些典型情境和情感典范，其本质是原型意象与题材对象的结合所呈现的不同的对象化水平和异质性层次。就对象化言，其水平的提携呈现了意象审美的空间向度，它是从本体神性向客观世界不断散播叠加、形成尘境世相的过程；就异质性言，其层次的散摄体现了题材叙述的时间向度，它是内在客体向文本结构不断分配建构、生成人格机制的进程。前者是历史逻辑的演进，后者是价值体系的建构，最后的结点则是人与文本的同一。如前所说，在此种历史与价值共生、世界与人格俱进的时空异延中有两个中介：一是处于原型意象与题材对象之间的人的内在客体，它体现为场域和情境；二是处于价值建构与语言文本之间的文化人格机制，它表述为观念体系与深层心理。二者事实上互为表里：场域和情境建构了世界，观念体系和深层心理塑造了人性，人与世界是同一的。这样的理念和观点恰恰是少数民族文学的元观念。

少数民族作家和诗人与汉族作家的基本差异正在这里：前者指涉终极绝对（空间）——道德价值（时间）——人格方式（品格）——存在状态（世相）四个价值层面，后者则基本迎合作者死亡、本体淡出的西方哲学观点，在自命前沿或时尚的作家那里，上述四个层面的文学表现中有三个是被拒绝的，直捷地说，他们只表现人的存在状态这一个层面，终极绝对、道德价值、人格方式是被解构或被淡化的。在他们那里，本体是个伪命题，顶多是一种可以被科学或技术拼贴、制作、穿越和变异的虚拟，体现为大量神话和母题被戳穿，大多仪式和结构被解构，自然神秘和本体神意被祛魅，就连那些丰沛着诗情、洋溢着神意、酣畅着梦幻、张扬着人性的山水圣迹优美传说，他们都不辞辛劳地科学考证，跋山涉水地揭穿伪证，最后的结论是：巫术、宗教、审美、玄思、心理、梦想……一切的一切都是迷雾。在科学技术的大太阳照耀之下，它们是云飞雾散！连男女之间的爱情都被诠释为利比多发作，欲望就成为主宰今天人类的最高者，人类的理性从高贵的头颅一下子滑落到两腿之间，建构了几千年，饮血泣泪生死以之，作为文明和人性成果的传统，不论是东方的还是西方的，都被打得遍体鳞伤。人，只需要两样：欲望和规则。前者是实体性的，是权利；后者是象征性的，是符码。两下里掀翻搏击，战争便从自体泛滥。实证主义打败心理学，人类学专门帮凶作恶，语言学成为迷宫，叙述学所向披靡。一个叙述帝国主义的时代成为人类无所游心、无可栖止的宿命。

幸而不完全是这样。少数民族文学，尤其是生态主义以来的少数民族叙事给我们全新的展望。我们所选取的四位作家和诗人的作品至少提交了这样一些维面和向度：最高意象构成题材阐释的坐标点：长生天、分散、蜂巢界、行咒，衍化出一个神性异延、人性登场的历史路径，一个持存神性、救赎人性的价值过程，其喻指、辐射、涵化和变现的叙事功能与神性、人性、持存和救赎四个关键词相应，构筑了少数民族文学的壮美景观，它不仅为生态文学，而且为人类叙事提供了可以借鉴、可以参考的典范。

二十七 多元主体涵化的多民族人格样相

多元价值主体及其杂多人格样相是少数民族意象叙事有别于汉族书写的第一个内质点。多元价值主体是指发散于本体神性的全息生命价值和多维存在意向的杂处共生，哲学本质是本体性的辐射与主体性的喻指；杂多人格样相是指滋育于不同地域文化共同体的人格方式的多样共存及心理状态的涵化变现，其人类学本质是种族视域的异延和文化历史的同化。这里，多元价值与主体、杂多人格与样相原本是两组矛盾的概念，但是进入少数民族的意象叙事，本体神性向多元主体滑移，生命价值与多维存在的杂处，就是一件非常自然的事；不仅如此，价值主体之间、人格样相之间乃至心理场域之间的涵化变现，就变得可能而且温和。

《三重祈祷》写一僧一兵与一个女人的相爱相依、生死离合，按照一般伦理规则，十有八九写成三角，终极选择肯定三缺一，有一个要出局。哪怕如《红楼梦》这样的伟大经典，在写宝黛钗三人情爱故事的时候，依然是去掉一个，显示了情爱关系与婚姻关系二者择一、不能共处的伦理价值理念。满都麦则不然；《三重祈祷》中的女主人公一方面对于僧人嘛麦和大兵阿拜有着同样深刻的恋情和感恩；另一方面她也不是现代女性那样的自由和自主观念，更不涉及享乐和淫乱，恰恰是这样：一种从感恩启始的、对于世间存活的人的苦难和屈辱的理解，一种类似普度众生的对于渴求者的赐予。这里最关键的是一个女人对于爱的理解：在她看来，这份爱不应该是独属的或偏至的，而应该如绿度母或白度母似的，或者是锁骨菩萨式的对于世间苦难和屈辱的济度和承担——在她的圣化了的心灵深处，他们是一样的好男儿，是与她一样的受难者和屈辱者，如果她不来担当，他们将没有容身之所！换言之，她在这个世界的角色体认和道义承担不是妻子或情人，更像母亲或妹妹。但是从这个意义理解，还只是不同民族体认情爱伦理和主体身份的观念差异，在我看来，这不是观念的问题，而是思维方式的问题。亦即当女主人公并没有把自己看成一个独立个体，没有进入现代人权观念或人性观点的时候，她对于嘛麦和阿拜的感情就如同对于盘羊或野鹿的感情，是一种万物齐权式的对于草原上所有生命的爱和尊重，是圣母式的对于苦难和屈辱的承担和拯救。可以从满都麦的叙述方式看出来，他的叙述者就是女主人公，他将女主人公的往事的回忆、当下的闻见、感觉和想象都同一为意识内容，将客观时空心理化。爱恨、情仇、罪恶、忏悔、承担、思念……所有感情和观念都在一种恍惚悠然、深挚叨念的心理氛围中流淌出来，就像一条草原深处的河，泛着熠熠的太阳的光斑，幻着暖暖的远山的烟岚，就那么平常委婉地从读者眼前流过。我们看到，在主人公深细的情感心理中，并没有清晰的对于罪孽的仇雠和怨恨，激烈的对于世界的诉求和抗拒，严峻深刻的对于人生苦难的悲悼和哀怜———一切都是正常的，一切都要经历过，哪怕是祥林嫂一般的濒死惊痛和为鬼不安，她都没有怨言和痛愤。与她相比，两个死鬼男人倒是横生仇怨死不罢休，其怨怼之意和斗争之心殊非在世时的和睦可比。但这一切都是合理的。说到底，女主人公就是木休神性的化身，正是小说的隐含作者，一种概括着、悲悼着、主要是表述着蒙古民族宽广道德情怀和深刻仁爱精神的本体神性，这就是对于苦难和罪恶的承担，对于生命和存在的尊重，借用陈寅恪先生的话说就是"同情的理解"。她是空间波的源头，是原型意象的世俗化，她不仅承载了蒙古民族的根本价值理念和伦理观点，而且分蘖为不同的价值主体：阿拜崇尚的是以成吉思汗为典范的图生存、求正义、不畏强暴、除奸除恶的蒙古精神；嘛麦崇尚的是普度众生、义无反顾、成佛成圣的献祭情怀；女主人公则是一种感恩报德、怜苦急难、知解人性、无怨无悔的种族根性。他们不是互不相容的价值之辩，更不是你死我活的生存之争，在他们对于女主人公的爱和女主人公对于他们的怜之中，三者的关系状态是多元主体、多样人格与本体神性"对影成三人"的杂处共生，是本体神性生成内在客体并摄取题材和对象的进程中，空间波随时间流散播婉转、终归同一的生命之河，如果用生命之树的理论建构鉴照一下，我们发现《三重祈祷》的女主人公与喇嘛嘛麦和大兵阿拜的生命关系，与生命之树从宇宙万有之母（Binah 理解）到深层心理（Daath 知识）、到正义力量（Geburah 严厉）这三个空间波段是非常相应的。女主人公相当于（3）Binah 理解，Chochmah 的智慧之力以 Binah 而悦纳，她是宇宙万有的母亲，名以圣母，意似子宫，势若大海，是世间诸形态的创造者，是本体神性延异下来的社会历史情境。嘛麦相当于（4）Daath知识，他是隐藏的，"以识称名"，即以喇嘛的相位与女主人公交往、相爱，可事实上却与 Abyss（深渊，地狱，阴间，混沌）有密切关系，相当于荣格之阴影，是蒙古民族深层心理的变现，他体现了蒙古民族积淀和潜藏于深层心理的价值意向和生命可能。阿拜则相当于（5）Chesed慈悲，根本上是创世之光从圣母 Binah 衍入 Abyss 到达 Chesed 之后的世间形态，虽然爱其子民及所有生命，建设施予，有形作焉，但其世相和品格恰恰是（6）Geburah 严厉，犹如龙庭之君主，战车上的国王：不仅象征正义、力量、恐惧，而且具有破坏之性，相当于荣格之自性，指涉特定对象，衍射客观世界，体现着蒙古民族生存和战斗的最高意志。某种意义讲，女主人公构成整个蒙古民族（7）Tiphareth 生命之中心，是大宇宙与小宇宙、最高者与对象性的孕结点，乃是美丽、平衡、和谐的一个图腾意象，但是她更像基督的教导，承荷着牺牲与十字架，是此世界的救赎者，呈示了蒙古民族数千年来苦难生存和善良品格的普遍模式。从女主人公到嘛麦、到阿拜，本体审美之河穿越深层心理，流经时间河床，衍入大千世界和文化历史，最后又回归了本体神性——真正演示了意象与题材结合的逻辑过程。

在编辑《游牧文化的忧思——满都麦小说评论集》的时候，我的学生们就非常困惑地问：女主人公为什么能够容忍两个男人共处的格局？为什么女主人公对于嘛麦毒死阿拜的罪恶并不产生仇恨或怨愤？为什么叙述进程中流露出的隐含作者的态度和观点似乎没有罪与罚、情与仇、美与丑的分别认证？那么就人性的容度言，一个女人应该怎样来承担和理解爱与仇、善与恶？最后的问题就是：什么是人？这就是终极绝对观念的差异。也正是满都麦隐含作者所彰显和强调的根本价值理念。《蜂巢界》存在同样的问题：当嘎勇已经逼近、九百古榕寨凶险叵测的危急时刻，正是包岛冒死回寨报警、搏击于急流险滩的时辰，蜂巢界却正体验着筹备迎萨的悠闲和斟酌情爱的兴奋。虽然持有刀枪起款的阵势和实力，但他们的主要任务却是歌舞——与满都麦相反，张泽忠把九百古榕寨的集体无意识客观化、情境化乃至日常化，将一个民族积之既久、悲慨无边的怨愤诗化为哆耶、坐夜、迎萨、恋爱，隐含作者努力提升种族叙事诗性价值的意向是显然的。尤其是包岛返回九百古榕寨之后与嘎勇交手，看到嘎勇落水时下意识地喊出"救人——"的呼号，确实显示了一个民族宽博的心胸和高远的气度。我们同样可以用生命之树的理论建构来鉴照一下，我们发现，萨神娘娘的相位恰恰适合（7）Tiphareth 生命之中心，乃是大宇宙与小宇宙、最高者与对象性的孕结点。象征美丽、平衡、和谐，犹如基督的教导（爱），代表牺牲与十字架，是此世界的救赎者，是本体审美之河从最高本体的流行和散播。萨神娘娘或从梦中或从鱼腹，或从哆耶、坐夜、迎萨、恋爱，无不呈示着她的（8）Kether 空性之教导，规约着本体神意进入世间的仪式和场景，生成主体的文化人格机制，成为侗民族最美丽、最善良、最富人性的人格面具。勒汉包岛相当于（9）Netzach 胜利，是慈悲之柱的基座，其形象折射着维纳斯——两个女神美岛和美朵，乃是艺术、情感、本能、美丽、诱惑乃至大自然之爱乐的象征，虽然围绕着阳性，却自身是女郎，相当于阿尼玛和阿妮姆斯。而巴隆格老则是（10）Hod宏伟，严肃之柱的基座，代表知识、书写、沟通，具有科学、研究、严谨之特点，相当于希腊 Hermes，埃及 Thoth，罗马 Mercury，佛教文殊菩萨，是侗民族哲学文化之枢机所在，乃是神秘和生存的中心。一个民族的文化和书写由此开始。《蜂巢界》所显示的种族存在可以分析为两个逻辑义项：（11）Yesod 基础　其形象萨神娘娘是月亮女神，是美丽表象背后的存在，万神殿和鬼神术之中心，是潜意识和集体无意识的发露，包含有阴影、情结、心理能量、巫术观念、宗教狂热、民族主义等主体深层心理，是原始经验和典型情境的衍射和涵化，指涉客观世界的灵感发生和创造冲动。（12）Malkuth 王国，Kether 最后的显化，创世之光于此定格，其形象就是蜂巢界，大地之母 Binah 劳作完工、盖亚定则示现的地方，细脖子阳人存在的世界。蜂巢界是一个神秘而神圣的所在，有一些

"物质"就是 ghost，比如龙犊转世，是科学仪器探测或探测不到的，它们往往保留着前世的形象，时间流以此回溯至存在之源头。在这里实现了文本建构对本体神性的回向，亦是人的存在的光耀和荣显。

从满都麦到张泽忠，从《三重祈祷》的女主人公到《蜂巢界》的细脖子阳人，他们遵循的不是现代道德或儒家伦理，而是大地伦理和盖亚定则。对于普遍生命及其存在处所的尊重和拯救，是他们共同的万物有灵、众生平等的思维方式决定的，是元观念，与基督教的原罪观念是相当的。我们正是从这个意义将隐含作者与原型意象对应起来：如果说张泽忠的主要叙述者是包岛，隐含作者是从包岛、公圣、巴隆格老、美朵、美岛等叙述者系列升腾出来，集纳所有价值主体，涵盖所有对象义域，从而承载萨神娘娘神意的侗族文化代言人；那么，满都麦的隐含作者就要从雅玛特老人、嘎慕剌老头、葛玛魂灵、扎米彦、呼尔乐乃至"老狼"（《人与狼》）等散见于诸篇的叙述者及其所代表的不同的价值主体性中提升出来。事实上，张泽忠是以都柳江、老榕树、风雨桥、鼓楼、蜂巢界这一意象系列来映照各个叙述主体，以萨神娘娘这一原型意象来概括本体神性，从而与隐含作者叠印；满都麦也是从大白马、敖包、峡谷、火锒子这些原型意象概括出长生天这个本体意象的。长生天和萨神娘娘——是满都麦和张泽忠异延本体审美的神性、播撒内在客体的诗意、从分散价值主体概括和提升本体神性的最高意象从而成为隐含作者的依托，在本体神性滑入价值主体的叙述进程中，它们观照着全息生命价值和多维存在意向的杂处共生，使少数民族的文学叙事显示了原型意象尤其不可或缺的本体地位，也正是有别于汉族文学叙事的根本特点。

问题还没有到此结束。杂多人格样相不仅是本体神性异延进入题材后生成的人格状态，而且它恰适地处理了本体神性向主体价值滑移过程中个体意志和人格典范的关系问题。亦即原型意象的空间波在异延内在客体、摄持题材对象的时间流中，将意象运动价值化和人格化，谋求本体神性向尘境世相的散播和变现，落实为一种文化人格并且外化为从终极绝对观念到族群道德观念、文化人格机制、人性价值状态的存在建构过程。满都麦的言说能印证我们的观点：

　　　　长生天是蒙古博教（原始萨满教演变而来）的最高信仰，将天宇世界（天界）分成使命不一、神能各异的 99 重天，它由 55 重父天和 44 重母地组合而成。最著名的是其神能出众、具有左右众天习性的十三阿塔腾格里——炉忌之天。蒙古博教非常崇尚 13 这个数字，所以，祭祀长生天的平台敖包多用 13 块石头建基。祭祀的首要任务是稳定十三天阿塔腾格里，因为它含有炉忌的神性，可能会危害人间。空旷无际的 99 重天威力无穷，越往上威力越强，是祭祀的重点。长生天信仰的教义可以概括为万物有灵，亦即世间万物同行并存，彼此敬畏，相互依赖，从而维系这个大千世界。"万物"不是单单包括动物，还包括静态的生物，比如说一棵小草，一块石头，一抔土，他们都是有生命、有灵性的，都在以自己的方式发挥生命的功能。

亦即，长生天是个总意象，一个大概念，55 重父天和 44 重母地正是本体神性向内在客体及客观世界异延播撒的不同阶段，与生命之树自王冠而下逐层建构的意向是一致的。每一重天、每一重地都是一个价值段落，也是形式里程，整体看又似中阴识流转的时间流，那些段落和里程犹如十二因缘的每一个法身的栖迟。这一流转在完成人身的建构之后，从学理上讲，它还会异延到"万物"，"不是单单包括动物，还包括静态的生物，比如说一棵小草，一块石头，一抔土，他们都是有生命、有灵性的，都在以自己的方式发挥生命的功能"。可以这样说，与西方把人从宇宙万物中独立出来的心理逻辑不同，也不像佛教中阴识理论把人投注到无深无厚的六道轮回之中，满都麦和张泽忠是把个体的人还原为宇宙万物中之一物、一个生命，将所有的对象涵化和摄持为"彼此敬畏，相互依赖，从而维系这个大千世界"的生命平等。就此而言，他们的生命序列是充分角色化的，个体生命的最高价值决定于序列整体的维系和扩张，因而每个个体都是典范性的。"在萨满教世界中，神化了的动植物，都被赋予了各不相同的神性、神格，这往往与每一种动植物的习性、特征有关"，[①] 但在我看来，主要是与本体神性的普泽和遍照有关，神的信仰（一神信仰）成为少数民族文化与汉族儒家文化旨趣迥异的根本原因。一神信仰导致少数民族虽然存活于经济落后、文化边缘、科学滞后的处境，但是他们的社会化程度却超过汉族这样一种文化状态和人格水平。少数民族的同胞每每感慨汉人奸猾不诚、势利不信、人格低劣，应该主要是针对此种个体虽然独

① 郭淑云：《原始活态文化——萨满教透视》，上海人民出版社 2001 年版，第 218 页。

立但是缺乏最高理性摄持的人格状态。失却神性信仰的人如果再失却对于群体或家族的敬仰，那就完全处于放失自是的酷逼状态：既无可依恃，也无所关心。没有神性信仰是一种深刻的缺失。

在从 55 重父天向 44 重母地降落的进程中，每一种生命都是一重天地，都是一种神性或神格的证成或凝注，所以作为生命个体的人就不是现代主义发酵了的化学动物，更不是儒家规矩内压抑至爆的欲望死物，也不是道家泼散到天涯海角的畸零野物，而是以神性连接起来、互相关照并关照着族群和万物的人，是充盈着爱意和诗情的生态的人。我们用杂多人格样相来表述是非常枯索甚至不得要领的，少数民族生态理念下的人格样相和关系状况用张泽忠《树爷爷》里的一个故事来表述尚可差拟：

> 我们出得远门的那年，奶奶提一篮供品和纸香带我们到山垭口去，奶奶讲了许多香樟古树的故事。奶奶说香樟古树年轻时常常到临近山寨去"行歌坐夜"款姑娘，姑娘们弄不清是哪个山寨来的英俊后生，便把丝线悄悄地系在英俊后生的衣衫后。不曾想红红绿绿的丝线全都挂到山垭口的香樟树上去了，姑娘们这才发现，好比天上五彩云八百里侗乡难找第二人的英俊后生原来是那棵香樟树。奶奶说香樟树乐善好施，做了很多积善积德的事。

（1）香樟古树代表本体神性，它是本体神性异延到世相尘境中来的法身，那个"古"字是时间流的印记，表明它积淀了悠久的时间和深厚的文化；（2）这位从本体神性变现的英俊后生"做了很多积善积德的事"，不仅遮阴，而且照人，其相位是神而人的本源性和族属性；（3）作为个体的人，他又是一位"英俊的后生"，既持存神性也饱有人性，他与姑娘们是一种平等互爱、杂处共生的关系；（4）他是从奶奶到姑娘们的世代传承中仰望祭拜的中心，也是最高主体，其神性护持着一方侗乡，犹如"天上五彩云"，是八百里侗乡的唯一。如果转换成我们的命题就是：（1）终极绝对观念的最高神性；（2）道德价值观念的活泼人性；（3）人格方式的平等互爱；（4）存在状态的万物生动、诗意盎然。从山垭口到鼓楼下，香樟古树的神性越过天人鬼界，涵盖小矮人及水界，是空间波向人格和世相的异延，他指涉四个神格相位的传承：香樟古树—奶奶—姑娘们—出远门的我。亦即神性异延是一种时间流，生生不息，传承不止。而奶奶作为古老道德的代言人，是内在客体的托体，也是价值取向的向导。姑娘们行歌坐夜既是人品也是世相，是具体生动的世俗生活图景。"我"既出远门又祭拜香樟则是存在状态的象征：既要把侗族文化精神播撒到远方，是一种"省"或"堆"的意向，更是对于萨神娘娘神意的回眸和领承。与之相比，利奥波德的大地伦理虽然也强调了宇宙万物的和谐秩序和平等存在，还是缺乏了本体神性的滋养，是从盖亚定则的蜕变。就此而言，少数民族作家和诗人们对于生态的呼吁不仅是环境主义者或生态科学论者的生物圈或主体间的强调，更不是人类中心主义者存在危机的嘶喊，而是"深入到某种连同主体精神的'非主体性'和某种连同客体实在的'非客体性'"，① 一如蒂利希所概括的命题："自然为可见的精神，精神为不可见的自然。"（Natur ist hiernach der sichtbre Ceist，Ceist die unsichtbare Natur.）② 以承载本体神性的自然生态理念来涵化人类的主体精神，同时以主体价值向本体神性的汲取规约人类的自然生存。杂多人格样相的相容共生正是这一生态本体观念的体现，它既能持存最高理性精神和神意人格典范，也能证成多元价值和杂多人格的主体性的确立，就文学叙事言，建构了以原型意象为最高取位的生态生命图景：平等互爱的道德精神和万物齐权的价值体系，将人的存在提升到宇宙意识和人类精神的诗意和神性。

二十八 时空拓扑性的生态文学文本形意图

以原型意象为最高取位的生态生命图景取代了以人物和情节为核心、张扬矛盾和冲突的小说叙事理念，成为少数民族文学叙事有别于汉族书写的第二个内质点。用我们的理论讲，一种时空与生命、存在与世界拓扑的生态生命图景既构成文学叙事的内在客体，也成为地域文化及社会历史的诗性观相，两者的结构同型性和意义通约性构成少数民族文学文本的基本形态，我们谓之文学文本形意图。

满都麦的长生天，南永前的月亮，张泽忠的萨神娘娘，阿库乌雾的巫

---

① Tillich，*Nature and Sacrament*（《自然与圣礼》），见 *The Protestant Era*（《新教育时代》），James Luther Adams 编译，Chicage：University of Chicago Press，1948，p. 102。

② Tillich，*Mysticism and Guilt – Consciousness in Scchelling's Philosophical Development*（《谢林哲学发展中的神秘论与罪疚意识》），Victor Nuovo 译，Lewisburg：Bucknell University Press，1974，p. 47。

界，无不表征着空间波向时间流的涵化和播撒，无不表征着某种族源性和种属性的发祥和生成。长生天不是一个实物，不是梅花或骏马那样的物象，而是一种场域，一如满都麦所表述的：它包含 55 重父天 44 重母地，是一种笼罩全部叙事的本体性和始源性。我们的场域概念并非从布迪厄借鉴而来；布迪厄说："我将一个场域定义为位置间客观关系的一个网络或一个形构，这些位置是经过客观限定的。"① 布迪厄的场域（field）概念固然不同于一般的领域，是一种内含力量的、有生气的、有潜力的存在，但最根本的体现则是以市场为纽带、将生产者和消费者联结起来的那种关系状况，是一种不定项选择的空间，它为其中的社会成员标出了待选项目但是不给定最终选项，那么个人就可以进行竞争策略的多种搭配选择，一方面体现选择者的意志即个体创造性，另一方面又体现选择的既定规则和限定要求。每一个场域中都有统治者和被统治者，而任何统治都隐含着对抗，例如艺术场域包括画家、艺术品购买商、批评家、博物馆的管理者，他们之间的关系就是这一场域的本质：契约与规则的统一。布迪厄研究了美学、法律、宗教、政治、文化、教育诸场域，如果非要与我们的理论做个比较，则相当于情境或世相的概念。我们的场域更多汲取了老子的思想："道之为物，惟恍惟惚。恍兮惚兮，其中有象；惚兮恍兮，其中有物。窈兮冥兮，其中有精，其精甚真，其中有信。"② 如果是从空间波向时间流涵化角度看，就是"有物混成，先天地生"③ 的本体性和始源性，最现成的显现只能从视域、境界、境相、氛围包括人物的胸襟和情怀等元素中概括出来，比如满都麦小说中梅花母鹿与狼的神话视域，比如张泽忠《蜂巢界》"听老辈人讲"的"族源款"种性传承。它是一种"窈兮冥兮"、神迹灵异、往来古今、种族发祥的境相；所谓"恍兮惚兮，其中有象；惚兮恍兮，其中有物"，一种可以涌流喷泻的本体神意，是一个民族、一个文明的源头和本质，亦即可以涵化题材对象、变现存在世界、生成宇宙万物的道体！这种场域就必然是一种天地神人共在的世界性和生态性，是"有物混成，先天地生"的时间性和历史性。唯其如此，少数民族文学叙事的场域是完全不可以忽略的，是现代叙述学不能概括或扫描的

---

① L. D. Wacquant, *Towards a Reflexive Sociology: A Workshop with Pierre Bourdieu*, Sociological Theory, 1989（7）：39。

② 《道德经二十一章》。

③ 《道德经二十五章》。

本体境相，必须要有一个透视点或承载物，这就是原型意象。

　　原型意象作为最高取位不仅从技术层面——原型意象摄持、吞噬、镶嵌、拓扑题材的方式说的，而且是从题材叙写的历史视野和文本建构的形式意向来说的。比如雅玛特老人，住在一个峡谷，只有黄羊和一只狗陪伴她，在现实主义的意义上，她几乎没有生存的可能。她是哪方人？夫家谁？儿女如何？岁月几何？都不知道，其实也没必要或不准备让人知道。从时间看，她非古非今又存古疑今，是个不朽之物。与拉木比较起来，雅玛特老人对于生死安危要淡漠得多，对于邪恶和罪孽的态度要平和得多。换言之，雅玛特老人并不只活在拉木的社会层面，她的价值关怀和生命界域包括黄羊、大黄狗、宝石般灿然的太阳以及春秋代序世间沧桑，是超拔于本体之上、衍射着整个存在的至高相位，作为大祖母，她是一个民族的始祖形象。所以，在雅玛特老人居住的琼古勒峡谷，只有生命的出入，只有包容和收藏——善良的、邪恶的、受伤的，包括对于杀戮者和罪孽者的包容和收藏，而没有"核心事件"，没有那种以一个人物或一个家族乃至一个民族或国家的悲剧性过程为主干组织起来的情节，没有大起大落的冲突和故事，即使是生死离合也做了淡化处理，使之成为一种充分心理化和日常化的意识流或意象流，甚至成为散文。

　　这里有一个问题：心理化或日常化不是一种角度，亦即不是折射或者映现题材的客观性或现实性——从心理的或从感觉的角度来表述，而是使题材的客观性和现实性涵化为内在客体和诗化情境。这是很不相同的：心理或感觉角度的题材表述所追求的客观性和现实性只是实现了一种限知叙述，从义域或方式看，不过是社会场域和客观方式的心理生活场景，自然和本体是被忽略的，如果描写也只是把自然作为一种背景或条件增补着现实主义的真实性，本体或神性更是作为负面落时的心理对象仄逼于存在的边缘，它是"把自然作一种实在论来理解，就是指自然中所隐含的力量和意义（主体性）是要透过其客体和物理结构（客体性）来把握，自然的真实性是可让理性和客观的数理分析所把握，但同时这种真实性亦是其意义和能力得以彰显的载体"。[①] 无独有偶，它又将本体神性作为某种科

----

　　① Kenan B. Osborne, *New Being: A Study on the Relationship between Conditioned and Unconditoned Being According to Paul Tillich*（《新存有：就保罗·蒂利希对制约性与非制约性存有关系的研究》），Hague: Martinus Nijhoff, 1969, p. 103。

学理性或科技知识来处置，题材对象的"真实"（ousia）"被转化为受制于自然律的计算性元素"，根本地讲是"把世界作为知识对象来确立并加以控制和掌握"。① 从叙述方式看，这种限知叙述把心理和感觉数理化和技术化，变成科学化的理性工具和操作技术，结果是心理和感觉的角度恰恰祛除了心理和感觉本身。此种角度与逻辑性的情节叙述不矛盾，本质是一种二元对立的思维方式。这里有一个比喻：核心事件犹如一块肉，叙述者是一群蝇蚁，它们从心理或感觉下口，最终目的是吃掉它，把它变成一堆肉末。

少数民族的意象叙事其心理化和日常化不是这样；它是逆向的，反过来的。它是从下述四个方面与限知叙述和二元思维区别开来：（1）从义域看，它所追求的是物我同一乃至人与天地万物的同一，是宇宙意识和本体观念。（2）从方式看，它消解了二元方式所造成的人与对象和世界的对立关系，甚至消解了海德格尔的神性对于世界和存在的"打量"，进入本体神性向内在客体的涵化变现过程，是一种空间波向时间流的涌现，是宇宙场域向历史情境的涵化，从而根本地消除了人与自然、人与世界、人与自我的对立和紧张。（3）以此，她不是如现实主义所描述或古典哲学所张扬的那种用来确立人的存在的矛盾或冲突、事件或情节、时间或空间，而是将题材作为叙述的基本单元，将这些单元仅仅作为一些元素或构件弥接在或链接于原型意象走向客观题材的意象流或意识流——本质是时间流的进程中，它呈现为存在和世界的生成，体现为一个"人"的生命的生成。（4）从观相看，它体现为本体神性向内在客体的向里涵化的意向；体现为生命情境向生态本体的外向变现的图景。我们把此二者称为文学文本形意图。或者简直可以说，前者是后者的内部结构，后者是前者的外化形态，两者之间同样的是本体神性异延的空间波播撒进入时间流，叠加为不同的价值段落和形式里程，从而摄持题材对象，生成人和世界。一个完形的文学文本就是一个人的完形，一个生命的生成，一个融合并表述神性和诗意的价值过程。

这里最关键的是原型意象与题材对象的接洽方式——如果我们仍然可以称作叙事方式的话，就是摄持、吞噬、镶嵌、拓扑。我们前面已经就其从本体场域向内在境相播撒异延的学理过程做过描述，那只是"本体神

---

① 王晓朝、杨熙楠主编：《生态与民族》，广西师范大学出版社2006年版，第89页。

性向内在客体的向里涵化"的意向进程，事实上，除开原型意象与题材对象的关系命题之外，还存在一个生态生命图景（作为文本的生态内部景观）与地域文化及社会历史（作为文本衍射和变现的诗性观相）之间摄持、吞噬、镶嵌、拓扑的建构性关系命题，我们说过，这"两者的结构同型性和意义通约性构成少数民族文学文本的基本形态"。满都麦的长生天是个原型意象，它总持和提摄着散见于他全部小说的诸意象：峡谷、湖边、敖包、岩洞、大白马、火锃子、毡包、穹窿……这就像是长生天的一个个层级：他是把蒙古族的历史和现实当作神话来书写，与之相应的就是他在将草原地域题材心理化、日常化的过程中穿插了梅花母狼与鹿的神话、狼外婆救渡甥狼崽神话、卧牛石幻变为大白牛神话、被剥了皮的草原狼数十年之后再度回到草原复仇报恩神话等。这些神话都可以视作长生天本体神性衍射蒙古民族文化历史进程，从文本内部情境向生态生命本体"外向变现"的一些穿射孔或空间波，它们像是一只只飞越长生天的神鹰的巨爪，抓拿着草原上那些荒枯的生存事件；又像一匹匹掠过宇宙穹窿的神骏，腾挪着飞凌敖包之间的湖泊或峡谷，把浩浩漫漫又隐约奔驰的草原连成一片绿色的海。这里的神话对于事件的"摄持"本质是本体神性的异延和变现，既包含生命之树的空间层级，也隐约十二支缘的时间段落，而且演示着两者的拓扑关系。神话在这里不是作为背景敷设或心理呈现，而是作为文本内部情境向生态生命本体"外向变现"的神性链接暗植于题材叙述中，它是一些叙述单元或文本构件。

与之相似，南永前图腾诗中的月亮意象不仅照临或统摄熊及檀树以下全部意象系列，从而形成南氏意象叙事的整体文本景观，而且衍射朝鲜民族文化历史进程中涵化和变现出来的对象关系、事象关系、创生仪式及献祭仪式，乃至朝鲜民族的整体生存状态。月亮是图腾意象，更是最高神祇，是宇宙万物的总根源和始源点。以月亮意象笼罩或辐射的图腾诸意象不仅播撒着和延异出朝鲜民族的文化历史、生产劳作、生活情景，更主要的是它"吞噬"了这些历史、劳作、情景，使之成为原始经验，成为一些期待视野和召唤结构，在我们读诗的过程中提示、喻指、隐约出那些关系和仪式，使之氤氲为一些传说和掌故——这些图腾意象就像是一个个"黑洞"，为我们况味朝鲜民族的文化历史生存提供了足够怀想、足以玄思的时空阿堵和宇宙境相。与本体神性涵化内在客体逆向的阐释效应是：这些图腾意象不是作为"纯粹的自然圣礼"（purely natural sacrament）孤栖于意象叙事之外，相反，它们更是一些社会事件的索引，是一些隐约于传说中的掌故，是原始经验和典型场景的刺激物和还原点，它们启示我们："自然一旦脱离了救赎的历史事件，它本身只能停留在含混的状态中"①，只能成为一些咏物或象征的碎片。与南永前相比，满都麦原型意象对于题材对象的吞噬就要质实得多，他的小说《骏马，苍狼，故乡……》写纳木吉拉老人亲自养活两只小狼崽，最后却用于吞噬自己的尸体——满都麦的强调意味浓郁到这样的地步：让狼把自己吃掉，吃尽，以此来实现个体与长生天的本体性同一。在满都麦这里，小说文本的生命内部情景不仅是他向世界和历史的价值宣谕，不仅是回归生态本体的种族意志的心理图式，而且是以生态生命内部情景所蕴含的最高理念规约个体生命的在世性、重铸草原民族的道德感、建构生态本体神意和诗性的表决和誓词。如果说南永前旨在牵引出那些被吞噬了的历史事件让我们警醒，让我们重新理解悲剧和存在，满都麦就是喝令我们重新塑造人格，重新建构存在，而且替代我们进入世相，进入他所描述的神话，将南永前的传说直接变成现实版的诗意和神性。

张泽忠《蜂巢界》"镶嵌"进入都柳江—古榕树—风雨桥—鼓楼这一意象体系的神话和传说太多，不仅烘托着萨神娘娘的神意和诗性，而且铸造着当下的世相和存在。我们认定，张泽忠做了两项工作：（1）疏通漫长侗族历史中从萨神娘娘，不，是从姜良和姜妹传承下来的时间进向，使之从九百古榕寨流向堆外和省外——这里，九百古榕寨是从姜良和姜妹到堆外和省外的遥远距离中的一个阶段，而且是本体神性的空间波涵化流转为内在客体的时间流，凝结于风雨桥和鼓楼从而最为遒劲卓越的一段；（2）将风雨桥和鼓楼的这一段神性涨停为一个一个的仪式。张泽忠的侗族叙事拆穿了三重边际：一是神话传说与历史事实的边际，二是种族记忆与现实生存的边际，三是文本生态生命内部情景与客观社会历史生存的边际。其秩序是：空间性的，时间性的和建构性的。分别指涉历史感和本体性，心理化和在世性，文本化和仪式化。这是两个拓扑层级：空间性—历史感—心理化—文本化。这是文学叙事的层级；时间性—本体性—在世性—仪式化。这是社会历史存在的层面。这两个层面的拓扑性中介是人格

---

① 陈家富：《蒂利希早期的自然神学——一个生态神学的进路》，王晓朝、杨熙楠主编《生态与民族》，广西师范大学出版社 2006 年版，第 92 页。

建构，即人的生成。我们从这里再一次看到前述之三世两重因果的生命循环进向：如果将姜良姜妹及萨神娘娘乃至堆外或省外这一段拟之过去世之因，那么从风雨桥到鼓楼再到一个一个生活和生命仪式就可以拟之现在世之果，而文本生命内部情景与客观社会历史存在这两个拓扑层面，分别拟之过去世之因及现在世之果，两者间存在因果关系——作一个生命段落的规划，则过去世之因属于无明缘行一段，现在世之果就属于受缘受乃至老死一段，那么包岛从都柳江返回九百榕寨乃至入萨成圣，就属于行缘识至六入缘触这一段。可以说，包岛的全部生命历程，相应于中阴识穿越过去因、进入现世果、然后入萨成圣、再度轮回三个生命阶段，从而成为前后两个阶段的中介。换言之，在文学叙事与社会存在之间，个体的人格建构成为一种既是逻辑的也是历史的、既是叙事的也是存在的、既是意象的也是题材的哲学中介。张泽忠喻示我们：叙事就是存在建构，文学就是历史重构，文本就是历史与存在的生命现实，而意象叙事就是人的全部表述。与强调文学独立性的理念相反，少数民族意象叙事以文本内部情景的生命流转替代社会历史实践的矛盾对立，将在世情景与历史实践、人格操作与文学叙事同一起来，更强调历史感和价值性，更强调人与世界、人与他者、人与历史的同一和融会，终极目标是人的存在向生态本体性的回归。

二十九　抒情与叙事的异质同型相融互渗

抒情与叙事边际的消解和融通是少数民族意象叙事有别于汉族书写的第三个内质点。记叙、描写、抒情、议论包括说明在传统写作学中是作为不同的表现手法和表达方式，亦即作为对象的特征和状态以及主体思想和情感的表述方法来定义的，这显然是一种主客对立、物我分离、文学与现实异质分疏的思维方式。所以在一般社会叙事中，主体就是指作者本人，作家和诗人被要求站在时代潮头，真实客观地反映社会生活。进入叙述学之后，满世界疯传"作者已死"，作者的干预就成为非法，文学叙事拒绝作家思想感情的介入，到了英伽登，连作家的生活体验和知识积累都据说是与作品阐释和题材叙述毫无关系了。情感与作者就这样同步陷入共产主义在当代中国的处境，苟且偷生，就如同头上的长发或吻部的浓须，只能借着诗人的嘴脸才滞留在文学体统的颜面。按照这样的观点，作家都死了，情感何在？而诗歌又是抒情或寓理的，根本就与叙事无关，连叙事作品都拒绝作家的介入，诗歌又何来客观真实地反映社会生活？又如何进入叙事性的义域？事实上写作学或叙述学正是以此为依据，分开记叙（描写）与抒情（议论）两类不同的表述方法，并且使之进入文体学范畴；换言之，将抒情与叙事作为文学文体的分类标准，文学表述内容与方式的不同决定体裁类型，诗歌只能抒情，小说只能叙事，与之相应的文学理论就是诗学和叙事学。那么，我们的意象叙事理论以文化人格机制（就是作家的理想人格，以隐含作者为依托）为中介将原型意象与题材对象、文学文本的生命内部情景与社会历史的生态生存状态联结起来的命题，岂不就是一个伪命题了吗？恰恰：在我们的理论中抒情与叙事的边际是打通的，文学体裁的边际随之打通，满都麦张泽忠的小说叙事与南永前和阿库乌雾的诗歌叙事——其边际也自然打通了。我们表述为抒情与叙事边际的消解和融通。

萨特在《存在与虚无》中提炼出一系列独特的哲学范畴：恶心、烦恼、自欺等，概括着人在特定境遇中的心理感受与情绪体验。萨特是这么说的："存在将通过某种直接方式——如苦闷、恶心等而向我们揭露出来；而本体论就是对存在现象的一种描写，也就是按照它所显现的样子进行描写，换言之，不需要任何中介。"① 萨特说了三点：（1）人存在的感觉是一种情感体验，诸如苦闷、恶心，等等；（2）此种情感体验是一种本体性体验；（3）本体性的体验就是对于存在现象的直接描述。我们完全理解萨特处身现代主义场域中人与世界、人与自我的分离，那种人的"存在的荒谬性、偶然性与恶心感"。② 萨特不仅预设了外部世界及客观存在的荒谬和虚无，而且构拟了人存在其间的荒谬性和虚无感，关键是萨特宣布了两者之间的断裂，所谓"不需要任何中介"的那种直接性——我们可以这样理解吗：客观世界的荒谬性与人的存在的荒谬感是一种直接同一。本来萨特是宣布了世界与人分裂的荒谬性的，这样一来，分裂的世界与人又在荒谬性一点同一起来；萨特把它推入本体论："也就是按照它所显现的样子进行描写！"这个"它"是指人的"自为的"存在，而作为"自在的"自然、神性、人、诗意，没有一点影子。就此而言，我们的理论与萨特——用网络流行的语言讲，只有一点毛的关系。把人道主义推到

---

① 涂成林：《现象学的使命——从胡塞尔、海德格尔到萨特》，广东人民出版社 1998 年版，第 287 页。

② 同上书，第 288 页。

极端本来是萨特的一大功劳，但是他推到绝对中去了，就成了荒谬。萨特的荒谬性和荒谬感来自他的荒谬的本体论，他代表了西方现代主义以来把人从自然和本体分离出来进而与自然和本体生死对决的极端二元思维方式，就像抱着一块比自身大的石头来到大海边，萨特是连人带石头都投入大海中去了。在他这里，抒情、描写、叙述、议论都毫无意义。所以他得出结论：人来到世上就是荒谬的，是由偶然性导致的错误。与之相比，我们不能不佩服庄子的逍遥：

> 惠子谓庄子曰："魏王，贻我大瓠之种，我树之成而实五石。以盛水浆，其坚不能自举也。剖之以为瓢，则瓠落无所容。非不呺然大也，吾为其无用而掊之。"庄子曰："夫子固拙于用大矣。宋人有善为不龟手之药者，世世以洴澼絖为事。客闻之，请买其方百金。聚族而谋之曰：'我世世为，不过数金。今一朝而鬻技百金，请与之。'客得之，以说吴王。越有难，吴王使之将。冬，与越人水战，大败越人，裂地而封之。能不龟手一也，或以封，或不免于洴澼絖，则所用之异也。今子有五石之瓠，何不虑以为大樽而浮乎江湖，而忧其瓠落无所容？则夫子犹有蓬之心也夫！"[①]

惠子太似萨特：魏王赐送种子因而结成的那只大葫芦完全可以理解为从自在的世界抛入自为的人的存在，培植结实，五石容积，欲有所用。可事实上他感到的却是恶心和苦闷：大葫芦去盛水浆，其坚固程度承受不了水的压力；剖而为瓢，又装不了什么东西。最后只能砸烂它。庄子讲了个故事：宋国有一户人家善于调制不龟手之药，世代以漂洗丝絮为业。某游客闻知，以百金高价购求药方。全家人商量：我们世世代代在河水里漂洗丝絮，所得不过数金，如今一下子就可得百金。还是把药方卖给他吧。游客得方就来游说吴王。值越国发难，吴王使某统兵，冬天水战，以不龟手药故大败越军，吴王划地封赏。然后庄子就说了："不龟手药是同样的，或以封赏或仍漂洗，使用方法不同故也。如今你有五石容积的大葫芦，怎么不考虑用它制成腰舟浮游于江湖，却担忧葫芦太大无处可容？看来先生还是心窍不通啊！"宋人与某客代表了两种不同的存在方式：坚执人与对

---

① 曹础基：《庄子浅注·逍遥游第一》，中华书局1982年版，第11页。

象对立或谋求存在与世界的同一。惠子或萨特的理路是：存在本体犹如大瓠之种结成五石之实，其来无由，其用无处，不仅人是无谓的，世界本来就是荒谬的，在此种人与世界荒谬同一的意义上，人根本找不到一条能够达到世界并且能使自为的路径！如果萨特既不能打碎存在，犹如惠子将喝然之物掊而弃之的话，他就只能感到苦闷和恶心。而苦闷和恶心作为某种本体性体验与掊而弃之的自为方式是同一的，就是一种直接的描写，所以现代主义作家笔下的存在世界是一朵朵破碎的、丑陋的、无用的、荒诞的"恶之花"。庄子的理念与萨特不同；他坚信"天生我材必有用"！亦即庄子超越惠子自为有限的实用层面，看到葫芦更大的"妙用"。盛水浆不坚举也好，剖为瓢无所处也罢，都是一种苦闷和恶心的体验，一种直接描写式的叙事，在表述存在本体（萨特所谓"自在"）的方式（萨特所谓"自为"）上，其实还存在一种更开阔、更自然的取向和义域，那就是从描写题材对象的时间流中建构人格典范、确立本体神性，实现生态本体的空间性回归。

我们认为，抒情与叙事都是存在和人格的建构方式，而不仅仅是表现手法或表达方式。在建构存在和培植人格的进程中，人作为某种典范和品格的生成是以体验和领承为前提的，这就是人对于本体神性的领承和对于题材对象的体验：抒情，不再是抒发一己之情；叙事，也不只是再现客观世界。抒情和叙事都是一种描写，但不是直接描写，而是本体神性向题材对象的异延和散播。抒情的旨趣在于本体性场域向对象性叙事的情境滑移，它固然在表达或表现作者的思想感情，表述主体对于世界和存在的体验和感受，但它不仅是一种技术性演替，而是本体审美的普泽和涵化，原型意象的辐射和摄持，尤其是空间波向时间流的涌入或跌落。叙事的旨趣在于空间波向时间流涌入或跌落的历史进程中一个层级一个层级、一个阶段一个阶段的价值主体的涨滞和悬停，它固然也在表现或再现客观对象的特征和状态，但绝不只是一种数量或质量的分析，不只是一种物理学或技术性的描摹，而是海德格尔的"筹划"，是庄子的"逍遥"，是人栖居于社会历史情境但从苦闷和恶心的体验回归原始经验和典型场景，通过创生和死亡、悲剧与庆典的仪式，衍入神话与传说的回忆，从而实现神性和诗意的修复。现象学启示我们：在传统哲学主客二分的认识论框架"之前"或者"背后"，还有一个更为本源的世界。亦即在自我的主观世界与对象的客观世界的背后，存在着一个同一性本源世界，叙事和抒情正是描述和直观这个本源世界的有效方法。如果回落到技术的层面，就表现手法和表达方式言，抒情和叙事之间可以找到一个穿越题材对象的相契点，那就是意象或原型。阿库乌雾的意象与张泽忠的神话虽然存在着完全不可以相融的价值主体性，但它们都是语词隐约意象，含蕴着深刻不昧的原型。这些意象和原型是本体神性的一些碎片，而且作为存在世界的质点，它们不仅蕴蓄着一个民族的远古记忆，而且折射着当下地域生存和生活的体验。它们虽然变形了，被撕碎了，但是熠熠闪光，氤氲有物。我们可以说，抒情是本体神性对于题材对象的散摄、涵化、吞噬乃至拓扑，是主体对于题材对象价值性和本体性的领承和体悟。叙事则是主体携带内在客体——正是此种对于题材对象价值性和本体性的领承和体悟——朝向本体神意的涌动、生长、进入乃至递归。在意象和原型与题材和叙事的往来应和中我们理解了老子的玄思："有物混成，先天地生。寂兮寥兮，独立而不改，周行而不殆，可以为天下母。吾不知其名，字之曰道，强为之名曰大。大曰逝，逝曰远，远曰反。故道大，天大，地大，人亦大。域中有四大，而人居其一焉。人法地，地法天，天法道，道法自然。"① 所谓"有物浑成"可以理解为本体神性的空间波，听不到声音，看不到形体，寂静而空虚，只是一种恍兮惚兮的氤氲之状，一种"先天地生"的场域，但是存在势能，蕴蓄神意，它不依靠任何外力而独立长存，循环运行，永不衰竭，可以称之为万物之根本。作为本体审美的概观，无论叙事还是抒情，都是本体神性的场域播散和情境转移，是一种主体性倏尔生成、本体性跌落纷披的创化演绎过程。当然我们不能知道它的名字，但它进入心理域界，成为人所感知和体验的内在客体，所谓"道可道，非常道；名可名，非常名"，不妨称之为道，强之为大。"大"是时间流涌进的逻辑起点，它开启了叙事与抒情的意向：广大无边而运行不息，所谓"逝"；运行不息而伸展遥远，所谓"远"；伸展遥远而又返回本原，所谓"反"——"逝"是抒情的向度，它指涉广大的题材义域和对象世界；"远"是叙事的向度，指涉主体确立的社会历史进程；"反"则是抒情与叙事回向本体神性的合题。从大至反，空间波跌落的四个层级演替为时间流衍射的四个阶段，蕴含着人格生成和存在建构的基本程序，正是生命之树生长的四个品级和十二支缘流转的四个时段，乃有道大、天大、地大、人亦大之论。宇

---

① 《道德经二十五章》。

宙中有四大，而人居其一，足以表明人在宇宙创化过程中不可忽略的位置；因为人的出现，道体运行就呈现了回归的逆向。可以说"大曰逝，逝曰远，远曰反"是抒情的取向，"人法地，地法天，天法道"是叙事的回向，顺逆之间，"道法自然"是抒情与叙事的合题，从而成为意象叙事的根本大法。所谓"道法自然"，既包括宇宙本体如其本然的神意自在，更包括了"按照它所显现的样子进行描写"而"不需要任何中介"的自然方式，进入诗歌叙事的现代场域，它就成为一种十足的"自为"，具体说来，就是意象蕴蓄原型，召唤着已逝的或未逝的种族记忆和原始经验，形成人类历史和本体神性的重建。这里，有无原型潜在于咏物寄情是很不相同的。下面是西班牙诗人西蒙尼斯的《山村》——

> 月亮给河水镀上一层银光
> 黎明时分多么凉爽！
> 海面上后浪追逐前浪，
> 层层浪花被曙光染得金黄。
> 贫瘠又哀伤的田野啊，
> 愈来愈明亮，只听见
> 那蟋蟀的嘶裂的歌声，
> 滴水在阴暗中的怨言。

　　这是一首不错的抒情诗，它演示了一个世界逐渐向我们敞开的过程：从暗夜深处到阳光明亮，从宇宙大野到虫鸣哀伤。那种存在的苍茫、人生的悲凉都进入我们的生命感受中。"月亮"、"黎明"、"曙光"、"愈来愈明亮"、"阴暗中"是一个时间过程，是宇宙从暗夜向白天、是人从视听向情感的渐渐推移，这五个意象绵延而生成一种本体世界的呈现。"月亮"、"河水"、"海面"、"田野"、"蟋蟀"、"滴水"则是一个空间过程：从天上到地下、从远方到近前、从人的听闻知见到心灵深处的悲凉感慨，五个意象跌落而开展为一种存在的景观。这里有诗人的情感体验，也有人类性甚至也隐约着地域性的苍茫记忆和历史缅怀，虽然是西方人的创作，但是蕴含了中国传统诗歌的意境，情韵含蓄，凄美哀婉。我们注意到，两个意象系列都是以月亮为起点，空间波与时间流应和相契，存在景观与主体情感融得非常恰切，形成以月亮为核心意象、从宇宙本体向客观世界流淌的诗意空间，但是，它没有叙事含量的份额。它只是一首抒情诗。而下面阿库乌雾的散文诗《寒流》①则别有旨趣。

抵达抑或退却都不是本意，沿途青山绿水、暮色晨曦、花海歌潮、潮落潮起，犹如落雷，诞生，从不预兆。

可停凝，是呼吸之孔，不眠的花状的植物暗香肆意；绽艳，受难之初霁，无形的刀法划过罂果，液体的突围开始预演千年后的脉冲。

栅栏被诠释之后，寒流增殖皮肉之韧性。洞穿一种美丽，会伤及蛛封的目泉。

城市，胚体物质，公共汽车与孕妇蠕行并从一而往。土地条形的贪恋，毒蛇以蚯蚓之躯进入梦域。此刻，寒流正镀亮我每一寸不可移植的肌肤，白底黑字、天作地合。

恐龙牙骨，几万年前的草地；机器人，世纪之外的铁墟。谁按动门铃，我躯体之罅隙处，寒流逼近，蚁穴在哪里？

冬天，第一头多梦的母鹿，就这样临产！……

如果我们将寒流这一核心意象摆放到诗的开头，那么第一段的寓意就开始萌动起来："抵达抑或退却都不是本意"，这是什么意思？接下来：青山绿水是空间，暮色晨曦是时间，花海歌潮是存在，潮落潮起是世界。完全应和我们的空间波、时间流、人的存在、世界景观这样一个本体审美及意象叙事的进程。"犹如落雷，诞生，从不预兆。"又似乎是在应和开头突兀的陈述：抵达抑或退却都不是本意。既非本意，亦不预兆，来且无由，往亦莫名，这是什么？"落雷，诞生"两个意象提示我们：这是一个世俗化进程。本体神性从高天滚落之后猝毙了，继之而起的是人的性力——16世纪人文主义在西方发迹以来就打着理性主义的旗帜，其实根本无理性可言，却如寒流一般席卷了人类。然而这股冲力受到最高礼遇："沿途青山绿水、暮色晨曦、花海歌潮、潮落潮起"——被它侵袭扫荡了的世界却如此隆重欢迎和热烈追捧它！它是神性吗？不，它是人性。"可停凝，是呼吸之孔"，这是鼻孔吗？仿佛是又不是——暗香肆意的花状的植物究竟是什么？是生殖之孔，玄牝之门。人文主义最先停凝的地点正是

① 阿库乌雾：《阿库乌雾诗歌选》，四川民族出版社2004年版，第203页。

那里："绽艳，受难之初霁，无形的刀法划过罂果，液体的突围开始预演千年后的脉冲"，这里的性描摹已不是意会言传，而是性爱原型的呈现；否则我们就不会如此清晰地将绽艳与性高潮、罂果与处女膜、液体的突围与千年后的脉冲，乃至与世界范围的文化冲突联系起来。不仅是传统道德的栅栏，主要是人类理性的规约——被诠释即被冲决。乃有"寒流增殖皮肉之韧性。洞穿一种美丽，会伤及蛛封的目泉"。蛛封的目泉是以蜘蛛结网而形成的帘栊来比喻或象征朦胧杳渺的情丝爱网：人文主义崛起之后，皮肉的韧性增殖了，自然的诗性和爱意却洞穿了。

当我们认定人文主义是一种历史的进步从而坚执人性解放的时候，不妨反观一下现实，是不是可以这样理解：增殖皮肉其实是对于人类的强迫?! 当我们体悟性爱原型的本意——生殖和性爱从而重新理喻人类的生存状况和人文品格的时候，可否认证：洞穿情爱根本就是一种人性的伤害！"城市，胚体物质，公共汽车与孕妇蠕行并从一而往。"就原型看，城市也不过是一个胚体，也是为了孕育生命而设，可是生存事实却是公共汽车与孕妇分立而并行：它们都装着人，但是汽车里的人互不相属，孕妇与胎儿则生死与共。它们都在世间的闹攘中从一而往。乡村的情形又怎样呢？"土地条形的贪恋，毒蛇以蚯蚓之躯进入梦域。"古老的生产方式变异了，不动的田地被分割成条形的贪婪，异变为贪恋——进入城市的渴求，犹如"毒蛇以蚯蚓之躯进入梦域"。阿库乌雾的语词运用神奇之至，他是那样精准地描述了性力控制下的人性异化过程：感染了现代风气的乡野滋育毒蛇般的贪欲，就像智慧果诱引了夏娃和亚当，人类的子孙以蚯蚓之躯钻营城市，而城市只是一个梦域！天然纯朴的人性被冲决了，他们匍匐低势，柔弱无骨，愚昧无知，执梦为真。人变成蛇，生命被毒化为一种不可移植的固体存在：蛇一般的"白底黑字"，梦一般的"天作地合"。可谓简单而愚执！

这不是种族叙事，而是人类叙事。作为阿库乌雾的"内在客体"，性原型和蛇意象演绎了整个人类引以为自豪的文化史，之后，他的思绪回向史前，回向整个人类和人性的历史存在，他发现了这样一种拼接抑或断裂："恐龙牙骨，几万年前的草地；机器人，世纪之外的铁墟。"原始时代的恐龙牙骨如果也算作一种文化遗存的话，它毕竟牵衍着、滋育了几万年前的草地；可是现代人类的文明杰作机器人，却势将人类抛出世纪之外，抛置到荒冷无际的铁墟之中。他为我们推出的奇观是：现代化的门铃就镶嵌在古老的"我躯体之罅隙处"。这里的拷问是：原始文化与现代文明，究竟是人性迁衍的历史拼接？还是一种曲折无序的神性断裂？是谁，按动了现代化的"门铃"？是谁掀开了人欲的闸门？"寒流逼近，蚁穴在哪里？"在全球化凌逼着我们无处可逃的今天，蚁穴都成为呼吸之孔、玄牝之门。人类的冬天已然来临，这是一个连落雷也没有的季节。可是还有多梦的母鹿不断地临产、诞生——猛然间，阿库乌雾又以蚂蚁争穴的原型来总括人类的全部历史生存，我们还会悲悼神的堕落吗?！

　　我想说的是：性原型、蛇原型、蚁原型构成《寒流》叙事性的三个骨骸，实现了诗歌的文体革命：在抒情与叙事的断裂之间拼接，从而实现相融。问题的关键正在于此：正是诸如性原型、蛇原型、蚁原型之类内在客体——既作为本体审美的成果，也作为主体价值的阶段；既作为空间波的跌落，也作为时间流的涌进，它们成为少数民族抒情文类的叙事性之所在。姜宇辉的这段话可以恰切地概括阿库乌雾的哲思："通过言说所要达到的正是对象自身的'意象'的不断地增殖，突破其现有'意义'的框架，使其向着'最为差异的事物'拓展。当然，这种向'意义性'的最大限度的拓展的结果并不是事物自身瓦解成一些零星的、彼此之间相互断裂的碎片，而是仍然通过'内在性'保持着差异要素之间的'共振'和'衍生'。"① 原型也是一种意象，但是一种本体性意象，在其"现有意义的框架""之前"或"背后"，是一个更为本源的世界，它不仅隐含远古记忆和神话传说，而且隐约着一个民族当下的生命体验和文化心理，最大限度地拓展意象自身的义域，以此衍射当代经验和现实情形，使我们能够构拟出该民族的历史和现状，因而从抒情衍展出叙事，成为描述和直观这个本源世界的有效方法。与姜宇辉先生不同的是，阿库乌雾并没有在意象或题材的单一层面做文章，恰恰是"把差异的要素统一进一个整体性的'意义'的范畴之中"，② 形成本体场域的神性同晬，不仅仅是表现或表达着什么，而且在建构和确立着什么——是什么呢？

三十　意象叙事与文化拓扑

　　打通文本与历史的边际，实现文化拓扑，是少数民族文学意象叙事有

---

① 姜宇辉：《德勒兹身体美学研究》，华东师范大学出版社 2007 年版，第 112 页。
② 同上。

别于汉族书写的第四个内质点。所谓文化拓扑是一个关于文本存在方式的议题：一个叙事文本常常不是一个典型人物的传记或一个当代故事的结构，而是一个母题或仪式的扩展，它最大限度地概括着一个民族的历史和文化，演绎一个民族的精神和品格，从而实现民族的现代重建。一个民族的重建关键是人的重建，这就是我们屡屡说到的品格，它直接指涉世相。在人的品格的建构上，少数民族作家和诗人的思考涉及下面四个问题：（1）对于一个以自然和生态为代价促逼出来的现代工业文明，最根本的人类态度应该是什么？是"青山绿水、暮色晨曦、花海歌潮、潮落潮起"般的一路迎奉？还是可以商量，可以理喻，可以从前往后想一想、望一望？（2）对于现代人被市场统治、被物欲填充、被知识遮蔽的文化人格状态，我们的道德观念和价值典范应该是什么？是攻略、竞争、消费、享受的物质博弈？还是领承神性、氤氲诗意、生长道德、坚守善意的心灵殿堂？（3）不是先进就是落后、不是文明就是野蛮、不是利益就是道德的二元对立思维方式已经将人与自然深刻分割开来，面对这样一种功利破损的价值状况，真正的道德精神应该是什么？是祛魅、开发、利用、积累的原始资本主义方式？还是可以增补，可以规避，可以往虔敬之心、悲悯之情、尊重之意、圆融之境去想一想、试一试？（4）对于放逐自然、奴化他者、直接描写、泛滥图像的类存在，文学阐释的合法方式应该是什么？是符码化、技术化、类像化、模式化？还是回向经典、经营情境、感受原始、恢复本体？采访满都麦的笔录之一部分为我们提供了一种别开生面的观点和思路。

　　周：满主席，在您的小说中比较集中地反映了蒙古族的生态和文化，那么选取的意象和仪式主要有哪些，为何要选取这些作为您的主要叙述对象？

　　满：嗯，很多都不是有意选择，而是从骨子里对这些意象抱有特殊的情怀，自然的流露比较多。现在所谓的工业文明正在冲击自然，特别是对生态的野蛮掠夺令人发指，只顾眼前的利益，毫不考虑子孙的生存环境。从生态角度讲，我认为，社会生活越原始越好，不能单一追求社会进步。现在的工业文明、现代文明都是以牺牲自然生态的巨大代价来实现的，这就不符合可持续的发展之道。以社会反哺自然，相互促进，良性循环才是正道。

　　这段话正好回应了这四个问题：（1）从终极观念看，人类发展的目标是可持续发展，而不是现代工业文明；现代工业文明是以牺牲自然生态的巨大代价来实现的，不符合可持续的发展之道。（2）从道德价值看，先进的观念不能单一追求社会进步，而应该领承神性、氤氲诗意、尊重生命、生长道德，回归人对于宇宙万物的虔敬之心、悲悯之情、尊重之意、圆融之境，所谓"社会生活越原始越好"。（3）从思维方式及行为模式看，不能坚执人类和自我中心，固持二元对立思维，以自然为材料，实现什么现代化，而应该以自然为家，以他者为友，以社会反哺自然，与宇宙万物相亲，多样共生，相互促进，实现良性发展。（4）从文学方式看，应该回归生态本体，修复神性诗意，尊重历史情境，臻于人性自然。这是四个命题域，它们应和着生命之树的四个层级：本体神性（王冠），原型意象（慈悲），内在客体（胜利）乃至客观世界（王国）。事实上这也是少数民族意象叙事文本的建构方式，一个种族和文化重构的基本表述。由此可见，虽然少数民族作家和诗人都在呼吁生态主义，呼吁母语思维，呼吁种族精神和地域文化的发扬，但是没有哪个民族要回到原始部落中去，没有谁放弃现代科技而追求老庄的小国寡民。然而他们的文化表述常常是被我们忽略甚至歪曲的。当全球化促逼我们不能不面对一个破损无趣、凶险叵测的地球的时候，恰恰是曾经被认证为边缘、落后、因袭部落制度和氏族婚姻的少数民族的文化历史，而不是西方现代化发达国家的文化宣说，给了我们非常深刻的启迪。满都麦就认定：生态主义、可持续发展、爱、和谐、技术矢量、熵定律等名词虽然没有最早出现在本民族的典籍中，但其精义乃至相关法律却出现了。他说："在成吉思汗时期，听从萨满教宗师的建议，建立了人类的第一部生态法——《大扎萨法》，他以法律形式规范了人的生态理念。"而最先进的文化理念和人格精神、包括他本人的小说艺术和审美观念，都来自蒙古民族的文化历史。譬如文化拓扑，它不仅消解着文本与历史的边际，而且弥接了历史与自然、种族与社会、自我与本体之间的神性关系，不仅与现实主义和本质论的古典哲学，也与现代主义和人类中心主义区别开来。他们同样主张天人合一，其实质是天人同一。在他们的观念和想象中，宇宙、自然、社会都是放大的人；人与天地生灵是同体共生、任运自在的。就此而言，犹太教神秘主义的生命之树不过是这个放大了的人的一种拓扑——虽然已有太过浓重的人为痕迹！但是，从宇宙本体衍射到文学文本，拓扑毕竟还是一种穷形尽意！我们之所以用衍射而不用象征、譬喻或结构同型性之类语词来描述此种拓扑的进程是因为（1）衍射是意向性的，它确立着本体神意的自有性；（2）它充满遍在；（3）它是一种散播、摄持、吞噬、镶嵌的共作，体现空间波向时间流、场域向情境、内在客体向题材对象、人格典范向文本建构的绵延和变现；（4）它指涉对象世界和"人"的生成。少数民族作家和诗人的意象叙事恰便是此四者的一种符号提摄和价值呈现。亦即拓扑本身。

（一）原型意象承载本体神性和生态理念，生成本体审美的场域，笼罩或覆盖文本整体，形成全息性的文学空间和宇宙意识。大量摄入民族文化意象是少数民族意象叙事的关键所在——不同于一般叙述学方式，意象只作为一些散碎的人物细节或环境特征，增补着题材叙述的客观性；意象叙事则是以本体审美的眼光看取题材，体现某种巫性化的对于人类生存状态和地球生态状况的担忧和操心。这些意象大都散见于不同的篇目，整合从而成为本体神性的场域，约略可分为四类。

（1）本体性意象，满都麦的火、阿库乌雾的巫界都是民族生态生存观念的最高抽象。火意象在满都麦的大多数篇目中都有出现。比如《瑞兆之源》写青年艾布德寻找失散的牲口来到腾格里淖尔，遇到苏布达并随她回到住地时，有一段情境描写：

> "到家了，请进吧。"我姗姗而入，看见灯光明亮的屋子里，有条不紊、干净整洁。一望可知这是个很讲究的人家。草原牧民家特有的那种奶食、奶酒的醇香扑鼻而来。坐在灶前驼着背忙乎的女人回答着我的请安："好，你好？你是谁呀？我是个没眼的人。"借着灶口映出的火光，我清楚地看到这是个白发苍苍的老人，两只眼睛确实枯陷了。

"灯光照亮的屋子"是指草原地方特有的一种板申房，这种房子现在还有，是明朝与俺达汗签订边贸协议之后被蒙古贵族允许在草原地方建筑的汉民居住的土房。这种房子耐雨，有炕，有火炉，而且成本低廉，是进入蒙地最简省也最生态的一种居住房子。"灯光明亮的屋子里，有条不紊、干净整洁"，简单几个字就把家的氛围写出来了，这是火意象播散的本体神性的空间波。接下来"草原牧民家特有的那种奶食、奶酒的醇香扑鼻而来",这就是情境,一种由本体神性散播下来的、衍入时间流的内在客体,已经建构起主客之间温暖亲切的亲情关系。第三笔出现主人公的折射影像,用汉语的说法是"传神阿堵",亦即眼前应答着"我"请安的枯瞎的老人其实是女主人公苏布达的一个注脚:那么慈祥、善良、亲切、和平。作为"我"的对象,她提升着"我"对于世相的打量和自我品格的安顿。第四笔就是本体神性的回眸:"借着灶口映出的火光,我清楚地看到这是个白发苍苍的老人,两只眼睛确实枯陷了。"很随意的一笔寓意无量光、无量寿,遍时空、尽形寿。蒙古民族的灶、火既是生活日用之物,更是神意凝住之所、神性所出之源。"借着灶口映出的火光,我清楚地看到——"白发苍苍的老人,两只眼睛枯陷了,象征着本体神性临照下的社会历史情景,即一个古老文明在现代世界的双目失明:一种品格,一种世相。这里有母亲原型,有历史故事和时间记忆,有世代蒙古人面对和体验的悲惨命运,她将人的存在提升到本体神性和宇宙意识的义域中去。其后《马嘶·狗吠·人泣》、《圣火》、《祭火》、《元火》、《老苍头》、《在那遥远的草地》、《三重祈祷》诸篇都有火意象的呈现,但它们都是神性的照面、本体的变现、意义的环绕、场域的回环。它们共同营构着一个宇宙话语场,使满都麦的叙述话语不再是一个事件、一个人物或一场悲剧,而是整体人类和根本人性的生态言说。需要说明的是,这些意象作为本体神性场域其变现形态是不同的:湖边、峡谷、敖包、岩洞、草原、穹窿、大白马、火锃子、圣火、罡火、河流,等等,有时是结构中心,有时又只是情景构件、场景道具、人物细节、心理影像,或者影射人物原型,或者构拟人物关系,或者营造生活气息,或者折射人物心理,但其传达本体神性的文本功能是不改变的。亦即它们所指涉的空间义域包括火锃子、毡包(湖边)、敖包(岩洞)乃至穹窿(大白马,长生天),一如汉族的盛筵、庭院、广场和宇宙四个维面。阿库乌雾的巫界同样带有本体神性,比如《土路》、《口弦》、《夭亡》和《首饰》里的女人,相当于汉族的女娲;《月蚀》中"一条火铸的毒蟒",犹如共工;乃至《行咒》和《巫唱》的巫师,如蚩尤等等,分散在不同篇目中,一鳞半爪地呈示、蛛丝马迹地变现为不同的意象,形成万川印月之势,它们像是一个个洞孔,穿视着、透示着、摄取着宇宙信息,共构着巫界叙事的神性场域。

(2)族属性意象,诸如南永前的月亮、张泽忠的萨神娘娘,都是族源或祖先的图腾。南永前的神檀树、熊、龙、虎、鹤、马等都带有族源或祖先的义含，月亮只是总持诸意象的总意象，是本体神性的直接承载者。张泽忠的萨神娘娘则涵泳蜂巢界，从龙犊的回忆到勒汉的体认，从都柳江到风雨桥，从花林鬼界到天地水界，无不充塞郁满着萨神娘娘的美丽神意。他不是像汉语书写一样把自己的文化摆放在西方优势下尽情地泼骂，甚至污名化和妖魔化，张泽忠是把异质和异族文化融入、嵌入、迎入萨神娘娘的诗美和神性中浸泡之、涵化之并使诗化之。这些祖源性或族属性意象是本体神性的空间跌落，是进入时间流之后充分族属化、内在化的产物，它隐含着种族历史和文化的根性，隐含着地域生存和价值的取向。从前者看，上溯姜良与姜妹、下迄牛神爷包岛和水獭精美朵，是从前身往世到今生今世的尽形寿场域。从后者看，"像在梦境里，天上、人间融成一片，到处飞漩着炫目的星光、月亮光和霞光……"待眼前的一切恢复原样时，"包岛看见江湾处有一群鱼儿徐徐地往岸边游来，领头的是那尾适才放回水里去的红鲤"。① 是无量光的场域，它包含天上、人间、水界、岸上人界四维，而且作者的元叙述与"包岛看见"的限知叙述两重视角的转换和衔接，都归宗于"领头的是那尾适才放回水里去的红鲤"，而这尾红鲤恰恰是作为萨神娘娘的使者告诉了"包岛的前生是巴隆格老家那头'龙犊'的确凿身世"。亦即由本体神性的变形红鲤将包岛与巴隆格老的族属联结起来。这样的场域实现了包岛这个人物的文本功能，那就是通过一个汉族之身乘载侗家之魂的族属性关联，将张泽忠把异质异族文化融入或嵌入侗家并涵泳之的文化建构意图落实为鲜活的内在客体，成为一个美丽的传说。这里的红鲤或龙犊都具有族属性和祖源性，它们在文本叙述场域中的意义犹如方志中的传说或典故，是作为内在客体萦回于题材叙述的时间流中，牵系着一个民族的远古记忆和文化心理，编丝织线一般将人物和场景，从而将文本叙述与历史叙事串联起来。

（3）巫感性意象，诸如郭雪波《沙狐》中九生一死的沙狐，满都麦《元火》中湖边与岩洞之间顽强显现的葛玛的魂灵，都是面对苦难和使命时的巫感心理体验，都带有本体神性。沙狐是沙漠的精灵，当它游离于人境、出没于荒原大漠时，它与人在尘寰中猎猎细细的价值位置是一样的；当它进入人境，进入人的对象位置时，又成了人既咒诅又赞叹的神奇之物，不幸的是人总想占有它因而杀戮它。可是人不能不面对这样一个神秘

---

① 张泽忠：《蜂巢界》，民族出版社 2003 年版，第 41 页。

现象：当人把草原践踏成荒漠的时候，沙狐发动大漠风暴予以惩罚。沙狐是通灵的，是本体神性在坚钝的人的理性面前的美丽幻现。沙狐的本体神性经历了荒野之美——人的对象——沙漠之灵这样一个幻变过程，它作为意象在叙事文本中的腾挪和游弋，显示了人的残暴和贪欲是如何把本体神性和万物灵性追逼到无处可栖的境地。满都麦的《元火》则更虚灵化一些，亦即文本叙事中并未实写元火，就像《圣火》并未实写圣火意象一样，他是将元火这一原型意象虚灵化、分散化为葛玛的美丽情欲、岩洞里的诗化爱欲以及"我"在湖边与岩洞乃至城市的穿行中渐渐燃起的复仇之火。三个阶段正是进入时间流的本体神性元火——不断衍化幻现的不同内在客体。但是，元火之精葛玛与沙漠之灵沙狐一样，都是巫性体验。这种巫性或灵性在广大北方乡村几乎是人人都体验过的。郭雪波就讲过他小时候村里有一位猎人先后打过几只狐狸，打最后一只白沙狐时枪膛爆炸的故事，这种故事是笔者童年时代也亲耳亲眼闻见过的。葛玛的鬼魂飘袅不绝不仅是汉族鬼故事中的戾气怨结，而且秉持了神意和灵性，是与张泽忠笔下的萨神娘娘具有同一思维方式的巫化心理所摄持。从佛学看，沙狐吹风也好，葛玛不死也罢，都是阿赖耶（巫性心理）的变现，是心物感通、业力感召的结果。问题是，此种巫性意象营造着某种神秘气息和巫感氛围，形成人与本体、人与自然乃至人与宇宙万物之间的神性关联和灵性感通。

（4）启示性意象，诸如乌热尔图《七岔犄角的公鹿》中的公鹿，张泽忠《蜂巢界》中的龙犊，某种意义讲都凝结着原型，前者是丛林父亲，后者是神启英雄，都凝结着人与自然、人与世界关系的价值预警。"我看准了——是野鹿，一头非常健壮的公鹿，它头上顶着磨得光闪闪的犄角，犄角分成七个支岔，很有气势，是灰白色的。鹿一眼就瞥见我，好像打了个哆嗦，扭头叫了一声。顿时，又从树林里跑出五只受惊的野鹿，有母鹿、有小鹿，它们慌慌张张地冲出林子，一步不停地飞奔起来。被我打伤的七岔犄角的公鹿，一瘸一拐地跟在鹿群的最后，颠着碎步，不时扭头戒备而憎恶地瞅着我。我看得出来，它在护卫着鹿群。转眼间，它们爬过山岗，消失在密林里。"我们一般注意"我"对于公鹿的情感的转变，注意吉特对"我"的态度的转变，容易忽略了在"我"与养父吉特的关系改善过程中公鹿作为内在客体所起的作用：那就是一个亲情爱意撼动山林、生生之德泽被万物的父亲原型不仅感化了幼失怙恃的"我"，而且感化了一直捶楚着"我"的养父吉特。换言之，我们是把公鹿看作主体形象来解读,而没有认读为一个原型,一个核心意象。上面描写七岔犄角的公鹿的三个层次清晰有致地将其所承载本体神性的延宕和跌落表述出来:"我看准了——是野鹿,一头非常健壮的公鹿,它头上顶着磨得光闪闪的犄角,犄角分成七个支岔,很有气势,是灰白色的。"这是第一层,这时的公鹿是山林之灵性,神奇健美。"鹿一眼就瞥见我,好像打了个哆嗦,扭头叫了一声。顿时,又从树林里跑出五只受惊的野鹿,有母鹿、有小鹿,它们慌慌张张地冲出林子,一步不停地飞奔起来。"这是第二层,这时的公鹿就是一个父亲,它在母子面临危险的时刻内心充满痛苦和焦虑,于是发出警报叫它们迅速逃离。"被我打伤的七岔犄角的公鹿,一瘸一拐地跟在鹿群的最后,颠着碎步,不时扭头戒备而憎恶地瞅着我。我看得出来,它在护卫着鹿群。转眼间,它们爬过山岗,消失在密林里。"这是第三层,这时的公鹿不再是普通的父亲,而是一个英雄,它忍着伤痛、颠着碎步、护卫着家族逃离险境,"不时扭头戒备而憎恶地瞅着我",它并不怕"我",更没有像刘邦一样弃妻儿于穷途。这三个层次不仅是公鹿作为灵性动物的本能示现,而且是本体神性空间场域的变现,是宇宙全部生命和生存价值的映现和展放。它启示了人作为万物之灵对于神性、对于良知、对于他者、对于幼弱的看守和尊重的命题,这是一种领承。三个层次是三个叙述命题:第一个是七岔犄角的公鹿是山林之灵性;第二个是七岔犄角的公鹿是保护家族的父亲;第三个是七岔犄角的公鹿是生生之德的神性宣谕。一般说来,传统的命题结构理论将上述命题看作由两个部分组成,即一个主语和一个谓语,主语项指示某件事物,而谓语项则讲到该事物具有某种属性或性质①,但在维特根斯坦看来则是:

4.021　命题是实在的图像:因为如果我理解一个命题,我就知道这个命题所表示的情境。

4.03　一个命题向我们传达一个情境,所以这个命题必须在本质上与该情境相关联。这种关联正表明命题是情境的逻辑图像。②

---

① [英]A. C. Graying:《维特根斯坦与哲学》,张金言译,译林出版社2008年版,第21页。

② [奥地利]维特根斯坦:《逻辑哲学论》,商务印书馆2005年版,第43页。

维特根斯坦强调的概念、主题、意义其实就是它所指涉的情境所代表的事实。我想说的是,当我们不再仅仅简单地把握每个叙述命题的主旨或意义,而是把它们作为一个一个情境从而领承其"逻辑图像"的时候,我们发现了义域的衍展:公鹿也在与"我"及养父吉特的关系衍化中发生着情境及其"逻辑图像"的变换:于山林世界展示自性形象,于父子夫妻的关系中出示男性的态度,在面临劫难和死亡的威胁时坚守神性和风骨。我们从这里不仅看到公鹿作为山林和家族成员的种族属性,尤其看到它在生命场域和宇宙场域的神性本质。不是山林气质和家族属性,而是在尊重生命、保护自然的生态伦理的后面,公鹿的神性启示了我们,本质地讲是本体神性联结和融通了人与自然、主体与本体、内在客体与客观世界乃至文本与历史之间的边际,使少数民族作家和诗人的意象叙事呈现了尤其浓郁的神性和诗意。

(二)意象与题材结合的方式:散摄、吞噬、镶嵌、拓扑。意象叙事方式凝结少数民族古老的生态生存体验,意象与题材之间存在一种意向性建构关系。上述四类意象渲染着本体存在的宇宙境象和巫感氛围,指涉特定操作方式,规导生态叙事,成为题材赋义及文本结构的逻辑起点。少数民族作家和诗人的题材操作方式是其文本存在方式不同于汉族乃至西方的根本之所在;换言之,汉族现代白话小说主要从西方现实主义以降的写实小说而来,其叙事逻辑的起点往往是客观化或事件化的时间端点或空间场景。大多不能超越写实的典范。在写实的意义上,无论满都麦还是张泽忠,乃至乌热尔图、扎西达娃、阿来,都不能幸免"失实"或"虚假"之嫌。即使长有七岔犄角的公鹿,它也还是一只公鹿而已,岂能解语通灵?至于《去拉萨》和《尘埃落定》中的魔幻体验则更不免荒诞,与客观真实地反映生活的本质和规律相去万里!马晓华就有这样的评论:"满都麦描写的诗意的草原风光充满和谐,但是实实在在是作家的主观臆想,是借助于'卧牛石'幻化出来的虚妄世界。"她又补充说,"这个如诗如画的草原已经消逝了。这种清醒也正是作家的痛楚所在"。① 这个理解是不错的:它是臆想出来的和幻化出来的,也确实是他的痛楚所在,但问题不在这里;就满都麦所描写的这个虚幻世界言,它本来就是作为一种神性

---

① 马明奎主编:《游牧文明的忧思——满都麦小说评论选》,远方出版社 2013 年版,第 199—200 页。

意象，亦即我们所谓本体神性的承载物而出现的，它完全不应该是客观现实的。"滩与琼库力克草原的丛林间，清澈透明的英吉甘河流波光粼粼。成双人对的天鹅伉俪带着子女，在河水中尽情地嬉戏游荡；林边的绿洲上，等待母亲的小黄羊羔，舒适地卧在草丛中打盹；一望无际的黄羊滩，随风起伏的草浪中，狍子和黄羊时隐时现；碧绿的高地上珍珠般散落的蒙古包前，被拴在长长的绳蔓上一字排列的小马驹活泼可爱；头上缠着蓝色土布围巾的男儿，手提奶桶正在挤马奶；幼小的驼羔思念母亲，发出深情而震撼心灵的绵长吟吁……"① 这里的本体神性场域的跌落和散播是非常清晰的："滩与琼库力克草原的丛林间"，"林边的绿洲上"，"一望无际的黄羊滩，随风起伏的草浪中"，"碧绿的高地上珍珠般散落的蒙古包前"，这是由丛林—绿洲—草滩—蒙古包前这样一个空间降落的过程。"丛林"意象在蒙古族文化中不仅是景物，主要是一个火种始燃、人类发祥的圣地："祖先爷爷击燃的火种，被祖先奶奶吹旺了……生长几千年的原始森林起火了……黑暗的穴居照耀得一片通明……高原上耸立的铁岭被烧化了，塌陷下来，流水般地漫溢……"② 这是一个民族的远古记忆，一个神话，而不是现实主义场景。与之相应，在空间场域的不断散播之下，情境也在不断地变化："天鹅伉俪带着子女"使我们联想到西方文学中的白天鹅、中国民间故事中织女、仙子等意象，乃是仙境而非尘寰，显然带有原型和神话的意味。"等待母亲的小黄羊羔"进入大地伦理，是亲情示现。"狍子和黄羊时隐时现"是自由活泼的生命诗情；"头上缠着蓝色土布围巾的男儿，手提奶桶正在挤马奶；幼小的驼羔思念母亲，发出深情而震撼心灵的绵长吟吁"则是劳作的世相，是人与万物和谐共处、美好亲爱的存在景观。四个层次异延而下绵粘衍化，共同成就了一幅诗意亲切祥和美好的生命写真，成为《远古的图腾》中内在客体的逻辑起点。亦即满都麦正是以这样一幅神性充满、诗意盎然的画图为起点进入草原叙事和生态观察的。唯其如此，当他看到满眼荒漠一片凄凉的现状时，才是那样的痛心疾首、愤不可抑。问题还在于：这四个层次同时是时间流贯穿横越的进向；空间波与时间流拓扑迭合容与凝铸，铺开后面的价值式微，从而将核心意象卧牛石与市场经济坏损草原生态的题材叙述衔接起来。这是一个由

---

① 满都麦：《远古的图腾》，《鄂尔多斯》2011 年第 2 期。
② 满都麦：《满都麦小说选·祭火》，作家出版社 2005 年版，第 148 页。

天而人、由神性向人性衍化的过程，它蕴含了意象与题材结合的叙述命题，恰恰是满都麦生态叙事的本质特点。换言之，意象叙事不是外在地追加了、赘累了、增补了一些意象，而是作为神性之源内在地发祥着、牵引着、规约着题材叙述从而使意象审美与题材叙述融为一体，因而成为少数民族意象叙事与汉语书写和西方叙述学专事题材打造根本不同的质点所在。为了不重复前面的论述，我们将意象与题材结合的方式概括为四个命题，不再进行案例分析：（1）意象散摄题材。张泽忠《蜂巢界》以鼓楼为核心意象摄持创世、族居、迎萨、抗敌等题材，在重建民族历史的同时喻示人与自然和他者相迎相亲的生态理念。（2）意象吞噬题材。满都麦的《马嘶·狗吠·人泣》、《三重祈祷》中草原大火和孤独母亲作为民族历史和苦难笼罩于心灵的阴影吞噬着他的叙事，演示了人类文化对于生态义域的蚕食和浇灭。（3）意象镶嵌（并植）于题材。满都麦的《人与狼》在"文革"叙事中植入狼意象，将"文革"置于草原荒枯、文化断裂的生态境象中考察，呈示了生态灾难的本质是人性的异化和存在的荒芜。（4）题材拓扑为意象。南永前的图腾和阿库乌雾的巫唱都是族群现代生存的拓扑样相，它涤除着人类中心主义及实用技术理性，讽喻了人性及人类存在的异化。意象与题材结合的叙述方式使文本的文学品质发生了质的变化，这就是神话元素、母题性质、仪式场景以及命题结构在文本存在中的被凸显。

（1）神话元素的散播。少数民族意象叙事的文本大多具有神话性质。满都麦的《三重祈祷》中女主人公在不同时期听到佛爷或圣主的声音或看到两个男人鬼魂的形影，甚非写实主义的科学幻象。第一次是火日供奉弥勒佛焚香举灯，接受了香火和祈祷的佛爷空然嘿嘿地冷笑起来，这笑声能使茶水荡出，佛灯熄灭，令人不寒而栗。女主人公清楚地看到：佛爷那一向痴呆的眼睛似乎活转过来，狰狞地骨碌骨碌转动："你呀，为什么不按嘛麦的意志，让儿子去当喇嘛？你把那个阿拜当成什么人了？嘿嘿！"她吓了一跳，身子后退了一下，眼睛瞪得老大，很快又镇静下来。连那些作为装饰的彩带也飞舞起来。第二次祭典圣主成吉思汗的日子，她把装饰着八宝金镂图案的香斗拿出来，把镜子、彩带上的风尘打扫一下，跟佛龛并排放在一起，像供奉佛爷那样，举灯焚香，把奶食作为德吉（没有被人尝过的食物）摆在前面时，听得香斗里面发出一个沉重的声音："可怜呀可怜，我跟佛爷一样，他阿拜还不到寿终正寝的年龄，那个嘛麦……"

这显然是圣主开示阿拜被毒死的真相,她大吃一惊,愣了一个时辰。第三次是濒死之日,女主人公在北河湾里捡干牛粪时看到天空中一股顶天立地的大旋风刮了过来。"她睁开眼睛一看,唉呀,不好!对面河岸的绿草滩上好像有两条汉子在摔跤,一个穿着喇嘛袈裟,一个穿着俗人衣服。"她终于认出这两个人正是已经死去的阿拜和嘛麦。如果是现实主义笔法,一个晚年孤凄的老妇在身心遭受深重打击之后、濒死之时,出现某种幻听幻视等现象,是可能理解的也是符合心理科学的原理的。事实是满都麦在联翩成阵地写佛神鬼示现,并参与人的日常叙事,着意将佛神人鬼播撒于天地之间、毡包内外,形成宇宙—草原—毡包—祭坛次递降落的本体场域,将女主人公与阿拜和嘛麦这两个男人的悲剧强调到本体审美的义域和背景之下,这里的佛神鬼就不再是心理现象,而是神话元素。与之相应,我们注意到大白马意象在《三重祈祷》叙事进程中也不断隐现,并与阿拜的座骑大白马叠映,我认为都不是心理现象,而是神话元素。我们不妨删除这些可能是封建迷信的情境叙事,结果不言而喻:不仅日常叙事的情趣和神韵削弱了,而且文本的宇宙场域和神性义域亦大为削减,变成流水账般的枯索记事。事实上,这些元素参与建构了女主人公的命运和身世,而且作为民国初年、边事萧条、民族衰微、民不聊生的国族叙事不可或缺的成分,佛神鬼是人唯一依恃的神性在支撑着女主人公的生存,是蒙古民族汲取精神和力量的终极信仰之所在!对于神话,弗莱这样讲:

> 这样,我们就有了文学上的三种神话结构和原型象征。首先是未经置换变形的神话,一般描写神明和恶魔,他们出现在两个对立面的整体隐喻性的世界里:一个是理想世界,另一个是非理想世界。两个世界又往往同与文学相应的宗教方面的天堂和地狱相一致。我们把这两种隐喻的结构分别称为启示的结构和魔幻的结构。其次是第二种创作倾向,我们称之为传奇的(浪漫的)。它显示出各种不明显的神话模式,讲述一个与人类经验关系更加密切的世界。第三种倾向是"现实主义"(这里的引号就反映了我对这个不够恰当的术语持不赞同态度),它强调内容和表现而不强调故事的外在形式。①

---

① 叶舒宪选编:《神话—原型批评》,陕西师范大学出版社 1987 年版,第 179—180 页。

在弗莱看来，神话的本质是一种隐喻，它有自己的模式和结构，其文学本质在于——这些模式和结构作为神话素在题材叙述中的置换变形（displacement），而这些模式和结构的功能又是一种原型象征。亦即，神话之所以是神话，根本地讲就在于它是以一些原型象征性的模式和结构散摄、吞噬、镶嵌、拓扑题材从而呈现魔幻的、传奇的乃至启示的本体性场域和历史性情境。《三重祈祷》的女主人公正是生活在这样一个魔幻的、传奇的、启示的世界，佛、圣主及两个男人的鬼魂无不是她深层心理中的先知原型、大神原型以及阿妮姆斯原型的显现，佛教看来就是业识所感而发生的阿赖耶变现，本质是蒙古民族苦难体验和性爱经验的幻现。这些神话元素的衍入和播撒使叙事文本呈示了一种内在客体的逆向意识：一方面是女主人公的神圣化，另一方面是两个男人的物欲化。我们越来越感到受尽屈辱和苦难的女主人公正在变成圣母，同时我们也感觉到两个男人正在变成占有性爱权利的动物。蒙古民族的文化历史就在此种神话元素的涌溢中体现了令人悲默的衰微：曾经领承了佛祖的度世宏旨、承载圣主成吉思汗勇武精神的男人们逐渐蜕变为一些势利权谋的小人，一些粗鄙的雄性动物。唯女子，那些仁爱和慈祥的女人们领承度世救人的宏旨、承担民族生存的大义、真正开启着这个民族的未来和希望。此种男性弱化、女性担当的逆向模式正是弗莱所谓神话结构，它与中华典籍中父位缺席、女性担当的母题是一脉相承的。① 这些神话元素在不同作家和作品中有不同表现，诸如张泽忠《蜂巢界》龟婆化育松恩松桑、创诞细脖子阳人的母题；阿来《尘埃落定》那位少爷忽明忽愚的"圣愚"作略；郭雪波《沙狐》中沙狐与沙暴的灵应关系；包括韩少功《爸爸爸》中丙崽那种不生不死、愚顽蠢圣的生命奇迹，分别指涉创世、圣成、因果、物化等母题，都可算作神话元素。我们似乎可以给划定一个义域：举凡人物意象化、情景魔幻化、故事传奇化、命题寓言化的叙述，只要体现一定模式和结构，体现一定原型象征的情景单位，都可以称之为神话元素。

（2）母题性质的彰显。一种反复出现的互文性题材元素，作为文本形式的微观研究在不同理论中其具体内涵有差异，但是有一个基本特点就

---

① 从《诗经·氓》里抱布贸丝的女子到《红楼梦》里的贾老太君，从创化人类、补天济世的女娲到新时期荣获三连冠的中国女排，我们从中华文化史中的确看到这种父位缺席、女性担当的母题的反复出现。

是具有某种不变的、可以被人识别的原型结构。母题是本体审美的远古经验经过社会历史的时间流冲刷而有的一些情景碎片,在题材叙述中与意象呼吸感应、神意往来,虽然独立存在但是不断复制,作为一种神话元素,可以衍入文学体裁和文化形态,成为人类共同体氏族、民族、国家乃至全人类的集体无意识,从而成为文化标识。① 从历史发生看,题材是随地涌现、与时俱进、完全从生活现实中来,或者说题材就是来源于生活的。但是,当它进入特定场域和情境,成为叙述对象并成为内在客体的关联物时,性质就发生了变化。具体说来,历史发生意义的题材事实只是一种客体化,按照别尔嘉耶夫的理解就是:"1)客体与主体的异化;2)不可重复的个体的东西、个性的东西被一般、无个性的普遍的东西吞没;3)必然性和从外部被决定占统治地位,对自由的压制和关闭;4)适应世界和历史的负担,适应中等人,对人及其意见的社会化,该社会化毁灭独特性。"与此对立的命题是,题材由历史发生转变为一种价值生成,进入叙述视野,成为内在客体的关联物,成为主体价值体验的对象:"在好感与爱中的交往,对异化的克服;人格主义,一切生存的个性—个体特征的表现;向自由王国和从内部决定的王国的过渡,对必然性的奴役的克服;质相对于量的优势地位,创造相对于适应的优势地位。"别氏特别强调说:"同时这也是对现象和本体之间区别的规定。现象和本体由客体化过程决定。反对客体化统治的斗争是本体反对现象的精神起义,是精神革命。"②也就是说,从历史生成向价值生成的转变不仅使题材成为主体价值体验的对象,而且激活原始经验,还原典型情境,发生了自由的内在精神对于必然的外部王国的反抗,亦即本体神性对于题材对象及存在世界的拯救,这就是母题的呈现。母题的拯救是一种原型的摄持、价值的吞噬、仪式的赋予以及结构的整饬。可以说,母题以叙述模式和历史情境——那些远古体验的逻辑轨迹和价值残片从外和从内绑定了题材,使之挣离现象世界的牢狱,最终成果是意义的获得。换言之,母题提交了题材叙述的意义框架和形式规约。满都麦《四耳狼与猎人》中杭日娃放生了一只狼崽,后来她的丈夫巴拉丹遭遇狼群的时候,这只留下杭日娃恩养标记的"四耳狼"

---

① 参见陈建宪《论比较神话学的"母题"概念》,《华中师范大学学报》(人文社会科学版)2000 年第 1 期。

② [俄]别尔嘉耶夫:《末世论形而上学》,张百春译,中国城市出版社 2003 年版,第65 页。

发出救赎信号，使之免于灭顶之灾。这是一个摄持性母题，原型是因果报应。《人与狼》是一个吞噬性母题，他写 20 年后重返草原的狼群对于作恶多端的阿司令的报复，实现了宇宙定则对于时代主题的吞噬。《三重祈祷》则是一些仪式性母题：敬拜佛祖的，崇拜圣主的，祭拜亡灵和鬼魂的。这是蒙古民族历史生存和价值领承的最高概括，但是，祸福相倚、善恶报应是其根本大法：嘛麦奸淫女子并毒死其丈夫，结果是自己困于兵匪死于无辜。《遥远的图腾》是祸福相倚、善恶报应的生态大法对于市场经济模式的整饬和校正：海南李总奇贪酷掠，垄断贩卖，最终葬身深涧……因果报应的母题在满都麦的文本反复呈现、变幻莫测，但是都显现了本体神性对于现象世界及人性状态的鉴照和裁决。张泽忠、南永前、阿库乌雾的意象叙事同样隐现了这一母题但是别有分疏：《蜂巢界》中勒汉包岛前世是巴老格隆家的龙犊，因果报应母题在这里穿越生死祸福，提升为因果轮回的生命本质和存在实相。南永前的图腾意象牛、龟、鹊乃至龙、虎、狼无不喻示一种隐忍：它们承受着犹如当年熊于洞中煎熬而圣成一样的苦难，坚守一种精神和品格，一种意志和潜质，将献祭式的悲惨提升为一种不可改变的民族意志。在南永前这里，个体隐忍——种族生存就成为一种因果回环，一种启示性母题的叠映再现。阿库乌雾的巫界与城市是一种大纪元的因果回环：巫灵的式微导致城市的破败；城市的破败又呼吁巫界的重光，人类于此间或被切割、或被性变、或被拍卖。一种魔幻性质的因果逻辑不仅概括了数千年来艰难而不屈的种族经验，而且衍射着世界和存在幕后的神意景观和终极信念：他已经超越生死善恶的价值之链，进入巫性与人性的命题悖反。整体看来，少数民族作家和诗人们的意象叙事大多涉及创世、圣成、物化（献祭）、迁徙、罡火、性爱等母题，已经不是卢梭意义上的"增补"[①]，也不仅是风俗绘画，而是原始经验的激发和典型情境的提取，是本体性场域和历史性情境的回复，它提交了一种种族的、历史的、超越的视野，使我们在进入题材叙述时生长了一种荣格"心理防御机制"式的先验前提：我们原本是诗性地、仁慈地、和谐地生活在这个星球上的人类，而不是兽类！这一前提的彰显和涨滞，逐渐衍化为一种可以涵盖全部题材的宇宙境相和原型结构，形成对于题材叙述的无限延宕和无尽播撒。

---

① 徐悦虹：《起源·增补·衰败——试论卢梭的语言观》，《法国研究》2013 年第 1 期。

（3）仪式场景的衍化。如果说神话元素是一种本体性场域，母题是一种历史性情境，那么仪式就是内在客体面对题材世界时的对象性展播。在历史性情境氤氲而出的时间流中，对象是被给予的，但它是以"我"的内在客体的衍射为前提和依据的；对象是被谁给予的呢？是被题材世界亦即客观世界，但根本地还是被本体世界所给予的。一旦如此，"我"就不仅摄持着客观世界的场景，而且持存着本体神性的场域；"我"不仅呼唤着对象的出现，而且感应着神祇的降临：仪态万方，君临一切。所谓仪式只是一个场景：既是"我"主持献祭的牺牲礼仪，更是"我"领承献祭的生命庆典。人神之间容与徘徊，对象与"我"月移影随，浑欲是"我歌月徘徊，我舞影零乱。醒时同交欢，醉后各分散。永结无情游，相期邈云汉"的境界①。我、月、影作为内在客体—本体神性—题材对象的表征：醒是一种对待关系，"我"与对象隔着一种边际，但是形影与情景和谐统一，相与交欢；醉是一种同一关系，"我"与对象共同领承本体神性的宏旨，身心却与天地互不相属，各自分散。这里的悖论在于："我"与对象既对待又同一，既结永远同好之游，又嘱君子清美之约。所谓和而不同，分而不散，"相期邈云汉"——"我"、神祇、对象共同汇入社会历史的时间流，人生有缘，后会有期。

当我们如此描述仪式的场域关系时，心情是沉重的。我们更容易联想到的是日神和酒神。对待同一是中国文化君子品格和道德精神的最高典范，相对于少数民族献祭与领承、牺牲与圣成的文化典范而言，这显得太过优雅和唯美。而日神和酒神则与悲剧关联着。日神阿波罗是光明之神，万物在其荣耀中显示出美的动感；酒神则象征情欲放纵，是痛苦与狂欢交织着的癫狂状态。尼采以日神和酒神来表述古希腊艺术的起源和发展以及人生的意义：日神精神产生了造型艺术诗歌和雕塑，差拟我们的意象叙事；酒神冲动则产生了音乐艺术。人生处于痛苦与悲惨之中，日神艺术将这种悲惨提升为审美，使人能活下去，这就是希腊神话；酒神冲动则将悲惨演示出来，使个体在痛苦与消亡中回归本体。拟此，我们抽象其中的哲学关系：日神象征本体神性，酒神象征内在客体，人则存在于艺术创造的对象化之中，时而美妙时而癫狂——美妙时是"我"主持献祭的牺牲礼

---

① 中国社会科学院文学研究所编：《唐诗选》（上），人民文学出版社 1978 年版，第188 页。

仪，"我"作为牺牲者出演着人的角色；癫狂时是"我"领承献祭的生命庆典，"我"作为领承者出演着神的角色。从人到神，从清醒理性的美妙到情欲非理性的癫狂，构成人之于天地之间的悲剧生命状态，这就是仪式。

仪式的根本精神就是悲剧精神。悲剧的两个维面是理性之美与非理性之狂，就理性之维而言，其美妙之境乃是人领承本体神性从而将自我的存在提升为一种诗性和德性时的体验，本质是人在主持着自己的牺牲礼仪；就非理性之维而言，其癫狂之时就是人绽放情欲、宣泄人性、将自己回放到生物本能的最深处，本质是人享受自我的生命庆典，神享受着本体世界的狂欢。在尼采这里，悲剧其实是一个从理性和诗性的"人"向情欲与本能的"神"堕落的过程，两者都指向一个归宿，就是本体神性。尼采的超凡脱俗之处在于：他重新诠释了神性的意涵：神性不仅是梦境般的高贵道德和美妙理性，尤其是情欲化的自然本质和生命本能。在尼采看来，狄奥尼索斯比阿波罗更真，更贴近人性。在希腊悲剧里，"狄俄倪索斯式希腊人，由于竭力追求真实和自然，所以便发现自己幻化为人羊神的姿态。"而"人羊神是人的真正原型，是人类最高和最强烈的表现。他是一个热情狂欢者，由于接近神而充满着强烈的情绪；他是一个产于自然母胎的智慧的先知；他是一个代表自然的性万能者"。① 在这里，传统的道德精神和优雅理性被堕落和本能所替代，成为笼罩和涵泳全部悲剧的本体神性场域。我们以此与上述李白的由醒而醉、云汉期期的诗境相比，在尼采这里，我、月、影作为内在客体—本体神性—题材对象的象征性本体神意关系，完全"堕落"为人、本能、情欲的同一，本体神性亦随之表述为狂欢叙事，一种献祭式肉体交际活动：不是呈现给神，而是呈现给人自己。换句话说，一种将肉体呈现与精神堕落同一起来的悲剧仪式。一如弗莱所说，这里的叙事性"是被当作仪式或对人类行为整体的模仿而加以研究，而不是被当作对某一个别行为的模仿"。亦即作为本体神性的世俗化场域和对象化情境被叙述并延异为艺术，因而"对于一篇小说、一部戏剧中某一情节的原型分析将按照下列方式展开：把这一情节当作某种普遍的、重复发生的或显示出与仪式相类似的传统行为：婚礼、葬礼、智力

① ［德］尼采：《悲剧的诞生》，刘崎译，作家出版社 1986 年版，第 5 页。

方面或社会方面加入仪式、死刑或模拟死型、对替罪羊或恶人的驱逐，等等"。① 其本质是本体神性的死亡。

少数民族意象叙事中仪式场景的衍化有别于二者，本体神性的播撒既非李白式的清扬于云汉，亦非尼采式的堕落于本能，而是"我"主持献祭的牺牲礼仪与"我"领承献祭的生命庆典——两者的合一。从人主持自己的牺牲礼仪看，意象叙事持存美妙之境，作为主体的人领承本体神性从而将自我存在提升为一种诗性和德性的体验；就人享受自我的生命庆典看，作为本体审美的接洽者将绽放情欲、宣泄人性的癫狂姿态从自然本质的深处引领出来，与神共舞，与人相亲，与宇宙万物同呼吸共命运，承担着存的悲剧和苦难，亦享受着本体世界的狂欢和庄严。但是此二者是分别层次、融洽时空、迁衍过渡又蓬勃四射的。少数民族意象叙事的仪式其本体场域是悲剧性的——我们几乎看不到喜剧或滑稽，看不到犹如汉族作家的那种龌龊和猥亵。但是它们可以分别出不同的场域：满都麦《祭火》是一个过年祭神的仪式，但是分别出扎米彦老头敬拜佛祖和菩萨、呼尔乐祭拜圣主成吉思汗、葛尔勒比丽格欣赏加卡·热门·鲍拉斯卡斯的《斗牛》乃至浩日娃年节听故事、贪美食等四个层次。这都是神性的，但是呈示为从佛祖到圣主、从圣物到艺术、直到生命本身这样一个逐级下降的播撒之势。满都麦把它们融洽在年节祭拜的同一情境中，使之随着时间流自然流淌，但不是随流迁化，而是遵循着摆放圣像、装饰毡包、请示圣物、唪颂经赞乃至迎神纳福这样一个祭神的节奏迁衍过渡的，其指涉的空间由四壁、火锃子、圣像、穹窿直至宇宙世界……篇末的情境描写不仅写实，而且是象征的："获得新柴接应的香火复又猛烈地燃烧起来，烧得火撑一片通红，一股浓烟穿过天窗冲了出去。"它象征着蒙古民族世世代代礼赞敬仰的长生天的最高图腾在穿越了世尘、圣化了心灵、接洽了礼赞之后，又蓬勃四射，回向宇宙本体。我们看到这样的价值分蘖过程：就扎米彦老人言，是佛祖信仰落时、圣物崇拜衰微、家族意志异化的客观过程；就呼尔乐和葛尔勒比丽格言，是重拾圣主信仰、融入艺术崇尚、尊重生命本然的主体强化过程。两种神性场域规趋于同一日常情境，恰恰颠覆了尼采由人到神、从清醒理性向情欲非理性的堕落定势，逆反为从腐朽理性的桎梏向鲜活生命的能动、由神意到人性这样一个启蒙趋势：从扎米彦老人

① 叶舒宪选编：《神话—原型批评》，陕西师范大学出版社 1987 年版，第 159 页。

的坚守向呼尔乐夫妇的批判构成《祭火》仪式场景叙事的根本价值意向，它超越"堕落"或"清扬"的模式，整饬为两者的同一。

（4）命题结构的异延。意象叙事中仪式化场景的内在结构是一种模式，我们不妨称为仪式结构，本质上是一个叙述命题。张泽忠《蜂巢界》的仪式结构可以分开三个层次：①包岛奉款；②全族迎萨；③侗家神话、传说、仪式、文献。这显然是本体性场域的三个空间波。包岛奉款是一个核心事件，也是叙事文本的叙述中心，它就写包岛冒雨辞别美岛，从古州划木排回九百古榕寨报告军情，经历险滩悟前身、虎跳峡面萨神、龙犊现真身三大关。这不仅是一个英雄历险的故事，而且是一个仪式：背负着族群的神圣使命，领承萨神娘娘的圣意，穿越天地神鬼水诸界域完成了一系列生命动作——兼具集体性、神秘性和重复性三个特点。① 全族迎萨是以包岛奉款为轴心异延出来的一个族群仪式，但又穿插或裹挟了包岛与山精美朵的斟情酌意。这是凝重本体神意从包岛奉款的峰巅陡然降落下来的第二空间波，它把系关种族存亡的危机感调制到诗意化的青春烂漫、温柔神秘中来，从而神性场域与世俗场景融会起来。第三空间波更是将仪式的神性场域扩展到文化、历史乃至无边无际的宇宙：侗族起源、款的由来、团寨历史、萨神娘娘、细脖子阳人与鸡、鱼的亲缘、侗寨歌舞、祭萨法物、族群迁徙、祭神祭祖、全族盟誓，等等。一如哈里森所说："仪式旨在重构一种情境，而非再现一种事物。"② 这里的激情冲动可以说是喷涌天连、勃射地接，发自包岛奉款冲动的生命节奏层层不叠地扩展到九百古榕寨的角角落落，并且呈周期性、波浪式扩张，不断复制着这种激情和冲动。由此哈里森认为："艺术源于一种和仪式所共有的冲动，即通过表演、造型、行为、装饰等手段，展现那些真切的激情和渴望。……正是这种情感因素导致艺术和仪式在一开始的时候浑融不分，两者都涉及对一种行为的再现，但是，并非为了再现而再现，只有当激情渐渐冷却并被人们淡忘，再现本身才变成目的，艺术才变成了单纯的模仿。"③ 可以说，哈里森揭

① 彭兆荣：《文学与仪式：文学人类学的一个文化视野》，北京大学出版社2004年版，第17—18页。

② 哈里森：《古代艺术与仪式》，刘宗迪译，生活·读书·新知三联书店2008年版，第13页。

③ ［英］简·艾伦·哈里森：《古代艺术与仪式》，刘宗迪译，生活·读书·新知三联书店2008年版，第13页。

示了激情冲动作为仪式的内在动力和结构意向对于叙述命题的重要性，关键之处是激情之于仪式浑融不分但是沿波播撒、趁势广大、濡染成境，而且延异为艺术、文化、历史乃至宇宙的无边无际，形成我们追讨的仪式后面的结构，动态地讲，就是模式。

当然，仪式结构是一种静态描述和分析，它是把本体神性或内在客体的衍射拓扑为某种空间性，但它不是日常中性的均质空间，而是动态的、中断的、曲折的类似宗教徒体验到的非均质空间。这意味着世界有多个空间的存在，每个空间之间都是断裂的，但是不抵制不同场域和情境的世俗体验，可以通过特定事物互相沟通，道成肉身，混沌一团。基于这一点，人可以实现与神的沟通，在教堂，在旷野，或膜拜，或体悟，本体神性可以通过"显圣物"——某种实物实现对于时间的切入。① 所谓模式，就是一整套进入时间流的、民族特色的生活方式，诸如想象方式、行为方式、祭祀和繁衍的方式，近似人类学家所谓文化模式或者文化原型。人类学家本尼迪克特（Ruth Benedict，1887—1948）认为"文化模式是相对于个体行为来说的，人类行为的方式有多种多样的可能，这种可能是无穷的。但是一个部族、一种文化在这样无穷的可能性里，只能选择其中的一些，而这种选择存在自己的社会价值趋向。选择的行为方式，包括对待人之生死、青春期、婚姻的方式，以至在经济、政治、社会交往等领域的各种规矩、习俗，并通过形式化的方式演成风俗、礼仪，从而结成一个部落的文化模式"。② 换言之，仪式结构与文化模式的拓扑构成本体神性散播和延异的场域，形成特定社会历史情境，形成叙事命题的"结构性异延"。下面是《蜂巢界》的仪式结构图示。

该图总分三个仪式层面：包岛奉款，全族迎萨，文化历史。三个空间波：承载着本体神性的蜂巢界向下：榕树—风雨桥—鼓楼；分别指涉奉款军情—种族文化—侗族历史乃至宇宙义域。内在客体融入时间流同样分为三个时段：包岛军情带来族群危机——九百古榕寨团族迎萨和包美爱情的文化诗情——侗族历史、起源、神话、传说，乃至盟誓起款。如果说三个空间波标记了《蜂巢界》静态总体仪式结构的三个神性场域，那么可以

---

① ［罗］米尔恰·伊利亚德：《神圣与世俗》，王建光译，华夏出版社 2002 年版，第 1—3 页。

② ［美］露丝·本尼迪克特：《文化模式》，王炜等译，社会科学文献出版社 2009 年版，封底。

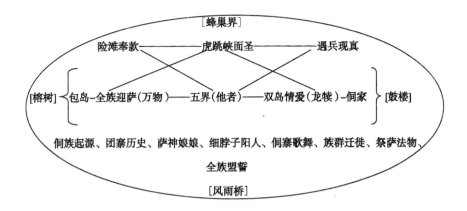

说内在客体融入时间流的三个阶段则显示了以包岛奉款为轴心的"结构性异延"的动态仪式进程。这个动态图式是一个以族群品格和诗性存在取代西方悲剧的对象化以及中国传统文化的君子品格和清扬典范（意境）的命题结构，其本质第一是取消主体与对象、价值与逻辑、理性与情欲、艺术与现实乃至叙事与历史之间的二元对立；第二是承载本体神性的核心意象对于地域民族文化历史题材的摄持、吞噬、镶嵌和拓扑，在异延和散播的同一性方式下分蘖和滋长为场域、情境、品格和世相的文本存在——这可以解读为哈里森所谓仪式的不断重复和复制，是一个"道生一，一生二，二生三，三生万物"的道体演化过程，其根本学理在于取消了传统叙事中的矛盾冲突和人物性格，增长了别尔嘉耶夫强调的人格主义和本体化精神；第三是它根本地实现了生态本体性的建构；这一建构将收拾起阿库乌雾的现代性碎片和性变式存在，承担着满都麦和南永前身心内外的苦难和悲剧，甚至罪孽和死亡，在生态和生命意义上实现尼采从理性向人性的狂欢梦境，使人的历史变成生命的庆典。

第四章

存在建构

所有文学叙事都是人类存在的建构。意象叙事是少数民族的本体审美、意象方式、人格典范以及存在世界被拓扑性表述的文本建构过程，换言之，意象叙事的拓扑性文本就是一个存在世界的建构，而这种建构也是立体多维的。从层次看，它体现为本体神性的空间波跌落、摄持、喻示、弥散，从而形成社会历史情境的价值分配过程；从时段看，它又是一个时间流穿越题材对象及客观世界，建构文化人格从而建构生态文本的进程。此二者同样进入拓扑，不仅形成叙事文本，而且衍射地域民族文化的品格和世相，衍射宇宙本体意识和根本生态精神，消解了主体与对象、意象与题材、模式与结构乃至文本与历史之间的边际，根本地取消着二元对立的思维方式。

存在建构是继意象描述、题材研究、价值建构之后的最后一环，是本体神性异延到现象世界的符号性和象征性表述，它凝结为文本，概括为人格，规约着人的存在世界。就此而言，我们的处境比较尴尬，一如德里达所说的："某种一面逃逸一面又期待自己、一面离走一面又引荐自己的东西，严格地讲，它甚至还不能称作存在。这就是增补的勉强性，这就是超越全部形而上学语言的'理智几乎无法理解'的那种结构。"① 其实，德里达是针对逻辑中心主义说这番话的，与我们的语境有较大差别。中国传统文学乃至文化并不强调逻辑中心主义，也不十分认同本质论，相反西方文化，尤其是古典主义以来的哲学坚执二元对立的思维方式因而形成以经典物理为典范的实证科学方法，强化了自柏拉图以来就执着不懈的逻辑中心和本质理论，建立了足以浇灭全部非形而上学语言的学科体系和学理规约，任何异质的、增补的乃至超越的品格和精神，都是不合法的。"五

---

① ［法］雅克·德里达：《文学行动》，赵兴国译，中国社会科学出版社1998年版，第60页。

四"以来的中国新文化是这一体系和规约的复制和模仿，虽然是劣次赝品，但是一本正经。如果以上述话语来针对中国的现实，那么最恰当的对象不是传统文化或文论，而是现实主义或现代主义理论，这正是我们"一面逃逸一面又期待自己、一面离走一面又引荐自己的东西"，也就是长时段的中国传统文论实现现代转换的讨论；在转换的意义上，任何探讨都不过是主体或主流、本质或中心的一点"增补"而已，事实上我们在等待裁决。尴尬的是就像等待戈多，一会儿我们讲地方性，一会儿又讲人类性，抽鞭子、掐脑袋的事都干了，戈多还是没有来，我们欺骗了自己，只能尽情地尴尬。因为，戈多根本不存在。梅洛—庞蒂说过："文学中的交流与其说是作家对那些属于人类精神之先验知识的意谓的简单召唤，不如说是通过带动和用某种间接行为去激发这些意义。在作家那里，思想并不从外部控制语言：作家本身就是一种自行建构的新方言……"①"五四"以来的西学热基本是中华文化和文明的外部手术，本质是一种强奸。被人家强奸了，腹里的块状物已不是中华谬种，而是西洋杂种。这个怪胎死不起活不得，只能像德里达描述的那样供我们龌龊地品味欲念的满足："处女膜的混乱或婚媾消除了'最高痉挛'两极的空间异质性，即临死的大笑的那一刻。同样，它也消除了被模仿者、所指、或事物的外在性或先在性，它的独立性。完成归于欲念；欲念（先于）满足，而欲念虽仍被模仿，依然是欲念"，只是"不打破那面镜子"罢了。② 回到前面，少数民族意象叙事的根本精神是从自己的文化传统和生命体验中生发出来，而不是从外部强加或技术干预引入，与现实主义或现代主义的不同是，它承继了天人合一的中华思维方式，主张心物同一，尊重巫性心理，取消二元对立的本体论和世界观，不是从物质现实，而是从原型凝结的古老经验和自然体验出发，从本体审美的意义研究题材、确立对象、生成人格、建构文本以及人的存在。这一路是撒播而有、延异而下、衍射同　、拓扑圣成，因而自然、历史、存在、世界的间隔被全部打通，实现了自然本体的回归。

这不意味着意象叙事是一种远世隔俗的净修事业或遗世独立的孤介行

---

① 《形而上学与道德学学刊》1962 年 10—12 月号，第 406—407 页。

② ［法］雅克·德里达：《文学行动》，赵兴国译，中国社会科学出版社 1998 年版，第 99 页。

为，相反，它充分汲取他者的经验，诚恳学习他方的知识，在意象叙事与传统文化、西方思想、包括民间文化和作家体验之间的方方面面，都存在知识关系，但这都是一种借光或取火，而不是借种卖淫。亦即照亮自己和证明别人是完全不同的两回事。我非常赞赏少数民族作家和诗人们那种对于自己文化传统的珍视和看守，那种对于自己生命体验和种族历史的执持和承担。换言之，当汉语叙事大规模叫嚣亡国灭种亦不可惜的同时，少数民族作家和诗人们在艰苦卓绝地捍卫着自己文化和种族的生存。就此而言，少数民族作家和诗人对于中华文化的保护之功真是天日可鉴！知识关系是一种凌驾于体验和现象之上的认知，是独立人格和民族尊严对于外部强势凌逼的反抗，更是对于自己既有价值和潜质的开掘。德里达的他者言说耐人寻味："胡塞尔只想将他人当作在其自我形式中、在其有别于世间事物的相异性形式中的他人来承认。假如他者不被当作另一个先验自我来认识，他将会完全在世界中，而不像我那样作为世界的起源而存在。拒绝承认他者身上有这种意义的自我，甚至就是伦理意义上的所有暴力的姿态。"① 德里达显然是在指斥胡塞尔要在自我的世界中强迫加入他者的先验性，如果拒绝，就是"伦理意义上的所有暴力的姿态"。但是他对于胡塞尔的进一步言说却相当精细准确："胡塞尔明白这一点。而他把经验的不可还原的自我本质叫做元事实性（Urtatsache）、非经验事实性、先验事实性（这个概念人们也许从未加以留意）。这个'我是'是为着这个说出它并且以它应有的理解说出它的我，也是我的世界之意向性之元基础（der intentionale Urgrand fur menne welt）……我的世界是个开口，那里产生了所有经验，也包括典型的经验，即向作为他者的他人的超越。没有任何东西能够在为着某种'我是'的'我之世界'的从属之外。"② 德里达其实是在说胡塞尔太过强调"我是"及"我之世界"的经验，动摇了他自己确立的超越经验自我的逻辑起点，这当然是一种曲意误解。德里达虽然在文面上批判二元思维，但本质上是个二元论者；胡塞尔则是祛除了二元思维之后、从本体出发来强调先验自我的。在本体视野下，先验自我与"我是"、与"我之世界"就同一为一种"元事实性（Urtatsache）、非经

---

① ［法］雅克·德里达：《书写与差异》（上），张宁译，生活·读书·新知三联书店2001年版，第217页。

② 同上书，第228页。

验事实性、先验事实性"，这是德里达不能理解的。胡塞尔的先验现象学是在传统主体性哲学面临危机之时产生的，他延承探讨了传统主体性哲学的问题，但却试图给出全新的回答。他的先验现象学是从"先验自我"开始的，"先验自我"建构了对象世界，也构造了主体自身，而这个主体又是"复数的"；先验现象学是主体间性和交互主体性的现象学。"先验自我"如何来构造这复数的主体？主体间的和交互主体的现象学世界是否还是同一个世界？这些问题成了胡塞尔头痛的问题，而当他的哲学遭遇到这些问题时也变得有点"软弱无力"。胡塞尔自己也意识到其中的困难，并试图用"移情作用"来摆脱"他我"，但是仅通过"移情作用"并不能使这一现象学难题得到圆满的解决。他在研究的后期曾尝试着把先验他我的问题转移到"生活世界"，但这只是一次伟大尝试，没有从根本上解决这个问题。① 胡塞尔没有找到荣格的原型。事实上先验自我不是一团空气，也不能到达佛家的空或道家的道，而只是原型；在原型的意义上，"先验自我"与"我是"和"我之世界"的确是同一性的，胡塞尔没有错。其实，德里达也没有错：他为胡塞尔的代言相当出色："我的世界是个开口，那里产生了所有经验，也包括典型的经验，即向作为他者的他人的超越。没有任何东西能够在为着某种'我是'的'我之世界'的从属之外。"以此来理解少数民族意象叙事与传统和西方、民间及作家内心体验的知识关系，的确说到了家。德里达进一步描述了这一超越成果："让我们假设一个其形象会被或近或远地（这里说的不是空间距离，而是形象对样板之真理的参与程度，因为没有这个真理就没有复制的必要）复制的面貌；在这些从一个唯一的面貌，以繁多而不同的模子复制并相互差异的形象里，可能显形的是一个唯一的面貌，它以一种不可解的方式超越出感官或思想的一切统握/理解。"② 此论述大可阐释少数民族意象叙事中的原型，不同的是少数民族意象叙事中的原型来自荣格的集体无意识，属于心理范畴，是一种遗传成果；而德里达推举的尼古拉氏的"显形"的"唯一之面貌"则是一种超越逻辑的先验前提，却是一种逻辑预设。我们如此繁复地引述德里达是想表明：建立在本民族地域文化传统之上的

---

① 王鹏：《胡塞尔的先验自我及其困境》，硕士学位论文，吉林大学，2009 年。

② ［法］雅克·德里达：《书写与差异》（上），张宁译，生活·读书·新知三联书店 2001年版，第 228 页。

意象叙事之核心或起点原型意象，不仅是少数民族文学叙事的根本所在，而且是意象叙事理论与传统和西方、民间及作家内心体验的知识关系之根本所在。换言之，由民族文化传统的魂魄原型意象及其衍射意向之上的知识关系所建构起来的叙事理论，与纯粹外加抑或生吞活剥的实证科学技术干预是完全不同的两回事。比如作家已死论调对于汉语书写进入后现代之后的纯粹赝品复制或污滥类像制作而言，是有道理的甚至非常切实的，但是对于少数民族作家和诗人的创作则近乎污蔑或侵犯。这就像抛开满都麦、南永前、张泽忠以及阿库乌雾的独特创作经验和心路历程来研究他们的创作，纯粹是儿戏。如果没有听过满都麦的声明：我的创作完全来自蒙古民族的文化历史——不是努力将他的研究回敛到蒙古民族的文化心理，那么我们就非常容易用现代主义或生态主义理论来概括。这一技术效应同样适应于张泽忠和阿库乌雾。阿库乌雾略有差异：他是学习了法国象征主义的理论或许有某种程度的借鉴和参照，但是我敢坚信：仅仅有象征主义写不出《血灾》这样的意象叙事诗的。知识关系仅仅引渡了他的彼岸之舟，完全不能替代或抵制阿库乌雾的行咒和巫唱，归根到底，他还是以彝族文化历史的最高神性巫界作为逻辑起点、也作为先验自我来参与真理的复制、建构"我是"的"我的世界"的。

　　说到复制，我们不能不重新加以阐释。这里"复制"的概念应该指意象对于题材的散摄、吞噬、镶嵌和拓扑以及题材对于意象的期待、进入、延异和应和，而不是类像意义上的机械复制或批量生产，其旨趣在于少数民族意象叙事的根本精神是本体神性的仰望和回归。这里有必要再次引述德里达的透彻理解："神性既非概念亦非现实，它应当在某种既非理论亦非神秘易感性，既非神学亦非激情狂热的那种邻近性中给出通向它自身的道路。再说一次，在某种既非历时性亦非逻辑性，亦非一般在者的意义上，它前在于任何一种与上帝或大写的神之关系。"① 这真有点冤家路窄的意思了。少数民族意象叙事中的原型意象的确是超越概念与现实、神学与激情、历时性与逻辑性等范畴以及一般在者的意义和关系，但与德里达正好相反：是一种切入种族经验以及远古记忆的神性领承，一种地域文化和种族品格的现代延伸和世相穿越。换言之，少数民族作家和诗人不是

---

① ［法］雅克·德里达：《书写与差异》（上），张宁译，生活·读书·新知三联书店2001年版，第258页。

要回到古代，也不是拒绝现代和他者，而是在谋求民族文化和传统价值的现代生存并发扬光大之，这与振兴中华、富强国族、重铸人格、再造文明的中华统一意志是完全一致的。但是，少数民族作家和诗人是以建构文本的方式来实现这一意志的，与德里达的解构同工异曲、同途殊归，这也是没有办法的事。

第十一节　文本特点

文本是少数民族意象叙事的最后一环但不是最后一节，那是因为，少数民族文学叙事的终极意向不是文本的完成，而是本体义域的回归和存在世界的建构，文本只是一个象征物或中介物。亦即在本体神性的空间波衍入社会历史时间流的进程中，人物作为在世品格的表征性是与其存在世界——文本的生成相伴随的。叙事作品中的人物存在于文本的世界，而文本世界是与题材对象和客观世界表里春秋、互为依止的，在维特根斯坦看来，两者存在着结构同型性和意义通约性。换言之，意象叙事就是客观世界的一种筹划和反思：筹划是文本作为在世性的呈现，它不仅模仿而且规导着人的现实存在；反思是人的现实存在不仅被概括而且被提升为文本的价值典范。两者是相逆相成的。但是文本世界毕竟不是现实世界；文本是意向性建构起来的世界，是一个"能指"，它指涉四个方面：本体性视域，历史性维度，形而上取向和符码性表述。

三十一　本体性视域

如前所说，核心意象的存在是少数民族意象叙事的根本特点，下面一段话值得玩味：

　　虽然意象在鸿篇巨制的小说中犹如沧海一粟，似乎只是一种微小的点缀。但正如细微的细胞核里隐藏着生命的一切秘密一样，"意象抓住最富本质性的瞬间，将'存在'的真相凝聚在某个特定的'形质'上，不断地把人引向深处。"所以古人把"独照之匠，窥意象而运斤"作为"驭文之首术，谋篇之大端"的重要部分。西哲海德格尔亦把意象看作是对存在的"敞开"、"去蔽"，"本真的意象使不可见者被看到，并因此想象这不可见者存在于对它来说是陌生的某种东西之中。"因此，叙事中意象的浮现更能展现人的深层意识及存在的幽深境界。①

这里的意象与我们的意象概念不是一回事，但是有相关处，这就是"将'存在'的真相凝聚在某个特定的'形质'上，不断地把人引向深处"的那种"最富本质性的瞬间"，那种能够"展现人的深层意识及存在的幽深境界"的"不可见者"。海德格尔所谓某个特定的"形质"显然是可以言说、可以命名的了，那就与老子的道不可同日而语。但是它凝聚"存在的真相"而且"不断地把人引向深处"，就不是终极之物而是象征之物或中介之域，就是核心意象；这个"深处"可以理解为空间的纵深或时间的邃古，用我们的术语表述就是本体场域和历史情境。不仅如此，它还使"不可见者被看到并因此想象这不可见者存在于对它来说是陌生的某种东西之中"，显然这个"陌生的某种东西"正是"不可见者"的存在处所，即本体神性散播为空间场域和历史情境，从而"被看到"的"存在的真相"。综上所述，该意象具备了我们意象分析的四维：空间、时间、品格、世相。因而它不可能是"鸿篇巨制的小说中犹如沧海一粟"，那种"微小的点缀"，而是核心意象，是严羽的"妙悟"所涵泳的"实现人们向审美境界超越的途径"，那种"令人心驰神往但望而不可及的境界"，② 就是我们所说的场域和情境。

核心意象就是原型意象，它常常散播为叙述的视域或观点，延异为叙事的模式或节奏，有时跌落为散碎的情景意象或题材细节，但它体现叙事文本的核心意脉，始终是意象叙事的结构轴心或叙述中心。最根本的是它承载着远古的、生态的抑或民族的神性意向因而规约着题材叙述和对象呈现，成为"驭文之首术，谋篇之大端"。亦即将地域文化题材的叙述提升到宇宙场域和人类视野，使之超越阶级的、社会的、人性的包括种族的界阈，成为本体叙事，这就是叙述伦理的强调。那些形诸笔端的语用表征诸如"祖公们传下话说"、"听老辈人讲"、"侗寨祖公传下话说"（《蜂巢

① 毛甄：《血：生命的铁流——谈余华小说中血的意象》，《中山大学学报论丛》2002 年第 4 期。

② 陈九彬：《古典美学札记三题》，《楚雄师范学院学报》2005 年第 8 期。

界》）之类对于历时性的强调不时地把我们的阅读经验拉回到远古记忆；那些强调气候、季节、景观等地域特色并总是作为一种宇宙感来描写的自然景物诸如"为了寻找一股跑散的马儿，顶着仲秋的烈日，我漂泊寻觅了整整三天"（《瑞兆之源》），"天色大亮，没有一丝风，被夜里的微雪镀上一层银光的峻峭山峰，仿佛是排列在天幕上的一排排、一组组玲珑玉雕，在晨曦的映衬下格外雄浑壮观"（《巅峰顶上有情歌》），"夏末秋初的晌午，太阳像个大火球似的，把灼热的光直射向绵延南北的琼古勒峡谷"（《雅玛特老人》），等等——都排除在本体性义域之外，虽然这些表征的确从空间性或时间性的方面生成着本体场域或历史情境，但我们认定最根本的旨趣在于叙述伦理。

叙述伦理的第一条规则是针对叙述本身的，那就是叙述命题与客观世界之间的符合指标超越逻辑的同一性和实证的真实性。这不意味着犹如现代主义的变形或后现代的解构，而是一种家园的回眸和亲情的重建，一种把善或恶作为叙述对象并使之成为叙述命题从而实现善或暴露恶的倾向和观点。什么是家？"家不是什么，家是悖论；是想要表述一种现实的砥砺或能力：为什么手执火剑的天神挡住我们的归途？——因为那里是亚人[原始人]和剑齿虎的世界！"① 所以少数民族意象叙事的真实性并不表现为实证意义上的客观真实，而是一种善的投射，一种善的本真。"荣格认为原始心理具有一种自发的倾向，把外在的感官经验同化为内在的心理事件。用弗莱的话说，这也就是把人类意义投射到自然抽象中去，使之成为可交际的'原型'。"② 叶舒宪进一步阐述："在神话思维中，日出与日落并不是纯客观的自然现象，它必然同时代表着某一神或英雄的命运。因此太阳的上升阶段就和英雄的出生、成长、建功立业等喜剧性情节相对应，太阳的西落和隐没也就和英雄的失败、死亡等悲剧性情节相对应。"③ 换言之，进入神话思维的少数民族作家和诗人在面对本体性场域和历时性情境时，并不是将客观对象作物理化的研究或表现，而是"从无意识中分离出来的意识再次和无意识发生关系并再度与之结合，即脱离意识的片面

---

① 林和生：《悲壮的还乡——精神家园忧思录》，四川人民出版社 2005 年版，第 4 页。
② 叶舒宪：《探索非理性的世界》，四川人民出版社 1988 年版，第 229 页。
③ 同上书，第 229—230 页。

性到达全体性"①，重新构拟某种"现实性"，从而实现对于客观现实的添加或整饬。"荣格认为，所谓的现实性只能凭借人的灵魂的活动，凭借空想的作用给予。如果没有空想的作用，我们会住在毫无关联的无人世界。"② 因此，少数民族作家和诗人笔下的世界是一个万物有灵的世界，亦即"通过森罗万象而看到的世界，因而其中的个物在各具特色的同时又与全体相连。与此相对，作为自我的'我'的世界是从唯一抽象的绝对点来看，即所谓凭借一点透视法的远近法则的世界。"③ 这个"我"不再是笛卡尔以后的二元思维：主观与客观、心与物截然分开，只有抽象的心是主观的，物体只能是客观的。在少数民族作家和诗人这里的"我"是"包括石头在内的众多的物体中具有同样权利而存在的东西。说到底一切事物都可以是主体。灵魂、人之主体也不过是其中之一"。④ 所有自然存在都是各自的"自我"，都是有灵魂的主体，它们构成不同的生态："包括自然生态、精神生态、文化生态、物质生态、社会生态、心理生态等在内的总体生态"，都构成我们的精神家园，⑤ 一个万物平权的世界。可以说，善、整体性、灵魂、家园，是构成少数民族本体叙事的四个关键词。满都麦笔下的羊都是额吉的孩子，马都是主人的亲属，就连狼也可以被感化，成为有恩报恩、有仇报仇的"人"。卧牛石、大白马、敖包、湖水、岩洞等自然景观就更具神性，不仅护佑着那些厄运中挣扎的人起死回生，而且具有拯救灵魂、惩恶扬善的终极意味和最高理性。自然、世界、历史与人都是一种神性感应关系，自然作为生命和世界的最高本体，既是人性和美德的总根源，也是苦难和罪恶的庇护者。尊重生命、理解爱情、张扬善意、忠勇诚实是来自自然之母的孕育和培养，沙尘暴、蝗灾、干旱、草原枯荒、智力蜕化也无不是自然之父对于人类恶行的惩戒和报复。满都麦的《骏马，苍狼，故乡……》是令人颇为警心的一篇：他写纳木吉拉老人居然买了两只狼崽，不是遣兴更不是卖钱，而是为了终极拯救——天葬，就是让它们把自己吃掉，灵魂以此回归长生天。这样的善、

---

① ［日］河合隼雄：《荣格灵魂的现实性》，赵金贵译，河北教育出版社 2001 年版，第21 页。

② 同上书，第111 页。

③ 同上书，第54 页。

④ 同上书，第19—20 页。

⑤ 林和生：《悲壮的还乡——精神家园忧思录》，四川人民出版社 2005 年版，第17 页。

整体性、灵魂、家园的叙述已经有点冷酷了！但是，我们理解这一切都来自对于长生天这一核心意象的终极体认和无限回思，满都麦是义无反顾的。

三十二 历史性维度

叙述伦理的第二条规则是针对叙述者的目的和使命的，那就是不仅张扬人性，尤其是强调神性和诗意，建设传统人格，恢复传统文化。我们在观览和学习某些现代或后现代叙述并与少数民族作家和诗人的意象叙事比较后发现：那种"恶"的叙述都是从解构善、整体性、灵魂和家园开始的。（1）抹去细节，改变情境；（2）偷换背景，抽离语境；（3）增设背景，潜入话语；（4）直接歪曲，篡改动作；（5）扭曲过程，错置时间；（6）把历史真实捉入当代语境，改变命题性质；（7）把价值命题还原为历史琐碎，破坏命题结构；（8）采取戏仿叙述，亵渎叙述伦理，达到反讽；（9）站到价值的负面或局外实施所谓"零度叙述"，或者干脆宣布无价值；（10）把历史事件心理化、意识化、感觉化、抽象化，但是以亵渎神性、玩弄诗意为趣兴。全部手段都在虐化真实性，从历史性的维度做文章，达到消解价值、颠覆历史的目的。

记得2006年9月28日，著名学者陶东风来湖州师范学院讲学，他的核心命题是解构本质主义。他对本质主义的描述是这样的："它假定事物有一种不变的、永恒的、超历史的本质。比如世界有一个终极实体，人有不变的人性，文艺也有一种规律，等等。它设计了一套现象与本质之类二元对立的范畴，认为只要有一种科学方法就能一劳永逸。这种思维是假定文艺有一种普遍规律，不是从具体的现象入手，而是从先验的界定入手，从而发生普遍性的追寻。这种生产模式（指艺术生产和知识生产）是非常有害的。每个人都可以找到一种先验支持。此种思维没有变化的、地方的观念，比如中国和西方是不同的地域，没有历史的维度——如是理念之下的文艺其实是一种虚构。如马克思主义文艺理论，如文学就是一种审美，等等。其实文学是无法找到一个永恒的理论构架的。"在他看来，"文艺学家的任务是去追问此一时期的文艺是这样的，为什么另一时期又是那样的？大学的任务就是告诉学生文学史上有哪些知识它们是如何生产的？而不是裁决哪些是正确的，哪些是错误的。文艺学应该拒绝价值判断，不作审判官。比如文艺为工农兵服务，并非文学具有这样的本来面目，而是来自文学之外的政治、中央政策等权力的决定。所以我们认定其实无法找到一个普遍有效的文学的本质。文学的本质不是发现的，而是创造的。伊格尔顿就赞成这样一个定义：文学像杂草，是人们在特定时期出于特定的目的加以清除的，有时则加以保护。我们不能找到文学的杂草的生物学规定，它是创造出来的，就应该承认它是特定时期人们的利益和目的较量的结果。比如文学是自主的，这一文学本质命题并不能解释所有文学现象，仅仅是知识分子借以发挥一己意志的一种口实而已。文艺学应该遵循一种历史主义方法，就是把文学理解为一种不断变化的存在，福柯所谓'事件化'，即文学作为一个一个事件而不是普遍先验的本质出现的。即使毛泽东的工农兵理论，即使民主人权理论，都是作为一个具体事件而出现的。我们应该祛除对于以普遍性面貌出现的文学理论的迷信，把文学还原为事件放到历史中去，把某种理论的历史性抽掉，把文艺学还原为文学社会学——唯艺术论，不过是 18 世纪学科分类的结果。"我非常关注的还有："其次是地方性，即文学的民族性。同样是先有一个先入为主的文学定义，然后找一些例子加以印证，根本没有将文学及其理论还原到历史情境中——它们只是这样一种生产方式：剪刀加浆糊，只言片语，织成一个体系，是最要命的。再比如诗歌须凝练，小说须性格，戏剧须冲突，等等。这些知识都在变，我们的关键是找到变化的历史维度和地方特色。如移情和物我两忘，神思和想象——前者是西方浪漫主义理论和主体论的产物，后者是中国不作主客二分的传统思维的产物。"陶先生的观点是正确的，但他的思维方式仍然是本质论的。比如，既然文学或文艺学不能以一个确定的本质加以规定，为什么又必须用历史主义的方法去还原？有几套历史主义的方法？哪一套或哪几套是正确的亦即非本质论的？文学的本质是不是概括历史现象的结果？文学能不能、允许不允许概括？相对于个体短暂的生存，自然和历史、文明和文化是不是"一种不变的、永恒的、超历史的本质"？既然反本质论，为什么确定文学是创造的而不是发现的？有没有不是创造而是发现的文学？把"某种理论的历史性抽掉"是什么意思？"诗歌须凝练，小说须性格，戏剧须冲突，等等"难道不是一种从现象开始的概括？等等。我以为陶先生的意思是将一种特定历史时期的理论想象和知识生产推离时间流的跌谷漩洄，推向本体空间，从更久远、更开阔、更有利于人类和人性发展的视域来研究，历史主义的方法可能是最优选项。所谓历史主义的方法应该具有几个维度：（1）本体神性的；（2）传统道德的；（3）客观真实的；（4）诗意想象的。本体是个义域，传统指涉时间，客观衍射对象，诗意放纵想象。总是要给人类一个可以自由畅想的空间和没有禁制的身份，把文学还原为仅仅是一种"能指"罢了，这是不是陶先生的意思呢？不得而知。我是想借陶先生之力把视线牵向少数民族意象叙事的历史之维，试图说明：少数民族意象叙事的文本实践恰恰证明了文学的本质不过是一个"能指"符号的自由运用罢了，它不仅不能拒绝价值判断，相反，它是以确立价值、恢复传统为根本目的的；不仅是目的，而且是使命。这里是两个问题：目的是近期的，主要关切叙述对象的当下功利，关涉真实性，这可能是陶先生不喜欢的；使命是远期的，则更强调叙述者的人文关怀，关涉身份感，这是不是陶先生喜欢的呢？但是，真实性是一个道德指标，身份感是价值指数，两者的合题就是人性至善和神性至爱。这应该是陶先生能够认同的了吧？目的涉及叙述什么的问题，使命则涉及怎么叙述的问题。叙述什么观照客观世界的价值点，指涉还原和阐释的技术；怎么叙述牵涉价值理性，呈现思维方式和终极观点，就不是技术的问题，而是涉及能指与所指、个体与世界、品格与存在乃至文本与历史之间关系的本体性问题。就此而言，叙述过程敞亮起来的不仅是叙述对象，而且是叙述者的心性、心地、人品、人格、情趣、修养等等。关键在于，进入少数民族的意象叙事，目的与使命是同一性的，历史维度的真实义含与价值维度的理性精神是同一的，最终落实为传统道德的维护和神性诗意的看守。这里，使命大于目的，它是叙述伦理的法理所在和价值之源。不承担任何使命的叙述，不是包藏祸心，就是纯粹游戏，两者都是野蛮叙述。

所以，一种关涉多维意向的本体性义域就成为历史维度的依托，也构成少数民族意象叙事的第二条伦理规则。简单还原——不论是事实考据、学理实证或田野作业，都无法做到纯粹事实认证而不含有价值判断；对于文学抑或对于意象叙事而言，考据学意义的历史真实是没有意义的。南永前的图腾叙事和阿库乌雾的巫性叙事姑且不论，就以张泽忠《蜂巢界》为例，他的历史真实性就不是现象描述或现实主义的，而是本体性和价值取向的。用陶东风的话说："作家之外的商业因素（如文化公司、影片公司）的参与，使文学场及艺术存在的方式改变了。一方面文学以一种不太纯粹的方式存在着。一首诗可以放在广告里，与一首歌共同作为背景而模糊地存在。另一方面大学的文艺学相对滞后——越现代就越是机构化、组织化，知识生产非个人化，而大学是最重要的文艺学生产机构，教科书又是最重要的环节。……"（2006 年 9 月 28 日在湖州师范学院的报告）我们不妨改动几个字：作家所属的地域因素（种族历史及母语思维）的参与，使文学场及艺术存在的方式改变了。一方面文学以一种不太纯粹的方式存在着。一首诗可以放在文献里，与一个传说共同作为背景而模糊地存在。另一方面大学的文艺学相对滞后——越地域化就越是人类化、人性化，知识生产非个人化……谁能说这样的文艺学发展状态是不正确或非常态的？张泽忠就是以地域文化特色的神话典故、种族传说、文献记载参与小说创作乃至历史叙述，打破多种边际和规制，使文学场域的存在发生根本改变，不仅改变了文学本质的单一观点，使多元和多样成为生态叙事的基本样相，而且意象叙事的历史性维度也就与本体性和价值性义域重叠起来。下面，我们具体描述一下少数民族意象叙事的历史性所关涉的四个维面。

（1）本体神性。历史不是无源之水，更不是孤立之木。从意象而不是从行为（事件）起始进入叙事是少数民族历史关怀不同于汉语书写的根本特点，换言之，少数民族意象叙事是从本体神性与题材对象观照承应的关系畛域来把握历史真实性的——这就是意象的前在或预设。显然，意象成为历史关怀的透视点；我们怎么强调意象在叙事文本中的重要性都是不过分的。意象作为本体神性的弥散点，象征或影射题材的核心价值，它是人与自然关系的神性集结，母语思维进入宇宙想象的枢纽，用老子的话说就是"玄牝之门"。在这个意义上，少数民族意象叙事中的核心意象根本地讲并非观察的成果，而是内视的景象，它不仅凝结和调适着人与自然、人与本体之间的神性同一关系，而且是一种心理能量的积蓄和灵感体验的播发，唯其如此，意象摄持或衍射的对象才是一种意向物或投射物，而不是客观对象。由于意象滋育于集体无意识，是远古人类本体审美的成果，其心理本质是建构性的和召唤性的；它是以统观宇宙和摄持万物的胸襟和气魄进入对象关系的，所以其最高形态是意境和神祇，是宇宙意识和心灵方式之下的万物祥和和生命平等，是多样性和多元化主体自我内在价值的把握和领承，更是神意与人性氤氲和合、物类与品格涵泳相融的生态生存。正如约翰·柯布（John B. Cobb Jr.）所说的："所有受造物都有其内在的价值；此外，它们对上帝和对其他受造物都有价值……就是说，某些受造物的内在生命比起别的更为复杂、更深刻和更丰富。"① 他举例说"内在价值是颇为不同于为他的价值或为整体的价值。如果鲸鱼绝种，在海洋中的生命仍会继续。它们在海洋生态系统中扮演着一个角色，但不是一个必要的角色。假若浮游生物消失，整个系统将会崩溃"。② 我们能从《蜂巢界》族源款中看到多种与侗族发祥相关相涉的生物：龟、鱼、鸡、山魈……每一种生命都生机勃勃欣欣向荣。相反从满都麦小说中人类虐杀的大青羊那碧绿的眼睛里泛出的泪水和凄凉，我们不仅见出人性的残忍，见出生命内在价值的被戕贼，尤其见出长生天宽广无垠、浩瀚无际的悲悯和爱意。所以，我们认为核心意象不仅是文本结构的轴心，而且是生态本体观念及文本诗性价值的源泉，它成为少数民族意象叙事完全不可忽略的一个逻辑起点。

（2）传统道德。意象作为灵性之物融合于题材叙述的进程中，作为生活情景的道具或细节，是本体神性的散播和跌落，但也透示着某种地域性或民族性气息，既是一种风情描述，更是一种空间想象，一种存在性和处所性标识。意象作为本体神性的喻示和散播，质言之，乃是超越生死的心理之"事"、变现时空的意向之"物"，它可以在其所当至的任何对象和情境而亲在，在其所当无的任何对象和情境而显现，它无迹可求又可以心领神会，无物可是但是代庖而出；不是道德戒律或价值喻示，而是涵化于社会历史情境和对象中的天然品格和神性价值，它成为少数民族意象叙事历史性的诗化和神启。蒙古族作家冯秋子的散文《额嬷》写尽了一位蒙古民族的母亲敢恨敢爱、颠连悲惨的际遇和命运，她对于丈夫的爱无悔无怨，对于政治迫害无怨无言，邻人友好亲如同胞，唯独对于杀了人的小儿子巴耶尔亲下杀手——没有一个母亲面对儿子的生死能够下得了狠心的！可是，巴耶尔杀了人。额嬷的心理是这样：人家的儿子也是儿子，人家的儿子被我的儿子杀死，难道人家的痛苦会比自己更轻袅一些吗？何况有法律，有良知，有菩萨，有长生天！于是她把儿子诱回家，藏在一个地窖里，以拖延了恩感义报的时间来表达母亲的慈情和不忍，但是，她还是把他杀死了：是用一根绳子勒死的！儿子死后，额嬷有点痴呆，有点疯

①　约翰·柯布：《更正教神学与深层生态学》，王晓朝、杨熙楠主编《生态与民族》，广西师范大学出版社 2006 年版，第 49—50 页。

②　同上书，第 51 页。

傻，但她还是挺了过来。可是，她能不痛苦吗？

> 她仍旧跪在炕毡上，臀部稳稳地偎进后脚弯里，脸上呈现着那种恒久不变的微笑。蓝布棉袍罩住了她的身子，她跟菩萨一样坐出一座山，坐出一个宁静。突然，从她胸腔里流出悠远跌宕的声音，那是天然淳厚的蒙古长调。那声音粗犷、没有遮拦，自由自在地走，走过沉睡，走过苏醒，万物萌动，天地啜泣……①

那是最高的爱，是大于母子之情的价值存在。由于额嬷的"杀"，巴耶尔的罪孽得到清洗，灵魂从俗世的暗昧中得以澄明。人间的母爱，与本体神性联结起来——那么义无反顾的爱，那么艰苦卓绝的养，又是那么坚定明确地杀；生命繁衍和生殖运动构成的最基本的现实人生就意象化为一些蒙上历史风烟的日子，意象化为从爱中领承爱、由于领承爱而超越爱、最终因为爱而人格圣成的价值人生。冯秋子的例子告诉我们，那种拒绝价值判断或纯粹技术化的"零度叙述"并不能留给我们客观真实的历史，相反，它们恰恰是对于真实性的抽离，一种从语境的历史性和身份感做起的叙述伦理的背叛，它们的人性价值和人类意义等于零。

在营构历史感到达真实性的技术上，冯秋子遵循无限尊重地域人民语言和感觉的方式，写感觉不是心理学的，犹如那些卖弄学术、兜售技艺的作者所做的那样，而是时时处处尊重地域感觉，在心理与感觉的流走逶迤之间嵌入细节，形成意象空间，营构一种"思性"存在，实现历史真实的重构。一是地域土语的运用，二是地域生活细节的嵌入，三是把细节拉回到当下的心理现实。土语的运用不是大众化的努力，更不是结结巴巴当高妙的审美误置。而是一种历史感和生活化，一种泥土感和山野气的追求。家乡人读她的作品是会掉泪的，少半是由于这些土语。比如"生不草"、"袄补丁"、"日怪"、"拉下大疙蛋"、"呆眉怅眼"、"灰塌塌"、"没甚起色"、"干不飕冽"、"臭扒牛"、"干牛粪片片"、"燎泡"、"荨麻"、"甜苣"、"沙蓬"、"浮皮潦草"、"麻烦个甚"、"圪转"、"圪混"、"一年来天气"、"黑瞎瞎的"、"雀儿"，等等，这些乡音土语汇成一个历史堆积层，一种文化存在，蕴含了塞外边地那种苦寒而深远的人生况味，

---

① 冯秋子：《寸断柔肠》，太白文艺出版社 2001 年版，第 38 页。以下文本引文只注页码。

那种走遍全世界也找不到的艰辛而诙谐、厚道而明澈的深挚人性，是那片土地特有的实在和亲切。而且它氤氲一种感觉、一种氛围，生成着历史感和生活化的尘间意境。同样，我们在张泽忠的小说中看到，人物称谓的陈述强化族别差异，诸如"耋嫽丫（即嫽丫的外婆。耋音die，外婆）"、"萨（婆婆）"、"勒汉"、"阿嫽"、"孟桑"、"嫽丫"、"嫽姝"、"嫽娜"、"嫽也"、"嫽素"、"嫽梅"、"嫽婵"、"包岛"、"包卡"、"包香"、"包庚"等，特别使用富有音乐感的叠词，诸如"骄矜矜"、"铺金铺铜"、"一挂挂"、"一蓬蓬"、"染红染绿"、"乱麻麻"、"没模没样"、"伦练伦练"、"显手显脚"、"显锅显勺"、"显山显水"、"动声动色"、"倒霉气败手脚"、"忙手忙脚"、"悠悠忽忽"、"哝哝呱呱"、"脆声脆嗓"，等等，而且强调地域特色："嘱人没嘱到角角处"、"哝起人不遮身不遮影"、"男女老少营营而来"，等等，我认为并不是什么要"抵拒主体文化对自身民族文化的侵入"[1]，更不能简单地看成个体的语言风格，而是一种历史感和人民性的尊重。

其次是细节。冯秋子的细节非常生活化和情境化，它是一种超越现实性的联想和幻觉，一种心理搭建方式。这些细节往往形成叙述平面上的一个个凿洞而深嵌着对于历史和真实的独特领悟。

> 看着红扑扑奔突的日头，和晃晃悠悠的神山，我常常觉得，这个日头跟神山，很像自己家墙角架上的笼屉，和那把踩上去就要散架的烧火板凳。每天出门前，我踩着板凳，踮着脚丫，从笼屉里面够出少半块窝头。无限美好的早晨就从这块莜面白面玉米面捏成的"三面"窝头开始（《寸断柔肠》第45页）。

表面看是用孩子从笼屉里探取窝头的细节比喻人与日头和神山的活动关系，但是这个细节的嵌入使早晨上学这一铺紫陈红的叙述平面凿入非常具体鲜活的生命感和生活感，凿入须亲在方能悟解的那样一种生存况味。"日头和神山—笼屉和板凳—窝头和早晨"这一结构式不再是一般过程性叙述，而是一个意象蜕变的立体流动过程，在氤氲而成的意境里，价值和

① 张新蕾：《侗族"民族作家"的族群想象及其叙事——以张泽忠、田均权、潘年英为例》，硕士学位论文，广西民族大学，2004年，第9页。

意义随之改变。"笼屉和板凳"不正是横亘于物质现实生存与神意灵魂存在之间不可逾越的价值阻塞吗？然而它又是一条必由之路，是价值存在的一个入口处；不经过如此艰难苦恨，"红扑扑奔突的日头"就失去她临照的现象世界，"晃晃悠悠的神山"也就宝光锐减，神意顿失，黯然神伤。

最后是在一个细节上凝滞，衍入情感和联想，衍入当下的心理现实中来。这种不断帘出的技法不仅是一种心理辐射或时空反弹，而且是一种历史与现实之间的价值追寻，一种意象的感觉化和当代化，一种当下意象的历史感和道德感。

> 我说："你看见我的时候想什么？"
> 他说："你跟着我干什么。"
> 父亲离家后，我常常端详那张刚解放不久他跟妈妈结婚照的相片，母亲身穿列宁服，稍微侧过头，望着前上方；父亲身穿军装，正对前方。非常奇怪，我变换到哪个角度，父亲都跟着我移动，就像黑夜里月亮跟着小孩往前走、往后退，他的目光总能望见我……那时候我不懂得这是他当时盯住照相机镜头的缘故，一门心思在想：不能想坏事也不能干坏事，父亲能看见我（《寸断柔肠》第183页）。

当下场景是"我"与父亲谈论过去的事，接下来就是父母结婚照片的细节。作者在这个细节上凝滞笔触，然后渐渐衍入心理，又衍入现在时的当下心理。"那时候"是个引领词，由于这一引领，后面的心理内容就变成既是历史事实又是心理现实这样一个双重价值塑造。它把父母的结婚照片所凝结的那种时代的神圣感和存在的庄严感，以及这种庄严和神圣对于当时乃至现在的"我"的看管和监护——生动真切地表现出来。这里的历史性维度在于：她不仅写出真实，而且写出野蛮和荒诞从神圣和庄严里的生发：父亲被游斗，一个可怜的孩子无力解救，"能做的仅止是看见伤害，并为之疼痛，还有就是铭记它"（《寸断柔肠》第185页）。这不就是那个价值荒诞的时代里唯一深刻庄严的道德吗？

（3）客观真实。不承认形而上或将形而上贬抑为一些技术的性能或物质和余绪是建构固化为骷髅、沉沦为肉体的理论依据。我们也不准备推出一位神祇比如上帝之类，但是我们必须找到重建本体神性的出路，这就是消除二元对立的思维方式，消解本体神性、社会历史情境乃至广大题材世界之间的层级本质及其深刻隔膜。所谓客观真实不是维特根斯坦语言与世界的结构同型性和意义通约性，更不是德里达已经粉碎了的逻各斯统摄的命题关系，而是本体神性对于叙述的临照，是意象散摄、吞噬、镶嵌、拓扑题材的时间性过渡中所呈现出来的春回大地、万象更新。这里必须解决野蛮叙述的问题。我们观察的野蛮叙述包括以下策略：①执着某种权利观念认定的叙述者的身份、视角、心态及其所作的缺失性或谬误性叙述，达到扭曲历史、捏造事实的地步；②颠倒是非，故意将矛盾或错讹、不准确、不恰当叙述作为视角限定或细节真实加以突出；③规避正面价值，彰显负面缺失，假借人性权利，以隐瞒历史真实；④叙述者与隐含读者的矛盾所造成的歧见没有呈示合法性或合理性解释，而是衍入冷漠，达到无聊；⑤煽动负面情绪，践踏普世伦理；⑥流氓口吻，无耻之尤，荼毒公序良俗；⑦荒幻离奇，残忍污秽，挑战人类道德。给我们的幻觉是本体性向主体性的挪移，一种人性和个体权利的张扬，本质是叙述客观性的抽离，一种明修栈道暗度陈仓式的历史性逃逸，隐含作者则成为协助泅渡的蛇头或马崽。如果有必要作点理论概括，那就是①隐含作者从本体神性撤离，形成价值虚无；②叙述者变成吸尘器，解构历史真实和人类价值，专事污秽和恶意收集；③挑战叙述伦理，发射邪恶本能，甚至鼓励犯罪。已经不是启蒙主义对于专制的批判，更不是人文主义对于人性的发明，朋霍费尔说，"这是黑暗势力的第一个音符，这是耶稣基督受难的先声"[1]，此种笼罩着巴比伦原生海洋的黑暗原本就包含着权力和暴力。"这权力和暴力现在尚奉侍着创世者，它们一旦挣脱原初的状态，挣脱开始[2]便成为骚乱和反叛。靠自身无力成形的荒凉、空虚、黑暗、深渊、无定形的聚合、迟钝无意识者、未成形者——因为在黑夜中，在深渊中只有无定形的东西——凝聚而成团块，这不仅是绝对臣服的表现，而且也是期待着凝聚成形的无定形者之意料之外的暴力的表现。"

　　少数民族意象叙事是对于此种野蛮叙述的反动，亦即他们恰恰从相反方向规导叙述，从上述三个方面进入旨在回向本体的文本建构。首先是本

---

　　① ［德］朋霍费尔：《第一亚当与第二亚当》，朱雁冰、王彤译，华夏出版社2004年版，第121页。

　　② 朋氏认为在说要有光之前的世界已经是上帝的创造了，只是没有凝视这渊面和空虚，所以上帝同我们人一样感到陌生和恐惧，故而勉强地称其为"开始"。朋霍费尔：《第一亚当与第二亚当》，朱雁冰、王彤译，华夏出版社2004年版，第121—122页。

体神性的点燃，这是历史真实性和叙述客观性的前提。上帝说："要有光。"就有了光。少数民族作家和诗人是体认着民族文化以及人类良知的代言人这样一种身份和视角进入叙述的，所以他们的视域本来就宽广得多也深远得多，而当他们把叙述不仅仅当作"能指游戏"而是作为一种创造性实践的时候，他们所凝视的对象就不仅是"空虚混沌，渊面黑暗"的"开始"，而且是叙述本身。这里的客观真实在于：他们的叙述不仅是一种维特根斯坦意义上的"公共性质"，而且就是创造本身。创造本身是一种怎样的"真实"或"客观真实"呢？换言之，这种创造行为自身的真实性是如何体现的呢？如果用客观现实或本质、规律之类的标准来考量，叙述之功迅速就被解构为本质论坍塌之后的畸遗或零碎，要么就堕落为维特根斯坦鄙弃的"私人语言"。私人语言的前提是这样一种预设：感官经验和对经验的反思提供了我们相信外界事物和其他心灵存在的基础，所以"一个天生的鲁滨逊·克鲁索能通过私人的、内心的实指定义来联结字词与经验，从而构建一种语言……这就暗示一个人能够通过对自己说出原则上无法为任何其他人知道的他自身的感觉和内心生活来构建一种任何其他人都不能真正理解的密码"。① 简单地讲，就是一种在逻辑上只有说话人懂得的语言，类似我们熟悉的自话自说。显然，这与少数民族作家和诗人的使命相去太远；他们也在解构本质论，也在对抗强势话语和异质文化的暴力，但是他们更需要以叙述的圣功创造出能够表述自己民族文化精神乃至显现人类整体利益的文本，从而与客观真实同构甚至重叠，这就是维特根斯坦所说的可以参照的"生活形式"。"生活形式是我们学会在其中工作的参照框架，是我们在社会群体的语言中接受训练时获得的；所以学会这种语言，就是学会该语言与之密不可分并且从中获得其表达式的意义的观点、假定和实践。"② 我认为，少数民族作家和诗人叙事中的"生活形式"就是母题，它们不仅拉抻着叙述的本体义域，体现叙述的公共性质，而且就是叙述的"参照框架"。这些母题在表述客观真实的意义上体现为两个取向：（1）是变现为模式；（2）衍化入文献。我们稍加留意就能从少数民族意象叙事中发现母题：淫水和灾难，创世与图腾，乱伦

---

① ［英］A. C. Graying：《维特根斯坦与哲学》，张金言译，译林出版社 2008 年版，第 96—97 页。

② 同上书，第 95—96 页。

和献祭，复活和英雄，因与果，性与罪，情与仇……所谓母题就是一些历史事件的宇宙化、意象化、符码化，经过长期的历史积淀和心理整合进入集体无意识，然后泛化为一些命题或义域，但是，这些母题是影射现实题材或指涉存在事象的。《蜂巢界》从都柳江的那团天"出了点乱子"写起，整个文本溽漫着淫水滔天般的末世感："这天，都柳江上空像被谁捅了娄子似的，雨哗哗地下个不停。渐渐地，亮悠悠的都柳江水先是浑浑浊浊的，继而如一条赤色的巨蟒，曲蜷着、呼啸着往下游的融州、柳州冲泻去。"（《蜂巢界》第 1 页）与之相应，勒汉包岛的那只木排也就不啻诺亚方舟，不仅牵系着九百古榕寨的生死存亡，而且告示着世界的末日。这只木排穿越险滩、峡谷、鱼腹，直至龙犊显真、包岛撞沉。满都麦的《远古的图腾》同样写到类似宇宙景观："遮天盖地的沙尘暴，仿佛要吞噬一切生命和整个世界，夜以继日地肆虐了几天，终于在黎明时停了下来。但是，远处的天空仍然灰蒙蒙一片。"[1] 坑坑洼洼的土路上驱车行进、坚定不移的扎登巴老人又何尝不是服膺圣命的诺亚？但他更像重启圣元再造生命的耶和华：拯救了儿子查干朝鲁，重新唤醒人们对于神圣图腾卧牛石的崇拜和虔敬——

　　卧牛石旁边的那棵枝叶繁茂身影庞大的老榆树，是扎登巴老人祖上传承下来的图腾崇拜。历经风雨沧桑的那棵树，高大威武，真可谓罕见。拔地而起的树干，五个人手拉手都抱不住，足有一丈来高。支撑树冠的九棵分枝是分别喻兆九十九重天，其形状几乎完全相似，都有一抱多粗，两丈多长。从九个粗大的分枝蓬勃伸展出来的无数个枝条嫩叶纵横交错，密密麻麻。在辽阔的旷野上，老榆树酷似一把打开的巨伞，托起一团生命的绿色，显得伟岸壮观、凝重而神秘。在中午的阳光下，映在地面上的圆形树阴的直径，也足有四十多步长，在地下向四面八方延伸的根须，探出百步之外。

　　在老榆树东边的树阴下，那块脂白色的大石块，其形状恰似一头膘肥体壮、滚瓜圆溜的白色牤牛，悠闲自得地躺卧在那里乘凉。在英吉甘河（蒙语，意为黄羊羔）北岸，老榆树与卧牛石相互为伴，仿佛在彼此聆听对方的心灵倾诉，无人知晓它们究竟这般倾诉了多少个

---

① 满都麦：《远古的图腾》，《鄂尔多斯》2011 年第 2 期。

世纪。然而在广袤的草原上，关于图腾老树和卧牛石，有多如繁星般的种种传说，家乡的老人们总是津津乐道。有的说，原先在英吉甘河两岸长满了茂密的丛林，一头喝过河水的白色牡牛，为了躲避酷暑烈日难耐的折磨，独自离群潜入林中，找到林中为王的那棵大榆树，卧在了树阴下。有的说，先是有一头从天庭下凡的白色牡牛，来到河岸喝完水卧在了河边的草地上。后来，上天为了给那头牡牛遮阳挡风，使其免受酷暑寒冬的折磨，才使沿河两岸长出了茂密的丛林。

我们很容易想到伊甸园，但我们更关注图腾树和卧牛石描写之后的传说，那显然是神性义域的散播和历史情境的延异，从时间和空间两个维面实现了本体神性的拉抻。如果做一点硬性分配：是不是斯日玛像圣母玛利亚？蒙古美女娜娜像夏娃？查干朝鲁就是上帝的儿子亚当？卧牛石就是耶稣：它穿行于生关死劫，显圣于天荒地老，不仅承担了查干朝鲁的苦难和罪孽，而且拯救着草原破败的生态和世人丧失的良知，横亘于宇宙穹窿之下，历劫不衰，圣恩永恒！如果说老榆树是生态生存状态的象征，卧牛石就是种族图腾，是蒙古民族发祥以来承膺圣恩、余荫后世、惩恶扬善的最高神性的确证，不仅集纳了创世和图腾、乱伦和献祭、因果和轮回、复活和英雄、性与罪、情与仇等母题义含，而且呈示了与《圣经·创世记》相似的叙事模式，获得本体义域的认承。如前所说，母题是一些命题和义域，是叙述者打开的一些阐释阈界，它以特定模式牵引着读者进入——模式承担着透视意义和组织叙述的双重职责：从透视看，模式要观照题材，规导情节，从深层心理影响人物的活动，是作者体验历史情境、认证题材价值、将对象摄入母题义域从而领承本体神性的意象运动；从组织看，模式又从非自觉意识浮出到自觉意识层面，将对象从现象世界提升到核心意象及其承载的价值典范中，将人的存在形式化、结构化乃至寓言化为某种文本形态，从而衍入文献，实现逻辑与历史的同一。神话、传说、民间故事和历史文献就这样成为文本构件。

模式承自本体神性，指向对象确立，其指涉目标是人的独立和品格的生成，其价值依据是一个时代和社会的价值典范。解构一种价值也许不必对陈述命题的历史真实性加以否定，而是亵渎其本体神性，践踏其价值典范，使模式在运演的社会历史的时间流中变得尴尬无处，成为一截枯木桩，任运自在却毫无生气。雷锋精神就是这么被泯灭的：人民切身利益的需要作为本体神性是一个元价值义域，共产主义是价值典范；现在，人民不需要了，共产主义是虚无的，雷锋精神还有用吗？雷锋做好事、为人民的叙述模式就废止了。少数民族意象叙事亦然，神话、传说、民间故事和历史文献都在诉求一种"需要"，一种本体神性的元价值，而天人合一、种群共生、民族和睦、整体人类祥和宁静的生态生存和共同发展作为价值典范，其叙事模式就呈示了"各美其美，美人之美，美美与共，天下大同"的人类视野和人性蕴含——它就是真实的和鲜活生动的。包岛报告军情抛置美朵、穿越险滩、念忆美岛、冲出鱼腹、示现真性、撞沉嘎勇……张泽忠《蜂巢界》的这一系列叙事呈示了夹杂英雄救美（西部片）、大圣取经（《西游记》）、顽石归空（《红楼梦》）、峡谷独舟（《故乡》）诸模式的杂合，但是，他更着意的是《怀远县志》关于红头巾滇黔赣联军进犯桂北侗乡（《蜂巢界》第 14 页）"丙寅五月，蝗蝻自下而上"的蝗灾记载（第 85 页），以及明洪武十一年官府"拨军下屯，拨民下寨"导致吴勉起义（第 68 页）、民国十五年王天培率众攻打孙传芳的传说（第 69 页），可以说这些文献和故事不仅填充了叙事模式的社会历史义含，而且将历史真实感从侗民的心理事件逐渐衍化为一种价值真实。甚至，模式成为一些心理投射条件，而历史文献则是投射的伴随物，落脚处正是诗化了侗家历史生活。在模式衍射的集体无意识氛围中，少数民族作家和诗人的叙事与族群社会的客观现实生活取得完全同一。恰如安克施密特所说的："过去绝不像一架机器：它不拥有历史学家必须描绘其动作的隐藏机制。过去也不像必须在投影或者翻译规则帮助下投影到语言层次的一处风景。因为'历史风景'不是被给予历史学家的，历史学家必须建构它。叙事也不是一处历史风景或者某个历史机器的投影，过去只是形成于叙事中。叙事的结构是一种添加或者强加给过去的结构，而不是客观地出现在过去本身之中的类似结构的映象。"他说，"我们应当拒斥这样的观念即'存在一种确定的历史真实性'。"① 他所说的"历史风景"就是此种历史真实性，一种绝对客观真实的照相式投影，而我们正是以祛除此种绝对客观性为前提，强调以文献为落实点但是参与了作者经验和选择的建构性，"一种添加或者强加给过去的结构"亦即模式对于叙事的参与。

---

① ［荷兰］F. R. 安克施密特：《叙述逻辑——历史学家语言的语义分析》，田平、原理译，大象出版社、北京出版社 2012 年版，第 88 页。

　　（4）诗意想象。模式的参与使得少数民族的意象叙事不再只成为考古学研究或叙述学规划，而是将作者提升为隐含作者的全知叙述以及本体神性的"某种前定性的组织心理活动的框架和结构的图式（schema）"对于题材对象的"同化（assimilation）、顺化（accommodation）和平衡（equilibration）"，①亦即核心意象散摄、吞噬、镶嵌、拓扑题材对象的建构性过程。这里的客观真实是以模式所趋向的典范概括心理事件的同一性为依据来确立的，它存在一个张力区间：不是模式改变对象，就是对象校正模式，两者的契合即为典型——模式规导对象即神话和传说，对象索引模式即故事和文献；前者重价值义域，后者重生活形式，两者同一即仪式，是另外的话题。但是，作者经验被强调出来——作者经验抑或隐含作者其实都源于一个总源头，就是原型。原型在文本中往往呈现为①意象；②模式；③人物；④情境或处境；⑤象征或隐喻；⑥梦境等等，但最重要的是作为一种心理事件从作者经验中的呈现，亦即"某种前定性的组织心理活动的框架和结构的图式（schema）"对于题材和对象叙述的规导：①是情境和氛围的营造，这是一种主体性投射，本质是作者的感觉和记忆，它是作为"逻辑原子"②构成某种"事态"，与作者的情怀和情结、对象认知和世界想象、叙述视界和语义范围乃至语境和话语的把握——衍射为场景，生成某种"场"。模式正是在此种"场"和场景中运演并生成对象品格的。②结构和命题的提取，一种整体性掠影，一种历史状态和实证阈界，是自觉意识对于题材对象的对话和研究，包括叙事方式——抒情或描写、隐喻或象征、建构或阐释的斟酌和遴选，从而形成文本结构和体裁类型。①和②是两个层次：前者是隐含作者，后者是作者经验；前者包含心

---

　　①　皮亚杰的认知适应性发展的三个基本过程。

　　②　罗素认为，世界的逻辑结构与语言的逻辑结构是相一致的，所以可以通过语言和逻辑的分析达到对世界的了解。罗素之所以称自己的哲学为逻辑原子主义，是因为它们不是小粒的物质，而是原子事实，是各种不能再分的事实及逻辑单元。罗素的逻辑原子主义认为，人们用一个句子表达的事物是真实世界的一部分，"凭借描述而知道的知识最后可以转化为凭借认识而知道的知识"。哲学就是"对包含着描述的命题进行分析"。逻辑原子主义的特征命题分析所要遵循的基本原则是："我们了解的每一个命题都必须完全由我们所认识的成分组成。"关于原子事实与原子命题：在一种逻辑上完满的语言中，命题中的词会一一对应于相应事实的诸组成部分。事实是意指使一个命题真或假的事物。我们所具有的整体上无限的事实分层系统中，最简单的那类事实，罗素称其为原子事实，表达这些事实的命题即是原子命题。A. C. Graying：《维特根斯坦与哲学》，张金言译，译林出版社 2008 年版，第 41 页。

理能量和灵感体验的爆发，后者包含叙述技术和语言能力的打理。前者是作者规避或并未意识到的，有时是拒绝表达，有时又下意识地折射或泄露出某种深层心理内涵；后者是作者着意提炼出来并融注于情节和形象、进入艺术逻辑从而形成的主题或命题。两个层次进入文本的方式和渠道不同，其蕴含程度和潜入深度也不同，但是它冲掉两个现象学概念——纯粹客体或纯粹主体，亦即进入题材叙述和文本建构的进程中，完全不存在还原式的历史真实和意图恰当的零度叙述，相反，由于模式和母题作为心理条件承载本体神性、观照对象叙述，少数民族意象叙事的历史真实就不仅意味着作者经验的充分融渗甚至直接干预，而且意味着叙事根本就不是一种机械制作或量化技术，而是诗意想象。所有文本构件——意义、价值、主体、对象、模式、情境、意象乃至原型……无不于相互之间的联系和涵化、联结与涵泳之中升腾为神圣诗性，现象学还原或叙述学分析意义上的对于作者经验的否定是没有意义的。

是的，在实证主义的意义上完全没有诗性可言。当现代叙述学把作者消灭继而又把叙述规趋于科学计量的技术性阈限之内，加入无穷无尽的术数运演的时候，我们只能借鬼打鬼，从隐含作者的概念生发诗性，正是少数民族意象叙事的"剩有游人处"[1]。韦恩·C. 布思谈到提出"隐含作者"这个概念时找到三个原因：一是对当时普遍追求小说的"客观性"而贬斥作者经验感到不满；二是对学生将"叙述者与隐含作者、隐含作者与有血有肉的作者"相混淆感到忧虑；三是为批评家忽略修辞伦理这一"作者与读者之间的纽带"而感到"道德上的"苦恼。当然他更强调第四个原因，那就是隐含作者对于真实作者的关联："无处不在的建设性和破坏性的角色扮演。"[2] 布思明言："这篇论文可致力于批驳各种各样暗杀作者的荒唐企图"，亦即在巴特、福柯"毫不含糊地试图'暗杀'作者"的滔天大浪中确立作者的地位[3]。这至少表明，隐含作者与真实作者的确不可分割。当然，对于布思的陈述申丹有进一步的体察，她说隐含作者这一概念的提出与布思当时的学术氛围和时代语境有关：整个西方学术界呈现一种"外在批评"衰落、"内在批评"兴盛的气象，形式主义文评

---

① 毛泽东：《菩萨蛮·登黄鹤楼》。
② ［美］韦恩·C. 布思：《隐含作者的复活》，申丹译，《江西社会科学》2007 年第 5 期。
③ 同上。

以及布思所属的芝加哥学派都以文本为中心，而布思的小说修辞学却关注
作者和读者，显然不合时宜，所以他将研究对象置换为隐含作者，应该是
一种策略①。申丹的分析是准确的，但是不够的。我们不妨详察布思面临
的矛盾和混乱：所谓当时普遍追求"客观性"就是指新批评以来驱逐作
者的形式主义思潮，宣扬"真正令人赞赏的小说只是艺术性地展示故事，
消除了表达作者观点的所有文字。令人称道的小说必须客观表达，作者对
人物和事件的看法不是仅仅被遮掩，而是完全被清除"；②所谓学生混淆
叙述者与隐含作者、隐含作者与有血有肉的作者的差异从而发生普遍误
读，是把叙述者及隐含作者当成作者，不能"将不同程度的不可靠叙述
声音与有意创造出这种声音的隐含作者区分开来"③，事实上又放大作者
的现实身份和所指功能。那么批评家就面对这样一种逻辑尴尬：表面上驱
逐作者，观念中坚执作者，在完全无法规避作者存在的事实面前只能忽略
叙述伦理，放纵作者权力："根本不存在符合道德或违反道德的书。书只
有写得好坏之分。仅此而已。"④今天一些作者就更为张狂，拒绝承担任
何叙述的道义和责任，歪曲事实颠倒是非，肆意践踏历史，已经在作伪
证。隐含作者的概念提交给叙述学一个不可规避的命题：一个作者究竟应
该拥有怎样的叙述权力以及事实上处于怎样的叙述状态。这一命题又势必
回溯到逻辑起点：什么是隐含作者？它又是如何存在的？……

　　这要从西方式的权力限定观念说起。从学理看，人的权力来源于自然
法，所谓天赋人权。其本义是：人所能够做的任何事情（在能指的意义
上）都是上帝赋权的，亦即符合人的自然本性的，因而是合理的；这是
人之于世的终极绝对依据。但是，上帝赋权同时喻指着人必须接受上帝的
人性限定：人所应该做的任何事情（在所指的意义上）又都是合法的，
亦即人人平权的人之为人的根本法理。从学理说起意味着人性的巨大阐释
可能，落实到法理则意味着人性的有限操作空间。从学理到法理，从阐释
到操作，人性逐渐被限定；就不存在没有边际而可以无限阐释的人性。所
谓天赋人权，恰恰意味着人的权力是可以阐释的但同时必须接受限定，因
而不存在特权的。

①　申丹：《何为"隐含作者"？》，《北京大学学报》（哲学社会科学版）2008 年第 2 期。

②　[美]韦恩·C. 布思：《隐含作者的复活》，申丹译，《江西社会科学》2007 年第 5 期。

③　同上。

④　同上。

　　叙述正是在这个意义上成为作者的一种权力。新批评以来的西方文论叫嚣"作者已死"，本意是限定作者的权力，但是到了"毫不含糊地试图'暗杀'作者"的地步乃至根本不承认作者的叙述之能和赋义之功，就有点丧心病狂。布思"进一步考虑了真实作者对隐含作者的创造与日常生活的关系"，确认隐含作者在日常生活中"无处无时不存在建设性和破坏性的角色扮演"的事实，调整了叙述与阐释的关系状况，目的是恢复作者权力并把它强调到一个可以言说的价值处境。他说："无论在生活的哪一方面，只要我们说话或写东西，我们就会隐含我们的某种自我形象，而在其他场合我们则会以不尽相同的其他各种面貌出现。有时，这种隐含的形象会优于我们通常自然放松的面目，但有时隐含的形象令人遗憾，比不上我们在其他场合的面目。我们面临的一个主要挑战就是区分有益的和有害的面具……"① 这里的"自我形象"、"隐含的形象"就是隐含作者：（1）不同于真实作者，真实作者的日常身份相对固定，隐含作者则千变万化；（2）它是真实作者"说话或写东西"时的一种自我形象，主要与创作情境相联结；（3）它是真实作者的一种角色意识或人格状态，一种人格面具或价值样相，它"总是在某种程度上遮掩着更为复杂且较为低劣的自我"从而成为"我们颇有价值的榜样"。布思举例说，即使像西尔维亚·普拉斯那样持有自毁性的缺陷和痛苦的诗人"在创作诗歌时所实现的自我，也要大大强于在用早餐时咒骂配偶的自我"。布思的意思是：就叙述权力的限定而言，隐含作者的价值优势远远高于真实作者因而理当获得更大自由。其后的论述中布思更清晰地表示：隐含作者作为某种价值状态是以"投射"的、"无处不在"的、"完全虚假的自我"形象②超越真实作者，将创作过程中的权力主体性实现为文本建构中的价值本体性。

　　令人遗憾的是布思当时的学术氛围及其西方思维方式无法指认作者的此种创作主体性和价值本体性，关于隐含作者的发言都几乎离题万里：查特曼只把隐含作者视为文本内部的一种结构成分；里蒙·凯南说"必须将隐含作者看成读者从所有文本成分中收集和推导出来的建构物"；狄恩格特建议聚焦于"隐含"一词，将"隐含作者"视为文本意思的一个部

---

　　① ［美］韦恩·C. 布思《隐含作者的复活》，申丹译，《江西社会科学》2007 年第 5 期。

　　② 均引自［美］韦恩·C. 布思《隐含作者的复活》，申丹译，《江西社会科学》2007 年第 5 期。这里的"虚假"是与"真实作者"相对的概念，指一种精神主体或价值主体。

分，而不是叙事交流中的一个主体。米克·巴尔就下定义："'隐含作者'指称能够从文本中推导出来的所有意思的总和。因此，隐含作者是研究文本意思的结果，而不是那一意思的来源。"热奈特机带双敲："隐含作者被它的发明者韦恩·布思和它的诋毁者之一米克·巴尔界定为由作品建构并由读者感知的（真实）作者的形象"……①他们为什么总是不予理解反而深刻地误解了布思呢？

　　申丹概括了三点错误：（1）他们将隐含作者囿于文本之内，而布思的"隐含作者"既处于文本之内又处于文本之外；（2）按照他们的逻辑：隐含作者既囿于文本之内，文本的生产者就只能是真实作者，而在布思的眼里文本的生产者是"隐含作者"，作品只是其做出各种选择的结果；（3）他们混淆了"隐含作者"（处于特定创作状态的作者）与"真实作者"（那个日常生活中的同一人）的形象，而布思之旨恰恰在于区分两者的不同。② 我们看到，如果说西方学者由于不理解布思将真实作者的权力让渡给隐含作者的良苦用心因而搞混了两个概念，那么申丹就是在超越二元对立思维方式的前提下接近布思本义的。申丹强调：（1）隐含作者的本位超越内外真隐，是某种大于真实作者的功能状态，它无所不在；（2）隐含作者有着为真实作者所不具有的全知全能，唯其如此，作品才是其各种选择的结果；（3）隐含作者与真实作者相位不同，在叙述交流过程中承担着各自不同的人性权力和人格责任。我们能理解作品人物的猥亵下流，但是不能容忍作品一味地渲染并且赏玩这些内容。前者是隐含作者的权力，一种创作状态下的知觉能力和叙述需求；后者则是真实作者的伦理责任：他放失权力限定从而使隐含作者迷失了叙述理性。之所以对两者作出区分不是为了解除作者的伦理责任，更不是抹掉作者的存在，而是把作者强调到现实中人的良知状态和创作中人的价值状态中去，强调到文本建构和人性建设的伟大事业中来：既以其卓越的叙述能力（隐含作者）奉献富有价值的文本成果，更以理性的阐释意向（隐含读者）沟通叙述与受述、价值与阐释，使叙述成为修辞伦理与人性建构统一的存在事件。申丹说："因为'隐含'一词以文本为依托，故符合内在批评的要求；但

---

　　①　申丹：《何为"隐含作者"？》，《北京大学学报》（哲学社会科学版）2008 年第 2 期。申丹对西方学者的错误阐释有非常简要的概述。

　　②　同上。

'作者'一词又指向创作过程，使批评家得以考虑作者的意图、技巧和评价。整个概念既涉及编码又涉及解码，因此涵盖了（创作时的）作者与读者的叙事交流过程。"① 疑似皮相之见，但是申丹弥平了布思和他的同志们将真实作者车裂的逻辑困境。事实是：在权力让渡的意义上隐含作者不是一个技术方案，而是一种价值前景和心理水平。

现在我们论述隐含作者的历史生成及其本体地位。布思以隐含作者的概念搪塞作者权力限定的问题时其实作了某种吊诡，一种金蝉脱壳式的相位转移：当新批评家们用形式主义的绳索勒紧作者的脖子时，布思把作者的魂灵转移到隐含作者的安全地带去，留下的只是一个作者的象形。这使我们想到德里达对于文学建制的权力的言说："当然，审查制度一直存在，但'原则上'，文学这个观念暗示的就是作家有权自由言说，也觉得自己被承认有无论什么都可以说的权力。"② 德里达不仅举到阿尔及利亚等国家的作家因为自由言论被杀戮的例子，而且认定"文学与民主制度之间存在着某种有意思的同盟关系"。③ 事实上隐含作者并不是一种概念的空转，而是一个历史主体的生成。申丹兼顾编码与解码，将隐含作者从查特曼的文本强调中解放出来，放回到全部叙述和交流的过程中重新考察，并没有走出逻辑怪圈——且看西摩·查特曼的模式：

叙事文本

真实作者……→ │隐含作者→（叙述者）→（受述者）→隐含读者│ ……→真实读者

在申丹看来，查特曼的模式强调叙事文本，隐含作者只作为文本的一个内部结构成分而存在，显然未尽其意，于是把它改造成：

现实中的作者→隐含作者→（叙述者）→（受述者）→隐含读者→现实中的读者。

情形就变成这样：（1）文本从这个模式中消失；（2）自隐含作者以下，叙述者、受述者、隐含读者乃至现实中的读者都是作为衍伸对象层层设卡刀刀切割，一路下来，作者最终消失于冷酷的读者之端；（3）叙述

---

① 申丹：《何为"隐含作者"？》，《北京大学学报》（哲学社会科学版）2008 年第 2 期。

② ［法］雅克·德里达：《书写与差异》（上），张宁译，生活·读书·新知三联书店 2001 年版，第 20 页。

③ 同上。

也消隐了——查特曼的模式里，叙述显现于文本，到了申丹这里，文本不在了，叙述是什么？交流又是什么？连最基本的叙述行为和交流内容都忽略了，只留下一些空洞主体；（4）六个主体都是一种逻辑推导；作者与读者之间增设了四个相位，只是增加了长度和距离，交流变得更加困难。事实上在更普遍创作情形内这一推导并不存在。一种真情自然的创作，即使精心设计，也不能硬是把自己打扮成某一叙述者，考虑好受述者、隐含读者以及现实中的读者之后再进入创作，那不仅严重阻滞创作情境、桎梏自由精神，而且构成技术资本主义之后人的第二次淹没：淹没于叙述阴谋！在费伦所谓第二次转向之后①，叙述学已从文学叙事陷入商业资本运营，那种自由精神和人文关怀就显得尤其重要。申丹的解放运动事实上是把囿于文本的隐含作者投放于后工业时代非法投机者的狼群中，包括作者在内所有交流主体——受述者、隐含读者、现实中的读者都变成一些不曾投资却无边索取的债权人，他们从文本攫得资肥之后却高呼：这是我自己创造的！与作者无关。一群文本叙述的局外人根本就不承诺任何权力限定的协议，阐释边际随之失范，从逻辑上讲就等于失却前提，无论解构还是建构，都不再具有逻辑含量。离开文本，受述者、隐含读者、现实中的读者、甚或作者、隐含作者、叙述者都变成空转概念：能指失却所指，成为一些苍凉的手势。

比申丹走得更远的是雅恩的叙述交流三层次理论：第一层是非虚构交流层，作者与读者不存在文本内的交流，故称"超文本层"。第二层是虚构调整层，叙述者向指明或未指明的受述者讲述故事，故称"叙事话语层"。第三层是行动层，故事中人物于此交流。② 雅恩的旨趣不在作者通过文本叙述向读者发射信息，读者再通过阅读文本接受作者送达的信息；而在于打破文本内外的限定，走向申丹的解放运动，为市场炒作留下地步。超文本概念已经扩大为策划人会议、市场调查、经济核算、宣传造势、营销策略、作家创作、专家评论以及读者反馈这样一个大的文本运作

---

① 费伦意义上的第二次转向是指叙事已经由学科超越转向叙事竞争，即对个体叙事的分析置于一个更大的、通常是隐含的多种叙事选择的竞争中，那么叙述设计就是决定性的。参见詹姆斯·费伦《竞争中的叙事：叙事转向中的又一转向》，王安译，《江西社会科学》2008年第8期。

② Manfred Jahn, *Narratology: A Guide to the Theory of Narrative*, http://www.uni - koeln. de/~ame02/ppp. htm, 2005, N2. 3. 1. 转自谭君强《叙事学导论》，高等教育出版社2008年版，第37页。

过程，作家创作只是其中的一个环节而已。就叙述交流来看，不仅作者的叙述要延伸到创作完成前后相当广阔的视域，"读者实际上也透过隐含作者实现了与作者之间的交流"。[①] 媒体时代的作者与叙述者、隐含作者与作品人物的角色身份关系已发生根本变化。譬如赵本山不仅主演还编导了依据他本人的真实生活创作的故事，操作着叙述交流全过程，我们不再能严格区分导演或作者的赵本山、刘老根原型赵本山及人大代表赵本山之间的叙述学本质。非专业人员实录自拍的山寨版纷纷出笼，使全部叙述交流主体的存在变得尴尬——在这样的影视作品中，隐含作者与真实作者之类的区别又有什么意义呢？

删除文本的本体地位等于取消叙述本身，这是叙述交流进入历史旋涡之后的一个悖论。而回归文本必然意味着回归文本叙述的历史主体——隐含作者。

文本包括三个层次：故事、话语、符号。[②] 文本叙述是从符号着手：符号运作牵引着动作和行为的演进，牵引着意义和价值的输入，牵引着阐释和传播的预设。这是叙述交流的一般逻辑。但这一逻辑的指向是历史，其价值前景是话语。在话语的层面上，作者与读者分别开来：作者要体验和把握事件，从抽象混沌中升腾起被打量和聚焦的题材，从而建构话语；读者接受话语，释读和理解的是故事，就不仅要考证叙述的客观性和真实性，理解话语的价值感和历史感，而且要检验作者的可信度和公正度。文本作为话语承载物穿梭于历史场域与作者心理之间，使作者与读者成为对话者，成为价值和存在的共构人；"故事"就成为叙述与阐释双方的聚焦对象从而凝铸了文本叙述的历史本质，这就是人的动作和行为的描述。它涵摄三个层面：（1）对于人的动作和行为的描述及还原；（2）对于人的动作和行为的意义的喻示及指认；（3）叙述话语的建构及其阐释。在叙述与阐释的往来观照中，"人的动作和行为"是作为精品版本演示着人的存在价值，动作和行为的主体"人"上升为价值本体，因而全部六个主体都成为仰望并领承之的主体间性。

隐含作者是与历史本质面对时必须进入的一种价值状态和叙述处境，

---

① 谭君强：《叙事学导论：从经典叙事学到后经典叙事学》，高等教育出版社 2008 年版，第 39 页。

② 马明奎：《叙述话语及其存在方式》，《江西社会科学》2010 年第 7 期。

是作者面对题材时的一种临战状态和全局观念,它涵摄全体,规导叙述,超拔众流,俯仰存在,将叙述提升为一种意义的在场,将人的动作和行为提升为人自己必须面对的存在事实从而拯救之。在制作文本因而将题材全面推进到话语的历史进程中,我们不妨追问:是谁,在限定作者的权力?科学的回答应该是:故事及其历史本质,而不是哪一位读者或某一条命令。文本的历史价值规定了的逻辑指向限定着叙述交流的人性规则,叙述和阐释以此成为人的存在方式。纯粹的逻辑推导——如那种回落为社会交际和商业运作的叙述交流,意义等于零。

现在我们论述隐含作者的神意状态和价值取位。在仰向本体的位势上,作者必须向隐含作者前进,必须进入某种价值状态和人格取位。申丹正是从这个意义强调:"就编码而言,'隐含作者'就是处于某种创作状态、以某种方式写作的作者(即作者的'第二自我');就解码而言,'隐含作者'则是文本'隐含'的供读者推导的写作者的形象('读者都会建构出一个这样写作的正式作者的形象')。"① 但是问题不在编码与解码两分状态下能够圆通布思乃至西方学者那些逻辑矛盾,诸如隐含作者是一种"文中的规范",一个"整体结构",一种"批评建构",或只是"真实作者的一小套实际或传说的能力、特点、态度、信念、价值和其他特征"等等偏执②;问题在于"隐含作者"已成为盲人揣摸着的大象。申丹没有解决:编码者的某种状态与解码者从文本中推导出来的隐含作者:究竟是一还是二?滞于叙述学的范畴不能回答这一追问。如果回答"二",我们是能圆通编码与解码乖谬、作者与读者对立、隐含作者与隐含读者相违的逻辑矛盾,但隐含作者本身分裂了,我们就再度回到西方学者的那一大堆麻烦。正确的回答是:既是一,也是二。这表明二元对立的思维方式不能解决这一命题,问题必须引向深入。

隐含作者既不是真实作者的创造,也不是读者从文本中的推导,而是由叙述的本质——人的动作和行为及其意义和评价所决定的。

首先,所谓叙述是对于人的动作和行为的陈述。从学理讲,它表述着人对于存在和世界的理解,是一种建构;从法理讲,它又作为某种符号形式必须体现与存在和世界的结构同型性和意义通约性,又成为一种还原。

---

① 申丹:《再论隐含作者》,《江西社会科学》2009 年第 2 期。

② 申丹:《何为"隐含作者"?》,《北京大学学报》(哲学社会科学版) 2008 年第 2 期。

这就从学理和法理上将真实作者驱赶进入申丹所谓创作状态，而不仅是费伦那"一小套实际或传说的能力、特点、态度、信念、价值和其他特征"。在人的动作和行为这一本体面前，叙述者和阐释者、隐含作者与隐含读者、作者和读者必须达成事实上也能够达成某种同一：隐含作者跃居本体位势，涵摄作者、叙述者、隐含读者及读者，观照叙述与阐释、历史与价值、故事与话语，以最高者身份降临叙述；理解也由此发生，统一的批评意见和合法的文本阐释以此存在。

隐含作者作为一种历史主体的神意状态本意上与隐含读者是重叠的：（1）全知：超越作者（读者）的现实局限成为神驰意注的自由主体；（2）全能：超越作者（读者）的时空限制成为自由创造的劳作主体；（3）赋义：文本价值的真正创作者的赋义或作为意义阐释者的领承。一个不能进入赋义状态的作家就是平庸的写手，一些课件制作者；一个不能进入领承状态的读者，同样只是一些局外人。隐含作者是超越作者的现实人格状态之上的价值状态，但它要受到现实人格的制约和影响。如果这种制约和影响松动或消失了，作者把超越人格当作现实人格，就成为精神病患者；这种情形在读者那里同样会发生。相反，现实人格的平庸状态发展到极致就是超越人格的死亡，创作随之枯萎，阐释变成偷窥。人格的控制及其理性尺度是常人与精神病人区别的关键，也是作者创作状态的内在标志。正是在这个意义上，弗洛伊德将艺术创作通释为"宣泄"。从隐含作者到隐含读者，真实作者完成了一次历史的腾跃和逻辑的回归；两者的同一，使叙述与阐释、恩赐与领承成为人的荣耀。

其次，叙述既然以人的动作和行为为依据，当然是一种人性操作，其边际就是被限定的和能够被阐释的，在这一点上，读者和作者同样没有特权。关怀人的动作和行为的叙事伦理必然要求回归叙述的历史真实性和客观实证性，要求回归符号对于存在与世界的结构同型性和意义通约性。从作者的角度讲，他必须成为隐含作者，进入叙述者的角色，将人的动作和行为转换为叙述话语和语言符号（在超越文学叙事的意义上可以是其他符号，比如建筑材料或超市音乐）并于转换中赋予意义；在这个意义上，叙述者是隐含作者散播于叙述全过程的一些"法身"，一只只"摄像头"，也可能是作品中的人物。从读者的角度讲，他必须成为隐含读者，进入受述者的角色，把握叙述话语和语言符号（包括其他符号），在结构同型和意义通约的逻辑上还原历史真实，成为故事见证人和意义领承者。一般地讲，在文本叙述进程中，不管作者是否意识到，叙述者总是针对一个受述者进行叙述的。受述者与叙述者是一种面孔关系，一个虚拟的诉说对象，它并不一定以人物身份出现，但自始至终作为倾听者与叙述者处于同一层次；而隐含读者只是一种意向听众，虽然同样是在场者。在查特曼看来，交流从隐含作者开始传到叙述者、受述者，最后到达隐含读者；前述可证，回向隐含读者就回归了隐含作者；语境的历史性和故事的对象性以此升腾为文本价值的本体性，叙述因而获得伦理取位并成为一个实证主义命题，人实现了历史提升。

薛春霞讲："虽然真实作者并不存在对隐含作者诚实的约定，但作为母体和子体，真实作者与隐含作者之间不是相等的关系，也绝非对立的关系。"① 在叙述功能的层面上，隐含作者是演讲者，隐含读者是倾听者，意义的真理性与人格的价值感心领神会，只发生输出和输入的相印，不存在谁决定谁的问题。叙述的技巧和方式以读者接受为标准，意义的生成和赋予则以双方同一为依据，本质上是一种共构。在文本和人性的建构中，作者与读者相印，叙述与阐释相通，隐含作者与隐含读者同一，是最理想的状态，但常态是：误读经常发生；不可靠叙述时有出现；标出性叙述恣肆漫延②；嵌入式叙述成为圈套；隐含读者与读者相去甚远，隐含作者与叙述者又自相矛盾；等等，如此乖违恰恰给叙述和阐释拓出了自由天地和个性空间。不理想的状态有两种：作者决定了读者或读者歪曲了作者。最糟糕的时候是作者和读者分别为其叙述伦理和角色认同承担法律责任。交流语境霉变了，隐含作者和隐含读者相位沦陷，作者和读者身份被夸大。就像一个人在梦游中违法然后承担法律责任一样，超越状态下的人的动作和行为被追加给现实身份的作者和读者，这是一种荒诞。在整个叙述交流的过程中，作者、读者、叙述者、受述者以及隐含作者都是在场的，都被提升为一种价值的巅峰状态，但是只有隐含作者超越故事的实证性和意义的主体性，在本体位势作出价值评估和意义熔铸。这是全部价值和意义的回敛和收摄：是一切向一的回归，是麻雀的嘈杂向天使合唱的朝奉。大音

---

① 薛春霞：《真实作者与隐含作者的伦理关系》，《江西社会科学》2009 年第 2 期。

② "标出性叙述"借鉴了赵毅衡先生"标出性"概念的"中项偏边"的美学阐释，特指那些争夺正统叙述地位、争取正项叙述权威的另类叙述，包括某些先锋叙述。此种叙述一般是作者激动、读者冷漠甚或拒绝，叙述与阐释的同一性被完全打破。如果把阐释权力交给读者，这种叙述就失去任何希望。可参阅赵毅衡《文化符号学中的"标出性"》，《文艺理论研究》2008 年第 3 期。

希声，大象无形，巴赫金式的复调和狂欢，于此出现。

作为叙述对象也作为叙述行为的人的动作和行为（叙述本身就是一种人的动作和行为），以及统摄作者和读者的最高权威隐含作者，都必须从文本回归心理，才能找到其学理依据和逻辑规定，才能确立其真实性和合法性，然而又涉入西方学者疑忌的心理主义域界。

以弗雷格为代表，他们大体从是三个方面指斥心理主义的：（1）从对象上看，心理学研究的观念、意象等是私人性的，亦即变化的、不稳定的、偶然的和因人而异的；（2）从方法论说，心理学的观察、内省、归纳、概括等本质上是发现（discovery）的方法，而不是证成（justification）的方法，从中不能产生普遍必然的知识；（3）从学科性质看，心理学是描述性的。为了反对心理主义，确保逻辑和数学的客观性，弗雷格在由感官感知的事物组成的外部世界（the outer world）和观念构成的内心世界（inner world）之外提出一个第三领域（a third realm），其中包括数、概念、意义、思想、真、假等，处于这个领域的对象的特点是：独立于人的心灵而存在，是客观的、必然的、先验的和可分析的，因而是规范性的。①

不巧得很：隐含作者正是弗雷格所谓观察、内省、归纳、概括而有的描述性对象，是心理之事，而不是客观性或数理性之物，因而无法从分析中得出或从先验来规定；只能建构。斥反心理主义不是本文的目的，但弗雷格的三个维度启迪了我们重构隐含作者的思维路线。

首先从对象域界看，"心理现象并不存在于人的内部，而是存在于人与人之间，是人际互动的结果，是社会建构的产物"，② 因而并不存在一个超越历史和文化的内在意识和心理结构，相反人的心理过程与人的动作和行为过程其现象学本质是相同的或相通的，叙述作为这两个过程的同一性表述，其"内在和外在不仅是经验地联系在一起，而且是逻辑地联系在一起的"。③ 幸而不是这样。在看到他人的某种行为时，我们确实会用某种心理概念来表述他有某种心理现象，在语法上我们也会将他的行为的描述理解为对于他的心理现象的描述。但是，我们同时会进一步追问：人

---

① 陈波：《弗雷格的反心理主义及其困境》，《第二届分析哲学讨论会论文集》，2006 年。

② 周宁、刘将：《论心理学的解释学转向》，《山西师大学报》（社会科学版）2008 年第 9 期。

③ 王晓升、郭世平：《后期维特根斯坦心理哲学研究》，中国社会科学出版社 2004 年版，第 152 页。

的行为描述及其同构等值的心理描述——此二者究竟谁是第一位的？谁是第二位的？我们知道，只有在动作思维即动作与心理同步亦同构的思维方式中我们才能把两者视为同一的，而在原始同一性思维以下包括逻辑思维和形象思维中，此种同步亦同构的状态就不能维持了，我们必须找到一个"第一位"，即思维或动作的创始者。这一事实喻示了：唯有一个最高者——隐含作者的存在，我们才能理喻下面论述的真理性：任何故事的发生都同时意味着一种心理的发生，但是故事转瞬即逝，人的动作和行为的历史形态不能还原或复制，而其心理形式却变成话语，"把被叙述世界（不管是虚构性的，还是事实性的）'推出在场'"，成为"意义在场"[①]：作者、叙述者、受述者——都在隐含作者的意义和荣耀里被照亮、被提升，被召唤着奔赴文本建构和人性建设的伟大创造。隐含作者作为见证者和公证人看守故事的真实性和材料的实证性，以"特定的状态和方式"（申丹语）亲证其意义，实现叙述话语的建构。那么，隐含作者究竟在哪里呢？费伦认定隐含作者只是"真实作者精简了的变体（a streamlined version）"[②]：首先是真实作者的创造物；其次是布思所谓"第二自我"，反映着真实作者在特定时期的某种特征；最后，与真实作者是子母关系，存在于文本。[③] 这种观点虽然关注文本，但是反对任何形上取向，又把隐含作者遣送回客观本质和逻辑规定的窠臼中去。这里，荣格的"自性（self）"为我们透出一线希望之光。

自性处于集体无意识深层，有三个要义：

第一，它"是感性与理性在个体身上完整统一、相互融合的人格主体。"[④] 荣格以 self 而不用 ego 来表述意味着它完全超越自觉意识和理性人格的边际，成为人性集纳和潜在结构。自性虽经漫长岁月的后天实践逐渐成熟起来，但其本质绝非生物体受外部环境影响形成的"获得性遗传"，而是与生命的起源一样不可思议、不可企及的"神秘"的内在性质和固有模式[⑤]；一如自性统摄阿尼玛和阿妮姆斯、人格面具及阴影等原型从而

① 赵毅衡：《"叙述转向"之后：广义叙述学的可能性与必要性》，《江西社会科学》2008年第9期。

② 申丹：《何为"隐含作者"？》，《北京大学学报》（哲学社会科学版）2008年第2期。

③ 薛春霞：《真实作者与隐含作者的伦理关系》，《江西社会科学》2009年第2期。

④ 冯川：《荣格：神话人格》，长江文艺出版社1996年版，第97页。

⑤ 同上书，第88—89页。

滋长出表层意识体系一样，是隐含作者创造了真实作者——一个不能进入隐含作者从而进入创作状态的作者，还是作者吗？

第二，我们知道荣格自性的概念携有巨大心理能量，可以将主体强调为穿越历史、遍在宇宙的神性状态①。隐含作者作为一种"完全虚假"又"无处不在"的自我投射，诉诸观察、内省、归纳、概括的方式甚须自性体悟。全知，即腾踔于文本及叙述之外，散射于形形色色的作品人物和故事之中，超越性别、阶级、身份，超越作者有限的生存经验和思辨能力，如无量光无量寿一般遍时空感知大千世界和宇宙存在，乃有灵感的发生和灵魂的回忆；全能，即是能够想象或回忆，回到人的动作和行为的原始情境，超越认知局限，从价值原则和本体位势洞幽察微、谛听观照，于时间和心理的深处与历史相遇，并恰切地选择符号和方式，以结构同型性和意义通约性的方式建构话语。隐含作者可以预设情境，转换角色，变成受述者或隐含读者，卸下"假面具"，回复为普通读者和真实作者，还存在以本来，复大道于自然，这是一种天才品格。

第三，叙述可以是技术，但更是一种真性的发露；隐含作者作为自性的一个叙述学阐释必须回归文化传统。傅修延讲："西方的叙事观念，包括他们的模式套路、衡量尺度与价值标准，百年来通过种种'放送'途径悄然弥漫于中国文坛，许多人浸润其深却还浑然不觉。"② 信哉此言！在中国传统文化看来，隐含作者就是道体的化身，就是千手千眼观世音菩萨：一即无限、无限即一、去蔽无遮、绝学无待的神性境界和价值状态。就此而言叙述只是末技，是自性的遗蜕和影响，不得已而为之的言说。中国式的叙事观点不屑于六个主体一路而下的逻辑设计，强调超越言语策略的灵明状态以及应和着叙述伦理的悲智状态。作为价值本体，隐含作者俯瞰芸芸众生，悲悼过去未来，关怀生命而无碍无住；作为功能主体，隐含作者又不拘形迹，不粘私欲，寂然不动，虚室生白，与"整体结构"、"文中的规范"、"批评建构"之类有涉无碍，又岂止是读者从文本中推导出来的呢？

隐含作者的确立使少数民族意象叙事的诗性品格成为可能。所谓诗意

---

① 穿越历史指原始意象，是一种种族记忆，积淀着初民文化实践的历史印记；遍在宇宙指共时性，原型都具有共时性，可以穿越时空、以心灵和想象的方式与他宇宙实现同步和同构。

② 傅修延：《叙事学勃兴与中国叙事传统》，《江西社会科学》2007年第10期。

想象不是漫无边际胡思乱想，而是宇宙意识的预设，一种对于本体神性和存在无限的敬畏和感念。于此前提下，题材对象及其社会历史情境才进入诗性视野，核心意象及其叙述模式也才真正指向客体世界并且涵化变现；与之相应的情形才是诗意想象的绽放：题材对象及客观世界不再是外我之物，而是意向域界和诗化对象——意象与题材诗性同一，人与世界等值同构，"万物皆备于我"，世间存在都成为欣欣向荣的生命景象。叙事与抒情也成为异体同质、互文互补的"交响乐"：意象与题材同气相求，杳袅着本体神性的空间波，一起奔赴社会历史的时间流，从而意象所凝结的原始经验不断向题材的历史本质涵化，形成原始经验与现实情境的张力区间——直至体裁类型消泯。从拓扑观点看，意象与题材、抒情与叙事之间可以建构起一个绵延性软梯，这就是模式，这就是原型穿越题材对象、进入社会历史情境、衍入纷纭世相时的品格体认和诗意想象，是面对价值典范时"意向性客体存在的方式"①，是人从种族记忆的烟霾里走出，披着霞光和雾露，走向人类的地平线，在桂冠的荣耀和颂圣的美妙中倚天独立，芬芳华彩！

三十三　返魅式场景

叙述伦理的第三条规则是针对叙述的接受者的。这是一个预设：接受者与叙述者享有平等的话语权、理性力和道德感。亦即接受者具有足够的判断能力，不仅可以认证叙述者所陈述事实的客观现实性和历史真实性，而且可以领悟并评价叙述者的道德观念和价值倾向，在理性承担和情感认同上，达到隐含作者的水平。

叙述是一种建构，而且是一种立体建构，它意味着叙述与阐释、概括、还原的统一，所以叙述对象也就是阐释、概括和还原的对象。叙述本身是一个行为，一个动作，但是这一行为和动作是叙述对象作为一种"能指"对于"所指"的阐释、概括和还原，所以它必然与"所指"发生意向性关联，而且是一种诉诸行为和动作从而衍入客观社会历史实践的建构性关联。阐释是对于本体神性的领承和把持，体现为隐含作者所持有的认知模式、价值立场、叙述心态以及灵感状态，涉及叙述者与作者的身

---

① ［波］罗曼·英伽登：《介于本体论、语言理论和文学哲学之间的研究》，张振辉译，河南大学出版社 2008 年版，第 2 页。

份、阶级、观点、修养及文学感觉等主体性关系，规约叙述行为，规导动作描述，当然作者有时会站出来说话；概括是对于叙述对象所承含命题和结构、形象和价值、场景和仪式的整理，就不是一个叙述者或单一视角单一情境，而是社会历史情境以及综合技术指标的呈现，体现为叙述方式对于叙述对象的价值努力：其存在状态、价值样相、逻辑结构、核心命义等叙述状况和水平的提升，一种多维立体、复沓杂合、主客统一、内外观照的题材处理过程，一个表述叙述对象、概括叙事话语、建构叙事文本的价值生成过程；还原是叙述作为意向性关联的方式旨在建构人的存在、发露对象品格、观察世相存在乃至规导社会历史实践的劳作，目标是对象的完形，一种生命生长和圣性圣功，其主旨是文本与存在世相、价值与对象品格、叙述与生命建构的叠映——此三者是文本作为能指对象衍化和变现为所指对象的生命实践，而这一切又是以隐含作者和作者经验共构一个相对完善的文化人格机制的存在为前提的。

我们以仪式化来概括上述叙事进程，从而论述少数民族作家和诗人意象叙事的肉身化特点。仪式的本质是一种处境和状态的生成，是核心意象的历史化和事件化从而转化为特定场景的一种圣成。仪式有三个构成元素：（1）神话素；（2）场景性；（3）肉身化。神话素是低于母题的本体神性义域，是空间性播撒的神性意向向历史事件的时间性想象的融注，一种由空间向时间撒播、神意向历史融注、意向向事件衍化的叙事活动元素，一如萨林斯所概括的神话与历史的对应逻辑："一，神话和传说的虚拟性正好构成历史不可或缺的元素；二，对同一个虚拟故事的复述包含着人们对某种价值的认同和传承；三，叙事行为本身也是一种事件和事实，一种动态的实践。"[1] 他说："夏威夷的历史经常重复叙述着自己，第一次它是神话，而第二次它却成了事件。"[2] 也就是说，作为虚拟和想象出来的历史故事，神话不仅被重复叙述，而且认承价值，以至于神话叙事本身成为历史事件。这意味着神话不仅以其所隐约的故事，而且以其叙述这一事件本身"对仪式进行曲折的调整和协同"，[3] 为仪式提供着一种本体性

---

① Sahlins. M., *Historical Metaphors and Mythical Realities*, The University of Michigan Press, 1981：9.

② Ibid. .

③ Hooke, The Labyrinth, （ed.）New York：Macmillan Publishing Company, 1935：IX.

想象，从而"分享和分担着社会存在的一个基本方面"。① 神话素的加入
不仅契合少数民族巫性思维和种族叙事的心理倾向，在文本与本文之间形
成一种充分地弯向族域价值意志的尊重曲线，而且形成民族历史的神性阐
释空间及其平等对话资格；当然这首先是仪式化自身的内在要求，但也蕴
含了少数民族作家和诗人强调其叙述使命的意味："在对待一个事件、景
物、细节的组织上面都让人有非常庄严而神圣的仪式意象和仪式力量。"②
在族别身份的彰显上，他们拒绝在文学仪式化倾向里抽离神话叙述，拒绝
使意象叙事成为纯粹市场课件和技术手段；他们针对西方或汉语的现代书
写而实现一种历史叙事的"范式变革"。转言之，神话素及仪式化显示了
少数民族作家和诗人那种顽强的文化态度：在这个现代化和市场化促逼民
族文化生存的时代，作为文化代言人，首先需要一种主体性资格和扩张性
姿态！不再求同存异，其次，他们愿意制造不同。神话素对于所指对象的
阐释与汉语或西方最大的不同就在于：所有对于题材对象的现代性观察都
从技术性处理的根基或底里植入神性义含，使情节母题化。张泽忠在处理
包岛回寨报告军情这一题材时就是将一个类似侦察英雄的故事投放于生死
在款的使命感、荣辱以萨的神圣性中涵泳，不仅指涉迁衍、同时还写了侗
寨迎萨备战的情景，从战前氛围和巫性情境将事态渲染成一段与任何一个
历史时期迎萨抗敌的故事相同的母题，着意构建了包岛的神性仪式身份：
（1）龙犊死了属于鬼界；（2）穿行于水界；（3）超越生死；（4）穿越历
史和族域；（5）凝结侗人历史和苦难的原始经验；（6）辛酉年酉月酉日
酉时出生；（7）从外向内的生命矢量；（8）由内向外的历史变量；
（9）军情在身，使命在心；（10）历险成圣。包岛隐喻姜良，美岛就应该
是姜妹的化身；（11）细脖子阳人的典范；（12）平凡的侗家勒汉……我
们看到，从（1）到（5）属于空间波播撒的域界，涉及鬼界、水界、人
界、下界（侗族及东部省份）、天界等全部灵性的本体义域，这是包岛神
性的基础和根源，是神话素濡染氤氲、本体性上下交融的空间幅度。从
（6）到（8）是时间流疾逝；本体神性从空间波延异为时间流的第一个节
点正是包岛出生的时间：辛酉年酉月酉日酉时。这就决定了他宿命中无可

① Munz, *When the Golden Bough Breaks: Structuralism or Tyology?*, London and Boston: Rout-
ledge & Kegan Paul, 1973: 118.

② 彭兆荣:《文学与仪式：文学人类学的一个文化视野——酒神及其祭祀仪式的发生学原
理》，北京大学出版社 2004 年版，第 80 页。

推卸的神意承担。神性的注入使包岛的生命蕴含了两个相逆相成的矢量：一是体认前身必死；二是承担使命亦必死。前者是生命真性从外向内的回向，后者是历史拓进从内向外的正向。内外相逆，正反相成，于生之意志中嵌入死的意向，乃是本体神性凝结生命、滋育存在的授戒仪式，与亚当赋灵、神瑛浇灌是同一旨趣。从（9）到（11）是社会历史情境下的品格展播：对于军情，对于情爱，对于九百古榕寨的生死安危，包岛的承担和奔赴承应着侗家老少的期待和寄托；而对于嘎勇的仁慈则是"省"和"堆"的姿势，一种萨性，一种与姜良和姜妹取得同一的圣成。（12）是作为侗民、作为个体的普通人性与世俗生活，构成包岛的在世形象。可以说，包岛是充分意象化了的，他构成全部题材的核心和灵魂。包岛故事的叙述打破了汉语或西方叙事中那些不可柔化或弱化的矛盾、对立、性格、情感，本质上是对于某种个体性或独立性的揉损或折叠，是对于某种模态化或物质化的浸泡和消解。与之相应，母题所指涉的空间波和时间流应和着包岛的神性，使整个文本的建构浸淫于一种浩瀚诗情和浓厚巫性滋漫起来的神意之中，从而成为仪式登场的宇宙背景。整体看来，《蜂巢界》的文本存在一个由母题向情境、向品格和世相熔铸，由人性向圣性、再向神性过渡和提升的返魅趋势，显示了与科学化和物欲化相反的价值倾向。

　　场景性是仪式化的核心段落或规定情境。神话素作为仪式的神性义域本质是民族文化心理的外化，它以一个神祇、一套事功、一种神异想象和神秘体验为标志，拓展着意象叙事的宇宙性和历史感。但是，历史的风烟已经淘尽那些祝福与死亡、歌颂与咒诅、祈祷与宣谕的神圣和荣耀，就像扎米彦老人的那件圣物一样，神意已经枯竭，辉煌而荣宠的龙袍里钻出的是一代一代的俗人。仪式就是这样从神的畅想委顿为人的设计，历史处境十分萧条。仪式有为天地洪范立法的意思，是大于神话的叙事，但是其位格渐落渐低，所由离析出来的意识层次却越来越高：从远古人类集休无意识的狂奋里走出，渐渐走出到自觉意识的浅表层面，走到历史的前台，仪式已经变成一种广告技术或现代杂要。所有仪式差不多都包括几个义含：（1）一个相对明确的主题；（2）人与神的对话和表白；（3）一套程式化的动作；（4）试图达到深层体验，唤起本体崇拜。仪式已变成这样：以现代场景承载历史矢量。仪式成了与过去交易的中转站、与当下疏离的障碍物、与未来告别的纪念碑。每个人都是一个真角色，每一种生活却都是伪仪式。现代仪式中最缺乏的不是程式化动作或神圣性主题，而是体验的真诚和献祭的虔敬。

　　少数民族作家和诗人正是从体验的真诚做起，营造一种神性的氛围，进入献祭的虔诚——他们是从时间观入手的。"历史的时间观既与永恒轮回的时间观不相吻合，也与一次性的直线式的时间观不吻合。一次性的、直线式的时间感知是个体生命的特征。永恒轮回的、圆的时间意象是宇宙或星体运转的时间表象。"① 可以说，这是汉语或西方书写与少数民族意象叙事的时间观很不相同的两种表述。耿占春这样论述前者：基督教的时间表象是来自于"事件"而非天体与季节，其礼仪与节日建立在对"事件"的纪念而非自然现象上，因而使自然时间成了历史时间，成了诞生、受难、复活的时间。时间就在基督的两次降临之间展开。它也是人类的原罪、赎罪与皈依的历史。新的时间知觉建立在具有决定意义的"事件"上。"时间变成了矢量的、直线的、不可逆转的。以此事件为中心，它划出了过去、现在与未来的界限。把时间从轮回状态中'弄直了'。"② 那么一种发展进步的历史观就诞生了。这的确是中肯之论，但是犹有未尽者。我们从张泽忠的叙事看到的还不仅是后者，即"永恒轮回的、圆的时间意象是宇宙或星体运转的"时间，当然更不可能是线性矢量的时间了；而是：他将两者融通为一种无限回眸存在的萨性，透彻体悟自己的真性，在对于生命世界的虔敬和感动中形成的，巫化的、诗性的、滋育着自由想象和美丽诗情的宇宙感和世界意识。唯其如此，他才能够将"事件"还原为自然涌动和生命奔放，《蜂巢界》全部本文和文本③的仪式化也还原为一种既非"事件"亦非"自然"的境相化场景。补充说明一下，《蜂巢界》全部本文和文本仪式化的评价基于这样一个事实：小说的三个层面——包岛报警、侗寨迎萨、神话传说及文献都包含了仪式书写——包岛报警有龙㸰鱼腹面圣；侗寨迎萨本身就是一个仪式；神话传说及文献则包含族源款、踩堂、哆耶乃至坐夜等民俗事象，都是仪式的变异形态。这些仪式书写无不居于文本叙述的轴心位置，与西方人类学家描述的或汉语作

---

① 耿占春：《中魔的镜子》，学林出版社2002年版，第130—131页。

② 同上书，第135页。

③ 彭兆荣在谈到仪式的功能时讲人作为生物的动物和社会文化的分子，必定同时具有多种"事实"的认定可能。它既是"本文"（存在化、物质化的事实）又是"文本"（人文化、精神化的事实）。两种"事实"都可同视为叙事。见《文学与仪式：文学人类学的一个文化视野——酒神及其祭祀仪式的发生学原理》，北京大学出版社2004年版，第5页。

家学习的那些仪式最大的不同就在于时间观念：后者是线性事件的矛盾律和情节化，少数民族意象叙事的仪式则是将事件和矛盾淡化或弱化，并且与自然书写、神话传说和文献记载融会贯通起来，形成一种大爱无疆的场域和情境。正如舍勒关于爱的秩序的论述，张泽忠的仪式既是一种技术上的境相化，更是爱的秩序化。舍勒认为"爱是从两个方面被看待的：一方面是道德的周围世界，即道德的'空间'，另一方面是被当成人类'命运'之基础的时间。空间既指一个人的周围世界的价值，也指一个人与他人共享的道德世界。时间指的是命运，也就是仅能唯一发生在一个并且是唯一一个独特的个体身上的一切"。① 勒汉包岛进入的周围世界就是九百古榕寨的古老萨性；他所承荷的命运就是"仅能唯一发生在一个并且是唯一一个独特的个体身上的"龙犊转世。包岛的"爱的秩序"涵泳空间和时间，衍入侗族历史，衍入神话传说和文献记载可以明证的无边圣爱。唯其如此，包岛的圣性领承才是虔诚和敬畏的，九百古榕寨的仪式——无论迎萨还是起款，无论踩堂还是坐夜，都是神圣庄严的。这既是张泽忠的叙事话语，也是《蜂巢界》阐释题材对象的永恒主题。

三十四　肉身化拓扑

叙述伦理的第四条规则是针对作者的。没有人否定叙述者与作者的区别，也没有企图把作品中的人物与作者等同起来，但是对于叙述阴谋和卑鄙叙述，作者是必须要承担责任的。一个作家渲染色情与一个妓女招徕嫖客的性质是完全相同的，但是从道德来看作家更卑鄙，因为妓女提起裤子就停止卑鄙，而一个宣淫的作家则可能导致更大范围的犯罪或阴谋。这倒不是要求作家再去承担人类灵魂工程师的圣化天职，而是要表明，仅仅尊重一个民族或一个群体的阅读或接受的文化心理期待是不够的，与那种进入爱的秩序的虔诚和敬畏相伴随，与叙述本身作为一个事件或一种行为相应和，作家在概括题材对象、形成命题化和价值化叙述结构时，在进入场景和仪式、形象和价值的表述时，那种叙述方式和价值努力不应该止步于作家权利的自由甚至扩张，而应该在道德观点和价值立场上实现某种"圣成"，这就是仪式进程中人性价值和神意性质的肉身化，所谓"道成肉身"。

---

① ［美］曼弗雷德·S. 弗林斯著：《舍勒的心灵》，张志平、张任之译，上海三联书店2006年版，第60页。

藏密佛教这样讲的：在入定情况下使生命运行达到超光速，肉身就由基本粒子变成光波，冲出三界进入宇宙中心。波的本质是光；一个道德高深修为有成的圣者，其光波不仅与宇宙中心波的频谱吻合，而且能够返还现实，回到原来的波那里并与之融为一体，就是肉身成圣。基督教的成圣包含以下几个义项：（1）出于上帝的作为，是圣灵在人心里的工作，以致称义的人靠着圣灵的帮助达到成圣的境界；（2）不仅限于个体追求，也是整体的合作，更是信心与行为的操练；（3）是与罪恶、与污秽的斗争；（4）是称义后与死亡前不断地过成圣的生活，直至主再来或离世时。少数民族意象叙事的肉身化是在两个层面完成的：一是人物的圣化，二是文本的人化。前者是概括的工作，后者是还原的工作。《蜂巢界》的基本情节可以概括为包岛获得圣性的生命过程：首先是都柳江历险，经历了与大自然艰苦卓绝的搏击和抗争，出生入死！其次是誓死奉款，驰告军情，担当九百古榕寨的生死存亡；最后是鱼腹面圣救赎罪恶。三个层面穿越于水界（都柳江）、鬼界（鱼腹）、天界（萨神）、下界（嘎勇）及人界（侗寨）之间，指涉人与自然、人与社会以及人与自我的关系，构成身与款俱、命与侗同、入萨成圣的圣性涌流，它所衍射和提携的身、命、萨三位一体的结构关系，则浑成一个诗性的、神意的、爱的秩序的存在图式和意义体系。斯宾诺莎讲："最自由的、最和上帝一致的原因是内部的原因。因为由这样的原因产生的作用或后果这样地依靠于这个原因，以至于它没有这个原因就不可能存在或被思议，并且这个作用或后果不受任何其他原因的影响；再次，它和它的原因结合在一起以至于和它成为一个整体。"[①] 也就是说，包岛圣成是一种"内部的原因"，来自龙犊转世的自性体悟以及萨神娘娘的神性领承两个"圣灵在人心里的工作"。在这个意义上，包岛作为神性、圣性和人性三种相位的集结及其在都柳江与九百古榕寨之间的身份变现，是较"细脖子阳人"在自然、社会、身体三个层级世界之间的往来更为自由、更其本质的一种"游走"和幻现，"由这样的原因产生的作用或后果"才滋育出"省"、"堆"观念及其品格化和日常化，才能够阐释蜂巢界的存在本质和价值义含，这就将时间段落拓扑为空间体系，建构成榕树—风雨桥—鼓楼为原型结构的世界图式，也就是文本的人化。

---

① ［荷兰］斯宾诺莎：《简论上帝、人及其心灵健康》，顾寿观译，商务印书馆 1999 年版，第164 页。

　　如前所述，不限于个体实践，也是整体合作；与罪恶、与污秽的斗争；称义后与死亡前不断地过成圣的生活——将"称义"和"死亡"改变为"迎萨"和"抗敌"，那么以上三项指标完全符合蜂巢界的圣性本质。侗民族是一个弱小的民族，但是犹如蜂巢界里的蚁群一般，它集结和动员所有族员进入死亡和神圣的感觉；而与罪恶和污秽的斗争是蜂巢界存在价值的重要一环，相当于生命之树的 Geburah 严厉，包含正义、力量、恐惧的意涵，犹如战车上的国王：兼具正义之力和破坏之性——这是一个拐点：邪恶和污秽不仅作为语言的指示和召唤（异质文化的渗透），尤其是物质世界和客观对象强势进入（嘎勇来犯），"最自由的、最和上帝一致的原因"不再能够作为可靠的内部依据，相反，由于这个依据的失效使九百古榕寨的诗性存在变得"不可能存在或被思议"，这无疑形成九百古榕寨的集体无意识及个体心灵深层内涵的巨大干预，生存本能与存在危机合谋，电光石火般打造出本体神性向对象建构、心灵内涵向意识表层、生物本能向社会规则不断转换和调整的人格方式，慈悲、爱意、建设、施予就情境化、对象化为严厉的风格，从而以正义、力量、恐惧的人格意向进入客观视域，向邪恶和污秽作生死搏击。"这个作用或后果不受任何其他原因的影响"；圣化成为整体民族的品格。这就发生了包岛个人品格与九百古榕寨集体精神之间的应和叠映关系。既然古榕树化为英俊青年与美丽女孩坐夜行歌，从都柳江一路而来的自然风景就可能喻示着惊涛骇浪；那徜徉着哆耶情侣和踩堂老幼的风雨桥就可能喷涌出如潮的血性和如归的人流；那公圣鼓楼呼啸着的族源款和盟誓款就意味着：禁忌通释为"通过仪式"，① 宏伟集结为"基础工程"，② 与邪恶和污秽的斗争将作为族群事件的圣性规则成就着蜂巢界的圣性存在。于此，"它和它的原因结合在一起以致和它成为一个整体"。

---

　　① ［法］阿诺尔德·范热内普：《过渡礼仪》，张举文译，商务印书馆 2010 年版，第 3—4 页。通过仪式是指"从一群体到另一群体、从一社会地位到另一社会地位的过渡被视为现实存在之必然内涵，因此每一个体的一生均由具有相似开头与结尾之一系列所组成：诞生、社会成熟期、结婚、为人之父、上升到一个更高的社会阶层、职业专业化，以及死亡。其中每一事件都伴有仪式，其根本目标相同：使个体能够从一确定的境地过渡到另一同样确定的境地"。

　　② 宏伟与基础是生命之树成长的第十和第十一个 Sephiroth，是由世相存在向本体神性提升和拓进的圣成，正是称义后和死亡前的不断地过着的圣性生活，进入仪式动作系列的肉身化阶段。

　　包岛向圣性、人性圣成的神格意向，拓扑为蜂巢界"榕树—风雨桥—鼓楼"的世界图式，生命之树作为原型结构承接其本体神性散播、吞噬、镶嵌及拓扑的"作用或后果"，实现了三个维面的价值提升：（1）宇宙万物向蜂巢界诗化，体现为包岛捉舟而上，险滩奔竞，生死以之，拯救人境。亦即，包岛奉款在身不仅在拯救着九百古榕寨的人类生存，尤其是在摄持着宇宙万物的诗性存在——出生入死，是人与自然关系的诗情融会；冲荡搏击，是龙犊精神对于自然物性的神性涵泳。在美朵与包岛，乃至延伸到美岛的诗心爱意的曲线弯度里，盛满着宇宙间至真至纯的情和至洁至圣的爱，这是人存活于天地间唯一可能"不受任何其他原因的影响"的内在原因，然而，在此时此刻，却凸显为一种领衔自然风景、奔赴人世危局的称义生活和死亡认承。在这里，包岛的奉款驰警是"主再来"与"离世时"的神性同一：对于九百古榕寨的危难降临，他是"主再来"；对于深情山水间的龙犊再世，则是"离世时"。（2）水界向人界善化，体现为九百古榕寨起款盟誓，全体动员与邪恶和污秽斗争，将人的自然生存提升为看守和保护善的价值存在。"神奇的神话在时间中变成平庸而血腥的历史，然后恐怖的历史、并伴有精神历险记的历史事件在时间中又重新演变为神话：以便恢复希望与古老幻想的位置。以便后来者感到重新又获得了历史行动者的权力。"① 如果说都柳江是以水来标记水界的生命涌动或象征下界小矮人的蠢动的话，那么由都柳江导入的军情所引发的侗寨骚动则具有神话变成血腥的现实可能，此一"恐怖的历史、并伴有精神历险记的历史事件"被张泽忠预设了两种趋势：一方面呈现为包岛作为神性对于善良的侗民生命的拯救，其本质是一种善的认证；另一方面则可能隐含了对于"邪恶和污秽"的嘎勇们的灵魂的拯救，这就是将被杀戮的灾难和悲伤以及迎萨和行歌以抗拒死亡的方式是应该能感化这些嘎勇们，从而唤醒他们对于"邪恶和污秽"的忏悔的。（3）"细脖子阳人"向姜良姜妹的无限圣化：迎萨起款，拯救罪恶，实现人性本质—爱的圣性还原。包岛的形象不仅提摄了鬼、人、萨—真、善、爱的价值路线，而且制导和衍射着《蜂巢界》文本的圣体圣成以及巫性方式，这使我们不禁回忆起这样一段美丽的描述："创世像一条从高山奔腾而下冲向山谷的溪流，由上而下地走向最后的作品：最初是无形体者，接着是有节

① 耿占春：《中魔的镜子》，学林出版社2002年版，第130页。

奏的形体，接着是法则、数中的第二种形体；创世越来越接近它的本己之存在，越来越清晰地从创世者形体上凸显出来，越来越兴高采烈地宣布存在之临近。"① 但是我们同时看到，就文本的圣体圣成而言，张泽忠的圣化路线蕴含了一个双向逆反的向度：在"主再来"的拯救工程的内面窜入"离世时"的时间贴片：不仅侗寨危局，不仅"爱的秩序"崩溃，而且是天界捅了娄子，侗乡面临毁灭，而且是世俗欲念的膨胀和异质文化的渗入：（1）榕树精变，行歌坐夜，一种欲念幻现的妖化和"性变"（阿库乌雾语），它表明，这个"高圣雁鹅"穿行和精灵鬼怪蹁跹的"花林山寨"正在显露纸醉金迷的市井端倪。（2）姜良姜妹作为圣性本质的最高领承正在向"细脖子阳人"的普世绵泽散播和延宕。汉苗侗藏，互相体认，省堆相望，血族融合。这是人界或天界向着更广泛的鬼魂界、下界乃至水界跌落，本质是族域文化的融会，内在景观是侗族文化的式微。（3）意象叙事向文献记载和族域风情的蜕变。这是向历史和无形体者的时间性回溯，更是向边缘和低谷的空间性陨落，当九百古榕寨诗情画意地筹措着筑坛迎萨、庆典祝福的时候，意外地却又是历史必然地遭遇嘎勇进犯——从鼓楼及蜂巢界的边缘和鬼魂界及下界的渊面黑暗奔来，他们是不迎自至杀戮无忌。姜良姜妹的后来者不仅没有"感到重新又获得了历史行动者的权力"，而且逐渐处于创世者不曾逆料的险局："我们并非在统治，而是在被统治，物、世界统治着人，人是世界的囚徒、奴隶，他的统治只是幻想；技术是大地藉以攻击人并制服人的力量。由于我们不再进行统治，我们因而失去土地，因此大地不再是我们的大地，因而我们对大地渐渐感到陌生。"② 文献记载成为他们统治的血腥笔录，族域风情成为他们统治的性感三点。全球化和工业化成为人类谋划生存的标准版式，人类从老辈们传说的经典时代落入"叙述帝国主义"统治的"开始"年月，我们沦陷于叙述阴谋的圈套和卑鄙叙述的泥淖，文本圣体成为干尸，道成肉身变成手淫，同性恋者正在解构着姜良姜妹的爱欲，世界成为死胎胞，里面涌溢着的脓血和羊水浩浩漫漫，势将冲天……

---

① ［德］朋霍费尔：《第一亚当与第二亚当》，朱雁冰、王彤译，华夏出版社2004年版，第130页。

② 同上书，第135页。

第十二节　知识关系

　　文本是一种"能指"，一种话语载体。少数民族意象叙事的研究则是一套关于少数民族作家和诗人进行族域叙事、创造叙事文本从而传播族域文学和文化的话语建构。福柯（Michel Foucault，1926—1984）指出，话语的构成受制于"一组匿名的历史规则"，这些规则"在某一时期的时空中通常是确定的，而且，对于一定的社会、经济、地理和语言领域来说是陈述功能运作的条件"。① 福柯称这种规则系统为"知识型"（episteme），在《知识考古学》中又名其为"历史前提"或"档案"。他认为，在特定知识的下面或背后存在着的这种更加宽广、更为基本的知识关联系统，亦即"知识型"，它是指"能够在既定时期把产生认识论形态、产生科学、也许还有形式化系统的话语实践联系起来的关系的整体；是指每一个话语形成中向认识论化、科学性、形式化的过渡所处位置和进行这些过渡所依据的方式；是指这些能够吻合、能够相互从属或者在时间中拉开距离的界限的分配；是指能够存在于属于邻近的但却不同的话语实践的认识论形态或者科学之间的双边关联"。② 换言之，就是"当我们从话语的规律性的层次上分析科学时，能在某一既定时代的各种科学之间发现的关系的整体"。③ 知识型为知识系统的产生提供背景、动因、框架、制度及信念，为知识本身确立范畴、性质、结构、方法及典范，它指涉知识的生产、辩护、传播、运用以及标准等问题。所谓知识转型就是知识型的转变或被颠覆。原有的知识型出现问题了，一种新的知识型就取而代之，那些曾经是邪恶的或谬误的、不被认承的知识获得合法性——就是由于知识转型。少数民族作家和诗人来自不同族域和时代，其文化传统、历史知识、价值观点、创作方法乃至叙述模式及审美典范——都可能存在差异，这正像他们的个人风格和文化心理存在深刻不同一样。但是，他们运用意象与题材的

---

　　① ［法］米歇尔·福柯：《词与物——人文科学考古学》，莫伟民译，上海三联书店2001年版，第67页。

　　② ［法］米歇尔·福柯：《知识考古学》，谢强、马月译，生活·读书·新知三联书店1998年版，第249页。

　　③ 同上。

关系命题进行族域叙事的基本方式是一致的，甚至也包括他们的创作理念、时代语境、历史背景抑或思维方式都存在相当的同一性或互文性，我们认为这种同一或互文应该是由于他们处于同一知识型而形成的。

弗林斯谈到舍勒确立道德发展的位格典范时说："它们是这两个方面相互关联的产物：一方面是作为价值载体的位格，另一方面是价值等级秩序。每个等级都必须有其自己的位格原型，因为每个等级都是由位格承载的。这个原型就是该等级的'典范'。"[1] 在这里，舍勒确立了五个位格典范，它们价值等级由高到低的顺序依次排列为：（5）圣人；（4）天才；（3）英雄；（2）文明的舵手；（1）生活艺术大师。弗林斯又说，"价值不能独自存在；在同样的意义上，榜样也不能独自存在。只有在纯粹的位格轮廓功能化于这个或那个历史时期中这个或那个特殊位格'中'时，典范才能存在。它们的存在也仅仅是功能性存在"。[2] 舍勒显然不是在进行知识型的讨论，但是他关于道德的位格典范的观点启发了我们，首先是，在进入少数民族意象叙事的时候，少数民族作家和诗人都持有各自不同的"位格典范"——道德的或文学的；其次，在进入一个共同知识型的时候也会处于不同的等级秩序；再次是由于这些"位格典范""功能化于这个或那个历史时期中的这个或那个特殊位格'中'"，就形成各种知识关系，因而体现为不同的"功能性存在"。尤其是，在道德位格与文学典范之间，我们认定是存在某种同一性或同构性的。亦即当他们追寻着民族的道德典范同时朝奉着民族的文学典范时，他们事实上已经处于该典范的同一等级秩序并且发挥着相应等级的叙述功能，创作与理论的知识关系也体现于此种叙述功能的发挥之中。这里的问题是：他们朝奉的位格典范来自哪里？又由什么来决定？他们是如何调适这些位格典范并且形成一己的知识体系和价值视域？个人经验和族域生活与这些位格典范之间是否存在某种关系？等等。我们可以认证：这些位格典范主要来自他们民族的传统价值体系，但是又受到汉语书写，尤其是西方文学思潮的影响，但最终决定于民族生存的现实焦虑和反思。他们不仅调适着传统赋予的和自己认证的这些位格典范，而且不断地汲取和学习、不断地体验和思考、不断地

---

① ［美］曼弗雷德·S. 弗林斯：《舍勒的心灵》，张志平、张任之译，上海三联书店2006年版，第73页。

② 同上书，第74页。

积累和想象，从而形成各自的知识体系和价值视域；这里，个人经验和族域生活以及不同家族传承、相关学科研究等，就成为不可忽略的基元性和增补性因素。

我们认为，真正确立他们在意象叙事中的位格典范和等级秩序的还是他们创造出来的文本及其承载的道德元素和文学元素，这就是从传统、从异族、从民间、从心理等不同知识关系中涵化和孕育出来的场域和情境、场景和仪式、原型和意象、模式和结构四个命题域，指涉天人合一的中华精神；人类视野的西方高度；民间资源的挖掘和利用；内心体验的凸显和呈现四个命题。它们形成的四个位格典范是：（1）核心意象以及本体审美的终极绝对性，指涉场域空间性；（2）内在客体以及主体境相衍射的社会历史性，指涉情境时间性；（3）隐含作者所涵泳和摄持题材叙述的主体价值性，指涉品格的族域性；（4）叙述对象所呈现和建构的存在样相的传奇神秘性，指涉世相的生态性。四个关键词是：本体神性，原型意象，内在客体，客观世界。这些位格典范及其知识关系深刻影响着少数民族意象叙事的价值指数：（1）满都麦的苦难母题，一种人类和存在的承担；（2）张泽忠的蜂巢界故事，"细脖子阳人"存在于天地之间的诗意看守；（3）南永前图腾神话，一个民族从死亡到新生的历史蜕变；（4）阿库乌雾的语词革命，是英雄时代幻逝、市场经济逼入时节一个古老文明的最后抗争。上述四项作为一个阐释结构，构成少数民族文学意象叙事性理论的外部形态。

三十五　苦难母题：一种人类和存在的承担

少数民族意象叙事理论不是一个价值命题，但是与价值命题相关甚至同一，这是少数民族意象叙事与西方叙事学或中国传统诗学有较大区别的地方。西方叙事学历来拒绝意象的介入，不仅是叙事技术拒绝个体经验的偏执，尤其是一种知识型规定，这就是数理逻辑以及工具理性的根本学理，对于超越逻辑和背离实证的叙述命题的否定。其次是对于道德批判的忌讳。西方自文艺复兴彻底否定上帝对于人的存在的监护权威始，就基本否定了道德力量，其命题规则由最高理性（神性戒律）的统摄一夜之间转变为由物理事实来支撑（定量分析），于两者之间徘徊犹豫的人——个体经验不是被病态膨胀比如现代主义，就是被恶意祛除比如实证主义。道德理性被排除出终极绝对的场域，变成令人肉麻的说教甚至是根本失忆的谵语。中国传统诗学则主张意象契合、心物同一、人品与文品互证的文学价值观，而其根本精神是道德主义的。亦即传统中国文化的知识型不主张对立和矛盾，相反，主张中和和同一，就其根本人类精神言，主张道德权威和尊重个体经验，其知识产生与创作实践同样地执行着一种劝善遵化、启智利人的命题规则。这就是既遵循道德理性，也尊重实证精神，在道德理性与实证精神之间，人顶天立地，俯仰睥睨，纵横捭阖，但最根本的，还是要看如何对待他者的苦难和自己的得失。少数民族意象叙事理论正是这样，主张意象承载并辐射终极绝对性场域，题材指涉客观现实世界，两者之间则是一个母题——大多少数民族意象叙事都会在终极绝对这一维呈示这个母题，即苦难。苦难母题不仅作为价值位格或人格典范，同时作为文学典范亦即叙事样相呈示于叙事场域，从而成为一个民族的最高原型。

什么是道德？《韩非子·五蠹》："上古竞于道德，中世逐于智谋，当今争于气力。"这可以说是对于人类存在状态的一个基本描述，标志了中华传统中关于人性及人类价值存在的最早表述。《后汉书·种岱传》："臣闻仁义兴则道德昌，道德昌则政化明，政化明而万姓宁。"这是对于道德在社会历史情境及人伦世俗场景中的关系调适、人格修养以及社会心理的释放等文化社会功能的理解。《原道》："凡吾所谓道德云者，合仁与义言之也，天下之公言也。"这又使道德进入学术典范和命题规则，"天下之公言也"就涉入知识生产及创作实践，不仅指涉文以载道的工具理性，而且涉及公正、良知、道义、品格等人性和人格命题。说到底，中华传统中的道德不是什么服务于经济基础的习俗、惯例、规约或方法，而是"合仁与义"而言之的人格品质，是体现天道和天理的根本宇宙精神。这种精神可以概括为"生生之德"，它是以面对苦难和罪恶时人的无限担当来体现的。我们以满都麦小说为例来具体论述。

（一）孤独母亲和草原火灾是满都麦小说中的两个隐约而持久的意象，它们是苦难和罪恶的凝结，更是生生之德的诠释。两个意象不仅显现于某次草原大火或哪位孤寡额吉这样的题材叙述，而是一种心理阴影无可排遣地笼罩着、播撒着、萦绕着他的全部叙事。

首先，孤独母亲的意象是苦难母题的直接现实，她们的遭遇、身世、命运是无可言诉的悲惨，有的甚至不知道她或她来自何方、夫氏何人、子女有无，都是孤独一身、孤苦一生。她们承受的苦难和罪恶，她们发射的慈祥和善良，都是无与伦比的：诸如《瑞兆之源》里的苏布达额吉不仅赡养着一位盲目的姐妹，而且收留着远近八方的走散的牲畜，还养育过一位插队草原的受伤知青李明；《雅玛特老人》里的雅玛特老人孤身一人住在琼古勒峡谷，一井、一狗、一小群羊支撑着简单的生存，即使遭遇歹人的侵袭，也要收留被迫害的拉木；《圣火》里为心爱的人守候了一生一世的女主人公，《三重祈祷》中受尽凌辱、遍体鳞伤、生无所求、死无所归的女主人公，《远古的图腾》里查干朝鲁的妻子、自甘遗弃的斯日玛……她们有着超乎想象的承受力和慈悲心，热爱生命、怜惜孤弱、崇信佛菩萨、崇拜长生天是她们最一般的品格。从不抱怨、殊无阴鸷。与汉族老太太不同的是：没有田园，没有家庭，没有亲人，没有邻里，可以说生前悲默、身后萧然。但是她们对于苦难和死亡的态度是那样的安详宁静，尤其是对于罪恶，可以说是我们无法理解的淡定，表现了卓绝的承担和宽容。《三重祈祷》的女主人公最为典型：她先后遭受过喇嘛的诱奸，土匪的轮奸，长时间接受嘛麦和阿拜两个男人的爱拥并生出一个不详其父的孩子，遭受过汉地奸商的掠夺性欺骗，为邻近寺庙的喇嘛贡献奶肉及茶油，最后两个男人先后死去，自己临死都没能见到唯一的儿子，人间苦难可谓尝遍历尽！尤其是她没有姓氏名字——如果不能断定这是一种共名叙事的话，那么我们完全可以理解为一种匿名叙事，[1] 亦即在满都麦看来，像女主人公这样苦难遭逢和罪恶凌逼，并不是哪一个人的特殊际遇，而是整个民族的共同宿命：对于无以复加的苦难的巨大承担和无限宽容，既是蒙古人的存在理念，也是这个民族的历史处境。所以，她和他们就这样生生世世、世世代代处于一种"无穷思爱"的境遇或状态，她和他们期待着、挣扎着、支撑着，而且顽强地热爱着——《三重祈祷》里的两个男人并没有计较孩子的种姓和身份，没有嫌弃女主人公的身世和遭遇，他们坚执地爱着孩子，爱着女人，一种对于这个世界上所有生命和存在的热爱！这里的爱与汉族儒家文化的仁爱有着深刻的不同：仁爱的本质是伦理，是一种权力分配和情感选择，这里的爱则是生生之德，一种对于长生天，对于佛菩

① 共名叙事是指中国少数民族在共和国成立最初，基于共同的政治理念和意识形态的认同，其审美意识和价值观念也完全趋同，文学叙事只在题材上存在差异。匿名叙事则是指私密空间日益缩小、信息空间日益扩大的当代社会，少数民族文学叙事不仅呈现了作者身份的隐匿，而且其人物的身世也体现了隐匿的趋向，它构成一种隐匿的城市人的生存状态。这里借鉴共名叙事和匿名叙事的概念，旨在表达少数民族意象叙事在进入历史缅怀和悲悼时的复杂心理。可参考李咏梅、黄伟林《当代少数民族文学叙事模式的流变及原因》，《民族文学研究》2012 年第 2 期。

萨的终极领承，对于灵魂和世界的神性救赎。它不是外部的限定或规约，而是从内心增长和培育的。

孤独是一种状态，是人的境界和品质的界定。人的孤独与苦难和罪恶相关。幼而无父和老而无子叫作孤独，这是最基本的阐释，显然不是人的常态。那么是谁制造了人的孤独呢？幼而无父和老而无子只是一种时间流的冲断，更其深广的孤独却是空间波的断灭，一种人与世界和存在之间的断绝。时间流的冲断有时是由于自然进程的单薄，它可能偶然集结于个体，是个体人的苦难，那么空间波的断灭则与社会和他者有关，是罪恶间阻了人与世界和存在的交往，就是普遍性或共时性的。自然进程的单薄可能由于文化自身的缺失或病态，普遍性或共时性间阻就诉诸历史和社会，那种人性深处的罪恶欲或攻击性并非赤裸无遮、孤兀斜出的个体效应，必定是群体效应滋育出来的社会冲力，它从最深广的效应上毁灭个体从而毁灭着人的存在，这就是罪恶。由于从时间流的线条上断开，人就孤持独立，不入时流；又由于从空间波的网面上退出，人就特立异行，与众不同。如果说前者还可以是一种自觉，那么后者就是被迫；前后夹击，内外串通，人就变得赤裸无助。就此而言，孤独是绝对痛苦悲伤的。没有人甘于孤独，虽然他或她曾宣布喜欢孤独。但问题有另一面：当传统和世界把人追逼到苦难境地时，人又以此获得别样的优势。（1）孤独者是断尽缠绵和缠绕的人，他或她真的可以独立自主；（2）孤独者是裸出关系和状态的人，他或她就可以贞静反观；（3）孤独者是独可通天、特别内省的人，他或她就可以领承天命、收拾自我。传统政治中能以孤独自命的人唯有皇帝，自称"孤家"、"寡人"：手眼通天，横无际涯，治人而自治。圣人正是这样：总旧而述新，爱众而独承，立人而自立。那么孤独就从一般人类学状态提升到哲学或经学的高度，成为人的境界和品质。就此而言孤独又是 种典范， 种人格操持和存在价值的品牌，它概括着一个民族、一个地域、一种文化的知识状态和理性水平，从而与庸众区别开来。

满都麦的母亲意象都是这样一些孤独者，虽然她们都不是哲学家或人类学教授。她们在担当不仅仅是个人苦难的同时，无不领承着时代的罪恶和悲伤。就如《三重祈祷》里嘛麦劝诱女主人公所说的，她们所领承的苦难和罪恶比白度母和绿度母还要多；她们的身上集结了全部的时间流和空间波，因而涵盖整个民族的历史和现实。从时间流拱离，从空间波扯开，她们变成世界上最赤裸无助、最清净无为的人，因而也是最能领承长生天的生生之德，支撑生命和存在的人。是她们把本体神意推举到世人的眼前，也把传统和文化的痼疾披沥到历史的台前，让权威或庸众不能再安逸放纵。《瑞兆之源》的苏布达让我们看到什么叫作善良，怎样的状态就是人性的流失；《雅玛特老人》里的雅玛特让我们看到怜悯，看到怎样的生命状态才是真正令人怜悯的状态；《圣火》的女主人公让我们看到一个人的坚贞品格对于这个没有坚贞的世界意味着什么；《三重祈祷》的女主人公让我们看到真正的神圣及其所承担的苦难和罪恶；到《远古的图腾》查干朝鲁的妻子、自甘遗弃的斯日玛，正义典范开始消解了，她让我们看到一个鬼面逢迎虚假繁华的世界里，人是如何煞费苦心地被欺骗，又是怎样煞有介事地去欺骗人——斯日玛处于两者的中间，她是能够淡定也必须淡定的好女人。与她相比，那些身份赫然、酒肉轰然、姿色炫然、阴险冷然的官奸民贼男鬼女色，就像是一个个泡影，飘浮于市场时代罪恶笼罩的天空，何曾折射出一点点人性的光辉?! 他们和她们纷纷出笼，就像来自不同山头的猴类，撅着大小各异的屁股，欢跃着攀爬奸诈，喷射着执行奸邪，通红一片。出离属己的知识型，抛离属己的价值典范和道德位格，进入同一种骚动状态：她们从多个维面丧失自己的人格和人品。体制和传统于此达成同一，形成人性和人类的深度戕贼。

　　李咏吟谈古典诗学的现代转换时这样说："我不担心西方思想文化精神的'渗入问题'，因为这已经构成一种历史事实，但是，当这种力量过分强大并占据主导地位时，我担心中国古典诗学之'自由精神的丧失'。"他说，"中国古典诗学精神必然有其两面性，即，一方面'承继了'民族文化传统的自由理想和生命精神，另一方面也'再现和承载了'民族文化传统中的愚昧与专制乃至反生命自由的精神。"① 这对于少数民族意象叙事理论所面对的处境和现状也是适应的。我们在阅读满都麦的小说时不仅联想到中国传统文化，而且体悟了天人合一的哲学构式中那种自天而下地规约和确立起来的伦理规则。在天与人之间，儒家的德，一种结构性规则或秩序性规约构成某种历史中介，它不是将人推衍到宇宙本体的无限活泼和无际自由中去，而是将天拉回到严苛复杂的人伦关系之中，不仅将人的价值出路严格限定在历史域界之内，而且将人性之爱、一种"无穷思爱"（张洁语）从宇宙本体追回到权力分配和情感界定的现实身份上来，

---

① 李咏吟：《诗学解释学》，上海人民出版社 2003 年版，第 327 页。

人变得气量促狭、心地逼窄。爱变成爱的专制，自由变成自由的枷锁，人成为礼法桎梏中的群类，一种共名叙事的符号能指。数千年来儒家"为天地立心，为生民立命"的文化宏旨丧失了最起码的"自由理想和生命精神"，从终极绝对的意义远离了《周易》以降的"生生之德"。就此而言，少数民族意象叙事理论至少从弘扬生生之德、尊重普遍生命，空间波与时间流集结融通的宏大场域彰显了中华传统的神性意向，使我们在知识关系的整理中获得人性启示。

其次，苦难大多源于一场大火，它不是天灾人祸，而是人类劫难，是从远古乃至当代一脉相承的人性扩张和罪恶延伸。火是蒙古族的最高意象之一，满都麦不仅以火指涉创世记和创人类的最高神意，而且指涉人性欲望和世界的罪恶。满都麦的赋义呈现了从神性到人性、从爱欲到贪欲、从救赎到罪恶的降落曲线，显示了巨大的人性弯度和历史容度。这个弯度和容度不单是从某一部作品，而是从全部文本的互文关系中呈现出来。《祭火》和《圣火》是最高神性的空间场域向人性场域跌落的第一步。《祭火》既是普通民俗中的年节庆典，也是蒙古族祭拜长生天、祭拜佛菩萨的最高礼仪。三代人以相同的方式但是以不同的心态祭拜着——扎米彦老头传承的是佛菩萨护佑的家族荣宠，一种时间流呈现的历史感；儿子呼尔乐则崇拜长生天所摄持的民族文化精神，一种空间波里荡漾的生命力。我们从《祭火》所描述的仪式事象看到：扎米彦老头崇拜菩萨，它是祭拜的主神位；儿子呼尔乐的崇拜则衍射毡包壁的加卡·热门·鲍拉斯卡斯的《斗牛》图。两个意象的语义关联不可小觑：前者关联着蒙古族的传统文化，后者则关联着西方精神；前者是对于传统的膜拜和服从，后者则是人的意志的张扬和强调。两者之间的祭火是核心意象，是连接中西方文化、集结空间与时间、凝聚神性与人性之间张力的中介，是本体义域向价值主体过渡的神性意向。祭火所包蕴的价值位格从毡包里的火锟子到主神位的蜡烛、套脑直到宇宙空间，可以说涵摄了蒙古族文化的整体建构，是与长生天相通、与人性和爱欲相关的本体意象。《圣火》的女主人公同样奉持和敬拜火，但它进入生命本能，是男人欲火向女子爱欲的传感和淬炼：前者体现为那位巴都尔似的男人蓬勃坚挺的生殖器，后者体现为女主人公骚动羞涩的想象力。此种性爱欲火衍入时间流，就沉淀为女子澄明宁静的爱的坚守，与天边烧燃的晚霞和包里不息的灶火相映照，呈现为一种天地间至纯至坚的情感品质，从而实现了神性向人性的道德生成和价值提升。我们注意其间的知识关系，亦即蒙古族文化中本体和神性的火，向西方文化认证为人性价值的欲望之火的逻辑过渡，它体现了中西文化的融洽，以及空间波向时间流的集结，为满都麦生态主义本体义域的确立铺垫了哲学基础。《元火》是这一命义的典范之作。葛玛的整个生命彰显了一个"爱"字：少男少女的情欲，青年男女的爱情，穿越生死而忠贞不渝的信念——一个时间轴；葛玛死后，男主人公追觅着葛玛的魂灵进入岩洞，一个时间和历史隧道，所呈示的就是生态主义本体义域：健硕的生殖能力，赤裸的男女爱欲，宁静祥和的草原生态，诗意美丽的种族生存画面——一个空间轴。生命、爱情、劳作、生息，一切都是神性自然的，一切都是道德本然的，归根到底，一切都是生态生命的。从时间流回向空间波，从主体价值衍入本体神性，从悲剧现实化入历史情境，尤其是以民族文化的历史视野涵化西方生态主义知识视域，不仅涵泳着对于人类价值的阐释和赞美，而且喻示着对于人性本质的鉴镜和救赎。就文本呈现看，从时间轴散播出来的生命之火到空间轴鲜活可见的神性之火，满都麦的精美构思中宁贴自然地呈现了火意象的本体回升层次，表达了对于人类和人性、社会和历史，乃至神性和诗意的美好期待，尤其包含了对于中西方文化相互融合和借鉴的善良愿望。

（二）这个火种并不凝滞或固化，相反，从历史逻辑或从人性本质两个角度来看，它都会燃烧不息蓬勃不止，当它不再流行于宇宙本体和神性之域，进入人伦道德和社会生存的历史情境之后，就迅速衍化为普遍深刻的人性欲望，进入善恶分野，成为灾难之火。

《狗吠·马嘶·人泣》是这一分野的标志性叙事。嘎慕喇老人是一尊守护神，翁衮敖包及附近草原是他和孥玛做爱的地方，在孥玛被麻子章京凌逼自杀之后的几十年里，嘎慕喇老人朝朝暮暮风雨无阻地巡视着、看守着这片草原，从一个青壮小伙变成白发老翁。这里的敖包、森林、动物、草原与他爱的承诺和信义融为一体，这里的火是"朝为行云，暮为行雨"式的爱与生生、情与漠漠的同一，是本体神性播撒于人的存在之域和历史情境，一种"水火既济"、天人合一的生态生命图景。可事实正好相反，嘎慕喇老人的爱意与五条汉子的贪欲发生正面冲突，他们不仅砍伐树木，打死哺育乳羔的母青羊，而且纵火焚烧了这片神圣的草原森林。如果说麻子章京当年只是逼死孥玛，五条汉子现在却要毁灭世界，这个由孥玛和动物、森林、河流以及草原共同爱养着的世界！森林大火不仅制造了草原生态的现实悲剧，尤其是延续了、强化了、复制了苦难的母题，本体神性之火以此降落为人性贪欲的罪恶之火！

　　　　祖先爷爷击燃的火种，被祖先奶奶吹旺了……生长几千年的原始森林起火了……黑暗的穴居照耀得一片通明……高原上耸立的铁岭被烧化了，塌陷下来，流水般地漫溢……
　　　　火能把铁石烧化，发现火的那个部落却在荒火的废墟上站立起来，脱离了蒙昧，结识了这个大千世界……
　　　　火——它的奇异功能和巨大威力，就是这样被发现的。
　　　　火——结束了黑暗愚昧，把光辉灿烂的世界带给了人类，因而也成了初民的崇拜之物。
　　　　从此，"永恒之火"就和永恒的种族连在一起受到了祝福。①

　　这是本体神性的明证，种族发祥的开启，脱离蒙昧的基元，是生命和世界的祝福！它怎么会变成这样呢？"混蛋，哪个找死的家伙敢来这里下毒手，放火烧林？"黑暗中老翁猛叩马镫，飞一样地跳下了驰近火源的马。

　　　　借着风势越烧越旺的荒火，像山洪的怒涛一样翻滚着，奔腾着，向林子深处推进。拳头大的火球，不时发出噼啪的响声蹦向空中，迸射到很远的地方。火球所落之处，旋即便燃起一片火海。……
　　　　凝望着烈焰熊熊火海沸腾的白发老翁，终于无声哭泣起来。那失神的两眼里涌出的清泪，在火光的辉映下，好像是从心灵深处沁出的血，鲜红鲜红的，顺着刻划着岁月风尘的面颊，淌到苍白的胡须上，像挂着串串闪光的珊瑚珠儿。
　　　　他睁大血泪淋漓的眼睛，从火海上瞭望过去，希望能看到翁衮敖包是不是受到威胁。然而除了滚滚的黑烟，他什么也看不到。只是随着风势的变化，能从浓烟偶尔闪现的空隙间，看到时隐时现的翁衮敖包，像姑娘的胸乳被抛入火海，烧得"嗤啦嗤啦"直冒烟，发出了人肉被炙烤的味儿。老翁顿时一阵揪心的疼痛，他像丧母的孩子放声

────────────

① 《满都麦小说选·圣火》，作家出版社 2005 年版，第 148 页。

号啕起来。①

　　草原变成火海，人正在受难，爱成为毁灭和死亡的渊薮，整个世界被贪欲和罪恶吞噬了。从本体神性到罪恶和灾难，火的降落曲线是如何划过历史的天空、走向人性的深渊的？满都麦找到"他者"——五个汉子，一些不明身份、匿名叙述、不言而喻但是呼之欲出的道德位格：没有同情和热爱，不懂得珍惜生命护念世界，是一些充满贪欲而不惜犯罪的"家伙"！贪欲，成为那个降落曲线上最为关键的界点。知识关系就这样清晰起来：都是从本体神性降落的火：或者合乎人性自然，从性爱提升为爱情从而提升为人类和人性的普遍爱欲，成为诗意优美的生态生存；或者膨胀了人性中的贪欲，从对世界的掠夺和索取膨胀为对于生命的摧残，直至毁灭着人的世界。

　　在满都麦这里，人性自然与本能爱欲是等同的，换言之，满都麦意义上的人性自然就是本能爱欲，一种对于生命和世界的善心和诗意；而贪欲，就是悖谬自然和人性的罪恶之源！正是在这里，我们看到少数民族意象叙事的本体神性回向历史情境时的逻辑中介：道德位格。它与儒家之德的分野是从这一位格的向度上发生的，这就是"他者"的加入。在满都麦看来，蒙古民族的文化传统中不仅持存着热爱生命、护念世界、涵泳神性和诗意的内在客体，而且兼容着、摄取着、涵养着西方生态主义的人性价值，原本它就是一种正确优美的人类方式；只是因为"他者"的强势介入，才使这一文化传统发生了质变，从而使本体神性从本该据有的道德位格滑落，沉入苦难的谷底。这样一来，蒙古民族文化传统本有的缺失和痼疾，就被阐释为一种"他者"介入所形成的类似抽象自然力的外部力量或客观因素，文化反思者——被母亲意象所笼罩的孤独者，就回落为一些对于外部、对于道德乃至对于异质文化的讨伐者，内在客体所指涉的客观对象、文化反思所指涉的人类和人性缺失，乃至生态主义本体观点所指涉的现代工业文明统统成为道德犯罪者，都成为满都麦的批判对象；科学理性就这样走向神秘和因果。

三十六　蜂巢界故事："细脖子阳人"的诗意看守

　　如果说满都麦的生态叙事萦回于本民族的知识型，主要是道德位格的

---

① 《满都麦小说选·狗吠·马嘶·人泣》，作家出版社2005年版，第128—129页。

自我认同，张泽忠则走得更远：那条通向古州的都柳江没有流向东部省份，那些被他指认为远亲的他乡，相反，它流经风雨桥，流回古榕寨，停滞于鼓楼一带的神圣地段，只变成迎萨或起款时的一道风景。满都麦的批判和声讨进入都柳河畔、古榕树下、风雨桥头，被迎萨的歌声、踩堂的和声乃至起款时侗胞合族的应声所淹没，变成一些现代文明的泛音。在谈论"谵妄和崇高自传的现代主义类型"时卡罗拉·希弗里奇说："它们在自传的元虚构内部囊括了事件性的诗学（'这'，'这里'），这种自传的元虚构阐明了自身作为作者的'我'的自证功能，利用了童年无尽的深度和未来开放的宝库。"[1] 这差不多可以概括少数民族意象叙事的基本品格了。满都麦就说过：他的小说根本没有借鉴西方思想，而是从本民族的文化传统中因袭过来的！在我看来，这只说对一半，亦即表明感情和动因的一半，从文学思想和人类视野看，"自蒙田时代起，民族学就受到宗教、殖民主义、政治的/学术机构的制约，这些机构在 18 世纪美学出现之前很久就承担了限制和监管'交通'工具的任务，因此民族志也使人想起现代初期使崇高得以出现的各种实际制约"[2]。卡罗拉·希弗里奇说的是西方，中国少数民族的意象叙事则略有不同，现实情形差不太远，共和国建立之初各民族对于政治共同体的认同所形成的共名叙述，已形成某种"交通工具"被监管的"实际制约"，打开知识型，从知识关系的各个维面开放本民族的观念和意识，我以为首先是从文学理论的学习和道德位格的借鉴开始的。扎西达娃就拒绝曾经学习南美大陆魔幻现实主义风格的定位，有的学者也推波助澜："对于扎西达娃而言，相信所谓的'经典'更确切地指向来自他血液里面的西藏古代历史和神话传说体系，而不是那种似是而非的拉美'魔幻现实主义'。"[3] 其实，这种闹嚷的意义不大，学者对于扎西达娃学习南美魔幻现实主义的评论并不是负面的，王宁就正确地指陈了这种学习的三个方面：主题构思、南美意象及叙事结构。[4] 我以为这是优胜处，它表明，扎西达娃的西藏叙事与南美魔幻现实主义之间确实

---

① 卡罗拉·希费里奇：《"我是一个民族"：伊莲娜·西苏小说中的自传民族志诗学》，王宁主编《文学理论前沿》，北京大学出版社 2007 年版，第 6 页。

② 同上书，第 9 页。

③ 陈庆：《扎西达娃的小说：一种魔幻现实主义？》，《民族文学研究》2007 年第 2 期。

④ 参见乐黛云、张辉主编《文化传递与文学形象》，北京大学出版社 1999 年版，第 313—314 页。

存在知识关系，具有普遍人类性。正像满都麦的生态叙事不是从今天，而是从 20 世纪 80 年代就与西方生态主义同步，学习只是一种谦辞。"在扎西达娃后期的小说中，几乎都是游戏式地把历史同虚构的作者及其作品混合在一块的例子。他所叙述的东西，从那些优雅神秘的故事，复调的情节，到俨如神启的线索，总是一种痛苦的呼喊，呼喊他的阅读者能够弄清楚那些他自己或许只能模糊把握，却无法明言的东西。"① 陈庆的批评大似双刃剑，击中扎西达娃对于"他者"的矛盾心理。与扎西达娃比较，冯秋子就通脱得多。她说："我跳舞，因为我悲伤。"② 他们都不仅饱满着那些使自己痛苦而不能明言的内在客体，更是想找到一种方式，一种包含道德位格和互文经验的参究，话语体系和历史情境的参照，乃至核心意象、叙事模式、神话传说等民间素材和文学经验的学习关系，旨趣在于文本与世界同一性的建构，下面一段话可以概括其终极目的：

> 在《百年孤独》和《西藏，系在皮绳扣上的魂》中既写出了由于历史和自然的原因所造成的哥伦比亚和西藏居民奇妙的互渗世界，更写出了作者基于民族情感的促动，在精神状态极端的激奋下，为自己的民族指出一条通过探索和改造而自救的道路，那就是民族的重塑、现实的重建以及文学的更新。为使自己的民族永远进步而不致停息，他们尽力使互渗世界成为永远的过去，代之而起的是现代科学阐释的现在和未来。③

但是也不尽然。一种方式——不论是主题构思、意象汲取或叙事模式，还是神话传说、话语体系或历史情境，最终都是导向特定的目的，这个目的与方式是恰切的，而道德位格和互文经验是其中介。张泽忠是个典型的例子。如前所说，他是把所有知识关系都拉回到自己民族的知识型中来考量，但他不是知识和经验的横移，甚至不是黄山谷的夺胎或换骨，④

---

① 陈庆：《扎西达娃的小说：一种魔幻现实主义？》，《民族文学研究》2007 年第 2 期。

② 秋子：《寸断柔肠》，太白文艺出版社 2001 年版，第 252 页。

③ 卓玛：《相似的原始互渗　相似的现代阐释——马尔科斯〈百年孤独〉与扎西达娃〈西藏，系在皮绳扣上的魂〉比较研究》，《青海民族研究》（季刊）1999 年第 4 期。

④ （宋）惠洪撰：《冷斋夜话·换骨夺胎法》，中华书局 1988 年版，第 15—16 页。"不易其意而造其语，谓之换骨法；窥入其意而形容之，谓之夺胎法。"

而是人类学整合和现象学运用，亦即在本体神性向主体价值乃至客观对象的衍射和涵化进程中，那些"能够吻合、能够相互从属或者在时间中拉开距离的界限的分配"：① 蜂巢界与鼓楼、风雨桥、古榕树、都柳江的意象摄持关系；包岛穿越都柳江报警与九百古榕寨筑坛迎萨故事的并植；公圣和儿子包岛从外乡进入古榕寨，没有遭拒，而且被选为点燃迎萨圣火的"贵人"，从意向关系讲就是一种被"吞噬"；整个九百古榕寨的迎萨与起款相互拓扑、仪式共构——根本地实现了民族主体精神和地域文化历史的重建，恰切地分配为意象、题材、品格、世相四个层面的整合，从而衍生出摄持、并植、吞噬、拓扑四组知识关系，从文本与世界、文学与道德、民族文化精神与西方现代方式三个维面实现了位格典范的同一。不是西方文化套取侗族文化，更不是侗族叙事横移了西方经验，而是张泽忠在观察和把握本体神性向历史情境播撒的时间进程中，成功地编辑、调适、分配、整合了西方知识，实现了民族主体的更新。他的民族自传不是谵妄的但是崇高的；他不仅把"童年无尽的深度和未来开放的宝库"囊入自己的元虚构，而且实现了"自身作为作者的'我'的自证功能"，使一个民族的"那些他自己或许只能模糊把握，却无法明言的东西"成为可以言说的文本和典范。

（一）核心意象蜂巢界摄持题材是一个总的主题构思，一种关于空间场域和本体神性的元虚构，一种本源性和时间性思维，指涉生命境界的叩问。

首先，侗族聚居的黔、湘、桂毗邻地区，山美水美，景色迷人。据《人类起源歌》传诵，侗族先民为了寻找理想家园，在祖公率领下离开祖居地，划着枫木船（又改乘楠木船）溯水而上，历经艰辛，最终选择了这块美丽神奇的土地。

　　　　……／葬了祖婆和祖公／跋山涉水到尚重／只见那／山高离天三尺三／抬头望顶要落下包头和斗篷／脚下小路巴掌大／古树遮天路不通／青藤缠绕像那龙抱树柱／杉树百人抬动／树上百鸟争鸣叫／猴子成群窜林中／……来到古邦天将亮／东方发白吐彩霞／祖公说／这是吉祥的兆头／

---

① ［法］米歇尔·福柯：《知识考古学》，谢强、马月译，生活·读书·新知三联书店1998年版，第248—249页。

此地一定能住下／待到天明仔细看／果见好山好水人人夸／到处都是大
榕树／还有一片好沙坝／这里土好地好／满山密林是百鸟栖身的地方／青
山绵延不断／绿水环抱山旁／溪边那块小坝／田中禾秆粗得像大腿一样／
林中的青菜有甑子粗／张张菜叶像蒲叶大／六堂恋这地方的土肥／安富
恋这地方的密林深山／六堂邀六宝在这里住下／安富邀女婿在这里建家
园／住它三百年也不晓得／住它五百年载也不嫌长。①

　　事实上这支溯水而上的侗民不只"住它三五百年"，而是一住数千百
年。极目望去，这个地方"古树遮天"，"青藤缠绕"，"树上百鸟争鸣"，
"猴子成群窜林中"，的确是一片既古老、神秘、充满生机和富有诗意，
又具有"蛮荒、原始和混沌美"的家园。资料表明，此地约当东经 108
度至 110 度，北纬 25 度至 31 度；年降雨 1200 毫米上下，年均气温摄氏
16 度左右，土壤肥沃，雨水充沛，春少霜冻，夏无酷暑，秋无苦雨，冬
少严寒，适宜于粮食生产和林木生长。② 侗族先民没有先进技术手段而能
做出如此科学理性的选择，从生态人类学讲显然与"一个有生命的系统
在一定的环境条件下，如何表现生命的形态和功能的问题"③ 有关。《周
易·未济卦·象传》说"君子以慎辨物居方"，说的就是人们要审慎地选
择栖居地，才能居适其所。在我看来，还不止此，侗民的选择和迁徙作为
族群行动，本身就是一种时间意向：这里有避世求方、寻找乐土、回向往
古的意味。所以我们很容易联想到《桃花源记》。这是一个花木葱茏、域
情苍古、鸟兽活跃、人民安和的所在：世界回到太古，天地神人鬼和合，
真正是"不知有汉，更无论魏晋"。其价值点在于时间流的回溯，一种本
源性和时间性思维，指涉生命境界的叩问。以此来印证《蜂巢界》叙事，
我们领悟了勒汉包岛冒雨披风历险闯关的使命感里有着深层的返乡意识，
一种本体神意和种源圣性的回归意向。核心意象蜂巢界，正是在这里得到
命义敞亮：一只工蜂身长 15 毫米，采蜜范围 2 公里之内；找到蜜源后会
跳八字舞或圆圈舞招徕伙伴；蜜蜂对花朵是有选择性的：采摘对象是盛开
的花朵，因为此时的分泌物含量丰富；蜜蜂家族有工蜂、蜂王和雄蜂三种

---

　　① 杨国仁、吴定国整理：《侗族祖先哪里来》，贵州人民出版社 1981 年版，第 107—
108 页。

　　② 《侗族简史》，贵州民族出版社 1985 年版，第 2 页。

　　③ 庄孔韶主编：《人类学通论》，山西教育出版社 2002 年版，第 126 页。

成员，每个成员都有严格而明确的分工，整个家族具有高度社会化的生活方式；工蜂担负采蜜酿蜜、侦察守卫、清巢筑巢、照顾蜂王和饲养幼蜂一系列工作；一只工蜂只活几个月，最多一年，生命的大部分时间用来采花酿蜜。① 可以说，蜜蜂的生存习性与侗族生存状态有着相当的象征同一性：（1）犹如"细脖子阳人"一样弱小、勤劳、生存于狭小范围；（2）兄弟姐妹之间心领神会，亲密合作，共同行动；（3）对于万物的索取遵循自然的节律；（4）族员分工明确，族群秩序井然；（5）生命的领承归结于时间和劳作。个体、群体、自然、家族以及终极领悟，无不归化于时间；在时间的领悟上，生命与空间融为一体。蜂巢界意象高度概括了侗族文化历史的存在：采蜜酿蜜、侦察守卫、清巢筑巢、照顾蜂王和饲养幼蜂一系列劳作，与《蜂巢界》采集瘗物、筑坛迎萨、古州哨探、盟誓起款、踩堂祭萨、族源认宗等情节叙述几乎是配伍关系，虽然文本并没有呈现这一关系，但是蜂巢界意象的本体神性和建构意向在文本中实现了投射。

其次，《蜂巢界》勒汉包岛从古州返回九百古榕寨报警这一历险的过程就是一种时间性诉求，它既是一个时间弯度，更是一个心理容度。不是自然包容或囊括了人的存在，而是人的心理存在衍射并承纳着自然，所以，都柳江汹涌澎湃、险关重重，沿途风雨交加天地晦暗，无不构成人的心理景象；这番景象是以时间流的长度来标志的。这个长度既是勒汉包岛返回九百古榕寨的时间长度，也是他从当前使命领悟龙辚前身的生命长度，尤其是以他为标记的九百古榕寨，从筑坛迎萨的欢歌笑语逆转到领承灾难的种族记忆这样一个心理长度。这三个长度由空间波叠加出来，完全不可以物理计数，只能诉诸描述。这就是面临灭顶之灾的历史情境中，三个空间波犹如深层泛起、冲破水面的井喷：水平面的现实时间（包岛报警返乡）被深层的（龙辚前身）和底层的（种族记忆）急流骇浪攒击冲刺，线性时间就被波状和柱状时间所打破。这就导致《蜂巢界》叙事呈现了从空间向时间、再从时间回向空间的元虚构——不是从原住地，而是从理想乐土被迫出走，经过漫长的历史和时间，经过艰辛的心理和迁徙，终于找到一块貌似理想的乐土，他们就世世代代看守着，直到"都柳江的这团天出了点乱子"的那个夏天，这一历史段落恰似工蜂们迁徙寻找，终于找到一片花海，却遭遇天风海雨一样。张泽忠的问题不是这片花海好

---

① http：//zhidao. baidu. com/question/248660980. html。

与不好，而是这片花海如何持存。正像满都麦的碧野深处出现砍伐树木、戕贼牲灵、焚毁森林的汉子一样，少数民族意象叙事不同而相同地从种族传记的自我证明走向声讨他者乃至终极怀思的悲怆中去。在时间流逝的悲默中，他们更多感到的是凄凉和无奈，除却生命境界的叩问，他们几乎一无所能。詹姆逊认为"乌托邦并没有化身为意识形态的傀儡，相反，以其对未来的最热切的期盼和对当下的彻底变革精神，它正在引领着意识形态批判的方向"。① 问题是：一种回向往古的时间性诉求的种族叙事，能否承担意识形态批判的任务？我们面对的首席对象恰恰不是时间性的，而是空间性的——全球化。

（二）历险与迎萨两个故事的并植，意味着栖居处所的抉择与审美感知的提升，它构成侗族文化最基本的价值理念：省堆相望，迎拒相求，延圣垂化，化敌为友。

我们认证包岛历险报警是祖先迁徙择居原型的变现，我们同样认证九百古榕寨筑坛迎萨是侗族时间性诉求和族源性思维的变异——前者导致理想乐土的追寻，后者形成山水情结的内化；迎萨和报警则是遭遇"他者"突袭时的风云突变，可以描述为内则"省堆相望，迎拒相求"，外则"延圣垂化，化敌为友"这样一种种族心理放射。

张泽忠讲："侗族把人类最初的男人'松恩'、女人'松桑'，说成是脱胎于节肢动物和浮游生物，认为这些节肢动物和浮游生物有一个共同的'本源'和'母体'；这个'本源'和'母体'即是由树蒐、白菌生成的'山林'和由蘑菇化成的'河水'。这种认识与把人类自身和大自然融为一体的原始直观思维观念有关联。不可否认，这种观念把人与自然尚未分化开，有一种天人一体感和混沌感。"② 这是一个比较经典的表述，完全可以解释侗族先祖迁徙择土的生态文化心理，窃以为意犹未尽。为什么侗族人要如此想象他们及人类的来处和出身呢？如上所说，因为他们所追寻的是一块理想乐土，这方乐土并不存在于现实世界，只存在于侗人的集体无意识中，那么对于这块乐土的追寻就历史必然地诉诸时间，诉诸迁徙，最终诉诸自然本身。所以在侗族文化心理中存在这样一个等式：自然等同

---

① 张伟：《詹姆逊的乌托邦思想及其理论建构》，王宁主编：《文学理论前沿》，北京大学出版社 2007 年版，第 91 页。

② 张泽忠：《侗族文化传统的审美生存研究》，广西师范大学出版社 2012 年版，第 112 页。

于祖先。这个等式转换为另外一个等式：祖先传下来的也就是理想中美轮美奂的。时间性成为此种心理置换的润滑剂和连动杆。可以想象，与其他民族一样，侗族在艰苦卓绝的生存抗争中，不止一次次地失望，一次次地追寻，只要追寻而失望的主体是人，就必然要调整心态和思维，捐弃机械冲激反应，在现实情形与理想乐土之间做出理性的、符合现实条件的、族群可以承受的选择，乃至看守。恩格斯讲，"我们这个世界面临的两大变革"正是"人同自然界的和解以及人同本身的和解"。① 蜂巢界与自然的和解就不仅因为自然本身，还因为祖先观念，这就是理想乐土与现实世界的价值同一，荣格所谓共时性，一种象征性的等值感。一如詹姆逊所说的："自然作为人的家园曾经是令人向往的，但把自然看做人的天性是错误的；生态论也已经无法指望自然的力量，除非以灾难形式出现。在今天的市场制度下，提倡自然美的各种版本都已经成为商品并且批量生产。自然非人性，同样，人性也并非自然，这一乌托邦对立（指人与自然的对立。作者注）启示我们的是不能继续迷信所谓人性论与自然论了。"② 包括当年侗族祖先的迁徙择土，包括当下包岛的历险报警，都不可能脱离现实条件，进行超离事实的人性论阐释或生态论描述。侗族祖先的理想乐土就是一个合情合理的心理中介，它把侗族与自然环境和条件的冲突调适为一种适应，一种迁徙或看守。包岛报警正是基于这样一种认证：九百古榕寨与蜂巢界之间存在等值感，它就是祖先的理想乐土。对于古榕寨的守卫就涵摄了深刻的种族文化心理体验，体现为包岛萦回不绝的龙辇前身的体悟，落入鱼腹时节萨神圣意的领承，以及返乡前拒绝爱欲、回乡后承担罪恶。整体看，他的巫性体验涵摄了九百古榕寨的集体无意识，蕴含着蜂巢界对于自然、对于祖先、对于生命本身的认同和赞美。

问题由此深入。恩格斯讲到第二种和解：人与自身的和解。张泽忠讲，千百年来侗人的"先造山林，再造人群"，"山林树木是主，人是客"等观念，不仅被确认和强化，而且一直延伸下来，衍化为一个民族的生态理念和生态智慧，并以独特形式（或风俗化、风物化，或艺术化）内化、渗透到社会——文化的深层肌肤和血脉中去。③

---

① 《马克思恩格斯全集》第1卷，人民出版社1972年版，第603页。

② 张伟：《詹姆逊的乌托邦思想及其理论建构》，王宁主编：《文学理论前沿》，北京大学出版社2007年版，第100页。

③ 张泽忠：《侗族文化传统的审美生存研究》，广西师范大学出版社2012年版，第114页。

这个把"山林"、"河水"当作万物"母体"的民族，生命意识里的"山水情结"，一方面与生俱来、根深蒂固地潜藏在生命意识的深处，一方面经历时间的积淀与衍化，形成一种普遍性原型意象或集体无意识，影响着这个民族对于栖居地的诗意追寻与选择，这是其一；其二，这个民族的朴素辩证唯物观、关联视野上的生态价值观与自然观由此聚积而成，因而历史上才出现这样的情形：当这支溯水而上、历经千辛万苦的先民来到"尚重"、"古邦"这地方，发现这里的蛮荒、原始及混沌的原生状态美，与这个民族与生俱来的"山水情结"——即与潜藏于这个民族生命意识深处或观念意识里的生态观、自然观相吻合时，这支队伍中的六堂、安富及安富的女婿们，便认定这个地方即是他们苦苦追寻的理想家园。①

这里的论述完全可以印证前面的心理分析，但又启迪了我们：当侗族能够将自然万物认证为生命所由和自己所出的母体或本源时，他们同样可以认证作为"他者"的其他民族、外方客、包括突袭侗乡杀人越货的匪盗——都是自己的兄弟和亲属。在最高本体的神性和诗意面前，侗族文化心理的置换发生了两个深刻变化：（1）是对于宇宙万物的广泛认同；（2）是对于自身主体性的消解。以此，侗族在处理与"他者"、与自己的关系问题时，就营构了一整套价值观念和行为方式，这就是省和堆的观念。首先是对于宇宙万物自然存在的赞叹："有吃无吃哟放过边/让我们亮起如同簧片颤动的嗓音哟/叹问山河大地/叹问茫茫苍天/当初置雷在天/置雾在山头/置人在寨落……"（meec jianl gongp jianl, gal dianh tanc。dangl xiul jiv bias dos menl, jiv munc dos gaos jenc, jiv nyenc dos senl yangp $[m\gamma\epsilon^{11} \ tian^{55} \ go\eta^{45} \ tian^{55}, \ ga^{55} \ ti\alpha n^{44} \ dha\eta^{11}$。$Da\eta^{35} \ \varsigma iu^{44} \ t\varsigma^{51} \ pja^{31} \ tou^{33} \ m\partial n^{55}, \ t\varsigma^{51} \ mu^{11} \ tou^{33} \ kwau^{323} \ t\partial n^{11}, \ t\varsigma^{51} \ \eta\partial n^{11} \ tou^{33} \ sen^{55} \ ya\eta^{35}]$）。张泽忠讲侗族是把生命生存境界放在备受推崇的位置："我们为什么有今天？我们是什么？我们该怎样过好日子？我们该怎样来适应自然界以及周围的其他人？我们将走向哪里？"② 这里蕴藏的是族源的追思和时间的拷问，在赞叹天地万物、赞叹"他者"的同时，将个我乃至种族主体性拉回到众

---

① 张泽忠：《侗族文化传统的审美生存研究》，广西师范大学出版社 2012 年版，第 118 页。
② 张泽忠：侗族萨玛神民间信仰与萨玛节祭祀的调研报告之脚注。

生芸芸万物齐权的序列中来，这与蒙古族欧亚冲荡、杀伐奔驰的扩张意识和征服冲动不可同日而语。族源意识和时间诉求导致人自身生产的独特认知，关涉"人是人的自然"的命题，而且诉诸生存实践，形成省堆观念及"许愿"方式，这就是省堆相望，迎拒相求，延圣垂化，化敌为友。关于省堆，张泽忠有详细阐释：

> 在传统时空观念里，侗族称为"团寨"（tuancxaih，thuan^{11}çai^{33}）、"省那"或"团省"（tuanc senl，thuan^{11}sən^{56}）；"团寨"指的是聚族而居的自然村寨，"省那"指的是沿河聚居的所有村寨，"团省"是"团寨"、"省那"的扩大和延伸，当延伸和扩大到无限时，就称之为"省堆"。[①]

显然，仅仅理解为一般地理学或人类学概念是不够的；张泽忠的进一步解释是：

> 在传统社会里，侗族把"入省"与"去省"当着"去远"中除却"距离"和"遥远"，当着同一空间中民族自我与他者间平行位移和友善交往来看待，在现代化进程中，侗族依然由此出发，把所推崇的澄明、敞开和带有诗性意味的"省堆"观念，当着理解世界图式的起点和归结点。因而，总是以从容的姿态、坦荡的胸襟去面对种种改变和变化，总是以"美人之美，美美与共"之理念去构想"普天底下所有人家"的关联模式。[②]

这里的哲学人类方式是非常明确的：当侗族文化"把所推崇的澄明、敞开和带有诗性意味的'省堆'观念，当着理解世界图式的起点和归结点"时，"团寨"和"省那"都是相望相迎的"他者"，是一种主体间关系；当侗人个体进入"入省"与"去省"的往来交际时，他们是"当着同一空间中民族自我与他者间平行位移和友善交往来看待"，当着"去远"中除却"距离"和"遥远"来理解。人就是一种相亲相与的亲属关

---

① 张泽忠：《侗族文化传统的审美生存研究》，广西师范大学出版社 2012 年版，第 141 页。
② 同上书，第 140 页。

系，所谓省堆相望，迎拒相求。当他们"以'美人之美，美美与共'之
理念去构想'普天底下所有人家'的关联模式"时，就是延圣垂化，化
敌为友。由此可知包岛不仅作为外方客进驻侗寨，成为高贵的"点圣火
人"，他是从骨子眼里将自己体认为龙犊后身，一个地地道道的侗家勒
汉，而且在返乡报警过程中，始终没有忘记萨神娘娘的圣意，没有忘记九
百古榕寨的生死安危，而且对于藏苗各族、对于红汉人乃至垂溺的兵匪施
以圣爱和救赎：在划着木排冲向敌人、自身面临沉溺的危亡中喊出"救
人啊！"的呼声。在此一刻，包岛不再是个体，而是侗族传记的作者，他
用生命和死亡证明着一个民族的心胸和品格。

　　不能忽略的是报警与迎萨两个故事并植生成的合题。张泽忠讲："这
个族群对栖居地的选择，既与生命意识里的'山水情结'有关，又与生
命体验中的审美判断力有关。从理论上说，对美的感知和认识，是一个民
族审美判断能力和审美创造力的基础；而一个民族的举族迁徙，既说明一
个民族对于栖居法式的刻意抉择，也说明一个民族的审美判断能力在经历
着前所未有的检验和磨练。"① 在我看来，包岛报警蕴含的择居和看守意
识与九百古榕寨迎萨所演绎的审美体验和山水情结，两者之间存在因果关
系，亦即，侗人之所以能够于族群危亡面前迎萨欢歌、筑坛娱情，那是建
立在包岛这样的侗家勒汉只身赴死、不辱使命的圣性追求和神意领承之上
的缘故，它包含了一个民族对于死亡和生存的理解。而包岛历险是一个民
族从栖地的选择到乐土的看守、再到族源圣性的回顾这样一个心路历程的
外化，是意象叙事中社会历史的时间流回向宇宙本体空间波的神性恢复，
是生态主义的知识关系回溯于侗族文化知识型的成功范例。

　　（三）蜂巢界对于外方客的"吞噬"是一种品格，一种纳物容人、开
放自持的文化幅度和体制自信，它呈示了侗族的巫性思维方式和友邻善信
的心性。

　　"吞噬"是弗洛伊德的概念，指生命的自然程序，即能量的摄入与排
泄。（1）人类作为一种哺乳动物适应客观世界的优势和策略，主要来自
有性生殖及其复杂漫长的哺乳期——它培养和提供了足够优良的"容器"
来悦纳"吞噬"的对象，无论后来的行为如何精微复杂，具有怎样的适
应优势，其基本模式——有性生殖和复杂哺乳是不变的。（2）任何吞噬

---

① 张泽忠：《侗族文化传统的审美生存研究》，广西师范大学出版社 2012 年版，第 119 页。

都必然包括吞噬者和被吞噬者，在生命的初期，彼此互为食物、互相吞噬，带有浓厚的攻击和性化色彩；从某种意义讲，吞噬就等于性化。（3）吞噬若导致一个细胞消失，有性生殖就失败；只有在吞噬的同时保持各自的存在，有性生殖才能实现；只有在吞噬与自我保存、性化吸引与个性化排斥相互作用的条件下，客体关系才能建立，生命才能向前发展。

综上所述，一个生命体的生殖和发展须具有三个条件：（1）生命本有的"容器"——生殖原型及其展开：性事和哺乳；（2）性事和哺乳体现为一种吞噬和被吞噬；（3）吞噬与被吞噬生成的自我保存和客体关系。美国心理学家伍德沃思（Robert Sessions Woodworth，1869—1962）非常重视动机的研究，他认为心理过程与生理过程是同一过程的不同表述，而不是两个平行过程。人的活动包括驱力和机制：驱力发动机制，机制又转换为驱力，驱力是以机制的方式来吞噬对象从而实现有性生殖的。这就将人的自然程序提升到动力机制和刺激情境的心理学水平。就行为言，机制回答"怎么样"的问题，驱力回答"为什么"的问题，二者可以互相转化。亦即作为性化过程的吞噬与被吞噬，不仅决定于机制的刺激情境，尤其决定于内在驱力；当刺激情境绵延而内化，不再需要动力填充时，机制就变成驱力。这又将外部情境与内在机制同一起来。就吞噬与被吞噬来看，其外在方式就是客体关系的性化过程，内部条件就是驱力发动的个性化动机。一个生物体是在性化刺激中彰显驱力的个性化意向，在客体关系的接洽中实现自体的保存和发展：半推半就，迎拒相求，欲死欲活，化敌为友。全部生命的自然进程，无不呈现此种有性生殖和爱欲哺乳的特色，这就决定了生命与世界的普遍生态性：不是尼采哲学中的权力意志——追求食物、财产、工具、奴仆乃至社会生活中的压迫、剥削、奴役、战争，等等，而是生殖和哺乳，是爱欲和保存，是吞噬和被吞噬。

核心意象对于客观题材的吞噬包含生殖原型，至少，从心理学的意义上符合有性生殖和复杂哺乳的原理，其实这也是荣格的原型理论阐明了的学理。如果说犹太神秘主义生命之树和藏密佛教三世中阴的理论从空间波的宏大场域和时间流的历史进向拓展了少数民族意象叙事的视域，那么散摄、并植、吞噬、拓扑的现象学方式就把意象与题材结合的具体方式从性格矛盾和情节冲突中解放出来，获得生态本体的客观关系以及心物同一的思维方式，这是少数民族意象叙事的根本方式，但这还是不够的。一种客观水平的生态本体只能是科学主义的理论对象，心物同一的思维方式又往往不能击破数理逻辑的围剿。在科学主义及数理逻辑的域限内，生态主义只是一种观点，一种方法，甚至是一阵感冒式的风潮，完全无助于现代人类生存的改善。这里没有诗意，没有神性，也就无从谈及主体价值和人性自然。没有一种科学理论或逻辑关系能够证明宰杀动物或扼杀人性是有罪的。一段铭心刻骨的爱情乃至一个民族的文化，在工业社会的技术氛围中没有存在价值。同样，一个民族数千年来坚定不移的传统习俗，一个地域世世代代传承不息的民族风情，在市场经济场域和数字信息时代是完全没有意义的。现代化、全球化、信息化、物欲化成为现代人的死亡渊薮，所有将人的生命和存在、将宇宙万物碎片化、数字化、制度化乃至功利化的现代生存方式，都制造着人类和人性的悲剧，这是另外一个话题。张泽忠和满都麦都漠视体制或技术，对于市场时代持有与主流意识形态相反的观点和态度。他们凝视"人"，凝视那没有被市场化、体制化、技术化，尤其没有被物欲化的人：他们的生存状态、文化心理、思维方式、价值观念……人格状态和道德品质成为他们最为关注的内容。回到正题，核心意象就像一颗大精虫，当它蕴含着巨大内驱力，一种对于世界和存在的终极信仰，凝结于勒汉包岛这样一个形神皆备的侗族意象，进入九百古榕寨这个"玄牝之门"时，就将迎萨、族居、起款、抗敌这些历史题材吞噬了，整个蜂巢界形成一个巨大无遮的受精卵。他的整个生命形态体现了侗族文化的"知识型"：对于萨神娘娘的虔敬，对于种族使命及生命庄严的奉持，对于龙犊前身的忆念和体认，对于美岛和美朵的迎拒，对于"细脖子阳人"包括红汉人在内的藏苗各族人民的友善和同情……从终极信仰、道德观念、自我本质、爱欲情感以及价值关怀的不同维面拉抻出属于侗族文化的知识关系，就是"省堆"观念和方式：以从容的姿态、坦荡的胸襟去面对种种改变和变化，以"美人之美，美美与共"之理念去构想"普天底下所有人家"的关联模式。这一模式构成侗族文化的内部机制，它延宕于勒汉包岛穿越都柳江、回到九百古榕寨的全过程，就像一颗精虫穿刺进入子宫的全过程，它是蜂巢界这一核心意象的情境延展，也是勒汉包岛生命内驱的自然增长，两者在延展和增长进程中融为一体，实现了存在本体的有性生殖，这是"吞噬"的性化层面，其根本价值在于蜂巢界的客体关系的生成，就是以"美人之美，美美与共"之理念构想"普天底下所有人家"的关联模式，把九百古榕寨与外部世界联结起来。

《蜂巢界》"吞噬"的个性化层面则是一个时间性诉求，一种从勒汉包岛的龙犊前身回溯到九百古榕寨乃至侗族的族源——东方省份的历史进程。在这一进程中，以勒汉包岛为精体的核心意象从蜂巢界这个受精卵剥离出来，畅游于全部九百古榕寨的神话、传说、仪式及文献的历史情境，核心价值是龙犊前身的印证。包岛与父亲公圣从外方来，与九百古榕寨形成迎拒去与的现实关系，换言之，就是把蜂巢界与外方客的"入省"和"去省"关系摆放在神性和诗意面前，从而映照和阐释侗汉藏苗的全部历史。这里存在两种关系：一是包岛前身映现的时间关系，即龙犊与包岛的生命内在关系；二是包岛身世衍射的空间关系，亦即作为外方客与侗族族源的亲情映照关系。时间关系延宕出神性，空间关系延展出亲情，两者凝结生成侗族对于自我和世界的基本体认：不唯人我之间是一种平等相望、亲情相迎的省团关系，生命与存在本来就是一种万方一体、血缘共祖的省堆关系。两者的关系又扭结为一个基本的本体意向：团族迎萨与个体面圣的同一，这就是诗意。至此，我们理解了张泽忠进入《蜂巢界》题材叙述后，花费偌大精力在包岛报警的现实急迫中铺开团族迎萨的深层动机，从生物学角度看，他呈示了生命本有的"容器"——侗族文化特有的一种类似性事和哺乳的生殖原型及其展开：一种纳物容人、开放自持的文化幅度和体制自信，一种由巫性思维方式和亲情体认观念决定了的友邻善信的心性。唯其如此，我们才能认证千百年来包括红汉人在内藏苗各族与侗族打交道的历史情形：在一种吞噬和被吞噬的生物学过程中，完善着自我保存与客体自在的亲情关系，不仅滋育着人的存在的庄严，而且孕育了人的生命诗情。张泽忠在铺开包岛生命的多维知识关系之后，又回敛为一种具有普世价值的文化态度：对于"细脖子阳人"存活于世间的那一点点诗情的看守！

顺此我们讨论一下扎西达娃的神性看守。扎西达娃的西藏叙事中，原始神秘的思维方式与现代文明的科学理性之间总是存在一种紧张对立的关系，而原始神秘总是处于疑惑、惊恐、抗拒、逃遁的状态。与之相反，现代文明则高高在上，不仅事实上实现对于原始神秘的祛魅，而且从精神上解除着后者的神性旨趣。《西藏：隐秘岁月》中神秘的修行大师不仅不能普度众生，也不能"灭身灭智"，实现自我解脱，相反在他几十年的修行岁月里，完全是依靠次仁吉姆一家的奉养而存活。进入现代之后，他不再能安居寺庙接受供养，只能躲入深山，最后化成一具与岩石连接在一起的骷髅。修行大师的存在和灭度只演示了现代世界的残酷和原始神秘的荒诞，就此而言，扎西达娃的心痛是无可言喻的。但是，扎西达娃依旧在顽强地书写着西藏的原始神秘。《西藏：隐秘岁月》写了三代次仁吉姆的故事：1910—1927 年；1929—1950 年；1953—1985 年。在扎西达娃这里，编年史一般的时间界定本质就是原始神秘的接续不断，时间不是作为清晰确定的物理段落，而是作为时间流内化为西藏民族文化心理的内驱机制，从而作为西藏历史的某种内质隐约断灭、若存若亡。首先是历史情境对于个体生命的"吞噬"："某个共同体或阶级、某个个人所属的宗姓和家族，都曾经把个人的生命和个人的时间纳入共同体的时间系列，当共同体和共同体的统一时间、连续性的时间或循环往复的时间，取消了个人时间的有限性和真实性时，它同时也带走了个人的个体性，独立性和独特性"。①这对于次仁吉姆以及修行大师作为个体的独立性和独特性而言，差不多是一种奢侈，但是，扎西达娃布控的时间系列中三个段落之间的凹陷，则足以"吞噬"整个西藏的文化和历史。当修行大师变成一具骷髅的时候，次仁吉姆的死亡就是不言而喻的了。一个文化的能指符号与一个具体的生命个体之间的张力远不足以形成历史的"逆差"，相反，它们只在完成一个"级差"，一种看守和变现的"级差"，趋于死灭的宿命是共同的。其次，小说没有时间切换的明显标志，从一个事件到另一个事件之间是着意地利用相似性实现迷惑性过渡。作者常用的时间转换方法是预叙和闪回。"索朗仁增用手托着一边脸颊，闭上眼，情不自禁地回想起父辈充满辛酸和传奇的卖艺生涯……"索朗仁增这段闪回是为下文乌金的闪回做铺垫，乌金的闪回则以预叙的方式出现："那一声枪响注定了乌金长大成为一条汉子之后踏上了流浪的征途。承担起将一个远古悲壮的英雄神话在辽阔的西藏高原无限延续下去的神圣使命。凭这一把刀尖上凝结着祖先幽灵的钢刀向这个开辟了旅游路线的现代社会进行孤独无缘而坚韧的挑战，在美妙而悠扬的枪声里他看见父亲手中的步枪落下去了。"②索朗仁增和乌金都在临死前回忆小时候父亲之间的决斗，由此形成的紧张错乱的时间节奏凝固于一个点，时间就不再是历时性的扩张，而是被无限地放慢，甚至定格：

---

① 耿占春：《叙事美学——探索一种百科全书式的小说》，郑州大学出版社 2002 年版，第234 页。

② 扎西达娃：《西藏，隐秘岁月》（小说集），长江文艺出版社 1993 年版，第 99 页。

部落虽已成为历史，但复仇的意念随着新冤仇的相结却在超时空地运转着。在藏民族的心中，过去的岁月并不意味着消失，它时时象冥冥之中神秘地存在的精灵，似乎向现在或将来暗示着什么，过去是现在的兆头，也是未来的兆头。子报父仇，祖辈的仇人也是儿孙辈的仇人的"情结"是这种意识的典型反映。而来自血统和历史的那些方面，又强化了这种意识，这是一种感情或心理的时序——失而复得的世界，是藏民族爱与恨所凝聚的道德信念的根源性问题。①

亦即整个西藏的文化历史凝结于乌金生命中的这一个瞬间，它构成小说迟滞时间和历史的顽强努力。但问题并不在此，而在于：西藏民族的文化历史进入现代文明之后的尴尬和荒诞：《西藏，系在皮绳扣上的魂》中的两个人物：一个是手提一串檀香木佛珠寻找"人间净土"香巴拉的塔贝，另一个是琼，腰间系着皮绳，皮绳上打了一个个结，用来记下她和塔贝风餐露宿在寺庙里作过的一次次顶礼膜拜。在长期的流浪和寻找中，虽然塔贝也渐渐感到茫然，但他一如既往，继续前进。琼则不仅失去信心，而且被沿途所见到的现代生活方式所诱惑，她不愿再走了。令人警心的是当塔贝最后翻越喀隆雪山，到达莲花生的掌纹地带并濒临死亡的时候，他似乎听到了"神"的话语，这令他激动万分，然而他听到的其实是在美国洛杉矶举行的第 23 届奥运会开幕式的盛况转播。"塔贝的形象代表着在新的文化环境下，那些行为上仍按照藏民族传统的文化心理轨迹运行的人物，这种人物尽管对香巴拉这样的理想国追寻得很苦、很虔诚，但是其结果却只能是近似恶毒的玩笑。"② 扎西达娃试图告诉我们，真正的历史逆差是由现代文明及其工具理性造成的：《风马之耀》中乌金怀里翻出的纸片上居然是西班牙文所标示的卡亚俄港萨恩斯·贝涅大街 57 号和"蓝星"的字样，一个南美大陆的海港城市及其一个酒吧的名字。现代文明渗透到原始神秘的贴心处。扎西达娃从心理上是失败的，他所见证的"吞噬"并没有达到张泽忠时间性回溯中那种生殖和哺乳原型的呈现，那种时间流回向空间波所持存的"容器"，没有实现自我保存，而仅仅是被

---

① 卓玛：《走出"阴影"——谈扎西达娃〈风马之耀〉中人性的复苏》，《青海民族大学学报》（社会科学版）1998 年第 4 期。

② 赵学勇、王贵禄：《地域文化与西部小说》，《陕西师范大学学报》2007 年第 5 期。

"吞噬"，仅仅是民族文化历史的时间之矢从现代世界的矢尽，一种寂灭。问题是，为什么张泽忠能够达到而扎西达娃不能呢？我们的结论是：一种急于进入现代和西化的强烈生存意向消解了人的存在的诗性，进而消尽本体的神性，留下来的只有纯粹的时空性肆虐："他总有探究生命与故事时间，灵魂与时间的欲望，虽然这种探究常常在叙事之下，他仍然力图在虚构的神话里表现时空的方式，也就是时间与空间总是他小说的隐性的上帝。"① 不仅从客观世界的历史进程，而是从心性根底脱落了神性，脱离了善与爱的心源，神秘就变成恐怖，抗拒也只能变成逃遁。时空肆虐的结果一如阿库乌雾笔下那只"乌鸦"，总是靠"吞吃孩子的足印成长"，② 近乎胡编乱造的神秘不仅不能制造现代神话，而且足以吞噬一个民族足够坚定的文化心理。

（四）迎萨与起款两个仪式的拓扑是一种诗化景象，一种人的存在和世界景象的生态化，是"细脖子阳人"对于存在和世界的诗性看守。

其实，在与扎西达娃差不多的时间段，蒙古族作家满都麦已经体验了这种时间之矢没入民族文化血肉之后的痛苦：老苍头，数十年来一直沿着一条山路送饭送水，供养巴音桑勒斯的老禅师。可是，有一天他"发现身边的花草丛中，离地只有拐杖高，插有一面巴掌大、红白分明的小花旗。他好奇地仔细一看，同样的花旗，以相等距离横成直线、竖成行。满山遍野地延伸到桑斯勒巅峰顶"。可是，多年修炼的坐禅法师没有了，"凭借山羊的脚力修建的庙宇，就连碎砖破瓦也没有一片……"结局是坐禅法师没有找到，在盘羊站立的悬崖上痴痴坐着的老苍头也不见了，都坠入刀削斧劈般的百丈深谷，"只留下一股股火焰从烟雾笼罩的桑斯勒山顶窜了出来，闪闪烁烁，摇遥曳曳……"③ 这火，正是蒙古族崇奉的最高神性。如果说满都麦是用凝结了古老生态理念的意象散摄、并植、吞噬题材叙述，顽强显现民族文化精神对于现代文明的涵化和熔铸，还萦回着心情不畅、底气不足而凝成的"戾气"；那么张泽忠就不同了：他不仅做到这一切，而且来得更深刻坚定。他是以侗族的文化历史方式来拓扑所遭遇的劫难从而影射对于现代文明的态度，有点"夺胎换骨"的意思。"不易其

---

① 张昳:《作家的白日梦》，花城出版社1992年版，第175页。

② 阿库乌雾:《阿库乌雾诗歌选·乌鸦》，四川民族出版社2004年版，第22页。

③ 满都麦:《满都麦小说选·老苍头》，作家出版社2005年版，第169页。

意而造其语，谓之换骨法；窥入其意而形容之，谓之夺胎法。"① 其实两者是存在内在联系的。"不易其意"是指两事各领其意，并不混淆；"窥入其意"则是两事所指涉的理念或意脉是相通的。但是两者的叙事模式相同，叙述规则相似。夺胎和换骨都是一种隐约其意而拟形设景，形成叙述对象的互文或通释，但都不是拓扑。拓扑是一种空间结构及其函数关系，包含一致性结构、抽象距和近似空间等集合概念，包含了充足的现象学性质。拓扑关系确定一种空间实体相对于另一种空间实体的位置关系，它反映实体之间的等值共时，亦即一个物体与另一个物体其时空结构的逻辑对应关系：不间断，又不重复，可以实现"拓扑同胚"。《蜂巢界》的迎萨和起款两个仪式就具有此种性质——论述之前，我们讨论一下神话素。

（1）神明和灵魂。迎萨是侗族迎接萨神娘娘的仪式，前提是萨神娘娘的存在以及对于萨神娘娘的感应。萨神娘娘是一尊怎样的神？她是以怎样的方式护佑九百古榕寨的臣民的？又是怎样被人们感应的？这里，龙犊作为灵魂的呈现显示了极为重要的作用。我们且作一个盘点：《蜂巢界》17 节里就有 9 处或详或略地写萨神娘娘，几乎涉及一半篇幅。萨神娘娘的出现是以梦、忆念、巴隆格老的言说、安萨筑坛的行动、起款敬祭的仪式，直至幻觉中出现诸种方式被渲染而呈示的，她指涉九百古榕寨的信仰、习俗、生活、使命、仪式乃至梦境等文化心理的各个层次，是一尊本体神祇，其位格相当于《圣经》中的耶和华，但其神性之本乃是祖先的神灵。文本的呈示非常清楚："听老辈人讲，当初侗乡团寨先祖母萨神娘娘住在黎平螺蛳寨，率领侗胞抵抗外辱，血战塘海山，殉难后化在一座巨石。萨神娘娘人虽死了，但神灵长在，只要我们一提起萨神娘娘，萨神娘娘就像一个活着的人来到我们的身边。"（第 19 页，所有引述皆出《蜂巢界》，以下只记页码）萨神娘娘当然不能率兵战斗了，而是以神灵梦谕的方式鼓舞和激励九百古榕寨的人们去迎敌抗侮，并于冥冥中护佑他们。但是也不尽然，当勒汉包岛负款回寨、身遇险情、几乎葬身鱼腹的危急时刻，她就以神灵示现的方式出现在幻觉中，此即包岛历险最具诗意的"面圣"情节。就此而言，她又接近汉语书写的女娲娘娘：从来不曾离开信众，而不是耶和华般高栖于世外。这里的核心问题是：她是怎样被感应的？换言之，如果要感通萨神娘娘的神意，需要怎样的灵应条件？这就是

① （宋）释惠洪：《冷斋夜话·换骨夺胎法》卷一，引黄庭坚语。

包岛的灵魂——龙犊。《蜂巢界》以冗重的篇幅、绵密的笔法铺写龙犊——不仅作为包岛的前身隐约于时间的那端，常常是作为灵体从那端回放到这端，而且呈示于包岛、父亲公圣、情人美岛、九百古榕寨的视听意念之中，乃至明山秀水间、嘎勇出没时的牛群里，本质地讲，它就是一种本体空间性的散播，一种波状存在，散现于文本的不下 32 处描写，成为萨神娘娘之外第二个重要意象。如果说萨神娘娘隐喻了类似生命之树这样一种圣性空间的立体建构，那么龙犊就几乎明示了三世中阴这样的时间诉求的线性推衍，两者构成《蜂巢界》的叙事结构：从空间波向时间流的降临和从时间性向空间性的仰承；两者又是拓扑的。亦即萨神娘娘与龙犊真身的灵应关系实质是本体神性的空间波向社会历史时间流的情境性注入，龙犊真身向萨神娘娘的神性汲取则体现了社会历史的情境性向本体性空间场域的不断回向，两者是一种现象学的"拓扑同胚"关系。这是典型的巫性思维方式。就叙述结构言，体现了时空共拟、心月同圆的价值意向，一种共时等值效应。如果说萨神娘娘代表神性和诗意，龙犊真身就代表九百古榕寨的理性和良知，两者是共构的。F－H－安克施密特（F－H－Ankersmit）讲："历史主义者在历史中看到的是涉及社会历史事物本质的变化过程；然而，他们并不准备放弃'社会历史事物的本质'的观念，因为他们需要它充当他们的'变化主体'。"① 与之相反，张泽忠在进入侗族文化历史的叙述时，恰恰是放弃了"社会历史事物的本质"的观念，从萨神娘娘与龙犊真身之间捕捉他的"变化主体"，这个主体既是本体全知的，又是散播变化的，它涵摄了全部侗族文化的本体界域：水界、鬼界、天界、下界和人界及其巫性生命关系，正是隐含作者的功能性义域。以此展开的拓扑性叙述，在重建侗族文化历史时，不仅实现了民族文化义域的本体性涵盖和隐含作者的文化代言，而且悦纳乃至吞噬异质或异域文化，在一种神性和诗意的氤氲中重新阐释之；尤其是规约时间与空间拓扑的叙述结构，这与扎西达娃对于现代文明异质性和本土文化祛魅化的坚执，真不可同日而语。

（2）梦幻和谶语。在传统意义上，"梦是神灵依附人的体现，是神灵赐给人的言辞，是上天或宇宙主宰对可怜的人类的暗示，是冥冥上苍、茫

---

① ［荷兰］F－H－安克施密特：《叙述逻辑》，大象出版社、北京出版社 2012 年版，第128 页。

茫宇宙对人世显示的预兆。梦能预知未来，预测吉凶，传达神意，主宰尘世"。① 其实，这一切只有在神明与灵魂感通的义域中才是一种可靠叙述。亦即，无论是预测或传达的宰制性功能，还是代表神灵和上苍意旨之类价值性期许，梦幻所能实现的只是"叙述者的言行与隐含作者的规范保持一致"，② 我们把这种叙述认为是可靠的。但是梦幻和谶语是有区别的：梦幻出自萨神娘娘的托付或提示，它是以梦的形式示现的；谶语则是九百古榕寨的蜂工们——多是巴隆格老的宣说，也包括民间物议——的人间话语。两者的功能是一致的，就是一种神性状态绵延为人间状态，将期许性变成现实性，这在列维-布留尔看来，并不是个体的心智水平或知识状态，而是一种集体性的社会意识心理状态，"在与构成社会集体的那些个体的存在的关系上说，社会集体存在的本身往往被看成是（与此同时也被感觉成是）一种互渗，一种联系，或者更正确地说是若干互渗与联系"。③ "它包含着存在于实有的互渗中的一种通过与实质的同一而实现的共生中的集体表象和集体意识。"④《蜂巢界》的梦幻有两宗：一是萨神娘娘对于勒汉包岛的拯救，发生在包岛报警返乡的途中，从实有和实质的角度讲，包岛已经葬身鱼腹。"只听一声惊雷般'轰隆'响后，这头乖戾的'牛牯'便随着翻卷过来的浪涌在空中倒了一个个儿，接着像一条大鲤鱼扎进深水里。"那时，"包岛只觉眼前一黑，心想坏事了，果真掉进恶鱼的肚兜了"。但是包岛得救了，当然是由于萨神娘娘的护佑。包岛的心理层次非常清晰：首先想到临行前父亲命他携带的炭坨，这是奇迹发生的圣性过渡和神意机关；然后是萨神娘娘的法身示现："包岛看见一位美丽端庄的姑娘，迎面冉冉走来。看看，像是一身侗女装着的美朵姑娘。再看看，终于看清了，那是他在心底千百遍地呼喊着的那位'萨神娘娘'。"第三是面圣和圣谕："孩子，看额头上那颗炭火号记，知道你是从侗乡团寨来的勒汉。回去吧孩子，九百古榕寨等着一位酉年酉月酉日酉时生的小伙子去点圣火呐。"（第92—93页）如果说包岛掉入鱼腹和萨神娘娘护佑是真实事件，从实有或实质的角度看就是两个过程：前者是事实，后者应

---

① 吴康：《中国古代梦幻》，海南出版社2002年版，第1页。

② Wayne C. Booth, *The Rhetoric of Fiction*, Chicago, University of Chicago Press, 1961, pp. 73 – 74。

③ ［法］列维-布留尔：《原始思维》，商务印书馆1981年版，第84—85页。

④ 同上。

是幻觉，将两者链接起来并发生奇迹，则是九百古榕寨集体性社会心理状态掩盖了科学主义的真实：或许包岛并未落入死地，或许他想起美朵姑娘从而以深情至爱激发了求生欲望，将自己拯救。可是萨神娘娘作为九百古榕寨的一个集体表象是的确存在于包岛的深层心理的。梦幻的心理意义在于：在落入鱼腹与挣离险境之间，由心至物、自情而力的神意恰恰是，包岛由于获得神性从而激发了全部生命能量，实现成功抗争！这就是感通或感应，发生在神明与灵魂之间。九百古榕寨全体公民做了同一个梦："一天夜里，巴隆格老给侗乡团寨的先祖们一一地敬过香后欲上床睡个安稳觉，躺下不久便迷迷糊糊地做了一个梦，梦见先祖母萨神娘娘一身异样打扮，款款地走出古榕寨来。第二天早上，乡亲们像蚂蚁聚窝似聚拢鼓楼去，围着巴隆格老，七嘴八舌地说着同一件事。昨夜里，乡亲们也都梦见萨神娘娘……"（第 17 页）如此神异不在于萨神娘娘这个集体表象，而在于他和他们同时做了同一个梦，就有点"幻"的意思了。这个梦与其说是神启，毋宁说是一个谶语式的直觉或预感，它表明，一种神明与灵魂的场域不仅产生集体表象，而且会形成集体意志并导致集体行动；此种集体意志所诱发的集体行动完全可以导致时间流的改变，形成时间之矢的逆行，使特定社会历史情境回向本体神性场域，从而物理逻辑意义的实有或实质瞬间变现为救赎性质的天堂之路或因果之报。阿利斯特·E. 麦格拉斯（Alister E. McGrath）讲："基督教对世界作出了一种气势恢宏的阐释，它将整个人类历史囊括在一个讲述万物被造、失落、救赎和完满的故事中。这个故事框架引出人类经验中指向天堂的两个路标：第一是我们内心的渴望，对于比我们现在所知更深、更美之物的渴望；第二是我们对周围世界的反思——大自然似乎在暗示我们，在这个世界之外存在着另外一个世界，另外一个国度；虽然现在它不能为我们的感官所及，但是只要归宿它，就足以使人类躁动的心得到满足。"① 这一分析适应于多民族巫性思维方式和文化心理的实际，不同的是，中国少数民族文化心理中的"另外一个世界，另外一个国度"并不在世外，而就在人的心灵深处，所以中国人的灵魂承载着较西方人深沉凝重得多的文化历史重负，是没有办法的事。

---

① ［英］阿利斯特·E. 麦格拉斯（Alister E. McGrath）:《天堂简史——天堂概念与西方文化之探究》，高民贵、陈晓霞译，北京大学出版社 2006 年版，第 104 页。

谶语是另外一回事，但不是无关之事。"谶"即预说和征兆之言，最早是方士和巫术的职业语言，逐渐变成民间甚至是宗教或哲学感兴趣的对象，问题的关键不在于它是假的，而在于它有时是真的。也许它不是实质的或实有的规划，不具有数理逻辑的科学性，但它至少获得某种心理上或观念中的真实性，所以从古至今都有人相信它。对于它的心理学或人类学阐释不是这里的任务，但我们同样可以指陈它与实质和实有之间的文化心理关系，殆无大谬。第一是神明与灵魂相向共拟的本体性义域，这是一个前提或条件；第二是人对于客观世界的联想和直觉，包括想象；第三是集体无意识或个体潜意识中的经验、知识乃至规划和设计；第四是主体价值取向与对象客观趋势的契合，常常带有偶然性和机遇性。一个谶言变成事实，或者是其中的一项显黜了人类智性的超越能力，或者是四项的综合效应。但更其本质的是：谶语作为某种潜性意向和心理规划不仅从心理，而且从语言和舆论规约或诱导思维方式从而规约或诱导集体行动，使语言功能在传达思维成果和心理能量的过程中衍变、涵化为行为和事实，渐变为实有的和实质的。在最富神性意向的人类行为中，谶语不仅改变了事实，而且改变着时空。这就与荣格共时性接洽起来。这有两个接洽的榫口：一是潜意识中的集体表象（原型）与客观对象的结构同型；二是客观事物之间的原型同一。此种同型和同一是以超越物理现实法则及其因果逻辑关系为前提，从共时等值的效应上生成宇宙万物之间的灵感关系和感通能力。阿妮埃拉·嘉菲讲："原子核物理学使物质变得神秘莫测。从反论的意义上看，体块和能量、波与粒子证明是可以相互转换的。因果律变成了只在某种范围之中有效的法则。那些相对性、非连续性、悖论，仅仅能说明我们的世界的边缘——仅仅能说明无限小的存在（原子）和无限大的存在（宇宙）。这当然是无关紧要的；重要的在于，它们引起一种关于现实观念的革命性变迁。因为一种崭新的、迥然不同的、非理性的现实业已从我们'自然'世界的现实背后渐露端倪。"[1] 这意味着：谶语之类"相对性、非连续性、悖论"可能就是一种"崭新的、迥然不同的、非理性的现实"，不仅是种族集体无意识和社会心理场的外化，而且承载了本体神性的能量、信息乃至可以互换的"体块和能量、波与粒子"，被相同场域和情境的"灵魂"所感通或感应，就具有了预说和征兆的效应。张泽

---

① ［瑞士］荣格：《潜意识与心灵成长》，张月译，上海三联书店 2009 年版，第 231 页。

忠《蜂巢界》里的谶语集中体现在包岛龙犊前身的认证上，大致有三种
方式：①神性喻示。比如包岛返乡报警的水路上划行的木排、巴隆格老楼
门枋上挂着的牛犊犄角、牛皮鼓架上挂着的牛角号……更神奇的是红鲤直
接喻示：包岛的前生就是巴隆格老家那头"龙犊"！②九百古榕寨的共同
认证：巴隆格老、公圣及姑娘小伙子们共同看到的景象：包岛不是勒汉包
岛，而是一头牛牯！尤其是包岛的生辰日月与龙犊同缘！张泽忠讲："谁
人前世是一头牛，或是一匹马，而现世依然清楚地记得起来，这在侗乡团
寨里是常有的事。"（第 45 页）③包岛的自我体认。包岛不止一次感到自
己就是一头牛："父亲，我早就估摸着我的前世是一头牛牯呐。你看看，
孩儿脑勺上的两个圆嘟噜的毛旋，刀削也削不去，听老辈人说，那是牛牯
投胎转世留下的胎记呐。"（第 37 页）可见《蜂巢界》的谶语不只是一种
"言"，一种声音符码，还包括物象、事象、语象，它们不仅以约定俗成
的方式从心理、语言乃至从实有和实质的价值相位把勒汉包岛塑造成一头
牛牯，事实上它们就是萨神娘娘的本体神性对于九百古榕寨的涵泳和透
视。此种涵泳和透视形成神人之间、他者之间、人与自然和世界之间的神
性互渗，将地域文化叙事的时间流回溯到本体神性的空间波，形成周流普
遍的灵性感应和神意感通。

　　（3）预感和涵化。《尘埃落定》写傻子少爷的预感：在一个风雨交加
的夜晚，一道闪电划过天空，他就预感到要发生什么事了，大叫着想告诉
父亲却挨了父亲的吼叫和耳光。可是，不一会儿就听到马蹄声，茸贡土司
狼狈地逃了回来。然后就是茸贡土司的第二次出走，傻子少爷再一次预感
到战争的爆发，就大喊"开始了，开始了！"随即山谷里传来激烈的枪
声。这使我们想起韩少功《爸爸爸》里的丙崽，当他指着亭子飞檐上一
只蜘蛛作出奇怪的手势时，没人知道其喻指。后来人们明白了，他是在指
示家族的迁徙。诸如此类的预感只是狄德罗的"奇迹"，而不具有"神
奇"的性质。之所以说是"奇迹"而非"神奇"，是因为，无论天资痴傻
的丙崽还是禀赋超异的少爷，其实都不具有谶言或梦幻中神明与灵魂的灵
性感应以及与本体世界的感通能力，只是一种自然品质或肉体官能，虽然
这种品质和官能看起来"神奇"了些，但是并不构成种族心理和巫性思
维特有的集体无意识，是偶然和个别现象，不能规约和制导集体行动，不
能涵化世界和时空。张泽忠的预感则不然：不特别示现直觉性或离奇感，
而是一种崭新的、迥然不同的、非理性的思维方式和巫性氛围，但是又携

带着、氤氲着某种时间性逆差和空间性级差——从时间看，谶言总是指涉未来，以未来发生的事件印证曾经的神意；从空间看，谶言又是从事象的任运自在给出神意的山重水复。似乎是这样：谶言总是自然而然地从幕后涵化着世界。一点也不"奇迹"，甚至也不"神奇"，只是令人叹服：比如包岛对于自己前身的领悟，比如九百古榕寨对于美岛是一只水獭精的体悟，比如包岛先是被美朵姑娘劝阻、然后被萨神娘娘拯救的那份灵应——都没有直接将人的感觉与某个重要事件或直接后果连接起来，还不具有"预"感的超前性，倒是一种时间流逆行的"后"悟，亦即事后或结末才顿悟的关于前事或前世的醒豁和领承。但是较之"神奇"和"奇迹"，它富有更深刻的历史感和存在感，一种时间流向空间波的汲取和仰承，一种穿越时间和空间、穿越世界和历史的存在体悟，类似庄子的"游无朕"，一种"游方意识"或"戏仿意识"，意味着四方游戏的生命寄寓感和人格虚拟性：不再是儒家文化濡染的那种刻板而深重的忧患意识或品格观念，而是生命体验和诗意持存。它是以某种"预感"和"后悟"，不是凌空蹈虚地但也是履云踏雾地巡游着这个世界，不能举重若轻但也绝不滞涩地承担那无可承受之重，可以说是无始劫以来就禀赋了的神性和诗意的潜质，一种本体审美价值及人类人性价值。有一种预感能达到包岛那样很早就领悟宿命和使命的先验能力吗？有一种预感能比得上巴隆格老对于龙辇、对于包岛、对于九百古榕寨的荣辱沉浮有如此深挚明白的体察吗？他们已经超越荣格的预感能力，但不是源于原型，也不是经验或知识，而是《族源款》和《盟誓款》以及全部民间素材：神话、传说、仪式、文献……可以说，全部侗族文化的诗化内质蕴含着预感能力及人类智慧的神性资源。这是一种以说唱、歌谣、仪式、习俗为形式的人民文化生活和民俗仪式活动，体现为"哆耶"、"踩堂"、"起款"、"盟誓"等仪式文化形式的综合，"迎萨"是其最高形态。侗族有这样的表述："十二种花朵哪种最艳红/十二种树木哪种最有用/十二种骨头哪种最重沉/十二种师傅哪种最受人欢迎敬重/十二种花朵山茶花最艳红/十二种树木杉树最有用/十二种骨头龙骨最重沉/十二种师傅歌师最受人欢迎敬重"。[①] 这里显示，歌师是最受敬重和欢迎的师傅。它呈示了这样一种生命秩序：花草，树木，龙

---

① 杨通山、蒙光朝、过伟、郑光松编：《侗族民歌选》，上海文艺出版社 1980 年版，第29 页。

骨，人事——人事中歌师为什么最重要呢？是因为"歌养心"。侗歌中最典型的是"大歌"——

　　　大歌侗语称"嘎老"（al laox，a^{55} lao^{31}）或"嘎玛"（al mags，a^{55} maĥ^{323}）。"嘎"，指"歌"；"老"和"玛"，大意指"宏大"、"庄重"与"古老"。据侗族音乐家、学者张勇考证，大歌分单声歌和多声歌。单声歌有乐器伴奏的琵琶歌、果吉歌、笛子歌、木叶歌和无乐器伴奏的山歌、河歌、酒歌、龙歌、拦路歌、耶歌、儿歌等；多声歌有鼓楼大歌、声音大歌、礼俗大歌、叙事大歌、儿童大歌和戏曲大歌等。现约定俗成，大歌一般指多声歌，演唱形式是一领众合，分高、低声部，高声侗语称雄声、公音、高音，低声侗语称雌声、母音、低音。大歌属支声复调民歌，旋律优美抒情，和声协调完美。在侗族的礼俗中，大歌一般在鼓楼演唱，因此亦称"鼓楼大歌"。2009年9月30日，联合国教科文组织保护非物质文化遗产委员会第四次会议（阿拉伯联合酋长国首都阿布扎比会议）审议并批准侗族大歌列入"世界人类非物质文化遗产代表作名录"。[①]

　　这段话引自张泽忠课题论文《侗族民间"诗史"与"诗论"》的作者注释，我们看到，侗族大歌（1）有着宏大的气魄和古老的主题；（2）具有独特而完备的艺术体系和审美风格；（3）不仅表述日常生活题材及其文化义含，而且具有普通民众所传唱、所欣赏的通俗艺术形式；（4）与民俗仪式关联，是特定场合和规定时间演唱的民歌形式。换言之，大歌只是侗族文化衍伸出来的知识关系的一个维面，其"知识型"是包括仪式、民俗、礼仪、文献、传说、神话乃至梦幻在内的全部侗族文化的本体性视域。侗族大歌在《蜂巢界》里有美丽而富饶的体现，它融渗、涵泳、涵化着侗人生活的方方面面，直至内心世界。

　　什么是"养心"呢？张泽忠的阐释是："'养心'论的经典性和深刻性在于她从情感本体、生命意蕴和对宇宙世界的体验与认识的意义上，一方面确立了侗歌艺术的诗学理念及品质和品格，另一方面展现了一个民族

---

① 张泽忠：《侗族文化传统的审美生存研究》，广西师范大学出版社2012年版，第160页。

的向往诗意人生和崇尚艺术化审美生存的精神向度。"① 在我看来尚不止此：侗歌涵泳了侗族文化历史的精髓，透示着全部人类和人性的奥秘，思维方式和行为模式则包含了人类共有的原型，因而成为侗人预感和预知能力的神性之源。概而言之，侗歌囊括了侗族思维和文化的全部方式，从而成为侗族智慧的原型集结。张泽忠惊叹侗族祖先在很古老的年月就择居而迁徙，凭借的正是这种智慧和悟性。今天看来，侗族文化的女性气质已经预示了丰足的后现代精神义含，显示了卓越的预设性和前瞻性，无不与这个民族以歌诗为食粮的精神方式和心理质素有关。

歌师的价值和地位就变得非常重要了。张泽忠的分类有：守望神圣性的，崇尚世俗性的，标举精英性的，青睐民间性的，情形各异，各显神通。② 侗歌艺术对人的精神净化作用是极其凸显的：当受众的心受到净化时，歌师的心同时受到净化，因而才以纯净的心灵去净化他人。因此歌师的精神境界日臻崇高神圣，理所当然受到尊重和崇拜，从而成为族群共同体的精神领袖。③ 不仅如此，"歌师还是侗族传统社会的忠实书记员，在叙述侗族传统社会所发生的事时，褒贬旗帜鲜明，俨然是正义、真理的评判员。从这个意义上说，歌师既是美的体验者、创造者，也是正义、真理的代言人与化身"。④ 我们从《蜂巢界》看到的正是这样：巴隆格老就是九百古榕寨的歌师，一位族长、文化书记员、精神领袖——从民事到行政、从种群到精神，巴隆格老对于九百古榕寨的管理正是通过"族源款"、"盟誓款"的方式实施的。我们始终看重歌师的文化功能："传统社会里是文化精英，是侗歌的'活态'仓库，是侗歌艺术传承场域时空聚合要素的核心，于今，依然是'活态'仓库的管理者、保护者，当然是侗歌艺术传承场域的主体担当者。"⑤ 歌师的价值定位涉及精神皈依问题，可以说它衍射着宇宙万物的空间级差和生命界域。前引侗歌"花草—树木—龙骨—人事"的生命秩序正是此种级差和界域的隐喻：它形成一个宇宙万物和谐并生的生态生命图景，但是凸显了人的价值地位，而侗歌表述了这一切，正是侗歌对于人的存在的涵化。这种涵化不仅通过语义和精

---

① 张泽忠：《侗族文化传统的审美生存研究》，广西师范大学出版社 2012 年版，第 158 页。

② 同上书，第 256 页。

③ 同上书，第 155 页。

④ 同上书，第 163 页。

⑤ 同上书，第 148 页。

神的喻指，尤其是通过其演唱规模、主体阵容、艺术风格及其所臻至的场
域和境界对于人的心灵的震撼和规约来实现的。事实上，以侗歌艺术的传
承、发展、演变为目的实施的各种活动要素及其时空聚合方式，至少包括
五个方面：（1）表演、展演的内容、形式；（2）表演、展演的时间、地
点；（3）传承人（歌师、歌者及受众）；（4）虚拟空间（网络）传播及
仿像性表演、展演；（5）经典性歌论"养心"论。在侗族传统观念中，
"饭养身/歌养心"成为规约五个方面的核心要素。① 以此，侗歌的艺术审
美效应就从心理推衍到广大时空，产生了较之行政规约和国家法律更其诗
性、更为深广的本体审美效果：

（鼓楼演唱"祭萨"大歌："进堂哆耶进新年/老幼都爱心头乐/
萨岁坐殿心欢喜/我们心甜情意和。"张清澍/摄）

大歌是一种无乐器伴奏、无人指挥的多声部合唱，高、低音浑为
一体，以其和声的完美协调、格调的柔和委婉、旋律的典雅优美而著
称于世。歌队由一人领唱，然后合唱，时而高亢宽广，时而低沉悠
扬，不时听到鸟叫蝉鸣、江河奔流、山谷回响的声音，把听众带入如
诗如画的大自然中。娃娃队童声合唱单纯嘹亮，天真活泼；姑娘队的
歌声清纯如水；后生队的声音浑厚，给人一种神奇的享受，进而产生

---

① 张泽忠：《侗族文化传统的审美生存研究》，广西师范大学出版社 2012 年版，第 161 页。

莫名的冲动。①

侗歌把人的心灵和思想带入自然，不仅能够实现儒家以德配天、天人合一的诗化功能，而且直接滋育着侗族文化中宇宙万物的客体关系和诗化气质，成为人与自然的诗性中介。《嘎登》说"细脖子阳人"的始祖姜良、姜妹和天上的雷王、水里的龙王以及虎、熊、蛇、猫、狗、狐、猪、鸡、鸭等同为侗族祖先松恩、松桑所生，后来由于种种原因，各适其所各归其处。"五界"中"鬼魂"的居所四季如春，美丽如画；"鬼魂"居住的"高圣鹅雁"日有十八堂踩歌堂，夜有十八堂哆耶舞，和阳世间一样的欢乐祥和。地界下"小矮人"的居所也和人间山寨一模一样，有鼓楼、廊桥和吊脚楼，只是这些建筑的材料不是杉木而是芦苇秆……总之，宇宙五界说所蕴含的根本观念是以歌为中介，将诗性的、生态的宇宙样相和文化方式推衍到"时空以外的特殊时空"（Time out of time）。②

最后是迎萨与起款两个仪式的拓扑性描述。前面我们是这样来定义仪式的：（1）一个相对明确的主题；（2）人与神的对话和表白；（3）一套程式化动作；（4）试图达到深层体验，唤起本体崇拜。但前提是：无论主客关系还是客体关系，都是以灵魂感通本体的存在——神明作为本体神性，是人及宇宙万物存在的终极旨归。《蜂巢界》的拓扑事象是普遍的，迎萨和起款是两个大宗。迎萨是祈求种族的祥和安宁、生殖繁衍，指涉本体神性的形上之事；起款则是抗拒外辱、抵御入侵的种族行动，指涉社会政治乃至战争。但是在《蜂巢界》里，两者存在相当的可拓扑性——起款是合族聚集的总动员，不仅宣示种族行动的意义、性质、目的以及行动方案，而且有竞技表演和惊险动作，有歌诗舞蹈和巫性仪式，是一个军事行动的誓师大会。迎萨是团寨迎请萨神娘娘的盛典，从观相上看，更像是一个放大了的起款仪式——前述宗旨、程式、关目以及动作过程应有尽有。更重要的是：两者都被规趋到一个规定的时间，使仪式变成节日。

　　　　民俗节日是"时空以外的特殊时空"（Time out of time）。特殊时

---

① 全国政协暨湖南、贵州、广西、湖北政协文史资料委员会编：《侗族百年实录》，中国文史出版社 2000 年版，第 125 页。

② 王娟：《民俗学概论》，北京大学出版社 2002 年版，第 171 页。

空中，民众行事层面的奇特性特征是众人远离劳作假以自悦，行为方式有悖于日常作息规范；而叙事话语层面的深刻性在于自悦自乐活动过程中始终坚守圣化之维。对此，年轻学者覃健在其学位论文《返乡之舞与渎神节日》中，借德国哲学家、解释学家伽达默尔（Hans Georg Gadamer，1900—2002）的理论观点，作延伸性的描述和分析：（1）节日时间是一个整体性的时间："假如有什么东西同所有的节日经验紧密相联的话，那就是拒绝人与人之间的隔离状态。节日就是共同性，并且是共同性本身在它的充满形式中表现。""节日就是把一切人联合起来的东西。"节日打破了日常生活时人与人之间因为工作、繁忙生活而分离的状态。节日里，人与人充满爱意，彼此相亲，成为一个相互融合的整体。节日时间重新回到了原始混沌未分的人类时间。（2）节日时间是体验性的，充满意义，节日就是时间本身：即节日是一个特有时间，它是从日常的繁忙的时间流中飘离出来而具有自己的时间结构。时间不再像日常繁忙中那样流失，它变成真正可以体验到、可触到的幸福和欢乐。时间不再是无意义的等着填充和打发。在节日里，时间是节日生成的，是作为节日本身一体的，被人们切身体验而充满意义。节日把日常生活中那种偶然的易逝的状态转化为一种持续和永存本源。（3）节日时间是超越性和创造性的存在时间："节日庆典的首要的、活生生的本质在于创造性并使人提升到存在的不同境界。"①

　　我们以人民性、狂欢性和本体性来概括伽达默尔对于节日的三点描述，完全适应于《蜂巢界》迎萨与起款的节日性分析。人民性和本体性是不证自明的；关键是狂欢性。我们的问题是：迎萨或起款是如何将主题和性质完全不同的两个仪式通过狂欢性这一中介转化为相同旨趣的时间性，亦即节日。必须解决的元问题是：起款仪式有迎萨那样的狂欢元素和时间体验吗？答案是肯定的，我们从描述做起。与今天邮局传递的信件不同，侗族的款凝结着久远旷古的时间性，与歌存在天然联系："早些年，据说是从祖公起始，都柳江的这团天，聚集起像古歌里说的'头在古州，

① 张泽忠：《侗族文化传统的审美生存研究》，广西师范大学出版社 2012 年版，第 182 页注释。

尾在柳州'的'款'，这'款'就像山外王国里的国王一样，对内能维护秩序，对外可率众抵御侵辱。"就时间性言，"'款牌'钉上鸡毛及火炭，表明很重要，比特快或航空专递还要紧急。"（第2页）就叙述性言，不仅时间性，而且地域性及族属性都进入古歌的表述，它是"组织间传递消息的东西"，是侗族存在方式及行为模式的体现。

起款缘于预感和梦幻：先是九百古榕寨突然下起了雨，"天黑了，雨仍'哗啦哗啦'地不肯歇息。雨水和江面上袅袅升腾起的雾水，像一张怪异的网，把都柳江旁三道山梁的九百多户人家，严严实实地包裹起来"（第9页）。其次是勒汉包岛在火塘里用火镰取火，"压在白石颗下的一团毛茸茸的艾绒火引，不知何故老点不燃"。他的父亲就"心不由咯噔地跳，老脸上掠过一丝不易觉察的惧色：'这兆头不对啊！这兆头……不会有哪样背时事吧？'"很快，预感就由梦幻变成现实：一位过路的湖南货郎直陈："侗胞老伯，侗胞兄弟，怕要坏事了！听说官兵大兵大马从罗城、大苗山往都柳江开过来啦，这天葫芦街都赶不成呐！"（第10—11页）这是一个梦幻趋向现实、预感成为谶言的巫性过程。

其次，召集起款。这是一个诉诸时间性但是不断地拓扑为空间性的心理过程，它分为忆款、梦萨、踩堂三个阶段。包岛忆款是第一阶段，就如同巴隆格老乃至九百古榕寨任何一个蜂工一样，每临大事，必以时间，"听老辈人讲"成为时间性诉求的经典表述。包岛在巴隆格老外出的情境下忆款，令人奇异的是，此种时间性诉求不是指向迎敌出战方案的具体设计，而是回向"听老辈人讲"。此一过程又是一个时间拓扑为空间的过程：

> 听老辈人讲，一条河水一家人，从前都柳江侗乡团寨结款自治，联款自卫，款头在古州，款尾在柳州，古州是款盖，柳州是款底；都柳江大小团寨联结的大款中又分十塘小款，古榕寨是十塘小款中的第一塘款，巴隆格老是第一塘款的第七十三代款首。古歌这样传唱：官家设有八字衙门，侗家推举山寨头人；侗家有头人就像大树有主干，侗家无头人就像龙蛇无头怎能盘行。此时，巴隆格老出远门了，要是"嘎勇"真像秃鹫掳掠蜂巢直扑古榕寨来，哪个来当领头雁率领数千口人丁躲过这场灾祸……（第11—12页）

　　这是时间流向空间波拓扑：三波三叠都是将时间性诉求塑型为空间性焦虑。第一叠从老辈人的讲述拓扑为都柳江的团寨联款；第二叠从古歌传唱拓扑为树有主干、龙蛇无首的空间形象；第三叠从危急时刻巴隆格老的缺席拓扑为灾祸降临时九百古榕寨的现实情形。

　　召集起款的第二阶段完全包容在合族回忆的时间性中，回忆中的嘎勇侵入与现实中嘎勇来犯的语境完全重叠，空间波细分为五个细波：（1）萨神之梦。这是团寨合做的一个梦：萨神娘娘"款款地走进古榕寨来"。（2）巴隆格老第一次"听老辈人讲"，时间是小时候，听讲内容是侗族的族源松恩和松桑，完全是上帝造亚当又造夏娃的侗族版。（3）巴隆格老第二次"听老辈人讲"，时间是回忆中嘎勇侵入之后，听讲内容是萨神娘娘率众御侮的故事。这里有一点值得注意：萨神娘娘的位格由团寨的先祖母衍变为种族守护神。这是关键性的：她直接导致起款缮后、重建家园向迎萨祭神、纳物迎圣的过渡，过渡的中介正是侗族大歌："山寨有了歌声，众人脸上有了笑容。"更为神奇的是古榕寨的人们亲眼目睹了萨神娘娘的懿容："这天夜里，众人突然听见山寨上空琵琶丁冬鸣响，笙歌阵阵，抬头望去，只见天上门户洞开，不一会，先祖母萨神娘娘一身踩歌堂打扮，头戴银凤冠，耳戴银环，颈戴银圈、银链，手戴银镯，身着银晃晃的银丝衣，手持红伞，脚踏五色祥云，由月亮姑娘打灯指路，由众星星和满天飞翔的雁鹅簇拥着徐徐降下界来……"（第21页）这意味着，萨神娘娘再升一格：由种族的守护神升格为本体性的宇宙大神！（4）巴隆格老第三次"听老辈人讲"，内容是"细脖子阳人"与树蔸、白菌、河水、鱼虾和龟婆乃至虎豹豺狼的族源本体性关系，时间是踩堂迎萨之前。这一波同样具有深刻重大的意义：于宇宙万物中注入血缘亲情，空间波就从种族生存的世相中腾挪出来，将虫鱼鸟兽提升到本体神性，从而具有了万物齐权、众生踊跃的狂欢意向："第二天，密密下着的雨忽然退去，一轮红日从遥远的天陲冉冉升起，满天彩霞像一挂瀑布从云天外倾泻下来，把九百古榕寨铺染得银闪闪，金灿灿。"（第23页）天开日出，万象葱茏，吉祥宁静，一派圣性圆融的景象。（5）巴隆格老第四次"听老辈人讲"，内容是龟婆给松恩松桑取名的故事，时间是公圣携包岛美岛一对小雁鹅进寨入侗之时。这是包岛获得圣性的标志，象征着九百古榕寨获得灵魂的"使洁圣体"，与《圣经》里的神居于存在之外完全一致。萨神娘娘的本体神性已然降临，包岛的进入构成灵魂与神明感通的圣性场域，整个团寨进入狂欢。正是从这里，起款仪式的历史情境融入迎萨祭神的本体场域，种族记忆凝练为蜂工们的内在客体，汇聚成浪叠潮涌的社会历史长河，向着广袤大地，向着存在全域，向着一个属于人类和人性的节日播撒，扩散……

至此，我们可以对《蜂巢界》仪式的狂欢元素及时间体验作一个概括：（1）种族记忆的时间性向本体存在的空间性的播散；（2）团寨行动的人民性向合族共庆的仪典性的过渡；（3）歌诗共饮、万物齐权的宇宙感向天人合一的悦纳性的圆融。可谓其本体性、仪典性和悦纳性。我们看到，张泽忠的狂欢与巴赫金不同。巴赫金的狂欢包括：（1）脱离体制，走向广场；（2）脱离常规，插科打诨，人从等级秩序中释放出来，形成相互关系的新形式；（3）颠覆全部价值范畴：神圣—粗俗，崇高—卑下，伟大—渺小，智慧—愚蠢……（4）生活方式和价值状态的粗鄙化，戏仿和讽刺是其根本特点。《蜂巢界》则几乎是反着的：（1）进入团寨，进入仪式；（2）歌舞诗雅，纳入常规，进入古老民族的蜂巢结构，回归人类和人性的本然状态；（3）空间级差序化和时间逆差顺化，本质是圣化；（4）全部生活方式和价值状态艺术化，歌舞和赞颂是根本特点。一言以蔽之：巴赫金是"给神脱冕"，张泽忠则是"为人加冕"。现在，我们可以概括起款与迎萨的拓扑性了：一个艰难曲折、惊心动魄的历险过程成为两者共有的载体，无论包岛报警御敌还是合族采瘘迎萨，都可谓备受艰辛、竭尽全力，两者存在"一致性结构"；但是起款盟誓的情境性与采瘘迎萨的场域感存在某种"抽象距"：从历史角度看，起款仪式镶嵌于迎萨的空间框架之中，它只是侗族全民迎萨的存在事件中一个小插曲，它构成迎萨关目的结构性放大；从叙述角度看，迎萨仪式则散摄于起款的时间进程，它只是起款御侮的种族事件书写的一些民俗材料和心理境相，只构成起款的价值性诉求。起款索引出雁鹅双岛之爱，迎萨叙入了侗民合族的恨，两者相融互渗，持存某种"近似空间"，其深层体验是一致的：迎萨是回归本体神性，起款是求证万物同源——两者间存在因果回环的心理关系：迎萨是为了悦纳友善，起款是为了化敌为友；起款向世界表明一种人的态度和姿势，迎萨则向本体神性言明种族的善心和爱意。从"功能性存在"看，两者构成互文关系，实现了时间性诉求向场域性圆融的"拓扑同胚"：时间上并植和散摄，空间上镶嵌和吞噬，合题是悦纳。《蜂巢界》在为人加冕的圣化进程中喻示着生命和世界的终极意向：看守存在的诗性。

第十三节　生态关系

张泽忠的题材叙述与侗族文化的"知识型"纠葛着千丝万缕的知识关系，看起来这是个不大能理喻的命题，但是一个真命题。这就是：意象与题材的巫性联结散摄了神话、传说、民俗、文献等民间叙事元素，它们被拓扑为母题、仪式、模式、结构等多种语象，从而铺叙为文本。这些元素不仅与文本存在互文关系，构成意象与题材联结的叙述学中介，而且形成一些叙述命题，构成作者的经验和修养的心理渊源，成为规约人格操作及存在建构的文本化典范。同样，这一观点的前提和基础还是描述。我们需要把《蜂巢界》中起款与迎萨两大宗所关联的神话、传说、民俗、文献等民间叙事元素从仪式进程中离析出来，整理出语象结构和叙述命题，然后剖析其与文本及作者的叙述关系和心理关系。

《蜂巢界》叙事的整体框架就是包岛返乡报警这一历险进程，以包岛从鱼腹挣离、高喊"我回来了"为界点，大致分为入寨和入萨两个阶段。入寨之前主要是都柳江的历险，登岸之前向嘎勇冲击而牺牲则是入萨。这两段叙事的拓扑关系是：在写都柳江历险的同时就叙入合族迎萨采瘗和雁鹅双岛之爱的故事，在写巴隆格老起款盟誓的仪式中又凸显包岛作为龙犊后身入萨圣成的因缘。入寨与入萨之间又插入一对外方客，与嘎勇来犯形成对举。张泽忠的叙事可以说是双线交错、时空相衍、内外呼应、纵横编织，不仅超越了马尔科斯《百年孤独》的时空回逆，而且于故事的相互嵌入中衍入不可计数的民间叙事材料，从而打破叙事与历史的界线，实现文本典范对于存在建构的规约。

我们先将叙入的民间叙事材料罗列一下。（1）《怀远县志》所载滇黔赣联军进入桂北，沿路烧杀掠抢的故事（第14页）；（所标记页码，以张泽忠《蜂巢界》民族出版社2003年的版本为文本，以下不再说明）既是文献记载，也是侗人的记忆，在侗族历史中衍化为传说；（2）嘎勇退兵后，巴隆格老及全寨人都梦见"先祖母萨神娘娘一身异样打扮，款款地走进古榕寨来"（第17页）；（3）巴隆格老小时候听老辈人讲龟婆孵出松恩和松桑的神话（第18页）；（4）萨神娘娘住在黎平螺蛳寨，率众抗敌牺牲成圣的传说（第19页）；（5）合族唱萨神娘娘歌，夜里看见萨神娘娘显圣降灵的传说，亦有文献记载："《怀远县志》数行残缺文字载：……三更时，忽闻上苍笙歌齐鸣，仰望天上，如门户大开，洞见无涯，五色祥云，照耀如昼……"遗憾的是张泽忠附加了批注："此系乡野传闻不足为信"（第21—22页）。我倒要问：凭什么认定这宗乡野传闻就不足为信呢？写入县志，传及后世的事件，怎么就不是真的呢？（6）巴隆格老引领踩堂、开示创世传说："听老辈人讲，先前天地混沌，阳世间没有野兽，没有细脖子阳人……"（第22—23页）；（7）侗寨安萨采集瘗物及酉年酉月酉日酉时生人点火的传说（第25页）；（8）巴隆格老讲松恩松桑盘养祖婆祖公的传说（第26页）；（9）巴隆格老讲述细脖子阳人与鸡的故事（第32页）；（10）松恩松桑与红鲤青鲤、猴儿山魁交朋友、解烦闷的传说（第41页）；（11）金必偷歌的神话（第50—51页）；（12）迎萨瘗仪（第53—54页）；（13）"听老辈人讲，月亮里的那堆坟，葬着八百里侗乡团寨男女老少非常崇敬和拥戴的勒汉头——王素"（第67—68页）；（14）洪武十一年勒汉头吴勉率众抗嘎勇的历史传说（第68页）；（15）民国十五年侗胞头领王天培率众打孙传芳的故事（第69页）；（16）牛犊预感的传说（第84页）；（17）据《怀远县志》载，"丙寅五月，蝗螅由下而上，漫山遍野，响声震地，飞腾蔽天，禾苗五谷，霎时嚼尽"（第85页）；（18）巴隆格老祭龙犊，诵祭词（第85—86页）；（19）龙犊为救九百古榕寨牺牲的故事（第87—88页）；（20）丁郎唱民歌《放排歌》（第91页）；（21）包岛鱼腹面圣（第93页）；（22）巴隆格老讲族源款（第95—98页）；（23）巴隆格老诵盟誓款（第102—103页）；（24）美朵是水獭精，阿根唱祭牛歌（第113—115页）。

　　如果将这些材料与语境联系起来，我们会发现，24款材料与主体叙事——包岛返寨报警之间的链接大体有四种情形。

　　（一）历史情境相同，引发自然联想，历史与现实之间的时间距离因为联想机制而消解。开篇包岛获悉嘎勇来犯，负款返乡，叙述者就自然联想到《怀远县志》所载滇黔赣联军进入桂北，沿路烧杀掠抢的故事。除了文献与现实有着大致相同的语境之外，心理上的联想机制是个重要的因素。亦即，嘎勇已经在侗民文化心理深处形成一种恐怖情结：只要说起嘎勇，就与烧杀掠抢、灾难和厄运联系起来。这些文献资料不仅帮助读者理解当下侗胞所处的情境，而且取消着历史与现实的距离，使我们产生这样的感觉：已经发生的还没有结束，将要发生的正连接着过去。

（二）遇到现实困窘，侗人的思想自然而然就回溯到"听老辈人讲"的侗家神话传说中。包岛就是在嘎勇犯境消息传来、巴隆格老有事外出这样的现实窘迫中产生回放性联想的：他回忆巴隆格老是怎么说的，以此衍入萨神娘娘托梦进寨的传说，乃至合族踩堂迎萨的仪式。这些民间材料的衍入实际上变成一种心理过渡：如何从嘎勇杀戮之后的惨淡和灾荒中挣离，开始重新生活、重建家园的节奏呢？这就是萨神娘娘的降临和启示，使团寨的力量再度凝聚、合族人的心念更加一致。回向"老辈人"，回向祖先和神灵，乃至回溯到始祖松恩和松桑，侗族人的思维方式显示了顽强的时间意向和祖灵观念。这些材料也具有寓言和神启性质。

（三）现实行动需要依据，就会引出神话传说，从而形成神性的或心理的种族共同体认。包岛和美岛随父进入九百古榕寨时，巴隆格老就讲了一段"细脖子阳人"与鸡的故事，然后就是包岛自己想起"细脖子阳人"与山魈、红鲤的传说。这两则神话不仅确立着包岛加盟侗寨的神性依据，而且印证着包岛是龙犊后身的圣性依据。当然，这些材料也显示了侗族在对待外方客的态度上显然的友善和认同——他们是以神性和圣性来认同他者的！

（四）发起重大行动时，就成为种族心理的激励机制，鼓舞着合族奋发的意志和决心。族源款和盟誓款显然是激励团寨抗敌御侮的意志和决心的。这是侗族文化中最激烈的部分："抵御外侮抗顽敌，款民要团款盟誓，吃枪尖肉，以示众人三人一伙，和伙拧成一股绳，像万千只蜂儿满天飞，夜里闹腾腾，喊声杀气大过雷公，屁股上的尾椎比雷公的斧凿还坚利。"（第 101 页）值得注意的是，张泽忠写到侗族抗敌御侮的誓师是以族源款与盟誓款合参来理解的。似乎意味着：一种触及整个种族生存的外部力量以抽象自然力的形式出现时，侗族人的决心和意志是坚定的，那就是以死抗争，绝不气馁。

文本中叙入神话传说等民间材料，在其他作家和诗人那里也是存在的，但比不上张泽忠的圆融深挚。每临大事，侗族人总是要听族长的，族长总是"听老辈人讲"，然后就是那些神话传说，仿佛所有现实的答案都已前设于这些神话传说中，这种对于时间性的依重和坚执，构成侗族文化的基本品格和特点。神话传说以及文献资料不是可有可无的；换言之，把这些神话传说以及文献资料从叙事框架中拿掉，那将是一种怎样的情形呢？"我们称之为潜意识的东西保持着构成本原心灵的组成部分的诸原始特征。梦的象征经常不断地关涉到的，正是这些特征，好像潜意识竭力想从意识心理那里唤回在它演化的过程中它所摆脱的一切古老的东西——幻觉、幻想、远古思维形式、原始本能，等等。"① 这对张泽忠也是适合的。我们在满都麦、阿库乌雾、张泽忠、扎西达娃、乌热尔图、冯秋子等作家那里都不同程度地看到这种对于古老种族记忆的"迷思"（myth），至少是"想从意识心理那里唤回在它演化的过程中它所摆脱的一切古老的东西"，说明他们的民族文化已经式微，这是另一话题。从文本看，题材叙事与神话传说等民间材料构成互文阐释关系：题材是神话传说等民间材料的现实版；神话传说等民间材料则构成题材叙事的文化心理阐释。两者互为依据，生成种族叙事的心理逻辑。这是一个基本的概括。这里的问题是：题材叙述是如何过渡或转换到神话传说等民间材料的？这种过渡或转换的叙述学旨趣怎样？它们是如何共构文本的？等等。

三十七　神话传说与主体事件的互文关系

题材叙事与神话传说等民间材料的互文关系，构成少数民族意象叙事文本的基本特点。把神话传说断然打入封建迷信的时代已经过去，但是数理逻辑和实证主义依然顽强地控制着我们，创造灵感得不到解释，自由意志处于非法地位。比如《蜂巢界》里《怀远县志》数行残缺文字载："……三更时，忽闻上苍笙歌齐鸣，仰望天上，如门户大开，洞见无涯，五色祥云，照耀如昼……"本来是民间万众看到萨神娘娘这一史实的一个记载，遗憾的是张泽忠违心地作了迎合科学主义的批注："此系乡野传闻不足为信"。与张泽忠相比，满都麦就非常坚执：他坚信他所亲眼看到的或亲耳听到的。《圣火》结尾有这么一段话："杭盖草原上如海似浪的传说故事里，有不少是讲从前的恋人长期分离后，到了晚年才得以相聚，并在呼呼鸽河水里照一下影子便返老还童，重新过起幸福生活。假如没有任何根由，这些传说从何而来？是的，我也会返回到草一样青、花一样妩媚的年龄，与我日夜思念的人一起，在这辽阔的土地上建立起幸福的家园。"女主人公的这段内心独白其实代表了满都麦对于所有神话传说等民间材料的态度，而《圣火》写的就是草原上的这个传说。《四耳狼与猎

---

① ［瑞士］荣格：《潜意识与心灵成长》，张月译，上海三联书店 2009 年版，第 76 页。

人》写猎人巴拉丹遭到狼群围攻，一只"四耳狼"救了他，正是他从前放生的那只狼。狼知恩图报，显然也是传说。《远古的图腾》就更神奇了：一只长卧于草原深处的卧牛石出现类似电视屏幕的幻景，它不仅为查干朝鲁换取上亿资金，令人不可思议的是它居然自己飞回草原，回归原处。这就使得叙述学意义上的互文关系发生了深刻的变化：如果说朱力亚·克里斯蒂娃（Julia Kristeva）的"互为指涉"（intertextuality）仅仅表示文本之间的某种"应和"（echo）关系的话，包括"公开的或隐蔽的引证和引喻；较晚的文本对较早的文本特征的同化；对文学代码和惯例的一种共同的积累和参与等"，① 少数民族意象叙事中的神话传说等民间材料，就不仅实现着文本与民间的互文关系，而且将题材从一般故事层面关于动作、情节、人物的叙写，深化为原始经验、典型情境、种族记忆及集体无意识的渲染和铺陈。民间性和人民性成为少数民族意象叙事最为深刻的本质之一。亦即，少数民族意象叙事的互文关系不仅发生于文本之间，尤其发生于文本与民间和历史之间，民间的印证构成意象叙事最无可置疑的真实品格。当然这不是一个题材来源的问题；题材来源并不涉及心理关系。它指涉这样一个命题：通过互文关系纳入题材叙写的神话传说等民间材料，不仅显示了民族文化心理的时间性倾向——某种由种族记忆所宰制的联想机制，而且显示了空间性倾向——某种根基于种族记忆而拓展出来的历史空间和本体空间，两者作为空间波，随着时间流一叠一叠地汹涌下来。这就形成少数民族意象叙事与汉语书写的巨大反差：汉语书写是一种近乎失却时间标识而追求空间置换的赶场心理，全部以时间性而有的情境、特征、细节、心理都被抹掉，就像一个半老徐娘竭力抹去额头眼角的鱼尾纹一样，恍然间已进入他国，言必称西方，称着称着就觉得他方成了己方，文化身份和言说义域自然而然变成西方的了。少数民族意象叙事则是强化时间标识，不追求空间置换，相反是一种空间执持，言必称传统，言说义域无不是在张扬自己的民族文化身份。在少数民族意象叙事面前，诸如历史断层说、超稳定结构说之类就显得有点滑稽，那种急于割断民族历史、抹掉文化身份的汉语书写，差不多已经跨入妓妾者言的行列了。

其实，张泽忠对于神话传说等民间材料的利用，其最大的意义在于渲染着一种创世记或创人类的宇宙意识和本体观念。亦即这些材料不仅打通

---

① 刘俐俐：《文学"如何"：理论与方法》，北京大学出版社 2009 年版，第 11 页。

现实与历史、与种族记忆的时间之隔，而且拓展义域，把意象叙事提升到本体和宇宙的语境中来，具有足够高远的人类视野和人性关怀，尤其是解构了文本与世界的边际，使文本建构本身具有了生态意味。那些神话传说或文献资料首先是作为时间流的回溯、一片一片成为空间波，然后回向终极和绝对的，这个终极和绝对就是族源款所涵泳的祖先之灵乃至生态本体。"有人以为，'神话自身意味着诸多矛盾的汇集'，这并非耸人听闻，因为从文化史实的考察就可以看到：'神话'作为一种原始思维形态却不具有独立的'文本存在形式'，它作为一种神秘原初的认知观念却又不得不'依附于叙事方式来呈现'，它作为一种具有广泛'衍生性的文化构成形式'却又可以'被理性解释拒之门外'，此外，它作为一种神秘浪漫的文化精神却又总被当作一种虚拟幻象而失去现实批判意义。"① 这段话对于神话文本存在形式的描述是准确的，但是根本上又不得要领；它涉及神话研究的四个层面：思维方式、知识体系、文化形态、人文精神。倒是非常符合少数民族意象叙事理论的四个地步：意象、题材、文本、世界。神话本来就是一些意象，是原始人类本体审美的成果，当它提升为一种思维方式时，就更不可能有具体的文本形态；神话也叙述题材，那不过是一些带有神秘色彩和审美意向的、原始人类对于宇宙万物的观察结果或认知成果，它构成知识体系和观念体系但不是概念体系，它必须依附一定形象或形态来体现，这就是叙事；神话是口传文学，一个故事成形可能需要几代人甚或几十代人的传衍和体认，确定的阐释或理性的界定是比较困难的。但它最终会形成文本，作为原始人类特有的一种文化形态，它要摆放到客观世界中加以验证，结果是悲惨的："作为一种神秘浪漫的文化精神却又总被当作一种虚拟幻象而失去现实批判意义。"但是，神话从意象到题材、从文本到世界这样一个生成过程，却是清晰明确的。它使我们看到，神话本身就是一个体制性或过程性的机制，它是由本体审美的空间波跌落下来，一层一层跌落到人的存在世界的层面。第一，每则神话都有一个核心意象，不论是本体性的还是情境性的，人物性的还是物事性的，四个层面总会拱卫或仰望这个核心意象，使之成为叙事中心；第二，每则神话都有题材叙事，或简或略，或理性或荒诞，或可构拟出原始场景和典型情境或不能……总之作为神话文本要走向传播和传承；第三，神话并不是什么

---

① 李咏吟：《诗学解释学》，上海人民出版社 2003 年版，第 269—270 页。

"衍生性的文化构成形式"，就是文化本身，就是一个民族所奉持的人格样相和情感典范；第四，神话氤氲着和承含着人之于天地间的状态和方式，构成原始生活最质朴的拓扑语象。可以说，神话在每一个层面都超越二元对立思维，不是对立范畴的线性推衍，而是同一性空间波的无限散播和不断滑落：从意象审美的本体性场域向内在客体的历史性情境，再向人的操持和劳作——叙事，最后向存在和世界不断建构。所以，神话的阐释过程同时是一个建构的进程。由此看来，张泽忠《蜂巢界》的神话传说等民间材料并不是附着于勒汉包岛负款报警这一主体事件之上的"衍生性的文化构成形式"，相反，它是像筋血皮肉一样涵泳和熔铸着主体事件的主干，并以本体神性、自然诗性和祖灵圣性滋育之，使叙事成为一种生命诞育般的圣性劳作。

当初天地混沌，云在山头，雾在山脚，树林满山梁，龟婆孵蛋孵出侗人松恩、松桑。松恩、松桑养出男儿雷郎、龙郎，送雷郎到青天红霞下，送龙郎到湖海底下万里河床；往下养出虎郎、蛇郎，养出姜良儿郎，养出姜妹女郎。

山野茫茫，姜良、姜妹赶牛上山岗，犁得地土，耙得田塘。因为呀因为——，因为姜良下河取苔藻来盖屋，姜妹下河取水当酒来卜卦，雷公踩在苔藻上跌一跤，雷婆说卜卦酒臭腥臊。雷公、雷婆生气，同姜良、姜妹相吵打。打到雷公的门前，打到雷婆的屋檐。雷公、雷婆打不过，被姜良、姜妹关进钢仓，锁进铁屋。

因为呀因为——，因为姜良远去三十九宝犁地土、耕田塘，去得三年不回还。留下姜妹一人蛮孤单，一天下河挑水看见鳖鱼河中游，翻来翻去不知走；看见乌龟河中爬，翻来翻去不知逃。只见鳖鱼张嘴，吐出一把银梳、一粒谷种；乌龟张嘴，吐出一对银环、一粒麻种。姜妹接过银梳头上插，接过银环耳边戴。谷种麻种，拿去园中下种。长出谷子当饭吃，长出麻皮织衣穿。雷公雷婆看见，便打姜妹的主意。雷公雷婆说，姜妹你去河边挑水得见鳖鱼、乌龟翻来翻去好热闹，你打点水给我们喝，我们做热闹给你看比他们强。姜妹不细思量上了当，雷公、雷婆喝下水三瓢，张口喷三下，喷出雷电捶破钢仓，撕碎铁房，逃去天边喊龙郎填海塞河。水茫茫，越涨越高淹田塘；水悠悠，越涨越高淹江州。姜良从三十九宝回还找姜妹，两人躲进葫芦瓜，洪水向东，葫芦瓜向西找雷公的走廊；洪水向西，葫芦瓜向东找雷婆的门坎。姜妹拼命地划桨；姜良搭弓射箭，一箭射到雷公屋檐前，一箭射到雷婆门边。雷公、雷婆吓得心惊胆颤，去喊龙郎浚海疏河。水茫茫，退出原山塘；水悠悠，退出原江州。姜良去到寨头寻不见姑娓，姜妹去到寨尾寻不见姨娓。两人听从崖鹰劝告，各丢一边磨石下山冲，磨石滚到冲底合成一双。姜良走向东，姜妹走向西，走来走去两人走在一起结夫妻。夫妻三年养得一女叫果妹，果妹模样丑陋像猿猴。崖鹰说，女孩一个一个来养慢得很，男孩一个一个来养日月长，养得这个把她切成粉末撒向平川撒山场，让人间烟火遍山乡。姜良拿果妹的粉末去到三川五坪播，姜妹拿果妹的粉末去到三溪五岭撒。肠子变成了汉人，汉人聪明住在平川；骨头变成了苗胞，苗胞骨头硬朗住在高岗上；肉团撒在河谷溪旁变侗胞，肉团筋筋拉拉，侗胞浑身筋骨也筋筋拉拉，侗胞的命也筋筋拉拉……（第95—97页）

这一段节选自《蜂巢界》之三《劫数》，所谓"族源款"，取位于主体事件包岛返乡报警第一阶段"人寨"结束、第二阶段"人萨"开始之际，巴隆格老的思绪飞回到童年、七八岁就开始讲款的时间段。在包岛"人寨"与"人萨"两段之间插入一个回溯性时间流，跌落在"族源款"，一下子将时间流回溯到开天辟地之初！这段神话的核心意象显然是姜良姜妹兄妹成婚，原型则是女娲与伏羲的故事。唐代李冗《独异志》卷下载："昔宇宙初开之时，只有女娲兄妹二人。议以为夫妻，又自羞耻。兄即与妹上昆仑山，咒曰：天若遣我兄妹二人为夫妻，而烟悉合，若不，使烟散。于烟即合，其妹即来就兄。"两则神话的核心意象兄妹成婚完全一致。其次，从叙事看，《风俗通》载："天地开辟，未有人民，女娲抟黄土为人，剧务，力不暇供，乃引绳于絙泥中，举以为人。故富贵者黄土人也，贫贱凡庸者絙人也。"侗族"族源款"则俱细得多：姜良姜妹盖房耕织、与雷公雷婆争斗、果妹之粉造作出汉苗侗各族……再次，从文化品格看，汉语书写的伦理意味较浓："兄妹议以为夫妻，又自羞耻"，遂听天意："于烟即合，其妹即来就兄。"侗族似无此隐曲："两人听从崖鹰劝告，各丢一边磨石下山冲，磨石滚到冲底合成一双。姜良走向东，姜妹走向西，走来走去两人走在一起结夫妻。"这是一种人与崖鹰的平等友善关系，崖鹰的劝告和磨石两合的启示都是外部条件，顶多了也是睹石合而启男女，关键还是自己的选择："姜良走向东，姜妹走向西，走来走去两人走在一起结夫妻。"最后，从龟婆孵化出松恩松桑到姜良姜妹出世，再与雷公雷婆争斗，生果妹又切成粉末、播撒为汉苗侗各族……这是一个从"天地混沌"的本体神性不断降落、不断撒播、从而衍化为宇宙万物的空间波跌落过程，它似乎还隐约着老子的模式："道生一，一生二，二生三，三生万物"。

我们举这个例子是想说明：其一，神话传说等民间材料的运用，并非生产力低下这样一个缘故，也不存在暂时无法解释的科学现象，而是隐含着一个"宇宙模式"，这个模式既是神性之源，也是人性之根，所有社会历史情境都被置放于它的视域之内，所有人类人性景观也都是此源此根的衍化和变现。神话传说不仅是一种本体性或人类性的视角，它就是本体性和人类性的一种语象——进入题材叙述后生成叙述命题。姜良、姜妹的故事与包岛负款报警的互文关系，就形成这样一个相互借鉴和参照的命题：大敌当前，一个侗人，一个侗家勒汉应该如何面对？是像姜良姜妹一样殊死拼搏、生死以之呢？还是有别的出路？答案就在神话传说之内：没有别的出路，只有像果妹那般化为粉末！但是，众生平等友善亲情的种族理念不变！我们自然联想到"精卫填海"、"夸父逐日"等汉语神话，表明它已变成母题，这是所谓"宇宙模式"的启迪之一。其二，"族源款"所展示的人物关系和情节结构隐约着勒汉包岛的叙事模式。第一阶段姜良姜妹与雷公雷婆争斗，暂时获胜。第二阶段姜良离家耕田，姜妹孤守，因得到鳌鱼和乌龟的赠予，在家耕织成果丰硕，引起雷公雷婆妒忌，播弄滔天洪水，制造灭顶之灾。于是姜良返家，夫妻藏于葫芦瓜内，寻机与雷公雷婆战斗，再度获胜。第三阶段是姜良姜妹兄妹成婚。第四阶段是果妹之粉变现为汉苗侗各族。四个阶段概括一下则有：初战雷公雷婆；再战雷公雷婆——姜娘与姜妹有一段分离；兄妹成婚；杀女成萨。拟之包岛，大体如之乎也：初涉险滩；再闯虎跳峡，鱼腹面圣，萨神娘娘引渡出死亡之谷——美岛此时也正在家守候，企盼着包岛归来。这一段就如姜良姜妹再战雷公雷婆，但包岛所面对的敌人始终是都柳江的凶涛恶浪！而美岛和九百古榕寨的蜂工们所面对的敌人尚未出现，就像被关起来的雷公雷婆。接下来是包岛入萨：美岛及团寨一边已进入战前状态，包岛这边方遇到嘎勇，正准备与阿根联手救助两位外方客，形成合力，痛击敌人——这与姜良姜妹兄妹成婚杀女成萨的故事拟意象形，有着不很精准的相似：姜良、姜妹征战雷公雷婆的主题已转换为生殖繁衍，大敌当前，包岛和美岛生死不能两顾，生殖繁衍只能让位于救亡图存。但是求生存与求发展的种族使命是相同的。从人物关系看，姜良、姜妹是兄妹而夫妻，与雷郎、龙郎、虎郎、蛇郎乃至崖鹰、鳖鱼、乌龟都是亲友，宇宙万物都是心领神会、亲情往来的平等生命，这与包岛美岛的命题完全一致：他们与九百古榕寨的全体蜂工同样是平等友爱的生命。可以说，神话传说等民间材料中已经蕴藏了主体事件的全息"种子"，而这些"种子"又都收藏于"听老辈人讲"的时间标志中，作为"宇宙模式"可以通释张泽忠的全部侗族叙事。

三十八　神话传说与内心体验的语象关系

所谓全息性就是原型性，亦即神话传说等民间材料中其实已经包含主体事件的原型在，主体事件只是该原型的时间性和情境性变现而已。换言之，原型的有效性是以时间性为前提，并不是所有的原型都能转化为现实情境，有的原型湮灭既久，已经从生命和历史中消失——它真的消失了吗？"在一个社会和文化转型的时代，'现在'成了大众文化特有的价值存在方式。它以非精神性的感受活动，拆除了日常生活的各种精神性装饰，把'当下性'的价值立场直接引入对生活的'轻快进入'，从而使'轻快地进入现在'成为一种普遍的大众经验，成为日常生活幸福的文化把握方式。"[1] 亦即在一个把时间性置换为当下性的伪价值时代，全部社会历史价值都从本体审美的神性撤离，生命个体散裂为一些略无意趣的碎屑，播撒于苍白无聊的历史之空。"正因为'现在'无法再生和延续，因而，对'现在'的把握是一种孤立自满，它不与过去发生联系，也不启示人的将来，而只对人的当下状态存在着。"[2] 这似乎成了现代人存在状态的不证自明。其实问题也没有这么简单。"事物越多在终极的能力下被光照，它就越发显得充满疑问和缺乏意义，因此当它在能力的根基和终极的真实卜越发透明时，事物的能力同时被肯定和被否定。"[3] 时间性究竟是怎样的？当它被病态地处置为"当下"且"不与过去发生联系，也不

---

① 王德胜：《文化的嬉戏与承诺》，河南人民出版社 1998 年版，第 68 页。

② 同上书，第 69 页。

③ Tillich: *Uber Glaubigen Realismus*（《论信仰实在论》），见 *Paul Tillich Main Works/Hauptwerker*，Volume 4（《保罗·蒂利希重要著作》卷四），John Clayton 编，Berlin：Walter de Cruyter，1987，第 203 页。

启示人的将来，而只对人的当下状态存在着"时，它就是一个妓女。可事实上妓女也还是要与未来和过去联系一下的，不管她怎样联系或联系到什么程度；不接受"终极的能力"照耀的时间性是不存在的，这个"终极的能力"就是原型。《心经》有言："是诸法空相，不生不灭，不垢不净，不增不减。"这于原型是适应的。亦即神话传说等民间材料的神性价值和原型性质并不随着时间性和情境性的改变而湮灭，它只是改变了存在状态和方式而已。首先是体验。所谓体验就是一种伴随着原型的时间性，一种在时间性中展开的原型性，一种穿越世相虚华和日常知解、进入原型并回向原始的典型情境。

边　缘

　　　　山风，那些禀有异类气息的山风。带着丰富的颜料丰富的方位，带着犬吠与鹰泪，掠经一面红色的岩壁，铭刻亘古不灭的忧伤与盘旋翱翔的天性。那些来自智慧之谷的颜料与方位，化作奇异的线条和图案，以群起群落的自在之态，至今仍在天空与土地之间熠熠生辉。
　　　　先祖的颂辞成就冰固的意念！
　　　　火灾终止于城市的边缘！
　　　　河流截不断大地，彼岸与此岸同时呈现，彼岸与此岸从来就互为边缘；于是，黄昏的叶片再次托起古朴旷世的森林，边缘就在黎明的枝头；而黎明的花朵吞噬怒潮狂涛的海洋，边缘在岩石的底部，在那个享受过特殊孤独的种族深处。
　　　　鸟巢被毒蛇占据你们重筑鸟巢！
　　　　狼窝被玉兔拥有你们重建狼窝！
　　　　边缘，送葬的人群
　　　　走在正午的阳光下！……

　　这是阿库乌雾《血灾》里的一首散文诗，题目"边缘"是一个遥远的视域，一个举目相望的边际目标，但核心意象却是"火灾"。"山风，那些禀有异类气息的山风"，指山火随风卷来首先闻着的刺鼻的烟雾。"带着丰富的颜料丰富的方位"，是指乔木荆棘、花鸟虫鱼都被风火炙烤着，漩卷着不同的颜色、从不同的方位焚烧过来；"带着犬吠与鹰泪"，是指鹰犬鸡豕、牛羊之属被火炙烤着，声唤着奔命的场景；"掠经一面红色的岩壁，铭刻亘古不灭的忧伤与盘旋翱翔的天性"，是指森林烧尽了，山体和岩崖裸出了，岩壁被烧得通红透亮斑驳诡谲，犹如一面风蚀雨沥而日益新美的岩画，镌刻下"亘古不灭的忧伤与盘旋翱翔的天性"。这是一场森林大火最直接的写生，但是，诉诸嗅觉、视觉、听觉乃至感觉不断转换的时间性过程，沉淀为一场悲默而深远的悼念："那些来自智慧之谷的颜料与方位，化作奇异的线条和图案，以群起群落的自在之态，至今仍在天空与土地之间熠熠生辉。"智慧之谷在哪里？不在千山万水东西南北，而在一个古老民族的心灵深处！唯有那些来自心灵深处的"颜料与方位"——古老的情感与深刻的思想，才能化作岩崖上"奇异的线条和图案"，一些艺术符号，它们"以群起群落的自在之态，至今仍在天空与土地之间熠熠生辉"。至此，我们才理解了"先祖的颂辞成就冰固的意念！"的意思：那是一场火灾，是浴火重生和生死考验，但更是一场浩浩荡荡、轰轰烈烈的创造运动！它在烈焰中检阅着人性，在死亡中升腾出神性，这个民族对于生命和世界的礼赞以此凝结为坚固冷静的艺术，正是苦难和死亡在古老心灵的时间体验！

"火灾终止于城市的边缘！"这是一个时间标记。从上古汹涌而起的大火携带着苦难和死亡的记忆，飘袅而下，承载于深邃古久的时间流，在现代都市的城乡接合部停滞——这场灾难之火历经数千年岁月的洗礼，已凝结为本体神性的雕塑，静静地呈示着"冰固的意念"，从而与现代都市对峙。"河流截不断大地"。当世界潮流开始漶漫大地和天空的时候，那宁静古老的文明并未被时间之流冲决，它与城市形成各自独立的景观："彼岸与此岸同时呈现"。不仅如此，它们都停滞了向对方扩张的脚步，不再相交，不再相容，成为互不相犯的空间波。它们互相体认："彼岸与此岸从来就互为边缘"。于是，体验时间成为唯一的生命涌动：黄昏的叶片托起"黎明的枝头"，黎明的花朵又吞噬"怒潮狂涛的海洋"……存在变得非常简单：

　　　　鸟巢被毒蛇占据你们重筑鸟巢！
　　　　狼窝被玉兔拥有你们重建狼窝！

——每一种存在都是边缘，每一种边缘都很自足，唯有死亡是共同的——与死亡相比，史前人类的火灾完全是本体神性的灵光一现！进入现代，神性寂灭成为人类的归宿，死亡就成为常态："送葬的人群，走在正午的阳光下！"

古老种族文化与现代都市文明的对立——呈现为一场火灾从涌起到寂灭的时间进程，这正是阿库乌雾的体验，原型是森林大火，但是在时间流的矢量中，它褪去死亡和恐怖的阴影，灼艳为人类的史前艺术，灼艳为本体神性的灵明，从而成为一个古老民族的文明的象征符号，这应该是阿库乌雾面对花山岩画之类实物图景时的观感或想象。但是，为什么他不想象成别的什么，而是一场火灾及其寂灭的过程呢？这场火灾又是那样的经久不息，烧了几千年，一直烧到现代都市的门边！显然，这与岩画中各种符码标识的神话传说等内容或主题相关，换言之，是神话传说的岩画释读引发了阿库乌雾的想象，而这种释读绝非数学或物理学这样的客观知识解析，而是阿库乌雾作为彝族学者和诗人的情感心理投射，先验地也是历史必然地携带有彝族文化的"颜色和方位"！把一幅岩画想象成一场史前大火不仅与阿库乌雾出身成长的大凉山彝族地区的森林生活有关，尤其与他长期以来对于彝族生存和发展现状的焦虑和思考有关。可以说，火灾成为阿库乌雾心灵深处的一个情结，因而成为表述或折射其文化思考及种族焦虑的一个语象。

月蚀
——献给当今月城

一条火铸的毒蟒

肆意揭去十月历上的青毡

在猴月的阳光

滥觞于古林的日子

攀上参天的老杉

吞下第一颗鸟卵

吞下第二颗鸟卵

第三颗鸟卵　受惊之下

破壳而出

展开诡异的翅刀

划过苍空星月　今夜

大地上鬼火喃喃

杜鹃盛开①

这同样是一个火灾的传说。"十月历上的青毡"、"猴月的阳光"、"古林的日子"都是些时间意象，它们以"一条火铸的毒蟒"亦即一场森林大火这一核心意象串联起来，形成时间向空间过渡的基础："攀上参天的老杉"。十月历，是指我国西南地区彝族、白族、纳西族、傈僳族和汉族曾共用过的"夏历"。十月历上的青毡当指冬月。陆游《汉宫春·初自南郑来成都作》词："吹笛暮归，野帐雪压青毡。"清查慎行《雪中戴青毡大帽上顾见大笑口占纪之》："大于暖耳覆双肩，冰雪骑驴二十年。今日重蒙天一笑，白头还恋旧青毡。"都是以青毡的意象指代严寒冰冻时节。这里的青毡兼指高山森林中艰苦生存着的彝族人家。猴月是七月，到了火把节的时间。"猴月的阳光滥觞于古林的日子"应该是指火把节的火光将夜天照耀得如同白昼一般。那么，这究竟是一场火灾呢，还是通天圣火？这场火同样从冬月烧燃到夏日，从贫寒冻饿的森林深处烧燃到火把节照耀着的古林上空——这条毒蟒，不仅烧过岁月，而且烧遍山川和森林，为什么出现在阿库乌雾笔下的火总是这么旷日持久经久不息呢？窜向树顶的火舌犹如毒蟒一般：一颗，两颗，三颗……它总是一颗一颗地吞噬着森林中的幼弱生命，吞噬着山地民族于深沉之夜的梦寐和安宁。但是，也就在冲天火龙撕破青毡屋顶、冲向月蚀夜空的同时，彝民们看到火光对于月亮的拯救和融合：

　　整个世界是暗昧的，但是"揭去"、"滥觞"、"攀上"、"吞下"的生命竞争并未走向强者的淫威和肆虐，而是催引生命奇迹的发生："第三颗鸟卵　受惊之下/破壳而出/展开诡异的翅刃/划过苍空星月　今夜/大地上鬼火喃喃/杜鹃盛开"。揭去青毡拯救月亮、攀上老杉拱卫了鸟巢，吞下鸟卵诞育出生命。自然竞争中的神秘世界实现着灵性生命的诗意亲情。"鬼火喃喃"与"杜鹃盛开"成为大地上巫界与生命两重共鸣的世界景象，巫气中氤氲了人寰的烟火和宇宙的生意。

在彝人的心目中，冲天大火类似汉族的救月仪式，它在焚毁森林的同

---

① 《阿库乌雾诗歌选》，四川民族出版社2004年版，第7页。

时催生着新的生命![1] 不容忽视的是，这首诗是写给月城西昌的：这是一座根本没有月亮和月光的城市。现代化和高科技充斥了这里的一切，火箭或航天器发射所烧燃的冲天大火，使得那场燃烧了数千年的原始森林之火变得意味深长。与之相比：原始森林发生的那场火灾不仅不再如某种习焉成势的观点所阐释的诸如 "先民对自然力显然怀有敬畏的情感，他们以当时低下的生产力类比，自然界巨大的力量包括其破坏力，自然使他们胆战心惊，不得不臣服"……[2]相反，作为一种本体审美的意象成果，一种理解自然现象、把握社会历史乃至体认生命存在的心理境相，火灾成为古老种族及其文明的一种语象：它不是毁灭性的，而是创生性的；不是破坏性的，而是拯救性的；不是城市里嚣叫奔突的兵火乱象，而是原始森林中吉祥宁和的生命景象……我们不妨再看一首阿库乌雾的诗歌，印证我们的观点：

木　品

木之品与石、与水、与土有别。

你以你身化为一类木制法器，持于一杰出汉人之手，你的生死暂且不论，那漫长而厚重的关于木的叙述却从此嬗变无疑；嬗变的得失暂且不论，那木制法器先天担负的使命该推卸到谁的肩头？

若那汉人将你视为古玩宝物，用铁钉把你钉置其光洁如玉的墙面，作观赏之物。那墙的光芒与观者的目力，一定会穿透到你的身体里进行激烈的舌战，你怎么能承受这金属刺骨的寒气与异种语言沉重的负荷呢！何况，你本不属于那汉语射程以内的事物。

木之品兼有石头的硬度，水的韧性和土的博大，灵气却远远在它们之上。但你惧怕金属，犹如乌雾惧怕城市。

据说，太古木从天上来到大地上生长之时，定以火的形式而来的！……

那么，火才是木之真质，木之精神，木之魂魄……于是，你厝火积薪般设伏于这座木石掺半的城市角落深处！……

---

① 马明奎：《神意的呼唤存在的确立——谈阿库乌雾诗歌的神奇世界和诡异思维之一》，《西南民族大学学报》（人文社会科学版）2008 年第 2 期。

② 王德保：《神话的由来》，中国人民大学出版社 2004 年版，第 48 页。

这些语言并不可怕，可怕的是乌雾从典籍深处查到：木在被制作为法器之前，早已被拄成拐杖！

于是，"但是你可能遇见的最危险的仇敌，还是你自己；你埋伏在山洞里，在森林里，侦候你自己。"查拉斯图拉如是说。①

绕开木的叙述与汉人之手的关系，我们从"太古木从天上来到大地上生长之时"的传说说起，阿库乌雾认定：木是"定以火的形式而来的！"他几乎是在宣说：只有"火才是木之真质，木之精神，木之魂魄……"这里隐喻了火的形式："火灾"！亦即木品或森林或十月历的青毡或猴月的阳光或古林的日子……这些燃烧和毁灭的方式，都是彝族创新、诞生、开始、节庆的意象。"于是，你厝火积薪般设伏于这座木石掺半的城市角落深处！"这是种族品格在现代城市的隐现或蛰伏吗？月城里冲天而上的那条毒蟒终于将古老森林中那场冲上老杉之巅的火灾重叠掉——阿库乌雾是悲哀得一无可言："木在被制作为法器之前，早已被拄成拐杖！"火的流逝，意味着这个民族的本体神性的丧失，这是阿库乌雾最最悲慨者。

综上所述，神话传说等民间材料与主体事件的互文关系，使意象叙事在最广泛的文本意义上实现着天然真实的品格。与之相应，从历时性看，神话传说等民间材料与叙述主体的文化心理发生语象关系，从而实现着意象叙事对于种族自性的体认和确立。如果从互文关系可以看到一个民族文化的知识型对于其存在方式的多维知识关系的设定，从而根本地影响其对于客观世界的把握和态度，那么语象关系则可以看到此种知识关系又是如何通过特定的"颜色和方位"来决定自己民族的行为方式和心理习惯。全部少数民族意象叙事无不是其文化心理的外化和折射，它使意象叙事从所指回归能指，使少数民族自新时期以来呼吁不绝的文化重建进入多民族文化重建的现代化序列。

---

① 阿库乌雾：《阿库乌雾诗歌选》，四川民族出版社、四川文艺出版社 2004 年版，第 197—198 页。

结　语

秋雨江南细如丝，中天未见月明时。

湖山如梦惊鸿逝，千里万里不可知。

　　所谓少数民族文学意象，就是指与汉民族多元共生的 55 个少数民族的文学元素，一些心理符码和形式构件。

　　这里的概念界定比较困难：首先，试图从 55 个少数民族的文学意象概括出某种同一性的东西，事实上是做不到的。其次，国内少数民族的文学意象和国外边缘族群的文学意象的区别也不易界说，不仅涉及各族文化、语言思维，而且超越了命题范围及语境义域，正所谓理所不宜、力所不及。最后，作为文学形象构件的意象和作为审美观相的原始意象，在命题所属的对象性上有着根本不同的性质，不能统而论之。有鉴于此，少数民族文学意象的概念如是确立：（1）从文化域界讲，指中华文化体系中与汉语书写同源并进异质分流的少数民族意象；（2）从时空阈限讲，指与汉语书写共时、又散见于包括文学文本在内的族别历史文本中的意象；（3）从心理本质讲，最主要的是那些原始意象亦即包含着原型的核心意象。即使这样，少数民族文学意象这个概念也还是一个含混的合体而不是一种单质，问题也正在这里，我们认为，正是由于此种合体的含混性质和多维特点，使少数民族意象叙事与汉语书写形成巨大的差异，这就是其文学意象所凝结的文化心理特质——深刻巫性体验和母语思维方式，这不仅影响着少数民族文学特有的叙事观点、价值取向、人格方式以及叙述模式，而且显示了比汉语书写更其浓郁的诗性特色和神话意趣，从而具有后现代性。

　　已有意象研究很少涉及叙事性，只是将意象所蕴含着的巫性体验和母语思维加括号作为经验判断被中止，掐断了意象与本体的原型心理关系，掐断了意象与题材的意向结构关系和语词建构关系。事实上相当数量的少数民族文学意象就是一些原型，它们是题材叙述的一种结构性提取或价值性涵摄；文化历史题材则是一种意向性客体。① 现象学方法的意义在于：将意象作为一种纯粹主体性从其原始意向取位，建构一种用来构建对象、叙述题材的意向性结构，从而确立意象与题材的文本叙述关系。

意象的叙事性不同于抒情性，是指意象作为一种意向性结构在其原型心理的逻辑上回向本体体验的情境延展功能和指向题材叙述的价值涵化功能。这是两个方面：就前者言，少数民族文学意象具有深刻的本体性，这与母语思维方式下世界的浑整性以及主客关系的同一性有关；就后者言，少数民族文学意象具有确定的建构性，这与巫性体验的情境中主体意向及世界想象的神秘性有关。② 综合运用现象学、原型理论、互文性分析等方法，在恢复意象与本体的原型心理关系、重建意象与题材的文本叙述关系的基础上，实现少数民族文学意象的深度阐释，不仅具有方法论意义，而且为多民族文学话语的建构，为中国叙事学的开拓提供镜鉴、开拓思路。

一　少数民族文学意象的本体情境延展功能

我们的分析建立在四位少数民族作家和诗人 200 多个意象的统计学基础之上。③ 就意象作为纯粹主体性来看，一个文学意象可以分析为喻指、空间、时间和语词等四个意向性维度，由此延伸出喻指性和辐射性、涵化性和变现性四个特点，谓之叙事性意向结构。

根据荣格的理论，意象之根在原型。少数民族的文学意象更接近原始意象，亦即不仅是客观对象摄入主体心理的那种表象性质的对象物，尤其是一种世界观相或本体审美。④ 亦即并非一般感官经验的提取，"如西方

----

① 现象学观点认为一个意识总是与一个特定对象相向连接着，对象是被给出的；脱离此种相向连接关系就是实在，就是日常生活，就是简单客体。少数民族文学意象首先作为一种主体意向，本身就蕴含了与题材的建构性关系，可以说，题材是被意象的意向性给出并且构造着的对象。

② 母语思维是一种原始同一性思维，根本特点是主客不分，对于对象的把握方式主要是直觉体悟，这就导致其世界想象的本体性和浑整性，其心理经验的本质是一种巫性体验，既是神秘的又是可以操控的。

③ 200 多个意象选自《满都麦小说选》、《圆融》（南永前图腾诗集）、《阿库乌雾诗歌选》、《蜂巢界》（张泽忠小说）等四本书里。

④ 世界观相是借用了胡塞尔的概念，亦即少数民族意象作为母语思维的成果，其于世界的认知是一种直觉的方式，一种借助经验和想象建构起来的空间性图式，是根本审美的，并不涉及世界的自然本质和物理性质。可参阅顾祖钊《华夏原始文化与三元文学观念》一书的相关论述，拙文《意象新论》（《中州学刊》2010 年第 3 期）亦有涉及。

现实主义那样按照事物本来的样子模仿"，① 一种从外部世界移入意识表层的简单客体，而是用来传达"只有圣人才能看到的、隐藏于变动的世界中的、那种幽深难见的最高道理"② 的心理图式。所以，少数民族文学意象更接近周易卦相，应该是少数民族的祖先在恍惚冥漠的原始世界，于生命体验与宇宙万物之间构拟出来的一种意向性关联，不仅沉淀了世界的领悟，而且投注了存在的意义，所谓"圣人有以见天下之赜，而拟诸形容，象其物宜"③ 的"天下之赜"，就是巫性体验与现象世界之间的神驰意注道交感应，因而蕴含了相当浓郁的审美情怀和文学倾向。只有以此为介质，人与世界之间的现实性联系才不是生硬比附和物理关系，而是有着心理预设的神性关联。

满都麦小说中的大白马意象，一般地可以理解为某种象征：进取、勇敢、彪悍的人格；跨越、征服等空间性和前进、永恒等时间性；乃至徐悲鸿笔下的马、八骏图里的马、白龙马、千里马、白马非马等语词联想，这都是汉族思维可以把握到的义项。但是作为一个原始意象，在满都麦笔下，在蒙古族文化心理屏幕上映现出来，大白马就是一个确定的喻指：自长生天发祥以来，祖爷爷和祖奶奶拨亮森林之火、诞生了生命以后，穹窿般覆盖世界和存在的那种宇宙感的弯度和空间性跨度，亦即本体或神性。大白马虽然也出现在一般叙事情境中，但是主要出现在人物遭遇危难、世界发生厄异，儒家所谓天道颓堕时节，作为一种神性降临的，因而具有拯救意味。大白马的拯救是一种神意的辐射：它笼罩题材叙述，成为仰望中心，其深层心理景象是一种宇宙情境及其神性体验，本质是空间性的。我们从《三重祈祷》中看到：老额吉背着粪筐行走在没有人烟的草地上，一边与死去的人（鬼）说话，一边忏悔着人世的罪孽，唯一的祈盼就是突然有一天杭盖草原的蓝色天空中腾起一匹大白马。这是人的祈祷，更是神的启示：人需要承担苦难、承担世间所有的罪恶，坚定不移地回归长生天。在老额吉这里，时间和历史与苦难和罪孽都同一于空间性，因而是神圣的和不容置疑的。大白马意象涵化着老额吉生命的全部，变现为火抻子、灶火、西天的夕阳、过去岁月

---

① 顾祖钊：《华夏原始文化与三元文学观念》，北京大学出版社 2005 年版，第 80 页。

② 同上书，第 79 页。

③ 南怀瑾、徐芹庭译注：《白话周易·系辞上》，岳麓出版社 1988 年版，第 362 页。

的爱、人生的悲惨和孤独……可以说大白马从空间上把老额吉与世界、
与存在同一起来，其巫性体验是：梦见大白马是吉祥、发达的预兆，看
见大白马腾空而起就是拯救危亡起死回生的神意可能。所谓拯救，就是
一种引导生命取向、穿越世间罪孽、祛除厄运和死亡的神意功能——不
分主客，善恶同一，虔诚合十，圆满成功。蒙古人在歌唱大白马的时候
就是在歌唱宇宙大神长生天，其叙事性体现为蒙古人特有的远古经验、
世界想象，以及辐射宇宙的意向扩张和情境延展。这正是蒙古长调的心
理真实：他们是在抒情，但更是在叙事，在茫茫草原和蓝蓝天空的冥漠
之思中回味一幕幕往事、一次次忧伤、一层层悲凉，族群、家庭、个人
以及世界的所有悲怆都凝结在无字的吟唱中，历历在目。这里：喻指、
空间、时间和语词四个维面中，空间最高，与喻指性同一，具有终极性
和原型性，是其他维面的提领点和总摄持；进入题材叙写的民族文学意
象正是从空间性的高度散播和延宕为时间意向和语词符号，从而实现叙
事的具体性和涵化性。

二　少数民族文学意象的题材价值涵化功能

这自然不是说少数民族的文学意象都是空间性的、回向宇宙情境、象
征本体神性的最高意象，没有一般物象或语词符号。不是的，我们正是从
200 多个意象中那些被称作核心意象的喻指符号说起，进入下级意象或意
象群落的阐释，进入题材叙述的意向性。转言之，少数民族文学意象也是
分层次、有等级、并以群落性集结和涵化性建构的态势分布的。

德里达解构最高理性的专制倾向时，是以神性向着社会历史的现象世
界的散播和延宕来实现的。① 亦即最高意象并不停滞于历史事实的时间秩
序，而是内化为时间意向，再扩展为空间概念，渗入历史情境和主体意志
从而渐渐展播为人的存在，所谓"异延"②。首先衍化为一些时间图式，
其群体吸附意向和空间结构能力向着客观表象展开，其次散播为一些悠荡
于空间和宇宙的散碎个体。其潜在逻辑是：最高维面的时间，以拓扑性质
的空间模式从世界和存在的线性逻辑上逐次断开，最终必然又逐次回归到
时间线性上去。德里达对于线性逻辑的解构只是一个假象，是从断脐向破

① ［美］乔纳森·卡勒：《论解构》，陆扬译，中国社会科学出版社 1998 年版，第 83 页。
② 同上书，第 80 页。

处的人性延续。①

少数民族文学意象与此有别：其最高层面是结构性的，它是从与喻指性同一的空间性向题材（价值）及语词（符号）异延从而不断时间化的神性符码：在凝结族群记忆、原始经验等本体神性的同时衍入对象性世界，涵化题材，统摄叙事，成为构建存在的最高典范。最高意象是一个意义核，一个结构块，一个大子宫②，它蕴含了力比多一般强烈的氤氲意向，其喻指和辐射功能③显现为原型对象化、模式题材化、神性世俗化、喻指人格化这样一个价值涵化过程，根本旨趣是空间性的。其哲学本质是意象的不断散播（将喻指和神性辐射出去）和悦纳（将题材和对象收摄回来），在意象与题材神驰意注氤氲结合的过程中实现种性增长。就此而言，题材就是意象的意向性对象；所谓叙述的本质，就是意象与题材在神性、原型、模式及人格不同层面的交往，是人与存在关系性建构命题的展开，当然具体情形并不一致。

南永前的图腾叙事就是一种散播：驳离生活题材，以意象的喻指性隐约现实、想象世界、激活种族记忆从而构建种性存在，本质上是图腾意象向世间万物辐射的过程中其神性喻指的世俗化和人格化。这当然不是拟人拟物之类修辞手法，而是神性的变现，一种人格意象化、题材模式化、对象原型化、万物神意化的空间化过程，正所谓意象作为一种意向性结构在其原型心理的逻辑上回向本体体验的情境延展，结点是世界结构和种性体系的建构，一种人格机制和价值体系的确立。南永前图腾意象可分为四个系列：月亮、太阳、星、云、风、雷、雨、山、火、土、石、水、檀树、蝴蝶、蟾蜍为第一系列；熊、龙、凤、鹿、虎、狮为第二系列；黄牛、白马、雄鸡、白兔、羊、豚、蛙、鹤、犬鹰、布谷、乌鸦、喜鹊、燕子、白鸽、白天鹅为第三系列；海、龟、鲸为第四系列。表面看，可以阐释为朝

---

① ［法］雅克·德里达：《文学行动》，赵兴国译，中国社会科学出版社 1998 年版，第 99 页。"现时不再是个未来（现时）和过去（现时）都围绕并以它为区别的母体形式。在这个未来（欲念）和现时（满足）、过去（回忆）和现时（犯罪）、能力和行动之间的这道处女膜里所标示的只是一个此在的时间差异。"德里达解构的是现时中心的绝对权威，不是时间本身。

② ［美］乔纳森·卡勒：《论解构》，陆扬译，中国社会科学出版社 1998 年版，第 127—128 页。

③ 喻指是逻辑起点，但它不是固定或死亡的，而是一个活的核，一个裂变中心。所谓辐射的转注就是分散、散播、散摄，亦即断裂、断化、碎片化，等等。但其反向是悦纳，题材作为精液漂移入意象的大子宫孕结而生成生命，这一过程我们称其为涵化和变现。

鲜民族史前存在的四个层面或阶段。进入图腾意象的内部发现，这是将一种时间流回溯为一波又一波的空间观相：可能是一些人格碎片、神意景象、远古幻象，等等，但整体上遵循着喻指、空间、时间及语词四个维面构成的叙事性意向结构，构成辐射性和涵化性的民族叙事。① 第一系列是自然景观，一些空间性本体意象，既有最高神祇月亮，也包括风雨雷电土石竹树构成的自然结构，整体地形成民族生存的宇宙背景。"潜出于蝙蝠之翅/从山那边从海那边姗姗而来/迷人的脸庞罩薄薄雾的玉纱/似依在肩头又飘离头顶/与微笑与亲昵/荡起树梢上隐约的心之摇篮"（《月亮》）这里，月亮就是一种本体性喻指和的空间性辐射，根本旨趣在于对象世界和宇宙万物的涵化。月亮之出是大道的亲临，是存在的亲证；没有月亮，存在就是一片黑暗和虚无。从蝙蝠之翅到心之摇篮，月亮的辐射无所不至，大道之亲临无为而不有，所谓涵化，就是使世界变成人的存在的意向落实。进入第二序列，意象由空间结构性向对象人格化衍化，衍入祖先崇拜和氏族图腾。熊是朝鲜民族的始祖图腾："弹涛涛百川为鸣弦/倚茫茫白山为床榻/邀天神下天庭合欢于檀树下/育儿女于莽林于荒原于海滩/或狩猎或捕鱼或耕织/或歌或舞或嬉戏"。（《熊》）这已是一个家族实体：以图腾神意和氏族生存为依托，体现天人融合的自然精神：一方面生命个体自由活跃，另一方面种族角色替代了独立个体的人格规定，人在神祇和种族的意义上获得最高价值，成为神圣。第三序列是人的对象性存在，即世间万物，第四序列是衍生性意象，最高意象的变现或泛音，体现了咏物化及语词化倾向。② 可以说，南永前图腾系列就是将线性时间空间化为神性喻指的最高图腾、祖先圣性的氏族图腾、人格增长的对象性世界以及种性繁衍的宇宙存在——这样一个辐射性、层级化的人格系谱和存在景观，隐约了朝鲜民族的种族历史和文化记忆：个体生存意志与种族牺牲精神的价值

---

① 空间观相是英伽登"图式化外观"的概念改制而有的，表述图腾意象的"暗示力量"："比起那些其外观以一种理想的方式被确定并且和被描绘事物互相联系，但却没有强加给读者的作品来更为忠实地重构了外观层次。"英伽登超越了德里达的线性时间逻辑的终极性，力图以丰富的感觉经验来建构起空间性和客观性。图腾意象具有英伽登所谓来自心理经验领域的现实化外观，这就是其原型性所凝结的远古经验和族群记忆，它成功地将线性时间逻辑改变为层级性空间建构，具有对于宇宙本体的辐射性和对于历史题材的涵化性。可参见［波］罗曼·英伽登《对文学的艺术作品的认识》，陈燕谷、晓未译，中国文联出版社1988年版，第62页。

② 南诗有咏物化和图式化倾向，正是最高意象的空间性辐射播散为宇宙万物的必然结果。在远离本体喻指和原始经验的意义上，咏物乃至图式都是图腾意象的语词符号和外观图式。

轮回。

与之相比，满都麦的小说则是喻指对于对象的悦纳，亦即题材进入意象，正是所谓指向题材叙述的价值涵化功能。比如《圣火》的爱情故事，比如《祭火》的敬拜仪式，都是以火意象收摄生活事象、提携题材叙写：老额吉对于情人的不绝的爱，扎米彦对于神灵的不昧的敬，都涵化为火图腾——前者是火抻子（灶火）的敬虔，后者是珠拉（神灯）的崇拜，两者体现为普通人日常生活中的持守和执着。可以说，满都麦是以老额吉神意的眼光和扎米彦老头的空间性执着来打量题材收摄叙述的。在满都麦的笔下，火意象作为一种神性眼光与空间幅度的融合，变现为火抻子、毡包的穹窿、两山间的跨度、天空乃至宇宙，体现了一种无所不在、无微不至的母性关怀，绵延为世俗生活的凄风苦雨或风和日丽，包容、接纳、融合、涵化着世界和存在，成为长生天的神性喻指，其人格化就是母亲和草原的同一。它凝结了蒙古民族苦难与祈祷、圣爱与牺牲的神性价值，一种天地人神一体的宇宙生态和终极理念。

从散播到悦纳是少数民族文学意象从喻指性空间异延下来，进入题材和对象的两种思维方式，与汉族三元共构或西方二元对立思维方式非常不同，但是，少数民族文学意象含蕴的叙事性意向结构，兼及汉族天地人三维结构和西方最高理性人格神而相对完备，在神性颓堕、人性沦丧、天地暗昧的消费时代，就有着非常的现实意义。

没有神性，就无所谓人性回归。德里达的人性散播是一种主体间性的签约，一种离散，一种个体独立性的确立，具有深刻的现代性。少数民族文学意象则继承最高相位的神性意旨，既是从空间性结构延宕下来的人性分散，一种群落化和价值化，也是从题材叙述和对象建构回向最高本体的灵性感荡和神意氤氲。在原型心理维面上，抒情与叙事异型同质，相融互渗，涵化为文本建构中人的存在，具有更其深刻的后现代性。

三　少数民族文学意象观照下的叙事模式

叙事是少数民族文学意象涵化对象、叙述题材的形下景观；叙事模式（narrative mode）是一种建构，是指叙事过程中自觉或不自觉援用的一些故事传达者（叙述者）形象及一整套习得而完善、熟悉而稳便的叙述方式和语言风格；所谓散播或悦纳，就是南永前和满都麦的两种不同叙述态度，其间已蕴含了特定的叙事模式。

当然，南永前的图腾意象并不含有题材化的"事"，但它持有意象化和意向性的事态，营构着某种"经验视域"。"这个视域不仅是那些熟悉的、不只是现在实际地被意识到的实在东西的视域，而且它还是那些陌生的、但可能被经验到并在将来被熟悉的实在东西的视域"，① 它激发着原始经验，某种程度上实现着历史情境的还原：但这还不是叙事模式。叙事模式是意象规制下处理题材的特定的态度和方式：（1）叙事观点；（2）时空体验；（3）语词方式；（4）叙述结构。客观反映式的叙述已经成为过去之后，叙述被理解为题材和对象的意向性建构，叙述者所持有的先验视角、价值取向、语词风格等，就成为首要条件。

叙事性意向结构对于叙述模式是决定性的。在现象学看来，一切思维都是以预先给予的对象为前提；叙事性意向结构作为一种"被给予性条件"②，与题材的文本叙述关系是先验同一的："现象学在原则上就包含着一个'非对象性'或'非客观化'的思想要求"③，它构成题材叙述的内在结构和思维方式。母语思维下意象的散播和悦纳首先体现了这样的叙述理念：（1）题材叙述从一开始就与最高神性的空间喻指性联系着，它是对神性和本体负责的，而不是现代叙述学意义的个体行为；（2）由本体喻指性向题材及语词涵化和变现的全部时间过程体现为最高意象对于题材的散摄，④ 本质是时间性线性逻辑向空间性人格结构的转化，一种人格增长和巫性体验，而不是人性增长和个性体验；（3）语词化，即叙述向语象蝉变，巫性体验和人格增长向宇宙情境和最高神性回归，而不是万物唯我、刁巧僭越。《狗吠·马嘶·人泣》中的嘎慕剌老人眼睁睁看着那片曾经与情人做爱的草原被偷猎者纵火焚烧，他选择了走向罪恶之火，而不是

---

① 胡塞尔认为：任何经验都要被扩展为单个经验的连续统一体，都是作为对于同一物的一个无限开放的经验而综合为一体的。所以在现实中，任何现实地经验到的东西总是无限地拥有对同一物的可能的"经验视域"。南永前图腾叙事似乎无"事"可叙，其实他恰恰是通过图腾意象在营构一种无限开放的经验统一体，营构一种"经验视域"，透过他的图腾意象是可以捕捉到那些"事"的原始经验和典型情境的。参见《中国现象学与哲学评论》（第三辑）《现象学与语言》，上海译文出版社 2001 年版，第 73 页。

② 《中国现象学与哲学评论》（第三辑）《现象学与语言》，上海译文出版社 2001 年版，第 66 页。

③ 同上书，第 33 页。

④ 散摄是分散、散播与摄取、悦纳两个意向的同一，是涵化题材价值和变现语词符号的前奏或开始。

活下来。从叙事观点看，叙述者所赞叹的是老人与情人、与草原、与罪恶之火、与长生天的共在和决绝；而从老人的观点看，走向死亡与苟且存活是两种完全不同的价值取向：死亡是最高喻指的预设，是长生天对世俗凡人的考验；只有通过死亡，他才能穿越空间拔除阻隔，与守护了一生的情人融为一体。由于恪守信义，时间衍化为空间，衍入宇宙深处：从始至终，他与心爱的人都流淌在同一条河。所谓"悦纳"的叙事结构可以概括为一种"承担"：嘎慕刺老人不仅承担了世间罪孽，而且诞育了一个与草原和情人、与罪恶和苦难、与火和长生天共在的大写的人。

少数民族文学叙事的时空体验涉及叙述理念。张泽忠的"蜂巢界"里"省"的观念就是空间意象表述的时间意绪：[①] 存在的本质就是距离和陌生的消除，一种平等和友爱的联结，一种依依不尽的人的理解和沟通。然而人间世的苦况恰恰相反：时间的长河涌溢着无可消除的空间阻隔，诗意持存的世间被混搅为势利倾轧的滔天大浪。洪水和暴雨的时间性意象昏蒙了天地，牛和山外的空间性又涵化出由里向外、既看守又期盼的蜂巢界心态——时间与空间是混沌的，山河大地及宇宙万物成为人的意向性建构中一点细枝末叶或边材角料。在张泽忠这里，蜂巢界就是一个悦纳之源：不仅悦纳了侗、苗、回、蓝色蒙古和白色藏族，还悦纳了"红汉人"与土匪和乱军，悦纳"细脖子阳人"在这个世界上所有的苦难和遭遇。我们于此看到张泽忠与满都麦在叙述结构上的深刻一致。

但是，这一切到阿库乌雾被全部突破了！阿库乌雾的诗歌是少数民族文学意象的叙事性得到深刻改变的前沿案例。他超越题材和意象，从语词下手，以"行咒"的方式而不是悦纳或散播的方式，实现少数民族文学意象的叙事性革命。

行咒是一种语词化叙事：破坏意象结构，走出悦纳和散播的模式，直接从异化对象获取变态观相，重建世界和存在。他描述街谱，嘲讽落雷，喂养蛛经，以巫界神意晾晒现代科技，以灵性意象反衬人性变态，更以祖先业绩反观现代生活，在对抗汉语犬儒主义的语词风暴中实现种族叙事。

---

① 省的观念可以这样来表述：在一种空间性建构的过程中，以事件和行动为中介，悦纳地域和民族的时间性和历史性，从而获得合法性。见张泽忠《侗族文化传统的审美生存研究·澄明与敞开：侗族时空观与世界图式梳理》，广西师范大学出版社 2012 年版，第 130 页。

这是一种使题材缺失、意象异变、纯粹由语词连缀而实现增补①的叙事，是一种革命对象、改造存在、由语词碎片来替代实体观相的叙事方式。阿库乌雾的语词化叙事不再是原型对象化或模式题材化，更不是题材的载体或意象符号，而是巫性喻指和对象观相的裂变，是对象和存在涨破语词和意象，在否定悦纳和散播的基础上撷取的一些灵性碎片，一些意象亮面，它们在突破汉语构词方式的基础上表述着扭曲世界的变态观相。

阿库乌雾语词化叙事之后的少数民族文学意象的叙事结构就变成这样：

喻指——空间性——最高相位——人性变异；

空间——辐射性——宇宙万有——语词突破；

时间——涵化性——题材叙述——意象碎片；

语词——变现性——文本建构——变态观相。

这是一个自上而下，以时间性的涨破和断裂为介质，通过空间喻指向宇宙万物散裂断化，并通过语词革命实现对象重构，在回归本体的历史途程中不断确立又不断破坏着人的存在的神性失落过程，是人与世界、意向与题材、叙述与语词由同一走向分裂乃至干瘪，最后走向形式化和物态化的过程，它显示了少数民族文学意象独特的母语思维和巫性体验的幻灭。

四　少数民族文学意象与文化历史题材的结合

我们最后关注意象与题材结合的命题：主语是一个心理学过程，表语是一个叙述学过程，意象与题材结合其学理表述就是心理学向叙述学的涵化和变现。

首先是一个心理学过程：意象作为逻辑起点从本体性到主体性、再到客体性、最终回归本体性这样一个情境延展过程，这是意象进入题材的心理内在情景。亦即意象凝结了种族的远古记忆和先祖的原始经验，成为一种本体审美性质的原始意象，在原型心理的逻辑上进入题材叙述。其次是原始意象作为意义核，散播神性喻指；作为结构块，隐约叙述结构，形成文本雏形；然后作为大子宫或种子库，悦纳对象和散摄题材，实现价值涵

---

① ［法］雅克·德里达：《文学行动》，赵兴国译，中国社会科学出版社1998年版，第48页。德里达这段话适用阿库乌雾的语词化叙事：行咒就是预设彝族巫文化为"完全的完全"的前提下，以"写作代替言语的操作也用价值替代了在场"，从而实现对于彝族巫文化的增补，本质上是一种语词的连缀。

化，进入文本建构。最后是一个叙述学过程：语词不仅承载意象和题材，传达喻指和意义，而且突破题材和对象的客观性制约，凸显意象及主体的先验性预设，在一种终极性体验中实现着神性观照和语词观相的统一。这是本体情境延展功能与题材价值涵化功能的统一，也是少数民族文学意象的叙事观点的落实。

这一过程的第一个规则是在空间性喻指散播的同时持存时间性涵化的神性。荣格的原型理论支持这一过程：原始意象①在走向对象的意向性建构过程中，不仅进入现实主义摹写，悦纳对象散摄题材，尤其要激活原始经验，使题材叙述衍入宇宙背景和种族记忆。少数民族文学意象以此进入一种双向观照：现实主义的和原始经验的。前者隐现原型，后者注入神性。叙述也不再是个体事件和现实行为，而是历史行为和心理观相，是人与历史、与世界在叙述中的相遇和交往。不仅如此，最高意象还变现为特定叙述模式和人格样相，内在深刻地统摄题材叙述和文本建构，滋育出繁富灵异的少数民族文学意象群落，散播或簇集于叙述过程，形成诗性特点和神话色彩。

第二个规则是母语思维的巫性体验和拓扑能力：空间性关合本体神性，时间性指涉价值重建及其语词表述，在题材叙述中实现生命之树与中阴轮回的拓扑性同一。这里有三个子命题：（1）意象与题材结合是一种母腹孕结：本体喻指经主体性向对象化衍化，神意潹漫，一个独立生命完形；（2）意象与题材的结合是散播与悦纳的同一：散播是意象的性向发射，即叙事性意向结构对于题材叙述的散摄提携；悦纳是题材对于意象的神驰意注和道交感应。从意象到题材，心理性向客体性及价值化实现情境转移；（3）意象与题材的结合是时间涵化性向空间变现性以及喻指人格化的转化。藏密佛教讲临终、实相和投生三个中阴生命阶段，是人的内在

---

① 荣格讲："原始意象是一种记忆的沉淀，一种铭刻，它由无数类似的过程凝聚而成。它主要是一种凝结或沉淀，因而是某种不断发生的心理经验的典型的基本形式。因此作为一种神话主题，它是永恒有效的，持续不断地或是为某种心理经验所程式化的表现。"但程金城的阐释与之有异："原始意象与意象具有同一的性质，即它是一种主观与客观、意与象的契合的过程，是一种与生理反应相关的心理的反应，而不是作为一种固定的图式的激活和'再现'。"窃以为，原始意象是原型呈现于现象世界和历史题材之前的一个逻辑设定和软性联结，它就是原型，它通过情境和对象的激活与原始经验和族群记忆联系起来，从而生成题材叙述时的本体观照和审美性质。见程金城《原型批判与重释》，东方出版社 1998 年版，第 78—79 页。

本质从红尘俗世向空茫时序、再向迷尘幻境返还和交割的过程。犹太教神秘主义的原型人是一棵生命之树，分为四个层次：神性界（Atziluth）原型是火，最高相位；创造界（Beriah）原型是风，灵性所居；形成界（Yetzirah）原型是水，灵魂始有；物质界（Assiah）原型是地，物质生成。且把红尘俗世中来的那个叫作"中阴识"，迷尘幻境中去的那个叫作"原型人"，两者的交割是一种"嫁接"：中阴识三个阶段向生命树四个层次的拓扑性融合，确切地体现了空间向时间、无形向有形、灵体向物质的过渡，既是意象向空茫宇宙散播喻指的空间过程，也是题材被悦纳，将俗世红尘、迷情幻境带入母体的时间过程。我们注意到这四个层次与喻指性、辐射性、涵化性及变现性对应恰切，生命树的十大原质（The Ten Sephiroth）自上而下、从右到左，连接为一条生命的发祥之路，慈悲（Pillar of Mercy）、温和（pillar of Mildness）、严厉（pillar of Severity）作为三个神性支柱（The Three Pillars）对应于意象、题材、存在建构三个命题阶段，[1] 支撑着人格机制的确立。

　　第三个规则是：意象作为心理构件向题材涵化和变现的根本方式是逻辑与历史的统一，解构与建构的统一，现象学与人类学的统一。逻辑与历史的统一是大命题，后二者是小命题。我国学者刘俐俐预设命题、文本分析、建构理论的方式[2]启迪我们：确立意象与题材结合的实践性关系，必须同时进入文本阐释和题材分析，进入文化人格机制与地域叙事模式之间的生命关联，唯此，乃能实现意象与题材的价值异质性和结构同型性的历史涵化。

　　总揽200多个蒙古族、朝鲜族、侗族和彝族的文学意象，它们进入文本的时间分别是20世纪40年代、50年代、60年代和70年代，这意味着大面积的少数民族地域和长时期的多民族共生状态，其叙事性散播和异延为如下命题：满都麦的苦难母题，一种人类和存在的承担；南永前的图腾神话，是一个民族从死亡到新生的历史蜕变过程；张泽忠蜂巢界故事，执着于"细脖子阳人"存在于天地间的诗意看守；阿库乌雾语词革命乃是英雄时代幻逝、市场经济逼入时节一个古老文明的最后抗争……上述四项

---

　　① 慈悲、温和和严厉对应于意象与题材结合的三个情景阶段（意象、题材和存在建构）以及三种结合方式（同一、统一、对立），这里不能展开。

　　② 刘俐俐：《文学"如何"：理论与方式·导论》，北京大学出版社2009年版。

作为一个价值结构，指涉本体、历史、文化和存在四个题材义域，构成少数民族文学意象叙事性理论的外在形态。

从最高意象衍化出本体喻指、神性散播、涵化悦纳、变现持存的价值过程，叙事性功能投注于本体、历史、文化和世界四个题材义域，就将意象与题材紧密地结合起来，指涉少数民族文学意象叙事理论的四个价值层次：本体神性，族群种性，文化诗性，救赎灵性。一幅时空拓扑性的少数民族文学形意图就转换为一个多维涵化的立体人格样相：终极绝对观念，族群道德观念，文化人格样相，人性价值状态。是为结语。

后　记

该到写后记的时候，有一种恍若隔世的感觉。

早在 2007 年成都举办的多民族文学论坛上，我的发言就谈到少数民族文学理论的体系建构问题，我是从强调阅读说起的。因为我感到，除了会议激情和玄远视域之外，没有几个人在研读作品，理论家的真正情趣在于绍介西方理论或传播西方文明。换言之，我们的知识生产忽略了遍地喷涌的泉源，专注于大老远地跑到西方去打探甘霖溉雨。幸而不是这样，2012 年冬天浙江大学话语研究中心的施旭教授重新提起这个命题，并且拿出切实的方案，当场的情景是轰然响应声势大作，但是大家领承旨趣并不一致，我又悟到远不是知识生产的问题，而是涉及学术价值和知识目的，这又是心领神会的事。有幸的是，我的教育部课题"多民族文学意象的叙事性研究"申报成功，于是我回到二十年来一直未辍的阅读状态，继续做一个虔诚的读者，谋求切实进入少数民族作家和诗人心灵和文化的世界，阐释概括他们的创作，使之与当代中国文学理论、与西方文艺理论话语接洽。这一晃，我就越过了五十岁。

年轻时候读到清圣祖的一段话，他说这个世界上最可怜的有八种人：囚犯、兵卒、乞丐……其中就有士子，就是读书而有所图谋比如考功名了、出书了等拿知识和书本扛日子的人。改革开放以后，读书人大都已不可怜，头脑灵活一些还能把知识变成钱财，变成资本，从而扭阔脸面抬高胸脯。可是还有可怜人，比如我那些知命之年还在拼职称的同事……我是刚从他们的队伍里挣脱出来的，情怀和感慨都促使我想到感谢那些在挣命苦读的日子里理解和支持过我的师长和朋友。我首先想到王立嘉先生。在我晋职写作研究课题的过程中，他古道热肠批评指点，深切教诲，有时还发火，当然也喝酒聊天。他现实地提领了我。

2003 年我跟随赵宪章老师做访问学者，我的学术研究发生了较大变化。形式的概念就是从先生那里获得的，由此开启了对柏拉图、巴赫金、阿因海姆的作品的阅读。后来我又读了弗莱、荣格、拉康、德里达，他们的作品与此前读过的唯识学、内丹功法以及犹太教神秘主义联系起来，构成我做这个课题参考的理论丛集。2014 年春节赵老师与师母应邀来我家做客，先生还不失时机地讲图像和符号，指导我的课题操作。

还有南开大学刘俐俐老师——2002 年北京师范大学开一个新世纪文艺学会议，她发言的主题是保存中国文论传统，我印象很深。由于她的主题深深切合我的理念，我就自学英语考她的博士，最后英语没过线作罢。要出书了，她自然是序者；刘老师写了九千多字，高屋建瓴，骋目千里，一些深挚有力的评点令我感动。世贵有知，人贵自知。刘老师在提携和表扬我。

满都麦先生是骏马奖获得者，也是本书研究的案例作家，数次陪我回草原考察，他的儿子布赫也成为我了解和研究蒙古族文化的向导。

昌忠博士是我们学院的副院长，诗人，年轻有为，品学俱佳，又是土家族同胞。昌忠的表扬使我想起一位民间艺人的话语："自己高看人也高。"我受之惶然，念之戚戚然矣！

感谢图书馆唐豫丽老师，她为我提供了相当方便的阅读和借书条件。当然，任明先生的接洽是本书行世的基本保障，我从校样里又看到编辑老师辛勤严格的校点……南国的冬天，暖阳清照，大野清寂，一切都安宁祥和，多少有一点喧闹后的感伤。

最后感谢我的妻子贾莉娟女士，她是这本书 38 个命题的检审人和讨论者，也是本书的第一位读者。冬天的深夜，她陪伴我写作还侍应起居饮食，为此她缺乏睡眠，腿脚病了三年。此诚不泯，唯愿在小书面世的时候她能彻底痊愈。

系及天地苍生的感念来，学术只是无边感念中的一个缔结，一言难尽。

马明奎

乙未冬月于碧潮苑南轩